GW01396283

Storia Universale Eco

GIORGIO CANDELORO
Storia dell'Italia moderna

VOLUME QUARTO
Dalla rivoluzione nazionale all'Unità. 1849-1860

Feltrinelli

© Giangiacomo Feltrinelli Editore Milano
Prima edizione maggio 1964
Prima edizione nell'"Universale Economica" gennaio 1980
Prima edizione nell'"Universale Economica" – STORIA
maggio 2011

Stampa Nuovo Istituto Italiano d'Arti Grafiche - BG

ISBN 978-88-07-72281-3

www.feltrinellieditore.it
Libri in uscita, interviste, reading,
commenti e percorsi di lettura.
Aggiornamenti quotidiani

IL RAZZISMO
È UNA
BRUTTA STORIA.

razzismobruttastoria.net

Avvertenza

Questo quarto volume della Storia dell'Italia moderna tratta del decennio 1849-59 e dei diciotto mesi decisivi per la formazione dello Stato unitario, che vanno dall'inizio della seconda guerra d'indipendenza nell'aprile del 1859 fino all'insediamento dell'amministrazione regia nel Mezzogiorno nel novembre 1860. Come il precedente volume sulla rivoluzione quarantottesca, anche questo contiene una trattazione prevalentemente politica inquadrata nello sviluppo generale della storia europea, che mira, in connessione con la storia economico-sociale, piú ampiamente trattata nei primi due volumi, ad individuare le ragioni di fondo della formazione dello Stato unitario e della vittoria del partito moderato su quello democratico nel 1860.

I problemi tipici dell'unificazione effettiva e dei limiti che essa ebbe storicamente (convivenza tra Nord e Sud, rapporti tra lo Stato e la Chiesa, sviluppo del capitalismo nell'ambito del nuovo Stato, questione dell'accentramento amministrativo, unificazione legislativa, finanziaria, militare, scolastica, ecc.) verranno trattati nel quinto volume, che sarà dedicato alla costruzione dello Stato unitario e alla formazione del mercato nazionale. Pertanto alcune questioni, già abbastanza vive nella coscienza politica nel '59 e nel '60, saranno svolte nel prossimo volume, che cronologicamente verrà a sovrapporsi in qualche punto al presente. Questo vale naturalmente anche per la Nota bibliografica.

Dedico questo volume e i successivi alla memoria di mia figlia Grazia, tragicamente scomparsa a vent'anni il 14 ottobre 1960, che seguiva questo mio lavoro con amore filiale e con la vivace curiosità di una mente giovanile avida di conoscere i complessi problemi del mondo contemporaneo.

Giorgio Candeloro

Roma, 24 novembre 1963.

Capitolo primo

Reazione, democrazia e liberalismo dal 1849 al 1853

1. L'Europa e l'Italia dopo il '49

Alla fine dell'estate del 1849, spento in tutta l'Europa l'incendio rivoluzionario, la situazione generale poteva sembrare a prima vista analoga a quelle del 1831 e del 1821: si poteva pensare cioè che le forze conservatrici attuassero senza troppe difficoltà una nuova restaurazione e che alle forze rivoluzionarie non restasse che attendere il formarsi di condizioni favorevoli per scatenare una nuova ondata insurrezionale. Ma l'Europa del 1849 era molto diversa da quella del 1821 ed anche da quella del 1831: lo sviluppo economico, sociale, politico e culturale, da cui era nata la stessa rivoluzione quarantottesca, rendeva impossibile il ristabilimento durevole del sistema politico, che dal 1815 era riuscito a conservarsi nelle sue grandi linee fino al 1848. D'altra parte questo sviluppo e i caratteri specifici che la rivoluzione del '48 aveva avuto rendevano impossibile il ripetersi di una nuova grande ondata rivoluzionaria. In questo senso si può affermare che la rivoluzione quarantottesca aprí un nuovo periodo nella storia europea.

Il diverso grado di progresso raggiunto dalle varie parti d'Europa aveva fatto sí che nel '48 nascessero simultaneamente due rivoluzioni: una proletaria, tipica della Francia, ma non del tutto assente negli altri paesi, ed una borghese, tipica dell'Italia, della Germania, dell'Austria, dell'Ungheria, ecc. Queste due rivoluzioni erano intimamente contrastanti. Di conseguenza sul fronte della repressione si erano ben presto schierate forze borghesi accanto a forze aristocratiche e dinastiche mentre il fronte rivoluzionario si era spezzato, sicché non solo era rimasta isolata la classe operaia, ma si era determinata una rottura nell'ambito della borghesia stessa tra gruppi moderati e gruppi democratici.

Inoltre la reazione era stata favorita in molti paesi dai rinascenti conflitti tra ceti urbani e contadini e dall'acutizzarsi dei contrasti nazionali. Ma le due classi momentaneamente alleate contro il socialismo e la democrazia erano dotate di una capacità di sviluppo molto disuguale; la borghesia infatti, sebbene già dovesse fronteggiare le rivendicazioni del proletariato, era ancora in fase ascendente grazie al crescente sviluppo dell'economia capitalistica; i gruppi aristocratici invece, stretti intorno alle vecchie dinastie assolutiste, per quanto in molti paesi avessero nelle mani ancora in modo quasi esclusivo la proprietà terriera e dominassero l'apparato statale, erano economicamente in declino. Perciò il compromesso stabilitosi nel '48 e nel '49 tra i gruppi dominanti borghesi e quelli aristocratico-dinastici, che aveva favorito soprattutto questi ultimi in molti paesi del continente, non poteva durare a lungo, e prima o poi doveva lasciare il posto al dominio esclusivo della borghesia, oppure doveva essere ristabilito in termini piú favorevoli alla borghesia stessa.

Questo mutamento nel rapporto di forza tra i gruppi dominanti, che in pratica portò alla nuova sistemazione liberale-nazionale di gran parte dell'Europa, non poteva però avvenire in modo pacifico e lineare. Infatti le dinastie assolutiste e i gruppi aristocratici, grazie al possesso del potere politico nella maggior parte degli Stati del continente, potevano opporre una resistenza abbastanza forte alla pressione della borghesia; inoltre gli stessi gruppi dominanti, tanto aristocratici quanto borghesi, erano internamente divisi da contrasti vecchi e nuovi, che si manifestarono sia nella politica interna dei singoli Stati, sia nella politica internazionale. D'altra parte, di fronte alla pressione, ora latente ed ora aperta, del proletariato, della piccola borghesia e dei contadini, i ceti piú ricchi della borghesia tendevano in certi momenti ad accentuare le loro propensioni conservatrici e a far blocco con i gruppi aristocratici, una parte dei quali del resto tendeva da tempo ad imborghesirsi. La lotta della borghesia per la conquista del potere politico nei paesi in cui essa era ancora dopo il '49 in una posizione subordinata avvenne quindi in parte con urti frontali e in parte attraverso compromessi via via sempre piú favorevoli, che permisero alla borghesia stessa di accelerare il processo spontaneo di assorbimento degli avversari.

Si aprí dunque nel 1849 un periodo storico piuttosto

agitato che durò fino al 1871, nel quale però l'iniziativa spettò piú ai gruppi dominanti che alle masse popolari e si svolse attraverso l'azione dei governi piú che con azioni insurrezionali. Queste non mancarono, ma furono represse oppure sfruttate da determinati governi per fini che coincidevano solo in parte con le aspirazioni popolari. Caratteristica piú evidente di questo periodo fu una serie di guerre, meno lunghe e sanguinose di quelle napoleoniche, ma che modificarono largamente e in modo definitivo l'assetto politico-territoriale dell'Europa: la formazione del Regno d'Italia e dell'Impero germanico sono i due aspetti piú notevoli di questo nuovo assetto. Inoltre mutamenti di grande rilievo avvengono in questo periodo anche in altre parti del mondo, soprattutto negli Stati Uniti d'America e nell'Estremo Oriente. Tutti questi mutamenti politici si accompagnano a vasti mutamenti economici e sociali ed hanno le loro radici nello sviluppo generale del sistema capitalistico di produzione.

Al periodo 1849-71, tanto ricco di avvenimenti politici rilevanti, corrisponde approssimativamente nel campo economico un periodo che va dal 1848 al 1873, caratterizzato dalla tendenza generale al rialzo dei prezzi, mentre il periodo 1817-48 era stato caratterizzato dalla tendenza opposta. La tendenza al rialzo, assai accentuata soprattutto tra il 1851 e il 1857, fu interrotta sul finire di quest'anno da una grave crisi economica; riprese con minore intensità nel 1859 per subire una piú lunga interruzione dopo la crisi del 1865-66; riprese infine vivacemente nel 1870 e si arrestò con la crisi del 1873, che segnò l'inizio di un periodo, caratterizzato di nuovo dalla tendenza al ribasso, durato fino al 1896. Comunque, anche negli anni di crisi, in tutto il periodo 1848-73, il livello medio generale dei prezzi fu notevolmente superiore a quello del periodo 1817-48. All'aumento dei prezzi contribuirono in una certa misura le guerre, ma contribuí molto di piú la scoperta delle miniere d'oro della California nel 1848 e dell'Australia nel 1849-51: si è calcolato che in questo periodo la produzione dell'oro ammontasse a cinque volte tanto quella che vi era stata complessivamente nei tre secoli e mezzo tra la scoperta dell'America e il 1848. Anche la produzione dell'argento aumentò notevolmente, sebbene in misura minore; sembra infatti che in questi venticinque anni fosse all'incirca uguale a quella dei trecentocinquanta anni precedenti. Tuttavia

9

l'aumento dei prezzi rimase molto al di sotto dell'aumento della produzione dei metalli preziosi: tra le varie curve dei numeri-indici dei prezzi nei paesi economicamente piú evoluti, costruite dagli studiosi di questo periodo, le piú attendibili segnalano per gli anni di punta aumenti che variano dal 30 al 50% rispetto alla media degli anni 1845-50. La differenza tra l'aumento dei prezzi e l'aumento della produzione dell'oro e dell'argento si dovette essenzialmente all'enorme aumento della produzione e della circolazione delle merci. L'accrescimento della produzione dei metalli preziosi agí dunque come un forte stimolo sopra uno sviluppo già in corso, che aveva le sue radici nel sistema di produzione capitalistico e che si manifestò con un progresso impetuoso della grande industria, delle costruzioni ferroviarie, della navigazione a vapore e del commercio internazionale.

L'Inghilterra, "il demiurgo del cosmo borghese," come la definí allora Carlo Marx,[1] diede un potente impulso al generale progresso dell'economia capitalistica. Al principio di questo periodo infatti essa si trovava in una posizione privilegiata rispetto all'Europa continentale, sia per il suo sviluppo industriale, sia per l'entità dei suoi traffici col mondo extraeuropeo; inoltre la maggiore robustezza economico-sociale le consentí di evitare che i suoi contrasti interni sboccassero in una rivoluzione e fossero quindi seguiti da una violenta reazione. In Inghilterra pertanto la crisi economica, che raggiunse il suo culmine nell'autunno del '47, fu superata già nel corso del '48, quando i paesi del continente erano ancora travagliati da difficoltà di ogni genere, e la ripresa si sviluppò con ritmo accelerato negli anni successivi. La politica liberista, dopo il grande successo del 1846, quando era stato abolito il dazio sui cereali, trionfò definitivamente nel 1849 e contribuí non poco a rafforzare il predominio politico e sociale della borghesia industriale. D'altra parte la borghesia inglese, sconfitto definitivamente nel '48 il movimento cartista, poté approfittare degli anni di prosperità per rafforzare il proprio potere politico venendo incontro con un limitato riformismo ad alcune richieste della classe operaia. Essa stimolò cosí la tendenza di quest'ultima a portare le proprie rivendicazioni soprattutto sul terreno sindacale e poté ritardare di al-

[1] K. MARX e F. ENGELS, *Il 1848 in Germania e in Francia*, trad. it., Roma, 1946, p. 237.

cuni decenni la formazione di un partito politico della classe operaia.

La politica liberista fu anche uno strumento importante dell'espansione economica della Gran Bretagna, che in questo periodo si diresse verso l'Europa continentale piú che verso i paesi extraeuropei. L'Europa infatti, grazie al rapido progresso di parecchi paesi, era in grado di assorbire in misura maggiore delle altre parti del mondo prodotti industriali e capitali disponibili per investimenti. Si accrebbero perciò grandemente l'esportazione di merci e gli investimenti di capitali inglesi nelle costruzioni ferroviarie e negli impianti di servizi pubblici moderni di molti paesi del continente. In tal modo l'Inghilterra contribuí efficacemente ad accelerare lo spontaneo sviluppo economico dell'Europa continentale. Questo fatto influí anche sulla politica estera dell'Inghilterra e stimolò la tendenza, abbastanza viva nell'opinione pubblica e in una parte della classe dirigente britannica, a favorire alcuni movimenti liberali e nazionali europei; si deve però ricordare che sulla politica estera inglese agivano anche preoccupazioni di altra natura, come quella di conservare l'equilibrio continentale anche a costo di appoggiare potenze reazionarie, e quelle derivanti dall'espansione coloniale in vasti settori extraeuropei. Comunque, un aspetto importante della politica inglese di questo periodo fu la tendenza, manifestatasi già alla vigilia del '48, a favorire la formazione nel continente di una zona di libero scambio quanto piú vasta possibile. Pur con qualche limitazione, questa zona effettivamente poté formarsi in una parte dell'Europa: vi contribuí la politica commerciale della Francia, che dal 1852 attenuò il protezionismo fino a divenire liberista nel 1860, e vi contribuí pure, come si vedrà piú avanti, la politica commerciale del Piemonte e poi dell'Italia unita. Si formò insomma in questi anni una certa concordanza di interessi tra la borghesia industriale inglese e alcuni gruppi borghesi del continente, soprattutto finanziari e commerciali, che ebbe un peso notevole nelle trasformazioni economiche e politiche di vari paesi d'Europa.

Lo sviluppo economico dell'Europa continentale riprese con un'intensità assai notevole a partire dal 1850. In alcuni paesi, come la Francia, il Belgio e la Germania renana, esso si manifestò in misura notevole nell'industria; ma in generale consistette in un grandioso apprestamento di infrastrutture, che si collegò con un vastissimo movi-

11

mento finanziario e commerciale e che fu la condizione indispensabile per l'ulteriore sviluppo dell'industria. Sono molto significativi in proposito i dati riguardanti le costruzioni ferroviarie. Nel 1850, su 38.568 chilometri di linee in esercizio in tutto il mondo, 14.515 si trovavano negli Stati Uniti, 10.653 in Gran Bretagna e soltanto 12.851 nell'Europa continentale; nel 1860 i chilometri di ferrovie in esercizio erano 49.292 negli Stati Uniti, 16.787 in Gran Bretagna e 35.075 nell'Europa continentale; nel 1870 essi erano rispettivamente 85.139 negli Stati Uniti, 24.999 in Gran Bretagna e 79.915 nell'Europa continentale. Il ritmo di sviluppo delle costruzioni ferroviarie fu dunque nei paesi del continente europeo di poco inferiore a quello degli Stati Uniti nel decennio 1850-60 e leggermente superiore nel decennio 1860-70. Naturalmente il ritmo delle costruzioni fu assai diverso da un paese all'altro: tra il 1850 e il 1860 esso fu molto intenso in Francia, in Germania (Stati dello *Zollverein*), nel Belgio, in Svizzera, nel Piemonte; nel decennio successivo, oltre che in questi Stati, fu molto intenso anche nell'Italia unita, in Austria, in Russia, in Olanda, in Svezia, in Spagna. Un contributo decisivo alle costruzioni ferroviarie, oltre che dai capitali inglesi, fu dato dai capitali francesi, raccolti in questo periodo da milioni di risparmiatori dalle grandi case bancarie parigine dei Pereira, dei Rothschild, dei Laffitte, dei Talabot, ecc. mediante grandi emissioni di azioni e di obbligazioni e investiti nelle imprese per la costruzione e l'esercizio delle ferrovie nella Francia stessa e in molti altri paesi d'Europa. Il capitalismo francese ebbe dunque nello sviluppo economico dell'Europa una funzione propulsiva inferiore soltanto a quella del capitalismo inglese e trovò un forte appoggio nella politica di Napoleone III, che fu fortemente influenzata da alcuni gruppi bancari.

Per quanto concerne la politica commerciale il fatto principale, comune, si può dire, a tutta l'Europa, fu la definitiva abolizione del *sistema proibitivo*, caratteristico di parecchi Stati continentali dopo il 1815, di cui si è parlato nel primo capitolo del secondo volume. Non fu però uniforme la nuova politica commerciale adottata: alcuni Stati, come già si è detto, adottarono un liberismo piú o meno completo; altri invece adottarono o continuarono a sviluppare una politica protezionista, rivolta soprattutto a favorire l'industria, nell'ambito però di unioni doganali o comunque di accordi commerciali concernenti aree piuttosto ampie. Grosso modo la prima politica prevalse nell'Europa occidentale; la seconda nell'Europa centrale e orientale, dove l'esempio tipico fu dato dallo *Zollverein*. Ma nel complesso in questo primo periodo i trattati di commercio si moltiplicarono e la circolazione delle merci divenne piú facile, rapida e intensa.

Anche nel continente la fase di prosperità apertasi nel '50 e la brevità della crisi economica del '57 favorirono la borghesia e attenuarono la spinta rivoluzionaria della classe operaia, i cui settori piú avanzati erano stati duramente sconfitti nel '48; tuttavia le contraddizioni di fondo rimasero nel complesso molto acute, cosicché nei decenni successivi al 1860 l'avanzata del proletariato diede luogo a lotte aspre e si manifestò in forme ideologiche, organizzative e politiche nel complesso piú avanzate che in Inghilterra.

Il clima di generale progresso economico impedí per molti anni dopo il '49 il nascere di nuove grandi ondate rivoluzionarie, ma al tempo stesso impedí che la situazione dell'Europa si stabilizzasse secondo lo schema tradizionale. Due fatti ebbero in proposito un'importanza decisiva: l'avvento del Secondo Impero in Francia e la rottura dell'alleanza reazionaria dell'Europa centro-orientale.

Il colpo di Stato del 2 dicembre 1851 segnò la fine della Seconda Repubblica francese: Luigi Bonaparte vinse la battaglia contro l'Assemblea legislativa assicurandosi il potere dittatoriale e, dopo un anno, la proclamazione ad imperatore. Fallirono cosí le speranze coltivate per tre anni dalla maggioranza dei democratici europei, i quali avevano creduto che l'instabile situazione interna francese potesse avere uno sbocco rivoluzionario ed accendere quindi la scintilla di un generale moto europeo. D'altra parte si rivelò anche impossibile una soluzione liberale-moderata della crisi politico-sociale che aveva travagliato la Francia dal febbraio del '48 in poi. Ma il Secondo Impero non fu soltanto un regime di reazione, intorno al quale si raccolsero le forze conservatrici della società francese, ostili alla democrazia e al socialismo; fu anche l'espressione dei gruppi piú dinamici del capitalismo francese e al tempo stesso non poté non riallacciarsi alla tradizione militaristica ed egemonica del Primo Impero. I banchieri, gli affaristi, gli avventurieri politici, i capi militari, che si strinsero intorno a Napoleone III, cercarono da un lato di rafforzare il loro potere con una politica tendente a favorire la borghesia finanziaria ed industriale e ad attenuare con qualche limitata riforma e molta demagogia il malcontento degli operai e dei contadini, dall'altro cercarono di riprendere una politica estera mirante a dare alla Francia una funzione di guida in Europa. Alla demagogia sociale interna corrispose nella politica estera una tendenza demagogica ostentatamente favorevole al principio di nazionalità, dovuta in larga misura all'azione personale di Napoleone III. In pratica la politica estera del Secondo Impero fu caratterizzata da un espansionismo che in certi momenti fu addirittura avventuroso, in altri fu soltanto velleitario, perché frenato da preoccupazioni conservatrici. Essa comunque, soprattutto nel periodo 1852-59, ebbe una funzione eversiva rispetto all'esistente ordinamento politico-territoriale dell'Europa, anche perché nello stesso tempo si ruppe l'alleanza reazionaria centro-orientale.

Questo fatto fu pure una conseguenza della rivoluzione del '48, sebbene si ricollegasse a vecchie rivalità fra le Corti di Vienna, di Berlino e di Pietroburgo, che avevano come oggetto la Germania e l'Impero turco. Il tentativo compiuto dal governo prussiano, dopo la repressione della rivoluzione tedesca, di assumere in Germania una posizione egemonica esclusiva fu bloccato dall'Austria con la Convenzione di Olmütz del 29 novembre 1850. Lo Schwarzenberg, che dirigeva il governo di Vienna, riuscì a far fallire il piano prussiano, non solo perché fu appoggiato dalla Baviera, dal Württemberg e dalla Sassonia, ma soprattutto perché fu energicamente sostenuto dallo zar Nicola I, contrario alla formazione di un Impero tedesco sotto l'egemonia prussiana. Il governo conservatore prussiano preferí piegarsi alla "umiliazione" di Olmütz piuttosto che affrontare il rischio di una guerra, che avrebbe potuto sostenere con speranza di successo soltanto se avesse fatto appello proprio a quelle forze liberali e democratiche che un anno prima aveva duramente represse. Fu quindi ristabilita la Confederazione germanica secondo le norme che la reggevano dal 1815. Ma poco dopo il governo di Berlino riuscí a far fallire il tentativo dello Schwarzenberg di fare entrare nella Confederazione tutti gli Stati della casa d'Austria (compresi l'Ungheria e il Lombardo-Veneto) e di imporre cosí alla Confederazione stessa l'egemonia asburgica. La resistenza prussiana a questo progetto fu validamente appoggiata dai governi di Londra e di Parigi, che videro nel tentativo austriaco una violazione dei trattati del '15 e una minaccia all'equilibrio europeo. La Confederazione rimase quindi un organismo politicamente debole, minato dall'accentuato antagonismo austro-prussiano. La Prussia del resto riuscí a rafforzare lo *Zollverein* e a tenerne fuori l'Austria, nonostante i tentativi del ministro delle finanze austriaco Bruck di creare intorno all'Austria una vasta unione doganale medioeuropea, che avrebbe dovuto comprendere lo *Zollverein* ed anche una parte dell'Italia. La Germania pertanto venne sempre piú unificandosi economicamente intorno alla Prussia e nel complesso progredí piú rapidamente della monarchia asburgica.

È interessante notare come lo Schwarzenberg fosse portato a svolgere una politica almeno in parte contraddittoria. Egli infatti, dopo avere salvato l'Impero austriaco dallo sfacelo facendo leva soprattutto sull'esercito, fu spinto dalla necessità di fronteggiare una situazione profondamente mutata dalla rivoluzione del '48 a rompere in parte con la tradizione metternichiana, non solo dando all'Impero una struttura interna assai piú centralizzata che nel passato, ma soprattutto tentando di realizzare in Germania un piano egemonico che avrebbe modificato notevolmente l'ordinamento europeo stabilito dal Congresso di Vienna. Questo piano nasceva da un'esasperazione della politica reazionaria, poiché mirava, oltre che a stabilire l'egemonia esclusiva dell'Austria in Germania, a bloccare ogni iniziativa in favore del liberalismo continentale da parte del Palmerston, al quale lo Schwarzenberg attribuiva la maggiore responsabilità della rivoluzione del '48. Ma in questo modo lo statista austriaco tendeva ad aggravare e a prolungare il dissidio tra Vienna e Londra, delineatosi nel '46 e accentuatosi nel '47, in contrasto col tradizionale accordo austro-inglese in favore dell'equilibrio continentale stabilito nel 1815; agiva inoltre in senso almeno in parte contrastante con la politica di amicizia con Luigi Bonaparte, da lui stesso iniziata quando, pochi giorni dopo il suo avvento al potere (21 novembre 1848), il napoleonide era stato eletto presidente della Repubblica francese (10 dicembre 1848). Lo Schwarzenberg vedeva nel Bonaparte un alleato contro il socialismo, la democrazia e il liberalismo e si illudeva di poter creare un blocco conservatore tra Parigi, Vienna e Pietroburgo, destinato ad annientare ogni movimento liberale e nazionale e a combattere efficacemente le eventuali iniziative filoliberali del governo di Londra. Questa politica ebbe effettivamente un'attuazione nel '49, quando l'accordo austro-francese da un lato e quello austro-russo dall'altro ebbero una funzione decisiva per sconfiggere la rivoluzione a Roma e in Ungheria. Ma in seguito il capo del governo austriaco fu deluso nelle sue speranze, perché il Bonaparte, impegnato nella lotta per la conquista totale del potere, non volle giungere ad una rottura con Londra ed evitò d'altra parte di spingere le buone relazioni con Vienna fino al punto di favorire un rafforzamento dell'egemonia austriaca in Germania e in Italia: una politica di questo genere avrebbe trovato in Francia forti resistenze e non rispondeva allo spirito espansionistico che il bonapartismo celava dentro di sé. La morte prematura, avvenuta il 4 aprile 1852, impedí allo Schwarzenberg di comprendere la vera natura del bonapartismo, ma tolse anche all'Austria un capo politico di grande prestigio, capace di adeguare la sua politica alle esigenze di una situazione in rapida evoluzione, che ben presto doveva divenire molto difficile per il vecchio Impero.

D'altra parte lo zar Nicola I non osteggiò il tentativo dello Schwarzenberg di fare entrare tutto l'Impero austriaco nella Confederazione germanica, perché pensava che l'Austria, una volta impegnata a fondo nelle cose tedesche, sarebbe stata costretta ad attenuare la sua vigilanza nelle faccende orientali. Egli d'altronde si illudeva di essersi guadagnato l'eterna gratitudine austriaca coll'intervento repressivo delle sue truppe in Ungheria nel '49; infine sottovalutava le possibilità espansive della Francia bonapartista e piú in generale la potenza economica e politica della Francia stessa e dell'Inghilterra. Credette perciò di poter riprendere impunemente la tradizionale politica zarista di espansione nei territori dell'Impero turco ed iniziò nel 1853 l'azione che doveva portare alla guerra russo-turca e provocare l'intervento franco-inglese in Crimea. Ma durante la guerra di Crimea l'Austria, contrariamente alle speranze dello zar, tenne un atteggiamento ostile alla Russia, pur senza impegnarsi apertamente nel conflitto armato.

La guerra di Crimea, come si vedrà meglio in seguito, segnò una svolta fondamentale nella politica europea, non tanto per la sistemazione data alla questione d'Oriente dal congresso di Parigi quanto perché aprí un acuto conflitto diplomatico austro-russo e portò a un forte avvicinamento russo-francese. L'Austria si trovò pertanto all'indomani di essa in una situazione di isolamento rispetto alla posizione preminente che aveva avuto tra il '15 e il '48, quando era stata il perno dell'equilibrio continentale. Tutta la situazione internazionale assunse un aspetto nuovo e fluido e offrí notevoli possibilità d'azione alle forze che tendevano a stabilire in Europa una nuova sistemazione politica. Ma le radici di questo dinamismo vanno ricercate nella rivoluzione del '48 e nel periodo 1849-53, quando maturarono i conflitti diplomatici che poi determinarono le guerre degli anni successivi.

Il progresso economico e civile dell'Italia nel decennio successivo al '49 fu assai meno rapido di quello dei paesi piú evoluti dell'Occidente e fu, salvo che nel Regno di Sardegna, piú lento e stentato di quello compiuto dall'Italia stessa tra il 1840 e il 1847. Questo fatto derivò in parte da alcune circostanze di carattere generale, ma in parte maggiore dall'incapacità dei governi reazionari restaurati nel '49 a risolvere i problemi che la rivoluzione del '48 aveva posto in modo drammatico e che il progresso generale del mondo rendeva ormai sempre piú pressanti.

La rivoluzione e la guerra avevano nel '48 e nel '49 resa ovunque assai precaria la situazione delle finanze; il peso delle forze militari, straniere e locali, e dell'apparato repressivo gravò ulteriormente sui bilanci dei governi negli anni successivi. Quasi ovunque si ebbe un notevole appesantimento del carico tributario. Di conseguenza si diffuse il malcontento, che si accentuò nel 1852 e nel 1853 per effetto di due annate di cattivi raccolti: vi fu di nuovo carestia, peraltro meno grave di quella del 1845-46, e aumento dei prezzi dei generi di prima necessità, che si accentuò nel 1854-55 a causa della guerra di Crimea; un po' dovunque aumentò la disoccupazione e per qualche anno si ebbe un ristagno negli affari e un rallentamento dell'attività industriale e commerciale. La diffusione della *pebrina*, una malattia del baco da seta che ne provocava l'atrofia, danneggiò gravemente la produzione serica dell'Italia settentrionale; in vaste zone d'Italia la crittogama danneggiò la viticoltura. Queste circostanze generali di carattere negativo si fecero sentire anche nel Regno sardo; ma furono superate mediante la nuova politica doganale e piú ancora grazie all'ardita politica della spesa pubblica voluta dal Cavour, che stimolò una serie di iniziative e diede un forte impulso a tutta l'economia. Negli Stati assolutisti invece una politica di questo genere non fu fatta, o fu svolta in modo timido e frammentario. Il timore di suscitare con una politica di forti spese, e quindi con un ulteriore aumento del carico fiscale, nuove indilazionabili rivendicazioni costituzionali fu la causa principale dell'incertezza e della lentezza con cui i governi reazionari procedettero sulla via del progresso economico e civile. A questo si deve aggiungere lo spirito particolaristico da cui erano dominati questi governi e l'azione ritardatrice svolta in molte occasioni dall'Austria, timorosa di ogni iniziativa tendente a stimolare il progresso generale dell'Italia.

Comunque nel decennio 1849-59 l'esempio del Piemonte costituzionale dimostrò con la forza che è propria della realtà ciò che prima era stato affermato solo in teoria: dimostrò cioè che la causa del progresso economico e civile si identificava con quella della libertà e dell'indipendenza nazionale. Certo si rafforzarono allora anche le illusioni sull'efficacia pratica immediata che il sistema costituzionale poteva avere per dare a tutta la società italiana una spinta progressiva, ma si dissolse anche definitivamente l'illusione, per decenni coltivata ad arte dai reazionari meno ottusi, che questo problema potesse essere risolto con l'assolutismo amministrativo. Questo fu un aspetto non trascurabile della complessa evoluzione politica dell'Italia in quel decennio.

In questa situazione agiscono essenzialmente in Italia tre gruppi di forze politiche: le forze reazionarie, che hanno in mano i governi di tutti gli Stati, salvo il Regno sardo, dove sono però in grado di alimentare una opposizione abbastanza forte; le forze democratiche che continuano l'attività cospirativa ed insurrezionale; le forze liberali-moderate, che hanno in mano il governo di Torino e tendono a raccogliersi intorno ad esso. Le prime sono per loro natura statiche e subiscono nel complesso scarsi mutamenti interni, ma condizionano negativamente l'azione delle due forze innovatrici. Queste ultime invece sono caratterizzate da importanti sviluppi interni, ideologici e politici, che si manifestano, oltre che nella lotta contro la reazione, in una vivace lotta tra loro per la direzione del movimento nazionale.

18

2. *La reazione nel Lombardo-Veneto e nello Stato pontificio*

L'Impero austriaco, che era stato nella primavera e nell'estate del '49 la forza decisiva della reazione, continuò ad esserlo per tutto il decennio successivo. Il reazionarismo austriaco fu anzi nel complesso, almeno fino al '57, assai piú rigido che nel passato, sia nella politica verso gli Stati italiani, sia nell'amministrazione interna del Lombardo-Veneto. Nominalmente l'Austria rimase uno Stato costituzionale fino al gennaio 1852, quando fu ufficialmente abrogata la Costituzione concessa da Francesco Giuseppe il 4 marzo 1849, la quale peraltro non era mai stata attuata. Lo Schwarzenberg, convinto assertore dell'assolutismo, fece il possibile per spingere anche i sovrani italiani a rendere inoperanti le Costituzioni concesse nel '48. Egli pensava che i governi italiani dovessero rimediare agli abusi esistenti prima del '48 con miglioramenti amministrativi, con un buon funzionamento degli organi consultivi centrali ed eventualmente con la concessione di limitate autonomie municipali e provinciali. Comunque, anche dopo la riconquista di Venezia, continuò a tenere ingenti forze militari nel Lombardo-Veneto e corpi di occupazione nelle Legazioni pontificie (fino al 1859) e in Toscana (fino al 1855). A capo di tutte le forze imperiali in Italia rimase fino al 1857 il Radetzky, che fu anche governatore generale del Lombardo-Veneto. Il vecchio maresciallo poté dunque continuare ad esercitare uno stretto controllo politico-militare su piú di un terzo dell'Italia e a dominare una serie di posizioni strategiche di importanza fondamentale per eventuali interventi in qualsiasi parte della penisola.

Lo Schwarzenberg tuttavia non volle approfittare di questa situazione per introdurre nell'ordinamento politico generale dell'Italia novità paragonabili a quella che nello stesso tempo cercava di introdurre in Germania col tentativo prima ricordato di immettere tutto l'Impero asburgico nella Confederazione tedesca. Si può anzi affermare che la sua politica italiana fu condizionata dalla sua politica tedesca e non viceversa. Certamente con l'entrata di tutto l'Impero nella Confederazione egli avrebbe ottenuto anche una garanzia confederale al possesso austriaco del Lombardo-Veneto, che sarebbe in tal modo divenuto parte integrante della Confederazione stessa; ma non era questo lo scopo principale di quel suo progetto, concepito essenzialmente in funzione antiprussiana ed antinglese. Nei riguardi dell'Italia lo Schwarzenberg mirò piuttosto ad assicurarsi l'appoggio francese impegnando quanto piú possibile Luigi Bonaparte in una politica di lotta al liberalismo e di sostegno aperto ai restaurati governi assolutisti. Gliene offrirono il destro l'occupazione francese di Roma e la volontà di Pio IX e del cardinale Antonelli di ristabilire pienamente il governo assoluto, nonostante gli inviti francesi alla moderazione. Lo statista austriaco, convinto che Luigi Bonaparte non avrebbe sgombrato Roma per ragioni di prestigio e non avrebbe d'altra parte potuto imporre al papa per ragioni interne francesi una diversa linea di condotta, incoraggiò quanto piú possibile la politica reazionaria di Pio IX e dei suoi consiglieri, perché in tal modo la Francia sarebbe divenuta insieme all'Austria la custode dell'ordine assolutistico restaurato in Italia.

Questa politica implicava però da parte austriaca la rinuncia ad ogni progetto che potesse suscitare l'ostilità o la diffidenza francese. Perciò, quando sul finire del 1850 il duca di Modena Francesco V e il ministro toscano Baldasseroni ripresero il vecchio progetto, già proposto dal Metternich fin dal 1816, di una lega tra gli Stati italiani di cui facesse parte anche l'Austria come sovrana del Lombardo-Veneto, lo Schwarzenberg dichiarò che il governo imperiale desiderava restare estraneo a quel tentativo. Egli dichiarò anche di non essere contrario a una lega tra gli Stati italiani fatta senza la partecipazione austriaca, ma in pratica nulla fece per favorirne l'attuazione, quando nel corso del 1851 si svolsero delle trattative per la lega stessa. Il progetto, che trovò consenzienti i governi di Firenze, di Modena e di Parma e che non fu respinto dal governo papale, peraltro molto cauto in proposito, fallí per la netta ostilità di Ferdinando II, contrario ad impegnarsi con governi che giudicava piú deboli e meno indipendenti del suo rispetto alle grandi potenze. Ma in realtà il progetto era votato al fallimento dal disinteresse iniziale dell'Austria: nessun motivo aveva infatti il governo di Vienna per favorire la formazione di una lega, a cui doveva restare estraneo per non urtare la Francia e le altre grandi potenze, e che pertanto avrebbe potuto portare ad un'attenuazione della sua tutela militare e diplomatica sugli Stati italiani piú deboli.

Un altro caposaldo della politica austriaca dopo il '49 fu l'accordo con la Chiesa, che si manifestò non solo nel campo diplomatico e militare con l'appoggio alla piena restaurazione dell'assolutismo papale nello Stato romano, ma anche nella politica ecclesiastica all'interno dell'Impero con la tendenza a far concessioni alla Chiesa perché sostenesse apertamente l'assolutismo imperiale. Francesco Giuseppe e lo Schwarzenberg si misero subito decisamente su questa linea, che implicava la rinuncia a gran parte della legislazione giuseppina. Essi crearono cosí le condizioni favorevoli per l'inizio di trattative con Roma, che si aprirono alla fine del '52 e si conclusero col Concordato del 18 agosto 1855. Questo attenuò grandemente il controllo statale sulla Chiesa e ridiede ad essa importanti privilegi soprattutto nel campo della legislazione matrimoniale e scolastica. La Santa Sede ottenne cosí un notevole successo, ma al tempo stesso legò sempre piú la sua politica a quella del maggior pilastro della reazione. L'accordo austro-pontificio assunse inoltre un significato reazionario particolarmente spiccato, perché si realizzò proprio negli anni in cui il nuovo regime liberale-borghese si affermava in Piemonte attraverso un'aspra lotta per l'abolizione dei privilegi ecclesiastici.

Ma il settore in cui il reazionarismo austriaco si manifestò in modo particolarmente duro e ottuso fu il governo del Lombardo-Veneto. Con la Sovrana risoluzione del 16 ottobre 1849 il governo del Regno fu affidato a un governatore generale civile e militare, che fu il Radetzky, alle cui dipendenze furono posti due luogotenenti, uno a Milano ed uno a Venezia. Era intenzione dello Schwarzenberg di giungere col tempo a sopprimere l'individualità politico-amministrativa del Lombardo-Veneto e di fare della Lombardia e del Veneto due regioni, dotate ognuna di particolari autonomie amministrative, inserite nell'unità complessiva dell'Impero. Ma di fatto il Lombardo-Veneto rimase sottoposto, per tutta la durata del governo del Radetzky, cioè fino al '57, ad un pesante regime militare. Nel corso della primavera e dell'estate del '49 la repressione fu durissima: vi furono parecchie fucilazioni di cittadini trovati in possesso di armi, numerosi arresti e persino bastonature inflitte con giudizi sommari dall'autorità militare a patrioti accusati di aver partecipato a manifestazioni antiaustriache. Poi il regime di oppressione si attenuò un poco, ma le autorità militari e di polizia conservarono poteri amplissimi, di cui fecero largo uso in molte occasioni negli anni successivi.

L'amnistia, concessa il 12 agosto 1849, permise il rientro nel Lombardo-Veneto di tutti quelli che erano fuggiti dopo il ritorno degli austriaci, salvo 54 lombardi e 32 veneti piú compromessi, nominativamente indicati, ai quali si aggiunsero il 24 agosto i 40 patrioti esiliati con la capitolazione di Venezia. Il Radetzky diede tempo fino al 30 settembre per il rientro; dopo quella data, quelli che eventualmente non fossero rientrati potevano chiedere l'autorizzazione ad emigrare; gli amnistiati non sarebbero stati perseguiti per la loro precedente attività politica, ma se avessero compiuto nuovi atti "a danno della tranquillità dello Stato," diceva il proclama del maresciallo, "la parte di reità perdonata" sarebbe stata "accumulata alla nuova" e punita per intero. La maggior parte dei numerosi esuli, che si erano rifugiati in Piemonte e in Svizzera dove vivevano in difficili condizioni economiche, rientrarono nel Lombardo-Veneto: si ricomposero cosí molte famiglie disperse dalla guerra e molti cittadini tornarono alle loro normali occupazioni. Ma non pochi patrioti preferirono restare in Piemonte, dove ottennero la cittadinanza e si inserirono nella vita civile e politica del paese. Comunque l'amnistia, dovuta, come s'è detto nel precedente volume, alle insistenze piemontesi nelle trattative di pace, riconosciute giuste e appoggiate presso il riluttante governo di Vienna dallo stesso Radetzky, fu un provvedimento indispensabile per ristabilire nel paese alcune elementari condizioni di normalità, tenuto conto del gran numero di cittadini che erano emigrati dopo la rioccupazione austriaca, ma non fu e non poteva essere il principio di una riconciliazione del paese col governo austriaco. Vi si opponeva da un lato il sentimento patriottico stimolato dal ricordo della rivoluzione del '48, e dall'altro la profonda ostilità verso i lombardo-veneti diffusa nelle sfere dirigenti austriache, soprattutto militari, che accentuò il carattere oppressivo e vessatorio del governo imperiale.

In sostanza le parole che già nel 1820 il conte Strassoldo, governatore della Lombardia, aveva scritto al Metternich: "Nos possessions italiennes ne nous sont garanties dans ce moment que par la force physique, la force morale nous y manquant entièrement,"[2] valgono a maggior ragione per la situazione del decennio 1849-59. Il tardivo e insufficiente tentativo conciliatore, compiuto dall'Austria

[2] Cfr. vol. II di questo lavoro, p. 30.

dopo il '57, non poteva in alcun modo, come si vedrà in seguito, modificare la situazione. Nessuna classe o ceto sociale aveva un interesse diretto a sostenere attivamente il governo imperiale. Gli uomini piú intelligenti e capaci di tutte le classi erano all'opposizione: gli aristocratici erano in maggioranza liberali-moderati e sabaudisti; i borghesi, sia liberali, sia democratici, sia propensi a posizioni intermedie, erano comunque ostili all'Austria; gli artigiani e gli operai erano democratici e mazziniani. Non ostili al governo austriaco, soprattutto nelle zone di pianura, erano le masse contadine, che il governo liberale del '48 aveva deluso e che il Radetzky aveva cercato di guadagnare con qualche sgravio fiscale e con molta propaganda demagogica di tipo "galiziano" contro i signori. Ma poiché il governo imperiale non modificò minimamente la struttura dei rapporti di produzione nelle campagne e neppure lontanamente mostrò l'intenzione di farlo, in pratica le condizioni dei contadini non migliorarono dopo il '49, anzi in una certa misura peggiorarono, perché essi risentirono gli effetti dei cattivi raccolti, della malattia dei bachi e, indirettamente, del maggior peso fiscale imposto dal governo ai proprietari. Perciò il favore con cui in una parte notevole delle campagne era stato accolto il ritorno degli austriaci si trasformò ben presto in passiva indifferenza. Questo stato d'animo costituiva senza dubbio un elemento negativo per l'azione dei liberali e dei democratici, ma neppure poteva essere per il governo una sorgente di forza da utilizzare con sicurezza in caso di grave crisi politica. Inoltre nelle zone alpine e prealpine, dove prevaleva la piccola proprietà, anche tra i contadini era diffusa l'ostilità al governo ed era abbastanza radicato il sentimento patriottico, tenuto vivo dagli esuli rifugiati in Svizzera. Si può quindi affermare che veramente il governo austriaco dopo il '49 poteva contare nel Lombardo-Veneto soltanto sulla forza militare e poliziesca, oltre che su quelle condizioni psicologiche generali che i regimi di pura costrizione determinano naturalmente, soprattutto dopo una dura repressione: la paura, la passività, la stanchezza, la delusione per l'insuccesso della rivoluzione e dei successivi tentativi cospirativi e insurrezionali. Ma questo stato d'animo poteva dissolversi da un momento all'altro, non appena nella situazione generale dell'Italia si delineasse chiaramente la possibilità di un mutamento radicale.

A rendere piú odioso e pesante il governo austriaco

contribuí non poco la sua politica finanziaria. Come già si è detto nel secondo volume, fin dal 1815 il governo di Vienna aveva fatto pagare al Lombardo-Veneto, a cui non aveva dato alcuna autonomia finanziaria, molto di piú di quanto non spendesse per amministrarlo, presidiarlo e promuoverne il benessere economico e civile. Questa politica, applicata in modo sempre piú rigido prima del '48, divenne ancor piú gravosa dopo il '49. In tal modo il governo imperiale non solo fece pagare al Lombardo-Veneto le spese della rivoluzione e della conseguente crisi finanziaria, ma fece ricadere su di esso il peso di una parte cospicua del deficit di tutto l'Impero in una misura sproporzionata rispetto ai territori transalpini. L'aumento dei tributi fu particolarmente sensibile nei primi anni dopo il '49: l'imposta fondiaria fu aumentata di un terzo nel 1850 e di un dodicesimo nel '51; un'imposta sul reddito dei capitali, dei censi e sul trapasso delle proprietà fu introdotta nel '50; nello stesso anno fu aumentato il dazio di consumo. L'aggravio fiscale fu piú notevole per i proprietari fondiari, gli imprenditori, i commercianti e i professionisti, ma anche il peso delle imposte indirette gravanti sulle masse popolari non fu lieve; d'altra parte l'aggravamento del peso tributario complessivo, non accompagnato da un adeguato aumento della spesa pubblica per fini di progresso civile, danneggiò in ultima analisi piú i poveri che gli abbienti, perché contribuí in misura sensibile all'aumento dei prezzi e al tempo stesso alla stasi economica del paese.

L'economia del Lombardo-Veneto, in particolare della Lombardia, che aveva progredito quasi ininterrottamente e con crescente intensità dal 1821 al 1847, attraversò nel decennio 1849-59 una fase di rallentamento e per molti aspetti di stasi. Data l'importanza preminente della produzione serica, la diffusione della *pebrina* deve essere considerata come una delle ragioni principali della stasi economica di questo periodo. Infatti l'atrofia dei bachi dal 1853 in poi durò per parecchi anni, fino a quando non poté essere efficacemente combattuta con una paziente selezione del seme, e con l'importazione di semi nuovi dal Giappone e provocò una grave crisi della produzione serica: molte filande si chiusero e l'esportazione diminuí notevolmente; sopravvissero gli impianti piú grandi e attrezzati piú modernamente, che poi furono la base per la ripresa dell'industria serica nei decenni successivi. Ma intanto per alcuni anni la crisi serica danneggiò seriamente i contadini, gli operai, i proprietari terrieri, gli industriali e i commercianti; la contrazione dei profitti rallentò sensibilmente il processo di accumulazione capitalistica, che in Lombardia aveva nell'esportazione della seta una delle principali sorgenti di incremento. Il fatto che l'economia lombarda, che pure era già in misura notevole di tipo capitalistico, si imperniasse prevalentemente su attività agricolo-industriali e non puramente industriali rendeva l'economia stessa molto sensibile al contraccolpo di calamità naturali. D'altra parte il progresso delle altre industrie fu assai lento, perché non fu stimolato, anzi in misura notevole fu ostacolato, dalle condizioni generali del paese e dall'azione del governo, sebbene non tutta la politica economica del governo di Vienna dopo il '49 nei riguardi del Lombardo-Veneto sia da giudicare negativamente.

La politica doganale austriaca dopo il '49, ispirata, come s'è detto, dal ministro Bruck, fu per molti aspetti innovatrice, anche se i reiterati tentativi dello stesso Bruck per creare una *Mitteleuropa* economica, comprendente l'Impero asburgico, lo *Zollverein* e gli Stati dell'Italia centrale, erano destinati a fallire. La definitiva abolizione del sistema proibitivo e i trattati di commercio stipulati dal governo viennese dopo il '50, tra i quali uno col Piemonte nel '51 e uno con lo *Zollverein* nel '53, favorirono indubbiamente il progresso dell'Impero nel suo complesso, ma non pare che dessero molto impulso all'economia del Lombardo-Veneto. Piú utile per l'industria lombarda fu il trattato di lega doganale austro-modenese-parmense concluso alla fine del 1852 per cinque anni, che però allo scadere del quinquennio non fu rinnovato per l'opposizione dei governi dei Ducati, le cui industrie si sentivano danneggiate dalla concorrenza dell'industria lombarda. Comunque i limitati vantaggi che il Lombardo-Veneto poté trarre dalla nuova politica doganale austriaca non compensarono gli svantaggi dell'accentuato fiscalismo e del regime di oppressione e di sospetto che gravava sul paese.

Anche le costruzioni ferroviarie procedettero fino al '56 in modo lento e piuttosto disorganico, specialmente in Lombardia. Alla fine del '49 erano in esercizio in Lombardia solo le brevi linee Milano-Monza-Camerlata e Milano-Treviglio; nel Veneto, la linea Venezia-Padova-Vicenza-Verona. Ma soltanto nel '54 fu aperta la Verona-Brescia e nel '57 la Brescia-Bergamo-Treviglio, sicché Milano fu finalmente congiunta con Venezia: la linea però seguiva un tracciato lungo e irrazionale, che fu corretto solo dopo l'unità con la costruzione del tratto diretto da Treviglio a Brescia. La lentezza della costruzione e il fatto che il governo cedesse alle pressioni locali per il tracciato di una ferrovia tanto importante sono prove evidenti della scarsa considerazione del governo di Vienna per gli interessi generali delle sue province italiane. Nel marzo 1856 tutte le linee del Lombardo-Veneto in esercizio e in costruzione furono concesse alla "I. R. Società delle ferrovie dell'Austria meridionale, del Lombardo-Veneto e dell'Italia Centrale," detta comunemente *Südbahn*, costituita con capitali in prevalenza francesi rappresentati dalla casa Rothschild di Parigi. Le costruzioni procedettero allora con maggiore celerità e furono iniziati i lavori per parecchie nuove linee. Ma nel '59 Milano non era ancora congiunta con Como, né con Pavia, né con Piacenza, né era stato stabilito il collegamento con la rete piemontese, da molto tempo richiesto a Milano come a Torino. Solo nell'ottobre 1858 fu aperto all'esercizio il breve tronco Milano-Magenta, mentre da parte piemontese la ferrovia da Novara arrivava al Ticino. Nel Veneto, per evidenti ragioni militari, la costruzione di alcune linee procedette un po' piú celermente; nel '51 fu aperta la Verona-Mantova; al principio del '59 la Verona-Trento-Bolzano; Mestre fu congiunta con Treviso nel '51; Treviso con Pordenone e Casarsa nel '55 e quindi con Udine nel '60. L'Austria dunque mirò a costruire con una certa rapidità i collegamenti ferroviari tra il Veneto e il resto dell'Impero, poi realizzati dopo il '60; non costruí invece alcun collegamento tra il Veneto e l'Italia centrale. La cosiddetta "Ferrovia dell'Italia Centrale," che doveva collegare Piacenza a Bologna e a Pistoia ed essere collegata con Milano e con Mantova, fu deliberata il 1° maggio 1851 con un trattato austro - parmense - modenese - pontificio - toscano. Ma i lavori procedettero per alcuni anni con estrema lentezza e furono condotti attivamente solo dopo che questa linea fu concessa dai governi interessati alla Società prima ricordata, la quale nel '59 aprí all'esercizio la Piacenza-Bologna, peraltro non ancora congiunta con la rete lombarda. Nel complesso dunque l'azione dell'Austria per la costruzione delle ferrovie in Italia fu tardiva e subordinata a preoccupazioni strategiche. Certo essa fu nel complesso piú notevole di quella di altri governi, come quelli di Roma e di Napoli, ma fu nettamente inferiore per celerità ed organicità di costruzioni a quella svolta contemporaneamente dal governo di Torino. Comunque la lentezza con cui furono realizzati alcuni collegamenti interni essenziali e la mancata costruzione di collegamenti con gli altri Stati italiani fecero sí che le costruzioni ferroviarie nel Lombardo-Veneto tra il '49 e il '59 influissero assai scarsamente sul progresso economico e civile del paese.

Mentre l'Austria era nello schieramento reazionario la forza piú potente come organismo governativo e militare, il Papato, debolissimo da questo punto di vista, aveva invece, come organo dirigente della Chiesa cattolica, alcune possibilità d'azione e di manovra all'interno di ciascuno Stato, e quindi in una certa misura anche nella politica internazionale, che nessun governo poteva avere. Esso infatti, pur non potendo ancora far leva su organizzazioni cattoliche di massa paragonabili a quelle che si svilupparono un po' dovunque nell'ultimo trentennio del secolo, poteva già in alcuni paesi agire, oltre che con gli strumenti tradizionali forniti dall'organizzazione ecclesiastica, con mezzi in parte nuovi, adatti alle esigenze della lotta politica moderna, come associazioni di laici, giornali, gruppi e partiti influenzati dai cattolici. In pratica queste possibilità d'azione, che avrebbero consentito al Papato e alla Chiesa di differenziare almeno in parte la causa del cattolicesimo da quella della reazione, furono utilizzate in modo assolutamente unilaterale, perché la politica papale dal '48 fino alla fine del lungo pontificato di Pio IX rimase ferma su di una posizione di rigida intransigenza reazionaria.

I motivi profondi e le circostanze contingenti che spinsero Pio IX al mutamento di politica del '48, nonché il senso e i limiti di questo mutamento, sono stati delineati nel precedente volume. Qui basterà ricordare che, dopo l'Allocuzione del 29 aprile 1848, la rottura tra il papa e il movimento nazionale italiano fu definitiva, come fu definitivo il giudizio negativo del papa sulla possibilità di conservare lo Statuto nello Stato pontificio dopo la violenta crisi dei giorni 15-24 novembre 1848. I primi due anni del pontificato del Mastai-Ferretti rimasero quindi come una parentesi liberaleggiante (dal punto di vista dell'azione politica, non da quello dottrinale) nella storia della Chiesa e del Papato, e certo il ricordo delle difficoltà insormontabili, di fronte alle quali Pio IX si era trovato nel '48, contribuí non poco a immobilizzare lui stesso e i suoi consiglieri in un atteggiamento rigidamente negativo nei riguardi del movimento nazionale italiano e del liberalismo. In sostanza, come osserva Antonio Gramsci, il Papato, dopo essere stato attratto tra il '46 e il '48 "troppo a sinistra," fu poi spinto "in una posizione piú a destra di quella che avrebbe potuto occupare"[3] e quindi finí per trovarsi isolato in Italia e in Europa, quando si dissolse lo schieramento reazionario che nel '49 aveva sconfitto la rivoluzione.

Comunque nel '49 e negli anni immediatamente successivi la generale atmosfera di reazione che incombeva sull'Europa diede a Pio IX, al suo segretario di Stato cardinale Antonelli, alla Corte papale e alle altre gerarchie ecclesiastiche la convinzione che la Chiesa dovesse avere nella nuova restaurazione una parte preminente e dovesse concentrare la sua azione politica e ideologica nella lotta contro il liberalismo, la democrazia e il socialismo. Con questo stato d'animo fu ripresa dalla Curia romana anche la lotta contro il cattolicesimo liberale e contro tutte le tendenze, vecchie e nuove, che all'interno della Chiesa auspicavano riforme piú o meno vaste dell'ordinamento ecclesiastico. Fu quindi portata avanti quella politica che Gregorio XVI aveva iniziato nel 1832 con l'enciclica *Mirari vos* e che culminò nel *Sillabo* del 1864 e nelle deliberazioni del Concilio Vaticano del 1870. La Compagnia di Gesú, che per anni era stata bersagliata dal fuoco incrociato dei liberali, dei democratici e di una parte dei cattolici-liberali e che nel '48 era stata colpita in vari Stati da provvedimenti di espulsione, ebbe in questa lotta una funzione di avanguardia e accrebbe grandemente la sua influenza a Roma e in tutto il mondo cattolico. La nuova rivista dei gesuiti, la "Civiltà Cattolica," fondata nel 1850, fu l'espressione tipica dell'intransigentismo: sul piano teorico i gesuiti si preoccuparono di tenere distinta la causa del cattolicesimo da quella dei governi reazionari, ma in pratica, poiché la loro polemica si rivolse soltanto contro le correnti politiche innovatrici, di qualunque specie esse fossero, la loro attività tendeva a rafforzare lo schieramento reazionario. Nello stesso tempo, come già all'epoca della rivoluzione francese, una vastissima letteratura libellistica di ispirazione clericale si scatenò contro la rivoluzione del '48 e cercò di presentarla

[3] A. GRAMSCI, *Il Risorgimento*, Torino, 1949, p. 72.

come il risultato di una tenebrosa cospirazione delle forze del male, del disordine e dell'anarchia.

Uno dei capisaldi della politica papale fu il ristabilimento e la conservazione del regime assolutistico nello Stato pontificio. Per questo riguardo Pio IX e l'Antonelli trovarono qualche difficoltà nell'estate del '49 per l'atteggiamento dei francesi. Questi infatti avevano sempre presentata la spedizione di Roma, anche dopo l'inizio dell'azione decisiva contro la città, come rivolta alla restaurazione papale accompagnata però dal ristabilimento dello Statuto del marzo '48 o comunque dalla conservazione di un regime costituzionale. Inoltre, subito dopo l'entrata in Roma, le autorità militari francesi non infierirono contro i repubblicani: salvo qualche arresto, lasciarono che molti dirigenti e combattenti della Repubblica romana partissero per l'esilio; infine evitarono di dare un carattere decisamente reazionario al governo provvisorio che allora costituirono a Roma.

Ma le cose cambiarono quando, il 31 luglio, il potere fu assunto dalla Commissione governativa, inviata a Roma dal papa, composta dai cardinali Altieri, Della Genga e Vannicelli, che i romani chiamarono il "triumvirato rosso." Questa Commissione infatti annullò tutti i provvedimenti presi dai governi succedutisi dopo il 16 novembre '48, sciolse tutti i Consigli comunali, destituí tutti i funzionari e gli ufficiali nominati dopo quella data e nominò un Consiglio di Censura incaricato di indagare sulla condotta dei numerosi funzionari ed ufficiali, già pontifici, che avevano accettato di servire il governo provvisorio e poi quello repubblicano. Arresti e perquisizioni colpirono molti cittadini sospetti di simpatie liberali; anche alcuni autorevoli moderati furono banditi dallo Stato o inviati a confino di polizia.

Questi provvedimenti suscitarono indignazione in una parte dell'opinione pubblica francese e imbarazzo tra i diplomatici francesi a Roma e a Gaeta, dove continuava ancora la Conferenza, apertasi in aprile, tra i rappresentanti delle potenze cattoliche intervenute nello Stato romano. Ma a Parigi il secondo ministero presieduto dal Barrot, entrato in carica al principio di giugno, era ancor piú del precedente dominato dai clericali e non era certo disposto a condurre una difficile lotta diplomatica con la Corte papale e con l'Austria per ottenere il ripristino dello Statuto a Roma. Una politica di questo genere sarebbe stata osteggiata dalla maggioranza conservatrice dell'Assemblea legislativa. Per parte sua Luigi Napoleone cercò di scindere la sua responsabilità da quella del suo governo ricorrendo ad un espediente, che gli consentí di riguadagnare momentaneamente le simpatie dei democratici, senza peraltro osteggiare seriamente la politica dei clericali, e di liquidare poco dopo il ministero Barrot, non troppo ligio ai suoi voleri. Il Bonaparte infatti decise di inviare in missione a Roma presso il generale Rostolan, successo all'Oudinot nel comando del corpo d'occupazione, il colonnello Edgardo Ney, suo ufficiale d'ordinanza, con una lettera, indirizzata allo stesso Ney in data 18 agosto '49, nella quale la politica papale era criticata fieramente e si diceva tra l'altro: "dite da parte mia al generale Rostolan che egli non deve permettere che all'ombra del vessillo tricolore si commetta verun atto contrario alla natura del nostro intervento. Io comprendo cosí il governo temporale del Papa: amnistia generale; secolarizzazione dell'amministrazione; codice Napoleone e governo liberale."[4]

Giunto a Roma, il Ney tentò invano di pubblicare la lettera, secondo gli ordini del presidente: il Rostolan gli obiettò che essa era di carattere privato non essendo controfirmata da alcun ministro; i cardinali della Commissione governativa minacciarono di partire se la lettera fosse stata pubblicata a Roma. Il Ney dovette quindi farla pubblicare sul giornale lo "Statuto" di Firenze. La pubblicazione fece molta impressione; ma il ministero francese dichiarò che la lettera era di carattere privato, senza che il Bonaparte per il momento facesse obiezioni. Inoltre il ministro degli esteri francese, il liberale Tocqueville, inviò il 29 agosto una nota all'Antonelli, nella quale, dopo aver rivendicato alla Francia il diritto di dare consigli al governo papale, si limitava a chiedere che fossero concesse ai popoli dello Stato romano soltanto alcune riforme, quali una Consulta elettiva, autonomie provinciali e comunali, una legislazione ispirata al Codice napoleonico.

Pio IX peraltro aveva nelle mani una carta decisiva, data la situazione generale di reazione che incombeva sull'Europa, per neutralizzare ogni velleità riformatrice dei francesi: quella di non tornare a Roma, se prima non fosse stato sicuro che i francesi stessi si fossero adattati al sem-

[4] L. C. Farini, *Lo Stato romano dal 1815 al 1850*, Firenze, 1853, vol. IV, p. 264.

plice ruolo di difensori armati del potere temporale. Decise perciò di allontanarsi ancora di piú dal confine dello Stato e il 4 settembre, accompagnato da Ferdinando II, partí da Gaeta per Portici, dove il 12 emanò un *Motu proprio*, in cui stabilí i criteri che dovevano regolare da allora in poi il governo dello Stato pontificio. Con questo atto, il cui contenuto era stato preannunciato dall'Antonelli alla Conferenza di Gaeta fin dall'agosto, Pio IX volle chiudere la discussione sull'ordinamento interno dello Stato romano. Pochi giorni dopo, il 22 settembre, la Conferenza di Gaeta si chiuse definitivamente.

Il *Motu proprio* di Portici annunciava l'istituzione di un Consiglio di Stato di nomina papale con funzioni consultive e di una Consulta per le finanze, anch'essa da nominarsi dal papa sulla base di designazioni fatte dai Consigli provinciali. Stabiliva inoltre l'elettività a base censitaria dei Consigli comunali, ma riservava al papa la nomina delle magistrature comunali e dei Consigli provinciali sulla base di liste preparate dai Consigli comunali stessi. Tutte le norme sui poteri dei vari organi erano rinviate a future leggi; nessuna indicazione era data sul problema del rapporto tra laici ed ecclesiastici nella composizione degli organi amministrativi e governativi. Era promessa la nomina di una Commissione che avrebbe dovuto preparare riforme giudiziarie, legislative e amministrative; era annunciata infine la concessione di un'amnistia, che fu proclamata il 18 settembre dalla Commissione governativa. Dal beneficio furono esclusi "i membri del governo provvisorio, i membri del Triumvirato e del governo della Repubblica; i capi dei corpi militari; tutti quelli che avendo goduto del beneficio dell'amnistia altra volta accordata da Sua Santità, mancando alla data parola d'onore avevano partecipato ai passati sconvolgimenti negli Stati della Santa Sede; coloro i quali, oltre che dei delitti politici, si erano resi responsabili di delitti comuni contemplati dalle vigenti leggi penali."[5] Venivano cioè escluse dall'amnistia categorie cosí ampie e cosí poco definite da dare agli organi governativi la possibilità di commettere arbitrî di ogni specie nell'applicazione dell'amnistia stessa, la cui efficacia fu in effetti quasi nulla.

La pubblicazione del *Motu proprio* e dell'amnistia provocò delusione e indignazione a Roma e nello Stato. In

5 *Ivi*, p. 278.

molti luoghi i manifesti che contenevano i due documenti furono strappati o insudiciati. Quei moderati, come il Minghetti e il Farini, che fino a poche settimane prima avevano sperato che sotto la pressione francese la Corte papale facesse qualche concessione liberale, abbandonarono definitivamente ogni illusione di avere ancora qualche parte nel governo dello Stato e si ritirarono a vita privata oppure esularono. Ormai nello Stato romano l'azione dei patrioti non poteva che essere di carattere cospirativo.

In Francia i due documenti papali suscitarono proteste tra i democratici. Ma nella discussione sulla questione di Roma, che si svolse in ottobre nell'Assemblea legislativa, la politica del governo Barrot fu approvata con una larga maggioranza. Il 31 ottobre però Luigi Bonaparte, in un messaggio all'Assemblea stessa, espresse la sua disapprovazione per l'operato del ministero, che fu costretto a dimettersi. Tuttavia il nuovo ministero D'Hautpoul, assai più ligio ai voleri del presidente, non assunse nei rapporti con la Corte papale un atteggiamento diverso dal precedente. In sostituzione del Rostolan fu inviato a Roma il generale Baraguay d'Hilliers, molto legato al Bonaparte. Ma questo nuovo comandante, la cui nomina aveva suscitato qualche apprensione nella Corte papale, si mostrò ancor più del predecessore ossequiente ai voleri delle autorità pontificie. Evidentemente l'azione iniziata dal Bonaparte con la lettera al Ney e conclusasi col messaggio del 31 ottobre all'Assemblea era stata una manovra per fini di politica interna.

Sul finire del '49, partiti i reparti spagnoli e napoletani che ancora occupavano qualche località del Lazio, rimasero a guardia del potere temporale solo i francesi a Roma e a Civitavecchia e gli austriaci nelle Legazioni e ad Ancona. Pio IX restò a Portici, ospite di Ferdinando II, fino all'aprile 1850, quando rientrò a Roma. Nel corso dei due anni successivi il *Motu proprio* di Portici fu attuato mediante una serie di leggi nel modo più restrittivo possibile. Di fatto il governo rimase nelle mani di un'oligarchia di prelati; i poteri del Consiglio di Stato e della Consulta delle finanze furono limitatissimi; l'autonomia comunale fu molto ristretta: per la prima volta i consiglieri comunali furono nominati dal governo anziché eletti. Il tribunale della Sacra Consulta celebrò molti processi contro patrioti, che finirono con numerose condanne alla prigione e parecchie alla pena capitale. Molte altre condanne a morte e al carcere furono inflitte nelle province da tribunali militari austriaci. Tuttavia l'azione dei cospiratori rimase molto vivace, come si vedrà piú avanti, per parecchi anni.

Nel complesso le condizioni interne dello Stato rimasero quanto mai lontane dalla normalità: la stessa presenza delle truppe straniere nei principali centri dello Stato era una prova della debolezza del governo; la legislazione rimase disorganica e arretrata; l'amministrazione debole e in misura notevole corrotta; sempre assai elevato il deficit del bilancio, nonostante fosse accresciuto il carico fiscale. In queste condizioni il progresso economico continuò ad essere lento e stentato come prima del '48, perciò fu generale il malcontento tanto della borghesia quanto delle masse popolari, temperato soltanto dalla stanchezza e dalla delusione per il fallimento della rivoluzione. In varie province la miseria portò ad un rincrudimento del brigantaggio. L'azione del governo nel campo economico, pur ispirata a criteri meno retrivi di quelli in auge al tempo di Gregorio XVI, fu debole e discontinua. Le costruzioni ferroviarie procedettero in modo lentissimo: i vasti progetti elaborati tra il '46 e il '48 rimasero a lungo lettera morta; la prima linea ferroviaria, la Roma-Frascati, fu aperta all'esercizio solo nell'ottobre del '57. Comunque anche nello Stato romano le costruzioni si intensificarono dopo il '56, quando fu costituita la "Società delle Strade ferrate Romane" con capitali francesi, spagnoli e italiani. Fu costruita allora la Roma-Civitavecchia, aperta all'esercizio nell'aprile 1859, e fu iniziata la costruzione della Roma-Ancona, dell'Ancona-Bologna e della linea da Roma al confine napoletano.

3. *La reazione nelle Due Sicilie, nei Ducati e in Toscana*

Ferdinando II, unico tra i sovrani reazionari d'Italia, poteva vantare di essere riuscito a domare la rivoluzione con le sue sole forze, senza l'aiuto di truppe straniere. Egli stesso anzi intervenne, sebbene in modo militarmente poco brillante, nella repressione della rivoluzione romana e diede, con la sua ospitalità e i suoi consigli, un appoggio validissimo a Pio IX per la restaurazione dell'assolutismo pontificio. In realtà l'azione repressiva di Ferdinando II fu resa possibile, oltre che dalla rapida involuzione reazionaria della situazione europea, dall'incapacità del liberalismo meridionale a dare al Regno una direzione politica che po-

tesse fronteggiare in modo efficiente le propensioni assolutistiche del sovrano e al tempo stesso avviare a soluzione
la grave crisi politico-sociale che travagliava il paese. Il
Borbone seppe sfruttare con notevole abilità queste circostanze per lui favorevoli e ristabilire pertanto con le sue
forze il governo assoluto. Questo fatto gli consentí di mantenere nei riguardi dell'Austria un atteggiamento di relativa autonomia, come del resto aveva fatto anche prima
del '48.

Dopo lo scioglimento della Camera, decretato dal re il
13 marzo 1849, cessò a Napoli ogni attività del Parlamento, che del resto era già da tempo quasi completamente
esautorato dall'azione del sovrano e del ministero, e finí in
pratica il regime costituzionale, sebbene la Costituzione del
'48 non venisse mai ufficialmente abrogata. Il ministero
presieduto dal principe di Cariati, che era stato nominato
all'indomani del 15 maggio 1848, restò in carica fino al 6
agosto 1849. I moderati che ne facevano parte, come il
Cariati stesso e il Bozzelli, pur favorevoli in linea di principio alla Costituzione alla cui preparazione avevano partecipato nel febbraio del '48, erano animati da uno spirito
grettamente municipalistico e antidemocratico, perciò sop-
portarono passivamente e in parte favorirono attivamente
la politica repressiva di Ferdinando II, il quale poi li mise
da parte come strumenti inutili quando si sentí completamente rassicurato dal trionfo completo della reazione in
Italia e in Europa. Il nuovo ministero, del quale facevano
parte alcuni membri del precedente gabinetto particolarmente graditi al re, come l'Ischitella, il Longobardi e il
Carrascosa, fu presieduto da Giustino Fortunato, che ebbe
anche il portafogli degli esteri. Il Fortunato, che poi nel
gennaio 1852 fu bruscamente licenziato dal re, irritato per
la pubblicazione delle famose lettere del Gladstone contro
il governo borbonico, era stato repubblicano nel '99, quindi era divenuto funzionario durante il decennio napoleonico e magistrato dopo la Restaurazione; uomo intelligente
ed esperto di amministrazione, era però, come tutti i suoi
colleghi di gabinetto, un convinto sostenitore dell'assolutismo e della tradizione particolaristica del Regno napoletano. Come lui del resto non pochi antichi murattiani
collaborarono ancora attivamente con Ferdinando II dopo
il '48; ma questa collaborazione, mentre facilitò l'azione
antiliberale del sovrano, fruttò ben pochi vantaggi al Regno, la cui crisi interna non poteva essere risolta con mezzi

amministrativi. D'altra parte Ferdinando II aveva ormai ripreso saldamente nelle mani la guida del governo e da allora in poi diede un'impronta personale alla politica e all'amministrazione stessa dello Stato riducendo i ministri a semplici esecutori della sua volontà e molto spesso esautorandoli con i suoi interventi diretti nella trattazione di affari anche di secondaria importanza. Negli ultimi dieci anni del regno di Ferdinando II l'assolutismo borbonico divenne quindi definitivamente un dispotismo personale retrivo, ottuso e inevitabilmente corruttore.

L'azione repressiva della polizia, iniziatasi già all'indomani del 15 maggio ma ancora non troppo pesante nella seconda metà del '48, divenne intensissima dal marzo del '49 in poi. La società segreta dell'*Unità Italiana*, che, come si è detto nel precedente volume, era stata fondata sul finire del '48 da Luigi Settembrini, Silvio Spaventa e Filippo Agresti e che si era largamente diffusa, fu completamente scompaginata e cessò praticamente di esistere nell'estate del '49. Quasi tutti i piú influenti liberali e democratici, che non erano emigrati in tempo, furono arrestati nel corso del '49 e del '50 a Napoli e nelle province. Agli arresti seguirono due grandiosi processi, uno contro i membri della setta dell'*Unità Italiana* ed uno contro i pretesi responsabili della giornata del 15 maggio, ai quali si aggiunsero altri processi minori. Una serie di pesanti condanne alla prigione, duramente scontate in orribili carceri, colpirono uomini come Silvio Spaventa, Luigi Settembrini, Carlo Poerio, Filippo Agresti, Nicola Nisco, Sigismondo Castromediano e centinaia di altri patrioti che avevano guidato il movimento liberale e quello democratico nella rivoluzione del '48. Moltissimi altri, che furono rilasciati dopo brevi detenzioni o che sfuggirono all'arresto, furono da allora in poi strettamente sorvegliati. Nel corso degli anni successivi gli *attendibili*, cioè i vigilati dalla polizia per motivi politici, se non furono proprio centomila, come allora si disse, furono certo alcune decine di migliaia.

La reazione borbonica postquarantottesca fu dunque non meno dura di quella del '99, anche se fu meno sanguinosa; soprattutto fu piú prolungata e determinò il distacco definitivo dalla dinastia della parte piú viva dell'intellettualità meridionale, che fu nella sua grande maggioranza imprigionata o costretta ad esulare. La denuncia clamorosa della politica repressiva di Ferdinando II, fatta dal Gladstone dopo un viaggio a Napoli alla fine del '51, fu un colpo assai duro per il regime borbonico, che si trovò nel momento della crisi suprema del Regno moralmente isolato in Italia e nel mondo.

Nonostante il rigidissimo regime poliziesco, gruppi di patrioti continuarono per tutto il decennio 1849-59 a svolgere attività clandestina in certi momenti abbastanza notevole, soprattutto nelle province. La persistenza di questo movimento segreto di opposizione dimostra chiaramente che la politica di Ferdinando II, mentre aggravava i già gravi problemi politici e sociali che travagliavano il Regno, non riusciva a distruggere i fermenti di libertà e di progresso largamente diffusi nella società meridionale.

Non mancavano nell'amministrazione borbonica uomini coscienti della arretratezza del Regno, desiderosi di fare qualcosa per migliorare le condizioni economiche e civili del paese. Ma ogni buona intenzione e ogni iniziativa di rinnovamento erano praticamente annullate dalla paura che ossessionava il re e tutto il ceto dirigente borbonico di stimolare con riforme sostanziali nuove agitazioni liberali e di turbare così il precario equilibrio politico-sociale faticosamente ristabilito nel '48. Nel campo economico, finanziario e doganale la politica borbonica fu quindi essenzialmente conservatrice. Il sistema fiscale rimase sostanzialmente quello creato dal Medici negli anni della Restaurazione, poco gravoso e ordinato in modo relativamente semplice: l'inasprimento tributario fu lieve, fu contenuto il deficit del bilancio e frenata l'espansione del debito pubblico. Ma di conseguenza fu anche limitata la spesa pubblica e nell'ambito di questa fu scarsissima la parte dedicata alle opere pubbliche e quasi nulla quella assegnata all'istruzione. Nel 1854 su di un'uscita complessiva (per le province continentali) di 31.391.964 ducati, solo 708.494 furono spesi per le opere pubbliche e 182.867 per l'istruzione, mentre le spese militari ammontarono a ben 13.763.930 ducati; anche con l'aggiunta delle spese compiute per le opere pubbliche dai comuni e dalle province il totale dell'uscita per questo fine nelle province continentali ammontò in quell'anno solo a 3.556.670 ducati. Questo avveniva in un paese che aveva poco piú di 100 km di ferrovie e 4.500 km di strade regie e provinciali in molte zone maltenute e prive di ponti; dove al momento dell'unità ancora 1.431 comuni su 1.828 erano privi di strade; dove regnavano in territori vastissimi condizioni di estrema arretratezza civile e culturale; dove permanevano non risolti i gravi problemi sociali piú volte esaminati nel loro sviluppo storico nei precedenti volumi di questo lavoro. L'aumento delle spese statali per le opere pubbliche, che vi fu dopo il 1855, per quanto indicativo di una crescente coscienza delle necessità piú urgenti del paese da parte dell'amministrazione borbonica, fu assolutamente insufficiente: basta ricordare che nel 1858 su di un'uscita totale di 32.816.623 ducati furono spesi dallo Stato per le opere pubbliche 2.216.787 ducati, mentre le spese militari ammontarono ancora a 11.911.097 ducati.

Inoltre nel decennio 1849-59 si andò accentuando, o comunque apparve piú evidente che in passato in tutta la sua gravità, la tendenza del governo a favorire la capitale e le zone vicine a scapito della maggior parte del Regno. Quasi i due terzi delle spese statali, provinciali e comunali per le opere pubbliche venivano assorbite da Napoli e dalla provincia di Terra di Lavoro. Intorno a Napoli e a Salerno si concentravano le principali industrie del Regno, metallurgiche e tessili; le prime alimentate dalle ordinazioni governative, le seconde create da imprenditori svizzeri; le une e le altre sostenute da una forte protezione doganale. A Napoli concentrava la sua attività il "Banco delle Due Sicilie per i dominî al di qua del Faro" (Banco di Napoli), il quale solo nel 1857 aprí una succursale a Bari; mentre in tutto il resto del Regno non esistevano Casse di risparmio né altri istituti di credito di tipo moderno. Nella Campania si concentravano le poche linee ferroviarie costruite prima del '48, cioè la Napoli-Torre Annunziata-Castellammare e la Napoli-Caserta-Capua, e le pochissime in costruzione, come la Torre Annunziata-Salerno, i cui lavori procedettero in modo lentissimo (il tronco Torre Annunziata-Vietri fu aperto all'esercizio solo nell'agosto 1860), e la Capua-Ceprano, destinata a congiungersi dopo il '61 con le ferrovie romane. Per altre linee da tempo progettate, come quelle che dovevano congiungere Napoli alla Puglia, furono iniziati dopo il '55 alcuni lavori preparatori; ma la costruzione vera e propria fu iniziata soltanto dopo l'unità. Eppure proprio le province pugliesi alimentavano il grosso dell'esportazione del Regno. In particolare l'olio d'oliva, la cui esportazione aumentò in quegli anni quasi costantemente fino a raggiungere nel 1858 un valore di 9.069.161 ducati, pari a quasi due terzi del valore complessivo delle merci esportate dalle province continentali del Regno, era fornito in modo preminente dalle Puglie, dove alcuni miglioramenti tecnici erano stati realizzati negli ultimi decenni nell'olivicoltura, pur senza che avvenisse una radicale trasformazione agraria. Dalle Puglie sul finire del decennio si levarono voci che richiedevano una politica doganale liberistica, collegamenti ferroviari con l'Italia centro-settentrionale, miglioramenti portuali, ecc., indicative di una notevole insofferenza per l'invecchiata politica economica del governo di Napoli.

Si può affermare che il rallentamento del progresso economico, caratteristico di tutta l'Italia (salvo il Regno sardo) nel decennio 1849-59, ebbe per il Mezzogiorno conseguenze piú gravi a causa delle condizioni di maggiore arretratezza del Mezzogiorno stesso rispetto alle altre parti d'Italia. Queste condizioni avrebbero richiesto un'energica azione governativa rivolta a stimolare le iniziative dei gruppi borghesi economicamente piú vivaci. Invece la politica borbonica fu essenzialmente immobilistica: nell'illusione di conservare forzatamente un equilibrio politico-sociale, la cui precarietà era apparsa evidente nel '48, essa favorí in pratica le forze economicamente piú retrive e privilegiate accentuando gli squilibri sociali e territoriali esistenti; perciò il Regno si avviò inevitabilmente verso la crisi finale, che nel '60 paralizzò completamente l'apparato dello Stato.

Del resto l'esistenza stessa dello Stato borbonico era gravemente minata anche dal problema siciliano, che certo non poteva essere risolto dalla semplice riconquista militare dell'isola, cosí come la politica repressiva non poteva risolvere i problemi interni della parte continentale del Regno. Dopo la rioccupazione di Palermo, avvenuta il 15 maggio 1849, il generale Filangieri, in virtú dei pieni poteri civili e militari di cui era stato investito dal re all'inizio della campagna di riconquista, si adoperò attivamente per riorganizzare nell'isola l'amministrazione borbonica e per ristabilire l'ordine pubblico gravemente turbato dalle vicende belliche e dallo sfacelo del governo indipendente siciliano. Egli cercò di svolgere una politica conciliativa verso quei gruppi indipendentisti o autonomisti di destra, aristocratici e borghesi, che nelle ultime settimane della guerra avevano preferito il ritorno del governo borbonico alla resistenza a oltranza reclamata dalle masse popolari di Palermo, ed avevano quindi preparata ed attuata la capitolazione. Questa del resto era avvenuta sulla base di

un'amnistia per tutti coloro che avevano partecipato alla rivoluzione, salvo una quarantina di capi piú autorevoli, che,
insieme a molti altri patrioti, erano partiti per l'esilio già alla fine di aprile. Il Filangieri riuscí a ottenere che la maggior
parte dei Pari e dei Deputati che erano rimasti in Sicilia (circa la metà dei membri del disciolto Parlamento) firmassero
una solenne ritrattazione dell'atto del 13 aprile 1848, col quale era stata dichiarata decaduta la dinastia borbonica. Egli
era propenso d'altra parte all'istituzione in Sicilia di un regime speciale che garantisse una certa partecipazione al governo dei gruppi dirigenti locali e potesse affrontare in modo
autonomo i problemi interni dell'isola. Ma Ferdinando II
voleva che questo regime speciale, che anch'egli giudicava
necessario, consistesse piuttosto nell'istituzione di organi
amministrativi separati da quelli del continente, ma strettamente dipendenti dal re, e pensava che la Sicilia, tanto faticosamente riconquistata, dovesse essere sottoposta anche in
avvenire ad un rigido controllo militare e poliziesco.

A questi intendimenti del sovrano si ispirarono i decreti
del 26 luglio e del 27 settembre 1849, che regolarono il
governo della Sicilia fino alla caduta del dominio borbonico. Il primo decreto ristabilí il ministero per gli affari
della Sicilia con sede a Napoli, che doveva servire di tramite tra il re e l'amministrazione speciale dell'isola. Ministro per la Sicilia fu nominato il messinese Giovanni Cassisi, che fu dapprima in buoni rapporti, poi in contrasto col
Filangieri. Il secondo decreto stabilí anzitutto che l'amministrazione civile, giudiziaria, finanziaria, dell'interno, della polizia e degli affari ecclesiastici della Sicilia fosse "per
sempre" separata da quella delle province continentali e
che la Sicilia contribuisse nella misura di un quarto alle
spese per la casa reale, gli affari esteri, la guerra e la marina, le cui amministrazioni restavano affidate ai ministri
napoletani; affidò il governo della Sicilia a un luogotenente
generale, assistito da un Consiglio "composto di un ministro segretario di Stato e di tre o piú direttori per gli affari
di grazia e giustizia, degli affari ecclesiastici, dell'interno,
della polizia e delle finanze"; stabilí infine che su tutti gli
affari siciliani la decisione definitiva spettasse al re, al
quale ogni proposta doveva essere presentata dal ministro
per gli affari di Sicilia, previo parere del luogotenente e del
Consiglio istituito presso di lui. Con altro decreto, pure del
27 settembre 1849, fu istituita una Consulta con sede a
Palermo, composta di un presidente, sette membri e un

39

segretario, che doveva dare parere sugli affari siciliani, ma solo se ne fosse stata richiesta dal re o, per ordine del re, dal ministro per la Sicilia o dal luogotenente generale.

In pratica nulla poteva essere deciso in Sicilia senza il beneplacito del sovrano, del quale il ministro, il luogotenente, il Consiglio di governo e la Consulta furono semplici organi esecutivi e consultivi privi di ogni effettiva autonomia. Il Filangieri, che poco dopo l'emanazione di questi decreti aveva chiesto al re di essere restituito a un incarico puramente militare, accettò invece la nomina a luogotenente generale e tenne questa carica fino al 1855, quando fu sostituito da Paolo Ruffo principe di Castelcicala, che era ancora in carica al momento della spedizione dei Mille.

Carlo Filangieri principe di Satriano, l'uomo che aveva riconquistato la Sicilia ricevendo in premio dal re il titolo di duca di Taormina, era forse il collaboratore piú intelligente e capace di cui Ferdinando II poteva disporre in quel momento. Figlio di Gaetano Filangieri, da giovane aveva valorosamente militato come ufficiale nell'esercito napoleonico e in quello murattiano, aveva quindi partecipato alla rivoluzione del '20 ed era stato richiamato in servizio e riguadagnato alla causa borbonica da Ferdinando II nei primi anni di regno. Per il suo passato familiare e personale egli rappresentava la tradizione riformatrice moderata ed era propenso ad una politica di riconciliazione coi siciliani. Ma questa sua tendenza urtò contro la cortigianeria del ministro Cassisi e soprattutto contro la dispotica volontà del sovrano. Era praticamente impossibile che nell'ambito di uno Stato assolutista, avviato ormai verso il dispotismo piú retrivo, la Sicilia potesse avere un regime, sia pure limitato, di autonomia, il quale inevitabilmente avrebbe portato prima o poi ad uno svolgimento in senso costituzionale. D'altra parte mancava in Sicilia la base per una politica di conciliazione che si svolgesse secondo la linea della tradizione riformatrice. La parte migliore e piú numerosa dell'intellettualità siciliana, sia moderata che democratica, era partita per l'esilio; dall'esilio i patrioti, soprattutto i democratici, ripresero ben presto i contatti coi patrioti rimasti in Sicilia e ne fomentarono l'attività cospirativa; infine uno stato d'animo di ostilità e di diffidenza verso il governo di Napoli e i suoi rappresentanti nell'isola era largamente diffuso in tutte le classi della popolazione, anche tra quei gruppi sociali conservatori che nel '49, di fronte alla possibilità di un'insurrezione generale delle masse popolari, avevano preferito il ritorno delle forze borboniche. Del resto il Filangieri stesso, divenuto da molti anni fedele servitore dei Borboni, antepose sempre la difesa del regime borbonico ad ogni altra considerazione e fu assolutamente intransigente nel reprimere le cospirazioni e le agitazioni che dal gennaio 1850 in poi ricominciarono in Sicilia. Esecutore astuto e implacabile di queste repressioni fu il direttore della polizia Salvatore Maniscalco, che rimase in carica dal '49 fino alla fine della dominazione borbonica e che rappresentò in un certo senso la continuità tra le due luogotenenze dell'ex murattiano Filangieri e del reazionario puro Castelcicala.

In Sicilia ancor piú che nel continente la politica borbonica favorí i gruppi piú conservatori e privilegiati. Le spese per le opere pubbliche furono anche nell'isola scarsissime, e poco efficaci gli incoraggiamenti dati all'attività economica dei gruppi borghesi piú avanzati. I tributi gravarono in misura notevole sulle masse popolari: fu ristabilita la tassa sul macinato, che fu anche aumentata nel 1854. L'imposta fondiaria invece gravò sui possidenti soltanto per l'1% dell'imponibile, sebbene il Filangieri proponesse di portarla almeno al 3%. Per riscattare una parte del debito pubblico il governo procedette alla vendita dei beni del demanio, dei "luoghi pii laicali" e delle corporazioni e all'affrancazione dei censi e dei canoni dovuti al demanio stesso. Questa operazione favorí la nobiltà e la borghesia terriera, alle quali appartenevano la maggior parte degli acquirenti, sicché si ingrossarono ulteriormente le grandi e le medie proprietà. Si accrebbe quindi la miseria e il malcontento delle masse popolari tanto nelle campagne quanto nelle città; d'altra parte la nobiltà e la borghesia terriera, sebbene di fatto favorite dal governo e da questo garantite contro una possibile insurrezione delle masse, rimasero sostanzialmente ostili al governo stesso, perché si sentirono escluse da ogni effettivo controllo sull'amministrazione della cosa pubblica. Fondata ormai quasi soltanto sulla forza militare e poliziesca, la dominazione borbonica in Sicilia era destinata dunque a crollare, non appena mutasse la situazione generale dell'Italia e dell'Europa e non appena l'insofferenza dei siciliani trovasse di nuovo una bandiera e un centro di raccolta rivoluzionario.

L'influenza austriaca, controbilanciata a Roma da quella francese e a Napoli dalla diffidenza e dall'orgoglio di

Ferdinando II, si fece sentire pesantemente a Modena, a Parma e a Firenze. Nei primi due Stati i sovrani erano stati restaurati esclusivamente dalle forze austriache; a Firenze Leopoldo II, richiamato dai moderati dopo il colpo di Stato antidemocratico del 12 aprile '49, ritornò soltanto dopo l'intervento militare austriaco, che gli permise di abolire il regime costituzionale. Inoltre l'estrema debolezza militare dei tre Stati, il fatto che il duca di Modena e il granduca di Toscana appartenessero a rami cadetti della dinastia asburgica, il fallimento del tentativo di lega fra gli Stati italiani a cui si è prima accennato, la stipulazione della lega doganale austro-parmense-modenese resero particolarmente stretti i legami di dipendenza dei tre governi dall'Austria e annullarono o ridussero al minimo le loro velleità di politica estera autonoma. Si devono tuttavia notare alcune differenze nella situazione dei tre Stati, specialmente tra i due Ducati da un lato e la Toscana dall'altro.

A Parma il duca Carlo III di Borbone, successo al padre Carlo II costretto ad abdicare definitivamente nel marzo del '49, governò in modo arbitrario e dispotico fino al 1854, quando fu ucciso dal sellaio Antonio Carra. Gli successe il figlio minorenne Roberto I sotto la reggenza della madre Maria Luisa, figlia del duca di Berry e sorella del conte di Chambord, pretendente al trono francese per il ramo diretto dei Borboni. La politica parmense rimase quindi essenzialmente reazionaria, ma il governo fu meno ligio ai voleri austriaci: tra l'altro il governo di Parma prese l'iniziativa di denunciare il trattato di lega doganale con l'Austria e con Modena allo scadere del quinquennio per cui era stato stipulato. L'atto fu determinato da interessi economici particolaristici, ma anche dall'insofferenza dell'amministrazione parmense per i minuziosi controlli dei funzionari doganali austriaci.

A Modena Francesco V si comportò da rigido reazionario e da arciduca austriaco obbediente ai voleri imperiali. Cercò tuttavia di migliorare l'amministrazione dello Stato e di attuare qualche riforma legislativa: nel 1852 fu emanato un nuovo codice civile, imitato da quello parmense che era per molti aspetti il migliore d'Italia; successivamente furono emanati altri tre codici (di procedura civile, penale e di procedura penale), che nel complesso rappresentarono un progresso rispetto alla precedente legislazione estense.

Comunque si può affermare che la piccolezza stessa dei

due Ducati, lo scarsissimo prestigio delle dinastie che li governavano, la forza che aveva in essi il movimento patriottico, l'attività dei numerosi e autorevoli patrioti emigrati dai Ducati stessi in Piemonte e all'estero facevano apparire probabile la scomparsa di questi residui del passato conservati artificiosamente dal Congresso di Vienna, non appena qualche grosso avvenimento avesse modificata la situazione italiana. Diversa appariva la situazione della Toscana, dove esisteva una tradizione statale abbastanza robusta, non priva di aspetti storicamente positivi, che poteva ancora esercitare un certo fascino sulle masse e su di una parte della classe dirigente per i ricordi del riformismo illuministico e della bonaria e tollerante amministrazione dei tempi della Restaurazione. Si poteva insomma pensare che in Toscana la sopravvivenza dello Stato regionale non dipendesse dalla sorte della dinastia lorenese e del regime assoluto. Eppure anche qui, come nelle Due Sicilie, la caduta della dinastia regnante e del regime assoluto si identificò con la fine dello Stato regionale. Infatti una profonda crisi interna facilitò nel momento decisivo l'azione del movimento patriottico unitario.

In Toscana (a parte qualche esecuzione sommaria compiuta dagli austriaci nei primi mesi dell'occupazione) la repressione governativa fu assai piú mite che altrove. L'episodio piú clamoroso della reazione contro i "responsabili" della rivoluzione del '48 fu l'ingiusto processo contro il Guerrazzi, conclusosi nel '53 con la condanna di questo all'ergastolo, commutata dal granduca nell'esilio dalla Toscana. Nel complesso la vigilanza poliziesca fu intensa, ma non oppressiva; vi furono arresti di patrioti, ma non altri processi clamorosi, né esecuzioni capitali, sebbene fosse stata ristabilita la pena di morte. Tuttavia la relativa mitezza della repressione non bastò a ristabilire tra il governo granducale e le forze piú vive e progressive del paese quell'accordo che si era realizzato nel '47 e nei primi mesi del '48 e che era sembrato a una parte dei moderati toscani la logica conclusione della tradizione riformatrice iniziatasi all'epoca di Pietro Leopoldo.

In realtà tra quella tradizione, che si era concretata in una serie di riforme economiche, civili ed ecclesiastiche, in una notevole cura per la buona amministrazione e per le opere pubbliche e in una relativa tolleranza politica, e i motivi fondamentali della rivoluzione quarantottesca, quello patriottico-nazionale e quello costituzionalista, vi era uno iato, che invano gli uomini come il Ridolfi e il Capponi avevano cercato di colmare. La spinta patriottica e democratica tra il novembre del '48 e il febbraio del '49 mise in crisi quindi una situazione già assai instabile; infine l'atteggiamento assunto dal granduca dopo il 12 aprile 1849 dissipò ogni equivoco determinando tra la dinastia lorenese e il movimento liberale-moderato una rottura che nel corso del decennio 1849-59 divenne definitiva. La decisione di Leopoldo II di rientrare in Toscana soltanto dopo l'occupazione del paese da parte degli austriaci, l'accordo dell'aprile 1850 col governo di Vienna per il prolungamento dell'occupazione militare, che durò fino al maggio 1855, il decreto del 21 settembre 1850 che, senza indire nuove elezioni, sciolse il Consiglio dei deputati eletto nel novembre '48 e mai più riunito dopo il febbraio '49, l'altro decreto dello stesso giorno che praticamente soppresse la libertà di stampa, infine il decreto del 6 maggio 1852, che abrogò ufficialmente lo Statuto, sono le tappe principali del ritorno del Granducato al regime assoluto e a una politica di reazione e di obbedienza alla Corte di Vienna, almeno nelle questioni politiche essenziali. Questa politica, voluta personalmente dal granduca, non poteva essere condivisa dai moderati, i quali del resto non erano più in grado di esercitare una seria influenza sulla politica governativa. Nessuna efficacia pratica immediata ebbe l'opposizione che essi svolsero su alcuni giornali, come lo "Statuto," prima che la libertà di stampa fosse soppressa; anche le proteste, fatte da alcuni Consigli municipali, primo fra tutti quello di Firenze, per il decreto del 21 settembre che scioglieva il Consiglio dei deputati, restarono senza effetto; alcuni gonfalonieri, come quello di Firenze, Ubaldino Peruzzi, che avevano favorito o tollerato quelle proteste, furono costretti a dimettersi. Rimasti quasi completamente tagliati fuori dalla vita politica, i moderati toscani assunsero un atteggiamento di attesa ed iniziarono quella evoluzione che li doveva portare nel '59 ad aderire in maggioranza alla causa unitaria. Per parte loro i democratici svolsero un'attività cospirativa che in certi momenti divenne molto intensa.

Tra i membri del ministero nominato da Leopoldo II il 24 maggio 1849 due erano sinceramente liberali, Cesare Capoquadri, ministro della giustizia, e Jacopo Mazzei, ministro degli affari ecclesiastici; essi però nulla poterono fare per frenare la spinta verso l'assolutismo, sicché nell'aprile

1850 presentarono le loro dimissioni, che furono accolte nel settembre successivo. Gli altri erano tutti fautori della monarchia assolutistico-amministrativa, pur con diverse sfumature che andavano dal reazionarismo puro a un conservatorismo relativamente moderato. Nel ministero avvennero tra il '50 e il '59 varie sostituzioni, le quali però non modificarono l'indirizzo generale del governo. Due ministri rimasero in carica per tutto il decennio: il ministro dell'interno Leonida Landucci, già liberale divenuto reazionario nel '48 per odio alla democrazia, e il presidente del consiglio e ministro delle finanze Giovanni Baldasseroni, l'uomo che diede il tono generale alla politica toscana di questo periodo.

Dopo una lunga carriera nell'amministrazione, il Baldasseroni era divenuto ministro delle finanze nel '45 ed aveva conservato questa carica nel ministero Ridolfi fino all'agosto 1848. Egli aveva accettato dunque il regime costituzionale e contribuito anche all'emanazione dello Statuto, in cui vedeva un mezzo per rafforzare la dinastia e lo Stato regionale toscano. Personalmente sarebbe stato però favorevole, come i moderati seguaci del Capponi, all'istituzione di un'assemblea consultiva piuttosto che di un parlamento deliberativo. Nel '49 si recò a Gaeta dopo il colpo di Stato moderato del 12 aprile e accettò quindi di tornare in Toscana per presiedere il ministero nominato dal granduca il 24 maggio, convinto che fosse necessario conservare lo Statuto e che il granduca e l'Austria non si sarebbero opposti a questo programma. Ma quando vide che il granduca intendeva invece restaurare il governo assoluto, non ebbe il coraggio di assumere un atteggiamento deciso di opposizione. Fece un po' di resistenza, cercò poi di ritirarsi, ma infine cedette alle pressioni del granduca, che aveva per lui una grande fiducia, e si adattò a svolgere una politica reazionaria, temperata da un certo spirito di tolleranza, cercando di ammansire i reazionari piú estremi, che premevano sul sovrano perché svolgesse una politica piú decisamente repressiva.

Nella politica estera l'attività del Baldasseroni si manifestò principalmente in due azioni di un certo rilievo: il tentativo fallito di lega tra gli Stati italiani, di cui già si è parlato, e il Concordato con la Santa Sede del 25 aprile 1851. Fu questo un Concordato parziale che concerneva soltanto alcune questioni, nelle quali il governo di Firenze fece alcune concessioni alla Chiesa: cosí i vescovi ebbero poteri di censura preventiva sugli scritti che trattavano *ex professo* materie religiose, e cosí per certi reati compiuti da ecclesiastici furono stabilite pene soltanto pecuniarie. Il Concordato non faceva parola del diritto di *exequatur*, che rimase quindi al governo toscano. Si deve ricordare che nel maggio del '48 il ministro toscano a Roma, monsignor Boninsegni, aveva accettato un progetto di Concordato assai piú favorevole alle pretese della Curia, che però il governo di Firenze respinse; e che successivamente le trattative condotte dal Mazzei, convinto regalista, non avevano approdato ad alcun risultato. D'altra parte il granduca voleva assolutamente venire ad un accordo con Roma; perciò il Baldasseroni, quando prese in mano i negoziati, non poté che adoperarsi per una soluzione di compromesso, che del resto rispondeva alle sue idee e al suo carattere. Tuttavia il Concordato del '51 sollevò vivaci critiche da parte dei liberali e in genere da parte di tutti quelli che restavano fedeli alla tradizione regalistica di Pietro Leopoldo, e fu d'altra parte giudicato insufficiente dai clericali piú intransigenti. Inoltre la sua applicazione determinò controversie abbastanza aspre, nelle quali peraltro il governo di Firenze difese i diritti dello Stato con notevole energia. Comunque il risultato politico del Concordato del '51 fu una diminuzione di prestigio da parte dello Stato, senza che d'altra parte il governo granducale riuscisse a realizzare un pieno accordo con la Chiesa.

Il problema su cui il Baldasseroni dovette concentrare maggiormente la sua attenzione fu quello finanziario. Alla fine del '49 il deficit del bilancio era elevatissimo a causa della ripercussione dei rivolgimenti dei primi mesi del '49 e della presenza delle truppe austriache, il cui approvvigionamento era a carico del governo di Firenze. Questa seconda circostanza minacciava la stabilità delle finanze del Granducato anche per l'avvenire e gravò effettivamente sul bilancio toscano fino al 1855, quando gli austriaci sgombrarono il paese. Per risolvere il problema il Baldasseroni dovette adottare un programma relativamente semplice: risanare un po' per volta il bilancio ordinario con drastiche riduzioni delle spese e con un costante aumento delle entrate; affrontare le spese straordinarie con entrate straordinarie, cioè con prestiti, contenuti però entro un certo limite in modo che il peso degli interessi non divenisse intollerabile. Egli dovette rinunciare all'idea di riformare il sistema tributario toscano rimasto per alcuni aspetti assai antiquato. Le entrate principali infatti, oltre che da alcuni tributi indiretti, erano costituite dall'imposta prediale e da una imposta personale o di famiglia, le cui ripartizioni ed esazioni erano affidate ai comuni, che le effettuavano sulla base di criteri molto approssimativi e in parte arbitrari per quanto concerneva l'imposta di famiglia, poiché mancava la possibilità di una valutazione obiettiva del reddito mobiliare. Ne conseguivano una notevole disparità del carico fiscale tra un comune e l'altro e fra cittadini delle stesse condizioni, e un frequente indebitamento dei comuni, costretti a versare allo Stato ogni anno somme che spesso non erano riusciti ad esigere dai contribuenti. Ma l'introduzione di una imposta sulle rendite e una riforma del sistema di ripartizione e di esazione, a cui il Baldasseroni sarebbe stato favorevole, erano praticamente irrealizzabili perché avrebbero implicato una trasformazione amministrativa attuabile solo con un regime costituzionale. Comunque il Baldasseroni riuscí ad evitare nei primi anni del suo governo una crisi finanziaria di grandi proporzioni, ma nel corso del decennio non riuscí ad eliminare il deficit del bilancio. D'altra parte l'accresciuto carico fiscale e la diminuzione delle spese determinarono nel paese un notevole malcontento, aggravato dalle precarie condizioni dei bilanci di molti comuni grandi e piccoli.

Comunque, nonostante queste difficoltà, alcuni lavori pubblici importanti furono effettuati: fu ampliato il porto di Livorno, fu bonificata la palude di Bientina, fu proseguita l'opera di prosciugamento della Maremma. Le costruzioni ferroviarie proseguirono, sebbene con un ritmo un po' meno rapido di quello che avevano avuto negli anni immediatamente precedenti il '48: fu completata la ferrovia Lucca-Pistoia-Firenze; fu aperta all'esercizio alla fine del '49 la Empoli-Siena; furono iniziati i lavori della Porrettana, a cui si è già accennato, e della Firenze-Arezzo.

Nel complesso il progresso economico della Toscana subí un rallentamento, ma non una stasi. L'agricoltura attraversò per alcuni anni un periodo difficile, dovuto in parte a calamità naturali. Alcune industrie, come quella mineraria, di cui si è già parlato nel terzo capitolo del secondo volume, continuarono a progredire. Il commercio estero fu favorito dalla stipulazione di vari trattati di commercio e di navigazione.

Dal punto di vista legislativo l'innovazione piú importante di questi anni fu la promulgazione nel 1853 del nuovo codice penale, il quale sebbene fosse criticato per l'adozione della pena di morte, peraltro mai applicata, fu in realtà il migliore d'Italia, tanto è vero che fu lasciato in vigore in Toscana anche dopo l'unità fino al 1889, quando in tutta l'Italia fu adottato il nuovo codice penale Zanardelli.

Non si può dire dunque che l'azione amministrativa e legislativa del governo di Firenze tra il '49 e il '59 fosse priva di aspetti positivi. Ma si deve ricordare che essa non fu che la continuazione in termini ridotti di una tradizione ormai quasi esausta e che d'altra parte la politica assolutistica e la soggezione all'Austria impedivano al granduca e al suo governo di attuare quel rinnovamento dello Stato, che soltanto il regime costituzionale avrebbe reso possibile. Privo dell'appoggio delle forze politiche piú vive del paese, il governo granducale si avviò senza gravi scosse verso la crisi finale, che travolse anche lo Stato regionale. Questo infatti non trovò piú nel '59 i difensori che aveva ancora trovato nel '49. In questo senso ebbero un'importanza decisiva l'azione patriottica costantemente svolta per dieci anni dai democratici e la contemporanea evoluzione della maggioranza dei moderati verso l'unitarismo.

4. Il tentativo mazziniano di organizzare la democrazia

Verso la fine del 1849 i democratici di tutta l'Europa, sebbene divisi da vivaci contrasti, erano accomunati dalla fiducia in una prossima ripresa del movimento rivoluzionario. Essi pensavano infatti che l'azione repressiva delle forze reazionarie non potesse a lungo frenare la spinta innovatrice che aveva determinato una rivoluzione tanto vasta e tanto impetuosa come quella del '48 ed erano convinti che nell'estate del '49 si fosse iniziata soltanto una breve tregua d'armi nella grande lotta tra rivoluzione e reazione. Per circa due anni questa fiducia rimase assai viva nella sinistra europea e fu rafforzata dalla speranza in una vicina riscossa delle forze democratiche francesi, che avrebbe dovuto fare nuovamente della Francia la guida o per lo meno il sostegno decisivo del movimento rivoluzionario europeo. Era infatti largamente diffusa l'opinione che tanto il presidente quanto la maggioranza conservatrice dell'Assemblea avrebbero finito per esaurire le loro forze nella lotta di logoramento che combattevano tra loro e che entro il 1852, anno di scadenza del mandato presidenziale di Luigi Bonaparte, una forte controffensiva popolare avrebbe risolto a favore della sinistra la crisi interna della Francia, o con mezzi legali, o con una insurrezione, nel caso di un tentativo presidenziale di colpo di Stato. Questa attesa quasi messianica di una prossima ripresa rivoluzionaria, bruscamente interrotta dal facile successo del colpo di Stato del 2 dicembre 1851, si fondàva su di una valutazione superficiale della situazione politico-sociale della Francia e dell'Europa intera. Ma intanto con quello stato d'animo i democratici analizzarono e discussero per due anni le ragioni del fallimento del '48 e delinearono i loro programmi d'azione.

Mazzini, convinto piú d'ogni altro che fosse possibile una nuova rivoluzione a breve scadenza e che l'Italia sarebbe stata uno dei paesi da cui sarebbe partita l'iniziativa della riscossa, fu il primo a riprendere l'attività per organizzare e guidare il movimento democratico. Già nel luglio 1849, nei dieci giorni che passò a Roma tra l'entrata dei francesi e la partenza per l'esilio, egli diede ai suoi amici le prime direttive per la ricostituzione clandestina dell'Associazione Nazionale Italiana; poi, appena giunto a Ginevra, si mise al lavoro con grande lena per continuare questa attività organizzativa e per delineare un programma che potesse raccogliere le adesioni dei vari gruppi democratici sulla base degli insegnamenti che a suo parere dovevano trarsi dall'esperienza quarantottesca. Molto significativi per questo riguardo sono gli scritti da lui pubblicati allora nella rivista quindicinale che fondò a Losanna nel settembre del '49 alla quale diede lo stesso nome dei giornali pubblicati per breve tempo a Milano nel '48 e a Roma nel '49: l'"Italia del Popolo."

Dalle vicende rivoluzionarie Mazzini usciva con un grande prestigio morale, poiché il suo nome era ormai indissolubilmente legato alla breve ma eroica storia della Repubblica romana. Perciò, per quanto la sua stessa attività di governo a Roma non fosse immune da critiche, la sua posizione negli ambienti democratici europei alla fine del '49, era piú autorevole che nel passato. Questo era per lui un elemento di forza, che stimolava la sua volontà di lotta e che, nell'atmosfera di attesa in cui vivevano i democratici, gli offriva alcune possibilità d'azione che non aveva avuto prima della rivoluzione. Tuttavia dall'esperienza quarantottesca egli non aveva tratto lo stimolo ad una nuova elaborazione della sua ideologia, ma piuttosto la convinzione della necessità di agire con rinnovata energia per la realizzazione delle stesse idee che aveva proclamato fin dal 1831-32 e sostenuto tenacemente negli anni successivi. Gli sembrava infatti che il '48 avesse rivelato in modo indiscutibile l'esistenza di un fortissimo spirito rivoluzionario e di una grande capacità di lotta nelle masse popolari d'Europa e d'Italia in particolare, e pensava che le ragioni della sconfitta della rivoluzione fossero essenzialmente due: sul piano europeo, il mancato coordinamento fra le varie correnti democratiche e tra i movimenti rivoluzionari dei vari paesi; sul piano italiano, la direzione imposta al movimento nazionale dai moderati e la fiducia troppo a lungo ingenuamente riposta in Pio IX e in Carlo Alberto dalla maggioranza dei patrioti e dal popolo insorto. Ma alla base di questi errori politici egli vedeva soltanto delle impostazioni ideologiche errate, che avevano aperta la via ad interessi particolaristici e favorita la controrivoluzione. Non si rendeva conto che nella realtà sociale e politica dell'Europa erano maturate nuove contraddizioni e sorti nuovi problemi, e credeva che la sua lotta contro quelle ideologie, fallita prima del '48, potesse trarre nuovo vigore proprio dall'esperienza quarantottesca. Perciò la sua azione per preparare la riscossa rivoluzionaria non si discostò dalla linea politica da lui seguita prima del '48 se non per alcuni accorgimenti tattici ed alcuni adattamenti formali alla situazione del momento.

Mazzini giudicò anzitutto necessario uno sforzo energico per l'unione delle forze democratiche europee. Anche in passato egli aveva cercato di stabilire una collaborazione tra i movimenti rivoluzionari e patriottici europei e per due volte aveva tentato di dar vita ad organizzazioni internazionali: nel '34, quando aveva fondato in Svizzera la *Giovine Europa*, e nel '47, quando aveva fondato a Londra con alcuni amici inglesi la *Lega internazionale dei popoli*. Ora credette di poter riprendere quei tentativi in forma in parte nuova con qualche speranza di successo. "Dalla storia dei moti popolari degli ultimi due anni," scrisse allora nell'articolo *La Santa Alleanza dei popoli*, "scende un fatto importante, vitale: noi siamo, sopra ciascun punto dato, piú forti degli oppressori. In Italia, in Germania, nell'Ungheria, i governi, impotenti a resistere con forze proprie, ebbero ricorso alle altrui, e vinsero coll'intervento. E da questo fatto sgorgano due conseguenze: che l'opera nostra è veramente opera e voto di popolo — e che quando noi sorgeremo a un tempo su tutti i punti della nostra sfera d'azione, noi vinceremo. L'intervento sarà fatto impossibile. È d'uopo contrapporre alla lega dei príncipi la Santa Alleanza dei popoli. È d'uopo costituire la democrazia. Noi abbiamo oggi istinti, aspirazioni, presentimenti d'alleanza, non alleanza; abbiamo milioni di democratici, scuole, sette, chiesuole democratiche; non democrazia."[6] Mazzini proponeva quindi di raccogliere i democratici di tutta l'Europa in un'organizzazione di lotta sulla base, non già di un programma preciso sul futuro ordinamento sociale e politico su cui era impossibile raggiungere un consenso generale, ma di alcuni princípî fondamentali, che potessero essere accettati da tutte le correnti democratiche. Questi princípî, secondo lui, avrebbero dovuto essere i seguenti: la nazione come "termine intermedio fra l'umanità e l'individuo"; la riorganizzazione dell'Europa in Stati nazionali, indipendenti e associati; il progresso come "legge provvidenziale" di cui il popolo deve essere il "solo e continuo interprete"; la repubblica come "forma logica della democrazia"; l'armonia tra la libertà e l'associazione; la lotta contro l'ineguaglianza e la miseria, senza di cui è impossibile l'educazione del popolo; la famiglia, la proprietà e la religione, considerate come elementi della vita umana "santi e inviolabili nella loro essenza" ma destinati a trasformarsi "con pacifico progresso."[7]

È chiaro dunque che l'idea di formare un fronte comune delle forze europee di sinistra sulla base di alcuni princípî fondamentali, già di per sé difficile da realizzare, era da Mazzini stesso limitata nella sua efficacia pratica per il fatto che i princípî da lui proposti, pur nella loro sommaria formulazione, avevano un carattere troppo *mazziniano* per essere accolti in blocco da tutte le correnti democratiche. Inoltre Mazzini svolgeva sommariamente in questo articolo una polemica contro quelli che egli chiamava i "sistemi," cioè contro le delineazioni di futuri ordinamenti sociali fatte dalle varie correnti socialiste, che a suo parere avevano molto contribuito nel '48 ad impedire l'unione di tutte le forze rivoluzionarie. Poco dopo ribadí la sua critica alle varie scuole socialiste e comuniste prequarantottesche

[6] G. Mazzini, *Scritti editi ed inediti*, ed. nazionale, Imola, 1906-1943, vol. XXXIX, p. 209. Come già nei precedenti volumi, citeremo d'ora in poi gli scritti mazziniani con la semplice indicazione del numero del volume di questa edizione.

[7] *Ivi*, pp. 213-217.

nel saggio *I sistemi e la Democrazia*, pubblicato a puntate sull'"Italia del Popolo" nei primi mesi del 1850, che era la traduzione con aggiunte e rimaneggiamenti di un saggio già da lui pubblicato in inglese nel 1846-47 sul "People's Journal."[8] Tuttavia fino al 2 dicembre 1851 limitò la polemica antisocialista al campo teorico ed evitò di investire con accuse aperte la politica svolta dai socialisti stessi dal febbraio del '48 in poi. Per due anni cercò di non inasprire i contrasti esistenti nella sinistra europea, perché sperava che l'impostazione genericamente democratica del programma della costituenda associazione internazionale ed il rinvio della discussione di un programma sociale ad una fase successiva alla vittoria dell'insurrezione rendessero possibile una collaborazione dei socialisti coi democratici. In sostanza proponeva ai socialisti di accettare la direzione politica dei democratici e di rinunciare per un tempo indefinito ad un'azione autonoma, perché questa sarebbe stata fonte di divisione e di contrasto tra le forze di sinistra. Non comprendeva che il contrasto ideologico era espressione di un contrasto reale, cioè della lotta di classe tra proletariato e borghesia, e che pertanto il movimento socialista aveva ormai una fisionomia e una funzione nettamente distinte da quelle del movimento democratico borghese, a cui avrebbe potuto in determinate circostanze allearsi, ma non piú subordinarsi.

Anche per la lotta da svolgere in Italia Mazzini si propose di realizzare un fronte quanto piú largo possibile delle forze patriottiche. Nei *Cenni e documenti intorno all'insurrezione lombarda e alla guerra regia del 1848*, pubblicati nell'"Italia del Popolo" alla fine del '49, dopo un'ampia critica della politica dei moderati e di Carlo Alberto, affermava: "In Italia, caduto Pio IX, caduto Carlo Alberto, e dopo la parola escita da Roma, non esiste piú né può esistere, giova ripeterlo, che un solo partito: il partito nazionale."[9] Fuori di questo, secondo lui, potevano esistere soltanto "fazioni," che potevano "guastare e corrompere, non

[8] Tanto il saggio in inglese, intitolato *Thoughts upon Democracy in Europe*, quanto la traduzione rimaneggiata del 1850 sono ristampati in MAZZINI, XXXIV, pp. 91-246. Ma gli ultimi due paragrafi del testo italiano, nei quali la polemica antisocialista è piú aspra, furono scritti dopo il 2 dicembre 1851 e pubblicati per la prima volta dallo stesso Mazzini nella ristampa de *I sistemi e la Democrazia* inclusa negli *Scritti editi ed inediti*, vol. VII, Milano, ed. Daelli, 1864, pp. 275-353.

[9] MAZZINI, XXXIX, p. 341.

creare."[10] Pertanto negli stessi *Cenni e documenti* fissò i punti fondamentali del programma intorno a cui il partito nazionale avrebbe dovuto raccogliersi. Poco dopo, al principio del 1850, ristampò questi punti con l'aggiunta di alcune norme organizzative in un volantino, firmato da lui stesso, dal Saffi e dal Montecchi, e lo diffuse in Italia e tra gli esuli come *Programma dell'Associazione Nazionale.*[11]

Mazzini ribadiva anzitutto il concetto dell'unità. "L'Italia," diceva, "vuol essere Nazione Una: non d'unità napoleonica, non d'esagerato concentramento amministrativo che cancelli a beneficio d'una Metropoli e d'un governo la libertà delle membra; ma d'unità di Patto, di Assemblea interprete del Patto, di relazioni internazionali, di eserciti, di codici, d'educazione, armonizzata coll'esistenza di Regioni circoscritte da caratteristiche locali e tradizionali e colla vita di grandi e forti Comuni."[12] Definiva quindi "un errore storico" l'autonomia degli Stati esistenti, sorti non per "vitalità propria e spontanei, ma per arbitrio di signoria straniera e domestica," e respingeva l'idea di una confederazione tra di essi. Esprimeva inoltre nel suo consueto linguaggio il principio democratico, ma senza usare le parole di repubblica e di democrazia: "L'Italia vuol essere Nazione di liberi ed eguali... Essa venera la Virtú e il Genio, non la ricchezza e la forza: vuole educatori e non padroni... Essa crede in Dio e nel Popolo, non nel papa e nei re."[13] Affermava infine la necessità dell'insurrezione nazionale e ribadiva in termini molto simili a quelli che aveva usato già nel '31 nel programma della *Giovine Italia* la distinzione tra insurrezione e rivoluzione. "L'insurrezione finisce quando la rivoluzione comincia. La prima è guerra, la seconda manifestazione pacifica. La insurrezione e la rivoluzione devono dunque governarsi con leggi e norme diverse. A un Potere concentrato in pochi uomini scelti dal popolo insorto, per opinione di virtú, d'ingegno, di provata energia, spetta sciogliere il mandato dell'insurrezione e vincer la lotta: al solo Popolo, ai soli eletti da lui spetta il governo della rivoluzione. Tutto è provvisorio nel primo periodo: affrancato il paese dal mare alle Alpi, la Costituente Nazionale raccolta in Roma, Metropoli e Città Sacra della Nazione, dirà all'Italia e all'Europa il pensiero del

10 *Ivi*, p. 343.
11 Mazzini, XLIII, pp. 185-188.
12 Mazzini, XXXIX, p. 341 e XLIII, p. 185.
13 Mazzini, XXXIX, p. 342 e XLIII, p. 186.

Popolo."[14] Anche per quanto concerneva il problema italiano Mazzini cercava dunque di superare i dissidi che esistevano nel movimento patriottico dando alle sue idee una formulazione generica e rinviando ad una fase successiva alla vittoria dell'insurrezione la discussione sull'ordinamento istituzionale e sociale da dare all'Italia unita e indipendente. Ma proprio la vaghezza dei termini e l'ostentato agnosticismo riguardo a questo punto dovevano provocare vivacissimi contrasti nell'ala sinistra del movimento nazionale italiano.

Nel maggio 1850 Mazzini si recò clandestinamente a Parigi, dove sperava che scoppiasse un moto insurrezionale guidato dai democratici in occasione della discussione nell'Assemblea di una legge restrittiva del suffragio elettorale. Ma la legge fu approvata senza che alcun movimento avesse luogo. Deluso per questo fatto, che del resto veniva a riconfermare la sua vecchia sfiducia nella possibilità di un'iniziativa francese, e deluso per i colloqui avuti col Lamennais, col Favre e con altri dirigenti democratici, che trovò divisi da aspri contrasti personali e poco coscienti del pericolo rappresentato dalle mire dittatoriali del presidente, Mazzini si recò a Londra, dove in quel momento risiedeva la maggior parte degli esuli dei vari paesi d'Europa. Egli era pur sempre convinto che moti insurrezionali potessero scoppiare a breve scadenza in Italia e in altri paesi e che anche in Francia la crisi politica avrebbe finito per risolversi in favore della democrazia; perciò intensificò il lavoro per la formazione di un'associazione democratica internazionale e riuscì a costituire il Comitato Centrale Democratico Europeo, che avrebbe dovuto essere l'organo supremo della progettata associazione. Il Comitato, composto inizialmente da lui, dal francese Ledru-Rollin, dal tedesco Arnoldo Ruge, e dal polacco Alberto Darasz, annunciò la sua costituzione il 22 luglio 1850 con un "Manifesto,"[15] scritto dallo stesso Mazzini e ispirato alle idee già espresse nell'articolo *La Santa Alleanza dei popoli*.

Ma la costituzione del Comitato accentuò le divisioni esistenti nella sinistra anziché attenuarle. In particolare la presenza di Ledru-Rollin suscitò l'ostilità del gruppo socia-

[14] MAZZINI, XXXIX, p. 343 e XLIII, p. 187. Cfr. l'*Istruzione generale per gli affratellati alla Giovine Italia*, II, p. 53.
[15] MAZZINI, XLIII, pp. 207-216.

lista francese che faceva capo a Louis Blanc, anche egli
esule a Londra, e di tutti coloro che vedevano nell'uomo
che aveva diretto il cosiddetto partito della Montagna fino
al fallito tentativo insurrezionale del 13 giugno 1849 un
democratico di vecchio tipo, animato da un rivoluziona-
rismo verbale, sostanzialmente antisocialista, nonostante
qualche generica affermazione progressista di carattere sociale. Anche persone legate a Mazzini da vincoli di amicizia
e di collaborazione politica, come George Sand e Alessandro Herzen, giudicarono negativamente la presenza di Ledru-Rollin nel Comitato, respinsero l'impostazione generale del "Manifesto" del 22 luglio e rifiutarono di collaborare
a questa iniziativa. Mazzini rispose alle critiche affermen-
do di essere stato costretto a scegliere tra Ledru-Rollin e
Blanc per l'impossibilità di trovare una personalità intermedia che godesse la fiducia di entrambi, e disse di avere
scelto il primo, perché rappresentava soltanto la "tendenza" socialista (cioè perché rinviava ad una fase successiva
l'elaborazione di un programma sociale) e perché era l'uomo che piú d'ogni altro aveva la possibilità di andare al
potere in Francia nel caso di una vittoria democratica. Ma
in tal modo (a parte la sopravvalutazione dell'influenza politica di Ledru-Rollin) Mazzini non faceva che ribadire la
sua opinione sulla posizione subordinata che il socialismo
avrebbe dovuto avere nell'auspicato blocco delle forze rivoluzionarie.

Anche il Ruge, già amico e compagno di Marx nel gruppo dei giovani hegeliani e poi deputato democratico all'Assemblea di Francoforte, aveva ormai una posizione nettamente antisocialista e poteva avere l'appoggio solo di una
parte degli esuli democratici tedeschi. Non provocò polemiche invece la scelta del Darasz come rappresentante della
democrazia polacca, la cui influenza però era in quel momento poco notevole. Nell'agosto 1851 il Comitato scrisse
al Kossuth, allora confinato a Kutahia nell'Impero turco,
per chiedergli la sua adesione; ma il capo ungherese declinò
l'invito; accettò invece una proposta particolare di Mazzini
per una collaborazione tra il movimento patriottico ungherese e quello italiano, che poi divenne piú stretta quando il
Kossuth poté recarsi in Inghilterra nel novembre 1851.
Mazzini riuscí anche ad ottenere l'adesione al Comitato di
Demetrio Bratianu, uno dei dirigenti in esilio del movimento nazionale rumeno. Ma in pratica l'attività del Comitato
Europeo, date le polemiche che esso suscitò, fu molto scar-

sa e si ridusse alla diffusione di una serie di manifesti di carattere generale, oppure rivolti alle singole nazionalità. Debole e discontinua fu anche l'attività della maggior parte dei Comitati nazionali che allora vennero costituiti. Dopo il 2 dicembre '51 il Comitato Centrale Europeo cessò praticamente di esistere.

La critica piú radicale al tentativo mazziniano di unificazione delle forze democratiche europee fu fatta da Marx e da Engels in un articolo del novembre 1850 circa un anno prima che il tentativo fallisse definitivamente. Marx ed Engels negavano anzitutto che una nuova rivoluzione fosse possibile a breve scadenza, cioè facevano giustizia di un'illusione che loro stessi avevano condiviso fino a poco tempo prima: "Con questa prosperità generale in cui le forze produttive della società borghese si sviluppano con tutto il rigoglio che è consentito entro i limiti dei rapporti borghesi, non si può pensare ad una vera rivoluzione. Una tale rivoluzione è possibile solo nei periodi in cui questi due fattori, le forze produttive moderne e le forze di produzione borghese, vengono fra loro in contraddizione. I diversi litigi a cui si abbandonano ora e in cui si compromettono reciprocamente i rappresentanti delle singole frazioni del partito dell'ordine sul continente, ben lungi dal fornire l'occasione a nuove rivoluzioni, sono al contrario possibili soltanto perché la base della situazione è per il momento cosí sicura, e (ciò che la reazione non sa) cosí borghese. Su di essa tutti i tentativi della reazione di frenare l'evoluzione borghese si spezzeranno tanto sicuramente quanto tutta l'indignazione morale e tutti i proclami infiammati dei democratici. Una nuova rivoluzione è possibile solo in conseguenza di una nuova crisi. Ma quella è altrettanto sicura che questa." Marx ed Engels criticavano quindi aspramente l'impostazione mazziniana esposta nel Manifesto del Comitato Europeo, fondata sulla contrapposizione delle ideologie anziché delle classi: "Le lotte reciproche delle varie classi e frazioni di classe, il cui decorso attraverso le sue singole fasi di sviluppo decide per l'appunto la rivoluzione, per i nostri Evangelisti sono soltanto la infelice conseguenza dell'esistenza di sistemi divergenti, mentre in realtà tutto al contrario l'esistenza di sistemi diversi è la conseguenza dell'esistenza della lotta di classe. Già da questo si rivela che gli autori del Manifesto negano l'esistenza della lotta di classe. Con il pretesto di combattere contro i dottrinari essi accantonano ogni contenuto determinato, ogni determinato punto di vista di partito, ed impediscono alle singole classi di formulare i propri interessi e le proprie richieste di fronte alle altre classi. Essi pretendono da queste classi che dimentichino i propri interessi contrapposti e che si riconcilino sotto la bandiera di una indeterminatezza tanto appiattita quanto sfacciata, che sotto l'apparenza della conciliazione degli interessi di tutti i partiti nasconde soltanto il predominio degli interessi di un partito, il partito borghese... Il riassunto di questo Vangelo è una situazione in cui Dio costituisce il vertice e il popolo o, come successivamente si dice, l'umanità, la base. Cioè essi credono nella società attuale, nella quale, come è noto, Dio costituisce la cima e la teppa la base. Se il motto di Mazzini: Dio e Popolo, può avere un significato in Italia, dove Iddio si paragona al Papa e il Popolo ai príncipi, è certo alquanto arrischiato il presentare questo plagio di Johannes Ronge, di questo rifiuto del bastardo progressume tedesco, come il motto che deve svelare il problema del secolo."[16]

Questa critica rimase senza alcuna influenza su Mazzini, il quale probabilmente neppure conobbe questo scritto di Marx e di Engels e comunque aveva sempre respinto e continuò a respingere ogni argomentazione fondata sull'idea della lotta di classe. Indubbiamente nel giudizio sulla situazione europea si manifestò allora la superiorità della dottrina marxista rispetto a quella mazziniana, la quale del resto rivelò la sua intima debolezza come strumento di interpretazione della realtà anche nella violenta polemica che Mazzini condusse contro i socialisti francesi dopo il 2 dicembre. Tuttavia si deve tener presente che l'interesse di Mazzini era rivolto prevalentemente all'Italia e ai paesi nei quali il problema dello Stato nazionale doveva ancora essere risolto e la rivoluzione borghese doveva essere ancora completata o addirittura iniziata. Perciò egli attribuiva un'importanza predominante alla lotta contro la reazione dinastica, aristocratica e clericale, e pensava che questa lot-

[16] K. MARX-F. ENGELS, *Von Mai bis Oktober*, in "Neue Rheinische Zeitung. Politisch-ökonomische Revue," ed. a cura di K. Bittel, Berlin, 1955, p. 318 e p. 333. Passi citati e tradotti da F. DELLA PERUTA, *I democratici e la rivoluzione italiana*, Milano, 1958, p. 27 e da E. RAGIONIERI, *Introduzione* a K. MARX-F. ENGELS, *Sul Risorgimento italiano*, Roma, 1959, pp. 22-24. Johannes Ronge, sacerdote cattolico tedesco, scomunicato nel 1845, tentò di fondare una Chiesa cattolica dissidente in Germania; assunse nel '48 un atteggiamento democratico radicale; fu anch'egli esule in Inghilterra dal '49 al '61.

ta dovesse essere l'obiettivo fondamentale del progettato fronte delle forze democratiche europee. Da questo punto di vista l'impostazione politica mazziniana appare meno astratta di quanto comunemente si crede, perché mirava a risolvere un problema ancora aperto in Italia e in gran parte dell'Europa. L'insuccesso del tentativo di Mazzini di creare un fronte democratico europeo derivò non tanto dalla sua ideologia romantica, dal suo stile profetico e dalle sue vaghe formule religiose e sociali, quanto dall'errore di volere imporre alle forze innovatrici dei paesi piú progrediti una linea politica che mirava soprattutto a risolvere i problemi dei paesi piú arretrati.

Marx ed Engels invece, quando rilevavano la stabilità della situazione dell'Europa nel 1850 e affermavano che una nuova rivoluzione poteva nascere solo da una crisi delle forme borghesi di produzione, avevano presenti soprattutto quei paesi, come l'Inghilterra e la Francia, nei quali la rivoluzione borghese aveva trionfato da tempo ed era in atto la lotta tra proletariato e borghesia. Poiché questi paesi guidavano lo sviluppo ormai inarrestabile del capitalismo, questo giudizio era valido per tutta l'Europa, ma nel senso che nella maggior parte dei paesi del continente la rivoluzione borghese sarebbe stata ormai inevitabilmente influenzata nel suo sviluppo e nelle sue forme dal fatto che la borghesia era già divenuta nei paesi piú avanzati una classe socialmente conservatrice. Questa complessa situazione, che derivava dal modo in cui si era svolta e si era conclusa la rivoluzione del '48, sarà compresa e valutata in tutti i suoi aspetti contraddittori da Marx e da Engels soltanto parecchi anni dopo.

Ma intanto questa situazione faceva sentire la sua influenza sul movimento nazionale italiano e spingeva quei democratici che avevano tratto dall'esperienza del '48 conclusioni teoriche e pratiche diverse da quelle mazziniane a porre in modo nuovo il problema della rivoluzione italiana. Le critiche che questi uomini rivolsero allora a Mazzini e le discussioni che ne seguirono sono molto importanti per la comprensione storica della fase conclusiva del Risorgimento e della parte che ebbe in essa il partito democratico.

Contemporaneamente alla costituzione del Comitato Centrale Europeo, Mazzini si adoperò per formare un Comitato Nazionale Italiano, che avrebbe dovuto dirigere l'Associazione Nazionale, estenderne e rafforzarne l'organizzazione, tenere i collegamenti coi movimenti patriottici e rivoluzionari di altri paesi, essere insomma l'organo propulsore di quel fronte delle forze patriottiche, di quel "partito nazionale," che avrebbe dovuto guidare l'insurrezione italiana. Il lavoro per la formazione del Comitato e per la stesura del suo programma fu lungo e difficile e fu completato da Mazzini, ritornato nel frattempo a Ginevra, soltanto al principio d'ottobre del 1850, quando pubblicò (ma con la data di Londra, 8 settembre 1850) il primo Manifesto del Comitato stesso con la sua firma e quelle di Aurelio Saffi, Aurelio Saliceti, Giuseppe Sirtori, Mattia Montecchi e Cesare Agostini segretario.

Il Manifesto si apriva col testo di una deliberazione, presa il 4 luglio 1849 da un gruppo di deputati della Costituente romana ed approvata poi da altri membri dell'Assemblea stessa e da un centinaio di patrioti di altre parti d'Italia, che istituiva un Comitato Nazionale, composto da Mazzini, Saffi e Montecchi, autorizzati a chiamare nel Comitato stesso altri "cittadini italiani," col mandato di "contrarre un imprestito in nome del popolo romano e a beneficio della causa nazionale," e di compiere ogni atto politico e finanziario che potesse "promuovere il ristabilimento della legittima autorità popolare in Roma."[17] In tal modo Mazzini presentava il Comitato come un organo di governo, investito di una legittimità di origine popolare, mediante un collegamento ideale con la Costituente romana. Giova ricordare che tutti i firmatari del Manifesto, salvo il Sirtori (che aveva partecipato alla difesa di Venezia ed era stato uno dei capi dell'opposizione di sinistra al governo del Manin), avevano partecipato, come triumviri o come ministri, al governo della Repubblica romana.

Dopo questo preambolo, il Manifesto fissava nel modo seguente i principî ai quali il Comitato intendeva ispirare la sua azione: "Indipendenza: Libertà: Unificazione — siccome scopo. Gerra e Costituente Italiana — siccome mezzi."[18] Riproduceva quindi testualmente i passi del Programma dell'Associazione Nazionale, prima citato, concernenti l'unità (senza peraltro il violento attacco al federalismo), l'insurrezione nazionale, la distinzione tra insurrezione e rivoluzione, la necessità del potere concentrato in pochi uomini come guida dell'insurrezione. A questo punto il Ma-

---

[17] MAZZINI, XLIII, p. 220.
[18] Ivi, p. 222.

nifesto assumeva un tono possibilistico, dovuto all'influenza del Sirtori, destinato a tranquillizzare ed attirare i patrioti filopiemontesi: "All'adempimento di questo programma noi sollecitiamo la cooperazione di quanti amano sinceramente, operosamente la Patria. Sorgerà un governo che lo faccia suo? Che col popolo e pel popolo mova guerra senza tregua ai privilegi, ai pregiudizi, alle divisioni dell'interno, e alle usurpazioni dello straniero? le forze raccolte gli saranno aiuto all'impresa. Non sorgerà? faremo da noi."[19] Infine il Manifesto sosteneva la necessità di rinviare all'avvenire ogni decisione sull'ordinamento dell'Italia (per questa ragione ogni accenno alla repubblica e alle eventuali riforme sociali era scrupolosamente evitato), ma al tempo stesso respingeva energicamente ogni impostazione particolaristica della lotta di liberazione nazionale.

Insieme al Manifesto Mazzini diffuse due Circolari del Comitato Nazionale, anche esse retrodatate al 10 e all'11 settembre 1850, che annunciavano il lancio di un Prestito nazionale di dieci milioni di lire e davano le prime disposizioni relative ad esso.[20] Il Prestito era suddiviso in 50.000 cartelle da 100 lire e in 200.000 da 25; l'interesse promesso era del 6%; il rimborso sarebbe stato fatto dal futuro governo nazionale; le somme raccolte dovevano essere depositate presso alcuni banchieri londinesi; una Commissione, composta di tre italiani e di tre inglesi, doveva periodicamente verificare l'andamento del Prestito. La diffusione delle cartelle si svolse mediante una serie di Comitati locali, che furono costituiti in Italia e nei principali centri esteri nei quali si raccoglieva l'emigrazione italiana. Mazzini personalmente si impegnò in questo lavoro, che aveva evidentemente un valore politico oltre che finanziario, con grande entusiasmo ed eccezionale tenacia.

Il Manifesto del Comitato Nazionale provocò critiche molto vivaci nel campo democratico soprattutto da parte di quegli uomini che già nel '48 e nel '49 avevano avuto contrasti, talvolta molto aspri, con Mazzini. Basterà ricordare la violenta discussione avvenuta a Milano il 30 aprile 1848 tra Mazzini e un gruppo di democratici lombardi, tra i quali il Cattaneo, il Cernuschi e il Ferrari, a proposito della proposta di quest'ultimo di iniziare un'azione a fondo per

[19] *Ivi*, p. 224.
[20] *Ivi*, pp. 231-236.

rovesciare il governo provvisorio filopiemontese e chiedere quindi l'intervento francese, alla quale Mazzini si oppose energicamente provocando un'irata reazione del Cattaneo.[21] In generale si può affermare che il vasto movimento democratico quarantottesco, che trovò la sua piú tipica espressione organizzativa nei Circoli popolari, nacque e si sviluppò in gran parte al di fuori della diretta azione di Mazzini e fu anzi per molti aspetti in contrasto con la linea politica mazziniana. Ciò derivò in parte dalla diversa formazione ideologica e culturale degli uomini che allora confluirono nel movimento democratico, ma ancor piú dal fatto che la democrazia quarantottesca esprimeva, insieme alla generale aspirazione all'indipendenza e all'unione dell'Italia, anche esigenze di libertà e di rinnovamento sociale spontaneamente maturate nei singoli Stati, nelle singole regioni e città per effetto dell'aggravarsi dei problemi locali.

Queste esigenze erano messe in seconda linea da Mazzini, che giudicava prematura ogni discussione in proposito e urgente invece la mobilitazione di tutte le forze nazionali per la guerra d'indipendenza. Nel '49 egli riuscí in parte ad imporre al multiforme movimento democratico italiano questa sua impostazione, ma un notevole distacco rimase tra lui e quei democratici che giudicavano prematura ogni fusione tra gli Stati esistenti ancora liberi dallo straniero e urgente invece affrontare il problema di ordinarli democraticamente, pur nel colmo della lotta contro la reazione europea. Si possono ricordare a questo proposito le opposizioni suscitate sia a Firenze che a Roma dal tentativo mazziniano di fusione della Toscana con la Repubblica romana e, all'interno di quest'ultima, i dissidi tra Mazzini e quei democratici (sia originari dello Stato romano, sia venuti di fuori, come il Cernuschi), che vedevano nella Repubblica il coronamento della rivoluzione romana piú che il nucleo propulsore della futura Repubblica italiana. Ciò implicava la volontà di dare alla Repubblica romana stessa quella Costituzione che fu poi promulgata il 3 luglio 1849. Mazzini invece avrebbe voluto che l'Assemblea romana si limitasse ad emanare una semplice dichiarazione di principî e lasciasse alla futura Costituente italiana il compito di elaborare una Costituzione. Certamente nella primavera del '49 questi contrasti passarono in seconda linea di fronte

[21] Su questo episodio si veda il nostro vol. III, p. 191.

al fatto principale del momento, che fu l'eroica resistenza del movimento nazionale e repubblicano italiano contro la reazione europea. Ma essi sono indicativi di un dissidio di fondo, che venne in luce di nuovo e con maggior chiarezza quando il federalismo repubblicano, esistente nel '48 piú come stato d'animo che come corrente politica determinata, poté trovare una sistemazione programmatica sulla base di una valutazione dell'esperienza quarantottesca assai diversa da quella data da Mazzini e quando alla linea politica contenuta nel Manifesto dell'8 settembre '50 venne opposto un diverso modo di impostare il problema della rivoluzione italiana.

5. *Il dibattito tra i democratici sul problema della rivoluzione*

L'uomo che si oppose a Mazzini nel modo piú netto dal punto di vista programmatico e che fece nel 1851 il piú notevole tentativo per organizzare un partito repubblicano-federalista e democratico-sociale fu Giuseppe Ferrari. A lui, nonostante l'aspro dissidio del '48 e l'insuccesso di un precedente invito a collaborare all'"Italia del Popolo," Mazzini si rivolse con una lettera del 25 ottobre '50 per invitarlo a collaborare alla diffusione del Prestito nazionale. In quella lettera, prevedendo in parte le critiche del Ferrari, Mazzini cosí giustificava il tono del Manifesto dell'8 settembre: "Il nostro manifesto vi sarà sembrato pallido pallido; pure pensate che basta. Le credenze nostre repubblicane continueranno a svolgersi apertamente nell'"Italia del Popolo" che sta per comparire. E la sola distinzione tra lo stadio d'insurrezione e quello di rivoluzione è abbastanza feconda di conseguenze."[22] Ma Ferrari rispose in modo assolutamente negativo: "Vidi con dolore i vostri manifesti: mesi fa vi diceva che temeva di veder ricomparire nuovi Balbo e nuovi Gioberti con altri nomi sotto altre forme: oggi il nuovo Gioberti si presenta, ve lo dico francamente: si chiama Mazzini. Vi stimo, non accuso la vostra persona; ma il vostro sistema, se lo seguite, perderà il vostro onore. Nel '48 furon commessi tre errori: si ascoltò la voce della Chiesa, si lasciò da parte la Francia, non furono proclamate le repubbliche. Voi cadeste nei tre er-

[22] MAZZINI, XLIV, p. 208.

rori. Quando bisognava resistere alla falsa influenza di Pio IX, voi l'avete secondata; quando urgeva chiamare la Francia, voi accettaste la parola d'ordine dei moderati *l'Italia fa da sé*; quando bisognava correre immediatamente alle repubbliche, voi sospendeste l'azione repubblicana subordinandola a un piano d'unità che la metteva a servizio di un re." Ferrari accusava quindi Mazzini di ripetere quegli errori e di gettar le basi di una nuova sconfitta: "Importa di togliere al nemico ogni pretesto, ogni appiglio per mascherarsi e tradire, e voi gli date carta bianca per rinnovare i tradimenti del '21 e i vituperi del '48. Oggi il nemico vi sdegna; che domani una rivoluzione scoppi a Parigi, accetterà subito la maschera offerta. Non capite che allora tutti i traditori si chiameranno Mazziniani?"[23]

Già prima del '48, come si è detto nel precedente volume, il Ferrari aveva sostenuto la necessità di non subordinare la lotta per la libertà a quella per l'unità e l'indipendenza: secondo lui, si doveva anzitutto fare la rivoluzione all'interno di ogni Stato, poi federare gli Stati stessi, infine, in un avvenire piuttosto lontano, arrivare eventualmente all'unità; si doveva inoltre rinviare quanto piú possibile la guerra all'Austria e al momento opportuno farla soltanto con l'aiuto francese. In questo senso egli tentò di agire a Milano nell'aprile '48. Tornato in Francia subito dopo l'insuccesso di questo tentativo, elaborò nel corso del '49 e del '50 un'interpretazione del '48 e un programma politico, che espose poi in forma vivacemente polemica nell'opuscolo *La Federazione repubblicana*, pubblicato nel marzo 1851.[24]

Il Ferrari anzitutto inquadrava il problema della rivoluzione italiana in una visione generale della storia d'Italia e d'Europa, che quasi contemporaneamente espose nel libro *Filosofia della rivoluzione*.[25] Secondo lui il nemico principale da combattere in Italia era il Papato, che per secoli, insieme all'Impero, aveva oppresso l'Italia e ancora l'opprimeva, sia direttamente sia come alleato dei governi

[23] Lettera a Mazzini dell'ottobre 1850, edita da A. MONTI, *Un dramma fra gli esuli*, Milano, 1921, pp. 88-90.
[24] L'opuscolo, che recava la falsa indicazione "Londra 1851," fu stampato nel febbraio di quell'anno dalla Tipografia Elvetica di Capolago, presso Lugano, che era allora sotto il controllo culturale e politico del Cattaneo.
[25] Anche questo libro, finito di scrivere nell'ottobre '50, fu stampato dalla Tipografia di Capolago nell'agosto '51, ma con la falsa indicazione "Londra 1851."

reazionari e di tutte le forze conservatrici europee, alle quali offriva il sostegno morale della religione. La lotta per la liberazione d'Italia doveva pertanto rientrare nella lotta generale delle forze progressive contro la reazione e quindi contro il Papato, la Chiesa e la religione; l'Italia non poteva dunque "fare da sé," come avevano sostenuto nel '48 sia i moderati che Mazzini, perché per emanciparla occorreva "rifare l'Europa," cosa possibile soltanto sotto la direzione della Francia.

La futura rivoluzione italiana, secondo il Ferrari, doveva trasformare tutti gli Stati esistenti in repubbliche, senza anticipare mutamenti di confine, fusioni o nuove divisioni; le repubbliche dovevano subito federarsi per difendersi e portare avanti la rivoluzione stessa; in avvenire, con libere iniziative popolari e con l'approvazione dell'assemblea federale, sarebbe stato possibile modificare pacificamente l'assetto territoriale interno dell'Italia. Comunque la rivoluzione in Italia era impossibile senza l'aiuto francese; ma questo a sua volta era impossibile, se la Francia stessa non riprendeva la sua rivoluzione, la quale ormai non poteva ancora essere che socialista; perciò anche in Italia la rivoluzione doveva essere sociale, oltre che politica. Ferrari riconosceva esplicitamente che l'Italia era molto arretrata rispetto alla Francia e che certe istituzioni borghesi, contro le quali lottavano in Francia i socialisti, erano ancora degli obiettivi auspicabili per un movimento progressista italiano; riconosceva cioè che in Italia doveva ancora essere compiuta la rivoluzione borghese; ma credeva che ormai l'alleanza inevitabile di tutte le forze conservatrici italiane e francesi, borghesi, clericali e dinastiche, rendesse impossibile una rivoluzione puramente politica, secondo lo schema del "formalismo" mazziniano, e credeva inoltre che il trionfo del socialismo in Francia avrebbe moltiplicate le forze del "latente" socialismo italiano.

Del socialismo il Ferrari dava una definizione generica e superficiale dal punto di vista teorico, poiché voleva soprattutto indicarlo come elemento indispensabile di una rivoluzione capace di liberare completamente il popolo italiano da ogni forma di oppressione. Solo una rivoluzione di questo tipo poteva, secondo lui, interessare le masse popolari: "La libertà, la sovranità, l'indipendenza," egli diceva, "non sono che menzogne là dove il ricco schiaccia il povero, là dove il povero non può nulla se non si affanna a procacciar delizie ai ricchi; là dove il povero non può sfamare la famiglia se non con l'esaurire le sue forze nell'innalzar palazzi, nel lavorare ad un lusso al quale non può mai metter mano. Il tempo delle guerre diplomatiche è passato: il contadino grida: viva Radetzky, vivano i príncipi, viva il Borbone; il contadino ha il diritto di spregiare questa folla di conti, di marchesi e di letterati, che lo spingono sotto il cannone per una guerra di decorazioni, d'impieghi, di superbia; sono dessi i faziosi del mondo vecchio. La ragione libera e regina, la ragione che comparte gli uffici sociali, che conferisce il comando ai veri príncipi, ai veri conti, ai veri marchesi, intendo dire, li eletti per la grazia del genio e della virtú; poi la vita libera, la ricchezza resa uguale da una legge agraria, progressiva, legge che si sviluppa da secoli col rovesciare le caste, il patriziato, la feudalità, la nobiltà, eccovi quali sono l'idea e l'interesse del socialismo.". Quindi, dopo aver sommariamente ricollegato il socialismo all'illuminismo e alla rivoluzione francese e aver ricordato Fourier e Saint-Simon, diceva: "Eccoci al popolo di febbraio, alli insorti di giugno. Essi combattono per la riabilitazione del popolo; il socialismo combatte contro il peccato originale, contro la maledizione che aggrava tutti li uomini nati sotto il doppio privilegio della proprietà e della religione: quando l'idea di giugno trionferà, ogni Italiano sarà libero da questa maledizione originale d'essere nato sulla terra del papa e dell'imperatore, del Cristo e di Cesare. Non vi perdete a discutere questioni di banca e di bazar, di circolazione e di beni ipotecari, ché queste sono minutezze, riforme amministrative, secondarie, inutili tutte a petto dell'interesse e dell'idea della rivoluzione sociale."[26] Su queste basi il Ferrari auspicava la fondazione in Italia di un "partito sociale," le cui premesse programmatiche generali dovevano essere: guerra al pontefice e ai re; federazione repubblicana; irreligione e legge agraria; alleanza con la Francia rivoluzionaria.[27]

L'elemento nuovo che caratterizzava il programma esposto dal Ferrari nella *Federazione repubblicana* era dunque il socialismo. Nuovo non per la definizione teorica, troppo generica per offrire un criterio di distinzione rispetto ad altre formulazioni già conosciute in Italia, ma per la funzione che il Ferrari attribuiva al socialismo e all'auspicato "partito sociale" nella rivoluzione italiana.

[26] G. FERRARI, *La Federazione repubblicana*, ed. cit., pp. 155-156.
[27] *Ivi*, pp. 170-174.

Come si è detto piú volte nel secondo e nel terzo volume di questo lavoro e come è stato ampiamente dimostrato da recenti studi,[28] idee sociali molto radicali ed anche idee propriamente socialiste e comuniste erano già diffuse in Italia e nell'emigrazione politica italiana prima del '48 per effetto in parte della tradizione egualitaria di origine illuministica, rimasta viva in alcune società segrete derivate dalla Carboneria oppure influenzate dal Buonarroti, e in parte della penetrazione di dottrine utopistiche francesi, soprattutto sansimoniane ma anche fourieriste. Mazzini stesso era stato fortemente influenzato dal sansimonismo e, pur con la sua ostilità ai "sistemi" socialisti e comunisti, aveva auspicato ed auspicava una soluzione solidaristica della questione sociale ed aveva iniziato fin dal 1840 un'azione propagandistica e organizzativa verso gli operai. Ma la rivoluzione sociale o comunque l'attuazione di piani piú o meno vasti di riforme sociali erano generalmente considerati come obiettivi da realizzare in un avvenire successivo all'attuazione della rivoluzione nazionale. D'altra parte i moderati e anche non pochi democratici consideravano la rivoluzione sociale un falso scopo, diffuso ad arte dalla propaganda reazionaria per spaventare la borghesia e distoglierla dalle sue richieste di riforme politiche.

Nel '48 la situazione cambia. Da un lato infatti giungono dalla Francia nuove suggestioni socialiste, ed anche nuove paure; dall'altro anche in Italia una parte delle masse popolari si muove: in molte città artigiani ed operai partecipano in modo decisivo alle dimostrazioni e alle insurrezioni, cominciano a porre alcune loro rivendicazioni particolari di carattere economico, quasi ovunque difendono coraggiosamente la rivoluzione nella disperata lotta contro la reazione trionfante nel '49; né si può dire che il contegno dei contadini, agli inizi, sia ostile alla rivoluzione, anzi in alcune zone essi vi partecipano, sia pure per i loro fini particolari; solo la delusione per un movimento che non ha dato loro alcun vantaggio li respinge nella passività o addirittura li spinge in alcune regioni ad accogliere con favore il ritorno degli austriaci e ad appoggiare la restaurazione dei sovrani deposti. La rivoluzione del '48 stimola dunque quei democratici, che non condividono la fede semplicistica di Mazzini in una presunta potenzialità

[28] Si veda la Nota bibliografica del presente volume.

insurrezionale spontanea e inesauribile dei popoli oppressi, a riflettere su due problemi: quello del legame tra la rivoluzione italiana e la rivoluzione socialista francese, che essi giudicano possibile entro il '52, e quello dell'inserimento delle masse popolari, soprattutto dei contadini, nel movimento nazionale italiano. Appare pertanto vivo in parecchi scritti di democratici, pubblicati tra il '49 e il '52, l'interesse per le condizioni dei contadini e per il loro atteggiamento nel '48 e nel '49. Continuano inoltre le discussioni sul socialismo: si diffondono le idee del Proudhon sull'organizzazione del credito e sul credito gratuito, alle quali allude il Ferrari alla fine del passo prima citato, e non mancano proposte di applicare quelle idee, alla soluzione dei problemi agrari italiani.[29] Tuttavia Giuseppe Ferrari fu il primo a formulare chiaramente nella *Federazione repubblicana*, che ebbe una larga diffusione e sollevò vivaci discussioni, l'idea che la rivoluzione nazionale italiana dovesse assumere un carattere socialista e a proporre quindi alle correnti patriottiche di sinistra una linea politica nettamente contrastante con quella mazziniana. Pochi mesi dopo la stessa esigenza veniva posta in termini in parte diversi in un libro di un patriota meridionale: Carlo Pisacane.

Il Pisacane, nato nel 1818, già ufficiale dell'esercito napoletano emigrato in Francia nel '47, e rientrato in Italia nel '48, combatté contro gli austriaci in Lombardia e fu a Roma nel '49, dove come capo di stato maggiore dell'esercito della Repubblica ebbe vivaci contrasti con Garibaldi. Caduta la Repubblica romana, emigrò a Ginevra, quindi fu a Londra e a Lugano, infine si stabilì a Genova nel novembre 1850. A Lugano tra il luglio e l'ottobre del '50 scrisse una narrazione critica delle vicende insurrezionali e belliche italiane dal moto di Reggio Calabria e di Messina del 29 agosto 1847 alla caduta di Venezia del 24 agosto 1849, che pubblicò a Genova nel luglio 1851 col titolo di *Guerra combattuta in Italia negli anni 1848-49*. Questo libro, importante anche come saggio di storia militare, contiene

[29] Sul proudhonismo italiano di quegli anni e sul problema dei contadini nella pubblicistica democratica postquarantottesca si veda il libro di F. DELLA PERUTA, *I democratici e la rivoluzione italiana*, cit., integrato ora per la parte riguardante i democratici e i socialisti meridionali dal libro di G. BERTI, *I democratici e l'iniziativa meridionale nel Risorgimento*, Milano, 1962.

un'interpretazione classista della rivoluzione del '48, in base alla quale l'Autore afferma la necessità che la futura rivoluzione italiana abbia un carattere socialista.

Il socialismo del Pisacane, che nei suoi elementi essenziali fu il risultato di un'elaborazione autonoma rispetto a quella del Ferrari,[30] ha le sue radici in una concezione storica egualitaria e libertaria: "Il progresso," dice Pisacane, "mira ad agguagliare tutte le classi ed a proclamare la sovranità del diritto. Le rivoluzioni segnano i punti trigonometrici sul vasto campo delle umane vicende. La tirannide opprime i popoli, e beata si gode delle sue usurpazioni, finché il progresso lento ma continuo delle idee comincia a richiamare l'attenzione di quelli sul peso delle proprie catene; e siccome sono sempre ribadite dalla menzogna, lo spirito umano si attiene alla prima idea o credenza che ricalcitri alla causa del despotismo, poco curandosi di esaminarla. Un nuovo errore distrugge l'antico, e su di esso si eleva una nuova tirannide destinata a percorrere il medesimo ciclo. In tal modo avendo per asintoto il vero la cicloide del progresso continua il suo corso."[31] Anche la rivoluzione francese, secondo Pisacane, sostituí alla tirannide aristocratica una tirannide nuova, quella della borghesia. Solo il socialismo, il cui avvento non è lontano, "ridurrà l'immensa e putrida macchina governativa alla sua piú semplice espressione" e segnerà la fine di ogni oppressione.

Il Pisacane delinea quindi sommariamente la storia d'Italia dalla Rivoluzione francese a quella del '48 e analizza gli avvenimenti del '48 e del '49. "L'Italia," egli dice, "soggiacque alla rivoluzione dell''89 e, debolissima come era, rimase preda dei forti. La classe media, che avea quasi da per tutto acquistata la supremazia, restò in Italia sotto il piú crudo despotismo. La nobiltà, che si trovò già in parte assorbita dai troni, venne distrutta. Gli avanzi di queste famiglie, parte si rifugiarono nelle anticamere delle corti, parte si confusero con la classe media. I primi costituiscono, ove è corte italiana, la sedicente aristocrazia, legata al trono non già per grandi interessi, ma per ignoranza ed ignavia."[32] D'altra parte la borghesia, pur essendo di-

[30] Sulla recente discussione concernente l'influenza della *Federazione repubblicana* sulla *Guerra combattuta* si veda la Nota bibliografica.
[31] C. PISACANE, *Guerra combattuta in Italia negli anni 1848-49*, ed. a cura di A. Romano, Milano, 1961, p. 5.
[32] *Ivi*, p. 6.

venuta la classe socialmente dominante, non riuscí a conquistare il potere politico e dovette pertanto organizzare cospirazioni e moti contro i governi assoluti e contro l'Austria. "Ma tutti i moti iniziati in Italia dopo il 1815, piú o meno vasti, caddero tutti, dappoiché essi attaccavano la forma del despotismo e non già il despotismo medesimo."[33] Tuttavia la stessa oppressione austriaca generò come reazione l'odio allo straniero che si diffuse ovunque. "La parola *nazionalità* percorse da un estremo all'altro d'Italia, ed i bisogni materiali del popolo, i desideri dell'ardente e poetica gioventú, furono espressi da tale parola. Lo straniero fu additato da tutti come la causa di ogni male."[34] Con questa parola d'ordine fu fatta la rivoluzione del '48. Il popolo insorse contro lo straniero, perché era spinto dal bisogno di migliorare le sue condizioni, ma non aveva un'idea "motrice" che esprimesse i suoi interessi; la borghesia, che voleva conquistare il potere politico, temeva la spinta rivoluzionaria del popolo, ma voleva d'altra parte sconfiggere definitivamente l'Austria. La propaganda moderata ebbe quindi buon gioco e la direzione politico-militare fu affidata a Carlo Alberto. Ma l'incapacità di questo, la rivalità degli altri sovrani italiani, gli intrighi della camarilla reazionaria piemontese portarono alla sconfitta.

Nella conclusione del libro Pisacane critica aspramente i repubblicani per la loro politica nel '48 e nel '49: "Il partito repubblicano avrebbe potuto rilevare la bandiera, ma esso non esisteva; gli individui di tale opinione non avevano cercato aderenti nel popolo, parte perché disperavano trovarne, e parte perché avviluppati in quella transazione che, sotto il nome di partito nazionale e d'associazione italiana, voleva immolare la libertà all'indipendenza e all'unità." Rimasto senza guida, il popolo, che voleva pur sempre cacciare lo straniero, avrebbe potuto affrontare la lotta, se lo avesse spinto un interesse materiale; "ma quale era questo interesse? Che sia un re, un presidente, un triumvirato a capo del governo, la schiavitú del popolo non cessa, se non cambia la costituzione sociale."[35] Perciò anche le resistenze di Roma e di Venezia, che salvarono l'onore italiano, non poterono salvare la rivoluzione.

Sulla base di questa interpretazione del '48 Pisacane dà

[33] *Ivi*, p. 7.
[34] *Ivi*, p. 8.
[35] *Ivi*, p. 320.

quindi alcune indicazioni programmatiche per l'avvenire. Anzitutto afferma che la rivoluzione borghese non può essere proposta all'Italia come un fine giusto e degno di sacrifici. Infatti, dopo aver messo in luce l'impossibilità per la borghesia di mobilitare il popolo per una guerra contro l'Austria, dice: "Ma supponiamo tutti questi ostacoli rimossi, e l'Italia divenuta una repubblica unitaria, Roma capitale, la nazione costituita. Quale sarà il nostro avvenire? Si camminerà dritto all'unità ed alla corruzione francese ed inglese. Non riformando la società, il governo non sarà l'espressione del popolo italiano, ma quella dei pochi individui che lo reggono. Le ricchezze con la libertà accrescendosi, ed accumulandosi in poche mani, distruggeranno la probità individuale di cui ora andiamo superbi, e l'Italia avrà i suoi Falloux, Thiers, Léon Faucher, Montalembert, ecc. Quale è la gloria di appartenere a tale nazione? Non è meglio mostrare i ceppi che ci avvincono che l'oro che ci corrompe? Perché dunque tanti sforzi onde prepararsi un cosí triste avvenire? Né esso può considerarsi come un'evoluzione del progresso che bisogna subire; l'opinione quasi universale, la logica, il fatto ne dimostrano i mali, quindi è uno stadio del progresso che trovasi già prossimo alla decadenza, e che differisce tanto poco dal presente, che non varrebbe la pena di fare una guerra, e lunga guerra, per conquistarlo."[36] Pisacane in sostanza auspica che l'Italia salti la rivoluzione borghese ed attui una rivoluzione che sia al tempo stesso nazionale e socialista.

Nettamente negativo è il giudizio del Pisacane sui due partiti esistenti in Italia: il moderato e il repubblicano. Il primo, secondo lui, propone chiaramente all'Italia l'avvenire sopra descritto, perciò "con molta logica si aggrappa ad un trono e spera nella spada di un principe." Infatti, poiché la guerra contro l'Austria è inevitabile, è essenziale per i moderati avere l'appoggio di un re che disponga di un esercito. "Ma l'impresa," dice Pisacane, "è ardua. Un principe per unificar l'Italia dovrebbe dichiarar guerra a tutto ciò che ora forma il sostegno del suo trono; indi debellare l'Impero austriaco, ed in ultimo posseder tanto genio da legare dall'Alpi allo Stretto, gli interessi della borghesia al suo trono, e con tanta rapidità da prevenire la reazione dell'energico spirito municipale che potrebbe balzarlo dal trono, o almeno costringerlo a guerra civile. Nel '48 era piú

[36] *Ivi*, p. 328.

facile l'impresa, dappoiché grande era la fiducia che il popolo aveva verso i príncipi e poca in sé medesimo; ora avviene il contrario, almeno nella piú gran parte d'Italia. Nel '48 l'Europa si agitava senza sviluppare la rivoluzione, quindi sommamente propizio era il momento. Ma ora, o l'Europa resta immobile spettatrice della lotta, e l'impresa è al di sopra delle forze di un principe il quale non vuole e non può sollevare i popoli; o la guerra è generale, ed allora essa sarà rivoluzionaria, e queste piccole manovre andranno assorte nella grande evoluzione europea."[37] È interessante notare che Pisacane delineava qui, almeno in parte, la soluzione che il problema italiano ebbe nel 1859-60, quando effettivamente la politica di Cavour riuscí a legare al trono piemontese gli interessi della borghesia di tutta l'Italia e il processo di unificazione, per circostanze imprevedibili nel 1851, poté svolgersi con eccezionale rapidità. Ma egli giudicava ormai impossibile questa soluzione, perché, partecipando alla comune fiducia dei democratici in una prossima esplosione rivoluzionaria, credeva che questa rendesse impossibile il successo di un'iniziativa moderata.

La critica di Pisacane al partito repubblicano, cioè in sostanza a Mazzini, è piú aspra di quella che egli rivolge ai moderati. I repubblicani, egli dice infatti, "dicono di non accettare il formalismo, ma combattono il comunismo, temono dichiararsi socialisti, propugnando il Vangelo: in una parola, negano la rivoluzione e vogliono la rivoluzione. Quali sono le riforme da essi desiderate? Si ignora, l'ignorano essi medesimi, e pretendono che il popolo, per conquistare questo futuro incognito, compia la rivoluzione, e attenda che Iddio comunichi le Tavole della legge ad un nuovo Mosè."[38]

L'insufficienza dei due vecchi partiti rende necessaria la formazione di un partito nuovo, capace di guidare la futura rivoluzione. Pisacane riconosce che in Italia un "partito socialista" ancora non esiste, ma ne scorge il germe nel crescente malcontento dei contadini e degli operai ed auspica che questo sentimento di insofferenza per la situazione esistente sia elaborato teoricamente dagli uomini di pensiero e possa divenire "la bandiera di un partito."[39] A questo compito egli stesso si dedicò negli anni successivi

---

[37] *Ivi*, p. 330.
[38] *Ivi*, pp. 330-331.
[39] *Ivi*, p. 333.

con la stesura dei *Saggi storici-politici-militari sull'Italia*, pubblicati poi dopo la sua morte, nei quali delinea un sistema sostanzialmente utopistico, ma aderente per alcuni aspetti alle particolari condizioni dell'Italia. Comunque già nella *Guerra combattuta* le sue idee socialiste, sebbene sommariamente formulate, sono piú radicalmente classiste di quelle del Ferrari; come pure è piú decisamente antiborghese la sua concezione della rivoluzione italiana.

Alla fine del suo libro, in una breve *Appendice*, Pisacane rivolge alcune critiche alle tesi sostenute dal Ferrari nella *Federazione repubblicana*, pur dichiarandosi d'accordo sul punto essenziale sostenuto dallo scrittore milanese, che cioè l'unica speranza dell'Italia sia una "grande rivoluzione sociale." Pisacane nega che la notevole arretratezza dell'Italia rispetto alla Francia renda la futura rivoluzione italiana necessariamente dipendente da quella francese; sostiene anzi che proprio questa arretratezza può facilitare il successo della rivoluzione sociale in Italia. Dai mali dell'Italia, egli dice, è scaturito un bene sfuggito al Ferrari. "La borghesia non ha potuto diventar potente, ed al momento che il popolo reclama a sua volta il trono, trovasi incontro un nemico meno formidabile che in Francia; oltrecché, questo nemico ha col popolo stesso, ed avrà sempre, finché dura la libidine del potere nei príncipi, un punto di condotta: *l'odio ai governi*. In Francia vennero salariati i preti, e questi formarono una schiera ligia al governo. In Italia questa schiera esiste, ma conta spesso dei disertori. Un esercito nazionale, proporzionato alla popolazione d'Italia, manca, ma esso sarebbe una forza pel governo, un nemico pel popolo. Epperò, l'enumerazione che fa il Ferrari di tutte le istituzioni di cui manca l'Italia, mentre sono decadenti in Francia, per mostrare la distanza che separa le due nazioni sulla via del progresso, è illusoria piú che reale. Si supponga sgombro il suolo italiano dagli stranieri, e si paragoni quale delle due nazioni, la Francia o l'Italia, sia piú prossima alla rivoluzione sociale, quale abbia maggiore abilità al moto. Tanto in Francia come in Italia la potenza è rappresentata dal popolo, la resistenza dalla borghesia; ed egli è fuori dubbio che il rapporto fra queste due forze mostra che l'Italia potrebbe rompere l'equilibrio con maggior facilità."[40]

Pisacane afferma inoltre che il Papato non è, come so-

---

[40] *Ivi*, p. 338.

stiene Ferrari, il nemico piú potente della rivoluzione italiana, perché il suo prestigio morale è molto diminuito nel mondo moderno e le sue forze militari sono quasi nulle. Il nemico principale è dunque l'Impero austriaco, "che non può debellarsi senza ordinate e numerose schiere, e senza piantare sul Danubio il vessillo italiano, mentre poche migliaia di cittadini, sulle barricate di Parigi, bastano per compiere la rivoluzione francese. E siccome lo sforzo che deve operare l'Italia, per francarsi, deve essere vigorosissimo, è indispensabile che le idee le quali debbono informare la rivoluzione divengano popolari, e che le masse comprendano essere loro interesse cambiare la vanga col fucile."[41] Se dunque "l'odio al presente e il bisogno di migliorare" troveranno una direzione politica, l'Italia potrà fare la propria rivoluzione anche senza l'intervento armato della Francia.

Su questo punto importante il divario tra Pisacane e Ferrari è dunque molto notevole; esso tuttavia non diede luogo a polemiche tra i due scrittori, perché nel 1851 per entrambi aveva evidentemente maggiore importanza il loro sostanziale accordo contro il "formalismo" mazziniano. Inoltre si deve ricordare che in quel momento negli ambienti democratici la notorietà di Pisacane, piú giovane e ancora ai primi passi come scrittore, era minore di quella di Ferrari, sicché anche l'impostazione socialista contenuta nella *Guerra combattuta*, sebbene per molti aspetti piú netta e meglio argomentata di quella delineata nella *Federazione repubblicana*, ebbe minori ripercussioni immediate. A questo può aver contribuito anche la posizione piú radicalmente classista e rivoluzionaria del Pisacane. Comunque negli anni successivi, svanita l'illusione della ripresa rivoluzionaria in Francia, la fiducia del Pisacane nella possibilità dell'iniziativa italiana contribuí non poco al suo riavvicinamento a Mazzini sul terreno dell'azione insurrezionale, sebbene la sua concezione dell'iniziativa fosse profondamente diversa da quella mazziniana.

La pubblicazione della *Federazione repubblicana* rientrò nel tentativo, iniziato dal Ferrari nell'ottobre 1850, di fondare un partito che raccogliesse i numerosi patrioti democratici che dissentivano da Mazzini. Sulla necessità di questo tentativo egli si era trovato d'accordo con Enrico

[41] *Ivi*, p. 339.

Cernuschi, esule in Francia dall'agosto 1850, il quale pure aveva risposto negativamente all'invito di Mazzini a collaborare col Comitato di Londra. Ma il Ferrari e il Cernuschi non avevano il prestigio sufficiente per assumere nel vasto e discorde ambiente dell'emigrazione politica italiana la funzione di capi partito. Per questo compito essi pensarono al Cattaneo, piú anziano e molto piú autorevole di loro, il quale svolgeva allora una intensa attività di studio e di documentazione sulla rivoluzione del '48 allo scopo di chiarire le cause della sconfitta e trarne un insegnamento per l'avvenire. Il Cattaneo inoltre, residente a Lugano dal novembre '48, controllava dal punto di vista culturale e politico quell'importante centro di pubblicazioni patriottiche che era allora la Tipografia Elvetica di Capolago.

Ferrari pertanto nel gennaio 1851 si recò da Parigi a Capolago per seguire da vicino la stampa del suo opuscolo e per proporre al Cattaneo e ad altri patrioti democratici residenti nel Canton Ticino la fondazione di una rivista, che avrebbe dovuto essere il primo centro di raccolta del nuovo partito. Come risulta da una sua lettera a Cernuschi, in un primo tempo egli credette che il tentativo avesse successo: Cattaneo non si mostrò ostile al progetto della rivista e cosí pure altri patrioti, come Filippo De Boni e Mauro Macchi. Ma circa un mese dopo, al principio di marzo, Ferrari scrisse a Cernuschi con tono pessimista: "Sfortunatamente la mia insistenza presso Cattaneo non ebbe felice risultato, è pigro per natura e per calcolo, è spietato nell'oppor fatti a fatti, rifugge dall'opporre princípî a princípî. Gioberti si dice socialista. Cattaneo non lo è: ecco il male."[42] La riluttanza del Cattaneo ad aderire al progetto del Ferrari aveva dunque motivi complessi, degni di essere chiariti, sia pure sommariamente, perché il Cattaneo fu indubbiamente la personalità di maggior rilievo tra i democratici non mazziniani.

Dopo il fiero contrasto del '48, tra Cattaneo e Mazzini si erano ristabilite relazioni amichevoli. Nelle *Considerazioni* sui documenti raccolti nel primo volume dell'*Archivio Triennale delle cose d'Italia*, scritte nell'estate del '50 e pubblicate nell'ottobre di quell'anno, Cattaneo, pur non risparmiando le critiche a Mazzini, aveva riconosciuto alcuni aspetti positivi dell'azione mazziniana prima del '48.

[42] Lettera pubbl. da F. DELLA PERUTA, *I democratici e la rivoluzione italiana*, cit., p. 438.

In una lettera a Cernuschi del 26 settembre 1850 aveva consigliato l'amico a non attaccare apertamente Mazzini in quel momento. Poco dopo, rispondendo allo stesso Mazzini che lo aveva invitato a collaborare alla diffusione del Prestito e a far parte del Comitato di Londra, dava alcuni consigli sul modo di diffondere il Prestito stesso, del cui successo peraltro diceva di dubitare, e sul modo di utilizzare i fondi raccolti. Respingeva però l'invito a partecipare al Comitato Nazionale: "Quanto al far parte d'un comitato, io per affari che ho qui vicino e per avere meco la moglie, devo rimanere qui e poco potrei giovarvi; l'esporre il mio nome mi costringerebbe probabilmente al pericolo d'uno sfratto. Caro amico, nessuno ebbe danni domestici piú di me che, da uno stato di bastevole agiatezza e indipendenza, mi trovo per ora allo stretto necessario."[43] Ma la lettura del Manifesto del Comitato Italiano di Londra acuí nuovamente la sua ostilità verso Mazzini. In una lettera al Cernuschi del 31 dicembre '50 scriveva infatti: "Il prestito di Mazzini credo che vada avanti passabilmente; ma io dopo il manifesto *fo da sé*. A Torino, dopo il manifesto, dicevano apertamente che con Mazzini si erano *aggiustati*; e che ormai non c'eravamo che io e tu a rompere la concordia... Qui si potrebbe fare un giornaletto, cioè a Capolago; ove sono anche De Boni e Macchi; ma non credo che convenga; preferisco i libri, che sono letti piú lungamente. La distribuzione di un giornale per contrabbando è troppo lunga. Nondimeno col tempo si potrà fare. Mazzini ha sempre saputo mettersi sull'altare; a queste cose non si arriva se non si vuole. Ma la fiducia dell'esercito non è detto che appartenga al capotamburo. Mazzini ha il merito della probità, della perseveranza e del sapersi sedere sulla prima scranna. Ma non sa variare coi dettagli delle cose; è una predica continua. Perciò tutti si fidano di lui; ma nessuno si lascia guidare. È una gran cosa che in tutta l'insurrezione di Milano non si sia mai pronunciato il suo nome... Spero che Ferrari venga qui per la stampa delle sue cose. Abbiamo bisogno d'idee; la rivoluzione sarà di chi avrà parlato. L'ultima non era nostra, e rubarla non era facile, forse impossibile."[44] Non era dunque del tutto sbagliata la prima impressione ottimistica del Ferrari sull'atteggiamento del

---

[43] Lettera a Mazzini del 30 settembre 1850, CATTANEO, *Epistolario*, a cura di R. Caddeo, vol. II, Firenze, 1952, p. 48.
[44] Lettera pubbl. da F. DELLA PERUTA, *op. cit.*, p. 428.

Cattaneo di fronte al suo progetto. Ma ben presto dovettero venire in luce i contrasti che dividevano i due scrittori milanesi.

Anzitutto il Cattaneo, come diceva Ferrari, non era un socialista. La sua fede nella democrazia e la sua ostilità verso la nobiltà, il clero e le dinastie si accompagnavano alla convinzione che la linea generale del progresso umano coincidesse con l'affermarsi della libera concorrenza, del libero scambio, della piena eguaglianza giuridica dei cittadini, cioè in sostanza con lo sviluppo dell'ordinamento borghese. Di fronte al socialismo la posizione del Cattaneo era piú lontana da quella del Ferrari di quanto lo era quella del Mazzini.

Inoltre il federalismo del Cattaneo differiva notevolmente da quello del Ferrari. Infatti, mentre questi auspicava una federazione degli Stati esistenti trasformati in repubbliche e rinviava all'avvenire ogni eventuale modifica della suddivisione dell'Italia, Cattaneo giudicava negativamente gli Stati esistenti ed auspicava una federazione di piccole repubbliche sul tipo svizzero. "Il numero delle parti non importa," aveva scritto nelle *Considerazioni* del primo volume dell'*Archivio Triennale*, "purché abbiano tutte egual padronanza e libertà; e l'una non abbia titolo a far servire a sé alcun'altra, tirandola a sé, e distraendola dal nodo generale. Tra la padronanza municipale e la unità nazionale non si deve frapporre alcuna sudditanza intermedia, alcun partaggio, alcun *Sonderbund*."[45] Affermava quindi che in Italia vi erano quattro "sonderbundi," il borbonico, l'austriaco, il sabaudo e il pontificio, tutti nemici tra loro, e che l'accordo federale sarebbe stato piú facile in una serie di piccole repubbliche, perché nessuna avrebbe potuto sperare di sopraffare le altre, e sarebbe stata piú garantita la libertà all'interno di ciascuna di esse. "E poiché, grazie a Dio," concludeva, "la lingua nostra non ha solo i diminutivi, diremo che quanto meno grandi e meno ambiziose saranno di tal modo le repubblichette, tanto piú saldo e forte sarà il repubblicone, foss'egli pur vasto, non solo quanto l'Italia, ma quanto l'immensa America."[46] Dava insomma sugli Stati esistenti un giudizio non molto diverso

---

[45] CATTANEO, *Scritti politici ed epistolario*, vol. I, Firenze, 1892, p. 269. Il *Sonderbund* (lega particolare) fu l'unione formata dai sette cantoni clerico-reazionari della Svizzera nel 1844, sconfitta e sciolta dal governo federale nel 1847.
[46] *Ivi*, p. 272.

da quello di Mazzini, il quale credette allora di trovare in queste parole del Cattaneo la possibilità di un accordo. Dopo aver letto il primo volume dell'*Archivio Triennale*, scrisse infatti al Cattaneo: "Le considerazioni sono eccellenti; se non che, se fossimo vicini, potremmo, credo, anche meglio intenderci. Voi volete la potenza: io aborro dal concentramento imperialista; e tra le repubblichette e il repubblicone il vuoto non è profondo: non bisognerebbe scavarlo di piú. Qualche cosa ha pure da lasciarsi agli elementi nuovi ed alle tendenze ignote a noi che si svilupperanno nella Rivoluzione. Il gran che è farla."[47] In realtà tra la repubblica federale di tipo svizzero proposta dal Cattaneo e la repubblica unitaria con larghe autonomie amministrative comunali ed anche regionali auspicata da Mazzini la differenza era profonda. Ma era pure assai notevole la differenza tra il federalismo cattaneiano e quello ferrariano. Per Cattaneo la federazione era essenzialmente un mezzo per unire le parti mediante un'unione libera e spontanea, senza quell'elemento autoritario che vi era nell'unità raggiunta per mezzo di *fusioni*; per Ferrari era soprattutto un mezzo per conservare le caratteristiche particolari degli Stati esistenti, che derivavano, secondo lui, da un processo storico sostanzialmente irreversibile.

Infine un terzo piú grave punto di contrasto tra Cattaneo e Ferrari riguardava l'opportunità e la possibilità di fondare in quel momento un nuovo partito, o comunque di iniziare un'azione politica mirante a questo scopo. Si deve dire a questo proposito che il Cattaneo era essenzialmente uno studioso e uno scrittore e non aveva il temperamento dell'uomo politico. Egli stesso ci teneva a dirlo: "Se mi avvolsi nel diavolezzo dei cinque giorni," aveva scritto a Gustavo Modena nell'agosto '50, "fu per lo sdegno che mi fece la dappocaggine dei maggiorenti e dei loro barbieri, e perché mi vi tirò per i panni quel buttafuori di Cernuschi e mi mise in punto di far l'eroe per 48 ore. Poi l'arrivo di Carlo Alberto e della sua sbirraglia mi cloroformizzò."[48] Aveva poca attitudine al lavoro cospirativo e lo giudicava anacronistico e dannoso; considerava invece essenziale il lavoro di formazione dell'opinione pubblica per mezzo della stampa: "Con un milione speso in carta stampata," ave-

---

[47] Lettera di Mazzini a Cattaneo del 26 ottobre 1850, pubbl. in CATTANEO, *Epistolario*, a cura di R. Caddeo, cit., vol. II, p. 452.
[48] *Ivi*, p. 39.

va scritto a Mazzini nella citata lettera del 30 settembre
'50, "possiamo disingannare dieci regni, far nostro il popolo, i soldati e le fortezze. Lasciate pure che ne vadano
fabbricando. Che se investiremo quel denaro in poche migliaia di fucili, potrebbero anche giacere inoperosi per molti anni, o arrivare sul luogo quando il popolo avesse messo
le mani sui generali e sui cannoni. Tanto fa di aver sepolto
il milione in mare."[49] Ma concepiva questo lavoro assai piú
sul piano culturale che su quello propriamente propagandistico: di qui le sue perplessità a proposito della fondazione di un giornale. Tuttavia alla base di questa preferen-
za del Cattaneo per i libri rispetto ai giornali, accanto a
motivi psicologici e a considerazioni di carattere pratico,
c'era probabilmente un giudizio di fondo sulla situazione
dell'Europa e dell'Italia diverso da quello del Ferrari e di
tanti altri democratici. Cattaneo era convinto in linea generale della possibilità di una nuova rivoluzione, ma non
pare che condividesse la fiducia dei suoi amici in una ripresa rivoluzionaria a breve scadenza: infatti nei suoi scritti di quegli anni non vi è traccia dell'attesa messianica del
1852, tanto diffusa tra i democratici. Forse anche per questa ragione giudicava che un lavoro ideologico e storico-
politico di largo respiro, necessariamente lento e condotto
in modo individuale, fosse preferibile a un lavoro giornalistico ed organizzativo mirante alla formazione di un partito.

Comunque, nonostante la riluttanza del Cattaneo a
prendere qualsiasi impegno politico, il Ferrari continuò ancora per alcuni mesi ad insistere con lui perché collabo-
rasse al suo tentativo di fondare un nuovo partito. Frattanto nell'estate del '51 un'altra iniziativa, nella quale ebbe
una parte importante Giuseppe Montanelli, si intrecciò con
quella del Ferrari.

Anche il Montanelli, esule in Francia dalla primavera
del '49, aveva rifiutato l'invito di Mazzini a partecipare al
Comitato di Londra ed aveva criticato vivacemente il primo Manifesto del Comitato stesso. In una lettera a Mazzini
dell'8 dicembre 1850 osservava che il Comitato non si era
presentato come rappresentante della Repubblica romana
(come avrebbe potuto fare sulla base dell'atto della Costituente romana citato nel Manifesto), e neppure di un dato
numero di persone, ma pretendeva di rappresentare e di-

[49] *Ivi*, p. 46.

rigere il Partito Nazionale senza aver ricevuto a questo scopo alcun mandato dal basso; esso pertanto non poteva essere considerato un organo democratico. Montanelli criticava quindi il programma esposto nel Manifesto per la sua genericità. "Non manca il consenso generale quanto alla cacciata dello straniero, e ai principî generali di libertà, d'indipendenza, e anche di sovranità popolare... Ma oggi le opinioni sono divise sul *come* si caccerà lo straniero, sul *come* s'ordinerà la nazione alla libertà e all'unità."[50] Enumerava quindi le varie soluzioni proposte dalle diverse correnti patriottiche ed affermava: "A una propaganda nel senso del Programma di Londra non può ormai dar retta che qualche semplice. La formazione d'un consenso nazionale da servire di base vera alla nuova rivoluzione dipende dalla prevalenza che acquisteranno l'una o l'altra di queste tre opinioni: — l'unità assoluta col Piemonte — l'unità assoluta colla Repubblica — l'unità federale. Ognuno di questi tre principî s'intende bene che si rimetterà alla Costituente italiana definitiva. Ma ormai tutti sappiamo che il voto delle maggioranze viene a cosa fatta dalle minoranze, e che il principio che fa la rivoluzione è quello che si fa costituire per forza o per amore nelle Costituenti. E se la rivoluzione italiana la facesse il Partito Piemontese, ancorché dicesse di rimettersi alla Costituente, la Costituente sarebbe per lui, come la Costituente francese fu per la Repubblica. La propaganda adunque si vuol fare nel senso del principio da cui soltanto crediamo che possa escire la rivoluzione."[51]

La critica di Montanelli a Mazzini coincideva in parte con quella di Ferrari e di Cernuschi, coi quali il patriota toscano ebbe nel '50 e nel '51 frequenti contatti personali ed epistolari. Anche Montanelli volle in quegli anni esaminare criticamente l'esperienza del '48 per trarne un insegnamento per l'avvenire e lo fece principalmente nell'opuscolo intitolato *Introduzione ed alcuni appunti storici sulla rivoluzione d'Italia*, pubblicato però solo nel dicembre '51, pochi giorni dopo il colpo di Stato bonapartista, quindi in ritardo rispetto al programma che vi era esposto. Montanelli infatti sosteneva, come Ferrari, che il principale nemico della rivoluzione italiana era il Papato, potenza cosmopolitica alleata di tutte le forze reazionarie, sia dina-

---

[50] Lettera pubbl. in Appendice a MAZZINI, XLV, p. 336.
[51] *Ivi*, p. 338.

stiche che capitalistiche, ed affermava quindi che la rivoluzione italiana poteva riuscire solo con l'appoggio di una nuova rivoluzione francese e doveva avere un carattere socialista. Tuttavia non propugnava l'irreligione e l'ateismo, come Ferrari, poiché affermava che la rivoluzione doveva togliere al Papato e al clero ogni potere politico e determinare un risveglio religioso con la purificazione del cattolicesimo dagli interessi mondani.

Queste idee religiose del Montanelli, che in parte derivavano da influenze sansimoniane, protestanti e cattolico-liberali da lui subite prima del '48, favorirono indubbiamente la stretta amicizia del patriota toscano col Lamennais, il quale era divenuto uno dei capi del partito democratico francese e rivaleggiava col Ledru-Rollin esule a Londra. Perciò, quando il Lamennais decise di contrapporre un altro comitato al Comitato Europeo di Londra, il Montanelli collaborò attivamente con lui. Sembra anzi che proprio il patriota toscano persuadesse Lamennais, che aveva inizialmente ideato un comitato franco-spagnolo, a occuparsi anche dell' Italia e a costituire il Comitato Democratico Franco-Spagnolo-Italiano, che fu detto anche Comitato Latino. Comunque egli ispirò e probabilmente scrisse la parte concernente l'Italia del Manifesto del nuovo Comitato, che poi fu ritoccata dal Cernuschi e forse anche da altri italiani.

Questo Manifesto, pubblicato a Parigi il 17 agosto 1851 e firmato dal Lamennais e da altri sei deputati democratici francesi, nella parte riguardante l'Italia fissava quattro punti programmatici a nome degli italiani aderenti che non venivano nominati. In primo luogo affermava esplicitamente il principio repubblicano. In secondo luogo negava a qualsiasi "partito o frazione di partito il diritto di parlare a nome della nazionalità italiana" prima che questa potesse farlo per mezzo dei suoi rappresentanti regolarmente eletti. In terzo luogo affermava che durante la rivoluzione l'unico governo legittimo sarebbe stato quello, "momentaneamente sospeso," della Repubblica romana e quelli che via via si sarebbero spontaneamente stabiliti sulla base dello stesso principio, in attesa che una "convenzione italiana" potesse "costituire l'unità nazionale." In quarto luogo affermava la necessità di unire la rivoluzione italiana a quella francese, "principio generatore e motore della rivoluzione europea, politica e sociale insieme." A questo Manifesto fu aggiunta il 29 agosto '51 una dichiarazione, nella quale il Comitato in risposta alle domande rivoltegli sul modo di attuazione del terzo punto, proponeva che, col procedere della rivoluzione, in ogni paese liberato si formasse un governo rivoluzionario e al tempo stesso si eleggessero a suffragio universale i deputati che dovevano formare "il nucleo della convenzione italiana direttrice del movimento comune"; questa poi, con l'aggiunta di nuovi membri eletti dai paesi via via liberati, si sarebbe estesa fino a rappresentare tutta l'Italia.[52]

Questi documenti del Comitato Latino erano veramente poco chiari e ambigui per quanto concerneva il problema della direzione politica nella fase insurrezionale e quello del carattere unitario o federale della futura repubblica. A questo proposito il Cernuschi così scriveva al Cattaneo il 29 agosto '51: "Caro amico, la parola *federazione* niuno la vuole. I Francesi ne hanno orrore. Gli Italiani si fanno tutti mazziniani anziché chiamarsi federali... Io credo che il progetto nel suo assieme sia abbastanza adottabile, e simmetrico con le probabilità future... La Convenzione va bene agli unitari *quand même* perché ricorda la Convenzione francese. Deve andar bene ai federali perché rammenta la Convenzione americana. In conclusione i convenzionali sono liberi di essere unitari o federali, ma, punto importante, la *fusione* non può essere anticipata. Inoltre *Convenzione* è parola rivoluzionaria e nuova."[53]

Mazzini invece giudicò subito il Manifesto del Comitato Latino "un tentativo timido di federalismo,"[54] poi, dopo aver letto la dichiarazione aggiuntiva, così scrisse all'amico Piero Cironi, che già aveva criticato il Manifesto sul giornale "Italia e Popolo" di Genova: "Ho veduto gli articoli: buonissimi. La spiegazione che hanno dato posteriormente sulla formazione della convenzione per alluvione è un pasticcio. Di Stato in Stato, ogni insurrezione manderebbe una cifra di deputati che cangerebbe la politica e la direzione dell'Assemblea ad ogni infornata. Se questo sia modo di salvare una insurrezione, vedete voi."[55] Tuttavia una crisi interna del Comitato di Londra, culminata con le dimissioni del Sirtori e del Saliceti, spinse allora Mazzini a fare un tentativo di accordo con gli aderenti al Comitato Latino.

[52] Il Manifesto e la dichiarazione aggiuntiva del Comitato Latino sono ristampati in MAZZINI, XLVI, *Introduzione*, pp. XCVII-CXVI.
[53] Lettera pubbl. in CATTANEO, *Epistolario*, cit., vol. II, p. 466.
[54] Lettere a P. Cironi del 18 agosto '51, MAZZINI, XLVII, p. 27.
[55] Lettera a P. Cironi del settembre '51, *ivi*, p. 46.

Le dimissioni del Sirtori furono determinate dalla decisione di Mazzini, approvata dal Comitato Italiano di Londra nel luglio '51 col solo voto contrario del Sirtori stesso, di modificare la linea politica stabilita nel Manifesto dell'8 settembre '50 con un'aperta presa di posizione repubblicana. Questa decisione fu causata principalmente dalla necessità di rispondere alle aspre critiche che erano state rivolte alla formula "Guerra e Costituente," della quale il Sirtori, che già aveva contribuito non poco ad accentuare il tono possibilistico del primo Manifesto del Comitato, restava invece convinto assertore. Mazzini pertanto, forse per mettere il Sirtori di fronte a un fatto compiuto, decise di far parlare in proposito il Comitato Europeo prima del Comitato Italiano: infatti in un Manifesto agli italiani del 6 agosto '51 il Comitato Europeo proclamò il principio repubblicano, prese posizione per l'unità contro ogni forma di federalismo e affermò che l'insurrezione doveva essere guidata da un potere unico dotato di facoltà eccezionali. Sirtori presentò allora al Comitato Italiano una lettera di dimissioni, nella quale accusava violentemente Mazzini di tendenze dittatoriali e pontificali. Queste accuse, che in parte coincidevano con quelle rivolte a Mazzini dagli altri democratici dissidenti, furono poi ribadite dal Sirtori in una lunga lettera, pubblicata in opuscolo nel settembre '51.[56]

Meno clamorose furono le dimissioni del Saliceti, il quale motivò il suo atto con la necessità di stabilirsi a Parigi, dove alcuni amici si adoperavano per trovargli un lavoro: le sue condizioni economiche a Londra erano infatti molto precarie. A lui Mazzini affidò l'incarico di prendere contatto con gli aderenti al Comitato Latino per stabilire un accordo. Nelle istruzioni, che allora furono date al Saliceti dal Comitato di Londra, si proponeva che il Comitato Latino chiarisse il terzo punto del suo Manifesto in senso unitario per quanto concerneva il potere che doveva guidare la futura insurrezione. Ma il Saliceti, appena a Parigi, fu attratto dai dissidenti e non condusse alcuna trattativa; del resto tutti gli elementi che gravitavano allora intorno al Comitato Latino erano contrari ad un accordo con Mazzini. Poco dopo, quando il Comitato di Londra

[56] La lettera di dimissioni di Sirtori è pubbl. da C. AGRATI, *Giuseppe Sirtori*, Bari, 1940, p. 120. La lettera-opuscolo del settembre '51 è ristampata in MAZZINI, XLVI, *Introduzione*, pp. LXXXI-XCV. Nello stesso volume a p. 127 la lettera del Comitato a Sirtori di accettazione delle dimissioni.

pubblicò il Manifesto del 30 settembre '51 (di cui si parlerà
piú avanti), il Saliceti, sia pure in termini moderati, dichiarò il suo dissenso con una lettera che fu pubblicata il 25
ottobre 1851.[57]

Dopo la pubblicazione del Manifesto del Comitato Latino, il Ferrari, che nel frattempo era ritornato a Capolago
dopo aver soggiornato a Firenze e a Torino, riuscí a persuadere il Cattaneo a preparare con lui un indirizzo di adesione al Comitato stesso, nel quale però era evitato ogni
impegno politico immediato e veniva cautamente avanzata
un'interpretazione federalista del Manifesto. Al principio
di settembre, ritornato a Parigi, il Ferrari in una lettera al
Cattaneo, dopo aver messo in luce il carattere equivoco del
Manifesto e aver detto che la parte italiana del Comitato
Latino esisteva solo "allo stato di conversazione," affermava
va che il Manifesto era comunque una buona occasione per
prendere pubblicamente posizione e annunziava la sua intenzione di preparare un programma che, accogliendo le
parti del Manifesto secondo lui accettabili (l'iniziativa francese e il socialismo), sviluppasse chiaramente i princípi del
federalismo repubblicano. "Questo è il mio avviso," concludeva, "e se non lo segui ne nascerà che gli incerti staranno al fantoccio del Comitato italiano putativo di Parigi,
staranno incerti, staranno nel vuoto, staranno col Montanelli che muta avviso ad ogni evento, staranno cogli unitari, e quindi converrà che stiano con Mazzini, col Piemonte, ecc. ecc."[58]

Ferrari si mise dunque a preparare un progetto di programma e lo inviò a Cattaneo alla fine di settembre. In quel
documento ribadiva le tesi già esposte nella *Federazione
repubblicana* sviluppando piú ampiamente la parte riguardante il federalismo.[59] Nel frattempo era riuscito ad ottenere l'adesione in linea di massima non solo del Cernuschi,
ma anche del Manin, il quale pure era esule a Parigi ed era
in contatto col Comitato Latino. Ferrari era convinto che
queste adesioni avrebbero attirato anche il Montanelli e gli
altri patrioti che gravitavano intorno al Comitato Latino.
Ma, e questo era il punto debole del piano, il Manin e il

[57] Le istruzioni del Comitato di Londra al Saliceti sono in MAZZINI,
XLVI, p. 115. Nello stesso volume, *Introduzione*, p. XCV, la lettera del
Saliceti del 25 ottobre.
[58] Lettera pubbl. in CATTANEO, *Epistolario*, cit., vol. II, p. 476.
[59] Questo programma è pubbl. da A. MONTI, *Un dramma fra gli esuli*,
cit., pp. 102-112.

Cernuschi erano poco propensi a rendere pubblica la loro adesione al programma per varie ragioni, tra cui anche il timore di un'espulsione dalla Francia. "Per sventura," scriveva Ferrari a Cattaneo, "la legge nuova sugli stranieri, le sevizie della polizia contro gli emigrati, le persecuzioni dei tribunali contro la stampa qui si accrescono ogni giorno. Se il manifesto fosse sottoscritto da Cernuschi e Manin, lo scandalo dei giornali denuncerebbe Cernuschi e Manin."[60] Aggiungeva che personalmente correva meno rischi (aveva preso da parecchi anni la cittadinanza francese) e che appunto per questo non se la sentiva di insistere troppo con gli amici; tuttavia le loro esitazioni potevano essere vinte da una netta decisione del Cattaneo. Ma questi gli rispose dicendo che quelle esitazioni erano giuste e facendo alcune critiche al programma; successivamente, in una lettera al Ferrari del 29 ottobre '51, diceva: "Io ho veramente fatto un'*errata-corrige* al tuo programma; ma mi sono disanimato, perché le mie interpolazioni non legano col rimanente. È una catena d'idee che porta un'impronta troppo nota. Non può essere firmata che da te; ogni altra firma parrebbe estorta. D'altra parte, un Comitato pubblico mi sembra una contraffazione e una scimmieria di ciò che vogliamo combattere, cioè della pretesa di rappresentare e governare senza mandato tutta la nazione. Il male non si è che il principio federativo non abbia una rappresentanza, ma bensí che non sia ancora popolarmente spiegato e popolarmente compreso. Siccome viene contrapposto alla pretesa unità, si cade facilmente a crederlo un principio d'isolamento e di separazione."[61] Faceva quindi ancora alcune critiche al programma del Ferrari dicendo che bisognava contrapporre la federazione alla *fusione* e non all'unità. Ma nel mese successivo lasciò cadere altre sollecitazioni del Ferrari, che insisteva perché considerasse il programma solo come una base di discussione.

Falliva cosí definitivamente il tentativo di formare un partito repubblicano-federalista che raccogliesse i patrioti democratici dissidenti da Mazzini. D'altra parte anche l'attività degli esuli a Parigi, che si erano raccolti intorno al Comitato Latino, si ridusse praticamente ad una serie di discussioni inconcludenti. Tutte queste discussioni del re-

[60] Lettera di Ferrari a Cattaneo della fine di settembre 1851, in CATTANEO, *Epistolario*, cit., vol. II, p. 479.
[61] *Ivi*, p. 112.

sto furono superate dal colpo di Stato del 2 dicembre '51, che sfatando l'illusione di una prossima iniziativa rivoluzionaria francese fece cadere uno dei capisaldi del programma del Ferrari come di quello del Comitato Latino.

Se si guarda ai risultati pratici immediati, si deve dire che le discussioni svoltesi nel 1850-51 negli ambienti democratici italiani, mentre da un lato contribuirono non poco al fallimento del tentativo di Mazzini di riunire tutte le forze patriottiche sotto la guida del suo Comitato, dall'altro si chiusero con un nulla di fatto per quanto riguardava la formazione di un nuovo partito. Si deve inoltre aggiungere che nel corso del 1852, mentre l'organizzazione mazziniana rimase in piedi e svolse un'intensa attività, le forze democratiche non mazziniane si dispersero completamente. Nel corso di quell'anno e dei successivi avvenne in sostanza quello che il Ferrari aveva previsto in una delle lettere al Cattaneo prima citate: alcuni uomini furono riassorbiti dal mazzinianesimo sul terreno dell'azione cospirativa; altri furono attratti dal moderatismo cavouriano; altri ancora dal bonapartismo e dal murattismo; qualcuno abbandonò la lotta politica e si diede agli affari, come fece il Cernuschi che prese la cittadinanza francese e divenne poi un ricco banchiere; alcuni infine, come il Cattaneo e il Ferrari, continuarono individualmente la loro attività politico-culturale.

Sarebbe tuttavia un errore giudicare le discussioni del 1850-51 e le nuove impostazioni ideologiche e storico-politiche che allora emersero nella democrazia italiana sulla base dei loro risultati pratici immediati, oppure sulla base della loro maggiore o minore rispondenza alla soluzione unitaria che si realizzò dieci anni dopo. Si deve sempre ricordare che questa soluzione non risolse tutti i problemi venuti in luce durante il Risorgimento, ma soltanto quelli inerenti alla formazione dello Stato unitario e indipendente, e che pertanto la valutazione dei vari momenti della lotta politica risorgimentale deve tener conto di tutto lo sviluppo della storia d'Italia anche successiva al 1861.

Se dunque si valutano le discussioni tra i democratici del 1850-51 sulla base di questo criterio più ampio e comprensivo, non si può non notare che allora venne delineata una concezione della rivoluzione nazionale meno schematica di quella di Mazzini e più rispondente ai problemi che il '48 aveva messo in primo piano. Certamente la polemica antimazziniana di Ferrari, di Pisacane, di Cattaneo, di Montanelli e di molti altri democratici meno noti fu influenzata da dottrine utopistiche e al tempo stesso da circostanze contingenti; inoltre non fu immune da animosità personali e da diffidenze ingiustificate. Ma quegli uomini, quando criticavano il "formalismo" e l'unitarismo rigido di Mazzini, quando ponevano il problema di far partecipare alla rivoluzione nazionale le masse popolari, soprattutto delle campagne, quando auspicavano una rivoluzione che si svolgesse senza compromessi con le forze conservatrici e portasse alla formazione di un ordinamento politico capace di garantire a un tempo la libera vita locale e l'unione di tutta la nazione, indubbiamente esprimevano delle esigenze reali effettivamente sentite nell'Italia postquarantottesca. Anche Mazzini non ignorava queste esigenze ma continuò sempre ad insistere sulla necessità di anteporre ad ogni altro obiettivo quelli dell'indipendenza e dell'unità. Le vicende successive dimostrarono che non sbagliavano i democratici antimazziniani, quando affermavano che in tal modo si apriva la via alla subordinazione del movimento democratico a quello liberale-moderato. Perciò la loro concezione della rivoluzione italiana conteneva anche una critica *ante litteram* dell'unificazione del 1860-61 e di alcuni aspetti caratteristici dello Stato unitario italiano.

D'altra parte, come già si è notato, i democratici antimazziniani erano tra loro discordi su diverse questioni importanti: basta pensare alla differenza tra il federalismo del Ferrari e quello del Cattaneo e al contrasto tra il socialismo del Ferrari stesso, e piú ancora del Pisacane, e il democraticismo borghese del Cattaneo. Questi dissidi indubbiamente contribuirono a determinare il fallimento dei tentativi di creare un nuovo partito. Inoltre la critica alla formula quarantottesca, *l'Italia farà da sé*, portò la maggior parte di quegli uomini a sostenere la necessità di inserire la rivoluzione italiana in una grande rivoluzione europea guidata dalla Francia, che la maggioranza dei democratici europei giudicavano probabile a breve scadenza. In tal modo però la rivoluzione italiana veniva subordinata a un avvenimento ipotetico e a una speranza che il colpo di Stato del 2 dicembre dimostrò ben presto illusoria. Non meno illusoria era del resto l'opinione del Pisacane che fosse possibile un'iniziativa italiana, consistente in un movimento sociale e politico, antiborghese ed insieme patriottico, capace di mobilitare le masse e di spingerle ad una grande guerra rivoluzionaria e nazionale contro l'Austria. Infatti le circostanze che il Pisacane citava a favore di questa tesi (relativa debolezza della borghesia italiana, miseria e malcontento delle masse) erano neutralizzate da un fatto fondamentale, da cui quelle circostanze stesse derivavano: la profonda arretratezza della società italiana nel suo complesso, insuperabile nel giro di pochi anni. Pertanto in quella situazione, mentre era giusto tener conto degli interessi materiali delle masse popolari e porre quindi il problema della loro partecipazione alla rivoluzione nazionale, era un errore credere che questa potesse essere una rivoluzione socialista e che l'Italia potesse saltare la fase borghese della sua storia. La forza motrice del movimento nazionale italiano era pur sempre la borghesia, anzi la parte più avanzata di essa; perciò, dati i forti residui feudali che sussistevano nella struttura economico-sociale dell'Italia, il problema fondamentale per il movimento democratico era quello dell'alleanza dei gruppi borghesi progressisti con le masse popolari, in particolare con quelle delle zone più arretrate, per compiere la rivoluzione borghese senza compromessi con le forze nobiliari, clericali e dinastiche. Un movimento politico che mirasse a risolvere questo problema poteva assumere nel 1851 una coloritura socialista e tendere a collegarsi ad una rivoluzione socialista francese, ma concretamente doveva attuare anzitutto in Italia un ordinamento democratico borghese, sia pure aperto verso ulteriori sviluppi. Questo, o poco più di questo, voleva in fondo il Ferrari, quando proponeva la formazione di un partito "sociale." Più utopistica, sebbene ideologicamente più coerente, era invece la posizione del Pisacane che dava al suo socialismo un carattere esplicitamente classista.

Quanto alla negazione della formula *l'Italia farà da sé*, essa era indubbiamente giusta, e tale restava anche dopo il 2 dicembre '51, perché non si fondava soltanto sull'idea del collegamento della rivoluzione italiana con l'auspicata rivoluzione socialista francese, ma anche su di un'analisi esatta delle vicende quarantottesche e una giusta valutazione del carattere europeo delle forze che si opponevano al riscatto nazionale dell'Italia. Tuttavia da questa negazione potevano nascere due atteggiamenti pratici: uno mirante ad inserire il movimento nazionale italiano in un'eventuale rivoluzione europea ed uno mirante ad inserirlo nelle lotte diplomatiche e militari della grandi potenze; la prima tendenza implicava una direzione democratica del movimento nazionale, la seconda una direzione liberale-moderata. Ma dopo il 2 dicembre l'ipotesi di una nuova rivoluzione europea divenne via via sempre piú improbabile; cominciò invece a delinearsi la probabilità di un aggravamento delle lotte tra le grandi potenze. Si aprirono quindi per il movimento liberale-moderato alcune possibilità d'azione, peraltro non facili da afferrare e sviluppare, mentre si accrebbero le difficoltà per il movimento democratico. In questa situazione, mentre avveniva l'inevitabile disgregazione della dissidenza antimazziniana, Mazzini, sempre convinto della possibilità di un'insurrezione dell'Italia e delle altre nazioni oppresse, proseguí con tenacia implacabile la sua azione cospirativa.

6. *L'azione mazziniana dal Manifesto del 30 settembre 1851 al moto milanese del 6 febbraio 1853*

Il progetto di Mazzini di fare del Comitato Italiano di Londra l'organo direttivo di tutte le forze politiche, mediante l'inclusione di uomini che, per l'attività svolta nel '48 e nel '49, rappresentassero le varie tendenze democratiche e le varie regioni d'Italia, fallí, come s'è visto, tra l'ottobre del '50 e il luglio del '51, per l'ostilità o la diffidenza della maggior parte dei capi democratici in esilio. Le dimissioni del Sirtori e del Saliceti diminuirono ulteriormente la rappresentatività del Comitato, già assai ridotta, alla quale ormai Mazzini poco teneva. Egli infatti era convinto che i dissidenti e i dimissionari non avrebbero combinato nulla sul terreno dell'azione cospirativa e insurrezionale, che a lui soprattutto interessava in quel momento; pertanto, pur cercando di stabilire un accordo col Comitato Latino e di tenere contatti un po' con tutti i gruppi di patrioti in esilio, non si curò di sostituire i due dimissionari con personalità rappresentative di determinate tendenze o di determinati gruppi regionali, ma si limitò a chiamare nel Comitato il patriota valtellinese Maurizio Quadrio, già suo segretario nel '49, che insieme all'Agostini tenne l'ufficio di segreteria. Mazzini, Saffi, Montecchi, Agostini e Quadrio firmarono quindi il Manifesto del 30 settembre 1851, che espresse il programma mazziniano molto piú chiaramente di quello dell'anno precedente.

Il Manifesto conteneva anzitutto una netta presa di posizione repubblicana e una riaffermazione del principio unitario, accompagnata da un'esplicita e dura condanna di ogni forma di federalismo; ribadiva però l'idea di una larga autonomia amministrativa comunale e ammetteva che questa potesse essere piú ampia nelle isole. Affermava quindi che la rivoluzione doveva essere anche "sociale" e che la "Patria comune" da conquistare sarebbe stata garantita dall'intera società rinnovata politicamente: "Né Patria comune può esistere," diceva, "se l'esercizio di diritti ottenuti coll'armi riesca, per ineguaglianza soverchia, ironia alla classe piú numerosa del popolo — se non si costituiscano piú eque relazioni tra il contadino e il proprietario di terre, tra l'operaio e il detentore di capitali — se un unico sistema di tassazione non raggiunga, rispettando l'esistenza, proporzionatamente il superfluo — se il lavoro non sia riconosciuto come la sorgente legittima nell'avvenire della proprietà — se l'associazione volontaria d'uomini forniti di moralità e capacità di lavoro non trovi incoraggiamento e anticipazioni di capitale a stabilire piú immediato contatto fra i produttori e quei che consumano — se un'amministrazione di giustizia eguale, economica non si sostituisca al laberinto di formole e di processure ch'oggi assicurano in ogni piato la vittoria al ricco sul povero — se l'abolizione d'ogni gravame su materie prime, d'ogni inceppamento alla circolazione interna ed esterna, d'ogni monopolio su quanto è diritto d'ognuno, non apra all'attività di tutti un vasto mercato, non crei nuovi sbocchi ai prodotti, non solleciti l'attività manifatturiera, agricola e commerciale — se un vasto sistema di lavori pubblici e di agevolate comunicazioni non aiuti a sciogliere il problema economico d'ogni Stato, accrescimento dei consumatori — se un'educazione prima uniforme non affratelli gli uomini di tutte le classi, non dia il pane dell'anima e il programma di comuni credenze a quanti sono chiamati a vivere e progredire nell'italica società."[62]

Mazzini dunque, sotto la pressione delle critiche dei dissidenti di sinistra, aveva giudicato opportuno delineare sommariamente un programma economico-sociale. Ma questo programma nella parte concernente i rapporti di classe era quanto mai vago e tendeva a stabilire una collaborazione tra le classi stesse. Era invece relativamente piú preciso nella parte concernente una serie di rivendicazioni economiche da tempo avanzate anche dai moderati:

62 MAZZINI, XLVI, p. 128.

libertà di commercio, mercato nazionale, lavori pubblici, comunicazioni, ecc. D'altra parte nello stesso Manifesto, dopo aver ribadita la necessità di un governo straordinario dittatoriale per guidare l'insurrezione, Mazzini diceva: "Non anarchia, non tentativi di sovvertimento nelle condizioni sociali, non predicazione inconsiderata di sistemi stranieri, esclusivi, imperfetti e tirannici. Le riforme fondate sull'accordo della libertà e dell'associazione, e facili ad attuarsi fra noi, che dovranno promuovere su giuste basi l'incremento economico del paese, spettano al senno pacificamente interrogato della Nazione, alla Costituente; ma spetteranno al governo dell'insurrezione decreti di miglioramento immediato alle classi piú povere, tanto che il popolo sappia che la rivoluzione s'inizia per esso, ed abbia conforto nella battaglia la certezza che i suoi piú cari non morranno, tra le vittorie della Patria, di miserie e di stenti."[63] Mazzini cercava dunque da un lato di placare la paura della borghesia respingendo i "sistemi," cioè il socialismo, e dall'altro, riecheggiando in tono attenuato quanto era stato detto da Ferrari e da Pisacane, ammetteva la necessità di venire incontro già nella fase insurrezionale ad alcuni interessi materiali delle masse. Comunque non si può dire che, con la sommaria e alquanto superficiale delineazione di un programma sociale e con l'accenno a questi provvedimenti d'emergenza, egli superasse quel "formalismo," di cui lo accusavano i suoi avversari di sinistra, perché nel suo programma gli obiettivi politici avevano pur sempre una netta prevalenza su quelli sociali: il passo avanti rispetto al Manifesto dell'anno precedente era dunque per questo aspetto assai limitato.

Nel facile successo del colpo di Stato del 2 dicembre Mazzini credette di trovare la conferma della sua opinione che la Francia avesse perso da alcuni decenni la funzione di guida rivoluzionaria dell'Europa e che il socialismo avesse gravemente indebolito con la predicazione di dottrine materialiste la capacità di lotta delle masse popolari francesi. Pertanto, mentre da un lato iniziò una violenta polemica contro i socialisti francesi, dall'altro intensificò l'attività per preparare in Italia un moto insurrezionale; inoltre mantenne stretti contatti coi dirigenti in esilio dei movimenti patriottici di altri paesi, specialmente con gli ungheresi. Questa politica nasceva dalla convinzione che fosse

[63] *Ivi*, p. 133.

possibile a breve scadenza una serie di insurrezioni delle nazionalità oppresse. Mazzini pensava che, se una di queste avesse presa l'iniziativa di insorgere, le altre l'avrebbero seguita e che la vittoria della rivoluzione fosse solo un problema di direzione e di coordinamento. In sostanza credeva possibile una ripetizione della rivoluzione del '48, ma senza la parte francese di tipo socialista e senza le discordie che vi erano state fra i vari movimenti nazionali. In un Manifesto del Comitato Nazionale del 31 gennaio 1852, dedicato all'esame della situazione dopo il 2 dicembre, diceva: "L'iniziativa di Francia è spenta, spenta dal 1815 in poi. L'iniziativa Europea vive in oggi nell'alleanza dei Popoli che hanno bisogno di farsi o rifarsi Nazioni: in essa sola, perché ad essa sola spetta mutare coll'insurrezione la Carta d'Europa, mentre la questione di rimaneggiamento sociale che ferve esclusivamente in Francia può e deve giovare all'Europa, ma non ha potenza per rimaneggiare equamente i confini, e fondare pacifica per lunghi secoli l'associazione dei Popoli."[64] Aggiungeva inoltre che il colpo di Stato bonapartista avrebbe indirettamente giovato al movimento italiano: "e dacché i sospetti che pesavano, per le sette e i sistemi, sulle conseguenze dell'iniziativa francese non pesano sull'iniziativa delle nazionalità collegate, abbiamo afforzata di tanto la potenza morale esercitata dalla questione italiana in Europa, di quanto il terrore dell'imperialismo nascente persuade ai piú moderati di sperare un rimedio in un riordinamento delle Nazioni, del quale, per decreto della Provvidenza, l'Italia ha in oggi le chiavi."[65]

L'organizzazione aderente o comunque collegata al Comitato Italiano di Londra, che continuava anche a chiamarsi Associazione Nazionale, indebolita negli ambienti dell'emigrazione dalle polemiche dei dissidenti contro Mazzini, divenne invece in Italia nel corso del 1850-51 e continuò ancora ad essere nel '52 la piú estesa organizzazione clandestina esistente. Ciò si dovette sia all'attività intensissima svolta da Mazzini e dai suoi amici, sia al fatto che negli Stati assolutisti l'eco delle polemiche in corso tra gli emigrati giungeva attutito e in ritardo, sia alla situazione esistente in Italia. In tutti gli Stati italiani infatti, salvo che

64 *Ivi*, p. 171.
65 *Ivi*, p. 173.

nel Regno sardo, la pesante atmosfera di repressione aveva costretto i moderati a interrompere ogni attività politica, ma aveva d'altra parte stimolata l'attività cospirativa di quei patrioti che credevano possibile prima o poi una nuova insurrezione o che comunque volevano resistere alla reazione e ridare vita alla tradizione di lotta della Giovine Italia ed anche della Carboneria. Vi fu quindi una vivace ripresa di attività clandestina per opera di uomini che erano in maggioranza repubblicani e democratici, sia per remota formazione ideologica, sia per effetto dell'esperienza quarantottesca. L'azione propagandistica e organizzativa di Mazzini trovò quindi in vari Stati italiani un terreno favorevole, sicché l'Associazione Nazionale poté estendersi e ramificarsi assorbendo gruppi formatisi spontaneamente e formandone dei nuovi.

A Roma e nello Stato pontificio il lavoro organizzativo mazziniano si iniziò subito dopo la caduta della Repubblica. Il giovane patriota Cesare Mazzoni, a cui Mazzini prima di partire da Roma aveva affidato l'incarico di ricostruire l'Associazione, formò, insieme a Salvatore Piccioni e ad altri, un Comitato, che nella seconda metà del '49 riuscí ad assumere la direzione di tutti i gruppi patriottici esistenti nella città, compresi quelli che ancora si dicevano carbonari. Gli elementi dirigenti appartenevano alla media borghesia, ma l'Associazione riuscí a ramificarsi negli ambienti artigiani ed operai e a dirigere in una certa misura la spontanea opposizione di una parte notevole della popolazione romana contro gli occupanti francesi e contro il restaurato governo pontificio, che fu abbastanza vivace nei primi due o tre anni dopo il '49. Il Comitato di Roma, diventò ben presto Comitato Centrale dell'Associazione per tutto lo Stato, si articolò in sezioni e diede vita anche a un Comitato di guerra, composto di ex ufficiali dell'esercito repubblicano, che aveva il compito di preparare i quadri militari e i piani dell'auspicata nuova insurrezione. Numerosi Comitati provinciali e comunali sorsero in tutto lo Stato romano per opera di attivi e coraggiosi patrioti, come Scipione Pistrucci, che da Spoleto diresse fino all'agosto 1851 l'organizzazione dell'Umbria, Massimiliano Grazia a Rimini, Giovanni Righi de' Lambertini a Bologna. Anche nelle province l'Associazione, diretta da elementi borghesi, ebbe una base popolare (artigiana ed operaia) abbastanza vasta. Questo fatto, caratteristico un po' dappertutto dell'organizzazione mazziniana dopo il '49, non era senza precedenti nello Stato pontificio, specialmente nelle Legazioni, dove le società segrete già da alcuni decenni erano penetrate nelle masse delle città e dove la rivoluzione quarantottesca aveva avuto un carattere largamente popolare.

Nel settembre 1851, sebbene avesse avuto qualche duro colpo dalla polizia, come quello che poco prima aveva scompaginato i Comitati dell'Umbria, l'Associazione Nazionale era ormai largamente diffusa nello Stato romano. A questo punto fu operata una riforma organizzativa: la direzione fu affidata ad un Direttore Centrale, che fu l'avvocato Giuseppe Petroni, affiancato da un Commissario del Comitato Nazionale, che fu Cesare Mazzoni, e da un Consiglio composto dei membri del Comitato Centrale e del Comitato di guerra, che furono sciolti. Il Petroni, bolognese, esperto cospiratore, già membro da giovane della società degli Apofasimeni e della Giovine Italia, aveva avuto durante la Repubblica romana la carica di sostituto del ministro della giustizia. Nel '50 era stato arrestato a Roma e rilasciato a patto che si allontanasse dalla capitale, dove invece continuò a risiedere clandestinamente. In tal modo la guida dell'Associazione fu assunta da un uomo che, dovendo vivere nascosto, non era direttamente sorvegliato ed aveva soltanto contatti segreti con determinate persone. Tuttavia, oltre che a ragioni di sicurezza, la riforma organizzativa del settembre 1851 si dovette alla decisione di Mazzini di dare un carattere ormai nettamente repubblicano all'Associazione e di intensificare il lavoro cospirativo in vista dell'insurrezione che giudicava possibile a breve scadenza.

Attivissimo ed energico, ma anche autoritario e intollerante, il Petroni prese nelle sue mani la guida dell'Associazione esautorando i precedenti dirigenti. Sotto la sua direzione la rete organizzativa si estese ulteriormente soprattutto negli ambienti popolari e fu intensificata la propaganda; un "Bollettino" periodico e numerosi manifesti e volantini, stampati clandestinamente a Roma, furono diffusi in tutto lo Stato. Al tempo stesso il Petroni diede all'Associazione un carattere rigidamente mazziniano e iniziò un'aspra polemica contro i federalisti e contro le tendenze non decisamente repubblicane o comunque possibiliste: questa sua intransigenza determinò dei contrasti col Mazzoni e con altri elementi che volevano restare fedeli alla tendenza neutra del primo Manifesto del Comitato di

Londra. Si preparò cosí una crisi interna, che poi scoppiò dopo il 6 febbraio '53. Inoltre il Petroni, in contrasto con le stesse direttive mazziniane, cercò di accentrare a Roma la direzione operativa dell'Associazione per tutta l'Italia: egli pensava infatti che in caso di insurrezione difficilmente il Comitato di Londra avrebbe potuto guidare il movimento in Italia, almeno per un certo tempo.

Questo tentativo portò soltanto all'unificazione dell'organizzazione dello Stato romano con quello della Toscana. Qui l'Associazione si era costituita nel corso del 1850 per opera di Piero Cironi, di Carlo Fenzi e di altri, che avevano fondato un Comitato Centrale a Firenze e Comitati locali in altre città. Ma nel luglio del '51 l'arresto e poi l'espulsione dalla Toscana del Cironi, che si stabilí allora a Genova, rallentò l'opera organizzativa. D'altra parte anche in Toscana sul finire del '51 gli elementi propensi ad accordi coi moderati cominciarono a mostrarsi insofferenti della direzione mazziniana, ormai apertamente repubblicana e mirante alla preparazione di un movimento rivoluzionario. Tuttavia il lavoro organizzativo riprese abbastanza intenso soprattutto per opera del patriota veneto Antonio Martinati, stabilitosi in Toscana nel '49, che dopo l'unione con l'organizzazione romana divenne Commissario dell'Associazione per la Toscana.

Nel Lombardo-Veneto l'attività mazziniana per la ricostituzione dell'Associazione Nazionale cominciò nella primavera del 1850 e si intensificò dopo il lancio del Prestito, la cui diffusione specialmente in Lombardia fu assai notevole. Un Comitato Centrale Lombardo, i cui dirigenti furono Attilio De Luigi e Giuseppe Pezzotti, fu costituito a Milano probabilmente nel marzo del '50. Comitati provinciali si formarono poco dopo a Brescia, a Pavia, a Cremona, a Como, a Mantova, che a loro volta costituirono Comitati locali nei centri minori. Anche nel Veneto sorsero Comitati a Venezia, Padova, Verona, Vicenza, Treviso e in qualche centro minore. Tra i patrioti piú noti che diedero l'impulso all'Associazione furono Tito Speri a Brescia, don Enrico Tazzoli e Giovanni Acerbi a Mantova, Benedetto Cairoli a Pavia, Angelo Scarsellini a Venezia, Carlo Montanari a Verona.

A Milano, accanto al Comitato mazziniano che svolgeva la sua attività soprattutto negli ambienti borghesi, si formò nel 1850 anche un altro organismo segreto, il Comitato dell'Olona, diretto dal vecchio cospiratore Giambattista Carta, il quale insieme ad altri democratici come Carlo De Cristoforis, riuscí a stabilire un collegamento con gli ambienti popolari. Si costituí allora una organizzazione segreta di "fratellanze" operaie ed artigiane, divise per mestieri, che avevano scopi di mutuo soccorso oltre che patriottici. Questa organizzazione, di cui furono animatori alcuni attivi capipopolo, come il tintore Gaetano Assi e l'oste Gioacchino Giussani, entrò nell'orbita mazziniana solo nel corso del 1852.

I collegamenti tra Mazzini e l'organizzazione segreta in Italia si svolsero allora soprattutto attraverso Genova, dove il movimento mazziniano si era assai rafforzato nel corso del '49 e del '50. Alcuni giornali appoggiarono allora efficacemente a Genova l'azione di Mazzini: tra essi si deve ricordare l'"Italia libera," che nel maggio 1851 si trasformò nell'"Italia e popolo." Questo giornale, diretto da Gerolamo Remorino, divenne il principale organo del partito mazziniano e tale restò fino al '57, nonostante difficoltà finanziarie e vessazioni governative. Per mezzo del Remorino e di numerosi amici vecchi e nuovi, genovesi e immigrati da altri Stati italiani, Mazzini riuscí a fare di Genova la base principale del suo movimento in Italia. Come già in passato, la madre di Mazzini fu, fino alla morte avvenuta l'8 agosto 1852, una valida collaboratrice del figlio nel lavoro di collegamento coll'ambiente repubblicano di Genova. A Genova inoltre il partito mazziniano cominciò allora a collegarsi col nascente movimento delle società operaie di mutuo soccorso. La diffusione di queste società si era iniziata in Italia intorno al 1840, ma dopo il '48, mentre ristagnò negli altri Stati, si intensificò notevolmente nel Regno sardo. Esse assunsero però caratteri diversi in Piemonte e in Liguria: infatti le società operaie piemontesi furono allora controllate da elementi liberali-moderati, che cercarono di farne soltanto degli organismi previdenziali ed assistenziali, estranei alla politica; invece quelle liguri furono dirette da elementi mazziniani che proposero ad esse anche scopi politici di carattere nazionale e democratico. Comunque, attraverso il collegamento con le società operaie in Liguria e con la penetrazione dell'organizzazione clandestina negli ambienti popolari nello Stato romano, in Toscana e in Lombardia, il movimento mazziniano cominciò a farsi in alcune città una base di massa, che poi rimase in misura notevole fedele a Mazzini anche dopo la crisi del movimento stesso successiva al 6 febbraio 1853.

La diffusione dell'organizzazione mazziniana, assai estesa al principio del 1852 nell'Italia centro-settentrionale, mancò quasi completamente nel Mezzogiorno continentale. Questo fatto si dovette a varie ragioni. Anzitutto la reazione, iniziatasi a Napoli fin dal 15 maggio '48 e intensificatasi negli anni seguenti con le ondate di arresti e i grandi processi a cui si è precedentemente accennato, non solo aveva decapitato il movimento patriottico meridionale, i cui uomini piú capaci furono imprigionati o costretti all'esilio, ma aveva anche resi estremamente difficili i collegamenti tra gli esuli e i patrioti rimasti nel Regno. Questi collegamenti inoltre erano particolarmente difficili per Mazzini, il quale aveva sempre avuto con l'ambiente cospirativo del Mezzogiorno contatti scarsi o indiretti. I dirigenti democratici meridionali si erano formati nella Carboneria o nelle sette da questa derivate sotto l'influenza di idee egualitarie di origine illuministica e in parte di dottrine socialiste francesi ed erano stati influenzati pochissimo dal mazzinianesimo. Coi democratici meridionali Mazzini aveva avuto quindi nel '48 e nel '49 rapporti non facili, e talvolta aspri dissidi; questo fatto intralciò assai i suoi tentativi di stabilire un collegamento cospirativo col Mezzogiorno nel '50 e nel '51. Completamente al di fuori dell'azione mazziniana fu pertanto l'attività cospirativa che allora si svolse nel Regno di Napoli, come quella della setta Carbonico-Militare, organizzata nel corso del '50 e scoperta dalla polizia alla fine di quell'anno. Sembra che gli iniziatori di questa società, Gaetano Salazar e Giovanni Tagliavia, i quali dopo l'arresto fecero ampie e in parte fantasiose rivelazioni ai giudici, si proponessero soltanto di ottenere il ripristino del regime costituzionale; ma della setta fecero parte anche parecchi democratici e liberali piú avanzati, come Giacinto Albini, Antonio Morici, Carlo Mileti, Nicola Mignogna, alcuni dei quali successivamente entrarono in contatto con l'organizzazione mazziniana.

Mazzini riuscí invece a stabilire collegamenti abbastanza stretti coll'ambiente democratico siciliano, sebbene i suoi rapporti con una parte degli esuli siciliani fossero tutt'altro che facili. In Sicilia la ripresa dell'attività cospirativa si iniziò subito dopo la riconquista borbonica con la costituzione di un Comitato Centrale segreto a Palermo e di Comitati locali in altre città, composti di elementi di sinistra. E già il 27 gennaio 1850 vi fu a Palermo un tentativo insurrezionale, diretto da Nicola Garzilli, finito tragicamente con la fucilazione immediata del Garzilli stesso e di cinque suoi compagni, a cui seguirono nel corso dell'anno numerose condanne a morte, poi commutate in lunghe pene detentive. Il Comitato di Palermo, piú volte ricostituito con uomini diversi, continuò la sua attività e, come si rileva nei manifesti che diffuse tra il '49 e il '52, passò da un programma democratico radicale con una notevole impronta socialista a programmi via via piú moderati e possibilisti. Anche in altre città continuarono ad esistere gruppi attivi di cospiratori. Comunque l'organizzazione segreta siciliana, sebbene piú volte scompaginata dalla polizia, fu sempre in contatto con i gruppi di patrioti emigrati, soprattutto con quelli di Genova e di Malta, i quali a loro volta avevano rapporti con Mazzini.

La linea politica seguita da Mazzini nel 1850 suscitò forti diffidenze e ostilità tra i democratici siciliani. I suoi contatti con La Farina e con altri uomini che avevano ormai una posizione intermedia tra moderati e democratici fecero sorgere persino la voce che egli intendesse chiamare nel Comitato Nazionale di Londra, come rappresentante della Sicilia, Mariano Stabile, odiato dai democratici per la sua politica come capo del governo nel '48. Gli esuli siciliani elessero allora un Comitato Centrale Siciliano, che risiedette a Parigi, del quale fecero parte tre democratici di tendenza socialista: Tommaso Landi, Saverio Friscia e Francesco Milo Guggino, e due democratici assai meno avanzati: Michele Amari e Giacinto Carini. Questo Comitato nominò suo rappresentante presso il Comitato di Londra un altro democratico, Giovanni Interdonato, che però non assunse mai questa funzione. Tuttavia all'interno del Comitato Centrale Siciliano l'ala sinistra non riuscí a prevalere, perché il Landi per contrasti con l'Amari fu costretto a dimettersi, mentre il Friscia, che fu l'uomo piú attivo del Comitato stesso, pur essendo in posizione critica verso Mazzini, continuò a tenere i contatti con lui e con Rosolino Pilo, allora stabilito a Genova, ormai divenuto ardente mazziniano. Anche Francesco Crispi, che risiedette a Torino fino al '53, cominciò allora ad avere frequenti contatti epistolari con Mazzini. Nell'estate del '52 il Comitato Siciliano di Parigi, la cui attività era stata sempre piuttosto scarsa, si sciolse. Questo fatto si dovette a pressioni di Mazzini, che riuscí allora a fare in modo che il lavoro di collegamento con i gruppi clandestini della Sicilia si concentrasse soprattutto a Genova, dove un nuovo Comitato diretto da Pilo seguí le istruzioni mazziniane.

La mancanza di collegamenti col Mezzogiorno continentale fu indubbiamente un grave punto debole per il movimento mazziniano, di cui lo stesso Mazzini in una certa misura si rese conto. Tuttavia nel '52 il suo piano insurrezionale mirava essenzialmente alla Lombardia, perché era rivolto principalmente contro l'Austria ed era concepito in collegamento con altre insurrezioni, che, dietro il segnale di quella italiana, avrebbero dovuto scoppiare in Ungheria, in Germania e nella Francia stessa, dove Mazzini, dopo il 2 dicembre, aveva stabilito contatti con elementi repubblicani che cospiravano contro il Bonaparte. All'insurrezione lombarda avrebbe dovuto immediatamente seguire una presa d'armi dei patrioti dello Stato romano, dei Ducati e della Toscana, che avrebbero dovuto attaccare le guarnigioni austriache, sparse da Piacenza e Ferrara fino a Livorno ed Ancona, e distruggerle prima che potessero ripiegare oltre il Po. Quindi i patrioti dell'Italia centrale avrebbero dovuto rivolgersi contro il Regno di Napoli in concomitanza con un'insurrezione della Sicilia in modo di prendere tra due fuochi le forze borboniche.

Questo piano strategico però si venne precisando nella mente di Mazzini solo nella seconda metà del '52. Infatti per parecchio tempo egli aveva evitato di fissare un piano determinato, perché, sebbene convinto della possibilità di un'insurrezione in Italia, era anche convinto della necessità di tener conto dello sviluppo generale della situazione europea e quindi delle occasioni diverse che potevano presentarsi. Cosí fino al 2 dicembre 1851 non aveva potuto trascurare la possibilità di una vittoria della democrazia in Francia che avrebbe mutato radicalmente la posizione delle forze francesi che occupavano Roma e quindi avrebbe influito sulla strategia dell'insurrezione italiana; dopo il 2 dicembre invece non poté trascurare altre esigenze, come quella di un piú definito accordo con Kossuth (che ritornò a Londra solo nel luglio 1852 dopo un lungo viaggio di propaganda negli Stati Uniti) in vista di una collaborazione dei patrioti magiari, e quella di attendere gli sviluppi dei nuovi collegamenti cospirativi stabiliti coi repubblicani francesi. Tutto questo ritardò inevitabilmente l'elaborazione del piano strategico dell'insurrezione da parte di Mazzini. Senonché nel frattempo alcuni gravi fatti avvennero in Italia che resero molto aleatoria la riuscita del piano stesso.

L'organizzazione molto estesa e ramificata dei Comitati clandestini e la larga diffusione delle cartelle del prestito, soprattutto nel Lombardo-Veneto, non potevano sfuggire a lungo alla vigilanza poliziesca. Desta anzi meraviglia che la polizia austriaca giungesse solo casualmente e con notevole ritardo a scoprire i gangli vitali dell'organizzazione. Comunque già nel corso del '51 questa aveva ricevuto qualche colpo: il 12 gennaio fu arrestato a Como il patriota Luigi Dottesio, che provvedeva al trasporto clandestino dalla Svizzera al Veneto di libri stampati a Capolago e di cartelle del prestito; l'arresto del Dottesio, impiccato a Venezia l'8 ottobre, portò ad altri arresti a Treviso; inoltre il 2 agosto fu fucilato a Milano il tappezziere Amatore Sciesa, che faceva parte dell'organizzazione operaia di cui prima si è detto, arrestato due giorni prima per diffusione di manifesti; infine il 28 ottobre fu arrestato a Mantova il sacerdote Giovanni Grioli, accusato di aver tentato di far disertare dei soldati ungheresi, che fu fucilato il 5 novembre. Ma colpi ben piú duri doveva subire la trama cospirativa nel '52. La scoperta casuale di una cartella del prestito mazziniano, avvenuta durante una perquisizione in casa di tal Luigi Pesci, esattore comunale di Castiglione delle Stiviere sospettato di spaccio di banconote false, portò all'arresto del sacerdote Ferdinando Bosio, che aveva venduta la cartella al Pesci, e quindi, su rivelazione del Bosio stesso, all'arresto del sacerdote Enrico Tazzoli, capo del Comitato mantovano, avvenuto il 27 gennaio 1852. Seguirono nell'aprile l'arresto di Luigi Castellazzo, segretario del Comitato stesso, e la fuga di Giovanni Acerbi, altro dirigente dell'organizzazione segreta di Mantova. Poi, nel maggio e nel giugno, la decifrazione di un registro cifrato sequestrato a Tazzoli e le rivelazioni fatte agli inquirenti dal Castellazzo (che poi cercò di riabilitarsi combattendo valorosamente nel '59 e nel '60) portarono ad un centinaio d'arresti a Mantova, a Brescia, a Milano, a Venezia e in altre città. Questi arresti e le fughe di parecchi altri patrioti scompaginarono l'organizzazione mazziniana del Lombardo-Veneto. Lo stesso Comitato di Milano cessò praticamente di esistere: Attilio De Luigi fuggí nel Canton Ticino e Giuseppe Pezzotti, arrestato il 26 giugno, si suicidò in carcere prima di essere tradotto a Mantova. In questa città alcuni grandi processi si svolsero davanti a un tribunale militare. Il primo di essi si concluse il 13 novembre '52 con dieci condanne a morte, delle quali cinque furono eseguite il 7 dicembre con l'impiccagione sugli spalti del forte di Belfiore, presso Mantova, di Enrico Tazzoli, Angelo Scarsellini, Bernardo de Canal, Giovanni Zambelli e Carlo Poma. Altri cinque condannati ebbero commutata la pena di morte in pene detentive di varia entità; e ben presto altre condanne ed altre esecuzioni dovevano seguire a Mantova e a Belfiore.

Frattanto altri dissidi erano sorti nell'organizzazione mazziniana. Nuove critiche e proposte di modificare la direzione e l'impostazione della lotta vennero infatti nel giugno e nel luglio 1852 da un Comitato di guerra, che da qualche tempo si era formato a Genova, con l'approvazione dello stesso Mazzini, per preparare la condotta militare dell'insurrezione. Di esso facevano parte Giacomo Medici, milanese, divenuto famoso a Roma nel '49 per la difesa del Vascello, Enrico Cosenz, napoletano, uno dei piú capaci difensori di Venezia, e Carlo Pisacane, il quale, nonostante le critiche che aveva rivolto a Mazzini, era sempre rimasto in contatto con l'organizzazione mazziniana e proprio allora era riuscito a stabilire per breve tempo un nuovo collegamento con patrioti napoletani. Erano questi i migliori ufficiali su cui poteva contare in quel momento il partito repubblicano, dato che Garibaldi, emigrato in America, aveva ripreso la sua vecchia professione di uomo di mare e navigava allora nel Pacifico. Con questi uomini erano d'accordo altri patrioti influenti, come Agostino Bertani, milanese, medico, che aveva partecipato alle Cinque Giornate e aveva diretto a Roma nel '49 il servizio sanitario dell'esercito repubblicano, e Antonio Mordini, toscano, già ministro nel governo Guerrazzi. Quest'ultimo, in certe sue *Osservazioni sopra una nuova organizzazione rivoluzionaria in Italia presentate nel giugno 1852*,[66] sostenne che Luigi Bonaparte avrebbe certamente proclamato l'Impero entro breve tempo e che pertanto una guerra europea sarebbe probabilmente scoppiata nella primavera o nell'estate del '53; perciò, secondo lui, il movimento rivoluzionario italiano avrebbe dovuto prepararsi in vista di questa eventualità mediante una politica che unisse tutte le forze democratiche e con una organizzazione che facesse capo al Co-

[66] Pubblicate da M. Rosi, *G. Mazzini e la critica di un amico emigrato*, in "Rivista d'Italia," 1905.

mitato di guerra di Genova. A questo il Comitato di Londra avrebbe dovuto delegare la guida del movimento in Italia e conservare soltanto la rappresentanza del movimento stesso nei rapporti coi movimenti patriottici di altri paesi. In sostanza Mordini e i "militari" di Genova accusavano Mazzini di intolleranza ideologica e pensavano che eliminandolo dalla direzione effettiva del movimento sarebbe stato possibile formare quel fronte delle forze patriottiche che Mazzini non era riuscito a costituire, perché aveva dato ad esso un'impostazione programmatica troppo definita ed esclusivistica.

Come è facile immaginare, Mazzini respinse bruscamente queste proposte. Non si giunse tuttavia per il momento ad una rottura aperta tra lui e i "militari" di Genova; questi però non collaborarono alla preparazione del moto, perché erano convinti che mancassero in quel momento le condizioni favorevoli al successo di un'insurrezione. Questa convinzione era condivisa anche da molti patrioti lombardi, sfuggiti alla repressione, appartenenti alla borghesia. Diversa era invece l'opinione dei popolani milanesi che dirigevano l'organizzazione segreta degli operai e degli artigiani, la quale, riordinata da Gaetano Assi nell'estate del '52, era abbastanza forte numericamente (forse tremila uomini) e non era stata colpita dalla repressione che aveva scompaginati i Comitati mazziniani, perché non aveva avuto con questi alcuna connessione organizzativa. Sembra che proprio nell'estate del '52 i capipopolo milanesi facessero sapere a Mazzini di essere pronti all'azione. Mazzini decise pertanto di inviare a Milano clandestinamente il patriota Eugenio Brizi, umbro, già ufficiale della Repubblica romana, perché iniziasse la preparazione del moto facendo leva sugli elementi popolari. Il Brizi, giunto a Milano al principio di ottobre, riuscì a prendere contatto coi capi delle "compagnie" o "fratellanze" operaie e artigiane, le quali, soprattutto dopo l'arresto di Giambattista Carta, avvenuto allora, passarono completamente nell'orbita mazziniana. Al tempo stesso Mazzini incaricò il milanese Giuseppe Piolti de Bianchi di ricostituire l'organizzazione negli ambienti borghesi.

Poco dopo Mazzini inviò in Italia Aurelio Saffi, che si fermò qualche tempo a Torino, ospite di Giovanni Grilenzoni agente di Mazzini in quella città, e prese contatto con alcuni capi della sinistra parlamentare piemontese, come Lorenzo Valerio e Agostino Depretis, i quali, pur non essendo mazziniani, non osteggiarono, anzi in una certa misura favorirono la preparazione del moto lombardo. Il Depretis procurò al movimento una sovvenzione di ben 25.000 lire da parte di un Arnaboldi, ricco signore di Stradella. Molti emigrati lombardi e ungheresi, guidati da Benedetto Cairoli, da Stefano Türr e da Luigi Winkler, cominciarono allora a prepararsi ad entrare in Lombardia dal Piemonte appena il segnale della rivolta fosse venuto da Milano.

Nel gennaio lo stesso Mazzini si recò clandestinamente a Lugano per dirigere gli ultimi preparativi. Sebbene fossero sfumate le speranze in un movimento rivoluzionario in Francia, dove il 2 dicembre '52 era stato proclamato l'Impero, egli era ormai deciso ad agire. Era convinto infatti, sulla base delle informazioni ricevute, che fosse possibile ottenere un successo iniziale a Milano e che l'incendio rivoluzionario avrebbe potuto rapidamente diffondersi grazie all'intervento di schiere di patrioti dal Piemonte e dalla Svizzera, a un forte moto nello Stato romano, dove l'organizzazione poteva contare su alcune migliaia di patrioti, e a un moto in Sicilia per il quale stava adoperandosi da Genova Rosolino Pilo. Un governo rivoluzionario da istituire immediatamente a Milano avrebbe dovuto trattare col governo di Torino, nel caso di un intervento piemontese, un accordo per rinviare a guerra vinta ogni decisione sul futuro d'Italia: Mazzini contava di avere a questo scopo l'appoggio di tutte le forze di sinistra liguri e piemontesi; nel caso invece che la monarchia piemontese avesse assunto un atteggiamento filoaustriaco, anche essa avrebbe dovuto essere travolta da un'insurrezione, divenuta possibile in connessione col moto generale di tutta l'Italia; nel caso che fosse rimasta incerta, la pressione dell'opinione pubblica avrebbe dovuto spingerla ad una decisione.[67] Mazzini d'altronde non ignorava le difficoltà dell'impresa, ma sapeva anche che ormai un ulteriore lungo rinvio dell'azione, data la vastità della trama cospirativa, avrebbe equivalso ad una sconfitta, poiché avrebbe portato al completo sfacelo dell'organizzazione.

Comunque Mazzini tenne a Lugano e a Locarno alcune riunioni con patrioti giunti da Milano e coi suoi più fidati

[67] Per quanto concerne il problema del rapporto col Piemonte si veda la lettera di Mazzini a Depretis del 5 febbraio '53 e la Dichiarazione ai Genovesi, in MAZZINI, XLVIII, p. 234 e LI, p. 3.

collaboratori, come Saffi ed Acerbi. Un contrasto si delineò tra i popolani, che fecero sapere di essere pronti all'azione, e i borghesi, scettici sulla riuscita dell'insurrezione. Alla fine fu deciso che i popolani avrebbero iniziato il moto e che i borghesi si sarebbero mossi subito dopo il primo successo iniziale. Saffi partí allora per Bologna e la Romagna per dirigere il moto che avrebbe dovuto iniziarsi non appena giunta la notizia del primo successo a Milano. Ordini di tenersi pronti furono inviati ai patrioti che dal Piemonte e dalla Svizzera avrebbero dovuto entrare in Lombardia e a quelli che avrebbero dovuto insorgere in altre parti d'Italia.

Il giorno stabilito per l'insurrezione di Milano fu il 6 febbraio, ultima domenica di carnevale. Nel pomeriggio di quel giorno, mentre la maggior parte dei soldati austriaci in libera uscita era sparsa nelle osterie dei dintorni della città, i popolani avrebbero dovuto attaccare di sorpresa all'arma bianca le sentinelle e i corpi di guardia delle caserme e del Castello, impadronirsi dei depositi di armi e chiamare quindi a rivolta tutta la città. La chiusura delle porte della cinta dei bastioni e l'occupazione dei punti strategici da parte degli insorti avrebbero dovuto bloccare la reazione della guarnigione austriaca. Tutto il moto insomma era legato al successo di una sorpresa da effettuarsi simultaneamente in parecchi punti della città.

Gli austriaci furono effettivamente colti di sorpresa; ma l'attacco, condotto con forze insufficienti e disperse in vari punti, fallí completamente. Solo alcune centinaia di operai e artigiani (i *barabba*, come furono chiamati) assalirono con coltelli e pugnali i posti di guardia austriaci; molti altri non si mossero, forse perché sfiduciati per l'atteggiamento dei borghesi, o perché timorosi che del loro sacrificio solo questi ultimi avrebbero approfittato. Nelle furibonde zuffe che si svolsero quella sera tra militari austriaci e insorti i primi ebbero dieci morti e quarantasette feriti; i secondi quattro morti e sei feriti; due o trecento furono arrestati. Di questi ne furono impiccati dodici nei giorni successivi; altri tre il 16 marzo; molti altri ancora, condannati a morte successivamente, ebbero la pena commutata in vari anni di prigione. Frattanto si erano conclusi gli altri processi di Mantova e altri quattro patrioti furono impiccati a Belfiore: Tito Speri, Carlo Montanari e il sacerdote Bartolomeo Grazioli il 3 marzo; Pietro Frattini il 19 marzo; molti altri condannati a morte ebbero la pena commutata nella prigione. Altri patrioti, Domenico Malaguti, Luigi Parmeggiani e Giacomo Succi, condannati a Ferrara da una Commissione militare austriaca, furono fucilati il 16 marzo.

Mazzini, che il 5 febbraio si era recato a Chiasso, presso il confine, pronto a entrare in Lombardia, appena appreso l'insuccesso della rivolta, ritornò a Lugano, ma dovette subito abbandonare il Canton Ticino, perché ricercato dalla polizia, e si rifugiò a Ginevra dove rimase nascosto circa tre mesi prima di rientrare a Londra. Egli dovette affrontare allora una vera tempesta di accuse e di recriminazioni, che vennero non solo da parte dei moderati e dei repubblicani dissidenti, ma anche da parte di uomini che lo avevano seguito fino alla vigilia del moto milanese. Dovette insomma affrontare lo scoppio di una crisi interna dell'Associazione Nazionale, che ormai da diverso tempo era latente: a Roma Cesare Mazzoni e i suoi amici, che avevano diretto l'Associazione prima che il Petroni assumesse la Direzione centrale, dichiararono decaduto dalla sua carica il Petroni stesso e costituirono il 9 aprile 1853 un Comitato lanciando un programma che si richiamava sostanzialmente a quello del primo Manifesto del Comitato di Londra: unione di tutte le forze patriottiche per la lotta indipendentista e rinvio di ogni decisione sull'ordinamento istituzionale dell'Italia alla fine della lotta stessa. A questo movimento, che fu detto dei "fusi" o "fusionisti," il Petroni reagí stringendo intorno a sé i repubblicani intransigenti, che furono detti "puri." Mazzini prese posizione per lui. Poco dopo anche a Genova il gruppo di Medici, Cosenz, Bertani e Mordini riprese le critiche a Mazzini, già delineate un anno prima dal Mordini, e ripropose anch'esso l'esigenza dell'unione di tutte le forze patriottiche. Altri distacchi avvennero in Toscana e tra gli esuli all'estero. Il fatto caratteristico di queste nuove scissioni del movimento democratico è che esse avvenivano ora non già a sinistra di Mazzini, ma a destra. Inoltre, mentre il tentativo di formare un partito democratico a sinistra di Mazzini era praticamente fallito sul nascere, la formazione di gruppi dissidenti di destra nel '53 contribuí non poco alla successiva formazione di un movimento democratico possibilista che fu attratto nell'orbita della politica cavouriana.

Mazzini per parte sua, già prima che la crisi interna scoppiasse apertamente, aveva cominciato a delineare una nuova impostazione politica e organizzativa. Il 23 febbraio con una *Dichiarazione* inviata a tutti i gruppi dell'Associazione, aveva annunciato lo scioglimento del Comitato Nazionale di Londra. Quindi nei mesi di marzo e di aprile nel suo nascondiglio di Ginevra scrisse due opuscoli, intitolati *Agli Italiani* e *Il Partito d'Azione*,[68] nei quali, dopo avere riepilogate le vicende e le polemiche che avevano travagliato il movimento patriottico e democratico dal '49 al '53, affermava che il fallimento dell'insurrezione del 6 febbraio doveva imputarsi alla tiepidezza di quei patrioti ("militari" di Genova e borghesi di Milano e di altre città), che non avevano creduto alla volontà di lotta del popolo, e annunciava la nascita del Partito d'Azione, cioè di una formazione politica, composta di cospiratori e di combattenti, pronti ad agire a qualunque costo in nome dell'indipendenza, dell'unità e della Repubblica. Mazzini insomma prendeva quella separazione tra elementi attesisti ed elementi decisi all'azione che si era verificata il 6 ottobre e ne faceva un segno di distinzione programmatica per il suo partito alla cui ricostruzione si dedicò immediatamente con grande energia. Al fusionismo dei nuovi dissidenti egli rispondeva dunque con una riaffermazione di esclusivismo ideologico e di attivismo cospirativo.

Non si può dire d'altra parte che la crisi del '53 lasciasse senza base il partito mazziniano, perché oltre ad una serie di legami con amici fedeli e con piccoli gruppi di patrioti pronti a gettarsi allo sbaraglio, Mazzini poteva disporre ormai di collegamenti solidi con le associazioni operaie di Genova e con gruppi clandestini di operai e di artigiani in altre città. In sostanza proprio Mazzini fu l'unico democratico che allora riuscì ad avere un seguito abbastanza consistente nella classe operaia di alcune regioni d'Italia: questo fatto fu certamente per lui un elemento di forza, ma al tempo stesso contribuì ad accentuare la diffidenza di non pochi democratici borghesi, e finì per aggravare il dissidio che si era delineato alla vigilia del 6 febbraio.

7. *La lotta politica in Piemonte dalla pace di Milano all'entrata di Cavour nel ministero Azeglio*

Il 30 luglio 1849, pochi giorni prima della pace di Milano, si aprí a Torino la III Legislatura e riprese cosí, dopo

[68] Tanto la *Dichiarazione* che i due opuscoli sono pubblicati in MAZZINI, LI, pp. 13-104.

quattro mesi di interruzione, l'attività del Parlamento subalpino. La nuova Camera, sebbene avesse una fisionomia meno accentuatamente democratica della precedente, sciolta dopo Novara, era caratterizzata da una forte maggioranza di sinistra che comprendeva circa due terzi dei deputati. Alle elezioni del 15 luglio avevano partecipato soltanto 30.000 elettori su circa 87.000 aventi diritto al voto, sicché la Camera era l'espressione della parte piú politicizzata del corpo elettorale, in particolare di quei settori della media e della piccola borghesia che piú vivacemente avevano partecipato alle lotte del '48 e del '49. La sinistra aveva quindi riportato notevoli successi, soprattutto nelle province. Tuttavia la maggioranza della Camera, composta in sostanza degli uomini che nel '48 avevano lottato contro le tendenze municipalistiche e conservatrici dei moderati ed avevano sostenuto il ministero Gioberti e poi quello Chiodo-Rattazzi, non era omogenea: al centro-sinistro, intorno a Urbano Rattazzi, a Domenico Buffa, a Giovanni Lanza, a Carlo Cadorna, si raccoglievano numerosi deputati, definibili assai piú come liberali progressisti che come democratici; mentre assai meno impropria appare questa definizione per gli uomini che occupavano la sinistra dell'assemblea, tra i quali emergevano Lorenzo Valerio, direttore della "Concordia," e Angelo Brofferio, direttore del "Messaggiere torinese." Si deve anche ricordare che, sebbene alcuni di questi uomini fossero in contatto, diretto o indiretto, con Mazzini, con Cattaneo e con altri repubblicani esuli all'estero e nello stesso Regno sardo, nessuno di loro professava apertamente idee repubblicane.

Ciò che soprattutto teneva insieme questa maggioranza poco omogenea era il fatto che tutti i gruppi che la componevano avevano voluto la ripresa della guerra d'indipendenza nel marzo del '49 e si erano impegnati a fondo politicamente in quel tentativo di riscossa nazionale. Di qui l'ostilità dei moderati, che allora avevano accettato la ripresa della guerra come una necessità ineluttabile ma senza fiducia nel successo ed avevano poi rovesciata sui democratici la responsabilità della sconfitta. Perciò la divisione tra la sinistra e la destra nel Parlamento subalpino durante la III Legislatura aveva in larga misura un carattere retrospettivo, poiché era una continuazione della divisione avvenuta nel '48 sul problema della guerra. Essa diede luogo di nuovo ad un vivace contrasto nella discussione intorno

106

alla ratifica del trattato di pace. Ma proprio in questa discussione, durante la quale, nonostante alcuni dissidi interni, la sinistra finí per agire unitariamente, venne chiaramente in luce la fondamentale debolezza della sinistra stessa, il fatto cioè che essa nel suo insieme non poteva assolutamente sostituire un proprio governo a quello moderato-conservatore di Massimo d'Azeglio. Un mutamento di governo in questo senso era impossibile, perché avrebbe implicato una nuova rottura con l'Austria e perché ad esso era ostile il re, il quale proprio su questo punto, cioè sull'esclusione dal governo dei cosiddetti rivoluzionari, aveva preso nel colloquio di Vignale un impegno col Radetzky che del resto rispondeva a un suo intimo convincimento.[69] Data questa situazione, la lotta della sinistra parlamentare contro il ministero Azeglio durante la III Legislatura era perduta in partenza, poiché il governo, forte dell'appoggio del re, dell'esercito, della Corte e di tutti gli elementi conservatori che dominavano la burocrazia, la magistratura e la diplomazia, aveva, per cosí dire, il coltello dalla parte del manico e poteva resistere alla maggioranza parlamentare senza violare lo Statuto: questo infatti non era ancora stato svolto in senso parlamentare da una prassi tendente a stabilire la responsabilità del gabinetto di fronte alle Camere.

Di questa situazione ebbero coscienza tutti, o quasi tutti, gli uomini dell'opposizione, i quali inoltre, per quanto concerneva la questione della ratifica del trattato di pace, sapevano benissimo che questo non poteva essere respinto, perché non era possibile in quel momento una ripresa delle ostilità con l'Austria. Perciò furono costretti ad assumere un atteggiamento oscillante tra il desiderio di mettere in difficoltà il governo e quello di trovare una via d'uscita con l'accettazione del fatto compiuto. Di conseguenza la discussione si svolse in modo confuso e si concluse con una sconfitta parlamentare del governo, che però l'Azeglio trasformò subito dopo in una sconfitta elettorale della sinistra.

Per valutare esattamente l'andamento della discussione parlamentare sul trattato di pace si deve anche tener conto che l'art. 5 dello Statuto attribuiva al re il potere di fare "i

[69] Sul colloquio di Vignale si veda quanto si è detto nel vol. III, pp. 401-403.

107

trattati di pace, d'alleanza, di commercio ed altri," ed aggiungeva: "I trattati che importassero un onere alle finanze, o variazione di territorio allo Stato, non avranno effetto se non dopo ottenuto l'assenso delle Camere." Questo era appunto il caso della pace di Milano, che imponeva al Piemonte il pagamento di un'indennità di guerra di 75 milioni di franchi e implicava la rinunzia ai territori annessi nel '48. In pratica l'assenso del Parlamento era necessario solo per il reperimento dei fondi da destinare al pagamento dell'indennità, perché il problema territoriale era stato di fatto risolto dalla guerra stessa. Comunque, a rigor di logica, l'assenso della Camera avrebbe dovuto essere dato prima della ratifica del trattato da parte del re, poiché era la condizione necessaria per l'esecuzione del trattato stesso. Invece il trattato fu immediatamente ratificato dal re, sicché lo scambio delle ratifiche con l'Austria poté avvenire il 17 agosto, cioè entro i quattordici giorni all'uopo previsti dal trattato stesso. Questo modo di procedere, indubbiamente discutibile dal punto di vista costituzionale, non sollevò tuttavia proteste alla Camera, né il 14 agosto, quando l'Azeglio comunicò il testo del trattato in seduta segreta, né il 18, quando lo comunicò in seduta pubblica con un breve discorso in cui sommariamente giustificò l'operato del governo e riferí l'andamento delle trattative conclusesi il 6 agosto a Milano. La maggioranza della Camera sapeva che era impossibile respingere il trattato e non avrebbe voluto quindi nemmeno discuterlo per lasciare tutta la responsabilità di esso al governo; era disposta invece a discutere sul modo di provvedere al pagamento dell'indennità, come una necessità derivante da una situazione di fatto che non si poteva modificare. Ma poiché il versamento della prima rata dell'indennità di 15 milioni era stato stabilito per la fine d'ottobre, la Camera il 19 agosto decise che la discussione sull'indennità e sul trattato non era urgente e nominò una commissione per l'esame del trattato stesso. Quando questa avesse presentata una relazione il problema sarebbe stato di nuovo discusso in aula.

Seguirono per un mese altre vivaci discussioni, come quella relativa all'arresto di Garibaldi, avvenuto il 16 agosto a Chiavari (dove il generale era giunto dopo la ritirata da Roma e l'avventurosa fuga attraverso la Romagna e la Toscana) per ordine del ministro dell'interno Pinelli: la Camera condannò allora chiaramente l'operato del ministro, ma l'arresto fu mantenuto e Garibaldi dovette espatriare.

Poco dopo la commissione nominata dalla Camera presentò una breve relazione sul trattato di pace, nella quale proponeva alla Camera stessa di dichiarare che, data la situazione di grave necessità, non si opponeva alla messa in esecuzione del trattato. Posta la questione all'ordine del giorno nella seduta del 24 settembre, furono presentate due mozioni: una di Cesare Balbo, che proponeva di approvare il trattato "senza discussione, ma colla protesta del silenzio," ed una di Filippo Mellana, che proponeva di discutere anzitutto la legge sul finanziamento dell'indennità di guerra, che era ormai urgente, e di rinviare ogni decisione sulla proposta Balbo a quando il governo avesse fornito altri chiarimenti sul trattato. Dopo una discussione lunga e confusa, fu deciso in questo senso e il trattato fu rinviato alla commissione per un ulteriore esame. Si iniziò quindi la discussione sul modo di pagare l'indennità di guerra.

Il ministro delle finanze, il banchiere torinese Giovanni Nigra, fin da quando aveva assunto la carica alla fine di marzo si era trovato di fronte ad una situazione difficilissima, sicché per supplire alle spese piú urgenti aveva dovuto ricorrere a varie emissioni di rendita, a emissioni di buoni del tesoro a breve scadenza, ad anticipazioni della Banca di Genova e ad altri espedienti. Per di piú l'esercizio provvisorio, concesso dalla precedente Legislatura in marzo per un mese, era scaduto il 30 aprile, perciò fino alla riunione della nuova Camera tutte le riscossioni fatte dallo Stato erano state incostituzionali, come l'opposizione non aveva mancato di rilevare. Solo alla fine d'agosto il ministro delle finanze aveva ottenuto dalla Camera un nuovo esercizio provvisorio, ma per la durata di un solo mese, fino alla fine di settembre; e cosí si continuò fino alla fine dell'anno.

Per far fronte al pagamento dell'indennità di guerra era necessario un nuovo prestito. A tale scopo il Nigra aveva iniziato da alcuni mesi trattative con la casa Rothschild di Parigi, la quale stava allora trattando anche col governo austriaco per la concessione di un prestito che doveva essere in parte garantito proprio dal pagamento dell'indennità di guerra piemontese. Mai prima di allora il Piemonte aveva avuto prestiti dalla potente casa bancaria parigina, la quale, come del resto le case londinesi dei Baring e degli Hambro, aveva rifiutato nel febbraio e nel marzo di far credito al governo di Torino, quando si trattava della ripresa della guerra, sicché tutti i prestiti fatti dal governo piemontese tra il marzo e il settembre erano stati collocati all'interno. Ma ormai la situazione generale era caratterizzata da una ripresa di fiducia nei principali mercati finanziari d'Europa dovuta al ristabilimento della pace e al superamento della crisi economica.

Il Nigra presentò dunque alla Camera un progetto di legge che lo autorizzava a contrarre un prestito di 75 milioni di franchi con facoltà di convertire la somma in rendita del debito pubblico. Ma la commissione della Camera, che esaminò il progetto, lo modificò nel senso di autorizzare il governo a consegnare all'Austria cartelle del debito pubblico per 60 milioni in dieci rate di 6 milioni ciascuna a partire dal 31 dicembre '49 (come era prescritto dal trattato) e di contrarre pertanto un prestito per una somma corrispondente. Quanto agli altri 15 milioni, che in base al trattato dovevano essere pagati in contanti sulla piazza di Parigi entro il 31 ottobre, la commissione proponeva che il ministro utilizzasse i proventi dei prestiti precedenti. Il ministro ribatté che quanto restava di quei proventi doveva servire per altri pagamenti urgenti e chiese di essere autorizzato a vendere altra rendita per complessivi 21 milioni. Ma, dopo una lunga discussione, la Camera concesse al ministro solo la facoltà di emettere nuova rendita per 12 milioni; per il resto approvò il progetto della commissione. Pochi giorni dopo fu concluso il prestito con la casa Rothschild. In base all'accordo questa acquistò subito cartelle di rendita piemontese per un valore nominale di 25 milioni pagandole 80 lire oro per ogni 100 nominali; inoltre procedette alla vendita di altre cartelle per 9 milioni nominali all'interno del Regno sardo; infine acquistò successivamente altre cartelle per un valore nominale di 11.726.000 lire al prezzo corrente, che fu sensibilmente piú alto di quello stabilito a *forfait* per il primo acquisto. A questo contribuí notevolmente il successo della emissione dei 9 milioni all'interno: le sottoscrizioni, aperte a Torino e a Genova il 6 ottobre, furono coperte in un solo giorno, sicché il prezzo della rendita salí da 82 a 86 lire. Questo successo spinse vari deputati d'opposizione ad attaccare Nigra per avere egli riservato al mercato interno una porzione troppo esigua del prestito ed avere danneggiato i sottoscrittori di provincia col concentramento delle vendite a Torino e a Genova. Il Nigra si difese affermando che l'urgenza del pagamento dei 15 milioni e le difficoltà frappostegli dalla Camera gli avevano impedito di pretendere dal Rothschild migliori condizioni. Il Cavour, che aveva privatamente giudicato troppo gravoso l'accordo col Rothschild, lo difese tuttavia alla Camera sostenendo anch'egli che l'urgenza del pagamento all'Austria non aveva consentito di ottenere migliori condizioni dalla potente casa parigina. Comunque il successo del prestito mostrò che il Regno sardo godeva di un buon credito e rafforzò la posizione del ministero Azeglio.

Poche settimane dopo avvennero alcuni mutamenti nel ministero: il Pinelli, particolarmente inviso alla sinistra, si dimise per contrasti coll'Azeglio e fu sostituito al ministero dell'interno dal Galvagno, prima ministro dell'agricoltura e dei lavori pubblici. Questi due portafogli furono affidati rispettivamente a Pietro De Rossi di Santarosa (cugino di Santorre) e a Pietro Paleocapa, già membro nel '48 del governo provvisorio di Venezia e poi del ministero Casati in Piemonte. A questi mutamenti, accolti con favore dall'opposizione, in particolare dal centro-sinistro, si accompagnò la sostituzione del ministro della guerra, generale Eusebio Bava, col generale Alfonso La Marmora, assai avversato dai democratici per la dura repressione operata a Genova nell'aprile.

Poco dopo, il 13 novembre, si riaprí la discussione sul trattato di pace, che era stata ancora rinviata varie volte. La tensione tra opposizione e governo sembrava nel complesso diminuita, ma nessun accordo era intervenuto per superare le difficoltà che la discussione presentava. Il Balbo ripresentò la sua proposta di approvare il trattato senza discutere; ma Domenico Buffa con un lungo discorso sollevò una pregiudiziale rispetto alla proposta Balbo: affermò infatti che il trattato non doveva essere neppure votato. Secondo lui, la ratifica del re lo rendeva valido di fronte all'Austria ed era pertanto assolutamente inutile una votazione da parte della Camera, che ormai non poteva annullare il fatto compiuto. Con questa proposta il centro-sinistro mirava a trovare un accordo tra opposizione e governo. Ma da parte governativa si tentò di interpretare la proposta Buffa come una sanatoria data dalla Camera all'operato del governo, il quale indubbiamente per forza di necessità aveva seguito una procedura eccezionale quando aveva fatto precedere la ratifica regia all'assenso delle Camere. L'opposizione allora si irrigidí, perché temette di dare in tal modo un voto favorevole al governo, e la proposta fu respinta, come lo fu quella del Balbo. Ricominciata quindi la discussione, a un certo punto la questione dell'approvazione del trattato fu collegata a quella della concessione della cittadinanza agli esuli del Lombardo-Veneto. Una legge in questo senso, approvata dalla Camera il 22 settembre, era stata bocciata dal Senato: i conservatori e i moderati erano contrari alla concessione indiscriminata della cittadinanza agli esuli, molti dei quali erano democratici. Ora l'opposizione, per opera del Mellana, ripropose la questione chiedendo che per legge tutti i cittadini delle province già annesse nel '48, che avessero fissato la loro residenza nel Regno sardo, conservassero la cittadinanza acquistata in base appunto alle leggi di annessione. Ma da parte governativa il ministro Galvagno si oppose ostinatamente ad ogni collegamento tra la votazione del trattato e la questione della cittadinanza affermando che cosí si sarebbe attuata in modo unilaterale una modifica al trattato stesso. Dichiarò tuttavia che il governo era disposto a presentare un progetto di legge sulla cittadinanza agli esuli, dopo che la Camera avesse approvato il trattato. Ma anche l'opposizione si irrigidí e con la proposta del deputato Carlo Cadorna, già ministro nel gabinetto Chiodo-Rattazzi, chiese la sospensione della discussione sul trattato in attesa che il governo presentasse un progetto di legge sulla cittadinanza agli esuli. Questa proposta, respinta dal governo, fu approvata dalla Camera il 16 novembre '49 con 72 voti contro 66. Il giorno successivo il governo dichiarò prorogata la sessione parlamentare, quindi, dopo un vano tentativo dell'Azeglio per un accordo col centro-sinistro, il 20 novembre un decreto reale sciolse la Camera e indisse nuove elezioni per il 9 dicembre.

Il decreto di scioglimento fu pubblicato insieme a un proclama di Vittorio Emanuele II, emanato dal castello di Moncalieri, il cui testo fu scritto da Massimo d'Azeglio. Rivolgendosi agli elettori il sovrano dichiarava anzitutto che lo scioglimento della Camera non metteva in pericolo la libertà, ma affermava che gli atti della disciolta Camera erano stati "ostili alla Corona" e, passando alla questione del trattato, diceva: "I miei ministri ne chiedevano l'assenso alla Camera, che apponendovi una condizione rendeva tale assenso inaccettabile, poiché distruggeva la reciproca indipendenza dei tre Poteri e violava cosí lo Statuto del Regno. Io ho giurato mantenere in esso giustizia, libertà nel suo diritto ad ognuno. Ho promesso salvare la Nazione dalla tirannia de' partiti, qualunque siasi il nome, lo scopo, il grado degli uomini che li compongono. Queste promesse, questi giuramenti li adempio disciogliendo una Camera divenuta impossibile, li adempio convocandone un'altra immediatamente, ma se il Paese, se gli Elettori mi negano il loro concorso, non su me ricadrà ormai la risponsabilità del futuro, e ne' disordini che potessero avvenire non avranno a dolersi di me, ma avranno a dolersi di loro." Esprimeva infine la fiducia che il popolo avrebbe risposto al suo appello e che lo Statuto avrebbe potuto essere salvato.

A questo intervento regio nella campagna elettorale, che aveva un precedente meno clamoroso nel proclama dello stesso Vittorio Emanuele II del 3 luglio, anch'esso scritto dall'Azeglio, il governo aggiunse una fortissima pressione sugli elettori compiuta attraverso tutti gli organi provinciali e comunali del potere esecutivo. Riuscí in tal modo a far partecipare alle elezioni del 9 dicembre '49 ben 80.000 elettori su 87.000 e ad ottenere un risultato largamente favorevole. La nuova Camera, che si aprí il 20 dicembre, era composta per circa due terzi di deputati pronti a sostenere il governo, mentre il centro-sinistro e la sinistra riuscirono a conquistare solo un terzo dei seggi. La situazione quindi si era capovolta rispetto alla precedente legislatura, sicché il trattato di pace, presentato dal governo alla Camera il 31 dicembre '49, fu approvato il 9 gennaio 1850 con 112 voti contro 17.

La battaglia della sinistra contro il governo Azeglio sulla questione del trattato di pace si concluse quindi con una sconfitta dell'opposizione. Sarebbe tuttavia un errore giudicare quella battaglia inutile. Infatti, sebbene condotta senza una chiara prospettiva e turbata da incertezze e contraddizioni, serví ad esprimere con energia lo spirito patriottico e democratico della parte piú avanzata del paese e contribuí non poco a dare vitalità al Parlamento impedendo che la Camera si riducesse a funzioni poco piú che consultive. D'altra parte la brusca conclusione del dibattito il 16 novembre si dovette anche alla scarsa volontà dell'Azeglio di impegnarsi a fondo nella lotta parlamentare e alla poca duttilità di quasi tutti i suoi sostenitori, i quali non seppero o non vollero sfruttare il dissidio tra sinistra e centro-sinistro per giungere ad una soluzione di compromesso.

Comunque Massimo d'Azeglio ebbe il grande merito di resistere in quei giorni alle suggestioni della destra estrema ed anche di parecchi moderati, come il Pinelli, i quali sostenevano che l'unica soluzione della crisi fosse la sospensione dello Statuto mediante un colpo di Stato. Egli comprese che il prestigio del Piemonte di fronte al movimento nazionale italiano era legato alla conservazione dello Statuto e che il partito moderato stesso sarebbe stato irrimediabilmente travolto, se avesse appoggiato un colpo di Stato, come era avvenuto per i moderati napoletani e toscani. Certamente la via da lui scelta dopo il voto contrario della Camera, quella dell'intervento regio nella lotta elettorale, appare assai poco rispondente alle norme costituzionali, sia pure di uno Statuto *octroyé* come quello albertino che lasciava al sovrano ampie prerogative. Inoltre con la massiccia pressione sugli elettori esercitata per mezzo di tutti gli organi del potere esecutivo inaugurò una prassi antiliberale, che fu poi costantemente seguita nel Regno sardo e nell'Italia unita. Ma se si tiene conto che in quel momento la reazione trionfava in Europa e se si ricordano le propensioni assolutistiche del sovrano stimolate dagli ambienti di Corte, si deve ammettere che le elezioni del 9 dicembre, per quanto fatte sotto le pressioni governative e con la minaccia di una sospensione del regime costituzionale, furono pur sempre un fatto preferibile, dal punto di vista liberale e nazionale, all'effettuazione del colpo di Stato. D'altra parte il consolidamento del regime costituzionale in Piemonte avvenuto negli anni successivi, come fece nascere il mito del "Re Galantuomo" alimentato incessantemente dai moderati per legare sempre di piú alla loro politica il sovrano spesso riluttante, cosí facilitò la diffusione di un'interpretazione liberale del proclama di Moncalieri, che in realtà aveva avuto un tono autoritario assai spiccato.

Dopo il proclama di Moncalieri e le elezioni del 9 dicembre un nuovo pericolo si delineò per lo sviluppo del liberalismo in Piemonte, quello dell'estinzione dei fermenti di rinnovamento e di progresso che l'instaurazione del regime costituzionale e gli avvenimenti quarantotteschi avevano vivificati e largamente diffusi nel Regno sardo. Nelle elezioni infatti si era formato un blocco di destra che comprendeva, oltre ai moderati, anche uomini che ben poco o nulla avevano di liberale. Tra questi non mancavano i veri e propri reazionari di tipo sanfedistico, i quali però si fecero avanti apertamente e rumorosamente solo qualche tempo dopo; piú numerosi e attivi erano invece in quel

114

momento quelli che si possono definire conservatori: uomini formatisi nell'amministrazione e nella diplomazia durante la Restaurazione e il regno di Carlo Alberto, sostenitori dell'assolutismo amministrativo e difensori delle tradizioni particolaristiche dello Stato sabaudo, i quali si erano adattati al regime costituzionale, ma non volevano che esso si sviluppasse in senso liberale accompagnandosi ad un rinnovamento profondo della legislazione e dell'amministrazione e tendevano piuttosto a farne uno strumento per rafforzare il predominio della nobiltà, del clero e dei gruppi piú conservatori della borghesia stessa. Questi uomini erano abbastanza numerosi nel Senato, ma erano presenti anche nella Camera, dove il loro gruppo, guidato dal conte Ottavio Thaon de Revel, piú volte ministro delle finanze, si era rafforzato dopo le elezioni del 9 dicembre. A loro si avvicinavano sempre piú non pochi moderati, come Cesare Balbo, sia per innata cautela, sia perché impressionati dal trionfo della reazione in Europa, sia per spirito municipalistico. C'era comunque il pericolo che il blocco tra moderati e conservatori si consolidasse dopo le elezioni sulla base di un'interpretazione letterale e restrittiva dello Statuto, a cui poteva prestarsi la stessa parola d'ordine azegliana: "lo Statuto, nulla di piú, nulla di meno dello Statuto." Il pericolo era reso piú grave da varie circostanze, come le larghe prerogative che lo Statuto lasciava al re, l'esistenza di un Senato di nomina regia, il fatto che quasi tutti i gradi elevati dell'esercito, della diplomazia, della magistratura, della burocrazia erano tenuti da uomini che avevano fatto carriera nell'epoca assolutistica, il fatto infine che il clero, numeroso ed influente, godesse ancora di larghi privilegi e fosse in maggioranza composto di elementi reazionari o comunque inclini a ripiegare su posizioni rigidamente conservatrici dopo il fallimento delle illusioni neoguelfe.

Proprio la necessità di riformare l'anacronistica legislazione ecclesiastica piemontese, fortemente sentita dalla maggioranza dei moderati ed anche da alcuni conservatori, impedí che il blocco di destra si consolidasse ed attenuò i contrasti tra i moderati e la sinistra. La lotta politica riprese quindi vivacissima nel Parlamento e nel paese e si delineò un'evoluzione di una parte dei moderati in un senso liberale piú moderno, che poi si accentuò negli anni successivi.

La legislazione ecclesiastica del Regno sardo si fondava

ancora sul concordato del 1741, concluso tra Benedetto XIV e Carlo Emanuele III, parzialmente modificato dall'accordo stipulato nel 1841 tra Carlo Alberto e Gregorio XVI per opera del Solaro della Margarita. Era mancata in Piemonte una politica ecclesiastica di ispirazione illuministica, simile a quella attuata nella seconda metà del Settecento in Lombardia, in Toscana e nel Regno di Napoli; la legislazione ecclesiastica napoleonica era stata abolita nel 1814, e l'unica eredità lasciata in questo campo dal dominio francese era stata una certa diminuzione della proprietà ecclesiastica, una parte della quale, attraverso le alienazioni di beni nazionali, era passata nelle mani della nobiltà e della borghesia; le riforme carloalbertine non avevano quasi affatto toccato il campo ecclesiastico, anzi, come si è detto nel secondo volume di questo lavoro, la politica di Carlo Alberto e del Solaro aveva favorito un accrescimento dell'influenza dei gesuiti e di altri ordini religiosi che rappresentavano in modo spiccato lo spirito di reazione al pensiero moderno. Comunque la legislazione vigente era improntata ad un notevole regalismo, ma al tempo stesso garantiva al clero privilegi, ormai scomparsi nella maggior parte degli Stati cattolici, come il foro ecclesiastico e persino alcuni residui del diritto d'asilo.

La necessità di adeguare questa legislazione ai principî sanciti dallo Statuto fu subito largamente sentita nel '48, come fu sentita quella di combattere decisamente le tendenze reazionarie assai diffuse tra il clero. Nel febbraio e nel marzo i gesuiti furono espulsi in seguito a violente dimostrazioni popolari e l'espulsione fu sanzionata da una legge nell'agosto '48. Anche l'arcivescovo di Torino, monsignor Fransoni, fiero reazionario, fu costretto ad allontanarsi dalla sua sede in seguito a dimostrazioni popolari. Trattative con la Santa Sede per l'abolizione del foro ecclesiastico furono iniziate a Roma nel giugno, ma furono interrotte dai tumultuosi avvenimenti romani del novembre. Durante quelle trattative, da parte papale si ammise l'opportunità di una nuova soluzione della questione, ma si respinse la proposta dell'abolizione pura e semplice e si propose un nuovo concordato sul tipo di quello concluso allora col rappresentante toscano Boninsegni (poi non andato in vigore), che limitava al massimo la legislazione regalistica. In cambio dell'abolizione di molti vecchi controlli dell'autorità statale, la Chiesa era insomma disposta a rinunciare ad una parte dei suoi privilegi.

Ma la discussione sui rapporti tra lo Stato e la Chiesa, sia sul terreno diplomatico che su quello pubblicistico, fece pochi passi nel '48, perché fu, per cosí dire, sopraffatta dalla lotta che, dopo l'Allocuzione del 29 aprile e poi dopo la fuga di Pio IX a Gaeta, si svolse tra il Papato e il movimento nazionale italiano. In questa lotta il governo di Torino dall'epoca del ministero Gioberti in poi cercò di svolgere una funzione conciliativa, che però fallí completamente. E il fallimento apparve irrimediabile dopo la missione svolta a Gaeta tra il maggio e il luglio '49 da Cesare Balbo, il quale per incarico dell'Azeglio tentò invano di indurre Pio IX e il cardinale Antonelli a promettere la conservazione del regime costituzionale nello Stato pontificio una volta ritornati a Roma. Ormai il Papato e il Regno di Sardegna erano schierati dalle due parti della barricata: il primo infatti svolgeva una politica decisamente reazionaria, mentre il secondo era governato dai moderati, ammetteva nel suo interno un'opposizione di sinistra (sia pure con i limiti che prima si sono notati) e non aveva ripudiato il collegamento col movimento nazionale italiano stabilito nel '48 e ribadito nel '49. Le relazioni fra Torino e Roma furono pertanto condizionate da questa situazione, e la lotta che si svolse tra il Regno sardo e il Papato dopo il '49 acquistò un significato politico che andò molto al di là degli specifici problemi di legislazione ecclesiastica che allora furono dibattuti.

Tra il settembre e il novembre 1849 un alto magistrato piemontese, il conte Giuseppe Siccardi, fu inviato a Portici per chiedere a Pio IX di indurre l'arcivescovo di Torino, Fransoni, e il vescovo di Asti, Filippo Artico, costretti da tempo ad assentarsi dalle loro sedi, a rinunciare alle cariche. Il Siccardi avrebbe dovuto eventualmente riaprire anche trattative per un concordato; ma non avendo ottenuto alcun risultato nella questione dei due vescovi, vi rinunciò. Effettivamente era impossibile per il governo di Torino raggiungere in quel momento rapidamente un accordo soddisfacente col papa sulla riforma della legislazione ecclesiastica nel Regno sardo.

Poco dopo il suo ritorno a Torino, il 18 dicembre 1849, il Siccardi fu nominato ministro della giustizia e degli affari ecclesiastici in luogo del conservatore Luigi De Margherita, costretto a dimettersi. Questa sostituzione fu consigliata all'Azeglio dal Cavour, che ottenne cosí di fare entrare nel governo un uomo convinto della necessità di riformare sollecitamente la legislazione ecclesiastica. Il 25 febbraio 1850 il Siccardi presentò infatti alla Camera un progetto di legge per l'abolizione del privilegio del foro ecclesiastico e dei residui del diritto d'asilo, per la riduzione delle feste religiose a sei, oltre le domeniche, e per l'obbligo dell'autorizzazione governativa agli acquisti e all'accettazione di eredità e donazioni da parte di enti morali, ecclesiastici e laici. Il progetto fu dalla Camera diviso in tre leggi, passate alla storia col nome di leggi Siccardi.

La discussione della prima legge, che sopprimeva il foro ecclesiastico e il diritto d'asilo, si svolse alla Camera il 6 e il 7 marzo. Parlarono contro di essa il Revel e il Balbo, che non criticarono tanto la sostanza della legge quanto affermarono l'opportunità di nuove trattative con Roma; parlarono a favore i principali rappresentanti della sinistra, del centro-sinistro e dei moderati, tra i quali il Cavour. Questi, in un discorso che ottenne un grande successo, mise in luce chiaramente l'importanza che quella riforma aveva agli effetti della ripresa di quel moto di rinnovamento e di progresso, che si era iniziato con la concessione dello Statuto e si era poi interrotto per le vicende del '49.

"Negli spiriti di molti," disse Cavour, "nacque una dubbiezza, uno scoramento, dacché si credette che le nostre forme costituzionali fossero incapaci a produrre quegli effetti e quelle riforme che erano richieste dall'opinione pubblica, e che la necessità dei tempi imperiosamente esigeva. E quindi nacque in taluni una disaffezione per le nostre forme rappresentative. Questo sicuramente non si può dire delle persone illuminate, di coloro che sanno distinguere le cause transitorie dalle cause durature; ma nelle masse, che giudicano più dagli effetti che dalle cause, io credo che questa disposizione degli spiriti sia innegabile, e questo costituisce a' miei occhi una circostanza gravissima, della quale il Ministero e il Parlamento devono tenere gran conto. Per altra parte quel partito che prima dello Statuto era soddisfatto dell'antico ordine di cose, e che aveva accettato il nuovo patto fondamentale con rassegnazione soltanto, questo partito vedendo che si poteva vivere sotto il regime costituzionale senza nulla riformare, rimanendo nello *statu quo*, giunse a poco a poco a credere che si poteva anche mantenere lo Statuto, e retrocedere un poco."[70] Cavour di-

---

[70] C. CAVOUR, *Discorsi parlamentari*, a cura di A. Omodeo e L. Russo, vol. II, Firenze, 1932, p. 77.

ceva quindi di non credere che questo partito potesse giungere alla vittoria, ma che, se la riforma in discussione fosse stata rinviata, esso avrebbe potuto rendere assai difficile l'opera del governo. "Io credo quindi," aggiungeva, "che è opportunissimo che il Ministero faccia un atto che dimostri qual sia il vero, l'intimo sentimento del Governo. Era anzi urgente che per parte dei consiglieri della Corona si facesse un atto tale che stabilisse su base certa il principio politico che essi intendono propugnare, ed io non saprei veramente immaginare una riforma a quell'uopo piú adatta di quella che ora viene sottoposta alle nostre deliberazioni. Io credo che essa abbia per effetto di provare a tutti gli amici del progresso che questo si può ottenere mercé le nostre istituzioni costituzionali. Io credo che questa riforma debba pienamente manifestare quali sono i veri e reali sentimenti dei consiglieri della Corona e di chi è da essi consigliato. Questa considerazione è per me di una tale gravità, di una sí alta importanza, che essa basterebbe a decidere del mio voto, quando non ve ne fossero altre a porre in campo a favore dell'attuale progetto di legge."[71]

Cavour enunciava quindi la necessità di una politica di riforme decisa e coraggiosa facendo intravvedere un'evoluzione del partito moderato che andava molto al di là della cauta formula dell'Azeglio. Nella conclusione del suo discorso rivolgendosi ai ministri diceva infatti: "progredite largamente nella via delle riforme, e non temete che esse siano dichiarate inopportune; non temete d'indebolire la potenza del trono costituzionale che è nelle vostre mani affidato, ché invece lo afforzerete; invece con ciò farete sí che questo trono ponga nel nostro paese cosí salde radici, che quand'anche s'innalzi intorno a noi la tempesta rivoluzionaria, esso potrà non solo resistere a questa tempesta, ma altresí, raccogliendo attorno a sé tutte le forze vive d'Italia, potrà condurre la nostra nazione a quegli alti destini cui è chiamata."[72]

La prima legge Siccardi fu quindi approvata dalla Camera il 7 marzo con 130 voti contro 26 e un mese dopo dal Senato con 51 contro 29. Essa fu promulgata dal re il 9 aprile. Un tentativo papale di pressione diretta sul re per mezzo di monsignor Charvaz, già vescovo di Pinerolo e piú tardi arcivescovo di Genova, che godeva della fiducia di

[71] *Ivi*, p. 78.
[72] *Ivi*, p. 84.

Vittorio Emanuele di cui era stato precettore, fallí per la fermezza del ministero. Anche le altre due leggi Siccardi furono poco dopo approvate dal Parlamento con maggioranze assai larghe nella Camera, piú limitate nel Senato.

La decisione del governo di Torino di riformare in modo unilaterale la legislazione ecclesiastica era indubbiamente in contrasto coi concordati formalmente ancora vigenti, e fu pertanto giudicata un atto ostile dal Nunzio pontificio, monsignor Antonucci, che in base alle istruzioni papali partí da Torino per Roma. Le relazioni fra il governo piemontese e la Santa Sede non furono interrotte, ma divennero molto tese e tali restarono, nonostante qualche tentativo di accordo, anche perché altre riforme della legislazione ecclesiastica furono qualche anno dopo attuate in Piemonte.

All'interno del Regno sardo l'approvazione delle leggi Siccardi non solo determinò un distacco dei moderati dai conservatori, ma anche stimolò un chiarimento nell'ambito dell'estrema destra, poiché il gruppo clericale-reazionario si differenziò dai conservatori. Numerosi giornali e giornaletti clericali cominciarono ad attaccare violentemente il governo. Tra di essi il piú importante fu l'"Armonia" di Torino, nata nel '48 come organo rosminiano e divenuta fieramente reazionaria per opera soprattutto del suo redattore capo, don Giacomo Margotti.

Alle leggi Siccardi alcuni vescovi reagirono aspramente provocando duri provvedimenti governativi, che in qualche caso furono addirittura arbitrari. L'arcivescovo Fransoni, che nel febbraio del '50 aveva ripreso il governo della diocesi di Torino, fece una circolare agli ecclesiastici nella quale ordinava loro di procurarsi un permesso dei superiori nel caso che dovessero comparire in giudizio di fronte ai magistrati laici. In seguito a questo atto fu processato per abuso e condannato a un mese di carcere. Lo stesso trattamento fu inflitto all'arcivescovo di Sassari per un atto analogo. Nell'estate del '50, poiché al ministro dell'agricoltura Pietro di Santarosa, deceduto a Torino il 5 agosto, furono negati in punto di morte i sacramenti per non aver voluto ritrattare l'approvazione data alle leggi Siccardi, il governo ordinò l'arresto dell'arcivescovo Fransoni, che fu rinchiuso nel forte di Fenestrelle e poi espulso dal Regno. Il Fransoni si stabilí a Lione, dove restò in esilio fino alla morte, avvenuta nel 1862. Nel settembre '50 l'arcivescovo di Cagliari, che aveva dato istruzioni al suo clero di non collaborare alle operazioni preparatorie per la legge sull'abolizione delle decime in Sardegna (poi approvata nel '51), fu arrestato, imbarcato immediatamente su di un vapore e sbarcato a Civitavecchia. Soltanto due anni dopo poté rientrare nella sua sede.

Poco dopo, l'11 ottobre 1850, in sostituzione del Santarosa entrò nel governo il conte di Cavour, che nella Camera eletta il 9 dicembre '49 era divenuto il *leader* della maggioranza moderata. Egli fu nominato ministro dell'agricoltura, del commercio e della marina, la cui amministrazione (concernente sia la marina militare che quella mercantile) fu in quell'occasione distaccata dal ministero della guerra.

8. *Il liberalismo cavouriano. Il "connubio" e la formazione del ministero Cavour*

Quando divenne ministro, Camillo di Cavour aveva poco piú di quarant'anni: era nato infatti il 10 agosto 1810 a Torino dal marchese Michele Benso di Cavour e da Adele de Sellon. Il padre, appartenente a una famiglia di vecchia nobiltà originaria di Chieri, era un convinto conservatore, ma non un reazionario estremo. Come molti altri membri della sua classe che da giovani avevano assistito o partecipato alle grandi vicende dell'età rivoluzionaria e imperiale, era un sostenitore dell'assolutismo amministrativo, di tipo illuministico-napoleonico: "La digue ancienne du despotisme," scriveva nel 1823, "était la féodalité, elle comprimait le peuple turbulent, et en imposait au souverain ou despote ou ignorant. On a rompu cette digue pour flatter le peuple, on y a rien mis à sa place. La noblesse n'est plus qu'un nom, la féodalité inrétablissable. C'est donc des lois fortes, sages et uniformes qui peuvent la remplacer. Tel est mon avis et ma politique."[73] Durante il regno di Carlo Alberto, di cui godette la fiducia, Michele di Cavour tenne per dodici anni la delicata carica di Vicario (capo della polizia), di Torino, dalla quale fu esonerato nel '47. Da giovane era stato funzionario napoleonico ed aveva fatto parte dell'*entourage* del principe Camillo Borghese, governatore imperiale del Piemonte, in onore del quale die-

---

[73] Lettera di Michele di Cavour alla moglie pubbl. da F. Ruffini, *La giovinezza del conte di Cavour*, Torino, 1912, vol. I, p. 11.

de appunto il nome di Camillo al suo secondogenito, che fu tenuto a battesimo da Paolina Borghese. "Le marquis papa," narra un amico di Camillo, il conte Ruggero di Salmour, "était un bel homme avec de l'esprit naturel, plus d'acquit que d'instruction, racontant bien et ayant toujours à raconter... Pendant l'occupation française il était à la Cour du Prince Borghese et fort en avant dans les bonnes grâces de Paoline soeur de Napoléon... vécu dans la haute société, en ayant les manières et avec cela quelque chose qui sentait la finance."[74] Effettivamente, oltre che un uomo di Corte e funzionario, Michele di Cavour fu un attivo proprietario di terre e un abile uomo d'affari. Dice ancora di lui il Salmour: "Le marquis de Cavour père, sans avoir une maison de banque proprement dite, faisait faire par son secrétaire des opérations de banque, que necéssitaient ses spéculations, et particulièrement celles pour le commerce des grains, auquel il s'adonnait de préférence."[75] Michele di Cavour fu insomma un aristocratico che rimpiangeva il passato, ma sapeva adattarsi bene al mondo del suo tempo. Egli impersonò, per cosí dire, un momento del processo di imborghesimento dell'aristocrazia, di cui Camillo rappresentò, con piú chiara coscienza, una fase piú avanzata.

Adele de Sellon era una nobile ginevrina di religione calvinista, convertitasi al cattolicesimo poco dopo la nascita di Camillo. Con la parentela ginevrina della madre, Camillo ebbe fin dall'infanzia stretti contatti: particolarmente cordiali furono le sue relazioni con lo zio Gian Giacomo de Sellon, scrittore umanitario e pacifista, e col cugino Augusto De La Rive, fisico e uomo politico conservatore; sulla rivista diretta da Augusto e poi da William De La Rive, la "Bibliothèque universelle de Genève," pubblicò alcuni importanti articoli. Ma dal lato materno il Cavour ebbe anche dei parenti francesi: infatti Enrichetta e Vittoria de Sellon, sorelle di Adele, erano sposate rispettivamente al conte d'Auzers e al duca di Clermont-Tonnerre, ministro di Luigi XVIII e di Carlo X; anche con questi tipici rappresentanti della nobiltà legittimista il giovane Cavour ebbe frequenti e in fondo cordiali relazioni, sebbene giu-

[74] *Memorie Salmour*, in *Carteggio Cavour-Salmour*, Ediz. Naz. dei Carteggi di Cavour, vol. X, Bologna, 1936, p. 42. D'ora in poi citeremo questa edizione coi titoli delle singole parti e l'indicazione dei volumi.
[75] *Ivi*, p. 44.

dicasse in modo ironicamente negativo il loro reazionarismo.

L'ambiente familiare di Camillo di Cavour politicamente abbastanza vario, apparteneva dunque a quel mondo aristocratico e conservatore, non privo in parecchi suoi rappresentanti di un dinamismo di tipo borghese, la cui influenza politica e sociale, fortemente colpita dalla Rivoluzione francese, aveva avuto una ripresa nell'età napoleonica e piú ancora durante la Restaurazione, per poi declinare nuovamente dopo il 1830. Nei riguardi di questo ambiente la posizione di Cavour fin dalla giovinezza fu di opposizione e insieme di continuità: di opposizione contro le manifestazioni retrive e reazionarie della mentalità nobiliare; di continuità con la tendenza, che pure esisteva nella sua come in altre famiglie nobili, a conservare la preminenza politica dell'aristocrazia mediante un inserimento sempre piú profondo nella società borghese.

Data la sua condizione di secondogenito, Camillo fu avviato, secondo la tradizione, alla carriera delle armi: frequentò l'Accademia militare di Torino e divenne sottotenente del genio nel '27. Ma il suo carattere esuberante e indocile non era adatto alla vita militare; inoltre nel '30, mentre era di guarnigione a Genova, mostrò apertamente il suo entusiasmo per la Rivoluzione di Luglio, sicché fu trasferito per punizione al forte di Bard in Val d'Aosta. Poco tempo dopo, nel novembre 1831, si dimise dall'esercito. D'allora in poi fece vari viaggi in Francia, in Inghilterra, in Svizzera e nel Belgio, durante i quali studiò con grande interesse i problemi politici, sociali ed economici del mondo occidentale; al tempo stesso cominciò a studiare accuratamente i problemi agricoli e commerciali del Piemonte. Nel 1835 il padre gli affidò l'amministrazione di una parte del patrimonio familiare. Insofferente della condizione di cadetto (erede del patrimonio e del titolo di marchese era il fratello maggiore Gustavo, studioso di problemi sociali e seguace della filosofia rosminiana, piú tardi deputato conservatore), volle quanto piú possibile farsi una posizione economica indipendente: si dedicò pertanto ad un'intensa attività agricola, commerciale, bancaria; speculò in borsa e giocò d'azzardo non sempre con fortuna. Cure particolari rivolse alla tenuta di Leri nel Vercellese (un tempo proprietà dell'abbazia di Lucedio, poi donata da Napoleone al cognato Camillo Borghese e da questo venduta al marchese Michele) e ne fece un'azienda agricola moderna. Si dedicò con fortuna al commercio del riso, del grano e di altri prodotti; si occupò di costruzioni ferroviarie promuovendo la costituzione di alcune società; fu tra i fondatori della Banca di Torino; impiantò una fabbrica di candele. Nel 1836 fu chiamato a far parte della Commissione superiore di Statistica; nel '39 fu tra i fondatori della Società per gli Asili d'infanzia e nel '42 dell'Associazione Agraria, alla cui vita partecipò intensamente. Contribuí insomma sia come imprenditore e uomo d'affari, sia come studioso, a quel movimento di progresso economico che si sviluppò in Italia (e in Piemonte con particolare vivacità) soprattutto dopo il 1830 e si accelerò tra il '40 e il '47. Alla vigilia del '48 aveva ormai una posizione di primo piano nell'ambiente commerciale, agricolo e bancario del Piemonte ed aveva raggiunto anche una certa fama come studioso di problemi economici.

Questa attività di uomo d'affari e di studioso per Cavour fu anche una specie di surrogato dell'attività politica, a cui volle restare estraneo fino al '47, sebbene vi si sentisse fortemente attratto. Le sue opinioni infatti gli impedivano di ricercare uffici politici dal governo assolutista e al tempo stesso lo spingevano a giudicare dannosa e inutile l'attività cospirativa. Come altri uomini del Risorgimento nati nel primo decennio del secolo, tra i quali lo stesso Mazzini, anche Cavour fece una scelta ideologica definitiva poco dopo il 1830. In quegli anni, sotto l'impressione dei moti seguiti alla Rivoluzione di Luglio, dei tentativi mazziniani e delle conseguenti repressioni, egli divenne un liberale-moderato. Ma questa scelta ideologica non lo portò ad irrigidirsi in uno schema dottrinario, poiché fu piuttosto il punto di partenza di uno sviluppo, caratterizzato al tempo stesso da una costante capacità di comprendere la realtà politica in movimento e di adattarsi alle circostanze.

Il moderatismo cavouriano si espresse inizialmente nella formula del *juste milieu*, il giusto mezzo, tipico del liberalismo francese dell'età di Luigi Filippo. In una lettera ad Augusto De La Rive del 13 marzo 1833, dopo avere ricordati i turbamenti seguiti alla Rivoluzione di Luglio, scriveva: "Quant à moi, j'ai été longtemps indécis au milieu de ces mouvements en sens contraire. La raison me retenait vers la modération; l'envie démesurée de faire marcher nos reculeurs me rejetait vers le mouvement; enfin après de nombreuses et violentes agitations et oscillations, j'ai fini par me fixer, comme le pendule, dans le *juste*

124

milieu. Ainsi je vous fais part que je suis un honnête *juste milieu*, désirant, souhaitant, travaillant au progrès social de toutes ses forces, mais décidé à ne pas l'acheter au prix d'un bouleversement général, politique et social. Mon état de *juste milieu* ne m'empêche cependant pas de désirer le plus tôt possible l'émancipation italienne des barbares qui l'oppriment, et par suite de prévoir qu'une crise tant soit peu violente est inévitable; mais cette crise je la veux avec tous les ménagements que comporte l'état des choses, et je suis en outre *ultra-persuadé* que les tentatives forcenées des hommes du mouvement ne font que la retarder et la rendre plus chanceuse."[76]

Vi era in questa impostazione una notevole dose di conservatorismo. Cavour tuttavia non voleva conservare quello che restava della vecchia struttura aristocratica: voleva anzi eliminare ogni residuo di privilegio feudale, irrideva alle illusioni e al gretto spirito di casta dei nobili reazionari e giudicava superata dai tempi anche la monarchia assoluta amministrativa. Credeva che la spinta verso il progresso dovesse essere incanalata negli argini di una struttura fondata sul principio borghese della proprietà e di un ordinamento monarchico-costituzionale. Auspicava come sostegno di questo sistema l'alleanza tra la borghesia e una nobiltà che fosse aperta alle immissioni di elementi borghesi e capace di assumere nel campo politico una funzione dirigente adeguata ai nuovi tempi. Perciò respingeva i procedimenti rivoluzionari e le rivendicazioni democratiche radicali, soprattutto respingeva il socialismo e il comunismo. Nel complesso la sua posizione era affine a quella del Tocqueville: la marcia dell'umanità verso la democrazia è un fatto ineliminabile, ma non in se stesso positivo; può diventarlo a patto che la spinta democratica sia guidata e temperata dall'azione di forze moderatrici; se queste mancano, il dispotismo è inevitabile. Comunque, sebbene nella corrispondenza di Cavour prima del '48 non manchino espressioni di ammirazione per il Guizot, la concezione cavouriana del *juste milieu* era assai meno statica di quella che prevalse in Francia nell'ultima fase della Monarchia di Luglio.

Inoltre già prima del '48 il moderatismo di Cavour era sensibilmente diverso da quello di un Balbo o di un Azeglio o di altri moderati piemontesi, perché era assai piú influen-

[76] CAVOUR, *Epistolario*, ed. nazionale, vol. I, Bologna, 1962, p. 130.

zato dal pensiero politico ed economico dei paesi occidentali e meno legato alla tradizione politico-culturale italiana. I miti storiografici e letterari, che il romanticismo aveva rinverditi e che fornirono un'impalcatura ideologica al moderatismo italiano prequarantottesco, come l'idea del primato italiano, il neoguelfismo, ecc., ebbero scarsissima presa su Cavour, il quale concepiva il Risorgimento essenzialmente come un movimento destinato a portare a poco a poco l'Italia al livello dei paesi piú progrediti d'Europa e concentrava la sua attenzione sul complesso sviluppo economico e sociale di questi paesi e sulle ripercussioni che esso avrebbe necessariamente avuto sull'Italia.

Proprio lo studio di alcuni importanti problemi economici e sociali portò il Cavour a dare un carattere dinamico al suo moderatismo e contribuí non poco a fare di lui un liberale di tipo occidentale. Questo risulta chiaramente dai saggi che egli pubblicò tra il '35 e il '47 su varie riviste di Ginevra, di Parigi e di Torino. Come studioso di economia, Cavour fu un seguace dei grandi economisti classici inglesi e respinse le critiche rivolte ad essi dal Sismondi e da altri scrittori socialisti o tendenzialmente tali. Accettò invece la dottrina di W. N. Senior, che tentò di superare la visione antagonistica che Davide Ricardo aveva avuto della distribuzione della ricchezza senza uscire dallo schema generale dell'economia classica. Dal Senior, con cui fu in amichevoli relazioni, Cavour trasse alcuni principî, ai quali rimase poi sempre fedele, come la distinzione tra economia teorica e pratica (o politica economica), che si concretava nella distinzione tra leggi della produzione e dello scambio, riconducibili a pòchi principî primi assolutamente razionali e quindi universalmente validi, e leggi della distribuzione, dipendenti dalle particolari istituzioni di diversi paesi. Questa teoria fu congeniale allo spirito realistico di Cavour, il quale, prima del '48, giustificò la "carità legale," cioè l'intervento statale per attenuare il pauperismo, purché fosse contenuto entro limiti tali da non turbare lo sviluppo della ricchezza nazionale[77]; e piú tardi, come ministro, affermò la necessità che la politica econo-

---

[77] C. CAVOUR, *Extrait du rapport des commissaires de S. M. Britannique qui ont exécuté une enquête générale sur l'administration des fonds provenants de la taxe des pauvres en Angleterre*, Torino, 1835, ora in *Scritti di economia, 1835-1850* a cura di F. Sirugo, Istituto Feltrinelli, Milano, 1962, pp. 3-29. Della Commissione d'inchiesta sulla tassa dei poveri, che elaborò il *bill* di riforma della tassa stessa, aveva fatto parte il Senior.

mica potesse, per ragioni di opportunità politica o sociale, non coincidere con le conseguenze logicamente deducibili dai principî generali della dottrina.

Tuttavia, per quanto concerne alcuni problemi fondamentali, Cavour sosteneva che i principî della scienza economica non potevano non avere conseguenze pratiche: "Quelque nécessaire qu'il soit de maintenir l'économie politique dans les limites de son importance réelle, il ne faut pas méconnaître la gravité du rôle qu'elle est appellée à jouer dans le monde politique. Des principes établis par elle sur une base incontestable découlent une foule de conséquences pratiques, dont l'application, loin de contrarier les lois des autres sciences sociales, s'harmonise avec elles d'une manière complète."[78] Era necessario perciò superare il contrasto tra scienza e pratica nei casi in cui le "prescriptions de la science" urtavano contro una politica economica dettata solo dagli interessi particolari di determinati gruppi sociali, come avveniva soprattutto nel campo del commercio internazionale: "Cette opposition de la science et de la pratique est surtout remarquable dans toutes les questions qui se rapportent aux relations économiques internationales. Il n'est aucune partie de l'édifice scientifique élevé par Adam Smith qui repose sur des bases plus solides, plus rigoureusement logiques, que la théorie de la liberté de commerce."[79] Cavour seguí pertanto con entusiasmo la battaglia politica che si svolse in Inghilterra per il libero scambio. La causa della libertà economica gli parve allora strettamente legata alla causa della libertà politica e del progresso di tutti i paesi. Partecipò insomma attivamente, prima come studioso e poi come ministro, a quel grande movimento liberale e insieme liberista che fu espressione dello sviluppo impetuoso della borghesia e del sistema capitalista intorno alla metà del secolo XIX. Due condizioni erano necessarie, secondo lui, perché questo sviluppo si realizzasse: l'accumulazione dei capitali e il progresso tecnico dell'industria, dell'agricoltura e dei trasporti. Lo Stato perciò doveva rimuovere gli ostacoli che potevano rallentare l'accumulazione dei capitali e il loro investimento negli impieghi piú produttivi; doveva inoltre favorire il progresso provvedendo direttamente o indiret-

[78] C. CAVOUR, *De la question relative à la legislation anglaise sur le commerce des céréales*, in "Bibliothèque universelle de Genève," gennaio 1845, ristamp. in *Scritti di economia*, cit., p. 160.
[79] *Ivi*, p. 161.

tamente alla costruzione delle ferrovie, dei porti, dei canali e delle altre infrastrutture necessarie allo sviluppo della produzione e del commercio.

La partecipazione dell'Italia a questo generale movimento doveva essere, secondo Cavour, uno dei momenti essenziali del Risorgimento. Intanto l'adozione del libero scambio in Inghilterra era una condizione esterna molto favorevole a questa partecipazione. Nel '47, esaminando le ripercussioni sull'Italia della nuova politica commerciale inglese,[80] Cavour notava che se ne sarebbero molto avvantaggiate le esportazioni (allora essenziali per l'economia degli Stati italiani) della seta, dell'olio, del riso, della canapa, di alcune qualità di vino e di frutta, e di altri prodotti agricoli o agricolo-industriali. Aggiungeva che la probabile abolizione dell'Atto di Navigazione (avvenuta poi nel '49) avrebbe assai avvantaggiato le marine mercantili degli Stati italiani, purché anche questi abolissero i diritti differenziali a favore delle loro navi. E piú in generale sosteneva la necessità che gli Stati italiani, in primo luogo il Regno sardo, procedessero sulla via dell'abolizione del sistema proibitivo, già intrapresa da alcuni anni ma in modo ancora troppo timido e parziale. La lotta per il libero scambio interessava Cavour molto di piú di quella per la lega doganale italiana, di cui non si occupò quasi affatto.[81] In sostanza egli pensava che fosse necessario anzitutto accentuare la complementarità già esistente tra l'economia prevalentemente agricola degli Stati italiani e l'economia industriale dell'Inghilterra e degli altri paesi dell'Occidente; mentre poco si preoccupava della complementarità delle economie dei vari Stati italiani tra loro, meno importante agli effetti dello sviluppo.

Cosí facendo Cavour si collocava sulla linea dello sviluppo che l'economia italiana aveva avuto dal Settecento in poi.[82] I mutamenti piú importanti infatti erano avvenuti nell'agricoltura e in alcune attività industriali di prima la-

[80] C. CAVOUR, *Dell'influenza che la nuova politica commerciale inglese deve esercitare sul mondo economico e sull'Italia in particolare*, in "Antologia Italiana," Torino, 31 marzo 1847, ristamp. in *Scritti economici*, cit., pp. 249-280.

[81] Qualche accenno fuggevole alla lega doganale si trova soltanto nell'articolo, *Influenza delle riforme sulle condizioni economiche dell'Italia*, in "Risorgimento," 15 dicembre 1847, ristamp. in *Scritti economici*, cit., pp. 287-290.

[82] Per una piú ampia analisi di questo sviluppo si vedano il cap. II del vol. I e il cap. IV del vol. II di questo lavoro.

vorazione strettamente connessa con l'agricoltura ed avevano portato ad un aumento della produzione di alcune materie prime semilavorate e di alcune derrate, destinate soprattutto all'esportazione verso i paesi dell'Europa occidentale e centrale. Al tempo stesso era gradatamente aumentata l'importazione di prodotti lavorati dai paesi industrialmente piú avanzati, stimolata dal lento ma costante miglioramento del livello di vita della borghesia. Rispetto a queste attività, che nelle zone piú progredite avevano determinato un'accumulazione capitalistica abbastanza notevole nelle mani della borghesia agraria e mercantile e della parte imborghesita della nobiltà, assai limitato era stato lo sviluppo delle industrie non direttamente connesse alla produzione agricola locale, nonostante il sistema protezionistico vigente in quasi tutti gli Stati italiani. L'efficacia della protezione era stata in generale annullata dalla relativa piccolezza degli Stati e quindi dalla ristrettezza del mercato interno. "Se uno Stato vasto come la Francia," osserverà Cavour in un discorso del 14 aprile '51, "adotta il sistema protettore, si può sperare sino ad un certo punto che la concorrenza interna basterà per spingere le manifatture nella via del progresso, ma in uno Stato piccolo questa speranza non esiste, ed accade quasi sempre che, mercé il dazio protettore, i produttori si addormentino e sono lentissimi nei progressi che altrove fanno celermente."[83] Comunque anche le industrie nate o rinnovatesi tecnicamente nella prima metà dell'Ottocento, come l'industria laniera e quella cotoniera in Piemonte, alla vigilia del '48 erano in grado di soddisfare solo in parte le richieste del mercato interno ed alimentavano esportazioni molto limitate. Date queste circostanze, la politica liberistica nel Regno sardo non poteva essere sostenuta dagli industriali in contrasto con i proprietari terrieri, come era avvenuto in Inghilterra, ma doveva invece cercare un appoggio, oltre che nella massa dei consumatori di manufatti esteri, tra i capitalisti mercantili ed agrari piú intraprendenti, dei quali era un esempio tipico lo stesso Cavour. Questa aderenza del programma liberista cavouriano ad una caratteristica importante dello sviluppo economico dell'Italia, e del Piemonte in particolare, dal Settecento in poi aveva d'altra parte un aspetto conservatore, poiché tendeva ad intensificare questo sviluppo senza stimolare rapide e radicali mo-

[83] C. CAVOUR, *Discorsi parlamentari*, ed. cit., vol. III, p. 206.

dificazioni di struttura e al tempo stesso tendeva a rafforzare la compenetrazione già in atto tra interessi agrari ed interessi mercantili.

Con questa impostazione politica ed economica Cavour prima del '48 affiancò l'attività degli altri moderati piemontesi e partecipò al movimento che sollecitava le riforme. Era convinto che il programma moderato avesse nella situazione sociale dell'Italia una base, che invece mancava a quello democratico. "En Italie," scriveva nel 1846, "une révolution démocratique n'a pas des chances de succès. Pour s'en convaincre, il suffit d'analyser les éléments dont se compose le parti favorable aux nouveautés politiques. Ce parti ne rencontre pas de grandes sympathies dans les masses qui, à l'exception de quelques rares populations urbaines, sont en général fort attachées aux vieilles institutions du pays. La force réside presque exclusivement dans la classe moyenne et dans une partie de la classe supérieure. Or, l'une et l'autre ont des intérêts très-conservateurs à défendre. La propriété, grâce au ciel, n'est en Italie le privilège exclusif d'aucune classe. Là même où il existe les débris d'une noblesse féodale, celle-ci partage avec le tiers-état la propriété territoriale. Sur des classes aussi fortement intéressées au maintien de l'ordre social, les doctrines subversives de la jeune Italie ont peu de prise. Aussi, à l'exception des jeunes esprits, chez qui l'expérience n'a pas encore modifié les doctrines puisées dans l'atmosphère excitante des écoles, on peut affirmer qu'il n'existe en Italie qu'un très-petit nombre des personnes sérieusement disposées à mettre en pratique les principes exaltés d'une secte aigrie par le malheur. Si l'ordre social était véritablement menacé, si les grandes principes sur lesquels il repose couraient un danger réel, on verrait, nous en sommes persuadés, bon nombre de frondeurs les plus déterminés, de républicains les plus outrés, se présenter des premiers dans les rangs du parti conservateur."[84]

Si può osservare che Cavour, come tutti i moderati, tendeva qui a confondere la rivoluzione democratica con la rivoluzione socialista o per lo meno a considerare la prima come un avviamento immediato verso la seconda; si può osservare inoltre che egli mostrava di ignorare completa-

[84] C. CAVOUR, *Des chemins de fer en Italie*, in "Revue nouvelle" di Parigi del 1° maggio 1846, ristamp. in *Scritti economici*, cit., p. 245. Di questo articolo si è parlato anche nel vol. II di questo lavoro, pp. 422-423.

mente l'esistenza nelle masse contadine (specie del Mezzogiorno) di un forte desiderio di mutare le loro miserevoli condizioni, potenzialmente superiore al loro attaccamento alle vecchie istituzioni; si può osservare infine anche che la sua affermazione sulla ristrettezza della base del movimento nazionale nelle masse popolari urbane fu in parte smentita dalle insurrezioni del '48. Ma si deve riconoscere che egli non sbagliava quando indicava nella sostanziale comunanza di interessi terrieri il fondamento del conservatorismo della nobiltà e della borghesia e ne traeva un giudizio negativo sulla possibilità di successo di una rivoluzione democratica.

Nel '48 Cavour si trovò in una situazione difficile e non riuscí ad esercitare un'efficace influenza sul corso degli avvenimenti. I suoi consigli di ardimento dati a Carlo Alberto[85] e ai moderati restarono inascoltati. Visto con diffidenza dai moderati per la sua attività di uomo d'affari e per il suo carattere spregiudicato, inviso ai democratici per l'origine aristocratica e per le funzioni poliziesche svolte per tanti anni da suo padre, rimase a lungo impopolare. Sconfitto nelle elezioni dell'aprile, riuscí ad essere eletto deputato in quelle suppletive della fine di giugno. La lotta contro i democratici lo portò a sbilanciarsi in senso conservatore e municipalista, soprattutto dopo l'armistizio Salasco, quando sostenne il Pinelli contro il Gioberti. Gli sembrò allora che la salvezza dello Stato piemontese fosse da anteporre alla ripresa della guerra, che giudicava assolutamente priva di prospettive favorevoli. Battuto nelle elezioni del gennaio '49, non fece parte della II Legislatura. Rieletto nel luglio, svolse nella III Legislatura un'intensa attività come sostenitore dell'Azeglio, ma cominciò anche a distinguersi da questo per la sua propensione ad un accordo col centro-sinistro. Infine nella IV Legislatura assunse una posizione preminente grazie all'energia con cui sostenne la necessità di una politica di riforme, sicché nell'autunno del '50 l'Azeglio, dopo lunghe esitazioni, decise di proporre al re la sua nomina a ministro.

Cavour fece parte del ministero Azeglio dall'11 ottobre '50 al 16 maggio '52. Al portafoglio dell'agricoltura, com-

---

[85] Si veda soprattutto il famoso articolo, pubblicato nel "Risorgimento" del 23 marzo '48, in cui chiedeva l'immediato intervento in Lombardia, di cui si è parlato nel vol. III di questo lavoro, pp. 173-174.

mercio e marina aggiunse il 19 aprile '51 quello delle finanze, di cui divenne ministro ad *interim* in luogo del Nigra, che si era dimesso per contrasti con la Camera. Successivamente, nel febbraio '52, il ministero dell'agricoltura, commercio e marina fu abolito: l'agricoltura fu attribuita al ministero dell'interno; il commercio e la marina a quello delle finanze, di cui Cavour divenne ministro effettivo.

In pratica Cavour durante questa sua prima esperienza di governo diresse la politica economica e finanziaria del Regno sardo e fece inoltre sentire fortemente la sua influenza su molte questioni di politica generale. Ciò si dovette, oltre che alla sua attività instancabile e alla chiarezza con cui sapeva impostare i piú difficili problemi, al fatto che l'Azeglio era poco propenso ad impegnarsi nelle discussioni parlamentari, per le quali aveva scarse attitudini, ed era inoltre spesso sofferente per i postumi della ferita riportata a Vicenza nel '48. Pertanto Cavour assunse in molte occasioni il compito di rappresentare il governo di fronte alla Camera e al Senato. Nel far questo non poche volte tenne scarso conto delle opinioni dei suoi colleghi di governo, sicché nacquero dei contrasti nell'ambito del gabinetto, che egli riuscí a superare con successo fino a che il dissidio tra la sua politica e quella dell'Azeglio divenne tanto acuto da determinare la crisi del ministero.

La politica economica e finanziaria del Cavour nei diciannove mesi in cui partecipò al ministero Azeglio mirò essenzialmente a questi fini: stabilire gradualmente il libero scambio mediante la stipulazione di una serie di trattati di commercio e di navigazione con i principali Stati; sanare il deficit del bilancio col ricorso al credito interno; provvedere alle costruzioni ferroviarie in corso mediante un prestito estero; provvedere all'aumento della spesa pubblica, prevedibile per gli anni successivi, mediante un aumento della pressione tributaria; rafforzare ed estendere l'attività della Banca Nazionale, sorta nel '49 dalla fusione della Banca di Genova con quella di Torino; riformare l'amministrazione centrale delle finanze e la contabilità dello Stato adeguandole alle esigenze del sistema costituzionale.

Il primo trattato di commercio, concluso con la Francia nel novembre 1850 in sostituzione di un precedente trattato del 1843 ormai scaduto, fu caratterizzato dalla forzata accettazione da parte piemontese di condizioni piuttosto pesanti imposte dal governo di Parigi, il quale non aveva ancora cominciato a modificare la sua politica protezionista. Il Regno sardo dovette ridurre le tariffe doganali per vari prodotti francesi e ottenne solo qualche lieve diminuzione delle tariffe francesi per alcuni suoi prodotti. Lo stesso Cavour, nella discussione per la ratifica del trattato avvenuta alla Camera nel gennaio '51, affermò che esso non corrispondeva "né alle esigenze della scienza, né ai veri interessi dei due paesi"[86]; ma aggiunse che, dato il rigido protezionismo del governo francese, era pur sempre preferibile che le relazioni commerciali con la Francia fossero regolate da un trattato piuttosto che tornare alla situazione precedente il 1843. Questo non solo perché il trattato assicurava qualche vantaggio alle esportazioni piemontesi, ma anche per ragioni politiche, poiché esso permetteva di rafforzare le buone relazioni con la Francia, indispensabili per il Regno di Sardegna. Tuttavia per superare l'opposizione di larghi settori della Camera, Cavour dovette porre la questione di fiducia per ottenere la ratifica del trattato.

La svolta in senso liberistico della politica commerciale piemontese si ebbe invece con i due trattati con l'Inghilterra e col Belgio, firmati rispettivamente il 3 gennaio e il 27 febbraio 1851, e discussi alla Camera nell'aprile. In quell'occasione Cavour rispose alle critiche mossegli dal Revel con un grande discorso, in cui difese i pincipî generali del libero scambio e il metodo scelto dal governo per giungere alla riforma doganale, quello cioè di eliminare gradatamente il protezionismo mediante i trattati di commercio; inoltre respinse punto per punto le obiezioni che venivano da parte delle industrie protette e le critiche alla riforma doganale motivate da considerazioni di carattere fiscale: "appunto perché il governo è nella necessità di far soggiacere il paese a nuovi balzelli che egli ha avuto il fermo proponimento di operare le riforme daziarie. Nel sistema attuale, o signori, i consumatori pagano tre specie d'imposte. Una va alla cassa del governo, una nella scarsella dei contrabbandieri, finalmente una terza negli scrigni dei produttori privilegiati... Ora, sicuramente è questo di tutti i sistemi d'imposte il piú cattivo, tale da richiedere la piú pronta, la piú radicale riforma. Credo dunque che, quand'anche le riforme daziarie dovessero diminuirci il

---

[86] C. CAVOUR, Discorso del 21 gennaio 1851, in *Discorsi parlamentari*, ed. cit., vol. II, p. 408.

prodotto, non ne scapiterebbe il paese, perché avrebbe guadagnato due o tre volte, e forse di piú, di quanto il tesoro ha perduto. In definitiva la ricchezza del tesoro è in ragione della ricchezza dello Stato, e se le altre risorse non bastano a compensare la perdita sulle dogane, il governo, il parlamento chiederanno al paese una parte del benefizio che gli ha procurata la riforma economica, e i contribuenti volontieri l'acconsentiranno, poiché avranno sempre un benefizio reale e positivo."[87]

Infine in quel discorso volle ricollegare la lotta per il liberismo al sentimento in quel momento piú diffuso nella borghesia europea: la paura del socialismo. Affermò che per combattere il socialismo non bastavano i cannoni e le baionette, ma che bisognava contrapporre altri principî ai principî socialisti: "Ora, o signori," disse, "io dico che il piú potente alleato della scuola socialistica, ben inteso nell'ordine intellettuale, sono le dottrine protezioniste. Esse partono assolutamente dallo stesso principio: ridotte ai suoi minimi termini, esse riduconsi al dire essere diritto, quindi dovere del governo l'intervenire nella distribuzione, nell'impiego dei capitali; al dire che il governo ha missione, ha facoltà per sostituire la sua volontà, che egli crede piú illuminata, alla volontà libera degli individui. Se ciò fosse ammesso come verità inconcussa, io non so cosa si potrebbe rispondere alle classi operaie, e a chi si costituisse loro avvocato, quando, presentandosi al governo, gli mettesse innanzi il seguente argomento: voi credete vostro diritto e dovere intervenire nella distribuzione del capitale (mi si permetta una parola barbara), nella regolamentazione del capitale; ma perché non intervenire per regolamentare l'altro elemento della produzione, il salario? Perché non organizzate il lavoro? Ed in verità, io credo che, ammesso il sistema protezionista, ne addivenga per la logica conseguenza la necessità di ammettere, se non tutte, almeno molte delle dottrine socialistiche." Perciò si augurava che i deputati conservatori non volessero appoggiare con i loro voti il protezionismo e concludeva: "Io spero con queste considerazioni che essi si convinceranno che la politica del ministero è francamente e schiettamente liberale, essa è pure conservatrice; conservatrice non già della parte fradicia dell'edificio sociale, ma bensí dei principî fondamen-

[87] C. Cavour, Discorso del 14-15 aprile 1851, in *Discorsi parlamentari*, ed. cit., vol. III, pp. 264-265.

tali sopra i quali la società e le libere istituzioni riposano."[88]

Ottenuta con larga maggioranza l'approvazione dei trattati con l'Inghilterra e col Belgio, Cavour stipulò altri trattati di commercio, tra i quali particolarmente importante fu quello firmato con l'Austria il 15 ottobre 1851, perché facilitò l'esportazione dei vini e di altri prodotti piemontesi in Lombardia. Furono anche firmate due convenzioni aggiuntive al trattato con la Francia, che ottenne dal Piemonte lo stesso trattamento fatto all'Inghilterra. Inoltre con la legge del 14 luglio '51 fu stabilita una nuova tariffa generale: furono abbassati i dazi sui prodotti coloniali, sui prodotti manifatturati e sul grano (poi totalmente abolito nel febbraio '54), e furono esentate dal dazio varie materie prime, come i minerali di ferro e di rame, il cotone, la lana e i concimi.

La difficile, ma non disastrosa situazione del bilancio fu esposta chiaramente da Cavour nell'ampia relazione finanziaria fatta alla Camera l'8 maggio 1851, nella quale delineò anche i punti principali del programma prima ricordato.[89] Il ricorso al credito interno per sanare il disavanzo fu attuato con la vendita di 18.000 obbligazioni di Stato mediante una sottoscrizione che ebbe grande successo. Il ricorso al credito estero per fare fronte alle spese del programma ferroviario avvenne mediante un prestito concluso con la Banca Hambro di Londra il 2 luglio '51 per un importo nominale di 90 milioni di lire in obbligazioni, garantite sulle ferrovie stesse, cedute al corso di 90 lire, che fruttò al netto quasi 80 milioni. Con queste due operazioni creditizie Cavour riuscí a diminuire in parte l'influenza finanziaria della casa Rothschild, che stava diventando troppo pesante.

Quanto all'aumento del carico fiscale, già il ministro Nigra si era messo su questa strada con l'appoggio di Cavour. Fu istituita la nuova imposta sui fabbricati (che venne distinta dall'imposta fondiaria, detta "contribuzione prediale") e fu presentato un progetto di un'imposta sui redditi dei corpi morali ed enti di manomorta, che Cavour riuscí a fare approvare nel maggio '51. Nel settembre dello stesso anno fu istituita una tassa sulle patenti, cioè sulle professioni libere, il commercio e le industrie. Altri nuovi tributi, come l'imposta personale-mobiliare (che poi diven-

[88] *Ivi*, pp. 269-270.
[89] C. Cavour, *Discorsi parlamentari*, ed. cit., vol. III, pp. 394-423.

ne l'imposta sulla ricchezza mobile) e l'imposta di successione, furono istituiti nel periodo in cui Cavour fu presidente del consiglio.

Cavour non effettuò dunque nel campo fiscale una riforma radicale come quella che attuò nel campo doganale: respinse infatti l'idea, allora ventilata, di istituire un'imposta unica sul reddito, sul tipo della *income tax* inglese, che giudicava prematura dato il grado di sviluppo economico del Regno sardo. Inoltre già nel '48 si era fieramente opposto alle proposte di introdurre nel sistema fiscale il principio della progressività. Tuttavia operò una notevole trasformazione del sistema esistente introducendo nuovi tributi, modernizzandone altri preesistenti, abolendo vecchi balzelli. Nel complesso vi furono un notevole accrescimento delle contribuzioni dirette (che erano piuttosto lievi nell'epoca assolutistica) ed una sensibile diminuzione delle contribuzioni indirette. D'altra parte l'aumento della pressione tributaria non bastò a coprire l'aumento notevolissimo della spesa pubblica negli anni successivi, sicché il bilancio piemontese rimase costantemente in deficit e furono necessari nuovi ricorsi al credito. Ma per una valutazione completa della politica finanziaria, come del resto di quella economica, di Cavour è necessario tener conto dello sviluppo generale dell'economia del Regno sabaudo fino al 1859 e della funzione politica che il Piemonte assunse allora in Italia. Su questo si dovrà tornare in un capitolo successivo.

Forti difficoltà trovò Cavour nella politica bancaria. Non riuscí infatti nel luglio '51 a fare approvare dalla Camera il suo progetto di rafforzamento della Banca Nazionale. Già un anno prima una legge aveva sanzionata la fusione delle banche di Genova e di Torino, avvenuta alla fine del '49, e aveva regolato l'abolizione del corso forzoso dei biglietti della Banca di Genova stabilito nel '48. Ora Cavour propose che la Banca Nazionale aumentasse il suo capitale da 8 a 16 milioni, che fosse autorizzata ad aprire succursali nelle principali città di provincia e che fosse riconosciuto ai suoi biglietti il corso legale, cioè che essi valessero per tutte le transazioni, salvo l'obbligo della Banca stessa di cambiarli in moneta a richiesta dei portatori. Cavour mirava in tal modo a creare una circolazione fiduciaria garantita dallo Stato, a generalizzare l'uso del credito in forme moderne e a costituire un forte istituto creditizio che in caso di necessità avrebbe potuto sostenere l'azione dello Stato. Ma il progetto, che in sostanza attribuiva alla Banca Nazionale il monopolio dell'emissione di biglietti a corso legale, fu respinto: alcuni lo giudicarono troppo ardito; altri lo giudicarono non rispondente ai principî liberisti tanto calorosamente sostenuti dallo stesso Cavour.

Infine nel marzo del '52 Cavour presentò un progetto di legge mirante a riformare l'amministrazione finanziaria e la contabilità per adeguarle al sistema costituzionale. Il progetto fu approvato un anno dopo e divenne la legge del 23 marzo 1853, che unificò la gestione delle finanze prima suddivisa tra vari organismi detti "aziende" e fissò le norme sulla formazione del bilancio, la sua presentazione al Parlamento, la classificazione delle spese, i sistemi di riscossione e di pagamento, la contabilità, il controllo della Camera dei conti (poi Corte dei conti), ecc. Da questa legge prese le mosse l'ulteriore sviluppo della legislazione italiana in materia di bilancio e di contabilità di Stato.

La maggior parte dei provvedimenti proposti o sostenuti da Cavour nel corso del '50 e del '51 furono approvati dalla Camera col voto favorevole del centro-sinistro e talvolta anche della sinistra. Solo in qualche caso Cavour fu appoggiato dai conservatori e osteggiato dal centro-sinistro. Tuttavia la situazione restava piuttosto fluida: il governo era abbastanza forte, ma non aveva nel Parlamento una base definita e inoltre non era internamente omogeneo. Cavour era riuscito a superare molte difficoltà derivanti dall'eccessiva cautela e dal conservatorismo dei suoi colleghi di governo e aveva imposto in parecchi casi la sua linea politica al ministero; ma questi successi erano dovuti assai piú alla sua energia, alla sua astuzia e alla scarsa volontà dell'Azeglio di impegnarsi nella lotta politica quotidiana, che ad un avvicinamento della posizione azegliana a quella cavouriana. Certamente l'Azeglio era andato piú avanti della formula puramente difensiva con cui si era presentato al paese nel '49, poiché aveva energicamente sostenute ed attuate le leggi Siccardi ed aveva lasciata mano libera al Cavour nel campo economico, ma non se la sentiva di fare un altro passo avanti piú importante, quello cioè di dare al suo moderatismo un contenuto piú decisamente liberale e di stabilire tra governo e Parlamento un legame organico favorendo la formazione di una nuova maggioranza: troppo pesavano su di lui i ricordi del '48 e del '49, troppo forte era la sua ostilità per il Rattazzi e gli uomini del centro-sinistro, che premevano per la formazione di un nuovo schieramento politico, troppo vivace la sua diffidenza verso Cavour.

Il chiarimento della situazione, che probabilmente sarebbe avvenuto a poco a poco per effetto di circostanze interne, fu accelerato dalla ripercussione del colpo di Stato del 2 dicembre 1851 ed assunse perciò un rilievo assai netto anche nei riguardi della nuova situazione europea. La conquista del potere dittatoriale da parte di Luigi Bonaparte, mentre da un lato diede un colpo durissimo alla fiducia dei democratici in una prossima ripresa rivoluzionaria in Francia e quindi in Europa, dall'altro rinfocolò le speranze delle forze reazionarie di tutta l'Europa, le quali credettero di poter liquidare definitivamente sul continente non solo la democrazia e il socialismo, ma anche il liberalismo e i movimenti nazionali dei popoli oppressi. Come già si è detto, queste speranze si rivelarono poi illusorie, poiché il bonapartismo non si identificò con la pura e semplice reazione ma fu un fenomeno complesso che ebbe, almeno in parte, una funzione eversiva rispetto all'ordinamento politico dell'Europa. Ma all'indomani del 2 dicembre questo aspetto del bonapartismo era puramente ipotetico, mentre era molto evidente l'aspetto reazionario di esso. Perciò in quel momento la situazione del Piemonte costituzionale, stretto tra la Francia dittatoriale e l'Austria reazionaria, divenne effettivamente molto difficile: non si poteva escludere infatti che il Bonaparte, sostenuto com'era dai clericali e dalle forze conservatrici francesi, potesse aderire alle sollecitazioni dello Schwarzenberg e accettasse di stabilire, se non proprio un'alleanza, per lo meno un saldo accordo franco-austriaco in funzione conservatrice. Di fronte a una situazione cosí gravida di incertezze, se non di pericoli immediati, l'estrema destra piemontese si sentiva incoraggiata a riprendere quella politica mirante a svuotare il regime costituzionale dei suoi fermenti progressivi, che era stata validamente contrastata dalla politica riformatrice, svolta nel '50 e nel '51 nel campo ecclesiastico e in quello economico. E si ripresentava il pericolo che una parte dei moderati cedesse alle sollecitazioni dei conservatori e si adattasse ad una politica statica e municipalistica, che avrebbe finito per far retrocedere il Regno sardo verso una forma piú o meno mascherata di assolutismo amministrativo.

Cavour si trovò dunque di fronte ad una situazione nuova, che rendeva necessario un chiarimento immediato dello schieramento politico; altrimenti l'iniziativa sarebbe stata presa dall'estrema destra e la politica di riforme e di progresso sarebbe stata bloccata per un periodo di tempo imprevedibile. L'occasione per il chiarimento si presentò subito e fu offerta dalla questione della modificazione della legge sulla stampa. La libertà di stampa vigente in Piemonte, sia pure con qualche limitazione, aveva varie volte provocato proteste austriache ed anche francesi. Dopo il 2 novembre i giornali piemontesi di sinistra non risparmiarono gli attacchi contro Luigi Bonaparte e manifestarono la loro simpatia ai democratici francesi: di qui proteste diplomatiche francesi, cui fecero eco proteste austriache, e quindi la decisione governativa di presentare un progetto di legge sulla stampa, che fu preparato dal guardasigilli De Foresta (successo al Siccardi nel febbraio '51). Il progetto stabiliva che il giudizio sui reati di stampa per offese a capi di Stato stranieri fosse attribuito ai giudici di carriera invece che ai giurati. La nuova limitazione alla libertà di stampa non era in se stessa molto grave, ma poteva essere il principio di limitazioni ulteriori; in questo senso insistevano i conservatori, che avrebbero voluto un maggiore imbrigliamento della stampa anche nelle questioni di politica interna, soprattutto in quelle concernenti il clero e la religione. La posizione di Cavour divenne assai delicata: egli non poteva opporsi al provvedimento, perché avrebbe dovuto uscire dal governo e lasciare mano libera ai moderati azegliani e ai conservatori, non poteva cioè compiere un atto di aperta ostilità verso l'Azeglio, verso il re, favorevole a quella legge, verso il governo francese che l'aveva richiesta, sotto pena di essere tagliato fuori dal potere per un tempo imprevedibile; d'altra parte non voleva neppure confondere la sua posizione con quella dei conservatori, perché ciò avrebbe significato un'aperta rinuncia alla politica da lui tenacemente perseguita negli ultimi due anni. Decise pertanto di sostenere il progetto De Foresta, ma di far sí che la sua posizione risultasse differenziata ancor piú chiaramente che nel passato da quella dei conservatori e dei moderati azegliani.

A tale scopo decise di stringere un accordo esplicito col Rattazzi, che il suo fidato amico Michelangelo Castelli aveva pazientemente e silenziosamente preparato nei mesi precedenti. Un colloquio, a cui parteciparono da un lato Cavour e Castelli e dall'altro Rattazzi e Buffa, bastò per gettare le basi dell'accordo fra il centro-destro e il centro-sinistro. "Il programma," narra Castelli, "fu presto combinato: Monarchia, Statuto, Indipendenza e Progresso civile e politico. Questo programma semplicissimo si concretava nella promessa reciproca di separarsi gli uni dall'estrema Sinistra, gli altri dalla Destra retriva e clericale per fondersi in un partito solo, proponendosi di dichiararsi apertamente alla Camera tostoché si presentasse un'occasione."[90] Perciò, quando il progetto De Foresta fu discusso alla Camera il 4 febbraio 1852, il Rattazzi lo criticò ma con tono moderato mostrando comprensione per l'atteggiamento del governo e offrendo la propria collaborazione per una politica di difesa dello Statuto e di progresso. Invece il savoiardo Menabrea, passato alla destra conservatrice all'epoca delle leggi Siccardi, criticò il progetto perché troppo limitato e chiese una legge piú ampia e piú severa. Il giorno dopo Cavour dichiarò di accettare l'offerta di collaborazione del Rattazzi e attaccò vivacemente il Menabrea facendo un'apologia della libertà di stampa e della politica di centro. Giustificò d'altra parte il progetto De Foresta affermando che, nei riguardi dei capi di Stato stranieri, l'azione della stampa poteva coinvolgere la sicurezza stessa dello Stato ed era necessaria quindi per quel singolo caso una legge particolare. Presentò insomma la nuova legge come un provvedimento di portata ridotta, non pericoloso per la libertà e ben diverso dal provvedimento antiliberale di carattere generale, che la destra auspicava. La legge fu quindi approvata, e al tempo stesso si manifestò apertamente il nuovo schieramento politico guidato da Cavour e da Rattazzi.

Questa operazione politica, passata alla storia col nome di "connubio," datogli allora polemicamente dal Pinelli, condizionò lo sviluppo ulteriore della politica piemontese. Da essa derivò, se non proprio un partito, una formazione politica che bloccò le manovre reazionarie dell'estrema destra e rinvigorí le forze liberali. Inoltre l'accordo col centro-sinistro, cioè con gli uomini che nel '49 avevano voluta la ripresa della guerra contro l'Austria, indicò chiaramente che Cavour intendeva collegare la politica di progresso all'interno con una politica estera il cui fine ultimo era la ripresa della lotta per l'indipendenza italiana.

[90] M. CASTELLI, *Il conte di Cavour. Ricordi*, a cura di L. Chiala, Torino, 1886, p. 41.

Si può quindi affermare che, nella situazione interna ed internazionale del 1852, il connubio fu un fatto progressivo importante, poiché non solo contribuí a rintuzzare le nuove minacce della destra estrema al regime costituzionale, ma permise al Piemonte di andare avanti sulla via della politica liberale e nazionale. Esso in sostanza sanzionò l'alleanza tra la parte piú attiva della vecchia nobiltà e la borghesia agraria, mercantile e professionistica, i cui interessi erano in larga misura espressi dalla politica economica propugnata e in parte attuata dal Cavour. "Il partito borghese," dice ancora il Castelli, "che costituiva la grande maggioranza del paese, accettò in Cavour il partito aristocratico, e disparve un serio antagonismo. Non rimasero che i resti degli antichi conservatori che chiamaronsi poscia clericali, ed i radicali dell'estrema Sinistra. Pochi i primi, ma compatti e degni di essere tenuti in conto per antecedenti, per ingegno e per carattere; in minor numero ancora i radicali che del resto votavano colla nuova maggioranza in tutte le grandi questioni di riforme religiose e liberali, mantenendosi però nell'Opposizione nelle questioni finanziarie."[91] Si può anche ricordare che la borghesia era politicamente assai vivace nelle cosiddette province di nuovo acquisto, cioè unite al Piemonte dopo il 1700, rimaste per alcuni aspetti lombarde e legate da molteplici interessi alla Lombardia. Da esse provenivano molti membri del centro-sinistro: basterà ricordare che Urbano Rattazzi era nato ad Alessandria, Domenico Buffa a Ovada, Carlo Cadorna a Pallanza, Giovanni Lanza a Casale Monferrato. Il connubio perciò rafforzava l'unità del liberalismo piemontese anche dal punto di vista territoriale e contribuiva ad accentuarne il carattere italiano poiché facilitava i contatti con la Lombardia, favoriva l'assorbimento degli esuli delle altre parti d'Italia, apriva la strada alla collaborazione sul terreno della politica progressiva e nazionale con elementi democratici provenienti anche essi dalle province di "nuovo acquisto" o dalla Liguria o da altri Stati italiani.

D'altra parte, se si considera il connubio nell'ambito di uno svolgimento storico piú ampio, si deve dire che esso ebbe anche un aspetto conservatore. Infatti non solo indebolí la cosiddetta estrema sinistra, ma pose le basi per l'assorbimento di una parte notevole di essa nel movimen-

91 CASTELLI, op. cit., p. 44.

to cavouriano che si realizzò successivamente. In questo senso il connubio fu la prima manifestazione di quella tendenza al trasformismo, che poi caratterizzò la vita politica italiana dopo l'unità. Col connubio si iniziò un processo di assorbimento di persone e di gruppi da parte del partito liberale, che Cavour perseguí costantemente in vari modi negli anni successivi. Questo assorbimento si svolse anche verso destra, ma si effettuò in misura assai maggiore verso sinistra ed ebbe quindi una funzione conservatrice. Infatti esso ridusse sempre di piú la possibilità di successo di una soluzione rivoluzionaria o comunque radicale del problema italiano e rese possibile la soluzione monarchico-moderata del 1861, la quale a sua volta condizionò in senso conservatore lo sviluppo ulteriore dell'Italia unita.

Sebbene si dovesse ad un'iniziativa personale di Cavour, il quale ancora una volta impegnò il governo in una linea di condotta non condivisa dalla maggior parte dei ministri, il connubio non determinò una rottura immediata tra Cavour e Azeglio, perché Cavour, data la delicatezza della situazione interna e soprattutto internazionale, volle agire con prudenza. Ma il dissidio doveva ben presto scoppiare apertamente. Al principio di marzo il Pinelli fu eletto presidente della Camera e il Rattazzi vicepresidente: la maggioranza di centro accettava dunque ancora una posizione subordinata rispetto a quei moderati che non volevano una netta separazione dai conservatori. Ma il 23 aprile il Pinelli morí e si aprí il problema della sua successione. Cavour decise allora di sostenere la candidatura del Rattazzi, mentre altri ministri decisero di sostenere Carlo Boncompagni. L'11 maggio la Camera elesse presidente il Rattazzi con 74 voti contro 52 dati al Boncompagni. Un intervento del re per impedire l'elezione del Rattazzi, provocato dall'Azeglio o da altri ministri contrari a Cavour, non ebbe alcun risultato perché fu effettuato troppo tardi. Rattazzi scrisse al re dicendo di essere pronto a dimettersi, se questo era il suo desiderio, ma Vittorio Emanuele rispose che non intendeva opporsi alla volontà della Camera ormai ufficialmente manifestata; al tempo stesso non nascose a Cavour il suo malcontento. Pochi giorni dopo Cavour si dimise da ministro e lasciò che l'Azeglio ricostituisse il ministero senza di lui.

Ormai Cavour non poteva piú stare nel governo insieme all'Azeglio, ma non poteva ancora succedergli nella presidenza del consiglio: infatti in un regime che era costituzionale, ma non ancora parlamentare, l'appoggio della maggioranza della Camera non bastava per poter formare un nuovo governo, se il re era contrario, come lo era Vittorio Emanuele in quel momento; inoltre il connubio aveva suscitato ostilità in Austria e diffidenze in Francia, che i diplomatici piemontesi, tutti piú o meno conservatori, tendevano ad esagerare nei loro rapporti. Cavour preferí pertanto attendere che il nuovo ministero Azeglio si esaurisse per intima debolezza e che le diffidenze si attenuassero. Intanto decise di compiere un viaggio nel Belgio, in Inghilterra e in Francia per studiare da vicino i recenti sviluppi della situazione di questi paesi, rafforzare vecchie relazioni personali, stabilirne delle nuove che potevano essere utili per l'avvenire, far conoscere agli uomini politici inglesi e francesi la reale situazione del Piemonte e il significato della linea politica da lui seguita. Contatti importanti ebbe nel settembre a Parigi, dove fu raggiunto dal Rattazzi. Ebbe l'impressione che Luigi Bonaparte (prossimo a divenire Napoleone III) avesse una posizione molto forte ed avesse la possibilità di restare a lungo al potere, purché non si facesse trascinare troppo dalla corrente clericale e reazionaria. Dopo un incontro col Bonaparte cosí scrisse al Castelli: "Le Président nous a invité à diner Rattazzi et moi, et nous a reçu plus tard en audience particulière. Dans ces deux circonstances il nous a traité avec une amabilité parfaite, et nous a parlé avec un grand sens des affaires d'Italie. J'espère que La Marmora ira le complimenter [il Bonaparte doveva fare un viaggio a Lione] et lui tiendra le même langage plein de franchise que j'ai tenu avec lui. Comme vous me l'avez mandé bien des fois; c'est de la France surtout que dépendent nos destinées. Bon gré, mal gré, nous devons être son partenaire dans la grande partie qui tôt ou tard doit se jouer en Europe."[92] Aggiungeva che Rattazzi si era guadagnato molte simpatie a Parigi, sicché ormai la diplomazia non avrebbe piú potuto farlo passare come un demagogo pericoloso. Pochi giorni dopo il Bonaparte, in un colloquio avúto col La Marmora a Lione, ebbe parole di elogio per Cavour e per Rattazzi. Con i contatti avuti a Parigi col principe presidente e il suo *entourage* Cavour era riuscito dunque a superare una delle difficoltà che da destra venivano frapposte alla sua andata al potere, aveva cioè potuto dimostrare che da parte del nuo-

---

[92] Lettera del 7 settembre 1852, pubblicata in CASTELLI, *op. cit.*, p. 178.

vo padrone della Francia non esisteva un'ostilità verso di lui, verso Rattazzi e verso la politica che egli intendeva svolgere sulla base del connubio.

Frattanto il ministero Azeglio si dibatteva in mezzo a serie difficoltà, determinate soprattutto dalla questione del matrimonio civile. Fin dalla presentazione delle leggi Siccardi, il governo si era impegnato a presentare un progetto di legge per istituire il matrimonio civile e fare così un altro passo verso la laicizzazione dello Stato. Dopo lunga preparazione, un progetto di legge in proposito fu presentato alla Camera dal ministro della giustizia Carlo Boncompagni e fu approvato il 5 luglio '52 con 94 voti favorevoli e 35 contrari. Ma contro il progetto si scatenò una vivacissima campagna dei clericali, mentre da parte papale si iniziarono forti pressioni su Vittorio Emanuele II perché impedisse che esso fosse approvato dal Senato. Il re, influenzato da alcune lettere di Pio IX col quale aveva sempre mantenuto contatti epistolari diretti, si impegnò praticamente in questo senso; perciò l'Azeglio, dopo avere invano tentato di superare i suoi scrupoli religiosi, gli presentò le dimissioni del ministero il 21 ottobre 1852. Egli stesso consigliò al re di chiamare il Cavour.

Il re invitò Cavour a formare un nuovo ministero, ma avendo posto come condizioni la rinuncia alla legge sul matrimonio civile e la ripresa di trattative per un accordo col Papato, Cavour declinò l'incarico. Vittorio Emanuele si rivolse allora al Balbo, che accettò queste condizioni e tentò di formare un ministero di destra insieme col Revel, ma non riuscí nell'intento per contrasti con lo stesso Revel e perché risultò chiaro che, data la situazione parlamentare, un ministero di questo tipo non sarebbe stato vitale. Il re richiamò quindi Cavour, che accettò di formare il nuovo governo e si impegnò a non porre la questione di fiducia quando la legge sul matrimonio civile sarebbe stata presentata al Senato.

Il nuovo ministero, entrato in carica il 4 novembre, era così composto: presidenza e finanze, Cavour; esteri, generale Giuseppe Dabormida; interno, Gustavo Ponza di San Martino; giustizia, Carlo Boncompagni; guerra, generale Alfonso La Marmora; pubblica istruzione, Luigi Cibrario; lavori pubblici, Pietro Paleocapa. Il Boncompagni e il Cibrario avevano fatto parte del secondo ministero Azeglio; il La Marmora e il Paleocapa del primo e del secondo; il Ponza di San Martino era stato dal '49 in poi "primo ufficiale" (viceministro) all'interno; il Dabormida, insieme al Boncompagni, era stato uno dei negoziatori della pace di Milano. Tutti i ministri, salvo· l'esule veneto Paleocapa, erano piemontesi; tutti erano moderati piú a destra di Cavour. Il Rattazzi rimase presidente della Camera ed entrò nel governo solo un anno dopo.

Il 20 dicembre, dopo vivace discussione, il Senato respinse il primo articolo della legge sul matrimonio civile con 39 voti contro 38. Il governo ritirò quindi il progetto annunciando che ne sarebbe stato preparato un altro. Ma non se ne fece piú nulla: solo nel 1865 il matrimonio civile fu introdotto nella legislazione del Regno d'Italia. Per evitare un urto col re, Cavour rinunciò a quell'importante riforma. Il conseguimento della presidenza del consiglio costò dunque a Cavour alcune importanti concessioni alla politica personale del sovrano e alle pressioni della destra. D'altra parte il suo avvento alla direzione dello Stato fu un fatto di importanza decisiva per l'avvenire del Piemonte e dell'Italia.

Capitolo secondo

Il ministero Cavour, la guerra di Crimea e il congresso di Parigi

1. *I primi tempi del ministero Cavour*

Fin dai primi tempi della sua presidenza del consiglio Cavour si trovò di fronte a difficoltà assai piú gravi di quelle che aveva dovuto affrontare quando era stato ministro nel gabinetto Azeglio. Il fatto di aver dovuto cedere alla volontà del re e alle pressioni della destra nell'atto stesso in cui aveva assunto la direzione del governo, sia nella composizione del ministero, sia nella questione del matrimonio civile, pesò negativamente per diverso tempo sulle sue possibilità d'azione e gli impedí di sfruttare pienamente la favorevole situazione parlamentare creata col connubio. Indubbiamente la crisi del '52 si era conclusa con una vittoria del liberalismo, ma con una vittoria conseguita in una battaglia essenzialmente difensiva. Era stata impedita la formazione di un blocco tra moderati e conservatori, ma le forze di destra erano pur sempre temibili, soprattutto fuori della Camera, la quale non aveva ancora nel sistema costituzionale quell'importanza preminente che assunse in seguito, in parte per opera dello stesso Cavour. Le riforme del periodo azegliano non avevano modificata la struttura amministrativa dello Stato ereditata dall'epoca assolutistica; poco era stato fatto per rinnovare i quadri dirigenti della burocrazia, della diplomazia e della magistratura; il Senato continuava ad essere la roccaforte del conservatorismo e in parte anche del clericalismo, il quale d'altra parte, dopo le leggi Siccardi, aveva intensificata l'agitazione antiliberale nel paese e faceva appello ai sentimenti tradizionalistici e municipalistici ancora largamente diffusi. A tutto questo si deve aggiungere la difficoltà dei rapporti tra il governo e il sovrano, il quale fin dai primi giorni di regno aveva chiaramente mostrata la sua volontà di intervenire personalmente nella trattazione di affari politici importanti, talvolta in contrasto con le direttive del governo, come era avvenuto nella questione del matrimonio civile. Per di piú Vittorio Emanuele non aveva per Cavour quella simpatia che aveva per Azeglio: capiva di avere a che fare con un uomo molto piú astuto, energico ed esperto di affari di quanto lo era il Cavalier Massimo, pittore, scrittore, polemista vivace, ma rimasto in fondo un po' dilettante come uomo di Stato. Cavour per parte sua era un monarchico leale e sincero, era disposto anche per ragioni di opportunità ad adattarsi a certe esigenze cortigianesche, ma era essenzialmente un liberale, convinto della necessità di un legame organico tra governo e parlamento, non disposto a tollerare un ritorno a forme anche larvate di assolutismo. I suoi rapporti col re non furono dunque facili e per qualche anno pesarono negativamente sull'efficienza del ministero, specialmente per il fatto che la politica personale di Vittorio Emanuele, almeno fino al 1855, fu notevolmente influenzata dai conservatori e dai clericali.

Queste circostanze negative non impedirono a Cavour di portare avanti l'opera di riforma nel campo finanziario, già iniziata durante la sua permanenza nel ministero Azeglio, di dare un crescente impulso ai lavori pubblici, in particolare alle costruzioni ferroviarie, di procedere ad un graduale rinnovamento del personale dirigente nell'amministrazione, di imporre con decisione le direttive del governo alla diplomazia. Molto esigua fu invece l'opera riformatrice cavouriana nel campo propriamente legislativo, un po' per le circostanze negative prima indicate e un po' per la scarsa sensibilità dello stesso Cavour rispetto a questi problemi. La collaborazione del Rattazzi, piú esperto nel campo giuridico e piú sensibile ai problemi generali di legislazione per la sua formazione culturale e la sua professione di avvocato, non valse ad ovviare questa deficienza dell'azione rinnovatrice cavouriana. Infatti, a parte la legge soppressiva di un certo numero di comunità religiose (di cui si dirà piú avanti) che provocò nel '55 una vera tempesta politica, la novità piú importante nel campo legislativo fu la promulgazione nel '54 del codice di procedura civile, la cui preparazione peraltro era in corso da molto tempo. Gli altri codici (civile, commerciale, penale e di procedura penale), emanati da Carlo Alberto tra il '37 e il '47, solo in parte modificati e integrati da nuove leggi nel '48 e durante il ministero Azeglio, subirono durante il ministero Cavour altre modificazioni poco rilevanti, tendenti ad adattarli ai principî sanciti dallo Statuto. Notevole importanza ebbero invece alcune leggi concernenti le attività economiche, come quella del 14 aprile '53 sulle lettere di cambio e i biglietti all'ordine e quella del 12 marzo '55 sulle privative industriali. Nel campo amministrativo l'attività di Cavour fu in misura notevole assorbita dalla complessa esecuzione, che richiese vari regolamenti e decreti integrativi, dell'importante legge del 13 marzo '53 sull'amministrazione finanziaria e sulla contabilità dello Stato, di cui già si è parlato. Non fu fatta invece alcuna nuova legge concernente l'amministrazione dei comuni e delle province, di cui pure Cavour riconobbe la necessità.

D'altra parte fin dai primi tempi del ministero Cavour i problemi di politica estera assunsero una gravità assai maggiore di quella che avevano avuto dalla ratifica della pace di Milano in poi. La prima grave questione che Cavour dovette affrontare fu determinata dalla decisione autriaca (Sovrana risoluzione del 13 febbraio 1853) di sequestrare i beni mobili ed immobili di tutti i profughi politici del Lombardo-Veneto. Questo provvedimento, emanato pochi giorni dopo la rivolta del 6 febbraio, apparve come una rappresaglia indiscriminata, che colpiva persone le quali in grande maggioranza non avevano avuto alcuna parte nella preparazione della rivolta. In realtà esso era stato preparato da tempo e rientrava in una politica di inasprimento della repressione che il governo di Vienna svolgeva da circa un anno, e che si manifestava ben piú gravemente in quei giorni con i processi di Mantova e con le forche di Belfiore. D'altra parte i sequestri del '53 erano una conseguenza dell'ostinazione mostrata nel '49 dal governo di Vienna nel volere escludere dall'amnistia un certo numero di persone compromesse nella rivoluzione del '48. Tra queste persone e tra quelle che successivamente rinunciarono ad usufruire dell'amnistia e rimasero in Piemonte o all'estero, parecchie appartenevano all'aristocrazia lombarda: nell'elenco degli esclusi pubblicato a Milano il 12 agosto si trovano tra gli altri il conte Gabrio Casati, il conte Giuseppe Durini, il conte Francesco Arese, il conte Vitaliano Borromeo, il conte Gilberto Borromeo, il duca Antonio Litta, il conte Giulio Litta, il conte Vincenzo Toffetti, il marchese Giorgio Raimondi, il conte Enrico Martini, il conte Marco Greppi, il marchese Gaspare Rosales, la principessa Cristina di Belgiojoso, il marchese Giorgio Pallavicino, il conte Ercole Oldofredi. Molti di questi aristocratici, appartenenti in maggioranza al partito moderato, erano ricchi; alcuni erano ricchissimi, proprietari di vaste tenute, di palazzi, ville, case ed anche di patrimoni mobiliari cospicui; perciò, sebbene divenuti in maggioranza sudditi del re di Sardegna grazie alla concessione della cittadinanza da parte del governo di Torino, continuavano ad avere in Lombardia una grande influenza economica e un grande prestigio. A loro si devono aggiungere molti borghesi benestanti. In tal modo nuovi legami si erano aggiunti a quelli già esistenti tra Piemonte e Lombardia. Col sequestro dei beni il governo austriaco mirava a recidere questi legami e a colpire l'influenza economica, il prestigio politico e morale degli esuli. Per di più lanciava una sfida provocatoria al governo di Torino, sotto la cui protezione molti degli esuli si erano messi.

Da parte piemontese, dopo la firma del trattato di pace, si era cercato di evitare quanto più possibile azioni ostili nei riguardi dell'Austria. Inoltre nei riguardi di Mazzini e dei repubblicani il governo di Torino si sentiva sostanzialmente solidale con gli altri governi. Alla vigilia del 6 febbraio aveva tenuto d'occhio i movimenti dei cospiratori ed aveva anche avvertito il governo austriaco della preparazione del moto. Dopo il 6 febbraio vi furono in Piemonte numerosi arresti di mazziniani ed espulsioni di esuli democratici. Di qui proteste ed attacchi da parte di Mazzini. Ma la prudenza piemontese non appagava il governo di Vienna, né lo interessavano gran che i provvedimenti repressivi antimazziniani presi dal governo di Torino. Vienna vedeva nel Piemonte liberale un nemico pronto a riprendere la lotta interrotta a Novara appena si fosse presentata una situazione internazionale favorevole o fosse scoppiato in Italia un serio movimento insurrezionale. Solo se in Piemonte fossero prevalse le forze più retrive, l'Austria sarebbe stata tranquilla, perché allora avrebbe potuto ristabilire sullo Stato sabaudo quella specie di protettorato che aveva esercitato al tempo di Carlo Felice e nei primi anni del regno di Carlo Alberto. Perciò ogni atto che avesse potuto mettere in imbarazzo il governo liberale di Torino era giudicato opportuno a Vienna, tanto più ora che il nuovo schieramento creato dal connubio aveva fatto fallire le manovre dei conservatori ed aveva portato al potere un uomo nuovo, giudicato più pericoloso dell'Azeglio.

Alla provocazione austriaca Cavour reagí con proteste vivaci e dignitose: fu richiamato a Torino il ministro sardo a Vienna, dove rimase soltanto un incaricato d'affari; note diplomatiche furono inviate a tutti i governi, nelle quali l'Austria fu presentata come perturbatrice della pace; si ottenne che da parte inglese e francese l'operato austriaco fosse, sia pure cautamente, deplorato; furono incoraggiate le proteste della stampa; fu approvata una legge per un sussidio di 400.000 lire agli esuli danneggiati dai sequestri. Questo atteggiamento fruttò a Cavour l'approvazione di una parte della sinistra e attenuò la diffidenza che il ministro aveva provocato negli ambienti patriottici piú avanzati per le sue iniziali concessioni alle tendenze conservatrici. Ma dopo qualche mese, poiché da parte austriaca fu chiaramente dimostrata la volontà di non recedere dalla decisione presa, la controversia sui sequestri cominciò a far sentire anche alcuni effetti negativi sul governo di Torino: le proteste avevano fatto chiasso, avevano ribadito il legame tra il Piemonte e il movimento nazionale italiano, ma non avevano conseguito alcun risultato concreto; il peso materiale della sopraffazione austriaca non era compensato a sufficienza dal successo morale ottenuto dal Piemonte col suo atteggiamento fermo e dignitoso. Di fronte a Mazzini che ribadiva continuamente l'idea dell'iniziativa insurrezionale il liberalismo moderato doveva scopertamente limitarsi ad una posizione di attesa: un'iniziativa militare era infatti impossibile in quel momento e l'iniziativa diplomatica non poteva andare al di là della denuncia e della protesta. C'era tuttavia la speranza che la rottura della pace, ormai inevitabile in Oriente, determinasse una crisi generale nei rapporti tra le grandi potenze ed aprisse quindi anche al Piemonte nuove possibilità di azione.

Frattanto nuove gravi difficoltà interne sorsero nell'estate e nell'autunno del '53. Il cattivo raccolto del grano, fenomeno generale in tutta l'Italia, determinò una carestia, che fu aggravata dalle prime ripercussioni della tensione russo-turca; nell'ottobre l'inizio delle ostilità nel mar Nero interruppe il commercio granario tra Genova e i porti della Russia meridionale ormai da decenni molto intenso; i rifornimenti divennero quindi difficili e il prezzo del grano subí un forte rialzo. Al tempo stesso la viticoltura fu danneggiata dall'oidio e la bachicoltura dalla pebrina. Tutta l'economia del Regno, che stava attraversando una fase di adattamento alla nuova politica doganale e fiscale di Cavour, fu seriamente turbata da queste calamità naturali. Per di piú l'eccesso di speculazione, favorito dall'ampio ricorso al credito da parte del governo, determinò improvvisamente alla fine di settembre una forte caduta dei titoli di Stato alla Borsa di Torino, a cui seguirono le ripercussioni dei turbamenti borsistici europei determinati dalla guerra d'Oriente. Di queste difficoltà approfittarono i reazionari per organizzare una violenta agitazione antigovernativa. In vari centri vi furono dimostrazioni e tumulti. Quando in ottobre il dazio sul grano, anziché essere abolito come da varie parti si chiedeva, fu ridotto da due lire a cinquanta centesimi l'ettolitro, Cavour fu additato dai reazionari come affamatore del popolo e accusato di voler aggravare la carestia per speculare sul grano. Il 18 ottobre a Torino una folla di dimostranti assalí il palazzo Cavour e fu a stento respinta dalla forza pubblica. Con questo atto i reazionari, che speravano di provocare con tumulti di piazza una crisi di governo, andarono oltre il segno. Manifestazioni di deplorazione per l'accaduto e di simpatia per il presidente del consiglio si ebbero a Torino e in tutto il paese. Il 27 ottobre la compagine ministeriale fu rafforzata con la nomina del Rattazzi a ministro della giustizia in luogo del Boncompagni che fu eletto presidente della Camera. Poco dopo, avendo il Senato respinto con 32 voti contrari e 28 favorevoli un progetto di legge, già approvato dalla Camera, che affidava alla Banca Nazionale il servizio di tesoreria dello Stato, Cavour approfittò di questo nuovo contrasto per rafforzare il governo con una nuova consultazione elettorale. Ottenne quindi dal re lo scioglimento della Camera e nuove elezioni, che furono tenute l'8 dicembre.

Dalle elezioni uscí notevolmente ingrossata la maggioranza governativa di centro (quasi 140 deputati su 204); uscí indebolita la sinistra e piú ancora la destra; qualche reazionario estremo, come il Solaro della Margarita, fu eletto nel '54 in elezioni suppletive. Ma ormai Cavour aveva superato il pericolo di essere travolto da una crisi provocata dalle ripercussioni della carestia. Alla fine di dicembre una sommossa reazionaria in Val d'Aosta fu facilmente repressa. La penuria di grano continuò ancora per tutto il '54, che fu pure un anno di cattivo raccolto e di forte aumento dei prezzi anche per effetto dell'aggravarsi della guerra in Oriente. Nel febbraio fu abolito completamente il dazio sul grano. Poi la situazione si venne a poco a poco assestando e l'economia piemontese riprese il suo sviluppo.

Non cessarono tuttavia le difficoltà per il Cavour, che dovette condurre ancora aspre battaglie alla Camera e al Senato per ottenere l'approvazione dei suoi provvedimenti finanziari e al tempo stesso dovette fronteggiare le critiche dei democratici ed anche di alcuni liberali che giudicavano troppo cauta e insufficiente la politica riformatrice nella legislazione, soprattutto nel campo ecclesiastico. D'altra parte doveva sempre tenere a bada la politica del re, il quale seguiva il criterio di attirare nella sua orbita personale determinati uomini per potersene servire in caso di crisi ministeriale. Cosí Vittorio Emanuele aveva stabilito rapporti molto cordiali col ministro dell'interno, il conte Ponza di San Martino, uomo astuto e spregiudicato, che aveva notevolmente contribuito al successo elettorale del Cavour con la mobilitazione dell'apparato governativo, ma che sembra fosse considerato dal re come un possibile successore del Cavour stesso. Questi decise perciò di eliminarlo dal governo alla prima occasione. Il 3 marzo 1854 vi fu a Torino una manifestazione contro la pena di morte organizzata dal Brofferio e dai suoi amici in occasione della condanna capitale di tre malfattori. Un gruppo di dimostranti si spinse fino alla soglia del Palazzo reale con l'intenzione di presentare al re una supplica per la grazia dei tre condannati. Il re, irritato per questo fatto, espresse il suo malcontento al San Martino per il cattivo funzionamento del servizio d'ordine. Cavour approfittò dell'occasione e costrinse il San Martino stesso a dare le dimissioni. L'*interim* dell'interno fu assunto allora dal Rattazzi e il San Martino fu nominato senatore.

Ma mentre si svolgevano queste lotte e queste schermaglie interne l'attenzione di Cavour e di tutto il mondo politico piemontese fu sempre piú attratta dallo sviluppo della crisi d'Oriente e dalle prevedibili conseguenze che essa poteva avere in Europa e in Italia in particolare.

2. *La guerra di Crimea e l'intervento piemontese*

La guerra di Crimea, come si è accennato al principio di questo volume, ebbe un'importanza decisiva nella storia europea del secolo XIX, poiché determinò la rottura definitiva del blocco reazionario medio-orientale e aprí la strada ad una serie di importanti mutamenti dell'assetto europeo stabilito nel 1815. Essa insomma incise sulla situazione generale dell'Europa in modo molto piú profondo di tutte le precedenti fasi acute della Questione d'Oriente. Questo fatto fu una conseguenza della rivoluzione del '48 e della reazione ad essa seguita. Come la rivoluzione era stata in parte liberale e democratica e in parte socialista, cosí la reazione fu in parte dinastica ed aristocratica e in parte borghese. Perciò il fronte conservatore che trionfò nel '49 non ebbe lunga durata e non poté stabilire un sistema di relazioni tra le potenze cosí solido come quello che, sia pure con alcune modificazioni, si era mantenuto dal '15 al '48. In Francia la reazione borghese generò il Secondo Impero, regime conservatore, ma anche fornito di un forte dinamismo espansionista e tendente a sovvertire la sistemazione dell'Europa fondata sui trattati del 1815. Nell'Europa medio-orientale il blocco reazionario, sebbene vincitore, restò profondamente minato non solo dall'aggravamento dell'antagonismo austro-prussiano, ma soprattutto dallo squilibrio determinato dall'accresciuta potenza della Russia rispetto all'Austria e alla Prussia.

Lo zar Nicola I credette di poter approfittare della posizione egemonica conquistata nel '49 nell'ambito del blocco reazionario per riprendere la politica espansionistica verso l'Impero turco. Prendendo a pretesto una riapertura del vecchio contrasto tra cattolici e ortodossi nei Luoghi Santi, i primi tradizionalmente protetti dalla Francia e i secondi dalla Russia, iniziò una serie di pressioni sul sultano, che subiva in senso opposto pressioni francesi, allo scopo di ottenere con un trattato il riconoscimento della protezione russa su tutti i cristiani sudditi dell'Impero turco. Ciò equivaleva a costringere il sultano a scegliere fra il vassallaggio verso la Russia e la guerra. Convinto che Napoleone III fosse ancora poco saldo sul trono e che comunque non fosse in grado di affrontare una guerra, convinto che l'Austria sarebbe rimasta fedele alla solidarietà reazionaria, ribadita dall'intervento russo contro la rivoluzione magiara nel '49, e non avrebbe quindi contrastata l'azione russa, Nicola I cercò di ottenere l'appoggio dell'Inghilterra e giunse addirittura a proporre nel gennaio del '53 all'ambasciatore inglese a Pietroburgo, Seymour, un'azione comune anglo-russa per la spartizione dell'Impero ottomano, che in quell'occasione definí "l'uomo malato" d'Europa.

Lo zar commise allora una serie di errori di valutazione, che dimostrano quanto poco la sua mentalità rigidamente reazionaria fosse in grado di comprendere il mutamento che stava avvenendo nella situazione europea. In primo luogo sottovalutò la potenza della Francia, che credeva indebolita dalla recente rivoluzione, e non comprese che il Secondo Impero era dotato di una notevole forza espansionistica derivante dallo sviluppo del capitalismo francese e stimolata dalla tradizione egemonica del Primo Impero. In secondo luogo non capí che la solidarietà reazionaria non avrebbe impedito all'Austria di opporsi all'espansione russa nei Balcani, non solo per le ragioni che già in passato avevano spinto il governo di Vienna a contrastare le iniziative zariste in quel settore, ma anche perché l'Austria non poteva non opporsi ad un ulteriore rafforzamento dell'egemonia russa nell'Europa medio-orientale, cioè a un passo decisivo della Russia verso l'egemonia europea. Di fronte a questo pericolo era inevitabile che l'Austria mostrasse chiaramente la sua "ingratitudine" verso la Russia, come aveva previsto lo Schwarzenberg.

In terzo luogo Nicola I non capí che l'Inghilterra aveva un interesse maggiore a impedire che la Russia conseguisse l'egemonia europea e il dominio dei Balcani e degli Stretti che non a spartire con la Russia stessa l'Impero turco, su cui del resto esercitava già una notevole influenza. Insomma, per quanto in Inghilterra la nascita del Secondo Impero avesse suscitato apprensioni per una possibile ripresa da parte di Napoleone III della politica egemonica di Napoleone I, maggiori preoccupazioni suscitava l'egemonia russa, che era già in atto entro certi limiti, e che sarebbe divenuta formidabile se il despota di Pietroburgo avesse realizzato i suoi disegni nel Vicino Oriente.

D'altra parte, per comprendere come mai lo zar, anche dopo che il governo di Londra lasciò cadere la sua proposta, si ostinasse a continuare in una politica che portò inevitabilmente alla guerra, si deve tener conto anche delle incertezze e dei contrasti che sorsero all'interno dei gruppi dirigenti di tutte le potenze europee nei riguardi dell'iniziativa russa. Cosí in Inghilterra fin verso la fine del '53 vi fu contrasto tra la politica cauta e tendenzialmente pacifica del primo ministro Aberdeen e quella bellicosa dei ministri Palmerston e Clarendon; cosí in Francia non mancarono oscillazioni tra la maniera forte e lo spirito di conciliazione fino alla vigilia dell'apertura delle ostilità, dovute anche alla incertezza, in parte autentica e in parte simulata, di

Napoleone III; cosí in Austria alla tendenza russofila dei capi militari, come il Radetzky e il Windischgraetz, si oppose quella antirussa della maggior parte dei diplomatici, primo tra tutti l'ambasciatore a Parigi Hübner, mentre il ministro degli esteri Buol ebbe un atteggiamento ondeggiante. Questi contrasti determinarono nel corso del '53 ed anche successivamente un'attività diplomatica quanto mai complicata, espressione tipica di una fase di transizione tra due sistemi diversi di rapporti internazionali.

Dopo avere invano tentato con la missione dell'ammiraglio Menšikov a Costantinopoli di piegare il sultano alla sua volontà, Nicola I alla fine di giugno del 1853 ordinò alle sue truppe di occupare i Principati danubiani (Moldavia e Valacchia) che erano vassalli della Turchia, senza peraltro ancora dichiarare la guerra. Nell'estate, mentre le forze navali inglesi e francesi entravano nei Dardanelli, l'Austria svolse un tentativo di conciliazione che fallí per l'ostinazione delle due parti. Perciò, avendo lo zar rifiutato di sgomberare i Principati, il sultano gli dichiarò la guerra il 23 ottobre 1853. Poco dopo, il 30 novembre, una squadra turca fu distrutta dalla flotta russa nella rada di Sinope.

Le flotte inglese e francese entrarono allora nel Mar Nero; quindi, dopo nuovi scambi di note diplomatiche, la Francia e l'Inghilterra dichiararono la guerra alla Russia il 27 marzo 1854. Pochi giorni dopo, il 10 aprile 1854, le due potenze occidentali conclusero a Londra un trattato d'alleanza, in cui dichiararono di non avere mire di conquista, ma di volere difendere l'integrità dell'Impero turco e ristabilire in Europa l'equilibrio e la pace. Inoltre l'articolo V del trattato diceva: "Le loro Maestà l'Imperatore dei Francesi e la Regina del Regno Unito di Gran Bretagna e Irlanda accoglieranno con premura nella loro alleanza, per cooperare al fine prefisso, le altre Potenze d'Europa che desidereranno entrarvi."

La Francia e l'Inghilterra invitavano dunque tutta l'Europa ad unirsi a loro nella crociata antirussa. Già da alcuni mesi del resto avevano cominciato a premere sul governo austriaco perché appoggiasse la loro azione diplomatica ed eventualmente militare. Ma in Austria, oltre al contrasto di opinioni sulla linea da seguire a cui prima si è accennato, esistevano anche altre serie preoccupazioni che consigliavano di agire con cautela e di evitare possibilmente una compromissione troppo aperta a favore dell'uno o dell'altro dei contendenti. Queste preoccupazioni riguardavano la Germania, ma soprattutto l'Italia. La sommossa del 6 febbraio '53, le conseguenze della stessa azione repressiva austriaca nel Lombardo-Veneto, la controversia col Piemonte per i sequestri costringevano il governo di Vienna ad una continua vigilanza diplomatica, militare e poliziesca. Anche se non ci fossero state altre gravi ragioni, il timore di una guerra in Italia, nella quale il Piemonte sarebbe stato aiutato dalla Francia e dall'Inghilterra, sarebbe bastato a dissuadere il governo austriaco dall'alleanza russa. La scelta austriaca non poteva quindi essere che tra l'alleanza occidentale e la neutralità. In entrambi i casi però era necessario ottenere una garanzia del mantenimento dello *status quo* in Italia. L'ambasciatore Hübner si preoccupò subito di sondare il governo francese su questo punto, appena l'apertura della guerra apparve inevitabile, e da parte francese la risposta fu favorevole. Infatti il 22 febbraio '54 il "Moniteur," giornale ufficiale del governo di Parigi, pubblicò un articolo in cui si affermava che, in caso di adesione dell'Austria all'azione francese in Oriente, i possessi austriaci in Italia sarebbero stati garantiti e si diceva che il governo imperiale avrebbe impedito a chiunque di separare sulle Alpi le bandiere della Francia e dell'Austria, qualora queste si fossero unite in Oriente.

Tuttavia, nonostante questo monito francese abbastanza chiaramente rivolto al Piemonte, il governo di Vienna esitò ancora prima di decidersi a favore dell'allenza occidentale e pensò di ottenere a minor prezzo una garanzia analoga a quella offerta dalla Francia promuovendo intorno a sé la formazione di un grande blocco neutrale che comprendesse anche la Prussia e gli altri Stati della Confederazione germanica. A tale scopo fu inviato a Berlino il generale Hess, che riuscí a concludere con la Prussia un trattato il 20 aprile 1854. I due governi si impegnarono a garantirsi reciprocamente i loro territori germanici e non germanici, quindi anche i possessi austriaci in Italia; stabilirono inoltre di procedere ad una difesa comune in caso d'attacco e di invitare gli altri Stati germanici ad aderire al trattato; stabilirono infine che l'Austria sarebbe intervenuta nei Principati danubiani, nel caso di un'annessione di questi per parte della Russia oppure di un'azione dell'esercito russo a sud del Danubio. Grazie a questo trattato, l'Austria poté concluderne il 14 giugno un altro con la Turchia, che l'autorizzò ad occupare i Principati. Al principio dell'estate grandi forze austriache furono concentrate ai confini della Moldavia e della Valacchia e minacciarono di prendere alle spalle le truppe russe, in quel momento duramente impegnate contro i turchi a Silistria sul Danubio. Perciò nell'agosto i russi si ritirarono in Bessarabia, mentre gli austriaci senza colpo ferire e senza dichiarare la guerra occuparono la Moldavia e la Valacchia. In tal modo essi separarono i russi dai turchi ed anche dai franco-inglesi, i quali nel giugno erano sbarcati a Varna sulla costa bulgara (allora turca) del Mar Nero. In conseguenza di questa nuova situazione, il corpo di spedizione franco-inglese abbandonò Varna e il 14 settembre sbarcò in Crimea, dove si iniziò, intorno alla piazzaforte russa di Sebastopoli, la difficile campagna che diede il nome alla guerra.

Con questa azione l'Austria conseguí un successo momentaneo, ma irritò i russi e non accontentò certo gli occidentali, i quali avrebbero voluto un suo aperto intervento nella guerra. D'altra parte il blocco neutrale austro-germanico si rivelò ben presto uno strumento poco solido, perché la Prussia mostrava chiaramente la sua volontà di non sbilanciarsi troppo in senso antirusso per favorire l'Austria, mentre gli altri Stati tedeschi, pur avendo formalmente aderito al trattato del 20 aprile, mostravano di non essere disposti ad accettare ciecamente la guida asburgica. Vienna perciò decise di riprendere le trattative con Parigi, le quali non furono facili, perché da parte austriaca si cercava di ottenere la promessa garanzia francese concernente l'Italia prima della firma di un trattato d'alleanza, mentre da parte francese si voleva prima concludere il trattato e poi concedere la garanzia. D'altra parte l'Austria tentò di nuovo di persuadere la Russia ad aprire trattative di pace. Ma intanto in Crimea, dopo qualche successo iniziale degli alleati, la guerra divenne molto difficile: i russi resistevano saldamente a Sebastopoli assediata e al tempo stesso minacciavano dall'esterno le truppe assedianti, travagliate inoltre dal colera, dal freddo e dalla difficoltà dei rifornimenti. In queste condizioni era illusorio sperare che lo zar accettasse di aprire subito trattative di pace, mentre gli alleati dovevano ottenere ad ogni costo qualche successo militare, se non volevano chiudere l'impresa con una gravissima perdita di prestigio. Si accentuarono quindi le pressioni francesi sull'Austria, la quale finalmente si decise a concludere a Vienna il 2 dicembre 1854 un trattato con la Francia e l'Inghilterra. In questo documento le tre potenze dichiaravano di essere d'accordo sulla necessità di ottenere dalla Russia l'accettazione dei seguenti quattro punti: rinuncia al protettorato sui Principati danubiani; libera navigazione sul Danubio; revisione del trattato del 1841 concernente gli Stretti; rinuncia al protettorato degli ortodossi sudditi della Turchia. L'Austria s'impegnava ad intervenire per imporre queste condizioni alla Russia, quando fosse esaurita ogni possibilità di farle accettare mediante trattative. Il governo di Vienna si schierava dunque a favore degli occidentali, ma senza prendere un impegno preciso sulla data del suo intervento armato; in realtà sperava ancora di guadagnare tempo fino a quando la stanchezza avesse persuase le due parti a venire a patti. Comunque la Francia concesse all'Austria la richiesta garanzia per la conservazione dello *status quo* in Italia. Infatti il 22 dicembre 1854 fu firmata a Vienna una convenzione che diceva: "Le Corti d'Austria e di Francia si obbligano mutualmente ad usare tutti i loro mezzi d'influenza per prevenire i tentativi che potessero essere diretti in Italia contro l'integrità territoriale degli Stati che la compongono, mentre consacrano i loro sforzi a risolvere, nell'interesse generale dell'Europa, le complicazioni sorte in Oriente." Le cose stavano a questo punto, quando si conclusero le trattative tra le potenze occidentali e il Regno di Sardegna per l'intervento di questo nella guerra di Crimea.

Nel corso del 1853 e nei primi mesi del 1854 le complicazioni orientali suscitarono in Piemonte, come del resto in tutta l'Italia, molte speranze negli ambienti liberali. L'atteggiamento via via sempre piú deciso dei governi di Londra e di Parigi nell'osteggiare l'azione russa nell'Impero turco fece infatti sperare che stesse per aprirsi in Europa una grande guerra ideologica tra il mondo progressista e quello reazionario. I liberali credettero che a fianco della Russia sarebbe stata l'Austria e che le potenze occidentali si sarebbero appoggiate ai movimenti nazionali e liberali di tutta l'Europa. Del resto la propaganda dei governi occidentali e la stampa di Parigi e di Londra sul finire del '53 e al principio del '54 diffondevano appunto l'idea che la guerra che stava per iniziarsi sarebbe stata combattuta per la civiltà contro la barbarie, per la libertà contro la tirannide, per il progresso contro la reazione. A queste suggestioni si sottrassero tuttavia una parte degli uomini di sinistra (tra questi Mazzini), i quali negavano che Napoleone III, l'uomo che aveva soffocato la Repubblica romana e la Repubblica francese, potesse mai fare una guerra di questo genere e inoltre facevano osservare che difendendo l'Impero turco gli occidentali perpetuavano l'asservimento delle nazionalità balcaniche ad un regime certamente più tirannico e arretrato di quello di Pietroburgo. Ma per i liberali queste considerazioni passavano in seconda linea di fronte alla speranza che il blocco reazionario, che dal 1815 aveva costituito il nucleo essenziale della Santa Alleanza, potesse essere battuto militarmente e gran parte dell'Europa potesse essere riordinata su basi nazionali.

Anche Cavour condivise per qualche tempo queste speranze; perciò, mentre la stampa liberale e una parte della stampa democratica piemontese seguivano gli avvenimenti d'Oriente mostrando chiaramente le loro simpatie per le potenze occidentali, al principio del '54 cominciò a pensare alla possibilità di un intervento piemontese a fianco della Francia e dell'Inghilterra nella speranza che la guerra, ormai inevitabile, potesse prima o poi estendersi all'Italia. A tale scopo egli fece sapere per interposta persona a sir James Hudson, ministro inglese a Torino, che il governo sardo avrebbe risposto favorevolmente ad un'eventuale proposta d'alleanza da parte occidentale. Su questa linea aveva l'approvazione del re e poteva contare in quel momento sull'appoggio di un largo schieramento politico che, oltre ai liberali, avrebbe compreso tutta o quasi tutta la sinistra parlamentare e a destra i conservatori con esclusione soltanto dei reazionari più estremi.

A queste speranze diede un grave colpo l'articolo del "Moniteur" del 22 febbraio, prima ricordato, a cui si aggiunsero altre notizie sulle pressioni franco-inglesi per indurre l'Austria ad accedere all'alleanza antirussa. Il 13 marzo il ministro inglese John Russell, di cui pure era nota la simpatia per la causa italiana, disse alla Camera dei Comuni che gli italiani sarebbero andati contro il loro interesse se fossero insorti contro l'Austria, dalla quale potevano sperare un governo "più umano" se fossero rimasti tranquilli. Queste parole provocarono le proteste di Mazzini e di Manin, il quale in una lettera alla "Presse" di Parigi scrisse che gli italiani non chiedevano agli austriaci di governare più umanamente ma di andarsene dall'Italia. Comunque svaní l'illusione di una guerra ideologica ed apparve chiaro che la Francia e l'Inghilterra attribuivano un'importanza decisiva all'alleanza austriaca, sicché Cavour assunse un atteggiamento piú cauto. Tuttavia, quando il 18 aprile il ministro inglese a Torino gli parlò dell'opportunità di un intervento piemontese, che avrebbe potuto calmare le apprensioni austriache per eventuali complicazioni in Italia, rispose dicendo che avrebbe consigliato al re di inviare un corpo di spedizione in Oriente, qualora l'Austria avesse preso la decisione irrevocabile di partecipare alla guerra a fianco dei franco-inglesi, purché gli interessi del Regno sardo non fossero in alcun modo compromessi. Disse anche al ministro inglese che su questa base si potevano aprire trattative per l'adesione piemontese all'alleanza del 10 aprile. Forse Cavour pensava in quel momento che l'Austria non si sarebbe mai decisa a entrare in guerra contro la Russia; ma è piú probabile che si preoccupasse di evitare la difficile situazione di isolamento in cui il Piemonte si sarebbe trovato nel caso di un'alleanza anglo-franco-austriaca. Restare neutrali in questo caso significava rinunciare ad ogni possibilità, sia pure piccola, di influire sullo sviluppo degli avvenimenti e lasciare quindi completamente l'iniziativa nazionale a Mazzini e ai democratici; invece partecipare all'alleanza significava tenere aperta la via per un'azione diplomatica futura. Questo punto va tenuto presente per comprendere la decisione presa successivamente da Cavour riguardo all'allenza. Tuttavia per il momento la sua iniziativa non ebbe successo, perché il consiglio del ministri il giorno dopo la respinse a grande maggioranza. Cavour dovette quindi pregare lo Hudson di non dar seguito alla sua proposta; il ministro inglese tuttavia informò il suo governo della situazione esistente a Torino riguardo al problema dell'alleanza. Circa un mese dopo i governi di Londra e di Parigi comunicarono ufficialmente a Torino il trattato del 10 aprile. Dato il tenore dell'articolo V del trattato stesso, era quella un'occasione offerta al governo piemontese per chiedere di partecipare all'alleanza; ma la risposta, preparata dal ministro degli esteri Dabormida, si limitò ad esprimere la simpatia del governo sardo per l'iniziativa presa dalle due potenze occidentali.

Durante l'estate e l'autunno del '54 altri contatti diplomatici concernenti la situazione determinata dalla guerra d'Oriente e la possibilità di un intervento piemontese vi furono fra Torino da una parte, Parigi e Londra dall'altra. L'interesse degli occidentali all'intervento piemontese era determinato in parte da ragioni militari, poiché soprattutto il governo di Londra desiderava rafforzare con un apporto straniero il proprio corpo di spedizione in Oriente notevolmente inferiore a quello francese; ma aveva soprattutto lo scopo di stimolare l'Austria a decidersi facendole apparire la possibilità di complicazioni in Italia se fosse rimasta neutrale e la possibilità invece di una piena sicurezza da questo lato se si fosse alleata con le potenze occidentali, alleate a loro volta col Piemonte. Poiché la situazione per diversi mesi rimase fluida, Cavour evitò di intervenire direttamente nei contatti coi franco-inglesi e lasciò che se ne occupassero il Dabormida e i due ministri piemontesi a Parigi e a Londra, Salvatore di Villamarina ed Emanuele d'Azeglio.

La proposta formale al Piemonte di intervenire nella guerra giunse però a Torino soltanto dopo la firma del trattato del 2 dicembre tra gli occidentali e l'Austria. L'iniziale richiesta di un contingente militare di cui la Gran Bretagna avrebbe pagato le spese, respinta dal governo di Torino perché poco riguardosa, fu mutata in un invito al Piemonte ad accedere all'alleanza del 10 aprile. Data la situazione, il governo di Torino non poteva piú rispondere con un rifiuto, non solo per le ragioni già indicate quando si è parlato del passo inglese del 18 aprile, ma anche perché, nel caso che l'Austria fosse intervenuta in guerra sulla base del trattato del 2 dicembre, non sarebbe stato possibile impedire che forze francesi attraversassero il Piemonte. In caso di rifiuto piemontese, questo passaggio poteva essere imposto con un atto di forza analogo a quello compiuto pochi mesi prima dagli occidentali in Grecia, costretta a rinunciare alle sue rivendicazioni nazionali antiturche e ad accettare un governo imposto dai franco-inglesi. Il Piemonte insomma non poteva restare neutrale senza mettere a repentaglio la sua indipendenza. Poiché dunque l' alleanza era inevitabile, il Dabormida cercò di concluderla alle migliori condizioni possibili. Perciò non solo chiese ed ottenne che per sopperire alle spese di guerra il Piemonte, anziché ricevere un umiliante sussidio, potesse contrarre con l'Inghilterra un prestito a buone condizioni, ma chiese anche che al trattato fossero aggiunte alcune clausole segrete riguardanti i punti seguenti: diritto del Piemonte di partecipare alle trattative di pace nella stessa posizione delle altre potenze belligeranti; impegno degli alleati di intervenire presso il governo di Vienna per persuaderlo a togliere i sequestri dei beni degli emigrati lombardo-veneti;

impegno degli alleati a prendere in considerazione le condizioni dell'Italia a guerra finita.

Ma di fronte a queste richieste, dettate dalla necessità in cui era il governo di Torino di giustificare il trattato di fronte all'opinione pubblica piemontese e ai patrioti italiani, le potenze occidentali furono irremovibilmente negative. Esse non volevano scontentare l'Austria, che seguiva sospettosamente le trattative di Torino, e non volevano impegnarsi a far partecipare una potenza di secondo ordine come il Regno sardo alle discussioni generali sull'assetto europeo che erano sempre state riservate alle grandi potenze. I negoziati giunsero quindi ad un punto morto; per superarlo il 7 gennaio 1855 i ministri inglese e francese a Torino posero al governo piemontese un *ultimatum* piuttosto duro: o aderire al trattato del 10 aprile senza condizioni aggiuntive, o rinunciare all'alleanza; e diedero al governo due giorni di tempo per una risposta definitiva. Per di piú il rappresentante francese, il duca di Guiche, non esitò ad interferire negli affari interni piemontesi facendo leva sul re contro il ministro riluttante.

Effettivamente Vittorio Emanuele II fin dal gennaio del '54 era divenuto un entusiasta fautore dell'intervento. Era spinto a questo atteggiamento un po' dal suo carattere bellicoso ed esuberante e un po' dall'idea, giusta in linea generale, che il Piemonte non dovesse restare neutrale in quel momento cosí delicato per le sorti dell'Europa. Il fatto che la guerra, invece di assumere il carattere di lotta ideologica, assumesse quello di conflitto di potenze non lo preoccupò minimamente, sicché rimase assai deluso quando nella primavera la maggior parte dei ministri fu contraria all'intervento; espresse anzi chiaramente il suo malcontento verso il ministero al duca di Guiche in un colloquio che ebbe con lui al principio di giugno. Il ministro francese seppe quindi da quel momento di poter contare su di lui, nel caso che divenisse necessario per la Francia imporre al Piemonte il trattato d'alleanza. Avvenne inoltre che nei mesi successivi si delineò un nuovo contrasto fra il re e il ministero sulla politica ecclesiastica. Nel novembre infatti fu presentata al Parlamento la legge per la soppressione di un certo numero di conventi e l'incameramento dei loro beni, che sollevò aspre proteste dei clericali. Il re cominciò quindi a pensare alla possibilità di sostituire il Cavour col Revel. A questo scopo gli parve una buona occasione l'*ultimatum* dei rappresentanti occidentali al governo in carica: infatti il colpo di forza per imporre al paese un ministero Revel, in contrasto con la maggioranza della Camera che appoggiava Cavour, avrebbe avuto in quel momento l'appoggio della Francia. Perciò la sera del 7 gennaio '55 in un colloquio col Guiche il re manifestò la sua irritazione contro i ministri per le loro esitazioni e per le condizioni poste all'adesione all'alleanza e si dichiarò favorevole ad un'adesione senza riserve. "Si nous sommes battus en Crimée," aggiunse, "nous nous en tirerons toujours, et si nous sommes vainqueurs, eh bien! cela vaudra mieux pour les Lombards que tous les articles qu'ils [i ministri] veulent joindre au traité. Mais que voulez-vous, mon cher, je me suis fatiqué à le leur dire, et ils ne veulent pas encore m'écouter. Mais patience; vous savez ce que je vous ai dit: je n'ai qu'une parole, et si ceux là ne veulent pas marcher j'en prendrai d'autres qui marcheront, mais nous n'en viendrons pas là; car voyez-vous, le pays et les Chambres sont de mon avis."[1]

In realtà il re aveva già pronto un ministero Revel e sul mutamento era d'accordo il Guiche, anch'egli uomo di idee conservatrici. Senonché il Guiche rivelò la manovra al conte di Salmour, deputato piemontese, marito di una sua cugina, il quale a sua volta la rivelò al Cavour, di cui era amico e collaboratore. La rivelazione del Salmour al Cavour, che sembra fosse all'oscuro della manovra, avvenne il 9 gennaio, mentre alla Camera si iniziava la discussione della legge sui conventi, poche ore prima del momento stabilito per la risposta ai rappresentanti francese e inglese. Cavour era ormai convinto che il Piemonte dovesse aderire all'alleanza senza condizioni, se voleva sfuggire al pericolo di essere stretto nella morsa franco-austriaca e trarre invece dalla situazione, pur difficile, tutto il vantaggio possibile. Inoltre intendeva impedire che il re imponesse al paese un ministero Revel non appoggiato dalla maggioranza della Camera. Decise quindi di agire con energia e rapidità. Si incontrò dapprima con Massimo d'Azeglio e gli chiese se fosse disposto ad assumere di nuovo la presidenza del consiglio; ma l'Azeglio rifiutò. Assicuratosi quindi che non esisteva la possibilità di un altro ministero liberale che non fosse il suo, Cavour riunì la sera stessa i ministri Da-

[1] Parole riferite da G. MASSARI, *La vita e il regno di Vittorio Emanuele II*, Milano, 1878, p. 170, il quale le trasse dal diario del duca di Guiche, che questi gli mise a disposizione.

bormida, La Marmora e Rattazzi insieme allo Hudson e al Guiche; ma il Dabormida non volle rinunciare alle clausole aggiuntive e i rappresentanti franco-inglesi respinsero qualsiasi compromesso; Cavour dichiarò allora che il Piemonte non poteva piú considerarsi neutrale ed ottenne un rinvio al giorno dopo della risposta definitiva agli alleati. Il Dabormida dichiarò di voler dare le dimissioni, data l'ostilità dimostratagli dal ministro francese. Cavour si recò quindi dal re e gli disse di essere pronto a dimettersi se l'alleanza non si fosse conclusa; Vittorio Emanuele non poté pertanto che confermargli la sua fiducia e nominarlo anche ministro degli esteri in luogo del Dabormida. La mattina seguente Cavour poté pertanto comunicare allo Hudson e al Guiche la sua nomina a ministro degli esteri e la decisione del re e del governo di aderire all'alleanza.

L'adesione piemontese all'alleanza di Crimea non avvenne quindi sulla base di un disegno lungimirante di Cavour, come poi fu piú volte ripetuto dalla storiografia agiografica dei moderati, ma fu il risultato di uno svolgimento politico lungo e complicato. Cavour ebbe il merito di aver saputo adattare la sua azione ad una situazione incerta e mutevole e prendere nel momento cruciale una decisione rischiosa, ma rispondente agli interessi del Piemonte e alla politica liberale da lui seguita fino da quando era diventato ministro. "Dabormida si ritira," scrisse l'11 gennaio '55 al conte Oldofredi, "ed il protocollo è firmato. Ho assunto sul mio capo una responsabilità tremenda. Non importa, nasca quel che ha da nascere, la mia coscienza mi dice avere adempiuto ad un sacro dovere."[2] Data la situazione che si era formata ai primi di gennaio del '55, l'alleanza poteva assumere un carattere conservatore e favorire uno scivolamento verso la reazione di tutta la politica piemontese. Se questo non avvenne, lo si dovette alla decisione di Cavour di concludere l'alleanza e di restare al potere. In tal modo egli evitò che l'alleanza stessa si ripercuotesse negativamente sullo sviluppo del liberalismo e del sistema parlamentare e quindi anche sul legame tra il Piemonte e il movimento nazionale italiano. D'altra parte anche il pericolo rappresentato dagli accordi precedenti dei franco-inglesi con l'Austria era attenuato dal fatto che, mentre l'Austria sulla base del trattato del 2 dicembre poteva mante-

[2] Cavour, *Lettere edite ed inedite*, a cura di L. Chiala, Torino, 1883-87, vol. II, p. 320.

nere ancora un'ambigua posizione di attesa, il Piemonte si legava alle potenze occidentali in modo chiaro con un trattato d'alleanza e con un intervento militare. Questo fatto, pur limitato dal minor peso politico del Regno sardo rispetto all'Impero austriaco, non poteva non avere un'influenza sullo sviluppo della situazione. Certamente con l'intervento piemontese la guerra antirussa non assunse quel carattere di guerra liberale e nazionale che i liberali un anno prima avevano creduto potesse avere; ma nel complesso gioco delle potenze, che già aveva determinato la rottura della solidarietà austro-russa, si inseriva un elemento nuovo che doveva stimolare altre modificazioni della situazione europea.

3. *La crisi Calabiana*

Le nuove tergiversazioni austriache, che resero inoperante il trattato del 2 dicembre per la parte concernente l'entrata in guerra dell'Impero asburgico, facilitarono il compito di Cavour nella discussione sul trattato d'alleanza del 10 gennaio '55, svoltasi al Parlamento nel febbraio. Alla Camera egli poté infatti respingere l'accusa della sinistra di avere conclusa un'alleanza reazionaria con un blocco di cui faceva parte l'Austria ed affermare che il trattato non faceva che ribadire l'amicizia del Regno sardo con le potenze occidentali necessaria per lo sviluppo ulteriore della politica di libertà e di indipendenza. D'altra parte sostenne abilmente l'attacco del Revel, il quale si dichiarò favorevole all'alleanza ma mise in luce l'aspetto negativo del trattato, cioè l'assenza di garanzie, affermando che esso era il risultato inevitabile della politica svolta dai ministeri liberali dal '49 in poi. Cavour approfittò di questo allargamento del tema della discussione per attaccare violentemente la politica dei conservatori dimostrando che essa tendeva inevitabilmente a favorire la reazione, la quale avrebbe prevalso se lo Statuto non fosse stato svolto in senso liberale con una serie di leggi organiche. Il Revel cercò allora di differenziare la sua posizione da quella dei reazionari estremi; ma, attaccato con asprezza dal Rattazzi, dal Lanza e di nuovo dallo stesso Cavour, finí per perdere le staffe e votare contro il trattato. In tal modo compí un atto non gradito al re e agli alleati e pregiudicò la possibilità di andare al potere in caso di crisi del ministero

Cavour. Inoltre col voto contrario rinunciò a differenziarsi dai reazionari e anche in questo fece il gioco di Cavour, il quale poté cosí piú facilmente diffondere l'interpretazione liberale dell'alleanza di Crimea, che poi divenne corrente ed entrò come un luogo comune nella storiografia.

Il dibattito alla Camera si concluse il 10 febbraio con l'approvazione del trattato con 95 voti favorevoli, 63 contrari e 1 astenuto. Al Senato la discussione fu meno aspra: infatti, sebbene non pochi conservatori sollevassero anche qui critiche simili a quelle del Revel, la maggioranza, anche per fedeltà al re, fu favorevole al trattato, che fu approvato il 3 marzo con 63 voti favorevoli e 27 contrari. Il giorno successivo fu pubblicata la dichiarazione di guerra del Regno di Sardegna all'Impero russo.

Frattanto una grave tempesta si addensava sul ministero Cavour, determinata dalla legge sulla soppressione di un certo numero di conventi. In gennaio la chiusura del Parlamento in segno di lutto per la morte delle regine Maria Adelaide e Maria Teresa, rispettivamente moglie e madre di Vittorio Emanuele II, aveva interrotta la discussione di questa legge, che riprese alla Camera il 16 febbraio. Il progetto di legge, preparato dal Rattazzi, prevedeva la soppressione delle comunità religiose che non si dedicassero alla predicazione, all'istruzione e all'assistenza agli infermi e l'attribuzione del loro patrimonio a un ente pubblico da istituirsi appositamente, la Cassa ecclesiastica, amministrato da funzionari laici sotto il controllo dello Stato; prevedeva inoltre che per alimentare questa Cassa fosse istituita un'imposta sugli enti ecclesiastici non soppressi il cui reddito superasse un certo livello; prevedeva infine che la Cassa ecclesiastica provvedesse al pagamento delle pensioni ai religiosi delle case soppresse e i supplementi di congrua, cioè gli assegni ai parroci poveri, prima a carico dello Stato. Il progetto si ispirava al principio che i beni ecclesiastici fossero di proprietà nazionale e che lo Stato potesse disporne, sia pure per fini religiosi; al tempo stesso respingeva il sistema del clero stipendiato, adottato in Francia dalla Costituente nel 1790, e conservava il sistema dei benefici correggendone le disuguaglianze mediante i supplementi di congrua, messi peraltro a carico della Cassa ecclesiastica e non del bilancio dello Stato. Ma soprattutto la legge mirava a colpire gli ordini religiosi puramente ascetici e contemplativi, da piú di un secolo soggetti alla critica corrosiva dell'illuminismo e poi della democrazia e del liberalismo, che erano anche quelli giudicati piú ostili al nuovo ordine di cose stabilito nel '48. La legge Rattazzi quindi veniva incontro ad una richiesta avanzata già da alcuni anni dai liberali e dai democratici, pur senza giungere alla totale soppressione dei conventi che questi ultimi avrebbero voluto. Contro di essa Pio IX tenne un'Allocuzione ai cardinali il 22 gennaio 1855, nella quale, dopo aver criticato aspramente la politica ecclesiastica svolta dal governo sardo dal '49 in poi, avvertiva tutti coloro che avessero approvato la legge o contribuito alla sua esecuzione che sarebbero incorsi nelle censure canoniche. Tuttavia la Camera subalpina approvò la legge il 2 marzo 1855 con 116 voti favorevoli e 36 contrari.

Si presentò ora a Cavour il problema di fare approvare la legge dal Senato; cosa difficile, poiché ad essa era ostile il re, come già a quella sul matrimonio civile. Si disse allora che in quei giorni Vittorio Emanuele II fosse particolarmente sensibile alle pressioni clericali, perché gravemente scosso dalle morti della madre e della moglie, cui si aggiunse il 10 febbraio quella del suo unico fratello, Ferdinando duca di Genova. Tuttavia, per quanto questi gravi lutti, che la stampa clericale non esitava ad indicare come segni della collera divina, avessero turbato l'animo del sovrano, questi era sempre stato ostile ai provvedimenti di laicizzazione e già verso la fine del '54 aveva pensato di far fallire la legge sui conventi e di approfittare della crisi che ne sarebbe seguita per sostituire il ministero Cavour con uno di destra. Comunque, in una lettera a Pio IX del 9 febbraio 1855, il re, dopo aver deplorato il fanatismo del partito clericale, esprimeva la speranza che le trattative tra Roma e Torino potessero essere riprese e a proposito della legge sui conventi, in un biglietto unito alla lettera, diceva: "Sappia la Santità Vostra che sono io che non lasciò (sic) votare la legge sul Matrimonio in Senato, che sono io che ora farò il possibile per non lasciare votare quella sui conventi. Forse tra brevi giorni questo ministero Cavour cascherà, ne nominerò uno della destra e metterò per condizione *sine qua non* che mi si venga al piú presto ad un totale aggiustamento con Roma. (Mi faccia la carità di aiutarmi) io per parte mia ho sempre fatto quel che ho potuto. (Quelle parole al Piemonte non ci andavano adesso, ho paura che mi guasti tutto.) Guarderò che la lege (sic) non passi, ma mi aiuti poi Santo Padre. Bruci questo pezzo di carta per farmi piacere."[3]

Frattanto già da alcuni mesi la destra piemontese insieme ad alcuni autorevoli vescovi veniva preparando una manovra per fare respingere la legge e sostituirla nella parte finanziaria con una sovvenzione della Chiesa allo Stato per far fronte ai supplementi di congrua. I vescovi che si occuparono della cosa furono monsignor Billiet arcivescovo di Chambéry, monsignor Nazari di Calabiana vescovo di Casale (entrambi senatori del Regno) e monsignor Ghilardi vescovo di Mondoví; ma l'idea fu suggerita loro da qualche dirigente laico della destra. L'abate Roberti, reggente la nunziatura pontificia a Torino, informato con un certo ritardo del progetto, lo giudicò poco opportuno. Ma Vittorio Emanuele II lo approvò e lo caldeggiò in una lettera al papa. Perciò Pio IX e il cardinale Antonelli, dopo qualche esitazione, autorizzarono i vescovi piemontesi ad agire in questo senso. Fu pertanto deciso che, appena finita in Senato la discussione generale della legge, i vescovi senatori a nome di tutto l'episcopato del Regno avrebbero offerto al governo, in cambio del ritiro della legge, la somma annua di 928.000 lire, necessaria per i supplementi di congrua, da prelevarsi sulle mense vescovili e sui redditi di tutti gli altri enti ecclesiastici. Con questa proposta l'episcopato, presentandosi come un corpo costituito all'interno dello Stato, voleva mostrare la propria generosità in un momento in cui il Regno si era impegnato in guerra e al tempo stesso mirava a riaffermare il principio della piena proprietà del clero sui beni ecclesiastici e ad ottenere il ritiro definitivo della legge soppressiva dei conventi.

Cavour, informato per tempo della manovra in corso di cui erano al corrente anche uomini politici di parte governativa, si limitò ad attendere gli sviluppi della situazione. Egli non poteva impedire che la proposta dei vescovi avesse luogo, né d'altra parte poteva accettarla, poiché non poteva in quel momento lasciar cadere la legge sui conventi come aveva fatto per quella sul matrimonio civile: il connubio si sarebbe rotto e la maggioranza di centro, rimasta abbastanza compatta nella discussione sul trattato d'alleanza, si sarebbe spezzata. La sopravvivenza del ministero Cavour e la continuazione della politica liberale in Pie-

[3] P. PIRRI S. J., *Pio IX e Vittorio Emanuele II dal loro carteggio privato. I. La laicizzazione dello Stato Sardo 1848-1856*, Roma, 1944, p. 157.

monte erano dunque legate alla sconfitta della manovra clericale ed anche della politica personale del re. Questi parlò della cosa a Cavour, che lo consigliò di non accettare la proposta dei vescovi. Ma il consiglio non fu accolto, e la crisi divenne praticamente inevitabile. Non era tuttavia facile per il re formare un ministero di destra che sostituisse quello Cavour.

Il 26 aprile 1855, dopo quattro giorni di discussione generale sul progetto di legge, monsignor Nazari di Calabiana espose ufficialmente al Senato l'offerta dell'episcopato. Cavour chiese che la seduta fosse interrotta per dar modo al governo di decidere. Il consiglio dei ministri deliberò le dimissioni del gabinetto che furono subito presentate al re e annunciate al Senato e alla Camera il giorno successivo. Cavour motivò le dimissioni affermando che la proposta Calabiana rappresentava un mezzo per giungere ad un accordo con la Santa Sede e che pertanto era opportuno che le trattative fossero condotte da persone che non avessero già avuto con questa aspri contrasti. Egli evitò in tal modo un voto di sfiducia sulla legge, la cui discussione rimase sospesa, e costrinse il re ad affrontare la non facile situazione derivata dalla sua politica personale. Vittorio Emanuele non poté allora incaricare il Revel di formare un nuovo ministero, perché, dopo il voto contrario al trattato d'alleanza dato dal capo dei conservatori, un ministero da questo presieduto sarebbe stato sgradito agli alleati: questa opinione fu espressa in un primo tempo dal rappresentante francese duca di Guiche (divenuto dopo la morte del padre duca di Gramont), mentre lo Hudson rimase riservato. Il re diede allora l'incarico di formare il governo al generale Giacomo Durando, che da poco aveva sostituito come ministro della guerra il La Marmora, nominato comandante del corpo di spedizione in partenza per la Crimea. Era già una scelta di ripiego, perché il Durando non aveva una posizione politica che, come quella del Revel, rappresentasse una precisa alternativa di destra rispetto al ministero Cavour. Era piuttosto adatto per una soluzione di compromesso, la quale però non aveva in quel momento possibilità di successo, perché mancava di una base nel Parlamento e nel paese.

Frattanto nel paese si diffuse una viva agitazione: a Torino vi furono dimostrazioni anticlericali di studenti, mentre ovunque gli ambienti liberali presero posizione a favore del Cavour e contro la proposta Calabiana. Vi furono inoltre pressioni autorevoli sul re in senso liberale. Il La Marmora, che stava per imbarcarsi a Genova per la Crimea, fece una corsa a Torino, dove ebbe un colloquio col sovrano al quale parlò con molta energia in senso contrario a un mutamento di ministero. Massimo d'Azeglio scrisse allora al re una lettera in cui diceva: "Maestà, creda a un suo vecchio e fedel servitore, che nel servirla non ha mai pensato che al suo bene, alla sua fama e all'utile del paese; glielo dico con le lagrime agli occhi ed inginocchiato ai suoi piedi, non vada piú avanti nella strada che ha presa. È ancora in tempo. Riprenda quella di prima. Un intrigo di frati è riuscito in un giorno a distruggere l'opera del suo regno, ad agitare il paese, scuotere lo Statuto, oscurare il suo nome di leale. Non v'è un momento da perdere. Le dichiarazioni ufficiali non hanno risolta la questione in ultimo appello. S'è detto che la Corona voleva cercare nuovi lumi. La Corona dica che questi lumi le hanno mostrato inaccettabili le condizioni proposte. Siano considerate come non avvenute, e le cose riprendano il loro corso naturale e costituzionale di prima. Il Piemonte soffre tutto, ma l'essere di nuovo messo sotto il giogo pretino, no, perdio... Non vada in collera con me. Questo atto è atto di galantuomo, di suddito fedele e di vero amico."[4]

In pochi giorni il Durando constatò l'impossibilità di formare un ministero che svolgesse una politica diversa da quella di Cavour. Gli uomini a cui si rivolse giudicarono inammissibile l'accettazione pura e semplice della proposta dei vescovi. Cercò allora di venire ad un accordo con questi ultimi e chiese che accettassero un emendamento alla legge che trasformava la loro offerta in un'imposta che avrebbe gravato sulle entrate dei vescovati e degli altri enti ecclesiastici. Ma i vescovi rifiutarono e il Durando rassegnò l'incarico al re. Da parte clericale si era cercato nel frattempo di rendere possibile un ministero Revel e si ottenne che il duca Gramont mutasse la sua opinione in proposito e si dichiarasse favorevole a questa soluzione. Ma giunse da Parigi l'ambasciatore Villamarina, invitato dal Durando ad assumere il ministero degli esteri, il quale consigliò al re la riconferma del ministero Cavour. Sembra che il Villamarina si facesse portavoce dello stesso Napoleone III, la cui

---

[4] Questa lettera, pubblicata per la prima volta da C. PERSANO, *Lettere di Massimo d'Azeglio a Carlo di Persano*, Torino, 1878, p. 83, è ristampata da PIRRI, *Pio IX e Vittorio Emanuele II*, cit., p. 196.

politica nei riguardi del Piemonte non coincideva con le tendenze conservatrici prevalenti nella diplomazia francese e condivise dallo stesso ministro degli esteri Drouyn de Lhuys: l'imperatore infatti preferiva che a Torino governassero i liberali piuttosto che i conservatori, i quali avrebbero potuto slittare verso una politica troppo favorevole all'Austria. Su questo riflesso esterno della crisi cosí scrisse Cavour a crisi risolta in una lettera del 7 maggio '55 al ministro a Londra Emanuele d'Azeglio: "Le duc de Gramont s'est un peu trop agité pendant la crise, d'abord pour empêcher que la droite ne fût appelée; ensuite pour lui laisser le champ libre. Hudson au contraire s'est tenu complètement tranquille, déclarant qu'il n'avait rien à faire dans une question intérieure. Il a eu le bon goût de ne pas mettre pendant ce tems les pieds au Ministère et il s'est borné à venir chez moi me faire une visite d'amitié. Villamarina a rendu au pays un très grand service, en contribuant à faire comprendre au Roi notre véritable position en Europe."[5]

Venuta meno la soluzione Durando, Vittorio Emanuele confermò in carica il ministero Cavour. Poiché l'intransigenza dei vescovi, rispondente del resto alle direttive ricevute da Roma, rese impossibile ogni compromesso sulla proposta Calabiana, questa fu lasciata cadere e fu ripresa al Senato la discussione della legge. Il governo accettò un emendamento che consentiva ai religiosi delle comunità soppresse di continuare a vivere insieme nei loro conventi, forniti di una pensione, fino all'estinzione completa della comunità stessa. Cosí la legge, approvata dal Senato il 23 maggio '55 con 55 voti favorevoli e 42 contrari, dovette essere ripresentata alla Camera che l'approvò nel testo emendato il 28 maggio con 95 voti contro 23. Complessivamente la legge tolse la personalità giuridica a 34 ordini religiosi, maschili e femminili, con 331 case e 4.540 persone. Restarono 22 ordini con 274 case e 4.050 persone. L'applicazione della legge avvenne con cautela e fu evitata ogni violenza. Pio IX con un'Allocuzione del 26 luglio '55 condannò la legge e dichiarò scomunicati tutti quelli che l'avevano proposta, approvata ed eseguita. Tuttavia autorizzò il clero del Regno sardo ad accettare le pensioni e i supplementi di congrua dalla Cassa ecclesiastica.

Subito dopo l'approvazione della legge, Cavour riorga-

[5] CAVOUR, *Carteggi, Cavour e l'Inghilterra*, I, p. 97.

nizzò il ministero. Vi entrarono allora Giovanni De Foresta, che ebbe il portafoglio della giustizia, e Giovanni Lanza, che ebbe quello dell'istruzione. Il Cibrario passò dal-
l'istruzione agli esteri; Cavour conservò il ministero delle
finanze, Rattazzi quello dell'interno, Durando quello della
guerra e Paleocapa quello dei lavori pubblici.

Questa crisi, passata alla storia col nome del vescovo
Calabiana, che aveva provocato le dimissioni del ministero
con la sua proposta, si concluse dunque con un grande successo di Cavour, il quale riuscí ad infliggere un duro colpo
ai conservatori e ai clericali e a frenare per diverso tempo
la politica personale del re. Da allora in poi sorse tra i
clericali una profonda diffidenza verso il re, il quale non
era stato in grado di condurre in porto la manovra in cui si
era impegnato. Fu pertanto superato definitivamente in
Piemonte il pericolo di un colpo di Stato reazionario attuato dal sovrano con l'appoggio della destra conservatrice e clericale. La politica personale del re diede ancora
successivamente serie molestie al Cavour, ma agí in direzione diversa. D'altra parte dopo la crisi Calabiana si accentuò la differenziazione tra i conservatori sul tipo del
Revel e i clericali. I primi persero a poco a poco la loro
influenza come gruppo politico; i secondi continuarono ad
avere una notevole forza nel paese e nel Parlamento, ma
non furono piú in grado di manovrare contro Cavour con
l'appoggio del re, della Corte e di una parte del Senato.

La crisi Calabiana segnò quindi un momento importante per lo sviluppo del liberalismo nel Regno sardo. Al tempo stesso concluse la serie delle riforme ecclesiastiche che
si era iniziata nel 1850 con le leggi Siccardi. Nessuna altra
riforma fu infatti attuata in Piemonte nel campo dei rapporti tra Stato e Chiesa prima dell'unificazione.

4. *Il congresso di Parigi*

Nel marzo e nell'aprile del 1855, mentre in Piemonte si
veniva svolgendo la manovra clericale che portò alla crisi
Calabiana e il corpo di spedizione si apprestava a partire
per l'Oriente, l'ambigua politica austriaca fu vicina a conseguire un grande successo. Infatti fin dal gennaio il governo di Pietroburgo dichiarò di essere disposto a iniziare
trattative sulla base dei quattro punti fissati dall'Austria e
dalle potenze occidentali per la soluzione della questione

d'Oriente. Sebbene a Londra l'incerto Aberdeen fosse stato sostituito nel febbraio come primo ministro dal bellicoso Palmerston, le difficoltà delle operazioni in Crimea e la morte, avvenuta il 2 marzo, dello zar Nicola I, cui successe il figlio Alessandro II non impegnato personalmente nella politica che aveva portato alla guerra, spinsero anche gli occidentali ad accogliere l'invito austriaco ad iniziare trattative. Cosí, mentre la guerra continuava, si iniziò il 15 marzo a Vienna una conferenza, alla quale il Regno sardo non fu invitato, che alla fine d'aprile giunse ad una soluzione di compromesso fra le tesi occidentali e quelle russe. Sembrò quindi per un momento che l'Austria potesse ergersi ad arbitra dell'Europa. Ma la politica conciliante dei rappresentanti occidentali alla conferenza di Vienna, il Russell e il Drouyn de Lhuys, fu sconfessata dai governi di Londra e di Parigi, che respinsero l'accordo. Il Russell fu nominato allora ministro delle colonie e praticamente escluso dalla trattazione degli affari di politica estera che rimase nelle mani del Palmerston e del ministro degli esteri, Lord Clarendon. Il Drouyn fu costretto a dimettersi da ministro degli esteri e fu sostituito dal conte Alessandro Walewski, figlio naturale di Napoleone I. Uomo di non grande capacità, il nuovo ministro francese finí per farsi dominare dall'ambiente conservatore prevalente nella diplomazia di carriera, dalla quale del resto egli stesso proveniva. Tuttavia, data la parentela coi Bonaparte, la sua nomina in quel momento assunse il significato di un'accentuazione della politica personale dell'imperatore, ormai convinto della necessità di condurre avanti la guerra con la massima energia. Si fecero quindi piú stretti i legami tra Londra e Parigi e meno buoni i rapporti tra le due potenze occidentali e l'Austria. Questa nuova situazione fu pertanto piú favorevole al Piemonte, i cui rapporti con l'Austria continuavano ad essere tutt'altro che cordiali.

Frattanto al principio di maggio sbarcò in Crimea il corpo di spedizione piemontese, forte di circa 18.000 uomini, comandato dal generale Alfonso La Marmora. Questi, appena giunto in Crimea, riuscí ad evitare di essere posto agli ordini di lord Raglan, comandante inglese, come il governo di Londra avrebbe voluto, ed ottenne di far parte del comando interalleato. Tuttavia le truppe piemontesi furono a lungo tenute in riserva, e in attesa di combattere, soffrirono gravemente per il colera: circa 3.000 furono gli ammalati e ben 1.300 i morti per l'epidemia, tra i quali il generale Alessandro La Marmora, comandante di divisione. Nel giugno i piemontesi furono schierati sul fiume Cernaia a copertura delle forze alleate che assediavano Sebastopoli. Sulla Cernaia il 16 agosto 1855 i piemontesi parteciparono alla battaglia difensiva, detta anche del ponte di Traktir, che fece fallire l'ultimo tentativo russo di rompere dall'esterno l'assedio di Sebastopoli. Il contributo dei piemontesi a questa battaglia (l'unica a cui essi parteciparono in quella guerra) fu poi molto esagerato in Italia. In realtà il peso maggiore dell'attacco russo gravò sul settore tenuto dai francesi. Comunque in quella giornata le truppe piemontesi, che ebbero 14 morti, 170 feriti e 2 dispersi, si comportarono ottimamente. Nel complesso il corpo di spedizione piemontese sopportò bene il peso di quella campagna, poco brillante ma piena di difficoltà logistiche e sanitarie, e tutti i servizi dell'esercito risultarono assai migliorati rispetto al '48 e al '49.

Poche settimane dopo la battaglia della Cernaia, l'8 settembre 1855, i francesi si impadronirono della torre Malakof, posizione chiave della difesa di Sebastopoli. Nei giorni successivi gli alleati poterono quindi entrare finalmente nella città, in gran parte incendiata dai russi. Questi riuscirono però a sfuggire alla stretta degli assalitori e a ritirarsi verso l'istmo di Perekop. Dopo la presa di Sebastopoli, salutata con grande entusiasmo nelle capitali occidentali, la guerra rimase praticamente interrotta in Crimea e continuò ancora per alcuni mesi in Armenia tra russi e turchi. Si aprí a questo punto una nuova fase di intensa e complessa attività diplomatica. Sull'opportunità o meno di continuare la guerra si delineò allora un dissidio tra Londra e Parigi. Il governo inglese, Palmerston in primo luogo, avrebbe voluto continuarla per infliggere un colpo decisivo all'espansionismo russo in Oriente. Invece Napoleone III, che pure nell'estate del '55 aveva pensato ad un'azione a fondo contro la Russia, si convinse ben presto dell'opportunità di porre termine alla guerra, che aveva accresciuto il suo prestigio e quello delle armi francesi, ma che era anche costata alla Francia ingenti sacrifici di sangue e di denaro. Non conveniva infatti alla Francia continuare contro la Russia una lunga guerra di logoramento, caratterizzata da attacchi marginali, difficili e costosi come quello compiuto in Crimea e da un blocco navale di efficacia limitata contro un vastissimo impero continentale come quello russo. D'altra parte, per infliggere all'Impero zarista un colpo veramente molto duro, sarebbe stato necessario condurre contro di esso una grande guerra europea e costringere l'Austria a parteciparvi, oppure, in caso di rifiuto austriaco, condurre anche contro l'Austria una guerra per la liberazione delle nazionalità oppresse. A questa eventualità, già auspicata dai liberali di tutta l'Europa nel '53 e nei primi mesi del '54, Napoleone III pensò appunto nell'estate del '55, ma solo per un momento. Essa infatti avrebbe trasformato la guerra di potenze in una guerra rivoluzionaria ed era quindi in contrasto con gli interessi conservatori che avevano portato al potere il Bonaparte e ve lo mantenevano. Inoltre una guerra di questo genere sarebbe stata in contrasto con un dato di fatto, che emergeva ormai abbastanza chiaramente dalla situazione creata dalla guerra stessa: la rottura della solidarietà austro-russa. Questo fatto offriva alle ambizioni di Napoleone III e alla spinta espansionistica della borghesia francese nuove possibilità di sviluppo, assai meno pericolose di quelle offerte sia dal proseguimento della guerra di logoramento contro la Russia, sia da una guerra rivoluzionaria. La pace con la Russia apparve quindi a Napoleone III nell'autunno del '55 come una condizione indispensabile non solo per ristorare le forze della Francia, ma anche per sviluppare la sua politica intesa a modificare l'assetto dell'Europa stabilito nel 1815.

Pertanto fin dall'ottobre del 1855 alcuni sondaggi per un accordo col governo dello zar furono fatti segretamente da parte francese presso l'ambasciatore russo a Vienna, il principe Alessandro Gorčakov, il quale si mostrò propenso ad accoglierli favorevolmente. Ma il vecchio Nessel'rode, da quasi quarant'anni ministro degli esteri a Pietroburgo, non volle accettare questo brusco capovolgimento della politica estera russa e informò il governo di Vienna delle *avances* francesi. A quest'ultimo sussulto dell'agonizzante spirito della Santa Alleanza l'Austria rispose in modo tutt'altro che amichevole. Il governo di Vienna infatti, spaventato dalla possibilità di trovarsi isolato di fronte alla Francia e alla Russia divenute amiche, decise di abbandonare definitivamente la politica ambigua seguita fino a quel momento e di prepararsi a dare esecuzione al trattato del 2 dicembre '54. Il Buol decise pertanto di inviare a Pietroburgo un *ultimatum*, in cui minacciava l'entrata in guerra dell'Austria a fianco degli alleati, se la Russia non avesse accettato i famosi quattro punti (questa volta formulati in modo assai piú gravoso che per il passato) e in piú non fosse stata disposta a cedere alla Moldavia una parte della Bessarabia. Dopo un mese di esitazioni, il governo di Pietroburgo il 16 gennaio 1856 dichiarò di accettare queste condizioni come base per le trattative di pace. Il governo di Vienna comunicò allora l'accettazione russa ai governi di Londra e di Parigi, che a loro volta accolsero le proposte austriache come base di discussione. Questa accettazione si dovette essenzialmente alla volontà di pace di Napoleone III, che riuscí a vincere le esitazioni inglesi. Fu quindi stabilito che il congresso della pace si sarebbe riunito a Parigi il 25 febbraio 1856.

La caduta di Sebastopoli e l'interruzione delle operazioni militari che ne seguí determinarono uno stato d'animo di delusione a Torino. Cavour e la maggior parte dei dirigenti piemontesi avevano sperato che l'impossibilità di conseguire in Crimea un successo risolutivo costringesse gli alleati ad allargare il conflitto e ad affrontare quindi il problema del riordinamento generale dell'Europa. Era insomma rinata la speranza, dopo il fallimento della conferenza di Vienna, che la guerra assumesse un carattere ideologico o che comunque si rafforzasse la solidarietà franco-inglese e si indebolisse la posizione dell'Austria. Dopo la presa di Sebastopoli invece apparve via via sempre piú probabile l'apertura di negoziati di pace e quindi si allontanò la possibilità di mutamenti generali che coinvolgessero l'Italia.

Alla fine di novembre e al principio di dicembre del 1855 Cavour accompagnò a Parigi e a Londra Vittorio Emanuele in visita ufficiale a Napoleone III e alla regina Vittoria. Ebbe allora molti colloqui con uomini politici inglesi e francesi e con lo stesso imperatore. Si rese conto che la situazione era poco propizia alle speranze piemontesi: gli statisti inglesi mostrarono molta simpatia per il Piemonte e per l'Italia, ma fecero capire di non essere disposti a entrare in contrasto con l'Austria sui problemi italiani; l'imperatore mostrò la sua volontà di pace, che per realizzarsi aveva bisogno della mediazione austriaca. Tuttavia non erano ancora da escludersi una continuazione e un allargamento della guerra: "L'Empereur," scrisse Cavour a Cibrario il 29 novembre '55, "en homme positif ne s'occupe que d'une chose à la fois de sorte que pour le moment il est tout à ses projets pacifiques. Toutefois il m'a paru entre-

176

voir que si la paix ne pouvait pas se faire, par l'entêtement de l'Angleterre ou la mauvaise foi de l'Autriche, alors l'Empereur ferait tous ses efforts pour deplacer le théâtre de la guerre et lui assigner un autre but, plus grand, plus conforme à la grandeur des sacrifices d'hommes et d'argent faits et à faire. Ainsi je crois à peu près certain que la politique subira de grandes modifications: que nous aurons bientôt la paix sur la base des 4 propositions ou bien une guerre continentale."[6] Inoltre, quando Cavour si congedò il 7 dicembre dall'imperatore, questi gli disse: "Ecrivez confidentiellement à Walewski ce que vous croyez que je puisse faire pour le Piémont et l'Italie."[7] Era una richiesta poco impegnativa da parte di Napoleone III, indicativa però di un interesse che andava al di là della pura cortesia verso l'alleato piemontese e che poteva assumere una grande importanza immediata nel caso di continuazione della guerra. Cavour, sempre pronto ad utilizzare anche il minimo appiglio favorevole, incaricò subito Massimo d'Azeglio di preparare un memoriale per il ministro degli esteri francese.

Ma pochi giorni dopo il ritorno del re e di Cavour a Torino l'Austria inviò a Pietroburgo l'*ultimatum* che doveva portare alla fine della guerra. L'azione diplomatica austriaca, comunicata al governo sardo da parte inglese e francese, provocò a Torino delusione e allarme. Cavour, che non conosceva i contatti segreti avvenuti in ottobre tra francesi e russi e che non aveva ancora la possibilità di giudicare quanto fosse grande il risentimento di Pietroburgo verso Vienna, sopravvalutò l'importanza del successo diplomatico che l'Austria stava per realizzare e forse ne esagerò volutamente le possibili conseguenze nei passi che in quei giorni fece verso gli alleati allo scopo di richiamare quanto piú possibile la loro attenzione sulla situazione italiana. In una nota verbale consegnata allo Hudson e al Gramont il 29 dicembre il governo sardo affermò che una pace conclusa sulla base delle proposte austriache avrebbe assicurato all'Austria una posizione egemonica in Europa, poiché essa avrebbe potuto dominare i Balcani come già dominava l'Italia. Era quindi necessario, secondo il governo di Torino, limitare l'influenza dell'Austria in Italia e imporle almeno di ritirare le sue truppe dalle Legazioni e

[6] *Ivi*, p. 146.
[7] Cavour, *Lettere edite ed inedite*, ed. Chiala, vol. II, p. 376.

dai Ducati. Queste idee furono ribadite anche nelle lettere allora inviate dal Cavour e dal Cibrario al Villamarina e ad Emanuele d'Azeglio e nei colloqui che Cavour ebbe con lo Hudson: da parte piemontese si accennò anche alla possibilità che i duchi di Parma e di Modena potessero essere inviati a regnare sui Principati danubiani e che i Ducati potessero essere annessi al Piemonte. Cavour inoltre insistette sul pericolo che la delusione per il risultato della guerra indebolisse gravemente in Italia la posizione del Piemonte e del partito costituzionale. In una lettera ad Emanuele d'Azeglio raccomandò di far presente questo punto ai ministri inglesi e di diffonderne la conoscenza in Inghilterra per mezzo della stampa: "Le mal serait petit," diceva Cavour, "si ce retour de l'opinion publique ne devait amener qu'un simple changement de Ministère; mais il produira un changement de système. Naturellement les hommes qui ont combattu l'alliance, qui ont déclamé contre nos idées anglaises, prendront le dessus, et nous ramèneront vers l'Autriche et le système absolu. Le Piémont, après avoir joué le rôle d'un niais dans la grande lutte qui aura cessé, perdra toute action sur l'Italie, qui retombera, partie dans les bras du parti révolutionnaire, et partie s'abandonnera en désespoir de cause aux idées autrichiennes. Si nos alliés nous abandonnent, le triomphe de l'Autriche et du Pape sera complet... L'Angleterre ne peut vouloir de tels résultats, non seulement par esprit de justice, mais dans l'intérêt de son influence, des principes politiques et religieux qu'elle professe... Le tems d'agir est venu. Jusqu'ici nous avons laissé nos alliés tranquilles; maintenant il faut les harceler, et ne plus leur laisser de repos."[8] Gli alleati risposero definendo ingiustificate le preoccupazioni piemontesi per il rafforzamento dell'Austria e respingendo l'idea di possibili rimaneggiamenti territoriali in Italia in connessione col nuovo assetto da stabilire in Oriente. D'altronde l'accettazione russa delle proposte austriache e l'atteggiamento di Napoleone III resero inevitabile la pace. Cavour dovette pertanto adeguare le richieste piemontesi alla nuova situazione.

Il memoriale preparato da Massimo d'Azeglio per incarico di Cavour dopo la richiesta di Napoleone del 7 dicembre '55 rispecchiava sostanzialmente le idee dello stes-

---

[8] *Cavour e l'Inghilterra*, I, p. 155, lettera a E. d'Azeglio del 1° gennaio '56.

so Cavour e della maggior parte del partito liberale-moderato. Esso delineava ampiamente i principali problemi
italiani e ne prospettava in termini generali la soluzione
fondandosi sull'idea dell'inevitabile contrapposizione tra il
blocco liberale e progressista dell'Occidente e il blocco reazionario medio-orientale. Ammetteva cioè che potesse ancora riprendere vigore quell'impostazione ideologica che i
liberali avevano sperato che assumesse la guerra d'Oriente.
Il memoriale tuttavia teneva conto del fatto che l'Austria
non essendosi schierata con la Russia aveva reso impossibile una soluzione radicale del problema italiano mediante una grande guerra europea. Perciò per avviare la soluzione del problema stesso proponeva la vecchia idea del-
l'*inorientamento* dell'Austria, già delineata da Cesare Balbo nel '45: la potenza austriaca avrebbe potuto accrescersi
in Oriente in funzione antirussa con l'acquisto dei Principati danubiani ed essere controbilanciata in Italia da un
ingrandimento del Piemonte, che avrebbe potuto assorbire
i Ducati di Parma e di Modena, e da una ripresa del movimento riformatore negli altri Stati italiani.[9] In sostanza
Massimo d'Azeglio e Cavour pensavano ancora che la liberazione dell'Italia potesse realizzarsi secondo lo schema
moderato prequarantottesco, pensavano cioè che il dominio austriaco in Italia potesse essere gradualmente ridotto
e infine eliminato mediante combinazioni diplomatiche di
tipo tradizionale destinate ad ingrandire il Piemonte e al
tempo stesso mediante la conquista del potere negli altri
Stati italiani da parte del partito moderato, sostenuto dal
Piemonte stesso, dalla Francia e dall'Inghilterra.

Cavour tuttavia decise di non presentare per il momento questo memoriale non tanto perché si rendesse conto del
suo carattere sostanzialmente anacronistico, quanto perché
esso era troppo lungo e perché l'unica proposta concreta
che conteneva (la cessione dei Ducati al Piemonte) era stata
dichiarata inopportuna dagli alleati. Preparò perciò, sotto
forma di lettera al Walewski,[10] un memoriale piú breve, nel
quale, oltre a chiedere che gli alleati facessero pressioni
sull'Austria per una revoca dei sequestri e su Ferdinando II
perché adottasse un regime piú umano nelle Due Sicilie, si
soffermava soprattutto sulla situazione delle Legazioni

[9] M. d'Azeglio, *Sur les moyens propres à préparer la reconstitution de
l'Italie*, in *Scritti postumi*, a cura di M. Ricci, Firenze, 1872, pp. 245-285.
[10] Cavour, *Lettere*, ed. Chiala, vol. II, p. 189, lettera a Walewski del 21
gennaio 1856.

pontificie. Cavour faceva notare che l'occupazione militare austriaca di queste province era in contrasto con i trattati del 1815 e chiedeva che cessasse al più presto. Per evitare che nelle Legazioni dopo la partenza degli austriaci scoppiassero nuove insurrezioni proponeva che vi fosse istituito un governo autonomo completamente laico sotto l'alta sovranità papale. Egli sperava che in tal modo il problema italiano potesse essere preso in considerazione dal congresso per la pace e che qualche mutamento nella situazione italiana potesse cominciare ad attuarsi. È significativo il fatto che Cavour, pur nell'elaborazione di questi piani che rientravano negli schemi tradizionali della diplomazia dinastica, tenesse conto del limite che ad essi poneva ormai il movimento nazionale. Infatti, quando seppe che il Palmerston non era contrario a prendere in considerazione l'idea, espostagli dal La Marmora durante una visita a Londra, di attribuire all'Austria le Legazioni in cambio della cessione della Lombardia al Piemonte, così scrisse ad Emanuele d'Azeglio: "L'idée serait excellente mais elle ne saurait venir de nous; car cela nous dépopulariserait entièrement en Italie; et si, après s'en être fait les promoteurs, elle ne se réalisait pas, nous perdrions beaucoup en influence morale, sans rien gagner sous le rapport matériel."[11]

Nonostante questa intensa attività diplomatica, la posizione del Piemonte alla vigilia dell'apertura del congresso di Parigi non era facile. Restava anzitutto ancora aperta la questione dell'ammissione dei rappresentanti sardi al congresso a parità di diritti con gli altri, alla quale era contraria l'Austria, come pure il Walewski ormai apertamente filoaustriaco. Proprio l'incertezza su questo punto fece sí che Massimo d'Azeglio, designato in un primo tempo come plenipotenziario al congresso, rifiutasse l'incarico che fu assunto personalmente da Cavour. Questi partí per Parigi il 14 febbraio assai pessimista sui risultati della sua missione e comunque pronto a ritirarsi dal congresso, qualora non vi fosse ammesso con diritti formalmente eguali a quelli dei rappresentanti delle altre potenze.

Ma, appena giunto a Parigi, constatò che la situazione era per certi aspetti meno sfavorevole di quanto aveva creduto. Infatti Napoleone III, d'accordo col ministro degli esteri inglese Clarendon, impose al Walewski di sostenere

[11] *Cavour e l'Inghilterra*, I, p. 178.

l'ammissione di Cavour al congresso a parità di diritti con gli altri. Il Buol, capo della delegazione austriaca, dopo aver sollevato qualche difficoltà, accondiscese al desiderio franco-inglese. La decisione di Napoleone e di Clarendon si dovette sia al desiderio di utilizzare il rappresentante piemontese per frenare l'influenza austriaca, sia al timore che un clamoroso ritiro del Piemonte dal congresso stimolasse la diffidenza degli Stati minori d'Europa verso di loro. Comunque, su richiesta degli alleati, Cavour si impegnò segretamente a non interferire nelle questioni che non riguardavano il Regno di Sardegna. Egli tuttavia, pur non oltrepassando i limiti che le circostanze e l'importanza stessa del Piemonte ponevano alla sua azione, svolse nelle sedute del congresso una tenace attività antiaustriaca. Si guadagnò cosí la simpatia del capo della delegazione russa, conte Orlov, molto ostile all'Austria, e stabilí anche buoni rapporti coi delegati prussiani, barone Manteuffel e conte Hatzfeld, che parteciparono all'ultima fase del congresso. Ma la sua attività a Parigi fu particolarmente intensa al di fuori delle sedute congressuali e mirò essenzialmente ad ottenere che qualche mutamento della situazione italiana potesse attuarsi con l'appoggio francese e inglese.

Fin dai primi contatti avuti con Cavour tanto Clarendon quanto Napoleone III promisero al ministro piemontese che la questione italiana sarebbe stata sollevata in qualche modo al congresso appena lo svolgimento delle trattative di pace avesse dato loro la possibilità di farlo senza pregiudicare la soluzione dei problemi orientali. Ma riguardo al modo di soddisfare le richieste piemontesi le opinioni del ministro britannico e del sovrano francese non coincidevano. Infatti il primo si mostrò favorevole al progetto di staccare o per lo meno di rendere autonome le Legazioni dal governo papale, mentre il secondo, sempre preoccupato di non urtare il papa e il partito clericale francese, dichiarò che per le Legazioni si poteva soltanto cercare di ottenere una riforma dell'amministrazione e invece ripropose come sua l'idea, già avanzata da parte piemontese, di trasferire nei Principati danubiani i duchi di Modena e di Parma e di unire i Ducati al Regno sardo. Questa idea, accennata da Napoleone nel primo colloquio che ebbe con Cavour, fu poco dopo da lui modificata in relazione all'opportunità di unificare i due Principati: il duca di Modena avrebbe dovuto divenire sovrano del nuovo Stato romeno e cedere il suo Ducato al duca di Parma, che a sua volta avrebbe ceduto il suo al Piemonte. Per circa due settimane Cavour cercò di ottenere l'appoggio inglese a questo progetto. Ma Clarendon lo giudicò irrealizzabile e tale esso era effettivamente: infatti era impossibile fare accettare dalla Russia e dalle stesse popolazioni romene come sovrano del nuovo Stato il duca di Modena che era un arciduca asburgico. Cavour tentò allora di ottenere l'appoggio dell'imperatore e del Clarendon a un altro progetto: propose di inviare a regnare in Valacchia e in Moldavia il principe Eugenio di Carignano, cugino di Vittorio Emanuele II, facendolo prima sposare con Maria Luisa di Borbone duchessa reggente di Parma e attribuendogli come erede il piccolo duca di Parma Roberto I, figlio della stessa Maria Luisa. In tal modo si sarebbe evitato un legame dinastico del nuovo Stato romeno con l'Austria, e Parma avrebbe potuto lo stesso essere unita al Piemonte. Ma questo progetto non fu accolto favorevolmente da Napoleone III. Inoltre al congresso, quando fu affrontata la questione dei Principati, l'unione di essi, reclamata dai patrioti romeni, fu sostenuta dalla Francia e dalla Russia ma fu osteggiata dalla Turchia, dall'Austria ed anche dall'Inghilterra, che non volle fosse toccato il principio dell'integrità dell'Impero turco (di cui i Principati erano vassalli) riaffermato nell'alleanza del 10 aprile '54. Fu deciso pertanto che l'eventuale unione dei Principati sarebbe stata oggetto di una convenzione particolare da stipularsi in seguito sulla base delle conclusioni di una commissione d'inchiesta. Sfumò quindi ogni possibilità di proporre al congresso mutamenti in Italia in connessione col nuovo assetto dei Principati.

È interessante notare come il Cavour, partito dalla vecchia idea di una diminuzione dell'influenza austriaca in Italia come corrispettivo di un ingrandimento diretto o indiretto dell'Austria nei Principati danubiani, giunse nel corso delle trattative a farsi sostenitore dell'unione e dell'indipendenza dei Principati stessi. I suoi piani di rimaneggiamento territoriale tendevano sempre piú a subordinarsi alle esigenze liberali e nazionali. Il 7 marzo '56 cosí scrisse a questo proposito ad Emanuele d'Azeglio: "La question de l'organisation des Principautés a été renvoyée à une prochaine séance, l'Angleterre et la France n'ayant pu se mettre d'accord sur le point de l'union de la Moldavie et de la Valachie. L'Empereur y tient infiniment soit comme un moyen de faire quelque chose pour nous; soit encore dans

l'intérêt de la malheureuse race Roumaine. La Russie est
prête à seconder la France, mais Lord Clarendon s'est laissé influencer par Ali Pascià qui combat l'union à outrance.
En vérité le Congrès se couvrirait d'infamie s'il maintenait
l'Ospodariat et l'état actuel des Principautés. Ce serait la
répetition aggravée de ce qui a été fait a Vienne en vio-
lation des droits de l'humanité. Insistez beaucoup sur ce
point auprès de Lord Palmerston. Ses sentiments libéraux
doivent le porter à ne pas vouloir disposer d'une popula-
tion chrétienne de 4.500.000 âmes sans la consulter, en
froissant ses sympathies, en ne tenant aucun compte de ses
intérêts... Il serait vraiment désolant que Lord Palmerston
fût infidèle aux principes libéraux qu'il a proclamés toute
sa vie au Parlement, la seule fois qu'il se présente une oc-
casion d'en faire une application pratique."[12]

Fallito il tentativo di ottenere il Ducato di Parma, Cavour cercò di insistere sul piano concernente le Legazioni.
A questo scopo aveva preso contatto coi liberali di Bologna
per mezzo del Farini e del Castelli e aveva fatto venire a
Parigi il Minghetti, insieme al quale preparò un progetto
che presentò all'imperatore e al Clarendon. Esso proponeva di istituire nelle Legazioni e nelle Marche settentrionali
fino ad Ancona un governo autonomo affidato ad un vicario laico, nominato dal papa per dieci anni, assistito da
un consiglio di Stato e da un consiglio generale per l'approvazione del bilancio. Nelle province autonome doveva
essere ristabilita l'amministrazione e la legislazione del Regno italico napoleonico, salvo che per le relazioni tra lo
Stato e la Chiesa, e doveva essere istituita una forza militare locale. Le truppe austriache avrebbero dovuto ritirarsi dalle province pontificie occupate e quelle francesi da
Roma; queste ultime avrebbero dovuto occupare provvisoriamente le Legazioni fino a quando non fosse stata organizzata la forza militare indigena. Il progetto piacque al
Clarendon che contribuí a persuadere Napoleone III a pren-
derlo in considerazione. Il 19 marzo una riunione fu tenuta
presso l'imperatore, a cui parteciparono Walewski, Clarendon e Cavour. Dopo lunga discussione, Napoleone ordinò a
Walewski di sollevare al congresso la questione dello Stato
pontificio appena possibile. Tuttavia Walewski fece di tutto per ridurre al minimo l'efficacia pratica di questa decisione e l'imperatore, nonostante le pressioni di Cavour,

[12] *Ivi*, p. 275.

non si curò di stimolare il suo ministro perché facesse i passi necessari per avviare la discussione di quel piano, essendo convinto dell'impossibilità di imporlo in quel momento al papa e all'Austria. Si limitò soltanto a fare in modo che la questione italiana fosse discussa al congresso. Il 29 marzo, quando ormai era conclusa la pace, che fu firmata il giorno dopo, Napoleone III, durante un ricevimento alle Tuileries, prese in disparte Cavour e gli disse: "J'ai cru plus utile de retarder la discussion des affaires d'Italie, jusqu'après la conclusion de la paix; soyez certain que j'y porte le plus vif intérêt, et que je ferai puor elle tout ce qui dépend de moi, malheureusement dans ce moment je ne puis pas beaucoup."[13]

L'unico risultato concreto di tutto il lavoro diplomatico di Cavour a Parigi fu dunque la famosa discussione sull'Italia, che si tenne nella seduta dell'8 aprile 1856. Il Walewski, che presiedeva il congresso, aprí quella discussione proponendo che il congresso, prima di sciogliersi, si occupasse di alcune questioni che prima o poi avrebbero potuto determinare alcune complicazioni gravi per la pace dell'Europa e ne indicò quattro: la situazione della Grecia, l'occupazione austriaca e francese dello Stato pontificio, la condotta del re di Napoli, gli eccessi della stampa belga. Prese quindi la parola il Clarendon, il quale con tono molto energico denunciò la situazione dello Stato pontificio, affermò che era necessario riformarlo al piú presto possibile in modo che l'occupazione militare straniera potesse cessare, e chiese che il congresso si pronunciasse ufficialmente in questo senso. Il ministro britannico fece quindi un attacco a fondo contro il re di Napoli per i suoi metodi di governo, per i quali anche il Walewski aveva avuto parole severe, e chiese che le potenze lo consigliassero in modo perentorio a mutarli. Il Buol espresse allora il suo stupore per il fatto che si volesse spingere il congresso ad occuparsi di questioni per le quali non era stato riunito e dichiarò di non avere istruzioni per trattarle. Richiesto dal Walewski se poteva chiederle al suo governo, rispose negativamente, anzi aggiunse che, se tale richiesta fosse stata fatta ufficialmente, avrebbe consigliato al suo imperatore di dare una risposta negativa. L'Orlov, preoccupato per il violento attacco del Clarendon al governo napoletano, l'unico che durante la guerra avesse mostrato simpatia per la Russia,

[13] *Ivi*, p. 400, lettera a Cibrario del 31 marzo 1856.

dichiarò di non avere istruzioni per discutere questioni estranee al ristabilimento della pace. Il Manteuffel disse che la Prussia era sempre disposta a discutere tutte le questioni concernenti la tranquillità dell'Europa, ma dichiarò di non avere istruzioni e informazioni sufficienti per trattare in quel momento i problemi proposti al congresso dal Walewski. Cavour, visto che l'andamento della discussione non lasciava "aucun espoir d'arriver à une conclusion satisfaisante,"[14] decise di limitarsi a una protesta e disse che giudicava molto importante il fatto che l'opinione delle potenze intorno a questo problema si manifestasse in modo formale. Si soffermò quindi sulla situazione dello Stato pontificio affermando che l'occupazione militare di esso tendeva ormai a divenire permanente, che la situazione interna delle Legazioni era peggiorata dal '49 in poi e che tale stato di cose, contrario ai trattati, annullava l'equilibrio politico in Italia e costituiva un pericolo per il Regno sardo. "En effet l'Autriche," disse Cavour, "appuyée à Ferrare et à Plaisance, dont elle travaille à accroître les fortifications contrairement à l'esprit si non à la lettre du traité de Vienne, domine toute la rive droite du Po, et s'étendant le long de l'Adriatique est de fait la maîtresse de la plus grande portion de l'Italie. Les Puissances réunies en Congres ne sauraient sanctionner par leur silence un tel état de choses. La Sardaigne, en particulier, spécialement menacée, doit protester contre lui; c'est pourquoi je demande que l'opinion des Plénipotentiaires de la France et de la Grande Bretagne soit consignée au protocole, ainsi que ma protestation solennelle."[15] Cavour si associò quindi a quel che aveva detto Clarendon sulla condotta di Ferdinando II e aggiunse che essa rendendo odiosi i governi costituiti accresceva le forze del partito rivoluzionario ed era un vero pericolo per l'Italia. Lo Hübner, secondo delegato austriaco, volle ricordare a Cavour che lo Stato romano era occupato anche dai francesi oltre che dagli austriaci e che i piemontesi occupavano il Principato di Monaco. Ma Cavour rispose che il governo sardo desiderava lo sgombero dello Stato romano da parte di tutte le truppe straniere indistintamente e che comunque l'occupazione di Roma da parte di un corpo isolato di truppe francesi non era paragonabile all'occupazione austriaca di province contigue

[14] *Ivi*, p. 438, lettera a Cibrario del 9 aprile 1856.
[15] *Ivi*, p. 439.

al Lombardo-Veneto. Quanto a Monaco, disse che il Piemonte era pronto a ritirare i 50 uomini che occupavano Mentone, purché non lo si rendesse responsabile dei danni che il principe di Monaco avrebbe potuto subire da parte dei suoi sudditi. Seguirono alcune *boutades* del Clarendon che seppellirono la questione di Monaco sotto le risa generali. Infine il Walewski si sforzò di concludere la seduta in modo conciliante affermando tra l'altro che era desiderio di tutti che l'evacuazione dello Stato pontificio potesse avvenire senza inconvenienti. Nessun voto del congresso vi fu sulle questioni trattate in quella seduta, ma dello scambio di idee avvenuto quel giorno fu dato atto nel protocollo del congresso stesso.

Cavour, come risulta chiaramente dalla lettera che scrisse il giorno dopo al Cibrario, giudicò poco soddisfacente la seduta dell'8 aprile, perché essa non aveva portato ad alcun risultato pratico. Tuttavia giudicò importanti la condanna data alla condotta del re di Napoli dalla Francia e dall'Inghilterra e la condanna del governo clericale fatta tanto energicamente dal Clarendon. "Enfin," egli scriveva in quella lettera, "une dernière considération doit amoindrir les regrets que la stérilité de nos demarches nous fait éprouver. Nous ne pouvions pas espérer que d'un congrès, dans lequel l'Autriche a joué le rôle de médiatrice, il sortît quelque chose de réellement utile pour l'Italie, un remède efficace aux maux qui l'affligent. Si l'Autriche eût été plus condescendante ou la France plus décidée, peut-être en serait-il resulté quelque mesure palliative, n'ayant pas une grande valeur. Au lieu de cela nous n'avons rien obtenu; mais l'obstination de l'Autriche, la raideur du Comte Buol ont profondement irrité l'Empereur et doivent l'avoir convaincu que, ainsi que j'ai eu l'honneur de le lui répeter plusieurs fois, la question italienne ne comporte qu'une seule solution réelle efficace: le canon."[16] Del resto a questa conclusione egli era già arrivato alcuni giorni prima di quella seduta: cosí infatti aveva scritto il 5 aprile ad Emanuele d'Azeglio: "Lundi Walewski abordera la question Romaine, mais avec tant de réticences, tant de ménagements que cela n'aboutira à rien. Vous avez raison, le canon seul peut nous tirer d'affaire."[17]

---

[16] *Ivi*, p. 440.
[17] *Ivi*, p. 424. Già il 21 marzo E. d'Azeglio aveva scritto a Cavour: "si je dois dire le fond de ma pensée, ce qu'au reste je ne vous ai pas dissimulé en

In sostanza dal congresso di Parigi e dal lavorio intenso, in certi momenti addirittura febbrile, compiuto in quei giorni Cavour trasse anzitutto la conclusione che la questione italiana non poteva essere risolta nell'ambito della legalità sancita dai trattati internazionali vigenti. In questo senso ebbe un valore storicamente positivo il fatto che egli non riuscisse ad ottenere il Ducato di Parma o la riforma del governo pontificio. L'insuccesso di ogni manovra diplomatica di tipo tradizionale lo convinse che solo la guerra poteva risolvere la questione italiana: bisognava rompere, almeno in una certa misura, la legalità esistente in nome di una legalità nuova fondata sul diritto delle nazioni all'indipendenza e alla libertà. Contemperare questa legalità nuova con quella tradizionale e contemperare i mezzi d'azione diplomatici e militari propri di uno Stato costituito con quelli cospirativi divenne da quel momento in poi il problema fondamentale che Cavour si propose di risolvere. Intanto egli pensò subito di fare qualche cosa in questo senso. In una lettera a Rattazzi del 9 aprile, dopo aver parlato dell'atteggiamento di Clarendon nella seduta del giorno precedente, scriveva: "Nell'uscire gli dissi: Milord, ella vede che non vi è nulla da sperare dalla diplomazia, sarebbe tempo di adoperare altri mezzi, almeno per ciò che riguarda il re di Napoli. Mi rispose: *Il faut s'occuper de Naples et bientôt.* Lo lasciai dicendogli: *J'irai en causer avec vous.* Credo di poter parlargli di gettare in aria il *Bomba.* Che direbbe di mandare a Napoli il Principe di Carignano? O, se a Napoli volessero un Murat, di mandarlo a Palermo? Qualche cosa bisogna fare. L'Italia non può rimanere nelle condizioni attuali. Napoleone ne è convinto e se la diplomazia fu impotente, ricorriamo a mezzi extralegali. Moderato d'opinioni, sono piuttosto favorevole a mezzi estremi ed audaci. In questo secolo ritengo essere sovente l'audacia la migliore politica. Giovò a Napoleone, potrebbe giovare a noi."[18]

Questo accenno alla possibilità di un'azione su Napoli deve essere messo in relazione non solo all'ostilità contro Ferdinando II condivisa in quel momento dalla Francia e

___

ces derniers temps, je n'ai foi pour la régéneration de l'Italie que dans une convulsion immense qui anéantisse le présent et rende possible un avenir meilleur. Nous avons dernièrement aidé à éteindre le moindre symptôme d'insurrection dans la Péninsule. On pourrait d'abord laisser faire, et si on veut aller plus loin encourager secrètement."*Ivi*, p. 357.

[18] *Ivi*, p. 442.

dall'Inghilterra e apparsa chiara nella seduta dell'8 aprile, ma anche all'esistenza tra gli esuli meridionali di un movimento murattiano, di cui si parlerà nel capitolo successivo, e soprattutto a piani cospirativi antiborbonici conosciuti o concepiti dallo stesso Cavour. Sembra infatti che già nel '54 egli avesse pensato di favorire un colpo di mano di esuli in Calabria, e risulta dalla sua corrispondenza con Emanuele d'Azeglio che nel marzo del '56 aveva pensato di utilizzare la legione anglo-italiana (un corpo volontario formato in Piemonte e poi trasferito a Malta in seguito ad una cospirazione scoperta nelle sue file) per un colpo di mano in Sicilia.[19]

Ma Cavour nell'aprile del '56 pensò addirittura alla possibilità di una guerra contro l'Austria a breve scadenza e commise l'errore di credere che essa sarebbe stata possibile con l'aiuto aperto dell'Inghilterra, a cui avrebbe dovuto seguire quello della Francia. Questo errore derivò tanto dalla constatazione del maggiore impegno del Clarendon nel sostenere l'opportunità di sollevare al congresso la questione italiana rispetto, non solo al Walewski, ma allo stesso Napoleone III, quanto dall'idea che il malcontento inglese per la fine della guerra persistesse anche dopo la firma della pace di Parigi e che pertanto l'Inghilterra fosse irritata contro l'Austria e disposta a combatterla. Questa erronea valutazione dell'atteggiamento inglese contribuí certo a spingere Cavour ad un'erronea interpretazione di alcune parole piuttosto generiche di consenso dette a lui dal Clarendon in un colloquio dell'11 aprile '56. In quell'occasione Cavour disse al ministro inglese che ormai al Piemonte non restavano che due vie: o accordarsi con l'Austria, o prepararsi a farle la guerra; nel primo caso egli avrebbe dovuto lasciare il suo posto ai reazionari, nel secondo avrebbe dovuto conoscere il parere dell'Inghilterra in proposito. "Clarendon," scrisse Cavour a Emanuele d'Azeglio, "se frottait furieusement le menton, mais n'avait nullement l'air étonné. Après un moment de silence, il me dit: 'Vous avez parfaitement raison, vous ne pouvez faire autrement, seulement il ne faut pas le dire.' Je repris: 'Vous avez dû voir que je ne suis ni bavard ni imprudent. Ainsi je pense qu'il faut attendre le moment opportun; mais en même tems qu'il faut avoir un but précis pour bien diriger notre marche politique. La guerre ne m'effraie pas. Nous

[19] Lettera a E. d'Azeglio del 20 marzo 1856, *ivi*, p. 355.

serions décidés à la faire à outrance, *to the knife.* D'ailleurs pour peu qu'elle durât vous seriez forcés de nous aider.' Ici Clarendon abandonna son menton et s'écria: 'Certainement, certainement; et ce serait de coeur et avec la plus grande energie.' Je finis en disant: 'Avec Lamarmora nous donnerons du fil à retordre aux Autrichiens.' — 'Oui, oui: j'en suis certain.' Il m'a beaucoup encouragé à aller voir la Reine. Enfin il m'a paru voir d'un très-bon oeil la *terza riscossa.* Vous pouvez dire quelques mots à Palmerston de cette conversation, en vous tenant toutefois fort *en deça* de ce que j'ai dit."[20]

Sulla base di questo che gli parve un incoraggiamento del Clarendon a una guerra antiaustriaca, e che il Clarendon alcuni anni dopo negò di avere dato,[21] Cavour decise di recarsi a Londra per parlare della cosa al Palmerston. Ma prima ebbe un colloquio con Napoleone III, il quale si mostrò assai cauto e gli disse che sperava di ottenere dall'Austria qualche concessione per il Piemonte: "Mi dimostrai incredulo," scrisse il Cavour a Rattazzi, "insistetti sulla necessità di assumere un contegno deciso, e per cominciare gli dissi avere preparata una protesta che darei il domani a Walewski. L'Imperatore parve esitare molto. Finí col dire: Andate a Londra, intendetevi bene col Palmerston, ed al vostro ritorno tornate a vedermi."[22] Difficile dire se Cavour, quando partí per Londra il 17 aprile, fosse ancora convinto della possibilità di una guerra contro l'Austria a breve scadenza con l'aiuto inglese e quindi con quello francese.[23] Certo è che rimase assai deluso da quel viaggio: col

[20] *Ivi,* p. 452. Lo stesso colloquio fu riferito in termini un po' diversi da Cavour a Rattazzi in una lettera del 12 aprile, *ivi,* pp. 460-463. Secondo questa lettera la seconda risposta di Clarendon sarebbe stata la seguente: "Oh certainement si vous êtes dans l'embarras vous pouviez compter sur nous, et vous verrez avec quelle energie nous viendrons à votre aide." Comunque Cavour scriveva a Rattazzi che l'Inghilterra, scontenta della pace di Parigi, avrebbe visto con piacere una guerra per la liberazione dell'Italia e che pertanto era opportuno approfittare di questa buona disposizione per "tentare uno sforzo supremo."

[21] Il Clarendon smentì di aver dato questo incoraggiamento a Cavour in una dichiarazione alla Camera dei Pari del 22 febbraio 1862, a proposito della pubblicazione, allora avvenuta in Italia, della lettera di Cavour a Rattazzi del 12 aprile 1856.

[22] *Ivi,* p. 468, lettera di Cavour a Rattazzi senza data, ma del 16 aprile 1856.

[23] In una lettera a Rattazzi del 17 aprile, *ivi,* p. 478, Cavour riferiva una nuova conversazione avuta quel giorno col Clarendon, il quale a sua volta aveva di nuovo parlato coll'imperatore: "Clarendon mi disse che gli parve essere l'Imperatore di buona fede; e che sicuramente se l'Austria non cam-

Palmerston, colpito in quei giorni da un grave lutto, ebbe un colloquio breve e inconcludente; vide anche molti altri uomini politici e trovò in generale molta simpatia per il Piemonte e per l'Italia, ma nulla di piú. Credette di poter stimolare il governo spingendo il vecchio lord Lyndhurst, autorevole membro dell'opposizione *tory*, a presentare una mozione a favore dell'Italia alla Camera dei Pari. Questo fatto irritò il Clarendon che lo giudicò inopportuno e indelicato. Comunque Cavour si rese conto che il governo di Londra non era affatto scontento della pace conclusa a Parigi e che si era riavvicinato all'Austria in funzione antirussa e in parte anche antifrancese, secondo lo schema tradizionale della politica estera britannica, che considerava l'Impero asburgico come il perno dell'equilibrio continentale. Il fatto che una larga parte dell'opinione pubblica inglese simpatizzasse per il Piemonte e per la causa nazionale italiana era indubbiamente un elemento positivo, che poteva divenire in certe circostanze molto utile, ma non era sufficiente a modificare una politica estera essenzialmente conservatrice nei riguardi dell'ordinamento politico-territoriale del continente.

Infatti proprio il Clarendon aveva firmato il 15 aprile a Parigi un trattato con l'Austria e con la Francia, in base al quale le tre potenze si dichiaravano pronte a fare la guerra contro chiunque avesse violato il trattato di Parigi. Cavour lo seppe dai giornali dopo il suo ritorno a Torino e in un primo momento si irritò per il fatto di non essere stato avvertito dagli alleati. Ma poi giudicò utile quel trattato, che del resto non concerneva l'Italia: "Au fond je ne suis pas faché de cet acte," scrisse ad Emanuele d'Azeglio il 16 maggio '56, "qui élève une barrière infranchissable entre la Russie et l'Autriche. S'il pouvait me rester quelques doutes sur les sentiments que la paix suscitait entre ces deux Puissances, ce traité les fait disparaître. Le Czar serait le dernier des hommes, s'il pardonnait jamais à l'Autriche cette dernière insulte qu'elle lui inflige, au moment où il venait de donner des preuves éclatantes de bon vouloir et de loyauté."[24] La

biava od almeno non modificava il suo sistema, fra un anno la Francia e l'Inghilterra l'avrebbero costretta a farlo, anche colle armi, occorrendo." La prudenza di Napoleone III e il fatto che Clarendon gli parlasse di aspettare almeno per un anno un eventuale mutamento della politica austriaca dovettero certo calmare gli ardori bellicosi, che Cavour aveva rivelato nelle lettere a E. d'Azeglio e a Rattazzi dell'11 e del 12 aprile.

[24] *Cavour e l'Inghilterra*, II, t. I, p. 21.

soddisfazione di Cavour era accentuata dal fatto che proprio in quei giorni erano state ristabilite le relazioni diplomatiche tra la Russia e il Regno di Sardegna, interrotte fin dal '48 e non ristabilite nel '49 per volontà di Nicola I. Era giunto infatti a Torino il conte Stackelberg, come ambasciatore straordinario, incaricato ufficialmente da Alessandro II di annunciàre il suo avvento al trono a Vittorio Emanuele II. Il diplomatico russo, che pochi mesi dopo fu nominato ambasciatore permanente a Torino, mostrò sia pure in termini cauti la sua ostilità verso l'Austria; in un colloquio con Cavour egli disse infatti: "Nos deux pays doivent être bons amis, car ils n'ont pas d'intérêts qui les divisent, et ils ont des rancunes communes qui les rapprochent."[25]

Dopo il congresso di Parigi e il viaggio a Londra dell'aprile '56 Cavour comprese insomma chiaramente che i risultati piú importanti della guerra di Crimea e del congresso stesso erano da un lato il grave dissidio tra Austria e Russia, che tendeva ad accentuarsi anziché attenuarsi, e dall'altro il rafforzamento del prestigio di Napoleone III in Europa. Ben presto comprese anche che un altro elemento importante della nuova situazione europea era il riavvicinamento franco-russo, che del resto gli era stato segnalato come probabile da Edoardo De Launay, ministro sardo a Berlino, fin dal febbraio del '56, e che aveva visto già in atto in vari momenti del congresso di Parigi. Poiché al tempo stesso era in corso il riavvicinamento anglo-austriaco, appariva ormai completamente scompaginata la contrapposizione di tipo ideologico tra le potenze occidentali progressiste e quelle medio-orientali reazionarie, che ancora alla vigilia del congresso di Parigi Cavour aveva creduto potesse determinare lo svolgimento della politica europea. Nel complesso la nuova situazione internazionale appariva piú dinamica di quella preesistente alla guerra di Crimea e a renderla tale contribuivano soprattutto le ambizioni di Napoleone III. Su di esse Cavour capí che poteva far leva per mettere in movimento la situazione italiana.

Del resto, già durante il congresso di Parigi, egli aveva stabilito coll'imperatore relazioni dirette, indipendenti dal ministero degli esteri francese. L'ostilità del Walewski lo aveva spinto infatti a rafforzare i buoni rapporti, che già aveva, coll'ambiente bonapartista cosiddetto di sinistra,

[25] *Ivi*, p. 22.

che si riuniva al Palais Royal intorno al principe Napoleone (figlio di Gerolamo Bonaparte ex re di Vestfalia), detto anche il principe Gerolamo oppure *Plon-Plon.* Inoltre per mezzo del conte Francesco Arese, amico di gioventú dell'imperatore, aveva stabilito amichevoli relazioni col medico personale e uomo di fiducia di Napoleone III, il dottor Henri Conneau, molto amico dell'Italia che in passato aveva avuto rapporti anche con Mazzini. Per mezzo del Conneau Cavour poté durante il congresso far giungere all'imperatore memoriali e documenti all'insaputa del Walewski. Questi collegamenti, di tipo piú cospirativo che diplomatico, dovevano in seguito divenire utilissimi. Anche per questo aspetto il congresso di Parigi segnò una svolta importante nella politica estera cavouriana.

Infine, dopo il suo ritorno a Torino, Cavour si rese conto subito che il re, i ministri, l'opinione pubblica piemontese e una gran parte degli esuli giudicavano i risultati conseguiti al congresso, specialmente nella seduta dell'8 aprile, molto piú ottimisticamente di lui. Decise pertanto di far leva su questo sentimento non solo per ottenere dal Parlamento l'approvazione del suo operato, ma soprattutto per sviluppare ulteriormente la politica tendente ad attribuire al Regno di Sardegna la guida del movimento nazionale e della lotta antiaustriaca. Nel discorso che tenne alla Camera il 6 maggio, dopo avere esposto i risultati del congresso, disse: "Le negoziazioni di Parigi non hanno migliorato le nostre relazioni con l'Austria. Noi dobbiamo confessare che i plenipotenziari della Sardegna e quelli dell'Austria, dopo aver seduto per due mesi a fianco, dopo aver cooperato insieme alla piú grande opera politica che siasi compiuta in questi ultimi quaranta anni, si sono separati senza ire personali, giacché io debbo qui rendere testimonianza al procedere generalmente cortese e conveniente del capo del Governo austriaco, si sono separati, dico, senza ire personali, ma coll'intima convinzione essere la politica dei due paesi piú lontana che mai dal mettersi d'accordo, essere inconciliabili i principii dall'uno e dall'altro paese propugnati. Questo fatto è grave, non conviene nasconderlo; questo fatto può dar luogo a difficoltà, può suscitare pericoli, ma è una conseguenza inevitabile, fatale di quel sistema leale, liberale e deciso che il Re Vittorio Emanuele inaugurava salendo al trono, di cui il governo del Re ha sempre cercato di farsi interprete, al quale voi avete sempre prestato fermo e valido appoggio.

Né io credo che la considerazione di queste difficoltà, di questi pericoli, sia per farvi consigliare al governo del Re di mutare politica. La via che abbiamo seguita in questi ultimi anni ci ha condotto ad un gran passo: per la prima volta nella storia nostra la questione italiana è stata portata e discussa avanti ad un congresso europeo, non come le altre volte, non come al congresso di Lubiana ed al congresso di Verona coll'animo di aggravare i mali d'Italia e di ribadire le sue catene, ma coll'intenzione altamente manifestata di arrecare alle sue piaghe un qualche rimedio, col dichiarare altamente le simpatie che sentivano per essa le grandi nazioni. Terminato il congresso, la causa d'Italia è portata ora al tribunale della pubblica opinione, a quel tribunale al quale, a seconda del detto memorabile dell'Imperatore dei Francesi, spetta l'ultima sentenza, la vittoria definitiva. La lite potrà essere lunga, le peripezie saranno forse molte; ma noi fidenti nella giustizia della nostra causa aspetteremo con fiducia l'esito finale."[26] Il giorno seguente la Camera approvò quasi unanime una mozione presentata da Carlo Cadorna che approvava l'operato dei plenipotenziari sardi al congresso di Parigi ed esprimeva la fiducia che il governo avrebbe perseverato nella stessa politica. Anche il Senato approvò quasi all'unanimità il 10 maggio 1856 una mozione di Massimo d'Azeglio che approvava l'operato del Cavour al congresso di Parigi.

L'eco delle dichiarazioni di Cavour alla Camera subalpina fu enorme in tutta l'Italia e determinò una serie di indirizzi di approvazione per l'operato del presidente del consiglio piemontese a Parigi e di speranza nella sua azione futura da parte dei liberali. La situazione concreta del governo di Torino di fronte all'Austria era indubbiamente molto difficile, perché non si vedeva ancora in che modo si potevano far seguire alle parole i fatti; ma, in concomitanza col nuovo corso che si andava delineando nella politica europea, si affermava ormai decisamente l'egemonia piemontese all'interno del movimento nazionale italiano.

[26] CAVOUR, *Discorsi parlamentari*, ed. cit., vol. XII, p. 362.

Capitolo terzo

L'egemonia piemontese e la crisi del Partito d'Azione

1. Il Piemonte e l'Italia alla vigilia dell'unità

Cavour, quando affermava che l'accentuarsi del contrasto tra il Piemonte e l'Austria era la "conseguenza inevitabile, fatale di quel sistema leale, liberale e deciso," inaugurato da Vittorio Emanuele salendo al trono, interpretato costantemente dal governo e sostenuto dal Parlamento, diceva una cosa sostanzialmente esatta, pur nei termini dell'esaltazione ufficiale del "re galantuomo." Con quelle parole egli ribadiva il legame tra la dinastia e il regime costituzionale e tra la politica interna liberale e la politica estera antiaustriaca e nazionale del Regno sardo. La conservazione dello Statuto dopo Novara e lo svolgimento liberale del regime costituzionale furono infatti le condizioni fondamentali che permisero al Piemonte di assumere la guida del movimento nazionale italiano. La politica azegliana e piú ancora la politica cavouriana avevano portato, se non proprio al superamento, per lo meno ad una forte attenuazione delle contraddizioni che avevano non poco contribuito al fallimento della politica di Carlo Alberto: le contraddizioni cioè tra l'espansionismo dinastico e la politica nazionale; tra lo spirito autoritario e tradizionalistico del re e della vecchia classe dirigente e lo spirito liberale della borghesia e della parte piú avanzata dell'aristocrazia. A sette anni dalla sconfitta di Novara il partito liberale piemontese poteva guardare con fierezza ai risultati conseguiti a prezzo di difficili lotte: esso era riuscito a conservare il potere resistendo agli attacchi subdoli ed aperti dei conservatori e dei clericali, aveva frenato le propensioni assolutistiche del sovrano, aveva attuato importanti riforme, aveva sviluppata una politica economica arditamente progressiva, aveva guidato con successo il paese durante la crisi internazionale culminata nella guerra di Crimea, aveva tenuto testa all'Austria con coraggio e prudenza, aveva grandemente accresciuto il prestigio del Piemonte in Italia e in Europa.

Il Piemonte aveva dunque raggiunto di fatto nel '56 una posizione egemonica nel movimento nazionale italiano e tendeva a rafforzarla: la politica antiaustriaca svolta da Cavour a Parigi e riaffermata solennemente di fronte al Parlamento subalpino mirava appunto a fare del governo di Torino l'interprete delle rivendicazioni italiane all'indipendenza e ad un nuovo ordinamento politico. In questa direzione Cavour procedette con la sua azione diplomatica negli anni successivi utilizzando al tempo stesso il nuovo movimento sorto nel 1856-57, che aveva per programma l'indipendenza e l'unità sotto la guida della monarchia piemontese. La crisi del Partito d'Azione, che si aggravò dopo il tragico fallimento della Spedizione di Sapri, portò allora molti democratici ad aderire a questo movimento e ne spinse molti altri in una posizione di benevola attesa verso la politica cavouriana. Si può affermare quindi che il Piemonte, anche per il gran numero di esuli che vi si erano stabiliti, divenne in quegli anni il nucleo della futura Italia unificata ed assunse alcuni caratteri nuovi, tipici di uno Stato nazionale piú che di uno Stato regionale.

Tuttavia, per la comprensione storica della funzione egemonica del Piemonte negli anni decisivi del Risorgimento e degli effetti che essa ebbe sul modo con cui si compí l'unificazione ed anche sullo sviluppo ulteriore dello Stato unitario, è necessario approfondire questa affermazione generale ed esaminare i risultati del progresso economico, civile e politico compiuto dal Piemonte (o piú esattamente dal Regno di Sardegna nel suo complesso) nel decennio 1849-59 per vedere con quali caratteri e entro quali limiti lo Stato sabaudo poté assumere la guida della lotta per l'indipendenza nazionale e per l'unificazione. Allo stato attuale degli studi questo esame può condurre soltanto a conclusioni in buona parte approssimative. Tuttavia è possibile fissare alcuni punti essenziali che valgono a chiarire vari aspetti importanti dell'azione governativa piemontese nei suoi rapporti, complessi e in parte contraddittori, col movimento nazionale italiano.

La prima questione che si presenta è quella di valutare il progresso economico compiuto dal Regno sardo nel decennio 1849-59 rispetto al livello da esso raggiunto alla vigilia del '48 e al contemporaneo sviluppo degli altri Stati italiani. Deve essere senza dubbio respinta la tendenza di alcuni studiosi a considerare i progressi compiuti dal Piemonte nell'età carloalbertina piú importanti di quelli compiuti nell'età cavouriana, poiché tutti i dati disponibili dimostrano evidentemente il contrario. Tuttavia nel decennio cavouriano non vi fu uno spostamento radicale nelle attività produttive fondamentali del Regno, che rimase un paese prevalentemente agricolo con uno sviluppo industriale piuttosto limitato; ma vi fu un forte acceleramento del progresso in atto da piú d'un secolo, già in parte stimolato dalle riforme di Carlo Alberto.

L'agricoltura, soprattutto nelle zone di pianura, già piú progredite, si avvantaggiò dei provvedimenti liberistici. L'abolizione del dazio sul grano e la riduzione o l'abolizione dei dazi sui concimi e sulle macchine favorirono il progresso tecnico e la diffusione di colture piú redditizie: si adottarono sistemi di rotazione piú moderni che accrebbero la produzione dei foraggi e quindi del latte e della carne. Nelle zone collinose si cominciò a combattere la crittogama che danneggiava gravemente la viticoltura, mentre la produzione del vino, grazie al trattato di commercio con l'Austria, trovò di nuovo uno sbocco importante in Lombardia. In Liguria aumentò la produzione dell'olio. Anche la costruzione della rete ferroviaria, l'ampliamento della rete stradale e i lavori di perfezionamento del sistema irrigatorio favorirono l'agricoltura. Ulteriori progressi furono assicurati dall'inizio delle operazioni per il nuovo catasto, mirante ad eliminare le sperequazioni fiscali esistenti tra le varie province, e dall'inizio dei lavori preparatori per la costruzione del Canale Cavour, attuata poi tra il 1863 e il 1866. Nelle zone di pianura i capitalisti agrari, sia proprietari che grandi affittuari, divennero sempre piú il ceto dominante, mentre nelle zone di collina continuò il processo, da molto tempo in atto, della formazione di una piccola e media borghesia agraria composta in parte di elementi di origine contadina.

L'industria piú importante del Regno rimase quella della filatura e torcitura della seta, la cui produzione aumentò nonostante la malattia del baco. Anche essa si avvantaggiò della politica liberistica, che favorí un sensibile aumento dell'esportazione soprattutto verso la Francia. Comunque nei riguardi dell'industria serica la politica economica cavouriana non fece che perfezionare i provvedimenti liberistici già presi da Carlo Alberto ed inserirli in un sistema generale di liberalizzazione degli scambi.

Invece l'industria laniera e quella cotoniera, che prima erano fortemente protette, furono in un primo momento colpite dalla politica liberistica che facilitò un grande afflusso di tessuti dall'Inghilterra e dalla Francia. Si deve ricordare però che, anche prima dei trattati di commercio cavouriani, queste industrie erano in grado di soddisfare solo in parte (forse per un terzo o anche meno) la domanda interna e che molti piccoli opifici producevano soltanto per ristrettissimi mercati locali. D'altra parte parecchie imprese, nel Biellese per la lana e nella zona del Verbano per il cotone, che nel corso di circa trent'anni erano passate dal sistema artigianale e domiciliare a quello della fabbrica ed avevano compiuto sensibili progressi tecnici, furono in grado di progredire ulteriormente. Esse si avvantaggiarono dell'abolizione dei dazi sulle macchine e sulle materie prime (non solo il cotone, ma anche quasi tutta la lana grezza usata dall'industria era importata dall'estero), della scomparsa del contrabbando e del miglioramento delle comunicazioni. Perciò, dopo la scossa del 1851-52, aumentò sensibilmente la produzione dei filati e dei tessuti, che poté far fronte al consumo interno in misura superiore al passato ed alimentare anche limitate esportazioni verso altri Stati italiani e verso l'estero. Gli industriali lanieri e cotonieri, che avevano vivacemente protestato contro la politica liberistica, attenuarono quindi le loro critiche negli anni successivi, pur restando in maggioranza favorevoli al protezionismo. Anche in questo campo non avvenne dunque nell'età cavouriana un rinnovamento radicale, ma furono create alcune condizioni nuove che accelerarono il progresso delle imprese meglio attrezzate. D'altra parte gli industriali lanieri e cotonieri continuarono ad essere un ceto molto attivo, ma animato in maggioranza da un conservatorismo piuttosto gretto. Le imprese laniere e cotoniere conservarono la forma di aziende familiari sostenute dall'autofinanziamento, reso possibile da un regime di vita e di gestione estremamente parsimonioso. Su di loro pertanto non ebbe influenza allora il perfezionamento del sistema creditizio avvenuto nell'età cavouriana. Inoltre la manodopera, fornita in abbondanza dalle famiglie contadine che cercavano di integrare i loro magri redditi coi salari industriali e composta in misura notevole di donne e di ragazzi, costava poco ed era sottoposta ad un pesante sfruttamento. Queste circostanze tendevano a rallentare il progresso tecnico, perché rendevano ancora economicamente abbastanza convenienti imprese piccole ed arretrate. Nel 1861 nel settore laniero le ditte titolari di fabbriche almeno in parte meccanizzate erano meno di un quarto del totale e nel settore cotoniero meno di un quinto: la maggior parte dei fabbricanti erano ancora dunque dei mercanti-imprenditori, che distribuivano la materia prima ad una massa di lavoranti a domicilio ed effettuavano negli stabilimenti solo alcune lavorazioni. Del resto nel campo tessile aveva ancora un peso notevole l'artigianato: nel 1858 in tutto il Regno, di fronte a 263 fabbricanti lanieri con 2.815 operai e a 403 fabbricanti cotonieri con 6.136 operai, stavano 685 maestri tintori con 1.177 operai e 11.862 maestri tessitori con 23.470 operai; vi erano cioè ben 12.547 botteghe artigiane, cifra notevole, anche se si tiene conto che esse in generale non erano specializzate e lavoravano il lino e la seta oltre alla lana e al cotone.

Una radicale trasformazione avvenne invece nel campo siderurgico e meccanico. Un'industria siderurgica di vecchio tipo, che aveva la sua base principale nei giacimenti ferrosi della Valle d'Aosta e della Savoia, esisteva da secoli nello Stato sabaudo ed aveva avuto durante il regno di Carlo Alberto uno sviluppo abbastanza notevole stimolato dall'aumentata richiesta di manufatti metallici. Era un'industria fortemente protetta, per quanto le tariffe doganali sui prodotti ferrosi fossero state sensibilmente ridotte a partire dal 1840, e fornita di un'attrezzatura tecnica che, nonostante qualche perfezionamento, era rimasta sostanzialmente arretrata, perché basata sull'uso del carbone di legna. Al tempo stesso però, in previsione delle nuove esigenze delle costruzioni ferroviarie, alcuni impianti piú moderni, meccanici oltre che siderurgici, erano sorti nei pressi di Genova, dove era conveniente usare materie prime e semilavorati provenienti dall'estero. Ma si trattava di stabilimenti relativamente piccoli, che ebbero allora una vita stentata, perché furono intralciati dalla pesantezza dell'amministrazione statale e dalla lentezza con cui procedevano le costruzioni ferroviarie. La politica economica di Cavour modificò profondamente la situazione. Il liberismo e le costruzioni ferroviarie determinarono un enorme aumento delle importazioni di prodotti siderurgici, soprattutto della ghisa e del ferro di prima lavorazione, oltre che di semilavorati, materiali e macchine di ogni genere, e al tempo stesso diedero un colpo durissimo alla vecchia industria mineraria e siderurgica, che risultò assolutamente inadeguata alle nuove esigenze. Sopravvissero in parte gli impianti della Savoia e della Valle d'Aosta. Ma i primi si vennero sempre piú collegando alle vicine industrie francesi e i secondi decaddero ad una posizione secondaria, perché non seppero modernizzare allora la loro attrezzatura e perché, data l'ubicazione delle miniere, furono piú danneggiati che avvantaggiati dalle costruzioni ferroviarie: venne infatti a costare piú del doppio trasportare un quintale di ferro da Cogne a Ivrea che da Genova a Torino. Invece si svilupparono i nuovi impianti liguri, sicché nel decennio cavouriano si formò il primo nucleo efficiente della zona siderurgico-meccanica di Sampierdarena e di Sestri Ponente, che al momento dell'unità era il piú importante d'Italia, sebbene fosse ancora di proporzioni assai modeste rispetto alle concentrazioni siderurgico-meccaniche dei paesi piú progrediti d'Europa.

Lo stabilimento piú importante e per certi aspetti tipico tra quelli che allora si svilupparono fu quello dell'Ansaldo di Sampierdarena. Il primo nucleo di esso era stato costruito tra il 1846 e il 1849 dalla società Taylor e Prandi, sostenuta da un prestito statale, la quale però nel '52 si era sciolta perché non aveva avuto dallo Stato ordinazioni adeguate alla potenzialità dei suoi impianti ed aveva ceduto lo stabilimento allo Stato stesso a sconto del suo debito. Con un nuovo contratto lo Stato cedette allora lo stabilimento ad una società in accomandita, formata da Carlo Bombrini, direttore della Banca Nazionale, dal banchiere Giacomo Penco, dall'armatore Raffaele Rubattino e dall'ingegner Giovanni Ansaldo, professore di geometria descrittiva all'Università di Genova, che diede il nome alla società e la diresse nei primi anni. Cavour diede un forte appoggio alla nuova società, che ebbe ordinazioni dalle ferrovie e dalla marina. Nel 1858 l'Ansaldo aveva già 480 operai e circa un migliaio nel 1861. Al momento dell'unità essa era pertanto la piú importante impresa siderurgico-meccanica italiana ed era in grado di costruire locomotive (la prima costruita in Italia uscí da questa fabbrica nel 1855), macchine per navi, cannoni, ecc.; dal 1863 si dedicò anche alle costruzioni navali. Si svilupparono inoltre a Sampierdarena, a Sestri e a Genova alcuni stabilimenti preesistenti, come quello Balleydier e quello dei fratelli Westermann, passato piú tardi in proprietà di Nicolò Odero, e altri ne sorsero, come quello dei fratelli Orlando, esuli siciliani, e quello Robertson, nei quali era interessato il Rubattino. Esistevano inoltre a Genova i Reali Cantieri della Foce, che intensificarono la loro attività, e l'Arsenale della Marina militare. Nel 1857 una legge voluta da Cavour, che provocò proteste a Genova, stabilí il trasferimento di questo alla Spezia, dove si iniziarono i lavori preparatori per la costruzione del nuovo Arsenale, attuata poi tra il 1861 e il 1869.

Nel complesso la nuova industria, mentre per la parte siderurgica aveva una potenzialità assai limitata, per la parte meccanica, pur nei limiti di una produzione di non grande entità, fu messa in grado in pochi anni di compiere lavorazioni che richiedevano un'elevata preparazione tecnica. Gli stabilimenti meccanici del Regno sardo, che nel 1844 erano 15 con 1.290 addetti, erano divenuti 26 con 7.755 addetti nel 1861. Fu un progresso notevole, sebbene non tale da incidere profondamente sulla struttura economico-sociale del paese. Interessa tuttavia notare che già nell'età cavouriana l'industria siderurgico-meccanica aveva assunto alcune caratteristiche che conservò poi a lungo nell'Italia unificata. Era cioè un'industria sostenuta dallo Stato, non ancora con la protezione doganale, ma con le ordinazioni militari, navali e ferroviarie, ed era inoltre strettamente legata ad interessi bancari e armatoriali.

Fece allora i suoi primi passi anche l'industria chimica, che alla fine del decennio contava qualche fabbrica di concimi, di acido solforico, di fiammiferi, di sapone. L'illuminazione a gas, già esistente a Torino, fu impiantata anche nelle principali città di provincia con le relative officine.

Ai progressi dell'agricoltura e dell'industria si devono aggiungere quelli della marina mercantile, che non fu danneggiata dall'abolizione dei diritti differenziali, mentre fu in parte sostenuta da sovvenzioni statali per le linee regolari di posta e passeggeri. Aumentò il tonnellaggio medio delle navi, ma il numero di quelle a vapore rimase proporzionalmente assai scarso. Inoltre il tentativo di stabilire linee regolari con l'America del Nord e del Sud per mezzo di una Compagnia Transatlantica sovvenzionata dallo Stato si risolse in un fallimento.

Nel campo creditizio l'innovazione piú importante fu la fondazione della Banca Nazionale. Come già si è accennato, la politica cavouriana tendente a potenziare questo istituto e a farne la banca dello Stato e la base di tutto il sistema creditizio del paese si realizzò solo in parte, perché urtò contro la forte opposizione dei conservatori ed anche di quei liberali e democratici che si ispiravano ai principî del liberismo puro, professato allora all'Università di Torino da Francesco Ferrara. Cavour pertanto dovette rinunciare nel '51 al suo progetto di istituire il corso legale dei biglietti della Banca Nazionale, sicché, abolito nel settembre di quell'anno il corso forzoso stabilito nel '48, si tornò alla circolazione fiduciaria. Inoltre nel '53 fu bocciato dal Senato il progetto cavouriano di assegnare alla Banca Nazionale i servizi di Tesoreria dello Stato. Tuttavia con la legge dell'11 luglio 1852 la Banca stessa era stata autorizzata ad aumentare il suo capitale da 8 a 32 milioni, a istituire succursali nelle città di provincia, a partecipare alla fondazione di Casse di Sconto a Torino e a Genova e infine le fu attribuito il compito di fare anticipazioni al Tesoro in cambio di depositi di titoli pubblici. Essa poté quindi rafforzarsi, divenire il principale istituto di credito del Regno sardo e poi d'Italia ed assumere infine, quando si trasformò nella Banca d'Italia, i caratteri che avrebbe voluto attribuirle Cavour. Nel 1859 la Banca, oltre alle due sedi originarie di Torino e di Genova, aveva già cinque succursali (Alessandria, Cagliari, Cuneo, Nizza e Vercelli) e nel corso del '60 e del '61 istituí rapidamente sedi e succursali in tutta l'Italia. Gli sconti e le anticipazioni da essa concessi, che nel 1852 avevano avuto un valore di circa 35 milioni di lire, ammontarono a circa 47 milioni nel 1858. La massa media dei biglietti in circolazione variò da 31 milioni di lire nel 1854 a 39 milioni nel 1858. La vita media dei biglietti però era breve ed ebbe tendenza ad accorciarsi (da 312 giorni nel 1852 a 104 nel 1856): molti di essi venivano presentati agli sportelli appena emessi per essere convertiti in numerario. La Banca pertanto dovette continuamente aumentare la propria riserva acquistando monete all'estero. Questo fatto, che allora si volle attribuire ad un eccesso di circolazione, si dovette alla sfiducia ancora largamente diffusa verso ogni forma di circolazione non metallica ed anche alla crisi che in quegli anni attraversò il bimetallismo: l'afflusso dell'oro californiano e australiano aveva infatti ovunque determinata una rivalutazione dell'argento, il cui prezzo sul mercato libero divenne piú elevato di quello ufficiale, sicché conveniva procurarsi argento mediante il cambio dei biglietti in banca per rivenderlo al mercato libero.

Altri istituti bancari sorsero in Piemonte e in Liguria nel decennio cavouriano. Alcuni, che si proposero di esercitare, oltre allo sconto, il credito mobiliare, cioè di acquistare azioni ed obbligazioni industriali, ebbero vita difficile, un po' perché la struttura economica del paese non era ancora abbastanza evoluta per attività di questo genere e un po' perché alcuni di essi, come la "Cassa del Commercio e dell'Industria" di Torino (trasformatasi poi nel 1863 nella "Società del Credito Mobiliare Italiano"), furono gestiti con criteri speculativi arrischiati. Piú fortunate e meglio amministrate furono le "Casse di Sconto," istituite a Torino e a Genova con la partecipazione della stessa Banca Nazionale, la "Cassa Generale di Sconto" di Genova e il "Banco Sete," che nel 1863 si fuse con la Cassa di Sconto di Torino. Le Casse di Risparmio, che erano 14 nel 1848, divennero 26 durante il periodo cavouriano; ma la loro attività rimase assai limitata, anche perché la legge del 31 dicembre 1851, che ne regolò l'attività, ne ribadí il carattere originario di istituti di beneficenza stabilendo limiti all'entità dei depositi e controlli rigorosi.

L'istituzione della Borsa di Torino nel 1850 e della Borsa di Genova nel 1855, che ebbero allora il carattere di borse-valori e di borse-merci, contribuí non poco a dare scioltezza alle contrattazioni creditizie e commerciali e stimolò l'attività speculativa. Sebbene limitata rispetto ai grandi mercati finanziari d'Europa, l'attività borsistica si mostrò subito sensibile all'andamento generale degli affari. Due crisi attraversò l'economia piemontese nel periodo cavouriano. La prima nel 1853-54 fu essenzialmente interna e si dovette, come già si è detto, alla convergenza di due fattori: cattivi raccolti ed eccesso di speculazione. Superata questa crisi con qualche difficoltà, seguirono due anni e mezzo circa di notevolissima ripresa, stimolata anche dall'afflusso di capitali francesi e inglesi specialmente nelle imprese ferroviarie e in quelle che esercivano servizi pubblici (gas, acquedotti, ecc.). Poi sul finire del '57 e nei primi mesi del '58 si fece sentire il contraccolpo della crisi generale che investí gli Stati Uniti, l'Inghilterra, la Francia ed altri paesi. In Piemonte questa crisi non fu molto grave e fu superata rapidamente anche per i provvedimenti presi dalla Banca Nazionale, la quale, grazie all'abolizione delle leggi sull'usura, poté portare per breve tempo il saggio di sconto al 10% e poi abbassarlo rapidamente al 6% e al 4%.

Nel complesso il sistema creditizio creato da Cavour

con la collaborazione di alcuni abili uomini d'affari, come Carlo Bombrini, Luigi Bolmida e Domenico Balduino, fu improntato a criteri di modernità ancora sconosciuti in Italia. La fondazione e lo sviluppo della Banca Nazionale e il rinnovamento del credito commerciale furono indubbiamente presupposti indispensabili dell'ulteriore sviluppo capitalistico del Piemonte e poi dell'Italia unita. Anche per il sistema creditizio si possono notare, analogamente a quanto si è notato per l'industria siderurgico-meccanica, alcuni aspetti che preannunciano certi caratteri di esso nell'Italia unificata, come il legame dello Stato con alcuni interessi finanziari e un certo squilibrio, peraltro contenuto allora entro limiti ristretti, tra l'incremento notevole dell'attività speculativa e l'effettivo sviluppo delle forze produttive. Ciò del resto rispondeva in parte alla fase di sviluppo che allora si era iniziata in Piemonte, che era quella della costruzione delle infrastrutture necessarie al progresso ulteriore. Tra le numerose società anonime che allora si formarono, alcune delle quali ebbero vita effimera, quelle che videro i loro titoli costantemente trattati alla Borsa furono le società ferroviarie, la Banca Nazionale e la Cassa del Commercio e dell'Industria. Meno costante la trattazione di titoli delle società del gas, di acquedotti e ancora meno quella di imprese industriali.

Le costruzioni ferroviarie ebbero uno sviluppo impetuoso. Alla fine del 1848 solo 8 km di ferrovia erano in esercizio in Piemonte, mentre le costruzioni, salvo che per qualche tratto della Torino-Genova, procedevano a rilento. Al principio del 1859 erano in esercizio 850 km di linee ed altri 250 circa erano in costruzione. Nel 1857 si erano iniziati i lavori per il traforo del Fréjus, che terminarono poi nel 1871. Delle linee in esercizio 276 km appartenevano allo Stato; gli altri a società concessionarie sovvenzionate dallo Stato. La piú importante di queste era la "Società Vittorio Emanuele," costituita con capitali forniti dalla Banca Laffitte di Parigi, che aveva le ferrovie della Savoia, quella da Torino a Novara e al Ticino e doveva provvedere alla costruzione della linea del Fréjus. Le linee statali, tra le quali erano la Torino-Alessandria-Genova e la Alessandria-Novara-Arona, erano gestite dalla Direzione Generale delle Ferrovie dello Stato dipendente dal Ministero dei Lavori pubblici, sorta nel 1853 dalla trasformazione di un'Azienda costituita al tempo di Carlo Alberto. Le Ferrovie dello Stato, che assunsero la gestione anche di alcune linee costruite da società private, possedevano nel 1859 circa 4.000 carri e vetture e 300 locomotive, di cui una ventina costruite dall'Ansaldo; avevano inoltre un'officina riparazioni a Torino e una a Savigliano. Anche la Società Vittorio Emanuele aveva un'officina a Torino. Nel complesso le ferrovie piemontesi avevano un'attrezzatura abbastanza efficiente, che appare tanto piú notevole se si pensa che fu costruita in soli dieci anni.

Anche altri lavori pubblici ebbero notevole incremento. Furono costruiti 414 km di strade nazionali e circa 700 di strade provinciali nella Terraferma e 350 km in Sardegna. Il telegrafo, aperto al servizio pubblico nel 1851, ebbe pure un grande sviluppo: 1256 km di linee furono costruiti e gestiti dallo Stato ed altri 845 da società private con la sovvenzione dello Stato. Una di queste provvide nel 1854 a gettare il cavo sottomarino dalla Spezia alla Corsica e alla Sardegna, prolungato nel 1857 fino alla Tunisia e poi a Malta.

Una cosí grande attività costruttiva non poteva non ripercuotersi sulla situazione finanziaria dello Stato. Il deficit determinato dalle vicende quarantottesche si attenuò nel '52 e scomparve nel '53; ma ricomparve l'anno successivo e non poté piú essere eliminato dai bilanci del Regno sardo. Cavour giudicò piú utile una politica di spese destinate ad incrementare la produzione che una politica di restrizioni mirante al raggiungimento del pareggio e non esitò a ricorrere largamente al credito. D'altra parte la sua politica fiscale portò ad un notevole inasprimento dei tributi, soprattutto diretti. Nel 1859 le entrate ammontarono a 141.236.200 lire e le spese a 150.314.980 lire. Il debito pubblico, che nel 1847 era di quasi 120 milioni, ammontava nel 1859 a circa 725 milioni e nel '60 a 1.170 milioni, compresi 120 milioni di debito pubblico lombardo attribuito al Regno sardo dopo il trattato di Zurigo. Complessivamente nei dodici anni dal principio del 1849 alla fine del 1860 le entrate del Regno sardo ammontarono a 1.653.583.730 lire e le spese a 2.481.560.000 lire. Le spese per i lavori pubblici ammontarono a 334.542.073, pari al 14,12% del totale, mentre le spese militari furono il 28,17% e quelle per gli interessi del debito pubblico il 21,11%. Nel periodo 1831-1848 invece le spese per i lavori pubblici erano ammontate soltanto a lire 56.593.507, pari al 3,82% del totale. Nei dodici anni di regime costituzionale la spesa media annua per i lavori pubblici fu dunque nove volte superiore alla spesa media annua compiuta allo stesso scopo negli ultimi diciassette anni del regime assoluto.

È impossibile stabilire con dati sicuri entro quali limiti il progresso generale del paese abbia influito sul livello di vita delle varie classi sociali. Comunque, anche se si tiene conto del forte gravame fiscale e del fatto che gli effetti positivi di molte iniziative cavouriane si fecero sentire in seguito, si può affermare che le condizioni della borghesia migliorarono sensibilmente: lo dimostra chiaramente l'aumento generale dei consumi di tessuti, prodotti coloniali, tabacchi, oggetti di lusso, ecc. Anche il livello culturale medio della borghesia si accrebbe, grazie allo sviluppo dell'istruzione media e universitaria, alla diffusione dei giornali e delle riviste, all'intensa attività editoriale di quegli anni. Le condizioni di vita dei contadini e degli operai non subirono invece mutamenti sostanziali. Sembra tuttavia che, dopo la fine della carestia del 1853-54, vi sia stato un lieve miglioramento rispetto alla situazione precedente il 1848. Lo sviluppo dell'agricoltura, dell'industria e dei lavori pubblici determinò un aumento dei posti di lavoro. D'altra parte la politica liberistica e la diminuzione di alcune imposte indirette sui consumi compensarono la tendenza all'aumento dei prezzi, caratteristica di questo periodo in tutta l'Europa. I salari dei lavoratori più qualificati aumentarono leggermente; ma gli orari di lavoro di 11-13 ore rimasero normali, cattive in genere le condizioni igieniche degli stabilimenti, pesante lo sfruttamento della manodopera femminile e infantile, arretrate le condizioni morali e culturali della maggioranza dei lavoratori. Gli analfabeti, che nel 1848 erano il 69% della popolazione del Regno, nel 1858 erano ancora il 65%.

La libertà d'associazione garantita dallo Statuto favorí la diffusione delle società operaie di mutuo soccorso, che però raccoglievano anche artigiani ed erano dirette da elementi borghesi. Questi in Liguria erano mazziniani, in Piemonte moderati o liberali progressisti. Nell'ottobre 1853 le società operaie del Regno tennero il loro primo congresso ad Asti, cui seguí il secondo ad Alessandria nel '54, il terzo a Genova nel '55, il quarto a Vigevano nel '56, il quinto a Voghera nel '57, il sesto a Vercelli nel '58 e il settimo a Novi nel '59. In questi congressi furono discussi problemi concernenti soprattutto l'assistenza e l'istruzione degli operai e furono generalmente esclusi i problemi politici e quelli rivendicativi. Tuttavia nel sesto congresso si discusse dell'orario di lavoro, si denunciarono abusi dei datori di lavoro e si affermò la necessità di studiare e agitare la questione in vista di una futura legge in proposito. Sebbene i pochi scioperi che allora vi furono si svolgessero per iniziativa spontanea di gruppi di lavoratori al di fuori delle società operaie, si manifestò qua e là, specialmente nelle società che raggruppavano singole categorie di lavoratori, la tendenza a passare dal mutuo soccorso alla lotta rivendicativa. Le società di questo tipo però erano poche, perché la forma prevalente fu quella della società "generale" che raggruppava operai ed artigiani di tutti i mestieri di una determinata città. Tipica fu la Società generale degli operai di Torino, fondata nel 1850, la quale in occasione della carestia del '53 istituí un Comitato di previdenza, cioè in pratica la prima cooperativa di consumo sorta in Italia. Nel complesso le numerose società operaie piemontesi e liguri del decennio cavouriano rappresentarono un passo importante della classe operaia sulla via dell'organizzazione di un movimento autonomo. Tuttavia i germi di autonomia, che fermentavano sotto il paternalismo dei dirigenti moderati e il solidarismo dei dirigenti mazziniani, si manifestarono apertamente piú tardi.

Il progresso compiuto nel decennio cavouriano portò senza dubbio il Regno sardo alla testa di tutti gli Stati italiani per quanto concerneva il dinamismo e l'organicità dello sviluppo economico. L'incremento delle costruzioni ferroviarie è per questo riguardo il dato piú significativo. Mentre alla fine del '48 agli 8 km in esercizio in Piemonte ne facevano riscontro 357 negli altri Stati italiani, al principio del 1859 di fronte agli 850 km in esercizio in Piemonte stavano soltanto 986 km di ferrovie in esercizio negli altri Stati, precisamente 524 nel Lombardo-Veneto, 266 in Toscana, 96 nello Stato pontificio e 100 nel Regno di Napoli. Circa 300 km, comprendenti alcune linee importanti, erano in costruzione nel Lombardo-Veneto, nei Ducati, nello Stato pontificio e in Toscana, mentre nel Regno di Napoli molte linee erano in progetto, ma solo poche decine di km erano in costruzione. La rete piemontese rappresentava dunque da sola il 47% delle linee in esercizio in Italia e piú del 40% di quelle in costruzione.

Significativi sono anche i dati riguardanti il commercio estero. Nel 1850 le importazioni del Regno sardo erano ammontate a circa 130 milioni di lire e le esportazioni a 73 milioni; nel 1858 le importazioni salirono a 321 milioni e le esportazioni a 236 milioni. In nessun altro Stato italiano vi fu in quegli anni un aumento cosí cospicuo. Il commercio estero complessivo di tutti gli Stati italiani, compresi gli scambi degli Stati stessi tra loro (che però non avevano una grande entità), ammontò nel 1858 a circa 810 milioni di lire piemontesi per le importazioni e a circa 690 milioni per le esportazioni. Pertanto il Regno di Sardegna, che aveva poco piú del 20% della popolazione totale dell'Italia, partecipava alle importazioni per il 39% e alle esportazioni per il 27%. Il valore del commercio estero per abitante fu in quell'anno nel Regno sardo di circa 114 lire, fu cioè un po' superiore al livello medio dei paesi dell'Europa occidentale. Se si distingue la Terraferma dalla Sardegna, esso fu rispettivamente di 120 e di 37 lire: la Sardegna infatti, con una popolazione di 568.000 abitanti su 5.042.000 di tutto il Regno, partecipava al commercio estero soltanto con 10 milioni di lire di importazioni e poco piú di 11 di esportazioni. Nello stesso anno 1858 il valore del commercio estero per abitante fu di lire piemontesi 72 nel Lombardo-Veneto (78 in Lombardia e 65 nel Veneto), 64 nel Ducato di Parma, 73 in quello di Modena, 73 in Toscana, 42 nello Stato pontificio e 27 nelle Due Sicilie (23 nei Dominî continentali e 37 in Sicilia). La quota media in tutta l'Italia fu di 60 lire.

Questi dati mostrano abbastanza chiaramente che l'economia piemontese aveva raggiunto un livello assai piú elevato di quello medio di tutta l'Italia. Questo fatto fu una diretta conseguenza della politica cavouriana che stimolò potentemente il progresso del Piemonte, mentre negli altri Stati la politica piú o meno ottusamente conservatrice dei governi reazionari determinò dopo il '49 una situazione di stasi o per lo meno di sviluppo molto lento. Ma dagli stessi dati risulta anche che la distanza dei vari Stati italiani dal grado di sviluppo raggiunto dal Piemonte alla vigilia dell'unità era molto disuguale. Questa conclusione non muta sostanzialmente anche se si tiene conto, oltre che delle ferrovie e del commercio estero, di altri elementi di valutazione: l'esistenza di aziende agricole capitalistiche o semicapitalistiche e di qualche industria piú o meno meccanizzata, il grado di unificazione del mercato interno dei prodotti di maggior consumo, lo sviluppo del sistema creditizio, l'estensione della rete stradale e dei lavori di irrigazione e di bonifica, ecc. Peraltro quella distanza può essere meglio precisata se si considerano le notevoli differenze interne esistenti in alcuni Stati: allora la Lombardia appare nettamente superiore al Veneto e per alcuni aspetti superiore o pari al Piemonte stesso, mentre le Legazioni appaiono più vicine al livello della Toscana, dei Ducati e del Veneto (che si può definire medio rispetto all'Italia nel suo complesso) che a quello, sensibilmente inferiore, delle altre province dello Stato pontificio. Comunque queste diseguaglianze erano una conseguenza del diverso sviluppo economico, sociale e politico dei vari Stati, o di singole parti di essi, nei secoli precedenti, che, per quanto concerne il Settecento e la prima metà dell'Ottocento, è stato delineato nei primi due volumi di questo lavoro. Pertanto, poiché il livello raggiunto dai vari Stati italiani nel '48 era notevolmente disuguale, disuguale fu anche il peso negativo della politica conservatrice successiva al '48 rispetto allo sviluppo del Piemonte e dell'Occidente europeo che allora si accelerò notevolmente. D'altra parte, come si è detto nel primo capitolo di questo volume, la politica conservatrice, pur nella sua sostanziale uniformità di direttive generali, non fu in tutti gli Stati e per tutto il decennio ugualmente negativa nei riguardi dello sviluppo economico: per esempio, dopo il '56 alcune iniziative importanti nelle costruzioni ferroviarie furono prese nel Lombardo-Veneto, nei Ducati e nello Stato pontificio sotto la spinta dell'espansionismo finanziario delle banche parigine e della nuova situazione europea, che stimolò il governo austriaco ad attenuare la sua politica repressiva. Per tutte queste ragioni si accentuarono allora le differenze tra i vari Stati e in particolare tra quelli del Nord e del Centro da una parte e il Regno delle Due Sicilie dall'altra. Qui una politica conservatrice particolarmente inadatta a stimolare il progresso si combinò con un'economia nel complesso assai più arretrata che altrove e con una situazione di profonda crisi sociale, sicché le conseguenze del rallentamento dello sviluppo, che nel decennio 1849-59 investí tutti gli Stati italiani salvo il Piemonte, furono nel Mezzogiorno più gravi che nel resto d'Italia e quindi più spiccato fu il distacco dal livello raggiunto dal Piemonte.

La gravità di questa situazione però fu valutata in pieno solo parecchi anni dopo l'unità, quando per effetto di altre circostanze, tra le quali il modo stesso con cui l'unità fu attuata, la disuguaglianza di sviluppo tra il Nord e il Sud si aggravò ulteriormente. Alla vigilia dell'unità prevaleva invece tra i liberali la tendenza ad attribuire a ragioni essenzialmente politiche il diverso grado di sviluppo delle varie parti d'Italia. Anche coloro (cioè la maggioranza tra i moderati), i quali giudicavano impossibile la formazione, almeno a breve scadenza, di uno Stato unitario italiano, sostenevano generalmente questa opinione allegando difficoltà di politica internazionale e rifacendosi in modo generico alla tradizione particolaristica dei singoli Stati, mentre davano scarso o nessun peso allo squilibrio economico tra il Nord e il Sud. I liberali ed anche molti democratici erano in genere convinti che la causa fondamentale dell'arretratezza e di tutti i mali di cui soffrivano gli Stati italiani, salvo il Piemonte, fosse la persistenza dei regimi assolutistici sostenuti dall'Austria, essenzialmente retrivi per paura delle rivendicazioni costituzionali. Il che era vero, ma soltanto in parte e in misura diversa a seconda dei vari Stati.

Su questa linea Antonio Scialoja, emigrato da Napoli a Torino dopo la prigionia sopportata dal '48 al '52 ed entrato nell'amministrazione piemontese, fece nel '57 un importante confronto tra le finanze napoletane e quelle piemontesi.[1] Prendendo in esame gli anni 1855 e 1856 lo Scialoja riconosceva che essi erano stati economicamente favorevoli per il Regno meridionale, ma affermava che l'incremento del commercio estero e quindi delle entrate doganali dello Stato avutosi in quegli anni era un fenomeno transitorio, determinato dalla grande richiesta di cereali e di altre derrate provocata dalla guerra di Crimea, che aveva stimolato l'esportazione, e dall'alto valore della moneta napoletana, prevalentemente argentea, che aveva stimolato l'importazione. Effettivamente l'andamento assai meno favorevole del commercio estero napoletano nel '57 e nel '58 diede in gran parte ragione alle sue previsioni: una caratteristica del commercio estero meridionale era infatti la frequenza di forti oscillazioni, tipica dei paesi arretrati. Passando poi ad esaminare le finanze dei due Regni lo Scialoja riconosceva che il sistema fiscale piemontese era pesante, ma metteva in luce anche la politica di spese pubbliche molto piú moderna svolta dal governo di Torino e la contrapponeva alla politica immobilistica e pavida del governo napoletano. Gli rispose da Napoli Agostino Magliani[2]

[1] A. SCIALOJA, *I bilanci di Napoli e degli Stati sardi con note e confronti*, Torino, 1857.
[2] A. MAGLIANI, *Della condizione finanziera del Regno di Napoli*, Napoli, 1858.

mettendo in luce la semplicità del sistema fiscale napoletano rispetto a quello, molto piú complicato, del Piemonte ed insistendo sul minor carico fiscale imposto da quel governo. Ma per quanto su alcuni punti particolari il Magliani potesse aver ragione (alcuni suoi argomenti furono poi sviluppati molti anni dopo da scrittori meridionalisti che criticarono l'applicazione al Mezzogiorno del sistema fiscale piemontese fatta nel 1862), nella sostanza la critica dello Scialoja era fondata, ed era giusta la sua difesa della politica cavouriana, finanziariamente costosa, ma economicamente produttiva. "In questi," scriveva lo Scialoja, "come in tutti gli altri casi, in cui si tratta di spese, cadesi in sofismi grossolani, se dal confronto delle somme vuole indursi argomento di lode per chi spende meno, e di censura per chi spende piú. Le spese maggiori pei lavori pubblici, quando sono destinate ad opere utili, lungi dall'esser prova di prodigalità sono indizio di prudenza; perciocché veramente non sono spese, ma investimento di valori in capitali, che per essere di pubblico uso, sono fruttiferi per tutti."[3]

Restava tuttavia estranea ai liberali come lo Scialoja, ed anche ai democratici, un'analisi della grave crisi che travagliava le campagne del Mezzogiorno, la quale sarebbe scoppiata inevitabilmente, qualora il precario equilibrio conservato dalla politica retriva di Ferdinando II fosse stato rotto. Allora la borghesia meridionale non sarebbe stata in grado di fronteggiare da sola questa crisi senza l'appoggio di una forza esterna. "Terribile è il presente, spaventoso l'avvenire: la demoralizzazione procede dall'alto e s'infiltra nel paese: se avviene un cangiamento, come sarà possibile contenere un popolo educato a quella guisa? un dittatore è necessario: la salute del regno è una invasione straniera."[4] Con queste parole l'avvocato Diego Tajani, costretto ad esulare in Piemonte dopo la sua difesa del Nicotera al processo per la Spedizione di Sapri, riferiva nel settembre 1858 a Giuseppe Massari le condizioni del Regno. Ma questo generico sentimento di paura per l'avvenire non si concretava in un programma politico fondato su di una ricerca delle cause profonde della crisi e quindi anche dello stesso malgoverno borbonico. D'altra parte anche i giudizi dei democratici

---

[3] A. SCIALOJA, op. cit., p. 78.
[4] G. MASSARI, Diario dalle cento voci, 1858-1860, a cura di E. Morelli, Bologna, 1959, p. 25.

sulla situazione del Mezzogiorno non andavano al di là della constatazione della crisi e della generica affermazione della necessità di una soluzione insurrezionale, anch'essa per forza di cose appoggiata dall'esterno. Comunque nel '60 la forza esterna invocata dai moderati meridionali fu la monarchia piemontese, costretta ad intervenire nel Sud dall'iniziativa unitaria dei democratici. Questo intervento del resto fu preparato dal fatto che il Piemonte aveva già prima del '59 assunto in Italia una funzione di guida del movimento nazionale.

La presenza in Piemonte nel decennio 1849-59 di moltissimi patrioti emigrati dagli altri Stati italiani è un aspetto importante del rapporto tra Piemonte e Italia alla vigilia dell'unità. Non è possibile allo stato attuale degli studi dare un quadro anche approssimativamente completo dell'emigrazione politica nel Regno sardo e valutare con precisione l'influenza che essa ebbe sulla vita politica e civile dello Stato subalpino. In linea generale si può affermare che, soprattutto dopo il '52, l'attività del movimento nazionale ebbe a Torino e a Genova i principali centri di direzione, rispetto ai quali diminuí via via l'importanza dei centri esistenti in Francia, in Inghilterra, in Svizzera e in altri paesi. Questo vale non solo per i moderati e per quei democratici che allora si orientarono verso la politica cavouriana, ma anche per i democratici mazziniani. Mazzini stesso fece sempre piú di Genova il centro della sua attività cospirativa e a Genova soggiornò clandestinamente abbastanza a lungo nel '56 e nel '57.

Sul numero degli esuli che vissero nel Regno sardo durante il decennio esistono valutazioni incerte e discordanti. Forse nel '49 erano piú di 50.000,[5] ma poi parecchi rientrarono in patria o andarono all'estero, sia spontaneamente, sia per espulsioni decretate dal governo di Torino, e solo in parte furono rimpiazzati da altri esuli giunti nel '52, nel '53 e successivamente. Sembra perciò molto esagerata la cifra di 100.000 data dal La Farina alla fine del '57.[6] Probabilmente tra il '50 e il '58 i rifugiati presenti nel Regno sardo oscillarono tra i 20 e i 30.000.[7] Poi nei mesi

[5] Cfr. G. PALLAVICINO, *Memorie*, a cura della moglie Anna Pallavicino-Trivulzio, Torino, 1885-95, vol. II, p. 191.

[6] G. LA FARINA, *Scritti politici*, a cura di A. Franchi, Milano, 1870, vol. II, p. 123.

[7] Secondo calcoli governativi, gli esuli residenti a Genova e provincia

precedenti l'inizio della seconda guerra d'indipendenza il numero si accrebbe molto per l'afflusso dei volontari.

Oltre al Lombardo-Veneto, da cui proveniva il contingente maggiore di esuli, tutti gli altri Stati italiani furono rappresentati nell'emigrazione da gruppi numerosi, composti in larga misura di elementi molto qualificati: membri dei governi e dei parlamenti quarantotteschi, ufficiali che avevano partecipato alla campagna del '48 e alle difese di Roma e di Venezia, giornalisti, scrittori, storici, economisti, giuristi e scienziati. Si può dire che una gran parte della classe dirigente italiana si trasferí allora nel Regno sardo. Questo si arricchí pertanto di molte energie umane di cui si erano impoveriti gli altri Stati, ma solo in parte le assorbí nella propria struttura di Stato regionale. La maggior parte degli emigrati infatti contribuí piuttosto a fare del Piemonte il nucleo della futura Italia unificata.

Il governo di Torino nei riguardi dell'emigrazione tenne un atteggiamento non privo di contraddizioni, peraltro inevitabili data la situazione internazionale e quella interna del Regno sardo. Infatti sia l'Azeglio che il Cavour (il secondo molto piú chiaramente del primo) compresero che la presenza nel Regno di numerosi esuli era una conseguenza logica della politica liberale ed era inoltre necessaria in vista dell'azione egemonica dello Stato subalpino nei confronti del movimento nazionale italiano, ma al tempo stesso furono a lungo preoccupati per le conseguenze che l'attività degli emigrati poteva avere tanto nella politica estera, poiché essa suscitava l'ostilità dell'Austria e la diffidenza della Francia, quanto nella politica interna, poiché moltissimi esuli erano democratici o liberali progressisti e potevano quindi rafforzare l'opposizione democratica e mettere in pericolo il predominio del partito moderato, qualora si fossero inseriti a fondo nella politica locale. Per comprendere questo atteggiamento si deve anche ricordare che i conservatori e i reazionari erano molto ostili agli esuli ed eccitavano contro di loro il sentimento municipalistico ancora largamente diffuso in Piemonte. Comunque, fallito

nel gennaio '55 erano 1.124, nel dicembre dello stesso anno 1.065, nel '57 erano 1.500, *L'emigrazione politica in Genova ed in Liguria dal 1848 al 1857. Fonti e memorie*, Modena, 1957, vol. III, p. 525. Queste cifre non tengono conto di coloro che avevano ottenuta la cittadinanza sarda e dei clandestini. Forse non si va lontani dal vero se si calcolano a poco piú di 2.000 gli emigrati residenti a Genova, che fu sempre uno dei centri maggiori di raccolta dell'emigrazione politica.

nel novembre '49 il tentativo della sinistra di imporre al governo la concessione indiscriminata della cittadinanza agli emigrati dei territori annessi nel '48, la cittadinanza stessa fu concessa via via con decreti reali soltanto a un numero limitato di esuli, cioè in pratica solo a coloro che poterono dimostrare di essere di condizione agiata o di avere trovato un lavoro stabile nel Regno e di professare opinioni politiche tali da non dare fastidi al governo. La maggioranza, che non ottenne la cittadinanza, poté usufruire solo di permessi di soggiorno, permanenti oppure temporanei, fu quindi sotto il controllo della polizia ed esposta a provvedimenti di espulsione. Questi furono abbastanza numerosi nei momenti difficili, come nel '53 dopo il moto milanese, sebbene fossero frequentemente seguiti da revoche. In queste vicende la discriminazione tra moderati e democratici poté quindi manifestarsi in forme talvolta odiose. Gli esuli piú poveri furono assistiti con sussidi dal governo, oltre che da comitati patriottici, ma furono anche in varie occasioni stimolati o costretti dal governo stesso ad emigrare in America.

D'altra parte agli emigrati non giudicati pericolosi furono concessi con una certa larghezza posti nell'amministrazione e nell'insegnamento. Secondo il La Farina alla fine del '57 ben 2.300 rifugiati avevano avuto uffici o impieghi pubblici.[8] Tuttavia è molto esagerata l'affermazione fatta dai reazionari ed anche da qualche diplomatico straniero[9] che gli esuli dominassero praticamente lo Stato subalpino. Pochissimi tra loro esercitarono un'influenza politica rilevante. Uno solo fece parte del ministero Cavour, il veneto Pietro Paleocapa, ministro dei lavori pubblici fino al '57 e ministro senza portafoglio dal '57 al '59. Precedentemente il piacentino Pietro Gioia e il romagnolo Luigi Carlo Farini erano stati per breve tempo ministri dell'istruzione nel gabinetto Azeglio. Tra i deputati cavouriani sono da ricordare, oltre al Farini, il lombardo Luigi Torelli e i parmensi Luigi Amedeo Melegari e Antonio Gallenga; quest'ultimo fu costretto a dimettersi da deputato nel '56, perché Mazzini rivelò che da giovane aveva progettato di uccidere Carlo Alberto. Tra i deputati di centro-sinistro e di sinistra furono i lombardi Cesare Correnti e Giorgio Pal-

[8] G. La Farina, Scritti politici, cit., vol. II, p. 123.
[9] Si veda il rapporto del duca di Guiche dell'autunno del '53, citato da A. Omodeo, L'opera politica del conte di Cavour, Firenze, 1940, vol. I, pp. 184-185.

lavicino e il veneto Sebastiano Tecchio. Tra gli uomini di fiducia di Cavour, ai quali furono affidati incarichi delicati ma in genere non ufficiali prima del '59, fu molto influente, oltre al Farini, il pugliese Giuseppe Massari, e, dopo il '56, il siciliano Giuseppe La Farina. Nell'esercito due modenesi acquistarono grande influenza, Manfredo Fanti ed Enrico Cialdini, generali di brigata nella spedizione di Crimea. Molti nobili lombardi si legarono allora strettamente alla dinastia sabauda e collaborarono con Cavour, oppure entrarono nell'esercito.

Ma l'influenza maggiore degli emigrati si esercitò nel campo culturale. Nell'Università di Torino il Melegari ebbe la cattedra di diritto costituzionale, Pasquale Stanislao Mancini quella di diritto internazionale, Francesco Ferrara quella di economia politica; Terenzio Mamiani ebbe la cattedra di filosofia della storia nell'Università di Genova. Vissero allora in Piemonte piú o meno a lungo Francesco De Sanctis, Bertrando Spaventa, Angelo Camillo De Meis, Salvatore Tommasi, Antonio Scialoja, Giuseppe Pisanelli, Ruggero Bonghi, Emerico Amari, Guglielmo Pepe, Luigi e Carlo Mezzacapo, Mariano d'Ayala, Filippo Antonio Gualterio, Nicomede Bianchi, Luigi Zini, Francesco Domenico Guerrazzi, Niccolò Tommaseo. Alcuni di questi uomini vissero in disparte ed esercitarono scarsa influenza, ma la maggior parte di loro svolse un'attività molto intensa: parecchi tennero corsi privati e insegnarono nei licei, quasi tutti collaborarono assiduamente a giornali, a riviste, come il "Cimento," la "Ragione," la "Rivista contemporanea," la "Rivista enciclopedica," e ad importanti iniziative editoriali, come la "Biblioteca dell'economista," diretta dal Ferrara, o il *Commentario del codice di procedura civile per gli Stati sardi con la comparazione degli altri codici italiani*, compilato dal Mancini, dal Pisanelli e dallo Scialoja. Spesso le iniziative degli esuli si urtarono contro le resistenze municipalistiche di cricche accademiche e di certi gruppi editoriali o giornalistici locali. Il La Farina, giunto a Torino dalla Francia nel '54, cosí scriveva alla fine di quell'anno a Michele Amari a proposito della fondazione della "Rivista enciclopedica": "Non ti puoi immaginare quanti ostacoli e quante difficoltà ho dovuto superare per *varare*, come tu dici, il primo fascicolo della 'Rivista': e la guerra palese e nascosta che si fa a questo nuovo giornale. S'è fino cacciato in mezzo il municipalismo piemontese e una combriccola che c'è qui, la quale tiene in mano il monopolio della pubblica istruzione, e che ha sospetto di ogni associazione di uomini istruiti, che vede formarsi al di fuori della sua cerchia."[10] Alcuni anni dopo, nel luglio del '58, Francesco Ferrara fu sospeso dalla cattedra di economia politica, perché col suo spirito anticonformista si era urtato col Consiglio Superiore della Pubblica Istruzione.

Un ambiente nel complesso piú favorevole agli esuli fu quello di Genova, per effetto un po' della forza delle correnti democratiche e un po' del vivace municipalismo antipiemontese. Genova divenne quindi il quartier generale delle forze democratiche, sia mazziniane, sia dissidenti da Mazzini. Vi risiedettero a lungo nel decennio Agostino Bertani, Giacomo Medici, Enrico Cosenz, Carlo Pisacane, Antonio Mordini, Alberto Mario, Pietro Cironi, Giovanni Acerbi, Rosolino Pilo, e moltissimi altri.

In realtà anche lo Stato sabaudo, pur col progresso determinato dal regime liberale e dalle riforme cavouriane, soffriva di una crisi interna dovuta, analogamente a quanto avveniva in altri Stati italiani, all'acutizzarsi dei contrasti regionali. Anche lo Stato subalpino, come formazione dinastica sostenuta dall'egemonia del Piemonte, si avviava in quegli anni alla sua fine, si avviava cioè a disciogliersi nell'Italia unita, alla quale però esso diede un'impronta che durò a lungo. Fu questo un processo storico molto complesso, nel quale gli esuli insieme alle forze interne ostili al *piemontesismo* svolsero una funzione di stimolo, poiché sospinsero il gruppo dirigente piemontese nella lotta non solo per l'indipendenza, ma anche per l'unità d'Italia. Ma al tempo stesso il gruppo dirigente piemontese, saldamente condotto da Cavour, seppe assorbire una parte notevole delle forze politicamente piú avanzate che lo sospingevano appunto in questa direzione.

2. *La formazione del movimento monarchico-unitario*

Negli anni immediatamente successivi al '49, mentre in Piemonte si rafforzava il regime costituzionale e cominciava a svolgersi la politica liberale di Cavour, vari scrittori di parte moderata, analogamente ai democratici, presero in esame l'esperienza della prima fase del Risorgimento fino

[10] G. LA FARINA, *Epistolario*, a cura di A. Franchi, Milano, 1869, vol. I, p. 519. Lettera a M. Amari dell'11 dicembre 1854.

al '48 allo scopo di trarne un insegnamento per l'avvenire. Essi furono sostanzialmente d'accordo nell'individuare tre cause principali del fallimento del '48: l'illusione neoguelfa, l'azione rivoluzionaria dei democratici stimolata dalla rivoluzione di febbraio, il particolarismo dei príncipi sostenuto dal municipalismo di una parte notevole dei moderati stessi. Queste idee sono espresse, con insistenza maggiore o minore su questo o quel punto, in opere che ebbero allora una larga diffusione, come l'*Appendice* al *Sommario della Storia d'Italia* del Balbo[11] e i libri, storici e polemici insieme, del Gualterio[12] e del Farini.[13] Queste opere contengono una visione della prima fase del Risorgimento che poi diverrà corrente nella storiografia moderata successiva e al tempo stesso indicano nel Piemonte costituzionale l'unico punto d'appoggio possibile per la ripresa della lotta per la libertà e l'indipendenza. Manca però in esse, come in tutta la pubblicistica moderata di quegli anni, la delineazione anche sommaria di un programma sull'ordinamento futuro dell'Italia: l'idea dell'unità non viene discussa, oppure viene definita, come dal Balbo, un "sogno settario," e nemmeno viene affrontato il problema della federazione. A differenza dei democratici, la cui pubblicistica, come s'è visto, è dominata dalla speranza in una prossima ripresa del movimento rivoluzionario, questi uomini, piemontesi o piemontesizzati, che scrivono nella fase difensiva dello sviluppo del liberalismo subalpino, temono di esprimere speranze che vadano al di là della generica fede nella libertà e nell'indipendenza e, scaltriti dall'esperienza quarantottesca, vogliono lasciare in disparte le costruzioni utopistiche di stampo romantico ed anche le delineazioni di programmi precisi.

Diversa invece la posizione di Gioberti, il quale, dopo essersi dimesso il 30 aprile '49 dalle cariche di ministro e di inviato straordinario in Francia, era rimasto a Parigi, dove visse in volontario esilio fino alla morte, avvenuta il 16 ottobre 1852. A Parigi egli scrisse l'ultima sua grande opera, il libro *Del Rinnovamento civile d'Italia*, pubblicato nell'ottobre del '51. Per molto tempo questo libro è stato

[11] Scritta probabilmente nel 1850, ma pubblicata per la prima volta nella decima edizione, postuma, del *Sommario*, Firenze, 1856.

[12] F. A. GUALTERIO, *Gli ultimi rivolgimenti italiani*, 4 voll., Firenze, 1850-51.

[13] L. C. FARINI, *Lo Stato Romano dall'anno 1815 all'anno 1850*, 4 voll., Torino, 1850-53.

considerato come la profezia della soluzione cavouriana del Risorgimento. Questa interpretazione, che risale a Giuseppe Massari,[14] l'amico ed ammiratore di Gioberti divenuto uomo di fiducia di Cavour, fu criticata poco piú di vent'anni or sono da Adolfo Omodeo,[15] il quale mise in luce lo stretto legame dell'opera giobertiana con la speranza diffusa tra i democratici nel 1850-51 in una prossima ripresa rivoluzionaria europea e sostenne che la parte concernente la cosiddetta profezia del 1859-60 aveva nel quadro generale dell'opera stessa un posto subordinato. L'interpretazione dell'Omodeo, fondata su di un esame accurato dell'epistolario giobertiano, è sostanzialmente esatta, ma è anche vero che la parte del *Rinnovamento* riguardante la funzione del Piemonte contribuí alla formazione del movimento monarchico-unitario ed ebbe quindi un'influenza pratica non prevista dal Gioberti.

Il *Rinnovamento* si divide in due parti: un esame retrospettivo della prima fase del movimento nazionale fino al '49, periodo che Gioberti chiama del "Risorgimento," e una delineazione della politica nazionale nel nuovo periodo, apertosi nel '49, che egli chiama del "Rinnovamento." Il primo periodo, secondo Gioberti, "fu italico e nazionale, per le dottrine conformi alle tradizioni e agli spiriti patrî; spontaneo e autonomo, perché nacque dal consenso dei príncipi e dei popoli... dialettico e graduato, perché fu anzi una trasformazione che una rivoluzione."[16] Esso pertanto procedette gradualmente dalle riforme agli Statuti, e avrebbe potuto procedere fino alla cacciata dell'Austria, al regno dell'Alta Italia e alla federazione, se non fosse venuto meno il suo carattere autonomo per la docilità degli italiani nel seguire l'esempio francese dopo la rivoluzione di febbraio. Il conservatorismo allora degenerò in "municipalismo" e la democrazia in "puritanesimo," cioè i partiti "dialettici" e "realistici" furono soppiantati da quelli "sofistici" e "nominali." Contro questi partiti quarantotteschi la polemica giobertiana è molto aspra e, pur non essendo priva di osservazioni acute, assume spesso un tono personalistico assai violento. Comunque, secondo Gioberti, nel

[14] G. MASSARI, *Ricordi biografici e carteggio di Vincenzo Gioberti*, 4 voll., Torino, 1860-62.
[15] A. OMODEO, *Vincenzo Gioberti e la sua evoluzione politica*, Torino, 1941, ora in *Difesa del Risorgimento*, 2 ed., Torino, 1955.
[16] V. GIOBERTI, *Del Rinnovamento civile d'Italia*, ed. a cura di F. Nicolini, Bari, 1912, vol. II, p. 147.

'48 l'Italia perse un'occasione che probabilmente non si ripresenterà piú, sicché il "Rinnovamento" avrà caratteri in gran parte opposti a quelli del "Risorgimento." Esso non sarà autonomo, perché gli italiani ormai saranno portati a "mutare piú o meno i modi e i termini del loro stato civile, conforme alle nuove condizioni della vita europea"; non sarà gradualistico, ma "avrà piuttosto aspetto e qualità di rivoluzione"; non sarà federalista, ma probabilmente unitario, perché la simultaneità del moto renderà possibile l'attuazione dell'unità e sarebbe grave errore non approfittare dell'occasione. Gioberti insomma pensa che il riscatto dell'Italia dovrà realizzarsi in connessione col grande moto europeo determinato dal trionfo della democrazia in Francia, che egli giudica probabile per il 1852. Esso perciò avrà un carattere democratico e dovrà venire incontro con una serie di riforme politiche e sociali (suffragio universale, istruzione obbligatoria, distribuzione dei beni ecclesiastici, riforme tributarie, istituzione di cooperative, ecc.) ai bisogni delle masse popolari, le quali avranno dato vigore col loro movimento al moto nazionale. Gioberti insomma si avvicina molto ai democratici del tempo piú o meno socialisteggianti, ma se ne differenzia per la sua preoccupazione di assicurare nella nuova democrazia il "predominio del pensiero." Perciò discorre a lungo sulla funzione pedagogica della cultura e sulla necessità che la spinta rivoluzionaria democratica sia frenata e incanalata dall'azione conservatrice dell'ingegno, cioè degli intellettuali.

In questa visione del movimento nazionale italiano legato al movimento democratico europeo, Gioberti introduce, come ipotesi subordinata, l'idea che l'Italia possa liberarsi sotto la guida del Piemonte, purché la monarchia subalpina sappia approfittare dell'occasione che si presenterà nel momento in cui ricomincerà la lotta tra la Francia rivoluzionaria e le potenze conservatrici e soprattutto purché sappia svolgere una politica adeguata alle nuove esigenze democratiche. Solo a questo patto, secondo lui, la monarchia sabauda potrà sopravvivere, altrimenti sarà travolta, come lo saranno tutte le monarchie italiane, e l'unica soluzione possibile sarà la repubblica.

È probabile che questa trattazione sull'ipotetica soluzione monarchico-unitaria sia stata introdotta da Gioberti nel *Rinnovamento* per la preoccupazione di non danneggiare in quel momento delicato il movimento liberale subalpino minacciato dai conservatori e dai clericali con una netta presa di posizione repubblicana. Lo stimolo a tener conto della situazione del Piemonte e delle possibilità che essa offriva per l'avvenire gli veniva anche da qualche amico piemontese o esule in Piemonte. Comunque egli non sembra molto convinto della possibilità di successo della soluzione monarchica e non giudica la politica piemontese in modo molto favorevole. Approva le leggi Siccardi, che giudica un presupposto necessario per una politica nazionale, ma non considera altrettanto utile a questo fine la politica economica di Cavour, che gli appare superiore alle forze di un piccolo Stato e adatta solo ad uno Stato nazionale. Secondo lui, i trattati di commercio con l'Inghilterra e con altri paesi, che allora Cavour stava stipulando, stabilivano dei legami contrastanti col compito principale a cui il Regno sardo doveva dedicarsi, quello di prepararsi a riprendere la lotta per la liberazione d'Italia. Cavour insomma sembra al Gioberti, che pur ne apprezza l'abilità politica e la capacità amministrativa, ancora dominato da una visione municipalistica del destino del Piemonte, perché vuole innalzare "il municipio a potenza nazionale" e non considerarlo una forza che facendo leva sul resto d'Italia miri a costruire lo Stato nazionale. In fondo la posizione di Gioberti, per questa tendenza ad anteporre la soluzione del problema nazionale ad ogni altro problema di rinnovamento economico, amministrativo, ecc., è divenuta simile a quella di Mazzini, che pure viene aspramente criticato nella parte retrospettiva del *Rinnovamento*.

La diffusione del libro del Gioberti in Piemonte fu molto vasta, ma la sua efficacia pratica non può essere paragonata a quella del *Primato*. Soprattutto avvenne che il nucleo centrale dell'argomentazione giobertiana (l'ipotesi della prossima rivoluzione francese ed europea) non fu compreso o non fu preso quasi affatto in considerazione, anche perché, dopo meno di due mesi dall'apparizione del libro, il colpo di Stato del 2 dicembre dissolse le illusioni dei democratici in una prossima esplosione rivoluzionaria e ripropose con urgenza ai liberali il problema di difendere la libertà dello Stato subalpino di fronte all'aggravata minaccia reazionaria. Interessò invece la parte retrospettiva del *Rinnovamento*, che suscitò vivaci reazioni da parte di uomini personalmente attaccati da Gioberti, come il Rattazzi e il Dabormida, e fiere repliche dello stesso Gioberti, e interessò la parte concernente la funzione nazionale della monarchia piemontese, che finí per essere presa in considerazione di per sé, distaccata dal corpo dell'opera.

Anche Vittorio Emanuele II e Cavour, secondo testimonianze attendibili,[17] lessero allora il *Rinnovamento*, ma è probabile che la loro lettura si sia limitata alle parti della ponderosa opera che piú interessavano gli ambienti politici piemontesi. Comunque la mentalità del Cavour e la sua impostazione politica in quel momento erano molto diverse da quelle del Gioberti, il quale per parte sua continuò ad essere assai pessimista sulla possibilità che il Piemonte fosse capace di superare il municipalismo per assumere la guida del movimento nazionale, sebbene auspicasse la caduta dell'Azeglio e la formazione di un governo Cavour. Alla fine di settembre del '52, poche settimane prima della morte di Gioberti e della formazione del suo ministero, Cavour si incontrò col Gioberti a Parigi e dopo il colloquio che ebbe con lui cosí scrisse al Castelli: "Gioberti est toujours un grand enfant de génie. Ce serait un grand homme, s'il avait du sens commun."[18] Gioberti invece cosí scrisse al Massari a proposito di quel colloquio: "Mio buon Massari, quando si tratta di codesto paese [il Piemonte] non accade piú parlare di politica; giacché, grazie alla saviezza di chi lo regge,... il bene per questo rispetto si è reso impossibile e non vi ha oggimai altra elezione che del male. Io non lo dissimulai al Cavour nella conversazione che ebbi seco. Gli espressi il mio vivo e sincero desiderio ch'egli sia chiamato a guidare l'amministrazione, come il solo uomo capace di ravviarla e promuovere gli interessi naturali del paese."[19]

Tra gli uomini che negli ultimi anni della vita di Gioberti contribuirono ad attenuare il suo pessimismo nei riguardi del Piemonte ed anche a far sí che egli non escludesse dal *Rinnovamento* l'ipotesi della liberazione d'Italia sotto la guida piemontese fu il marchese Giorgio Pallavicino-Trivulzio, uno dei sopravvissuti dello Spielberg, esule in Piemonte dopo il '48, il quale ebbe allora con Gioberti stretti contatti. Nobile e molto ricco, ma incline alle idee democratiche o per lo meno progressiste, il Pallavicino era un patriota sincero ed entusiasta, sebbene troppo corrivo ad autodefinirsi "martire," pronto ad utilizzare per la cau-

[17] G. PALLAVICINO, *Memorie*, cit., vol. II, p. 436, p. 444 e p. 493.
[18] M. CASTELLI, *Il conte di Cavour. Ricordi*, cit., p. 182, lettera di Cavour del 3 ottobre 1852.
[19] V. GIOBERTI, *Epistolario*, a cura di G. Gentile, G. Balsamo-Crivelli, M. Menghini, Firenze, 1927-37, vol. XI, p. 218.

sa nazionale le molteplici relazioni che, grazie al suo prestigio sociale e personale, era in grado di stabilire negli ambienti piú diversi. Ostile anch'egli al municipalismo piemontese, si era però convinto dopo il '49 che solo sulla monarchia sabauda si poteva contare per la liberazione d'Italia. Di questa idea per dieci anni egli si fece assertore in Piemonte e tra gli esuli delle varie tendenze esponendola in termini alquanto semplicistici, ma con grande tenacia e profonda convinzione. In una lettera a Guglielmo Pepe del 18 novembre 1851 cosí delineò il suo credo politico:

"Io credo, come voi, che la vita d'un popolo non sia la libertà, ma l'indipendenza. Però, italiano anzi tutto, io cerco forze italiane per la guerra italiana, al qual uopo non basterebbe l'insurrezione popolare. Noi lo vedemmo: un popolo insorto può conseguire vantaggi momentanei nel recinto delle sue città, ma non saprebbe, senza un miracolo, combattere e vincere truppe regolari in aperta campagna. Per vincere cannoni e soldati, occorrono cannoni e soldati. Armi occorrono, e non ciance mazziniane. Il Piemonte ha soldati e cannoni: *dunque io sono piemontese*. Il Piemonte, per antica consuetudine, per genio e per dovere, oggidí è monarchia: *io dunque non sono repubblicano*. E me ne sto pago allo statuto di Carlo Alberto, aspettandone il perfezionamento avvenire, non dalla volontà degli uomini, ma dalla forza delle cose. L'indipendenza, io ripeto, è la *vita* delle nazioni. Prima l'indipendenza, poi la libertà: prima io voglio *vivere*; a viver bene ci penserò piú tardi. Io credo che una guerra nazionale abbia ad essere combattuta con armi nazionali. Ora l'Italia possiede due forze vive: *l'opinione italiana* e *l'esercito sardo*. Ciascuna di queste forze è impotente a fare da sé; ma le due forze — esercito sardo e insurrezione popolare — s'avvalorino a vicenda appoggiandosi l'una all'altra, e noi avremo di leggieri quell'Italia *armata*, che deve precedere necessariamente l'Italia libera."[20] Il Piemonte pertanto, secondo il Pallavicino, avrebbe dovuto favorire la formazione di un proprio partito in tutta l'Italia e tenersi pronto ad agire alla prima occasione. Prima del 2 dicembre il nobile lombardo pensava, come il Gioberti, che questa sarebbe venuta dalla prossima ripresa rivoluzionaria francese e dalla guerra tra la Francia democratica e le potenze reazionarie; dopo il 2 dicembre pensò che l'occasione sarebbe venuta dalla guerra

[20] G. PALLAVICINO, *Memorie*, cit., vol. II, p. 438.

che, secondo lui, Luigi Napoleone non poteva non provocare in un modo o nell'altro, se voleva rafforzare il suo malfermo e corrotto governo.

Non si può dire che queste idee fossero originali, poiché erano nell'aria in quegli anni ed erano considerate, tanto in Piemonte quanto tra gli esuli, di possibile attuazione qualora certe condizioni generali si verificassero; ma per alcuni anni esse non potevano costituire un centro di raccolta per un movimento determinato. La politica cavouriana non era tale da far respingere *a priori* queste idee, ma neppure era tale da stimolare la formazione intorno ad esse di un movimento politico. La situazione cominciò a cambiare quando si iniziò la guerra di Crimea, che suscitò in Piemonte e tra gli esuli nuove speranze e nuovi timori, soprattutto per effetto dell'andamento oscillante dei rapporti tra le potenze occidentali e l'Austria. Nel corso del '54, mentre il problema dell'alleanza con gli anglo-francesi si discuteva in Piemonte, qualche incoraggiamento ad un'eventuale azione dei patrioti in funzione antiborbonica venne segretamente dato da Cavour, come già si è accennato, e furono anche incoraggiate discussioni tra gli esuli sulla possibilità di un movimento di liberazione guidato dal Regno sardo. "Sembra che gli italiani," scriveva il Pallavicino al Montanelli il 28 ottobre '54, "vogliano inalzare nella penisola una sola bandiera — la bandiera dell'indipendenza — *dell'indipendenza a qualunque prezzo*! Il re sardo sarebbe il capitano dell'impresa e riceverebbe, qual guiderdone dell'erculea fatica, la corona d'Italia. È voce che l'emigrazione raccolta in Piemonte (salvo i mazzinisti) accetti questo programma."[21] A Parigi invece gli esuli non mazziniani si riproponevano il problema dell'unione di tutte le forze patriottiche nel caso di una nuova insurrezione. Già nel marzo di quell'anno il Manin, nella ricordata lettera alla "Presse" per protestare contro le dichiarazioni del Russell alla Camera dei Comuni, dopo aver detto che gli italiani volevano che l'Austria se ne andasse dall'Italia, aveva aggiunto: "Le but que nous nous proposons, ce que nous voulons tous, sans exception, le voici: Indépendance complète de tout le territoire italien; union des toutes les parties de l'Italie en un seul corps politique. En cela, nous sommes tous d'accord, nous sommes unanimes. Les dissentiments qui subdivisent les patriotes italiens en plusieurs

[21] *Ivi*, vol. III, p. 91.

partis politiques (républicains, royalistes, unitaires, fédéralistes) concernent des questions secondaires, sur lesquelles nous sommes prêts à faire toutes les concessions et toutes les transactions qui pourraient être exigées par les circonstances. Mais, quant à l'indépendance et à l'union, nous ne pouvons faire de concession, nous ne pouvons transiger."[22]
Nel novembre, come scrisse allora il Montanelli al Pallavicino, molte riunioni c'erano state a Parigi alle quali avevano partecipato il Montanelli stesso, il Manin, l'Ulloa, il Sirtori, l'Amari, il Maestri, il Dragonetti ed altri, nelle quali si era indicata come eventuale linea di condotta quella di un'insurrezione nazionale che rinviasse a guerra vinta ogni decisione sulla repubblica o la monarchia, la federazione o l'unità; questa neutralità avrebbe dovuto essere garantita da un'assemblea da eleggersi via via che l'insurrezione si diffondesse. A questa assemblea il Piemonte avrebbe potuto inviare i suoi deputati, oppure avrebbe con essa potuto allearsi.[23] Ma il Pallavicino rispose inviando il testo di un articolo, pubblicato sul giornale "Unione" di Torino il 14 novembre, nel quale, dopo avere ripetuto quasi con le stesse parole il credo politico comunicato al Pepe tre anni prima, aggiungeva: "Abbiamo bisogno del re sardo? Accarezziamolo, e soprattutto non offendiamolo con velleità repubblicane. Parlare ora d'assemblee popolari non è opportuno. Ammaestrato dagli errori, antichi e novelli, io non voglio assemblee popolari nel primo periodo della nostra rivoluzione. A che gioverebbero queste assemblee durante la guerra? A nutrire le nostre discordie, con grave discapito delle operazioni militari. *Durante la guerra d'indipendenza io non voglio libertà, ma dittatura: la dittatura d'un soldato.* In Italia la *nazione* non esiste ancora, ma esiste un *governo liberale* che la rappresenta. Non ci è dato di scegliere fra due partiti: noi dobbiamo accettare questo governo di grado o di forza."[24] E concludeva affermando che lo Statuto piemontese, nonostante le sue imperfezioni, sarebbe stato pur sempre un grande progresso per le altre parti d'Italia; che in avvenire esso avrebbe potuto essere modificato; che esisteva una sostanziale concordanza tra l'interesse dinastico dei Savoia e l'interesse nazionale italiano.

[22] G. B. MAINERI, *D. Manin e G. Pallavicino, Epistolario politico*, Milano, 1878, p. 323.
[23] G. PALLAVICINO, *Memorie*, cit., vol. III, pp. 91-93.
[24] *Ivi*, p. 96.

L'articolo del Pallavicino non convinse il Montanelli, il quale anche a nome degli amici di Parigi prima ricordati, gli scrisse chiedendogli in qual modo pensava che l'autorità statale piemontese potesse divenire autorità nazionale prescindendo da un'assemblea italiana. E ricordando gli inconvenienti delle "fusioni parziali" del '48 ribadiva la necessità di una "fusione nazionale immediata," per la quale, secondo lui, era indispensabile appunto un'assemblea.[25] Ma la discussione rimase interrotta. Vi fu allora il trattato anglo-franco-austriaco del 2 dicembre '54 e l'adesione piemontese all'alleanza anglo-francese, contro la quale il Pallavicino, che dal '53 era deputato e sedeva al centro-sinistro, prese posizione nella discussione del 10 febbraio '55 affermando che, dato l'accordo tra l'Austria e gli occidentali, il Regno sardo avrebbe dovuto scegliere la neutralità. Poi, nella primavera e nell'estate del '55, come s'è detto nel precedente capitolo, mentre in Piemonte il governo Cavour si rafforzava dopo il superamento della crisi Calabiana, nel campo internazionale, dopo il fallimento della conferenza di Vienna, divenivano meno cordiali i rapporti tra le potenze occidentali e l'Austria. Risorsero quindi le speranze dei patrioti delle varie tendenze nella possibilità di grossi avvenimenti che investissero anche l'Italia. In questa situazione il processo di formazione del movimento monarchico-unitario fece un importante passo avanti che fu stimolato dall'attività del movimento murattiano.

Questo movimento, che suscitò per qualche anno vivaci polemiche, era privo di una salda base sia nel Regno di Napoli che nell'emigrazione. Non esisteva infatti nel Mezzogiorno un partito dinastico murattiano. Gli uomini che avevano ricoperto cariche civili e militari durante i brevi regni di Giuseppe Bonaparte e di Gioacchino Murat erano ormai anziani ed erano in maggioranza divenuti borbonici durante i primi anni del regno di Ferdinando II. Nel '48, come si è detto, molti di loro avevano contribuito attivamente alla politica reazionaria e repressiva del sovrano. Restava soltanto nella borghesia e in parte dell'aristocrazia meridionale il ricordo del Decennio francese come di un periodo caratterizzato da un'attività governativa che, per quanto potesse avere avuto aspetti negativi, era stata nel complesso piú vivacemente innovatrice, efficiente e brillan-

[25] *Ivi*, pp. 98-101.

te di quella svolta dai Borboni anche nei periodi migliori della loro dominazione. Restava inoltre impressa nella fantasia popolare la figura di Gioacchino, sovrano fastoso e coraggioso, che aveva chiuso con un'eroica fine la vita avventurosa.

Tutto questo non bastava per formare un movimento politico, anche perché era sostanzialmente mancata da parte della famiglia Murat un'azione continuativa di collegamento con le correnti liberali del Mezzogiorno. La vedova di Gioacchino, Carolina Bonaparte, dopo il '15 visse a Trieste e poi a Firenze, dove morí nel 1839, senza occuparsi di politica. Il figlio primogenito Achille, intelligente ed irrequieto, emigrò negli Stati Uniti nel 1823; tornato in Europa nel '31, cercò di stabilire qualche contatto coi liberali italiani ma con scarso successo, ritornò quindi in America, dove morí senza eredi nel 1847. L'altro figlio Luciano, di intelligenza mediocre, emigrò anch'egli negli Stati Uniti e non si occupò di politica fino al '48, quando si stabilí in Francia. Le figlie Letizia e Luisa rimasero invece in Italia, sposate rispettivamente al marchese Guido Taddeo Pepoli di Bologna e al conte Giulio Rasponi di Ravenna entrambi liberali, influenti nell'ambiente moderato delle Legazioni. Comunque della possibilità di un ritorno murattiano sul trono di Napoli si cominciò a parlare soltanto dopo l'elezione di Luigi Bonaparte alla presidenza della Repubblica francese, quando tutto il turbolento e politicamente variopinto *clan* dei Bonaparte e dei loro parenti trovò di nuovo a Parigi il suo centro di raccolta. Fu allora che Luciano Murat, nominato ambasciatore a Torino dal cugino presidente nell'ottobre del '49, ebbe modo di stabilire qualche contatto con emigrati meridionali in Piemonte e cominciò a nutrire ambizioni di un possibile ritorno a Napoli, alle quali lo stimolavano le sorelle e soprattutto la speranza di un prossimo destino imperiale del cugino. Si sparsero allora voci esagerate di una sua presunta attività come pretendente, che preoccuparono il principe presidente, il quale decise di richiamarlo a Parigi nel marzo del '50. A Parigi Luciano ebbe onori e prebende e, dopo la proclamazione dell'Impero, divenne Gran Maestro della Massoneria francese. Poco dopo nuovi incoraggiamenti ad occuparsi delle cose italiane, e napoletane in particolare, vennero a lui da alcuni emigrati italiani.

Il colpo di Stato del 2 dicembre in un primo momento colpí duramente le speranze dell'emigrazione italiana, so-

prattutto di quegli esuli di tendenza democratica non mazziniana (alcuni piú a destra, altri piú a sinistra di Mazzini),
i quali avevano collegato il riscatto italiano coll'auspicato
trionfo della democrazia in Francia. Ma ben presto, sia
pure attraverso oscillazioni e timori, prevalse l'opinione
che il nuovo signore della Francia avrebbe prima o poi
ripresa la politica espansionistica del Primo Impero per
attuare in Europa, e quindi anche in Italia, una profonda
modificazione dell'assetto politico-territoriale stabilito nel
'15. Si diffuse cosí tra i patrioti italiani un atteggiamento possibilistico, imperniato sull'idea che Napoleone III
avrebbe fatto qualcosa per l'Italia. Questa opinione, che
generalmente si accompagnava a giudizi sfavorevoli o a
forti riserve sulla politica interna del Bonaparte, era alimentata dalla crescente sfiducia nel metodo mazziniano e
dall'incertezza, o addirittura dallo scetticismo, sulla possibilità che il Piemonte potesse divenire la guida del movimento nazionale. Contribuivano inoltre a rafforzare questa opinione i legami familiari e personali che i Bonaparte
avevano in Italia e i frequenti e cordiali rapporti che alcuni
di essi, come il principe Napoleone figlio di Girolamo o lo
stesso Luciano Murat, avevano con italiani esuli a Parigi.
Con questo stato d'animo e sotto queste suggestioni alcuni
esuli cominciarono a giudicare realizzabile ed auspicabile
una restaurazione murattiana nel Mezzogiorno.

Tra questi uomini si deve ricordare anzitutto Aurelio
Saliceti, il quale, come si è detto nel primo capitolo, nel-
l'estate del '51 si era staccato dal Comitato mazziniano di
Londra e si era stabilito a Parigi, dove era entrato nel-
l'ambiente democratico dissidente da Mazzini. Poco dopo,
per intercessione di alcuni amici, preoccupati per le sue
difficili condizioni economiche, fu nominato da Luciano
Murat precettore dei suoi figli e divenne cosí intimo del
pretendente e suo principale consigliere politico. Altri patrioti meridionali aderirono successivamente al murattismo, pur con incertezze e riserve, come Giovanni Andrea
Romeo e Francesco Stocco, molto autorevoli nell'emigrazione calabrese, ed altri meno noti ma in quel momento
assai attivi; mentre altri ancora rimasero in posizione ambigua, come Casimiro De Lieto. Inoltre nel '55 divenne uomo di fiducia di Luciano il ferrarese Gaetano Lizabe Ruf-
foni, già fervente mazziniano, che il Murat nominò suo
segretario e bibliotecario. Svolse inoltre attività di collegamento tra il centro di Parigi e l'Italia anche il nipote del

pretendente, il marchese Gioacchino Pepoli. Sembra che nel 1854 qualche nucleo murattiano si formasse nel Regno di Napoli o che comunque la propaganda murattiana raggiungesse nel corso di quell'anno e del seguente i gruppi patriottici clandestini esistenti nel Regno.

Nella primavera del '55 il lavorio murattiano, fino allora segreto, cominciò a manifestarsi pubblicamente. La situazione politica sembrava favorevole allo sviluppo del movimento: l'atteggiamento filorusso di Ferdinando II aveva suscitato l'ostilità dei governi di Parigi e di Londra; attacchi vivaci contro il regime borbonico apparvero allora sulla stampa inglese e francese; inoltre, come già s'è detto, il fallimento della conferenza di Vienna aveva suscitato tra i liberali la speranza in una rottura tra le potenze occidentali e l'Austria. Nel luglio una riunione degli aderenti al movimento fu convocata a Parigi dal Saliceti; nell'agosto cominciò ad essere diffuso l'opuscolo, *La quistione italiana: Murat ed i Borboni*, anonimo ma dovuto in parte al Saliceti stesso, che fu una specie di manifesto del murattismo. Esso sosteneva che il Piemonte non aveva forze sufficienti per liberare tutta l'Italia, che una soluzione repubblicana era impossibile per l'ostilità della Francia e del Piemonte stesso, che la speranza in una trasformazione costituzionale dei governi assoluti era ormai assurda, che pertanto l'unica soluzione possibile era l'insediamento nelle Due Sicilie di una monarchia costituzionale con la dinastia Murat. "Quando le due Sicilie," diceva l'opuscolo "fossero unite al Piemonte per comunanza di libere istituzioni, la conversione degli Stati minori non potrebbe essere tarda né difficile." L'insediamento di Murat a Napoli non sarebbe dovuto avvenire per mezzo di un intervento militare francese, ma con un movimento rivoluzionario interno, sicché la Francia sarebbe stata amica e non dominatrice. L'opuscolo conteneva inoltre una lunga esaltazione dell'opera di riforma svolta nel Regno di Napoli da Gioacchino Murat in modo da riallacciare al Decennio napoleonico l'auspicata restaurazione murattiana. È evidente nell'opuscolo la preoccupazione di presentare la restaurazione murattiana come una soluzione del problema nazionale italiano, dualistica ma non in contrasto col Piemonte e con le aspirazioni italiane alla libertà e all'indipendenza. Inoltre l'auspicio che la restaurazione potesse avvenire per un movimento interno e non per un intervento francese è evidentemente dettato dalla preoccupazione di non creare imba-

227

razzi alla politica estera di Napoleone III in quel momento delicato.

L'intensificata attività murattiana e la pubblicazione di questo opuscolo suscitarono vivacissime polemiche. Già prima che l'opuscolo fosse diffuso, Mazzini, sempre ben informato e vigile su ogni attività politica concernente l'Italia, prese posizione contro il murattismo in termini molto energici in una lettera all'"Italia e Popolo" di Genova, pubblicata il 6 luglio 1855: "Il sogno di redenzione italiana," egli diceva tra l'altro, "per mezzo della monarchia, dove la monarchia è necessariamente, sistematicamente, potentemente avversa — dove s'anche nol fosse, non vuole né può mostrarsi se non dopo superati i più forti ostacoli da un'insurrezione di popolo — dove prima sua cura, anche in faccia al nemico, sarebbe intorpidire l'entusiasmo popolare... è follia d'arcadi o concetto d'uomini che studino pretesti al non fare. Ma il disegno d'impiantare un ramo di dinastia napoleonica nel mezzogiorno e consecrarlo con una sollevazione di popolo, è delitto di traditori, e bisogna dirlo. Bisogna dire agli Italiani, facili pur troppo per lunga abitudine di servitù a trascinarsi dietro ad ogni promessa segreta e ad ogni misterioso disegno che accenni a forze arcane e patrocinio dall'alto, che l'impianto di un ramo di dinastia napoleonica in Italia varrebbe, se mai potesse aver luogo, un antagonismo fatale tra il Sud e il Nord; un nuovo smembramento d'Italia, dacché l'Inghilterra non concederebbe mai Napoli all'influenza francese se non a patti d'avere un vice-regato proprio in Sicilia; una nuova e straniera tirannide sostituita alla tirannide del Borbone, dacché Napoleone non può concedere che mentr'ei regna despota sulla Francia un membro della famiglia accetti altrove patti di libertà."[26] Altri repubblicani, tra i quali il Pisacane con più precisi riferimenti alla situazione del Regno, aggiunsero poco dopo la loro voce a quella di Mazzini. E gli attacchi si rinnovarono quando fu conosciuto l'opuscolo programmatico dei murattiani. Il "Diritto" di Torino, giornale diretto dal Valerio, pubblicò il 25 settembre una protesta antimurattiana firmata da trentadue esuli meridionali residenti a Genova, tra i quali Enrico Cosenz, Carlo Pisacane e Rosolino Pilo, e il giorno seguente una protesta analoga, firmata da dieci esuli residenti a Torino, fra i quali Francesco De Sanctis, Domenico Mauro, Giovanni Nico-

[26] MAZZINI, LV, p. 57.

tera, Antonino Plutino, Giovanni La Cecilia. Tutti questi uomini erano democratici o liberali progressisti. Tacquero invece gli esuli moderati, sicché corse voce che molti di loro fossero favorevoli al murattismo e che il loro atteggiamento fosse influenzato dal governo piemontese.

Frattanto a Parigi il Saliceti era riuscito a convincere il Montanelli, il Sirtori e il Dragonetti dell'opportunità di favorire il murattismo e per mezzo di loro cercò di avere l'appoggio del Manin. Ma questi rifiutò nettamente. Inoltre, poiché l'11 settembre il "Siècle" aveva pubblicata una dichiarazione di Giuseppe Ricciardi che smentiva di essere l'autore dell'opuscolo murattiano e manifestava il suo dissenso da esso, il Manin, d'accordo col Pallavicino che in quei giorni era a Parigi, inviò allo stesso giornale e al "Times" di Londra la seguente dichiarazione: "A propos d'une brochure qui vient de paraître sous le titre: *La question italienne, Murat et les Bourbons*, vous avez inséré dans votre journal une déclaration de M. J. Ricciardi. Soyez assez bon pour y ajouter la mienne, que voici: Fidèle à mon drapeau: *Indépendance et unification*, je repousse tout ce qui s'en écarte. Si l'Italie régénérée doit avoir un roi, ce ne doit être qu'un seul, et ce ne peut être que le roi de Piémont."[27] Inviò quindi la stessa dichiarazione al "Diritto" di Torino aggiungendovi queste parole:

"Il partito repubblicano, sí acerbamente calunniato, fa nuovo atto di abnegazione e di sacrificio alla causa nazionale. Convinto che anzitutto bisogna fare l'Italia, che questa è la quistione precedente e prevalente, egli dice alla casa di Savoia: Fate l'Italia e sono con voi. — Se no, no. E dice ai costituzionali: Pensate a fare l'Italia, e non ad ingrandire il Piemonte, siate italiani e non municipali, e sono con voi. — Se no, no.

"Parmi sarebbe tempo di sopprimere l'antica denominazione de' partiti accennante a concordanza o discrepanza sopra quistioni secondarie e subalterne, che non sopra la quistione principale e vitale. La distinzione vera è in due campi. Il campo dell'opinione nazionale unificatrice, ed il campo dell'opinione municipale separatista. Io repubblicano pianto il vessillo unificatore. Vi si rannodi, lo circondi e lo difenda chiunque vuole che l'Italia sia, e l'*Italia sarà*."[28]

[27] G. B. Maineri, *D. Manin e G. Pallavicino*, cit., p. 441.
[28] Pubblicata dal "Diritto" il 20 settembre 1855, ristamp. da G. B. Maineri, *op. cit.*, p. 323.

Con queste parole Manin andava molto al di là di una semplice presa di posizione antimurattista, poiché proponeva ai repubblicani e ai moderati piemontesi e filopiemontesi la formazione di un fronte per la soluzione monarchico-unitaria del problema italiano. A questo programma, coincidente in sostanza con quello del Pallavicino, il quale da quasi sei anni era in rapporti di amicizia con Manin, l'ex dittatore di Venezia era giunto già da tempo. L'idea che la distinzione tra i partiti esistenti fosse secondaria rispetto al problema dell'indipendenza e dell'unione era stata già affermata da lui nella citata lettera alla "Presse" del marzo '54. Del resto la quasi completa inazione politica di Manin dall'inizio dell'esilio fino a quel momento non si dovette soltanto alle tristi vicende familiari e alle difficoltà economiche che lo afflissero in quegli anni, ma anche al fatto che la sua posizione politica era sensibilmente piú a destra di quella dei democratici dissidenti da Mazzini e di Mazzini stesso, ed era inoltre caratterizzata da una dose notevole di empirismo possibilista. Perciò egli fu molto cauto e restío dal prendere posizioni pubbliche, sicché, dopo aver rifiutato ogni contatto col Comitato mazziniano, si tirò indietro quando il Ferrari fece il tentativo di formare un partito repubblicano-federalista, di cui si è parlato nel primo capitolo. In fondo Manin era un moderato, che già nel '48 e nel '49 aveva lottato a Venezia contro le correnti democratiche piú avanzate. Il suo repubblicanesimo aveva le radici soprattutto nella tradizione veneziana e nella particolare situazione in cui egli si era trovato ad agire a Venezia nel '48 e nel '49. Cavour, che si incontrò con lui a Parigi nel settembre del '52, cosí lo giudicò nella già citata lettera al Castelli del 3 ottobre di quell'anno: "J'ai vu Manin plusieurs fois, j'en ai été fort satisfait. Tout en conservant un peu trop de sentiments *vénitiens*, il n'en est pas moins assez raisonnable."[29] Dopo d'allora Manin subí un'evoluzione in senso unitario, tanto è vero che nella dichiarazione al "Diritto" chiedeva al Piemonte di non essere municipalista. Pochi mesi dopo, alla fine del congresso di Parigi, Cavour cosí scriveva di lui: "Ho avuto una lunga conferenza con Manin. È sempre un po' utopista; non ha dismessa l'idea di una guerra schiettamente popolare; crede all'efficacia della stampa in tempi procellosi; vuole

---

[29] M. CASTELLI, *Il conte di Cavour. Ricordi*, cit., p. 182.

l'unità d'Italia ed altre corbellerie; ma nullameno venendo al caso pratico se ne potrebbe trar partito."[30]

Comunque, sebbene la posizione politica presa da Manin nel settembre del '55 fosse il risultato di un'evoluzione precedente già conclusa da diverso tempo, è certo che proprio le sollecitazioni dei murattiani lo spinsero ad impegnarsi di nuovo in prima linea nelle polemiche politiche. Il murattismo infatti sembrò a lui e ad altri patrioti piú pericoloso di quello che era effettivamente. Corsero infatti in quei giorni voci di un possibile intervento franco-inglese nelle Due Sicilie, che poi risultarono infondate e furono superate dalle vicende diplomatiche che portarono alla fine della guerra di Crimea. La possibilità di una soluzione murattiana sembrò di nuovo prendere consistenza dopo il congresso di Parigi. Nel frattempo continuarono vivaci le polemiche tra le varie correnti politiche italiane.

La presa di posizione monarchico-unitaria di Manin provocò attacchi da varie parti. Molti repubblicani, come Filippo De Boni, Aurelio Saffi, Federico Campanella, Francesco Dall'Ongaro, Francesco Crispi,[31] contestarono all'ex dittatore di Venezia il diritto di parlare a nome del partito repubblicano e gli rimproverarono la sua lunga inazione. I moderati assunsero un atteggiamento piuttosto sprezzante: definirono "poco forniti di buon senso" coloro che battagliavano intorno a "castelli in aria"[32] e in sostanza trattarono Manin come un fantasioso utopista. Attacchi vennero naturalmente anche da coloro che simpatizzavano per la soluzione murattiana, come il Bianchi-Giovini, direttore dell'"Unione," contro il quale polemizzò allora anche Francesco De Sanctis.[33] L'argomentazione del Bianchi-Giovini è particolarmente significativa, perché rispondeva ad una visione del problema italiano allora molto diffusa anche nelle sfere governative piemontesi: "La Francia, la Spagna e l'Inghilterra," egli diceva, "si travagliarono piú secoli in-

---

[30] *Cavour e l'Inghilterra*, I, p. 463, lettera di Cavour a Rattazzi del 12 aprile 1856.

[31] Una raccolta degli attacchi di questi uomini al Manin si trova in MAZZINI, LV, Appendice, pp. 333-337.

[32] Cosí il "Piemonte," giornale diretto dal Farini, del 27 novembre '55, cit. da Pallavicino, lettera a Manin del 1° dicembre '55, in MAINERI, *op. cit.*, p. 15.

[33] Gli scritti antimurattiani del DE SANCTIS sono raccolti in *Opere*, vol. XV, *Il Mezzogiorno e lo Stato unitario*, a cura di F. Ferri, Torino, 1960, pp. 52-75.

nanzi di raggiungere la loro unità nazionale: sotto condizioni diverse, il lavorío dell'Italia può benissimo essere assai meno lungo, ma richiederà pur sempre l'opera del tempo, né sarà mai una creazione estemporanea: tranne, lo ripetiamo, che la Provvidenza ci mandi uno di quegli esseri straordinari che col soccorso del loro genio e il favore delle circostanze creano nel corso della loro vita la potenza di una nazione. Ma siccome questi fenomeni sono rarissimi, e si possono bensí sperare, ma non prevedere, cosí, tenendoci al corso ordinario degli avvenimenti, noi siamo d'avviso che non si debba precludere l'avvenire collo stabilire preventivamente dei *sine qua non*, che non è neppure in nostro arbitrio di stabilire, ma che al contrario si debba favorire ogni circostanza che meni allo scopo primario, a quello che liberi l'Italia dalla dominazione estera... Si cominci col rendere l'Italia indipendente, poi si penserà a renderla una; ma volendo troppe cose in una volta, si finisce col fallire a tutte; e noi non siamo partigiani della massima disperata *o tutto o niente*, perché d'ordinario è il niente che resta. L'idea di una restaurazione murattiana a Napoli non è per ora che un castello in aria; ma se s'incorporasse, se prendesse posto nella serie dei fatti, non sono le proteste di carta che la impedirebbero, ma sarebbe piuttosto il concorso delle opinioni che potrebbe dirigerla e usufruttuarla a generale vantaggio: un nuovo anello della catena fabbricata a Vienna nel 1815 sarebbe spezzato; un nuovo e grandioso focolare di vita liberale sarebbe aperto in Italia; e di tanto sarebbe accresciuta la forza del partito nazionale, di quanto ne rimarrebbe diminuita quella degli usurpatori stranieri. Quell'avvenimento ne trascinerebbe infallantemente un altro, la caduta della clerocrazia papale, e poi chi sa quant'altri, giacché una rivoluzione non è mai locale."[34]

Non facile fu dunque il compito a cui il Manin si dedicò dal settembre del '55 in poi con l'aiuto del Pallavicino, il quale lo sosteneva scrivendo articoli e opuscoli e al tempo stesso cercando di influire nell'ambiente politico e giornalistico di Torino e di Genova. Manin chiarí meglio il suo pensiero in una lettera inviata l'11 febbraio '56 al "Diritto" del Valerio, che aveva approvata l'idea di un grande partito

---

[34] "Unione," 21 novembre 1855, ristamp. in Maineri, *op. cit.*, p. 459. Il Bianchi-Giovini era allora sussidiato dal governo sui fondi segreti, cfr. A. Omodeo, *L'opera politica del conte di Cavour*, cit., vol. II, p. 164.

nazionale, nella quale diceva: "Il primo punto essenziale, sul quale tutti i patrioti italiani sono d'accordo, è l'*indipendenza*. Ma perché l'indipendenza sia solidamente costituita e conservata, è necessario che l'Italia, cessando d'essere una *espressione geografica*, diventi una *individualità politica*. Tre sono le forme possibili d'individualità politica: unità monarchica, unità repubblicana e confederazione repubblicana. La parola *unificazione* comprende queste tre forme. Dunque il secondo punto parimenti essenziale è l'*unificazione*. Questi due punti sono reciprocamente connessi e inseparabilmente legati: l'Italia non può essere *unificata* se non è *indipendente*, e non può durare *indipendente* se non è *unificata*. Ecco pertanto cercati i due termini della formula, ecco l'iscrizione della bandiera nazionale: *Indipendenza ed unificazione*." Questa, secondo Manin, doveva essere la formula del partito nazionale, che avrebbe potuto raccogliere la grande maggioranza dei patrioti ed assorbire sia il "partito puro piemontese," sia il "partito puro mazziniano," entrambi "troppo esclusivi." Nel partito nazionale avrebbero dovuto confluire monarchici e repubblicani sulla base di un "compromesso" determinato dallo scopo fondamentale dell'unificazione. Poiché il Piemonte era una forza nazionale, era assurdo renderlo ostile o inoperoso nella lotta per l'emancipazione italiana. "Ma è un fatto," diceva Manin, "che il Piemonte è monarchico. È dunque necessario che all'idea monarchica sia fatta una concessione, la quale potrebbe avere per corrispettivo una convalidazione dell'idea unificatrice." Manin chiedeva quindi alla monarchia piemontese di tener sempre presente lo scopo finale dell'indipendenza e dell'unificazione, di non fare passi da esso divergenti, di evitare tutto ciò che poteva impedire il raggiungimento di esso, di astenersi da ogni accordo con l'Austria e col papa e da ogni trattato che ribadisse la situazione territoriale esistente in Italia, di continuare ad essere il centro d'attrazione della nazionalità italiana, di impedire la formazione di altri centri d'attrazione, di essere pronta a combattere al momento opportuno la battaglia del riscatto nazionale e di essere pronta ad arrischiare di "perdere il trono del Piemonte per conquistare il trono d'Italia."[35]

L'idea dell'inscindibilità tra l'indipendenza e l'unità non era nuova: era stata affermata già alla fine del Set-

---

[35] "Diritto," 15 febbraio 1856, ristamp. in MAINERI, *op. cit.*, pp. 501-506.

tecento da una parte dei patrioti "giacobini" ed era stata poi chiaramente espressa e ribadita per venticinque anni da Mazzini. Ora Manin proponeva questa idea ai moderati piemontesi e filopiemontesi sostituendo al termine di *unità* quello di *unificazione* che gli pareva accettabile anche dai federalisti e atto ad indicare il mezzo per giungere all'unità. Proponeva d'altra parte ai repubblicani di rinunciare alla repubblica. In tal modo subordinava ogni altro fine a quelli dell'indipendenza e dell'unificazione, come di fatto avvenne negli anni decisivi 1859-60. Ciò implicava l'accettazione di una posizione di inferiorità delle forze democratiche rispetto a quelle moderate che avevano nelle mani il governo di Torino. Questo d'altronde era un dato di fatto che ormai ben difficilmente poteva essere modificato.

I risultati del congresso di Parigi stimolarono le speranze di Manin e dei suoi amici: il mancato ingrandimento territoriale del Regno sardo e la presa di posizione nazionale di Cavour nel congresso e nel Parlamento subalpino furono effettivamente dei passi avanti importanti verso quell'alleanza tra il governo piemontese e il nascente movimento monarchico-unitario che Manin si proponeva. Egli poté quindi compiacersi, in una lettera al "Diritto" dell'11 maggio '56, che la monarchia piemontese non avesse "disertata la causa italiana" e non fosse stata "infedele alla sua missione nazionale."[36] Aggiungeva però poco dopo che la sua formula non implicava una posizione di passiva attesa dell'iniziativa sabauda, ma di concorso attivo da parte del partito nazionale: "Ho fede che la monarchia piemontese sarà con noi: questa mia fede fu da recenti avvenimenti aumentata. Se fosse delusa, sarebbe una grande sventura; ma non per questo il partito nazionale dovrebbe desistere dall'opera sua. In ogni caso, in ogni ipotesi, e finché l'Italia non sia divenuta *indipendente ed una*, Italiani tutti che amate la terra vostra madre, ascoltate questa parola che vi vien dall'esilio: agitatevi ed agitate."[37]

Al tempo stesso Manin credette opportuno differenziare la sua posizione da quella di Mazzini o meglio da quello che, secondo la propaganda moderata, era il metodo mazziniano e lo fece con una lettera al "Times" del 25 maggio '56, nella quale diceva: "V'è un grande nemico d'Italia, che il partito nazionale dovrebbe combattere senza posa e sen-

---

[36] "Diritto," 15 maggio 1856, ristamp. in MAINERI, *op. cit.*, p. 507.
[37] *Ivi*, p. 509.

za misericordia, ed in questa lotta sarebbe confortato e secondato dall'approvazione e dall'applauso di tutta l'Europa civile. Questo grande nemico d'Italia è la *dottrina dell'assassinio politico*, o in altri termini *la teoria del pugnale*."[38] E continuava lamentando gli "accoltellamenti" compiuti con troppa frequenza in Italia anche dai patrioti. La lettera provocò proteste anche da parte di moderati: si disse che gli assassinî politici non erano una specialità dell'Italia e che Manin aveva contribuito a screditare la causa italiana all'estero. Il Valerio cercò di evitare la pubblicazione della lettera sul "Diritto"; poi la pubblicò per l'insistenza del Manin, ma esprimendo il suo dissenso. Irritato, Manin attaccò apertamente Mazzini in un'altra lettera al Valerio, pubblicata sul "Diritto" il 13 giugno: "È innegabile e notorio che Mazzini e le società segrete predicano la dottrina dell'assassinio politico. Mi ricordo che verso la fine del 1849 alcuni emigrati italiani in Parigi pubblicarono una protesta contro un'accusa di questo genere, che un giornale aveva dato a Mazzini. Questi, saputolo, disse con aria di dileggio: Chi ha pregato questi signori di prendere le mie difese? So farlo da me, quando occorre."[39] Al maligno attacco (il Manin era uno dei firmatari della protesta citata del 1849) Mazzini rispose efficacemente sull'"Italia e Popolo": "Se per *teorica del pugnale* intendete il linguaggio di chi grida a una gente schiava, senza patria, senza bandiera che ne ombreggi la culla e la sepoltura: 'sorgete: morite o spegnete... vi siano strumenti di guerra i ferri delle vostre croci, i chiodi delle vostre officine, i ciottoli delle vostre vie, i pugnali che la lima può darvi...' Quel linguaggio è il mio, e dovrebb'essere il vostro. L'arme che uccise Marinovich nel vostro arsenale iniziò l'insurrezione della quale accettaste la direzione in Venezia; e fu arme di guerra non regolare come quella che trafisse in Roma, tre mesi prima della Repubblica, il ministro Rossi."[40] Se invece, diceva Mazzini, per "teorica del pugnale" si intende l'esaltazione della vendetta individuale che non inizia l'insurrezione, allora si deve dire che nessuno mai se ne è fatto assertore in Italia e che fatti di questo genere sono il ri-

[38] "Diritto," 11 giugno 1856 (ma prima tradotta dall'inglese in "Opinione" 3 giugno e "Italia e Popolo" 5 giugno '56), ristamp. in MAINERI, *op. cit.*, p. 513.

[39] "Diritto," 13 giugno 1856, ristamp. in MAINERI, *op. cit.*, p. 519.

[40] MAZZINI, LV, pp. 151-152, articolo dell'"Italia e Popolo" 19 giugno 1856.

sultato della situazione tristissima dell'Italia stessa: "La *teorica* del pugnale non ha mai esistito in Italia: il *fatto* del pugnale sparirà quando l'Italia avrà vita propria, diritti riconosciuti e giustizia."[41] In altri articoli successivi Mazzini criticò la posizione politica presa da Manin: "Invertendo l'ordine logico dei fatti che devono o possono costituire lo sviluppo della nostra rigenerazione, voi, che pur vi dite *pratici* e *positivi*, nuocete al popolo, smembrando il Partito Nazionale che deve guidarlo, *disertando l'unico terreno comune nel quale tutte le forze potevano e possono tuttora raccogliersi*; nuocete al re, facendolo apparire davanti all'Europa provocatore segreto d'agitazioni ostili ai governi; aizzandogli contro le ammonizioni e le minacce di quegli stessi gabinetti che, disposti a salutare un fatto potente compiuto, desiderano pur nondimeno impedire che sorga, costringendolo, quand'ei non abbia energia o ipocrisia sovrumana, a legarsi verso i governi europei con nuove promesse di pace, d'ordine, d'immobilità, se non forse di repressione. Siete a un tempo amici imprudenti, tiepidi e mal sicuri patrioti." E concludeva con un appello all'unione delle forze patriottiche secondo la formula: "*La Nazione salvi la Nazione; la Nazione, libera ed una, decida de' suoi propri fati.*"[42] Era la formula, che fu detta anche della "bandiera neutra," di cui si tornerà a parlare piú avanti, che mirava a rinviare a dopo la vittoria della rivoluzione ogni decisione sulla forma di governo.

Manin non rispose per il momento a Mazzini e lasciò cadere la polemica sulla "teoria del pugnale." Con gli scritti su questo argomento egli aveva mirato a facilitare l'accordo tra il nascente movimento monarchico-unitario e il governo piemontese e a guadagnar le simpatie del governo di Napoleone III, sempre timoroso per eventuali attentati, con una netta presa di posizione antiterroristica. Comunque egli pensava che l'attività del partito nazionale dovesse svolgersi, almeno inizialmente, con una serie di agitazioni legali sul tipo di quelle del 1847. Una sua lettera al "Daily News" del 26 giugno,[43] nella quale proponeva che nel Regno di Napoli si iniziasse un'agitazione per il ripristino della Costituzione del '48 (mai ufficialmente abrogata) mediante il rifiuto del pagamento delle imposte, fu da piú

[41] *Ivi*, p. 156.
[42] *Ivi*, pp. 166-167, articolo dell'"Italia e Popolo" 5 luglio 1856.
[43] Ristamp. in MAINERI, *op. cit.*, p. 527.

parti criticata come irrealizzabile e in contrasto con lo stesso programma monarchico-unitario da lui propugnato. Manin tuttavia cosí chiariva la sua linea di condotta in una lettera a Pallavicino del 30 giugno '56: "Per ben comprendere le mie mosse, conviene che tu conosca il mio piano di campagna. Eccolo: L'Italia continua ad agitarsi. L'idea nazionale si diffonde, e l'adesione ad essa si manifesta in mille modi. Napoli e Sicilia esigono l'esecuzione della Costituzione del 1848, ed organizzano il rifiuto delle imposte. Toscana e gli Stati pontificii sottoscrivono petizioni pel ristabilimento delle Costituzioni abolite. Il Lombardo-Veneto si agita come può, e si prepara agli eventi. Nessuna sommossa che non abbia probabilità di diventare rivoluzione. Nessuna parola d'ordine dall'estero che dica: 'L'ora d'insorgere è venuta.' Quando l'ora d'insorgere è realmente venuta, la rivoluzione scoppia da sé. Tosto che la rivoluzione scoppiata è padrona in un punto qualunque d'Italia, l'uomo o gli uomini che dagli eventi furono portati alla testa di essa, proclamano *Vittorio Emanuele re d'Italia*, e convocano immediatamente un'*Assemblea nazionale italiana*, che rappresenti l'Italia insorta, e possa, in caso d'esitazione e ritardo per parte del Piemonte, continuare l'opera del riscatto, usando di tutti gli elementi di forza che può somministrare la nazione." Manin insisteva inoltre sulla necessità di persuadere il governo piemontese non con semplici incitamenti, ma diffondendo i principî del nuovo partito nazionale. "Finché l'idea nazionale," diceva nella stessa lettera, "non è generalmente e notoriamente accettata, l'esitazione del governo piemontese è naturale. Siamo giusti, e mettiamoci ne' suoi panni. La monarchia piemontese non può tirar la spada e gittarne il fodero finché non è tolto intieramente il dubbio che dopo la vittoria i mazziniani non solo le negheranno la debita ricompensa, ma tenteranno cacciarla dal trono de' suoi padri."[44] Questo in realtà era il punto fondamentale per Manin e i suoi amici: rassicurare il governo di Torino con la creazione di un movimento disposto a subordinarsi all'iniziativa piemontese e al tempo stesso servirsi di questo movimento per indurre il governo di Torino ad assumere la guida della lotta per l'indipendenza e l'unificazione. Quanto all'idea dell'agitazione legale come mezzo preparatorio di un'insurrezione, data la situazione esistente nel '56 nelle

[44] MAINERI, *op. cit.*, p. 114.

Due Sicilie e piú o meno in tutti gli altri Stati assolutisti, essa era altrettanto irrealizzabile quanto l'idea mazziniana di arrivare prima o poi a provocare un'insurrezione mediante colpi di mano di piccoli gruppi pronti a gettarsi allo sbaraglio.

Comunque il nascente movimento fece allora alcuni importanti passi avanti grazie all'assorbimento di mazziniani e piú ancora di democratici che si erano distaccati da Mazzini. Il successo piú importante in questa direzione fu l'adesione di Garibaldi. Questi, dopo un soggiorno a New York e una serie di viaggi nell'America del Sud e in Cina come capitano di navi mercantili, era ritornato in Europa nel febbraio del '54 e si era incontrato a Londra con Mazzini, ma si era trovato in disaccordo con lui. "Ha credenza," scrisse allora Mazzini a Nicola Fabrizi, "che il partito repubblicano sia nullo. Dice che se gli proviamo il contrario con un fatto importante è con noi. Ma fino a quello fingerà d'essere col Piemonte. Ha chiesto a me solennemente di autorizzarlo a dire che io, convinto della impossibilità d'unificare repubblicanamente l'Italia, sono disposto a entrare in lega col Piemonte. Ho ricusato. Ho insistito sopra un partito moderatissimo: ho detto che io non credeva nel Piemonte: ma che chi di buona fede credeva in esso, dovea nondimeno saper che il Piemonte non entrerebbe in lizza se non dopo mosse popolari; ch'ei doveva dunque contribuire ad iniziarle: che potrebbe farlo senza dichiarare un simbolo esclusivo: e che allora, veduto il terreno, indovinati gli elementi, potrebbe, se lo giudicasse, se il Piemonte lo richiedesse, trattare, ma da potenza a potenza, ed esigendo garanzie di fatto. Neppure questo valse; perch'ei non vorrebbe ch'io comparissi nel movimento dacché il mio nome, sinonimo di repubblica, spaventerebbe il Piemonte."[45] Stabilitosi quindi a Genova nel maggio del '54, Garibaldi si tenne estraneo all'attività dei mazziniani e quando avvenne il secondo tentativo insurrezionale nella Lunigiana (di cui si dirà piú avanti), pubblicò sull'"Italia e Popolo" del 7 agosto '54 una dichiarazione in cui lo disapprovava ed avvertiva la gioventú di "non lasciarsi cosí facilmente trascinare dalle fallaci insinuazioni d'uomini ingannati od ingannatori, che spingendola a de' tentativi intempestivi, rovinano, almeno screditano, la nostra causa." Questa dichiarazione lasciò un lungo strascico di polemiche, ma Garibaldi non mutò il suo atteggiamento nei riguardi di Maz-

[45] MAZZINI, LII, p. 4.

zini, che del resto era molto simile a quello assunto dal cosiddetto gruppo dei militari di Genova facente capo a Medici e a Bertani.

A Garibaldi il Pallavicino scrisse il 23 maggio '56 per invitarlo ad aderire al movimento e fece pressioni su di lui per mezzo di Felice Foresti, un altro sopravvissuto dello Spielberg, tornato in quei giorni da New York, dove aveva soggiornato per molti anni. Anche il Foresti, già attivo rappresentante di Mazzini tra gli italiani emigrati negli Stati Uniti, si era allora distaccato dal mazzinianesimo e stabilitosi a Genova, dove morí nel settembre del '58, divenne attivo collaboratore del Pallavicino. Garibaldi dunque rispose favorevolmente all'invito del Pallavicino con una lettera del 5 luglio '56 in cui diceva: "Amico e compagno di sventura di Foresti, martire della santissima causa nostra, voi avete titoli abbastanza per l'affetto mio e per la mia fiducia. Io devo dunque in due parole dirvi che sono con voi, con Manin e con qualunque de' buoni Italiani che mi menzionate; vogliate dunque farmi l'onore di ammettermi nelle vostre file, e dirmi quando dobbiamo fare qualche cosa. Desidero mi comandiate in ogni circostanza."[46]

Frattanto al Manin e al Pallavicino si era aggiunto un altro uomo che doveva assumere nel movimento una funzione dirigente: Giuseppe La Farina. Dopo essere stato ministro dell'istruzione e poi della guerra nei governi siciliani del '48 e del '49, il La Farina era emigrato in Francia dove risiedette fino all'agosto del '54, quando si stabilí a Torino. Già durante la sua esperienza di governo quarantottesca egli aveva notevolmente attenuata la sua posizione democratica ed ancor piú l'attenuò durante il soggiorno in Francia. Collaborò per qualche tempo con Mazzini ed accettò anche nel '51 di riorganizzare il comitato democratico italiano di Parigi dipendente da quello di Londra, ma con molte riserve concernenti l'impostazione mazziniana, e comunque senza successo, sicché si ritirò praticamente per qualche anno da ogni attività cospirativa pur tenendo contatti sia con elementi moderati, sia con elementi democratici dissidenti da Mazzini. In Francia scrisse due opere storiche abbastanza importanti l'*Istoria documentata della rivoluzione siciliana*[47] e la *Storia d'Italia dal 1815 al 1850.*[48]

---

[46] G. PALLAVICINO, *Memorie*, cit., vol. III, p. 269.
[47] Capolago, 1850-51, 2 voll.
[48] Torino, 1851-52, 6 voll.

Questa seconda opera è particolarmente significativa per la comprensione del pensiero politico del La Farina, anche perché contiene una lunga conclusione, che è un riassunto di un lavoro sul problema dell'unità, scritto nel 1851-52 in polemica coi federalisti, e poi non pubblicato. La posizione del La Farina è rigidamente unitaria, filopiemontese e spiccatamente antipapale ed anticlericale. Del resto già prima del '48 il La Farina aveva appartenuto a quel gruppo di scrittori, detti impropriamente neoghibellini, che avevano cercato di contrapporre alla tradizione guelfa una tradizione antipapale che voleva riallacciarsi al ghibellinismo medioevale e più ancora al Machiavelli.

A Torino il La Farina pubblicò per poco più di un anno la "Rivista enciclopedica," quindi dal giugno 1856 in poi il "Piccolo Corriere d'Italia," che doveva diventare l'organo del movimento monarchico-unitario. Ma già al principio del '56 egli aveva cominciato a collaborare col Pallavicino per la formazione del movimento ed aveva anche steso un *Credo politico*,[49] la cui pubblicazione fu però giudicata prematura da Manin e che fu stampato soltanto come documento ufficiale della Società Nazionale nel febbraio 1858. Nel luglio pubblicò un opuscolo intitolato *Murat e l'unità italiana*,[50] in cui riprendeva la polemica contro il murattismo e riaffermava l'idea della guida piemontese nella lotta per l'indipendenza e l'unità.

In quel momento il murattismo aveva ripreso vigore e sembra che non pochi esuli meridionali di parte moderata, come il Massari e lo Scialoja, fossero in contatto col principe Luciano e i suoi agenti. L'atteggiamento del governo di Torino era ambiguo: "Il governo piemontese non favorisce i maneggi attivissimi de' murattisti, ma non li avversa." Così disse allora Cavour a Pallavicino. Effettivamente la situazione si era fatta di nuovo delicata. Era in atto infatti in quel momento un'azione diplomatica contro Ferdinando II da parte inglese e francese, che si pensava potesse essere seguita da un'azione navale contro Napoli, alla quale le squadre delle due potenze si tenevano pronte. Ufficialmente si trattava di indurre il re delle Due Sicilie a modificare la sua politica repressiva e ad accettare i consigli di moderazione espressi dai plenipotenziari occidentali alla fine del congresso di Parigi. Ma le due potenze

---

[49] G. La Farina, *Scritti Politici*, cit., vol. II, pp. 82-102.
[50] *Ivi*, pp. 67-79.

erano tutt'altro che d'accordo sulla linea da seguire. Il governo di Londra voleva indurre il Borbone a concedere alcune riforme o eventualmente ad abdicare a favore del figlio, in modo da evitare che Napoli e la Sicilia divenissero punti di partenza di future rivoluzioni. Per Napoleone III lo scopo finale era probabilmente la restaurazione murattiana, ma le incertezze erano grandi ed erano stimolate dal Walewski, poco propenso ad incoraggiare avventure dinastiche. Ci si preoccupava inoltre a Parigi di guastare con un'avventata azione contro Napoli l'iniziato avvicinamento franco-russo e di provocare reazioni austriache. Cavour per parte sua, mentre non osteggiava l'attività dei murattisti, segnalava però a Londra il pericolo di un'azione francese a favore di Luciano. Inoltre, poiché il Borbone resisteva con molta fermezza alle richieste anglo-francesi, Cavour non voleva neppure associarsi ad un eventuale intervento armato delle due potenze occidentali, che poteva ridursi ad un'azione dall'esterno senza alcuna utilità per il movimento nazionale italiano. In pratica la ventilata azione navale non ebbe luogo e le due potenze, di fronte all'ostinazione di Ferdinando II, si limitarono a ritirare il 21 ottobre '56 i loro ambasciatori da Napoli. D'altra parte il movimento murattiano rivelò anche questa volta la propria sostanziale debolezza: al lavorío degli emigrati aderenti a Luciano non corrispose alcun movimento nel Regno; anzi i principali detenuti nelle carceri borboniche, come Settembrini, Poerio e Spaventa, invitati ad aderire al murattismo, risposero in modo nettamente negativo.

Comunque Cavour credette opportuno in quei mesi avere contatti piú stretti col nascente movimento monarchico-unitario: ricevette spesso il Pallavicino e il 13 agosto si incontrò con Garibaldi che lo visitò a Torino accompagnato dal Foresti. "Cavour," scrisse il Foresti al Pallavicino, "l'accolse con modi cortesi e famigliari ad un tempo: gli fece sperar molto, e l'autorizzò ad insinuare speranze nell'animo altrui. Pare ch'ei pensi *seriamente* al grande fatto della redenzione politica della nostra penisola; ma, diceva esso, *il solo ostacolo grave* in cui intoppa l'azione, è la *presenza de' Francesi in Italia*; tolta questa, tutto procederà avanti bene e presto. Insomma Garibaldi si congedò dal Ministro come da un amico che promette ed incoraggia a un'impresa vagheggiata."[51] Ma il Pallavicino per parte

[51] Lettera di Foresti a Pallavicino del 15 agosto '56, in MAINERI, *op. cit.*, p. 357.

sua commentava: "Tutto commedia! Si vuole un Piemonte accresciuto di qualche palmo di terra italiana; non l'Italia: *lo so di certo.*"[52] Comunque anche il La Farina, che aveva rapporti con l'ambiente governativo per mezzo del Castelli, incoraggiato da questo, scrisse al principio di settembre a Cavour chiedendogli di chiarire la posizione del governo piemontese nei riguardi di Murat e facendogli notare che l'attività del movimento di cui egli ormai faceva parte sarebbe divenuta "ridicola," se il Piemonte si fosse messo piú o meno apertamente dalla parte di Murat. Cavour ricevette allora La Farina il 12 settembre e, secondo quanto narrò lo stesso La Farina sei anni dopo, avrebbe detto queste parole: "Ho fede che l'Italia diverrà uno Stato solo, e che avrà Roma per sua capitale; ma ignoro s'essa sia disposta a questa grande trasformazione, non conoscendo punto le altre province dell'Italia. Sono ministro del Re di Sardegna, e non posso, né debbo dire o far cosa che comprometta avanti tempo la dinastia. Faccia la Società Nazionale; se gli Italiani si mostreranno maturi per l'unità, io ho speranza che l'opportunità non si faccia lungamente attendere; ma badi che de' miei amici politici nessuno crede alla possibilità dell'impresa, e che il suo avvicinamento mi comprometterebbe, e comprometterebbe la causa che propugniamo. Venga da me quando vuole, ma pria di giorno, e che nessuno lo veda e che nessuno lo sappia. Se sarò interrogato in Parlamento o dalla diplomazia (soggiunse sorridendo) lo rinnegherò come Pietro e dirò: non lo conosco." Da quel momento per quattro anni, racconta ancora il La Farina, egli "vide, quasi tutte le mattine, il Conte di Cavour, senza che alcuno dei suoi intimi amici lo sapesse, andando sempre due o tre ore prima di giorno, e sortendo spesso da una scaletta segreta, ch'era contigua alla sua camera da letto, quando in anticamera era qualcuno che lo potesse conoscere! E in uno di questi notturni abboccamenti fu presentato al Conte di Cavour il generale Garibaldi, venuto clandestinamente da Caprera."[53]

A parte qualche inesattezza,[54] il racconto di La Farina

[52] Lettera di Pallavicino a Manin del 24 agosto '56, in MAINERI, *op. cit.*, p. 173.

[53] LA FARINA, *Epistolario*, cit., vol. II, p. 426, articolo pubbl. sull'"Espero" il 24 gennaio 1862.

[54] La denominazione di Società Nazionale fu adottata soltanto nell'estate del '57; Garibaldi non fu "presentato" da La Farina a Cavour, ma si era già incontrato col ministro, come s'è detto, il 13 agosto '56.

sembra sostanzialmente veridico. Secondo un'altra attendibile testimonianza,[55] Cavour, dopo il congresso di Parigi, cominciò a giudicare possibile, a scadenza lontana, l'unità d'Italia, pur continuando a proporsi, come fine principale della sua politica estera, la cacciata degli austriaci. Ma soprattutto egli sentí il bisogno di avere un punto d'appoggio in un movimento patriottico, che avesse una base nell'emigrazione e possibilmente negli altri Stati italiani. Questo movimento non poteva essere diretto da moderati, troppo prudenti e troppo piemontesizzati; non dai murattiani, disposti sí a collaborare col governo di Torino, ma troppo legati al bonapartismo, attaccati dai monarchici-unitari e dai repubblicani e privi di serie possibilità di riuscita; non da Mazzini, considerato da tutti i governi d'Europa e dallo stesso Cavour un sovversivo fanatico e pericoloso, abbandonato ormai da tanti suoi seguaci e che pur pretendeva di trattare col Piemonte come da potenza a potenza. Restava dunque il movimento diretto da Manin, da Pallavicino e da La Farina, il cui prestigio si era accresciuto con l'adesione di Garibaldi. Intorno alla bandiera monarchico-unitaria, che stimolava l'ambizione di Vittorio Emanuele, di cui pure Cavour doveva tener conto, potevano effettivamente raccogliersi a poco a poco i repubblicani dissidenti da Mazzini e in generale tutti coloro che desideravano combattere per l'indipendenza e l'unità con la speranza di avere nello Stato piemontese una solida base d'operazioni.

Naturalmente questa specie di nuovo connubio[56] doveva avvenire in modo clandestino e cospirativo, almeno fino ad un certo punto. Ciò implicava una subordinazione quasi completa del movimento alle direttive della politica cavouriana. Su questa linea si mise decisamente il La Farina, uomo dotato di capacità politiche e organizzative senza dubbio superiori a quelle del Pallavicino, il quale invece continuò a diffidare di Cavour ed anche ad osteggiarlo nella Camera nella prima metà del '57. Manin, convinto che Cavour fosse un grande uomo di Stato e che dovesse soltanto essere stimolato, si preoccupò non poco allora di frenare le impennate anticavouriane del nobile lombardo. D'altra parte Manin, stanco e ammalato, continuò a procrastinare una presa di posizione pubblica del nuovo mo-

[55] Si veda quanto riferisce in proposito il conte di Salmour, in *Carteggio Cavour-Salmour*, p. 99.
[56] Cosí lo definisce A. OMODEO, *L'opera politica del conte di Cavour*, cit., vol. II, p. 168.

vimento e la sua costituzione in associazione, insistentemente richiesta dal Pallavicino e dal La Farina. Questa fu
costituita soltanto nell'estate del '57, poche settimane prima della morte di Manin, avvenuta a Parigi il 22 settembre
di quell'anno. Nel frattempo si era svolto l'ultimo grande
tentativo mazziniano per riafferrare la direzione del movimento nazionale, fallito tragicamente con la Spedizione
di Sapri. La crisi del Partito d'Azione giungeva cosí al suo
punto culminante e il nuovo movimento poteva approfittarne. Ma si delineavano anche nuove difficoltà per la politica di Cavour.

3. *La Spedizione di Sapri*

Il fallimento del moto milanese del 6 febbraio '53, come
si è detto nel primo capitolo, fece precipitare la crisi che
covava da tempo nel movimento mazziniano determinando
il distacco da Mazzini di molti patrioti, sia nell'emigrazione, sia nei gruppi interni. In generale le critiche dei dissidenti si appuntarono su due aspetti della politica mazziniana: l'esclusivismo repubblicano e il metodo di dirigere
le cospirazioni da un centro residente all'estero senza tener sufficiente conto delle situazioni locali. Mazzini per
parte sua reagí alla crisi trasformando il partito nazionale
in Partito d'Azione: cercò cioè di formare un'organizzazione di combattenti, pronta ad agire dovunque e comunque
fosse possibile. Alla grande cospirazione imperniata sulle
città, resa ormai impossibile dalla repressione poliziesca e
dall'assottigliarsi dei gruppi clandestini, egli cercò di sostituire l'azione di piccole bande che accendessero dei focolai di rivolta in zone periferiche, destinati a collegarsi tra
loro e a dar luogo ad un'insurrezione generale. Non piú
dunque la guerra per bande come strumento dell'insurrezione per respingere la prima controffensiva nemica, ma
l'azione delle bande come mezzo per iniziare l'insurrezione
stessa. Questa impostazione presupponeva pur sempre un
giudizio ottimistico sulla propensione dell'Italia a insorgere. Ed effettivamente, se l'Italia fosse stata veramente, come Mazzini affermava fin dal '49, un pagliaio pronto ad
infiammarsi alla prima scintilla, anche l'azione di una piccola banda poteva bastare per provocare una sommossa
generale.
Ma la situazione italiana si evolveva in modo da ren-

dere questa nuova tattica ancora piú sterile di quella tentata da Mazzini prima del 6 febbraio. Il rafforzamento del liberalismo in Piemonte, il riaprirsi della questione d' Oriente e quindi la possibilità di nuove grosse complicazioni internazionali incoraggiavano le speranze dei moderati e stimolavano l'attesismo di molti democratici dissidenti da Mazzini. Si preparavano cioè le condizioni favorevoli allo sviluppo del movimento monarchico-unitario, di cui prima si è parlato. D'altra parte la repressione dei governi faceva sentire duramente i suoi effetti negativi. L'organizzazione clandestina del Lombardo-Veneto era stata scompaginata e in gran parte distrutta dagli arresti e dai processi del '52 e poi dalla repressione successiva al 6 febbraio. Nell'estate e nell'autunno del '53 anche l'organizzazione romana, a cui faceva capo la rete cospirativa dello Stato pontificio e in parte anche della Toscana, subí colpi molto gravi: venne arrestato il Petroni insieme a parecchi altri patrioti, alcuni residenti a Roma, altri rientrati proprio allora da Genova col progetto di provocare un moto insurrezionale; poco dopo venne arrestato anche Cesare Mazzoni, capo del gruppo dei fusionisti, distaccatosi dal Petroni nell'aprile precedente. Seguí nel '54 un grosso processo che si concluse con molte gravi condanne alla prigione. Il Petroni rimase in carcere fino al 1870. Nonostante queste repressioni, e quelle che vi furono in Romagna ed altrove, gruppi clandestini continuarono a sussistere nello Stato pontificio, in Toscana, nei Ducati ed anche nel Lombardo-Veneto, ma la loro attività si ridusse alla lotta contro la polizia e le spie nelle forme tipiche della tradizione settaria e al mantenimento di collegamenti con i centri dell'emigrazione.

Per queste ragioni i piccoli colpi di mano organizzati da Mazzini tra il '53 e il '56 fallirono sul nascere. Cosí avvenne per il primo tentativo sulla Lunigiana, effettuato nel settembre del '53 da una banda di una trentina di uomini, guidata da Felice Orsini, che fu dispersa dalle forze piemontesi presso Sarzana, prima che passasse il confine dello Stato estense. Pochi giorni dopo il movimento patriottico subí una grave perdita: Pier Fortunato Calvi, il capo della resistenza cadorina del '48, venne arrestato dagli austriaci nel Trentino insieme ad alcuni compagni. Il Calvi, che era stato incaricato da Mazzini di provocare una rivolta nel Cadore, fu poi processato a Mantova e impiccato a Belfiore il 4 luglio 1855. Nel maggio del '54 fallí un secondo tentativo sulla Lunigiana. Anche questa volta una quarantina di uomini, condotti da Felice Orsini, furono dispersi e in parte arrestati dai piemontesi presso la foce della Magra. Poco dopo un progetto di azione sulla Valtellina, organizzato dallo stesso Mazzini e da Orsini, fu sventato dalla polizia svizzera, che arrestò a Saint-Moritz alcuni patrioti e costrinse altri a fuggire. Nel luglio del '55 un terzo tentativo, o meglio progetto di tentativo, sulla Lunigiana fu nuovamente sventato dalla polizia piemontese con pochi arresti. Infine alla fine di luglio del '56 fallí un quarto tentativo sulla Lunigiana: una banda di un centinaio di uomini riuscí a passare il confine estense con l'obiettivo di collegarsi ad una progettata insurrezione di Massa e Carrara. Ma, sebbene il governo estense fosse mal sopportato nella Lunigiana, l'insurrezione non scoppiò, sicché la banda, costretta a rientrare nello Stato sabaudo, fu dispersa e in parte catturata dalle forze piemontesi.

Quest'ultimo tentativo si differenziò in parte dai precedenti, perché fu preparato d'accordo con elementi moderati (i quali però al momento stabilito non si mossero) e fu incoraggiato, o per lo meno tollerato, dal governo di Torino, col quale Mazzini, giunto clandestinamente a Genova alla fine di giugno del '56, ebbe allora segreti contatti, per mezzo di persone che avevano rapporti con Rattazzi. Nell'atmosfera satura di speranze che si era formata in Italia dopo il congresso di Parigi, in parte stimolate dallo stesso Cavour con le dichiarazioni fatte al Parlamento al principio di maggio, un moto nella Lunigiana poteva essere utile al governo di Torino. Poteva servire a dimostrare ancora una volta l'anormalità della situazione italiana ed offrire un'occasione per chiedere l'appoggio franco-inglese contro un eventuale intervento austriaco. Inoltre, se avesse preso piede, il moto poteva dalla Lunigiana dilagare nei Ducati e in Toscana e permettere quindi a Cavour di riaprire la questione italiana di fronte all'Europa in modo molto piú pressante di quanto non era avvenuto a Parigi. Ma la diffidenza profonda tra moderati e mazziniani fece fallire il tentativo, che del resto, come i precedenti, fu condotto con mezzi inadeguati e fu disapprovato dal gruppo democratico dissidente che faceva capo a Bertani e a Medici.

Mazzini per parte sua, durante il soggiorno a Genova, che durò fino al principio di novembre del '56, continuò ad adoperarsi per stabilire un accordo coi moderati disposti ad agire e soprattutto per ricuperare i democratici dissidenti sottraendoli alla suggestione del nuovo movimento di Manin e di Pallavicino. A tutti proponeva di agire con la parola d'ordine della "bandiera neutra," cioè del rinvio di ogni decisione sul futuro ordinamento politico dell'Italia a dopo la vittoria dell'insurrezione nazionale. Già nelle lettere a Manin, pubblicate nel giugno e nel luglio sull'"Italia e Popolo," di cui prima si è parlato, Mazzini affermò che questa formula sarebbe stata piú gradita al governo di Torino di un'aperta presa di posizione sabaudista. Ribadí quest'idea in una lettera a Pallavicino del 2 agosto: "Il governo sardo, nei suoi buoni momenti dice: 'Fate; fate con *bandiera neutra*, fate su terreni che possono suscitare la questione del non-intervento, senza suscitarci sulle prime nuovi nemici; aiuterò.' Perché volete di piú ch'esso non dice? E badate: io non vi dico questo come congettura, ma come *fatto*. A me non è lecito andare piú in là, e dirvi in qual modo io lo sappia, ma voi potete accertarlo, quando vi piaccia, in Torino. Avete amici che avvicinano, avvicinate forse voi stesso il governo: cercatene le intenzioni, troverete che son queste."[57] Ma Pallavicino rispose con una lettera del 4 settembre, che fu approvata da Manin, nella quale diceva: "Noi non vogliamo che il re possa abbandonarci a mezzo dell'impresa; non vogliamo che l'interesse dinastico si serva della rivoluzione per combattere l'Austria, e della diplomazia per combattere la rivoluzione. Vogliamo *compromettere il re*, trascinandolo in una guerra rivoluzionaria; e noi lo trascineremo, provandogli che questa guerra è utile alla dinastia, necessaria, *inevitabile*! Eccovi la ragione, per la quale Manin e gli amici suoi, respingendo la bandiera neutra, esigono di piú che non esige il governo del re. Guai a noi se la rivoluzione inalberasse in qualche parte d'Italia un'insegna temporanea, una bandiera che non fosse quella del Piemonte costituzionale! ove ciò accadesse, avremmo sul bel principio il sospetto, e piú tardi la discordia nel nostro campo!"[58]

Negativa dunque la risposta di Pallavicino, ribadita di lí a poco pubblicamente,[59] alla proposta di Mazzini. Ma

[57] MAZZINI, LVI, p. 335.
[58] PALLAVICINO, *Memorie*, cit., vol. III, p. 310.
[59] Si veda lo scritto di PALLAVICINO, *Non bandiera neutra*, ristampato in *Memorie*, vol. III, p. 337, a cui Mazzini rispose con un articolo sull'"Italia e Popolo" del 31 ottobre '56, ora in MAZZINI, LV, pp. 305-316.

non del tutto negativa per Mazzini fu allora l'adozione di quella formula (pure tutt'altro che nuova),[60] che egli stesso aveva tentato di utilizzare in altri momenti. Cosí nel *Programma dell'Associazione Nazionale Italiana*, fondata a Parigi il 5 marzo 1848, aveva scritto: "L'Associazione... non prefigge a' suoi sforzi il trionfo d'una o d'altra forma governativa;... ma li consacra ad affrettare col consiglio e coll'opera, collo studio accurato dei voti dei piú e coll'esercizio del diritto di suggerimento fraterno, il momento in cui il popolo italiano, fatto nazione, libero, indipendente,... potrà dar voto solenne intorno alle forme di viver civile che meglio gli converranno, intorno alle condizioni politiche, sociali, economiche che ne costituiranno l'essenza."[61] La stessa idea era ribadita, con un'accentuazione possibilistica filopiemontese dovuta all'influenza del Sirtori, nel Manifesto dell'8 settembre '50 del Comitato di Londra, che anche per questo motivo fu criticato da molti repubblicani.[62] Poi, fallito il tentativo di creare un fronte patriottico intorno al Comitato, Mazzini credette opportuno prendere una netta posizione repubblicana nel Manifesto del 30 settembre '51, mentre il Sirtori, che era uscito dal Comitato, ribadiva la sua fedeltà alla formula "guerra e costituente," cioè in sostanza alla "bandiera neutra," ed una posizione simile assunse allora anche il Saliceti. Come si è detto, ancora nel novembre '54 un gruppo di esuli a Parigi, tra i quali il Montanelli, il Sirtori, l'Amari, il Dragonetti, Giuseppe Mazzoni e lo stesso Manin, credette opportuno riaffermare la stessa idea.[63]

Ma nell'estate del '56 con la riaffermazione della "bandiera neutra" Mazzini si proponeva uno scopo alquanto diverso da quello che si era proposto nel 1850. Allora aveva tentato di costituire una specie di governo in esilio per preparare e guidare l'insurrezione ed aveva cercato di stabilire un compromesso con i patrioti che erano alla sua destra sulla base di una pregiudiziale antisocialista e di un generico agnosticismo istituzionale; ora invece si proponeva di

[60] Si veda, per esempio, la dichiarazione della vendita carbonara di Londra del 1823, forse scritta dall'Angeloni, di cui si è parlato nel nostro vol. II, p. 155 e p. 447.

[61] MAZZINI, XXXVI, p. 273.

[62] Si veda, per es., la lettera di Montanelli a Mazzini dell'8 dicembre '50, da noi citata a pp. 78-79.

[63] Si veda la lettera di Montanelli a Pallavicino del novembre '54, in PALLAVICINO, *Memorie*, vol. III, p. 91, e la risposta di questo da noi citata a p. 227.

formare un'alleanza di gruppi politici diversi sulla base della sospensione di ogni discussione ideologica e programmatica, sia verso destra che verso sinistra, e della concentrazione degli sforzi di tutti i patrioti pronti a muoversi verso l'azione insurrezionale. Egli si rendeva conto che l'orientamento filopiemontese guadagnava terreno tra i democratici ed aveva risvegliato in tutta l'Italia le speranze dei moderati; ma sapeva anche che un nuovo movimento di agitazioni legali o semilegali, simile a quello del '47, preconizzato da Manin, era praticamente impossibile negli Stati oppressi. Perciò per il momento (Mazzini credeva per sempre) il filopiemontesismo poteva soltanto stimolare l'attesismo. D'altra parte Mazzini era convinto che il Piemonte si sarebbe mosso, se un moto insurrezionale avesse preso piede in qualche parte d'Italia. Il problema era quindi quello di raccogliere forze per provocare un'insurrezione, creare un governo insurrezionale e quindi trattare col Piemonte da potenza a potenza. Ecco come Mazzini chiariva il suo pensiero ad Antonio Mordini, il quale teneva allora contatti con Giuseppe Mazzoni, antico suo collega nel governo democratico toscano: "Mazzoni è visibilmente sotto l'impressione che noi non fondiamo le nostre speranze che sul Piemonte: quest'idea devi avergliela involontariamente data tu stesso nella tua prima lettera. Or noi cerchiamo iniziativa nazionale: questa iniziativa sarebbe possibilmente diretta da una Giunta d'Insurrezione nazionale nostra: il Piemonte, che non può essere dappertutto, sarebbe alleato. Cercheremmo di farci forti senza rompere con anima viva; e in ogni caso di costituirci potenza da per noi. Poi si vedrebbe. Mazzoni scorda che la considerazione del Piemonte regio è una *fin de non recevoir* perenne per una insurrezione anche da qui a cinque anni: è un guaio inevitabile; chi mai può impedire al Piemonte d'intervenire in caso d'una insurrezione lombarda?"[64]

Perciò, proclamando la "bandiera neutra" che per lui era anche la bandiera dell'azione insurrezionale, Mazzini mirava essenzialmente a combattere l'attesismo, non piú soltanto l'attesismo dottrinario dei federalisti, ma anche e soprattutto l'attesismo dei filopiemontesi. Questo cercò di fare nel '56, per quanto era possibile, senza urti frontali contrapponendo ad iniziative propagandistiche filopiemontesi altre iniziative destinate a fomentare lo spirito insur-

[64] Lettera a Mordini dell'8 settembre '56, in MAZZINI, LVII, p. 82.

rezionale. Cosí, quando la "Gazzetta del Popolo" di Torino lanciò la sottoscrizione nazionale sostenuta da Manin e dai suoi amici, per offrire cento cannoni alla fortezza di Alessandria, Mazzini fece lanciare dall'"Italia e Popolo" una sottoscrizione per offrire diecimila fucili alla prima provincia italiana che fosse insorta contro il comune nemico. Questa sottoscrizione, presentata ufficialmente dal giornale mazziniano come un'integrazione dell'altra, ebbe inizialmente un certo successo, prima che fosse vietata dal governo.

L'azione di Mazzini per attirare di nuovo nella sua orbita i democratici dissidenti non ebbe alcun risultato positivo nei riguardi di Garibaldi, che proprio in quei giorni aderí al movimento di Manin e Pallavicino, ed anche di Medici e di Bertani, i quali tuttavia non aderirono formalmente a questo movimento. Comunque questi uomini erano convinti che, senza il consenso e l'appoggio aperto o nascosto del Piemonte, fosse impossibile ormai intraprendere una lotta armata contro gli oppressori. Mazzini poté invece rafforzare i suoi collegamenti o ristabilire amichevoli rapporti con parecchi patrioti, che, pur conservando talvolta una notevole diffidenza nei suoi riguardi, erano come lui convinti della necessità dell'azione insurrezionale. Cosí nell'agosto del '56 per iniziativa soprattutto di Pisacane e di Mordini cominciò a stamparsi a Genova la "Libera Parola," un giornale destinato alla propaganda nelle regioni oppresse, a cui collaborarono anche Maurizio Quadrio, Rosolino Pilo, Bartolomeo Savi. Questo giornale, che si stampò fino all'aprile del '57, mirava a controbattere la propaganda filopiemontese del "Piccolo Corriere d'Italia" del La Farina. Esso aveva come parola d'ordine "Unità e Libertà" e sosteneva la formula della "bandiera neutra." L'iniziativa non fu approvata da Mazzini, che pensava bastasse l'"Italia e Popolo" e forse diffidava di uomini, come Pisacane e Mordini, che lo avevano in passato aspramente criticato; ma la collaborazione al giornale di Quadrio, fedelissimo a Mazzini, e di Savi, direttore della stessa "Italia e Popolo," indica che egli si adattò e che non vi furono contrasti gravi.

Particolarmente importante per l'attività svolta dal Partito d'Azione nel 1856-57 fu l'accordo che allora si stabilí tra Mazzini e Pisacane. Questi, dopo la pubblicazione della *Guerra combattuta*, aveva sempre piú rafforzato le sue convinzioni socialiste, ma aveva anche accentuato il suo distacco dall'attesismo dei federalisti, come dal filopiemontesismo di Bertani, di Medici e di Garibaldi. In un passo molto significativo del terzo dei suoi *Saggi storicipolitici-militari sull'Italia*, dopo avere criticato a fondo la politica del Comitato di Londra, Pisacane mise in luce con grande chiarezza il valore politico dell'azione cospirativa ed insurrezionale e rese giustizia all'attività svolta da Mazzini in questo senso.

"Quanti libri," dice Pisacane, "discordi fra loro, sonosi stampati in Italia dal '49 al giorno d'oggi? Chi vuole l'Italia una; chi il regno boreale; chi due Italie; chi spera tutto dalla Francia; chi tutto dal Piemonte. Quale sarebbe adunque la coscienza nazionale? Impossibile a dirlo. Ma osservate le cospirazioni, le congiure, i martirî: tutti indistintamente ed in tutte le epoche hanno accennato al medesimo scopo: *Italia una e libera*; e quindi è forza inferirne che, ad onta dei colpi di stato, dei protocolli, dei *memorandum*, la coscienza nazionale è rimasta salda. Sarebbe stoltezza attribuire al solo Mazzini, ispiratore della maggior parte di questi tentativi, tale fermezza di proposito. Mazzini non avrebbe potuto trovare mai tante braccia pronte ai suoi voleri; egli, cessato il comitato, ritornò ad essere semplice cittadino e, come tale, fece molto piú bene di quello che non aveva fatto come membro del comitato. La sua operosità, la sua fortuna, il suo credito personale fu messo a servizio di coloro che volevano tentare di salvare la patria. Forse avrebbe potuto accettare con piú riserva, o rifiutare certi progetti che non promettevano riuscita; ma da questo picciolissimo torto all'accusa stolta di mandare la gente al macello, havvi un abisso. Egli avrebbe dovuto, a parer mio, scegliere una sola regione d'Italia, ed evidentemente il mezzogiorno, e su quella accentrare tutti i mezzi di cui disponeva. Invece preferí farsi centro universale, a cui ricorrevano tutti coloro che volevano trarre in atto un pensiero generoso. Cosí governandosi, forse, avrà ritardato una rivoluzione; e se avesse negato agli operosi i suoi soccorsi, cosa non facile per chi sente sviscerato amore di patria, avrebbe risparmiato qualche vittima; ma non perciò il bene che ha fatto può disconoscersi. Ponghiamo il caso che non fosse esistito il *Comitato nazionale*, né le sue vicende, né Mazzini, o altri come lui che avesse continuamente fomentato le cospirazioni e le congiure; e che in Italia, secondo avrebbero voluto i dottrinanti, niuno avesse pensato a muovere: chi parlerebbe d'Italia? Forse l'Austria, rassicurata dallo spirito pacifico delle sue popolazioni, avrebbe imposto al Piemonte delle restrizioni alle sue libertà; ed il Piemonte stesso, in una tranquillità generale, non avrebbe inteso il bisogno di mostrarsi ostile all'Austria. Su che si fondavano le ragioni addotte al congresso di Parigi per chiedere riforme? Sugli articoli di giornali e sui libri stampati in Italia, o sulle vittime, sui condannati, sui processi continui, che sono poi l'effetto delle congiure, di quella resistenza organizzata in Italia? E a quale partito è dovuta la presente agitazione in Inghilterra in favore d'Italia? Ai dottrinanti o ai congiuratori? Ripetiamolo: sono i fatti e non le dottrine che manifestano la vita della nazione."[65]

Queste parole di Pisacane furono conosciute solo piú tardi, perché i *Saggi* furono pubblicati soltanto dopo la fine eroica del patriota napoletano. Ma queste erano le sue opinioni sul problema della cospirazione e dell'insurrezione nell'estate del '56, quando ebbe a Genova stretti contatti con Mazzini e stabilí con lui un accordo di massima. "Pisacane è il piú espansivo con me e il piú sinceramente lieto di vedermi."[66] Cosí scriveva Mazzini il 12 luglio alla sua amica Emilia Hawkes, dopo i primi contatti avuti a Genova coi dissidenti. Pisacane restava socialista, restava convinto che la vera rivoluzione nazionale italiana dovesse coincidere con la rivoluzione sociale, sapeva inoltre che in Italia non esisteva un partito socialista e le masse erano ignoranti ed arretrate, ma credeva che esistessero le condizioni oggettive per una rivoluzione sociale e nazionale insieme e che l'iniziativa insurrezionale potesse mettere in movimento le masse stesse e portarle alla rivoluzione. Per questo era pronto a collaborare con Mazzini sulla base della "bandiera neutra," che sembrava anche a lui l'unico mezzo adatto per raccogliere tutti i patrioti pronti ad agire.

Nel passo prima citato Pisacane toccava anche un altro punto importante, su cui non fu facile per lui e per altri patrioti stabilire un accordo con Mazzini: quello dell'iniziativa meridionale. Mazzini, fin dai primi tempi della *Giovine Italia*, non aveva mai esclusa a priori la possibilità che il movimento insurrezionale italiano potesse partire dal Mezzogiorno e risalire verso il Settentrione, ma in pratica

[65] C. Pisacane, *Saggi storici-politici-militari sull'Italia*, a cura di A. Romano, Milano-Roma, 1957, vol. III, p. 161.
[66] Mazzini, LVI, p. 301.

aveva sempre rivolta la sua attenzione essenzialmente al Nord e in misura minore al Centro. Secondo Mazzini, l'Austria era il maggior nemico, la monarchia piemontese il maggior rivale, il movimento democratico e nazionale dei popoli oppressi d'Europa il maggiore alleato possibile del movimento democratico e nazionale italiano. L'obiettivo strategico fondamentale, soprattutto dopo il '49, fu dunque per lui il Lombardo-Veneto. Il problema da risolvere quello di rifare il '48, senza gli errori del '48. Una rivoluzione repubblicana nel Lombardo-Veneto, rincalzata da un'insurrezione nei Ducati, in Toscana e nello Stato pontificio e collegata ad una rivoluzione ungherese avrebbe potuto battere l'Austria, provocare un generale movimento europeo e costringere la monarchia e il moderatismo piemontese a capitolare di fronte alla democrazia trionfante. Il Mezzogiorno, anche senza una preparazione adeguata, avrebbe certamente seguito il moto generale. Questo il grande piano mazziniano del 1851-52, tragicamente e miseramente fallito il 6 febbraio del '53; questo ancora il piano che spinse Mazzini ai tentativi successivi tra il '53 e il '56. Sia che puntasse sulla Lunigiana, sia che puntasse sulla Valtellina, egli ebbe sempre come obiettivo fondamentale il Lombardo-Veneto e come scopo ultimo una rivoluzione democratica e nazionale in Italia e in Europa. Perciò si sforzò sempre di tenere alcuni collegamenti, non solo coi patrioti ungheresi, polacchi, romeni e coi democratici tedeschi, ma anche coi repubblicani francesi; perciò cercò anche di favorire attentati contro Napoleone III, come quello sfortunato di Giovanni Pianori dell'aprile 1855. Mazzini insomma si rendeva conto che per battere i due avversari che aveva di fronte, la reazione e il moderatismo, era necessario un grosso e subitaneo successo iniziale che fosse seguito immediatamente da un generale moto europeo. Perciò puntava sulla zona d'Italia dove il nemico era piú forte e che era anche piú strettamente vincolata al sistema di forze conservatrici che dominava l'Europa: un incendio provocato in questo punto poteva mettere in fiamme l'Italia e l'Europa. Era convinto invece che eventuali successi parziali, ottenibili in settori meno difficili, sarebbero stati di breve durata, perché le forze austriache avrebbero avuto il tempo di intervenire, oppure, nel caso di complicazioni internazionali, avrebbero avvantaggiato il Piemonte, se non addirittura la Francia napoleonica.

Mazzini inoltre era spinto ad insistere su questa concezione strategica dal fatto che il suo partito aveva una base, nei limiti in cui poteva averla un movimento clandestino, quasi soltanto tra gli artigiani e gli operai di alcune città centro-settentrionali, mentre aveva collegamenti relativamente scarsi e in gran parte indiretti coi gruppi clandestini del Mezzogiorno. Infine, come già si è detto, per ragioni di formazione ideologica, oltre che per il modo stesso di concepire la strategia insurrezionale, esisteva una profonda incomprensione tra Mazzini e la maggior parte dei capi democratici meridionali.

I sostenitori dell'iniziativa meridionale pensavano invece che il Regno delle Due Sicilie fosse l'anello più debole della catena che avvinceva l'Italia e che nel Sud la rivoluzione potesse non solo vincere più facilmente, ma anche stabilire una salda base per procedere verso il Nord e battere l'Austria. Il ricordo della rivoluzione del '20, dei moti del '27, del '37, del '44, del '47 e delle altre congiure e cospirazioni meridionali, e soprattutto il ricordo della rivoluzione siciliana del gennaio '48 e del suo immediato contraccolpo a Napoli alimentavano la convinzione che tra le popolazioni del Sud esistesse una forte propensione insurrezionale. Era diffusa tra i democratici meridionali l'idea che nel Mezzogiorno un'insurrezione potesse essere facilitata dalla profonda crisi sociale che travagliava il Regno. Ma era un'idea vaga, che non si concretava in un programma mirante a risolvere la questione contadina: i democratici meridionali appartenevano alla media e alla piccola borghesia e in genere non si sottraevano alla paura che incuteva a questa classe la pressione contadina per il possesso della terra. Solo Pisacane, ma anche egli in modo piuttosto generico, vedeva nel movimento contadino una forza rivoluzionaria e per questo credeva che il Mezzogiorno dovesse essere il punto di partenza della rivoluzione italiana.

Ma il più ostinato assertore del piano strategico dell'insurrezione risalente dal Sud verso il Nord era un patriota settentrionale, il modenese Nicola Fabrizi. Come si è detto nel secondo volume di questo lavoro, fin dal 1838, il Fabrizi, stabilitosi a Malta, aveva cominciato a tenere contatti cospirativi coi gruppi clandestini della Sicilia e del Regno di Napoli ed aveva avuto contrasti con Mazzini sul problema dell'iniziativa meridionale. Nel '49, dopo aver partecipato alla difesa di Roma, egli si era stabilito in Corsica, poi a Nizza, infine, espulso dal Regno sardo, nel novembre del '53 era ritornato a Malta, dove rimase fino al '59. Cospiratore esperto e tenacissimo, il patriota modenese aveva ripreso i collegamenti col Mezzogiorno e il lavoro di preparazione di un moto secondo la direttrice Sud-Nord. A questo scopo teneva contatti, oltre che con Mazzini, con i democratici siciliani e napoletani esuli a Genova e a Torino, soprattutto con Rosolino Pilo e Carlo Pisacane, ed anche con uomini ormai orientati in senso piemontese, come La Farina. Il Fabrizi infatti era da molti anni un convinto assertore della formula della "bandiera neutra."

Nel corso del '55 e del '56 i patrioti favorevoli all'iniziativa meridionale intensificarono la loro attività stimolati dallo sviluppo del movimento murattiano e dai contrasti diplomatici tra Ferdinando II e i governi di Londra e di Parigi. Mazzini stesso venne allora sempre piú sollecitato da Fabrizi, da Pisacane, da Pilo e da altri a prestare maggiore attenzione al problema di un'insurrezione meridionale, cosa che egli fece, senza però concentrare in modo preminente nel Mezzogiorno la sua attività, come quei suoi amici avrebbero voluto.

Il lavoro di preparazione di un moto si svolse tanto in Sicilia che nel Regno di Napoli. Ma fino alla fine del '56 prevalse in generale fra i patrioti l'opinione che l'urto iniziale dovesse avvenire nell'isola. L'idea era giusta, perché in Sicilia piú o meno tutte le classi della popolazione, sebbene per motivi in parte diversi, odiavano il governo borbonico; inoltre, soprattutto nella Sicilia occidentale, esisteva fra i contadini un forte spirito di rivolta, che nel '20 e piú ancora nel '48 aveva dato luogo alla formazione di "squadre" armate. Queste squadre erano sopravvissute in molti paesi come rudimentali organizzazioni clandestine, pronte ad entrare in azione nel caso di una nuova insurrezione sotto la guida di capi, che talvolta erano borghesi o anche nobili, ma che comunque erano collegati ai gruppi patriottici clandestini. La Sicilia insomma era l'unica regione italiana dove era possibile organizzare, almeno per un certo tempo e in misura abbastanza notevole, la guerriglia nelle campagne e dove questa, sostenuta da un aiuto esterno che giungesse al momento opportuno, poteva dar luogo ad un'insurrezione generale. L'idea di una spedizione nell'isola, condotta da un capo di grande prestigio, destinata a rifornire di armi e a dirigere un'insurrezione locale, era quindi sorta da tempo. Già nell'ottobre del '51 il Comitato centrale interno della Sicilia aveva proposto a Mazzini di organizzare una spedizione nell'isola guidata da Garibaldi. Mazzini, sebbene considerasse il moto in Sicilia sussidiario rispetto all'insurrezione centro-settentrionale che allora stava preparando, approvò l'idea[67] e, dopo avere invano tentato di mettersi in contatto con Garibaldi nel '51 e nel '52, gliene parlò quando lo rivide a Londra nel '54. Successivamente l'idea fu piú volte discussa nell'ambiente dell'emigrazione a Genova. Ma non se ne fece nulla sia per le difficoltà oggettive dell'impresa, sia per i contrasti esistenti tra i patrioti filopiemontesi e i patrioti mazziniani o comunque propensi a collaborare con Mazzini. Né giunsero a maturazione altri progetti, come quello, ideato sembra dal patriota calabrese Benedetto Musolino, di far sbarcare in Sicilia la Legione anglo-italiana, che nel marzo '56 fu trasferita dal Piemonte a Malta e quindi in parte da Malta in Inghilterra, dove poi fu sciolta. Anche Cavour, come si è detto, pensò per un momento ad utilizzare questa legione per un'impresa in Sicilia. Probabilmente era al corrente di progetti in questo senso elaborati negli ambienti dell'emigrazione.

Ma intanto in Sicilia il Comitato centrale segreto, piú volte ricostituito dopo le repressioni poliziesche, cercò nel corso del '56 di riprendere l'organizzazione di un moto e sollecitò aiuti dai centri di Genova e di Malta. Si pensò allora di preparare un'insurrezione per il gennaio del '57. Ma improvvisamente il 22 novembre '56 a Corleone il barone Francesco Bentivegna, uno dei capi del Comitato, vista l'impossibilità di evitare piú a lungo la sorveglianza della polizia, decise di iniziare il moto. Alla testa di una squadra, occupò Mezzoiuso e Villafrati e si diresse su Palermo; ma la sorpresa mancò e la reazione borbonica fu immediata: la squadra ribelle fu sopraffatta e dispersa e il Bentivegna, catturato dopo pochi giorni, fu fucilato il 20 dicembre. Anche un moto, scoppiato a Cefalú il 25 novembre, fallí completamente. Una piccola banda, condotta dal patriota Salvatore Spinuzza, vagò alcuni mesi sui monti, poi fu sopraffatta dai borbonici e lo Spinuzza fu fucilato il 16 marzo 1857.

La notizia del moto del Bentivegna, appena giunta a Genova, suscitò speranze tra i patrioti. Si sperò che gli insorti potessero resistere e tenere in scacco i borbonici

[67] Si veda la lettera di Mazzini a Garibaldi del 14 novembre '51, in MAZZINI, XLVII, p. 87.

fino all'arrivo di una spedizione. Si raccolsero armi e denari. Pilo partí per la Sicilia per prendere contatto con gli insorti e preparare l'arrivo della spedizione. Sembra che anche Garibaldi e gli altri patrioti filopiemontesi fossero disposti a partire per la Sicilia. Certo è che Pallavicino offrí settemila lire e La Farina si adoperò per fornire armi. Il governo piemontese si mostrò tollerante. Cavour cosí scriveva il 5 dicembre '56 a Emanuele d'Azeglio: "Nous ne pouvons pas encore juger de l'importance du mouvement qui a éclaté en Sicile. S'il se développait, il nous importerait au plus haut degré de connaître la manière dont l'Angleterre le juge. Tout en protestant, ce qui d'ailleurs est parfaitement vrai, que nous sommes entièrement étrangers à ce qui se passe en Sicile, vous ne cacherez que nous portons le plus vif intérêt à cette île malheureuse, et que nous ne saurions demeurer indifférents à son sort, si, après avoir secoué le joug de *Bomba*, elle était condamnée à retomber dans ses griffes."[68] In quei giorni il La Farina, che ormai era divenuto uomo di fiducia di Cavour, scrisse l'opuscolo *Sicilia e Piemonte*, pubblicato nel gennaio 1857,[69] nel quale sosteneva che la Sicilia poteva sí scuotere il giogo borbonico, ma non resistere ad una controffensiva napoletana, a meno che l'insurrezione non si estendesse anche al Regno di Napoli. Perciò, nel caso che questa circostanza non si verificasse, l'unica speranza per la Sicilia era quella di appoggiarsi al Piemonte e di proclamare addirittura la sua unione al Regno di Sardegna. Come si vede, le forze filopiemontesi erano pronte ad agire, nel caso che l'insurrezione siciliana avesse preso piede. Mazzini, per parte sua, si teneva pronto a partire da Londra, dove era ritornato nel novembre per raccogliere denari, non appena da Genova gli fosse stato segnalato uno sviluppo favorevole del movimento. Questo purtroppo non avvenne, perché i moti di Corleone e di Cefalú furono domati. Pilo, appena giunto a Messina, vista la situazione, si imbarcò per Malta e quindi ritornò a Genova. L'idea della spedizione in Sicilia poté essere realizzata soltanto nel 1860.

Il fallimento del moto in Sicilia fece sí che l'attività dei patrioti del Partito d'Azione favorevoli all'iniziativa meridionale si concentrasse sul Mezzogiorno continentale, dove

[68] *Cavour e l'Inghilterra*, II, t. I., p. 83.
[69] G. LA FARINA, *Scritti politici*, cit., vol. II, pp. 103-113.

da alcuni anni il lavoro cospirativo era ripreso in modo abbastanza intenso.

Dopo la scoperta della *Setta carbonico-militare* e gli arresti che furono effettuati alla fine del '50 e al principio del '51, di cui si è parlato nel primo capitolo, alcuni collegamenti clandestini tra Napoli e le province furono conservati dal patriota Luigi Dragone e da sua moglie Rosa Morici, figlia di un carbonaro del '20 e sorella di Antonio Morici, uno dei dirigenti della Setta carbonica che era riuscito a fuggire a Malta. Sul finire del '53 si aggiunse a loro il patriota pugliese Giuseppe Fanelli, il quale, dopo aver combattuto nel '48 in Lombardia e nel '49 a Roma, aveva seguito il Fabrizi in Corsica e a Malta ed era stato da questo inviato a Napoli col compito di riorganizzarvi il movimento clandestino. Insieme al Dragone il Fanelli costituí allora a Napoli un Comitato segreto che intensificò i collegamenti con le province e tenne regolari contatti col Fabrizi. Frattanto il patriota Nicola Mignogna, esperto cospiratore democratico, che aveva fatto parte da giovane della setta dei *Figliuoli della Giovine Italia* fondata da Benedetto Musolino, poi nel '49 di quella dell'*Unità italiana*, infine della *Setta carbonico-militare* ed era stato arrestato nel '51, liberato dal carcere nell'aprile del '54, riprese anch'egli il lavoro cospirativo, dapprima indipendentemente dal Fanelli, poi in collegamento con questo. Il Mignogna tenne anch'egli contatti con Fabrizi e poi anche con Pisacane e con Mazzini. Egli ristabilí vari collegamenti con influenti popolani della città di Napoli, che avevano partecipato dalla parte dei liberali alle agitazioni quarantottesche, e al tempo stesso cercò di giungere ad un accordo coi moderati allo scopo di controbattere la propaganda murattiana e costituire un fronte unico in vista di una possibile insurrezione. Non sembra però che in questa direzione ottenesse buoni risultati. Rapporti clandestini furono tentati dal Mignogna e dal Fanelli con patrioti rinchiusi nelle carceri, e sembra che una certa attività propagandistica fosse svolta anche nell'esercito. Ma alla fine di luglio del '55 il Mignogna insieme ad altri patrioti fu arrestato su denuncia di un delatore. Seguí un processo che si concluse con la sua condanna all'esilio perpetuo dal Regno. Il Mignogna, che col suo silenzio di fronte agli inquirenti era riuscito a rendere meno grave la propria posizione e ad evitare l'arresto del Fanelli e del Dragone, si recò quindi a Genova nell'ottobre del '56. Ma già dal momento del suo arresto tutta la rete cospirativa del Regno di Napoli era passata nelle mani del Comitato diretto dal Fanelli, il quale cominciò allora a tenere contatti con Pisacane e poi anche con Mazzini.

Dopo la tragica fine della Spedizione di Sapri molto si è discusso, prima dagli uomini stessi che parteciparono e appoggiarono quel tentativo e poi dagli storici, sulla consistenza effettiva dell'organizzazione clandestina formata nel Regno dal Comitato di Napoli e quindi sulla responsabilità del Comitato stesso per il fallimento di quell'eroica impresa. Per molto tempo il giudizio sui fatti è stato offuscato da violente polemiche personali, che in parte hanno influito anche sui lavori di alcuni valenti storici. Tuttavia gli studi più recenti, basati su di un'obiettiva valutazione dei documenti del Comitato di Napoli in gran parte conservati, oltre che delle corrispondenze di Pisacane, di Mazzini e di Fabrizi, hanno fatto giustizia di molte opinioni errate; le incertezze che ancora restano su certi aspetti dell'organizzazione clandestina difficilmente potranno essere chiarite, poiché è poco probabile la scoperta di nuovi documenti importanti sull'argomento. Comunque si può affermare che il Comitato di Napoli compí effettivamente tra il '54 e il '57 in condizioni difficilissime un lavoro abbastanza notevole per mettere in piedi una rete di collegamenti clandestini. Questa però non ebbe il carattere che avrebbe dovuto avere per il successo di una spedizione di quel genere, né d'altronde poteva averlo, data la situazione politico-sociale esistente nel Mezzogiorno continentale e la situazione generale dell'Italia e dell'Europa in quegli anni.

La rete cospirativa che si estese, per quanto si sa, a Salerno, al Cilento, alla Basilicata, alla Calabria e alla provincia di Lecce, fu diretta a raccogliere essenzialmente i democratici o comunque gli elementi disposti ad agire, anche di tendenza moderata. In sostanza il Comitato cercò di rinvigorire ed estendere quell'insieme di collegamenti settari di origine carbonara, esistenti da decenni nel Regno, che erano stati alla base della setta dell'*Unità italiana* e poi della *Setta carbonico-militare*. Dal punto di vista puramente organizzativo il lavoro del Comitato, condotto con prudenza e con tenacia, ebbe risultati abbastanza buoni. Ma gli elementi di azione, in prevalenza democratici, erano assai diminuiti dopo il '48, in primo luogo perché colpiti duramente dalla repressione governativa e in secondo luogo perché il contrasto tra la ricca borghesia che costituiva la base sociale dei moderati, e la borghesia media e piccola,

che costituiva la base dei democratici, si era venuto atte-
nuando, e la seconda tendeva ad accodarsi alla prima. Tutti
gli strati della borghesia provinciale del Mezzogiorno trae-
vano, sebbene in misura diversa, la loro forza economica
dal possesso della terra e temevano quindi la pressione contadina. Perciò i democratici non erano in grado, e in generale non volevano, stabilire un'alleanza salda con le masse contadine: questo fatto nel '48 giocò a favore della reazione borbonica e facilitò non poco l'azione repressiva di
Ferdinando II. Il fallimento della rivoluzione del '48 pesava
insomma assai piú gravemente sui democratici che sui moderati. Era infatti molto difficile, se non impossibile, per i
democratici muoversi senza l'aiuto dei moderati. Questi
per parte loro non erano disposti ad arrischiare vite e averi
in un'impresa che non fosse in qualche modo collegata a
potenti forze esterne o comunque connessa a qualche grosso avvenimento italiano ed europeo. Inoltre, per quanto il
Comitato di Napoli e i gruppi democratici avanzassero la
formula della "bandiera neutra," i moderati erano molto
diffidenti verso ogni iniziativa partente dai centri cospirativi democratici, perché temevano che, nel caso di successo, ben difficilmente avrebbero potuto strappare il governo
ai democratici stessi. Data questa situazione, si comprende
come la rete cospirativa formata o ricostituita dal Comitato di Napoli non funzionasse come strumento insurrezionale al momento della Spedizione di Sapri, mentre in sostanza funzionò nel 1860, quando l'avanzata di Garibaldi
nel Mezzogiorno continentale fu dovunque preceduta dal-
l'insurrezione delle province, attuata in molti casi dagli
stessi uomini che nel '57 non si erano mossi. Sembra del
resto che l'attività del Fanelli, secondo le istruzioni del Fabrizi, avesse mirato in un primo tempo a stabilire una rete
di collegamenti in vista non tanto di un'insurrezione a breve scadenza da iniziarsi nel Mezzogiorno continentale,
quanto di un moto che avrebbe dovuto seguire una forte
insurrezione siciliana e inserirsi possibilmente in una situazione generale piú propizia di quella del '57. Il Fabrizi infatti, sebbene di idee repubblicane, aveva in pratica un atteggiamento assai piú possibilista di quello di Mazzini, tanto è vero che teneva contatti anche con uomini come La
Farina. Il tentativo di utilizzare la rete cospirativa del Comitato di Napoli per uno scopo insurrezionale immediato
si dovette essenzialmente all'influenza di Pisacane, al quale
Fanelli in un primo tempo non ebbe la forza di opporsi e

successivamente si oppose in modo non abbastanza energico.

Nel corso del '56 Pisacane cominciò a credere che un'iniziativa insurrezionale nel Mezzogiorno, a cui egli pensava da almeno quattro anni, fosse finalmente possibile. Insieme a Pilo e d'accordo probabilmente con Mazzini, egli fece pressioni su Bertani per organizzare di comune accordo una spedizione comandata da Garibaldi. Da circa un anno Bertani, d'accordo con Garibaldi e con Medici, si adoperava per realizzare un progetto ideato in Inghilterra da Panizzi, quello di liberare dal carcere di Santo Stefano con un colpo di mano Settembrini, Spaventa, Poerio e gli altri detenuti politici. A tale scopo Panizzi aveva raccolto fondi e aveva ottenuto l'appoggio dei rappresentanti inglesi a Torino e a Napoli, Hudson e Temple. Ma un piroscafo, acquistato in Inghilterra nell'estate del '55, naufragò sulle coste inglesi nell'ottobre di quell'anno. Nel '56 Bertani, Medici, Garibaldi e Panizzi ripresero il progetto: alcuni tentativi furono fatti per acquistare un altro piroscafo, che non riuscirono per difficoltà varie; poi nel mese d'agosto lo Hudson e il Temple fecero sapere che era opportuno sospendere l'effettuazione del progetto; essi pensavano infatti che Ferdinando II avrebbe prima o poi concessa una amnistia. Bertani cercò allora di realizzare il progetto senza l'appoggio del Panizzi e degli inglesi. A questo punto Pisacane e Pilo gli proposero di collegare la liberazione dei detenuti con uno sbarco nel Regno per provocare l'insurrezione.[70] Ma Bertani e i suoi amici lasciarono cadere la proposta. Poco dopo abbandonarono anche il loro progetto di liberazione dei detenuti. Comunque Pisacane, in una lettera a Fanelli del 15 settembre '56, espose sommariamente il piano della spedizione e chiese all'amico se la giudicava possibile e se era preferibile uno sbarco presso Napoli oppure in provincia di Salerno o in Calabria.[71] Ma Fanelli evitò per qualche tempo di dare risposte precise in proposito.

Quando scoppiò in Sicilia il moto di Bentivegna, Pisacane decise in un primo momento di partire per Napoli insieme a Cosenz e a Mignogna per tentare di provocare un'insurrezione, ma la notizia del fallimento del moto siciliano lo

[70] Si veda la lettera di Pilo e Pisacane a Bertani del 24 settembre 1856, in PISACANE, *Epistolario*, a cura di A. Romano, Milano, 1937.
[71] PISACANE, *Epistolario*, p. 266.

fece rinunciare all'impresa. D'altra parte nessun invito a muoversi gli venne dal Comitato di Napoli. L'unico episodio di lotta aperta che vi fu in quei giorni a Napoli ebbe carattere individuale e fu l'attentato compiuto dal soldato calabrese Agesilao Milano, che durante una rivista tentò di uccidere Ferdinando II con un colpo di baionetta. Arrestato, fu impiccato il 13 dicembre. Sebbene indosso al Milano la polizia trovasse una copia della "Libera Parola," sembra che nella preparazione dell'attentato non avesse alcuna parte l'organizzazione segreta facente capo al Comitato. Tuttavia l'intensificata vigilanza poliziesca rese ancor piú difficile l'attività del Comitato stesso. Fanelli inoltre era preoccupato per l'atteggiamento dei moderati e per la mancanza di armi, di denaro e di capi. Pisacane gli inviò istruzioni per un piano completo di insurrezione, che del resto Fanelli gli aveva chiesto. Nella stessa lettera dell'8 gennaio '57 diceva: "Ora vado a dirvi una cosa la quale è un segreto pure per l'amico di Malta [Fabrizi]; ve lo affido perché vorrei con ogni potere aiutare il nostro paese ad iniziare. L'amico di Londra [Mazzini] volge un progetto in mente, io solo sono a parte delle sue idee: ora io vorrei far rivolgere nel nostro paese le forze che debbono impiegarsi altrove. Se io l'induco a questo (cosa difficile, badate), noi potremmo contare su due cose, delle due l'una: o recarci costà l'amico di Londra ed io, o io e Cosenz, con un trentamila franchi; oppure fare uno sbarco di un centocinquanta uomini armati in un punto qualunque: quale delle due credereste piú efficace? ed in ambo i casi avreste voi la certezza assoluta di potere insorgere? Badate che io non vi dico di vincere, ma bisognerebbe la certezza almeno di promuovere, di fare, un fatto importante. Pensateci, non mi rispondete nulla su tale riguardo, ma scrivete una lettera all'amico di Londra... Tutti aspettano un avvenimento, specialmente nel Regno; quindi non è piú possibile trovare una disposizione piú favorevole degli spiriti. L'amico di Londra in questo mese disporrà di danaro; nell'altro, o in marzo, un fatto avrà luogo senza dubbio alcuno; ma se questo fatto sarà come gli altri, non avremo piú nulla da sperare. Ecco la necessità che facciamo il possibile di trarre a noi questi mezzi, sempre che possiamo fare qualche cosa."[72] Pisacane dunque, non potendo ottenere in altro modo i mezzi per una spedizione nel Sud e sapendo che in quei

[72] *Ivi*, p. 313.

giorni Mazzini progettava un colpo di mano in Toscana,[73] volle che questi destinasse invece ad un'impresa nel Mezzogiorno i mezzi che andava raccogliendo. A tale scopo spinse Fanelli a scrivere a Mazzini in questo senso; cosa che Fanelli fece con una lettera del 2 febbraio '57.[74] Mazzini rispose affermativamente a Fanelli il 5 marzo: "Voi per la prima volta mi proponete una operazione definita, concreta, pratica; come è debito ed impulso del cuore, l'accetto; me ne occupo subito, e sarà fatta; sia nota a pochi, a nessuno se è possibile, ogni cosa dipendendo dal segreto."[75]

Cominciò allora il febbrile e fortunoso lavoro di preparazione dell'impresa. Ma già il 19 marzo Fanelli inviava a Pisacane notizie poco confortanti sulla situazione nel Cilento, dove era progettato lo sbarco, ed esprimeva i suoi dubbi sul progetto. Da quel giorno per circa tre mesi, fino all'inizio della tragica impresa, si svolse un duello epistolare tra i due patrioti: Pisacane insisteva per l'azione immediata o quasi; Fanelli affermava che l'organizzazione non era ancora pronta, chiedeva proroghe, sollecitava l'invio di armi, di denaro e di un capo militare. Pisacane era sostenuto da Mazzini, Fanelli in una certa misura da Fabrizi. Una lettera di Pisacane a quest'ultimo del 21 aprile '57 è particolarmente significativa per la comprensione di questo contrasto: "Tu parli," scriveva Pisacane, "di direzione interna; ma caro amico, conosci tu un uomo, il quale potesse avere dell'ascendente in Napoli? Io no. Credo che tu, che io, che Cosenz, potendo condurci là, ed operare apertamente e personalmente, faremmo qualche cosa; ma, se obbligati a star chiusi, nulla. Il solo nome che avrebbe importanza è quello di Mazzini, ma neppure molta in Napoli. Chi in un paese cospira da capo, è d'uopo che si diffonda, che tratti personalmente, altrimenti un paio che mancano è bella che finita, e da quanto appare, ciò ora è avvenuto a Kilburn [nome clandestino di Fanelli]. La ragione principale dei nostri disaccordi è che Mazzini ed io vediamo la faccenda sotto un aspetto diverso da quello che lo vedi tu e Kilburn. Voi dite — e Kilburn esageratamente — che bisogna preparare il terreno, acciocché la riuscita di rivoluzione sia quasi certa; noi

<hr />

[73] Su questo progetto mazziniano si vedano le lettere di Mazzini a Mordini del 1° gennaio '57 e a Pisacane del 26 gennaio '57, in MAZZINI, LVII, pp. 264 e 342.

[74] Lettera pubblicata da L. DE MONTE, *Cronaca del Comitato Segreto di Napoli sulla Spedizione di Sapri*, Napoli, 1877, p. XI.

[75] MAZZINI, LVII, p. 339.

diciamo che la rivoluzione non dipende dagli uomini in particolare... In questo mi trovo precisamente di accordo colla politica di Mazzini. L'ha egli stesso scritto a Kilburn nell'ultima che gli ho inviata col passato vapore: gli individui possono menare a termine una congiura, la quale sia la cagione che faccia divampare un fuoco latente quando vi è. Or dunque noi crediamo che tutte le condizioni morali e materiali presenti accennano all'esistenza di questo fuoco latente: ne siamo certi, come p.e., un geologo può indovinare l'esistenza di una miniera. Eccoci dunque all'opera per menare ad effetto una congiura la quale ha per iscopo di prendere la mercanzia da Ponza e portarla in Cilento."[76]

Alla fine la volontà di agire di Pisacane e di Mazzini prevalse. L'11 maggio Mazzini giunse di nuovo clandestinamente a Genova. I fondi da lui raccolti, sebbene non abbondanti, potevano bastare alle spese piú necessarie. Egli però impose l'adozione di un progetto piú vasto di quello ideato da Pisacane: alla spedizione nel Sud volle infatti collegare un'insurrezione a Livorno e una a Genova stessa. Mazzini aveva pensato ad un'insurrezione a Genova già nel marzo del '55, in occasione della partenza delle truppe piemontesi per la Crimea alle quali aveva poco prima rivolto un proclama contrario alla guerra d'Oriente.[77] Poi aveva di nuovo pensato nell'estate del '56 e al principio del '57, stimolato dall'esistenza in Genova di un'organizzazione segreta che raccoglieva molti operai appartenenti alle società di mutuo soccorso dirette dai mazziniani. Ma aveva anche pensato che un moto genovese dovesse collegarsi ad un'insurrezione in qualche parte dell'Italia oppressa. "Ti confesso," aveva scritto a Fabrizi da Genova il 12 agosto '56, "che cerco rabbiosamente una iniziativa in qualche punto vicino, perché mi trovo in una condizione di cose personalmente eccezionale. Una organizzazione popolare minaccia di trascinarmi. Or, rispondere a una chiamata sta bene; è cosa che può maneggiarsi in modo da far sobbollire anche il Piemonte. Sorgere per iniziativa è, mercé i pregiudizi che regnano tuttavia, cosa tremenda di responsabilità morale."[78] Di qui l'idea di far insorgere Geno-

[76] PISACANE, *Epistolario*, p. 401.

[77] Si vedano il proclama *All'esercito piemontese* e la lettera *Ai Genovesi*, in MAZZINI, LV, p. 13 e p. 41.

[78] MAZZINI, LVII, p. 17. Si vedano anche la lettera a P. A. Taylor dell'11 gennaio '57 e la citata lettera a Pisacane del 26 gennaio '57, *ivi*, p. 275 e p. 342.

va in collegamento con un'insurrezione di Livorno, altra città in cui l'organizzazione del Partito d'Azione era forte, e poi quella di collegare i moti di Livorno e di Genova all'azione nel Mezzogiorno. Secondo il piano di Mazzini, l'insurrezione di Livorno doveva irradiare il moto in Toscana e possibilmente anche nello Stato pontificio; quella di Genova doveva servire anzitutto a rifornire di armi e di uomini l'insurrezione del Sud ed avere inoltre un carattere politico antisabaudo. In una lettera a Bertani, a Medici e agli altri amici del gruppo dissidente, scritta da Londra il 27 novembre '57, Mazzini cosí riassunse il piano della fallita insurrezione: "Io non posso tesservi la storia del tentativo. Vi dirò sommariamente: — che il mio disegno riposava tutto su Napoli — che v'era per me un problema militare e un problema politico da sciogliersi — che il primo dovea sciogliersi in Napoli, il secondo in Piemonte. Bisognava e bisognerà sempre avere una base all'Insurrezione Nazionale; e bisognava e bisognerà sempre impedire alla monarchia di Piemonte di prendere la direzione del moto e di tradirlo. Quindi il moto di Genova."[79] Questo piano evidentemente non si conciliava con la formula della "bandiera neutra." Forse Mazzini sperava che, in caso di successo, si creasse una situazione tale da poter trattare col Piemonte da potenza a potenza.

Il piano della spedizione nel Mezzogiorno fu fissato definitivamente in una riunione tenuta a Genova il 4 giugno. Pisacane e una ventina di compagni dovevano imbarcarsi il 10 giugno come passeggeri su di un piroscafo della Compagnia Rubattino che faceva servizio sulla linea Genova-Cagliari-Tunisi e impadronirsene poco dopo la partenza. Rosolino Pilo con altri patrioti quattro giorni prima doveva caricare clandestinamente armi e munizioni nei pressi di Genova su di una goletta e trasbordare quindi il carico sul piroscafo al largo dell'isola di Montecristo. Il piroscafo doveva quindi dirigersi a Ponza e a Ventotene per liberare i detenuti. Si era rinunciato a liberare i prigionieri di Santo Stefano, perché Filippo Agresti, colà detenuto, interpellato in proposito, forse per influenza di Spaventa, aveva risposto negativamente. Del resto anche coi patrioti detenuti a Ponza (pochissimi) e a Ventotene non esistevano accordi precisi. Poi la piccola schiera, ingrossata dai prigionieri

[79] Mazzini, LX, p. 119.

liberati, doveva sbarcare a Sapri, unirsi ai patrioti della Basilicata e della provincia di Salerno e marciare su Napoli, dove nel frattempo doveva scoppiare una rivolta.

Ma un grave contrattempo fece rinviare l'impresa. La goletta, sulla quale Pilo caricò il materiale il 6 giugno, fu investita da una tempesta cosí grave che fu necessario gettare in mare il carico per evitare un naufragio. Tornato Pilo a Genova, fu deciso di rinviare la spedizione. Ma era necessario avvertire in tutta fretta il Comitato di Napoli. Secondo il piano stabilito, con altra nave in partenza da Genova, avrebbe dovuto recarsi clandestinamente a Napoli Enrico Cosenz per assumere il comando militare della progettata insurrezione. Ma all'ultimo momento Cosenz, che politicamente era piú vicino al gruppo Bertani-Medici che ai mazziniani, decise di abbandonare l'impresa, perché seppe che Mazzini aveva stabilito di inviare a Napoli con lui, come commissario politico, Maurizio Quadrio, mazziniano di stretta osservanza. Fu deciso allora che neppure Quadrio partisse e che Pisacane utilizzando il passaporto falso già predisposto per Cosenz si recasse a Napoli per avvertire del rinvio ed anche per rendersi conto della situazione. La proposta del viaggio di Pisacane fu fatta dalla sua compagna, Enrichetta di Lorenzo, la donna che era fuggita con lui da Napoli dieci anni prima, la quale, convinta che la progettata spedizione si sarebbe risolta in un disastro, volle che Carlo compisse il pur rischioso viaggio clandestino a Napoli, perché sperava che si convincesse dell'impossibilità dell'impresa. Ma purtroppo cosí non avvenne.

Pisacane si trattenne a Napoli quattro giorni nascosto in casa Dragone. Dopo i primi contatti con Fanelli ebbe una cattiva impressione della situazione. "Dirai all'amico," scrisse il 13 giugno a Pilo, "che non vi è nulla di concreto pel momento, vi sono elementi disgregati, né possono concretarsi in pochi giorni; contavano tutti sul nostro fatto. Io non ho del tutto perduto le speranze, ma le speranze sono debolissime."[80] Poi, dopo aver parlato con altri patrioti, tra i quali alcuni influenti capi-popolo, divenne meno pessimista e si convinse che l'impresa era possibile, sebbene non cosí presto come poi fu fatta.[81] Ma, ritornato a Genova il 18 giugno, decise, d'accordo con Mazzini, di compiere la spedizione entro pochi giorni. Il timore che tutto venisse sco-

[80] PISACANE, *Epistolario*, p. 447.
[81] Si veda la lettera a Fabrizi del 14 giugno '57, in *Epistolario*, p. 451.

perto, le voci di una spedizione murattiana in preparazione a Marsiglia,[82] e soprattutto l'ansia di agire ad ogni costo furono alla base di questa decisione. In una lettera a Fanelli del 23 giugno annunciava di aver trovato a Genova nuove armi disponibili e di aver decisa l'azione: "Gli indugi impossibili," diceva, "per ragioni troppo lunghe ed inutili a dirsi. Io ho accettato, e perché accetto sempre quando trattasi di fare, e perché son convinto che questo è l'ultimo gioco che per ora si farà; e se noi non cercheremo trarne tutto il profitto possibile, faremo tale errore che verrà scontato con lunghissimo sonno." Dava quindi all'amico le ultime istruzioni per l'azione nelle province e per la rivolta a Napoli e concludeva: "Giovedí venticinque partenza. Domenica arrivo a Sapri. Salute e cosí sia."[83]

Il giorno prima di partire per la temeraria impresa Pisacane consegnò a Jessie White, una giovane giornalista inglese entusiasta ammiratrice di Mazzini, che aveva preso intensa parte alla preparazione dell'impresa, un suo *Testamento politico*, documento significativo delle sue idee e del suo stato d'animo in quel solenne momento. Dopo aver ribadita la sua fede socialista, secondo la formula "libertà e associazione," e avere sommariamente affermata l'ineluttabilità di una profonda rivoluzione "la quale cambiando l'ordine sociale metterà a profitto di tutti ciò che ora riesce a profitto di alcuni," Pisacane diceva: "Io sono convinto che l'Italia sarà grande per la libertà o sarà schiava: io sono convinto che i rimedi temperati, come il regime costituzionale del Piemonte e le migliorie progressive accordate alla Lombardia, ben lungi dal far avanzare il risorgimento d'Italia, non possono che ritardarlo." Secondo la visione estremistica, già accennata nel suo primo libro, egli afferma quindi che "la dominazione della casa di Savoia e la dominazione della casa d'Austria sono precisamente la stessa cosa" e che il regime costituzionale piemontese è "piú nocivo" all'Italia della tirannide di Ferdinando II. "Io credo fermamente," prosegue, "che se il Piemonte fosse stato governato nello stesso modo che lo furono gli

[82] Non pare che i murattiani preparassero una spedizione. Vi era stato però in quei mesi un risveglio della loro attività propagandistica nel Regno. Inoltre Saliceti soggiornò a Marsiglia nel giugno '57. Probabilmente i murattiani, informati della preparazione della spedizione mazziniana, si tenevano pronti a recarsi eventualmente nel Regno per tentar di volger a loro profitto una possibile insurrezione.
[83] PISACANE, *Epistolario*, pp. 453-455.

altri Stati italiani, la rivoluzione d'Italia sarebbe a quest'ora compiuta. Questa opinione pronunciatissima deriva in me dalla profonda mia convinzione di essere la propagazione dell'idea una chimera e l'istruzione popolare un'assurdità. Le idee nascono dai fatti e non questi da quelle, ed il popolo non sarà libero perché sarà istrutto, ma sarà ben tosto istrutto quando sarà libero." Il primo dovere del buon patriota è dunque quello di agire: "Vi sono delle persone che dicono: la rivoluzione dev'esser fatta dal paese. Ciò è incontestabile. Ma il paese è composto di individui, e se attendessero tranquillamente il giorno della rivoluzione senza prepararla colla cospirazione la rivoluzione non scoppierebbe mai. Se al contrario tutti dicessero: la rivoluzione deve farsi dal paese e siccome io sono parte infinitesimale del paese, cosí ho io pure la mia parte infinitesimale di dovere da adempiere e l'adempisse, la rivoluzione sarebbe fatta immediatamente e riuscirebbe invincibile perché immensa." Quindi, dopo avere sdegnosamente respinto l'atteggiamento di "coloro che non solo non vogliono far niente ma che si compiacciono nel biasimare e nel maledire gli uomini d'azione," Pisacane afferma: "Io non ho la pretesa, come molti oziosi me ne accusano per giustificare se stessi, di essere il salvatore della patria. No: ma io sono convinto che nel Mezzogiorno dell'Italia la rivoluzione morale esiste; che un impulso energico può spingere le popolazioni a tentare un movimento decisivo, ed è perciò che i miei sforzi si sono diretti al compimento di una cospirazione che deve dare quell'impulso. Se giungo sul luogo dello sbarco, che sarà Sapri, nel Principato citeriore, io crederò aver ottenuto un grande successo personale, dovessi pur lasciar la vita sul palco. Semplice individuo, quantunque sia sostenuto da un numero assai grande di uomini generosi, io non posso che ciò fare e lo faccio. Il resto dipende dal paese, e non da me. Io non ho che la mia vita da sacrificare per quello scopo ed in questo sacrifizio non esito punto." E dopo aver citato i casi di imprese giudicate generalmente pazzesche e poi da tutti applaudite perché riuscite, conclude con queste parole: "Io piú non aggiungo che una parola: se non riesco disprezzo profondamente l'uomo ignobile e volgare che mi condannerà: se riesco apprezzerò assai poco i suoi applausi. Ogni mia ricompensa io la troverò nel fondo della mia coscienza e nell'animo di questi cari e generosi amici che mi hanno recato il loro concorso ed hanno diviso i battiti del mio cuore e le mie speranze: che se il nostro sacrifizio non apporta alcun bene all'Italia, sarà almeno una gloria per essa l'aver prodotto dei figli, che vollero immolarsi al suo avvenire."[84] Pisacane lasciava cosí all'Italia un messaggio di fede nell'azione insurrezionale e insieme un altissimo insegnamento morale; ma lasciava altresí all'Italia dell'avvenire l'indicazione, sia pure permeata di estremismo utopistico, di una soluzione integrale, unitaria e socialista del problema della rivoluzione nazionale.

Il 25 giugno Pisacane si imbarcò sul piroscafo *Cagliari* della linea Genova-Cagliari-Tunisi con 24 compagni, in prevalenza liguri, alcuni dello Stato romano, due calabresi, Giovanni Nicotera, esule in Piemonte dal '49, e Giovan Battista Falcone, fuggito da Napoli dopo l'attentato di Agesilao Milano di cui era amico. Poche ore dopo la partenza, i patrioti poterono agevolmente impadronirsi della nave. Il comandante del piroscafo, capitano Sitzia, fu chiuso nella sua cabina; l'equipaggio, compresi i due macchinisti inglesi, non oppose resistenza e collaborò di buon grado coi patrioti, uno dei quali, il capitano marittimo Giuseppe Daneri, assunse il comando della nave. Ma le barche cariche d'armi, che, guidate anche questa volta da Pilo, dovevano trovarsi sulla rotta della nave nella notte, non giunsero al punto fissato per l'incontro, perché avevano perso l'orientamento. Per fortuna i patrioti trovarono nella stiva del piroscafo alcune casse di fucili e di munizioni spedite da Genova per Tunisi. Giunta la nave a Ponza, i patrioti riuscirono ad impadronirsi dell'isola, grazie alla sorpresa, dopo due brevi scontri col presidio borbonico. I relegati a domicilio coatto e i militari in punizione si unirono alla piccola schiera di Pisacane; quindi furono liberati i detenuti. A Ponza il *Cagliari* caricò altre armi e munizioni e ben 323 uomini tra militari in punizione, confinati e detenuti, dei quali solo una dozzina erano condannati per ragioni politiche. Queste operazioni richiesero piú tempo del previsto, sicché si dovette rinunciare alla sosta a Ventotene e fare rotta direttamente per Sapri, dove il *Cagliari* arrivò la sera del 28 giugno.

Frattanto a Genova il ritorno di Pilo, avvilito per l'in-

[84] Il *Testamento politico* fu piú volte ristampato con molte modifiche. Le citazioni qui date sono tratte dalla ristampa in appendice a PISACANE, *Saggio su la Rivoluzione*, a cura di G. Pintor, 2 ed. riveduta, Torino, 1956, che riproduce il testo autentico pubblicato sull'"Italia del Popolo" di Genova il 2 agosto 1857.

successo della sua missione, aveva piombato nell'incertezza Mazzini e gli altri cospiratori. Solo la mattina del 27, quando si seppe che il piroscafo non era arrivato a Cagliari e si ebbe quindi la certezza che Pisacane aveva dato inizio all'azione, fu spedito a Napoli il previsto telegramma convenzionale, che doveva segnalare l'inizio del moto. Esso arrivò, quindi, quando Pisacane era già partito da Ponza per Sapri e le autorità borboniche, avvisate del colpo di mano di Ponza, avevano preso i provvedimenti per reagire energicamente alla spedizione. Comunque l'organizzazione segreta napoletana non funzionò, e Fanelli si mostrò assolutamente impari al compito che gli era stato affidato. A Napoli la notizia dei fatti di Ponza suscitò un certo fermento, ma i capi del movimento clandestino, influenzati dai moderati, decisero di non muoversi fino a che non fossero giunte notizie incoraggianti sullo sbarco e l'avanzata della spedizione. Le autorità poterono prendere quindi tranquillamente tutte le disposizioni repressive necessarie. Qualcosa di simile avvenne nelle province. Per di piú l'uomo incaricato da Fanelli di stabilire il contatto con Pisacane mancò alla promessa e non effettuò la missione. Pisacane perciò, sbarcato a Sapri coi suoi, non trovò alcun patriota ad attenderlo e nessun appoggio da parte della popolazione. Decise tuttavia di mettersi in marcia verso il Nord, dopo aver ordinata la sua schiera in tre compagnie, comandate una da lui e le altre da Nicotera e da Falcone. Le popolazioni locali li accolsero prima con freddezza, poi con ostilità. Le autorità borboniche avevano infatti subito annunziato lo sbarco di una banda di galeotti evasi da Ponza, pronti ad uccidere e a saccheggiare; avevano proclamato la mobilitazione della Guardia Urbana; avevano inviato truppe da Salerno verso Sala Consilina e per mare da Gaeta a Sapri; e navi da guerra, che catturarono il *Cagliari*. Inoltre, essendo la stagione del raccolto, la maggior parte della popolazione maschile valida dei paesi percorsi da Pisacane, composta di braccianti agricoli, si trovava nelle Puglie a lavorare: mancava insomma la parte piú vivace e battagliera dei lavoratori, quella che altre volte si era agitata per rivendicare le terre demaniali usurpate. Nessun effetto ebbero quindi i ripetuti inviti di Pisacane alla ribellione, e la sua idea di far leva sulla rivolta contadina per dare alla rivoluzione nazionale un contenuto sociale non poté trovare neppure un inizio di attuazione.

Data la situazione, quando la piccola schiera giunse al

Fortino di Cervara sull'unica strada rotabile che allora univa Napoli alla Calabria, Nicotera e Falcone proposero a Pisacane di volgere verso la Basilicata ed eventualmente verso la Calabria, dove la banda, a parer loro, avrebbe potuto sostenersi e attendere l'arrivo di eventuali rinforzi. Anche un uomo, inviato dai patrioti di Lagonegro, propose al comandante di recarsi in quella cittadina, sgombra di truppe, dove sarebbe stato bene accolto. Ma Pisacane volle proseguire verso Padula, dove avrebbero dovuto trovarsi altri patrioti, e quindi procedere per Sala Consilina verso il Nord, sicché mandò a dire ai patrioti di Lagonegro che lo seguissero in quella direzione. Ma a Padula nessuno si unì alla schiera dei ribelli. La mattina del giorno successivo, 1° luglio, vi fu il primo scontro con le guardie urbane e coi regolari borbonici, giunti in forze: la schiera dei ribelli fu battuta duramente; circa 150 uomini furono uccisi nello scontro o fucilati dai borbonici. Un centinaio di uomini, con Nicotera, Falcone, Pisacane stesso e gli altri patrioti partiti da Genova riuscì tuttavia a restare unito e a fuggire verso il Cilento. Ma il 2 luglio a Sanza fu sopraffatto dalle guardie urbane e da una parte della popolazione del paese. Pisacane, ferito, viste fallire tutte le sue speranze, si uccise con un colpo di pistola, imitato da Falcone; altri venticinque uomini, tra i quali sette dei patrioti venuti da Genova, furono massacrati. Nicotera, ferito, insieme a pochi altri superstiti fu catturato dai regolari borbonici sopraggiunti.

Al fallimento della Spedizione di Sapri seguì quello dei moti di Genova e di Livorno. A Genova l'insurrezione doveva scoppiare la sera del 29 giugno. Ma le autorità vennero a conoscenza di quanto si preparava e Mazzini, a sua volta di ciò informato, diede l'ordine di sospendere l'azione. Tuttavia un gruppo di ribelli, non avvertito in tempo, occupò il forte Diamante, dopo un piccolo scontro in cui fu ucciso un sergente. Anche a Livorno il 29 giugno quattro bande di ribelli attaccarono i gendarmi, ma furono sopraffatti nel centro della città. Seguirono ovunque arresti ed espulsioni.

Mazzini, ricercato affannosamente dalla polizia piemontese ed anche da agenti francesi inviati da Napoleone III, riuscì a sfuggire alla cattura restando nascosto a Genova per tutto il mese di luglio. Quindi clandestinamente si trasferì a Londra. A Napoli Fanelli e i Dragone riuscirono a mettersi in salvo con l'aiuto del console inglese. Nicotera, processato a Salerno, insieme ad altri ribelli catturati, fu condannato a morte, ma ebbe la pena commutata nel carcere, che scontò a Favignana fino a che fu liberato nel 1860. Durante gli interrogatori fu molto loquace: dichiarò che la spedizione era diretta ad impedire un tentativo murattiano; ma sembra che facesse anche rivelazioni piú delicate. Nacquero di qui interminabili polemiche, che si aggiunsero a quelle contro il Fanelli, indicato dallo stesso Nicotera e da alcuni come il principale colpevole del fallimento della spedizione, difeso invece da Fabrizi e da altri patrioti. Le accuse contro Nicotera diedero luogo a un clamoroso processo per diffamazione, quando Nicotera stesso fu ministro nel 1877. A Genova molti mazziniani arrestati, tra i quali Jessie White, furono rilasciati nei mesi successivi, salvo una quarantina rinviati a giudizio. Quindici di questi furono condannati a pene varianti tra i sette e i vent'anni di lavori forzati. Mazzini e alcuni altri furono condannati a morte in contumacia. La cattura del *Cagliari* da parte delle navi borboniche, avvenuta quando questo, ripartito da Sapri, si apprestava a riprendere il suo servizio di linea, diede luogo ad una lunga questione di diritto internazionale tra i governi di Napoli e di Torino, a cui si aggiunse quello di Londra, che pretese il rilascio dei due macchinisti inglesi. Il *Cagliari* con l'equipaggio fu infine restituito al Piemonte nel giugno 1858.

Enorme fu l'impressione destata dalla Spedizione di Sapri. Tutti ammirarono l'eroismo di Pisacane, ma fece scandalo tra i moderati ed anche tra non pochi democratici l'estremismo rivoluzionario del *Testamento politico*, pubblicato dai giornali francesi, inglesi e piemontesi alla fine di luglio del '57. Contro Mazzini si rovesciò una sequela di accuse e di recriminazioni da tutte le parti. Il tentativo di Genova soprattutto accentuò nel movimento democratico la rottura tra il gruppo dei fedeli a Mazzini e quello che faceva capo a Medici e a Bertani. Inoltre non si parlò piú di "bandiera neutra" e riprese molto aspra la lotta tra moderati e mazziniani. Il nuovo movimento monarchico-unitario si apprestò a trar vantaggio dalla crisi del Partito d'Azione. "S'è ad ogni modo guadagnato qualcosa," scriveva il 12 agosto '57 da Genova Felice Foresti a Giorgio Pallavicino, "dagli ultimi movimenti, riesciti vani, di Genova, Livorno e Sapri. Il profeta ha perduto l'ultima scintilla del suo fatale prestigio. A Mazzini *politico* si può cantare il *requiem aeternam*. Sparito lui, vi ha campo piú esteso e libero pel lavoro del Partito Nazionale italiano: fa

272

d'uopo approfittarne."[85] Ma Pallavicino nella sua risposta osservava: "Mazzini ha fatto un nuovo capitombolo, e giace a terra alquanto sbalordito; ma non è morto; egli si rialzerà!... Mazzini ha la natura del gatto, fa cadute terribili, e non si rompe mai il collo!"[86]

4. Le elezioni del novembre 1857 e la crisi del "connubio"

La Spedizione di Sapri fu preparata, si può dire, sotto gli occhi del governo piemontese, il quale, sicuramente informato dell'attività svolta a Genova dai mazziniani, nulla di serio fece per impedirla. Inoltre il governo di Parigi, i cui agenti sorvegliavano i mazziniani, informò varie volte segretamente quello di Torino che a Genova si preparava un moto. Il Salmour, allora segretario generale del ministero degli esteri piemontese, racconta di aver ricevuto verso la fine di giugno del '57 uno di questi avvisi e di averlo subito comunicato a Cavour e a Rattazzi, ministro dell'interno. Ma questo dichiarò "que Gênes était parfaitement tranquille et si on y conspirait ce n'était certes pas contre le Gouvernement," e Cavour si mostrò dello stesso parere del suo collega. Aggiunge però lo stesso Salmour: "Ce que j'ai appris longtemps après c'est que les Ministres savaient qu'on conspirait à Gênes, mais contre le Roi de Naples, de sorte qu'en admettant vrai le fait d'une conspiration a Gênes, denoncé par la police française, cette conspiration n'avait rien d'inquiétant pour eux."[87] La stessa ragione che, come s'è detto, aveva spinto nel '56 il governo piemontese a incoraggiare segretamente un colpo di mano mazziniano nella Lunigiana e poi a non osteggiare un'eventuale spedizione in Sicilia al momento del moto di Bentivegna, lo spingeva a non contrastare una spedizione nel Mezzogiorno continentale nel '57: infatti una forte scossa poteva impedire che la politica proclamata da Cavour nei discorsi del maggio '56 si arenasse in una serie di schermaglie diplomatiche estenuanti ed inconcludenti. Che poi il governo di Torino abbia addirittura favorita la spedizione, come fu affermato da parte borbonica, e che Nicotera vi partecipasse per consiglio di Cavour o di persona a questo legata,

[85] Lettera pubblicata in Pallavicino, *Memorie*, cit., vol. III, p. 407.
[86] *Ivi*, p. 411.
[87] *Memorie Salmour*, in *Carteggio Cavour-Salmour*, p. 124.

come qualche indizio, peraltro vago, può far pensare,[88] è impossibile affermare o negare con certezza allo stato attuale degli studi. Cosí pure è impossibile affermare se nei riguardi della cospirazione mazziniana l'azione di Rattazzi discordasse, e in quale misura, dalle direttive generali di Cavour. Certo è che il Rattazzi fu accusato allora di aver lasciato volontariamente svolgersi la cospirazione e di aver quindi adottato misure repressive solo quando questa era completamente fallita. Ma queste accuse rientrarono in una campagna politica della destra ed anche di una parte della sinistra contro Rattazzi e furono certo in parte frutto di esagerazioni.

Contro Rattazzi si appuntarono in quel momento anche le ostilità francesi. Il governo di Parigi e lo stesso Napoleone III tacciarono allora il governo di Torino di soverchia tolleranza nei riguardi degli emigrati e di troppa larghezza verso la stampa. Nel settembre il nuovo ministro francese a Torino principe La Tour d'Auvergne, che sostituí il duca di Gramont trasferito a Roma, fece conoscere a Cavour il desiderio imperiale che il ministro dell'interno venisse sostituito. Cavour respinse quel suggerimento, soprattutto perché non era opportuno un cambiamento del ministro dell'interno alla vigilia delle elezioni generali. Ma non poteva non tener conto del desiderio del potente alleato. Tanto piú che il risultato delle elezioni fu tutt'altro che soddisfacente per la maggioranza parlamentare che da cinque anni sosteneva il governo.

Le elezioni del 15 novembre 1857 furono caratterizzate da una forte offensiva della destra clericale e reazionaria, che ottenne notevoli successi soprattutto in Liguria e in Savoia. La destra approfittò delle divisioni esistenti tra i liberali e condusse abilmente la lotta presentando in molti casi le candidature all'ultimo momento e facendole appoggiare energicamente dal clero. Sebbene nei ballottaggi, svoltisi il 19 novembre, i liberali riuscissero ad attenuare il successo clericale, la situazione della nuova Camera, che si aprí il 14 dicembre, si presentò assai difficile per Cavour. Mentre nella precedente legislatura il governo era sostenuto da circa 140 deputati, contro una trentina della destra e

[88] Si veda la lettera di J. White a M. Biggs, stampata da G. Falco, *Note e documenti intorno a Carlo Pisacane*, in "Riv. Stor. Ital.," 1927, e le osservazioni e le notizie date da N. Rosselli, *Carlo Pisacane nel Risorgimento italiano*, 2 ed., Milano, 1957, p. 382, e da G. Berti, *I democratici e l'iniziativa meridionale*, cit., pp. 715-717.

pochi di piú della sinistra, nella nuova Camera la maggioranza governativa si ridusse a 95 deputati, contro la destra che ne ebbe 80, la sinistra 20, oltre a 9 deputati indipendenti o non ben definiti politicamente. Inoltre circa due terzi dei deputati della destra appartenevano alla corrente reazionaria del Solaro della Margarita e solo un terzo alla corrente conservatrice del Revel (che riuscí eletto piú tardi in un'elezione suppletiva) e del Menabrea. Una parte notevole del corpo elettorale aveva dunque data la propria fiducia a uomini nettamente contrari al liberalismo e alla politica "italiana" del Regno sardo e favorevoli ad un accordo con l'Austria e col papa. Questo fatto, oltre che all'azione di sorpresa condotta dai reazionari, all'appoggio del clero e ai contrasti tra i candidati liberali in vari collegi, si dovette al malcontento che per ragioni locali esisteva in Liguria e in Savoia, al disagio prodotto dalla politica fiscale, all'insofferenza verso gli esuli e gli "italianissimi," a un senso diffuso di stanchezza provocato dalla politica dinamica di Cavour.

Nonostante questo notevole mutamento della situazione parlamentare, Cavour decise di restare al governo: non esisteva infatti una soluzione di ricambio tale da garantire la salvezza del regime liberale e la continuità di una politica, se non proprio nazionale, almeno antiaustriaca. Troppo forte era nella destra il gruppo reazionario e troppo debole il gruppo dei conservatori reveliani, disposti a collaborare col centro-destro liberale. D'altra parte Cavour poteva contare sul fatto che il re, dopo la crisi Calabiana, era divenuto ostile ai clericali e ai reazionari, i quali in quell'occasione avevano portato a un meschino fallimento una manovra che Vittorio Emanuele aveva appoggiata in modo scoperto. Infine Cavour vide che il gruppo dei deputati clericali poteva essere assottigliato mediante l'invalidazione di parecchie elezioni. Questo fu fatto nei primi mesi del '58: furono annullate alcune elezioni di canonici (carica che fu giudicata incompatibile con quella di deputato) ed altre avvenute in collegi dove molto aperto era stato l'intervento propagandistico del clero. Contro l'intromissione del clero nelle elezioni Cavour parlò energicamente alla Camera il 30 dicembre 1857.[89] Le elezioni suppletive che quindi ebbero luogo in vari collegi riportarono alla

[89] Cavour, *Discorsi parlamentari*, ed. a cura della Camera dei Deputati, Torino, 1863, vol. X, p. 411.

Camera alcuni liberali ed accrebbero alquanto l'esigua maggioranza governativa.

Cavour tuttavia giudicò necessario modificare in parte la politica del governo per venire incontro in una certa misura alle esigenze profonde che avevano determinato la sterzata a destra di una parte del corpo elettorale. Decise anzitutto di non procedere oltre nelle riforme ecclesiastiche che i democratici e molti liberali richiedevano, quali la legge sul matrimonio civile o l'incameramento totale dei beni del clero. Non volle insomma scatenare in quel difficile momento una lotta frontale contro la destra e preferí piuttosto dividere quanto piú possibile i conservatori dai reazionari. In tal modo le innovazioni nel campo ecclesiastico si fermarono al punto in cui erano arrivate nel '55. In sostanza Cavour adottò una politica di concessioni alla destra, senza però sbilanciarsi troppo per evitare un rottura verso sinistra della maggioranza governativa. Ma per attuare questa politica era necessario un mutamento nella composizione del governo. Del ministero facevano parte in quel momento due uomini del centro-sinistro assai mal visti dalla destra: Rattazzi, ministro dell'interno, e Lanza, ministro dell'istruzione. Costringerli entrambi alle dimissioni, come alcuni liberali del centro-destro consigliavano,[90] parve inopportuno a Cavour, che non voleva arrivare alla rottura del connubio. Egli pertanto, accordatosi con La Marmora e con la maggioranza degli altri ministri, decise di spingere alle dimissioni il solo Rattazzi, l'uomo contro cui si erano maggiormente scatenate le critiche dopo i fatti di Genova, non gradito in quel momento a Napoleone III, osteggiato fortemente dai clericali per il suo laicismo. Rattazzi fu quindi costretto a dare le dimissioni il 13 gennaio 1858. Ma per evitare che il fatto assumesse un significato politico troppo spiccato Cavour assunse egli stesso il portafoglio dell'interno, mentre il Lanza assunse l'*interim* delle finanze. La sterzata a destra fu quindi quanto piú possibile attenuata e la maggioranza parlamentare rimase compatta.

Tuttavia da quel momento i rapporti tra Cavour e Rattazzi, già turbati da qualche dissidio, si guastarono defi-

---

[90] Si vedano i consigli dati a Cavour da Boncompagni, allora ministro sardo a Firenze, nelle lettere e nella *Memoria*, pubblicate da C. Pischedda, *La crisi del connubio Cavour-Rattazzi in alcuni inediti del Boncompagni*, in "Rass. Stor. del Risorg.," 1961.

nitivamente per ragioni non soltanto politiche. Rattazzi infatti si era mostrato propenso a favorire o per lo meno a non contrastare la relazione di Vittorio Emanuele II con la "bella Rosina" (Rosa Vercellana, a cui il re diede poi il titolo di contessa di Mirafiori), che invece Cavour osteggiava in tutti i modi, perché temeva che il re volesse sposare questa sua amante (come poi fece morganaticamente molti anni dopo) e pregiudicasse cosí la possibilità di un matrimonio con qualche principessa di casa regnante. Per questa ragione Rattazzi entrò nelle simpatie del sovrano, che, anche dopo le dimissioni da ministro, lo considerò suo uomo di fiducia e gli affidò incarichi personali di carattere delicato. In tal modo Cavour, che in passato era riuscito a bloccare le velleità autoritarie di Vittorio Emanuele, quando queste si appoggiavano a uomini di destra o attratti nell'orbita della destra, si trovò dal principio del '58 in poi di fronte ad un rivale, proveniente da sinistra, che aveva da quella parte forti legami (dovuti forse anche alla sua probabile appartenenza alla Massoneria) e che godeva al tempo stesso della simpatia del re e della favorita reale. Rattazzi divenne insomma per Vittorio Emanuele l'uomo di ricambio nel caso di una crisi del ministero Cavour, come avvenne dopo Villafranca.

Lo spostamento a destra, operato da Cavour nel gennaio del '58, non fu però un ritorno alla situazione precedente il connubio. Non solo infatti la maggioranza liberale di centro rimase per il momento compatta nelle questioni fondamentali, ma anche e soprattutto si conservarono i legami stabiliti da Cavour fin dall'estate del '56, tramite La Farina, col movimento monarchico-unitario.

Questo movimento si era data un'organizzazione nel luglio e nell'agosto del '57. Esso assunse allora il nome di *Società Nazionale Italiana*. Una dichiarazione, che La Farina aveva preparato da vari mesi, piú volte ritoccata e infine approvata da Cavour, fu allora diffusa per raccogliere adesioni. Essa diceva: "La Società Nazionale Italiana dichiara: che intende anteporre ad ogni predilezione di forma politica, e d'interesse municipale e provinciale, il gran principio della indipendenza ed unificazione italiana; che sarà per la Casa di Savoia, finché la Casa di Savoia sarà per l'Italia, in tutta l'estensione del ragionevole e del possibile; che non predilige tale o tal altro ministero sardo, ma che sarà per tutti quei ministeri, che promoveranno la causa italiana, e si terrà estranea ad ogni questione interna piemontese; che crede alla indipendenza ed unificazione dell'Italia sia necessaria l'azione popolare italiana; utile a questa il concorso governativo piemontese."[91]

Medici, invitato da Foresti a sottoscrivere l'appello, rispose, anche a nome dei suoi amici, nel modo seguente: "Ho letto il programma del Partito Nazionale, a te comunicato da Giorgio Pallavicino e l'adesione di Garibaldi. Questi cari nomi, uniti a quelli degli altri rispettabili Italiani pure aderenti, fanno sentire a me ed a molti amici e compagni d'armi più vivo il dispiacere di non poter mettere i nostri nomi in tanta compagnia. Sebbene concordi quasi interamente colla dichiarazione del Partito Nazionale, e sebbene riconoscenti alla Casa di Savoia per la via liberale in cui si è messa, crediamo che per un partito che aspira a discendere quanto prima colla nazione intera nel campo dell'azione siavi dovere e necessità di riconoscere, di proclamare e di rispettare la sovranità nazionale, sola legittima conciliatrice di tutte le aspirazioni ed interessi, e sola arbitra pacifica dei destini della nazione. E perciò pronti sempre a cooperare all'opera emancipatrice del nostro paese con qualunque partito *liberale* e *nazionale* che si appoggi sull'energia del popolo, dobbiamo a noi stessi e al rispetto che professiamo per la volontà della nazione, di perseverare, liberi da ogni vincolo, sulla strada che ci ha portato a combattere i nemici d'Italia al di là e al di qua del Ticino, come sulle mura di Roma. Tu sai come Garibaldi fosse di questo stesso avviso, né la sua adesione al programma Pallavicino lo separerà dai suoi antichi compagni: il giorno dell'azione li troverà sempre uniti."[92] Medici e Bertani dunque, i quali pur ribadirono allora i motivi del loro distacco da Mazzini, erano disposti a collaborare con le forze piemontesi, ma non credevano all'iniziativa piemontese[93] e vollero comunque mantenere una posizione per quanto possibile autonoma rispetto a un movimento che, attraverso La Farina, era strettamente legato alla politica cavouriana.

[91] LA FARINA, *Scritti politici*, cit., vol. II, p. 81, PALLAVICINO, *Memorie*, cit., vol. III, p. 757.
[92] Lettera di Medici a Foresti del 5 agosto '57, pubblicata in PALLAVICINO, *Memorie*, vol. III, p. 408.
[93] Si veda la lettera scritta da Bertani, anche a nome di Medici e di Cosenz, a Mazzini del febbraio 1858, pubblicata da J. WHITE MARIO, *Agostino Bertani e i suoi tempi*, Firenze, 1888, vol. I, pp. 270-276.

La morte di Manin, avvenuta, come s'è detto, il 22 settembre '57, fece sí che la Società Nazionale fosse diretta essenzialmente da La Farina, molto piú abile di Pallavicino e piú di questo capace di condurre in modo continuativo il lavoro di organizzazione. Il "Piccolo Corriere d'Italia" divenne l'organo della società. Il 27 dicembre fu deciso che presidente della Società fosse Pallavicino e segretario La Farina. La carica di vicepresidente onorario fu offerta a Garibaldi (che ormai risiedeva quasi sempre a Caprera), il quale accettò. Non accettò invece la stessa carica Girolamo Ulloa, che però acconsentí a rappresentare la Società tra gli esuli italiani a Parigi. La Società Nazionale ebbe un carattere pubblico nel Regno sardo, dove si formarono varie sezioni, e un carattere segreto nell'Italia oppressa. Già nel corso del '57 alcuni nuclei di aderenti si formarono nei Ducati, in Romagna, in Toscana e in Sicilia. Nel corso del '58 gli aderenti aumentarono ed altre sezioni si formarono, sia nel Regno sardo, sia nell'Italia oppressa.

In tal modo Cavour cominciò ad avere a sua disposizione una rete cospirativa abbastanza estesa, composta soprattutto di democratici dissidenti da Mazzini, ma in parte anche di moderati. Tuttavia i moderati piú autorevoli, specialmente nello Stato pontificio e in Toscana, erano da tempo in contatto con Cavour sia direttamente, sia per mezzo di amici piemontesi con i quali erano in relazione già prima del '48, sia per mezzo di emigrati del loro partito, sia attraverso diplomatici piemontesi residenti negli Stati italiani oppressi. Accanto alla rete cospirativa della Società Nazionale esisteva dunque anche una rete di relazioni personali che contribuiva non poco ad orientare verso il Piemonte l'opinione di gruppi notevoli dell'alta borghesia e dell'aristocrazia degli altri Stati italiani.

Ma tutti questi uomini, sia i membri della Società Nazionale, sia gli altri, erano in attesa di un'iniziativa che doveva venire da Torino. Questo stato d'animo, che già si era largamente manifestato all'indomani del congresso di Parigi quando da tutta l'Italia vennero a Cavour dichiarazioni di plauso, medaglie e sottoscrizioni, non poteva durare indefinitamente. Bisognava che il governo di Torino prima o poi facesse qualche cosa e non rimandasse di troppo l'iniziativa, se non voleva che della delusione generale approfittasse Mazzini. Ma la situazione di Cavour non era facile al principio del '58, non solo per le ragioni di politica interna che abbiamo esposto, ma anche e soprattutto per ragioni di politica estera.

Il dissidio con l'Austria fin dal marzo del '57 era sboccato nella rottura delle relazioni diplomatiche. Il Buol aveva inviato a Torino una nota in cui protestava energicamente per l'atteggiamento antiaustriaco della stampa e del governo piemontese e chiedeva garanzie per conservare relazioni corrette tra i due Stati. Ne era seguito un inasprimento della controversia e la decisione austriaca di richiamare il proprio rappresentante da Torino, cui seguí immediatamente il richiamo del ministro piemontese da Vienna. Al tempo stesso però l'Austria inaugurava una nuova politica nel Lombardo-Veneto. Vennero ritirati i sequestri posti nel '53 e venne concessa un'amnistia. L'imperatore Francesco Giuseppe fece una lunga visita nel Lombardo-Veneto e decise di sostituire il Radetzky come governatore generale con l'arciduca Massimiliano (fratello dello stesso imperatore), il quale cercò in tutti i modi, peraltro con scarso successo, di guadagnare le simpatie dei sudditi italiani alla casa d'Asburgo. L'Austria insomma, mentre rompeva diplomaticamente col Piemonte, cercava di attenuare quanto piú possibile il malcontento creato nel Lombardo-Veneto da otto anni di dura amministrazione militaresca e poliziesca. La cosa era tanto piú fastidiosa per il Piemonte in quanto dopo il congresso di Parigi si era verificato il riavvicinamento anglo-austriaco, a cui già si è accennato, sicché da parte inglese venivano consigli di moderazione e si facevano tentativi per stabilire un accordo tra Torino e Vienna.

Il Piemonte per parte sua si era avvicinato alla Russia ed aveva stretto sempre piú i suoi rapporti con la Francia. Ma il governo di Pietroburgo, pur incoraggiando l'atteggiamento antiaustriaco di Torino, mostrava di non voler oltrepassare certi limiti, perché temeva che una politica troppo ardita del Piemonte potesse provocare moti rivoluzionari. Napoleone III per parte sua era sempre esitante ed era trattenuto nel suo filopiemontesismo da Walewski e dalla diplomazia francese, la quale considerava il Piemonte come una pedina per tenere a bada l'Austria, ma era nettamente contraria ad una guerra antiaustriaca per aiutare il movimento nazionale italiano, anche perché temeva che un indebolimento dell'Austria avrebbe incoraggiato la Prussia a unificare la Germania sotto la sua egemonia. Eppure un'iniziativa piemontese, come la intendevano Cavour e i moderati, consistente cioè in una guerra all'Austria appoggiata dalle forze patriottiche italiane ma non trascinata da queste sul terreno rivoluzionario, era effettuabile solo con l'aiuto di Napoleone III. Torino dunque era a sua volta in una posizione di attesa verso Parigi. Non si deve credere però che questa fosse un'attesa passiva, perché fin dai giorni del congresso di Parigi Cavour aveva cominciato a fare tutto il possibile per spingere l'imperatore a rompere coll'Austria. D'altra parte a decidere l'incerto despota francese contribuí non poco, oltre alla natura stessa del suo regime bisognoso di successi militari per sostenersi, anche l'azione costante ed implacabile dell'ala rivoluzionaria del movimento nazionale italiano, che impedí alla situazione italiana ed europea di stabilizzarsi e alla stessa politica cavouriana di impantanarsi in una serie di schermaglie diplomatiche senza uscita.

Capitolo quarto

L'alleanza francese e la guerra

1. *Dall'attentato Orsini al convegno di Plombières*

La sera del 14 gennaio 1858 a Parigi, mentre Napoleone
III e l'imperatrice Eugenia si recavano all'Opéra, tre bom-
be furono lanciate contro la carrozza imperiale. I sovrani
rimasero illesi, ma vi furono otto morti e circa centocinquanta feriti tra la scorta e il pubblico. Gli attentatori, che
furono arrestati, erano quattro italiani: il lucchese Giuseppe Andrea Pieri, il bellunese Carlo De Rudio, il napoletano
Antonio Gomez e il romagnolo Felice Orsini. Uomini mediocri i primi tre, personalità notevole Orsini, che era il
principale organizzatore dell'attentato. Carbonaro da giovane e poi mazziniano, Orsini aveva svolto con energia importanti missioni politico-militari durante la Repubblica
Romana e aveva quindi partecipato alle cospirazioni mazziniane fino al dicembre del '54, quando era stato arrestato
dagli austriaci in Ungheria. Rinchiuso nel Castello di Mantova, era riuscito ad evadere con una fuga avventurosa nel
'56 e si era quindi recato in Inghilterra, dove pubblicò la
narrazione della sua prigionia e un libro di memorie, che
poi rielaborò per un'edizione italiana pubblicata poco dopo la sua tragica fine.[1] In questo libro, pur dichiarandosi
sempre repubblicano, Orsini rivolgeva a Mazzini critiche
molto simili a quelle del gruppo Bertani-Medici e dichiarava di essere pronto a collaborare col governo piemontese
se questo avesse iniziato la guerra per l'indipendenza. Il 31
marzo del '57 scrisse anche una lettera a Cavour, in cui
esprimeva queste idee e chiedeva un passaporto per il Regno sardo.[2] Ma Cavour non rispose a questa lettera, che
pure giudicò "nobile ed energica."[3] Deluso per la mancata

[1] Su questi scritti di Orsini si veda la Nota bibliografica.
[2] A. M. Ghisalberti, *Lettere di Felice Orsini*, Roma, 1936, p. 121.
[3] "Je pense que vous serez curieux de connaître la lettre qu'Orsini m'a

risposta che lo isolava dai democratici non mazziniani residenti a Genova e a Torino, e ormai in aperto contrasto con Mazzini e i suoi amici, Orsini entrò allora in contatto col repubblicano francese Simon Bernard, esule in Inghilterra, e sotto la sua influenza decise di compiere l'attentato contro Napoleone III. Del resto egli pensava che il Bonaparte fosse il maggior sostegno della reazione europea. Diceva infatti di lui nelle *Memorie politiche*: "Egli è quel desso, che oggi appunto sorregge l'attuale assetto politico dell'Europa, basato sulla *forza*, sul *despotismo*; e tutti i sovrani fanno capo a lui. Questo sistema è artifiziale; pende dalla vita di un uomo, che tiene compressa con una mano di ferro l'Europa intiera. Lui caduto, che avverrà? Le conseguenze debbono al certo prevedersi terribili; perché al solo pensiero che tale un fatto possa accadere, tutti i monarchici tremano, tutti i reazionari impallidiscono. Ma quali sono le disposizioni reali dei popoli di Europa? Di levarsi al cadere di lui; di darsi l'un l'altro la mano; di mettere in atto ciò che vuole la solidarietà delle nazioni."[4] Da queste considerazioni Orsini traeva nelle *Memorie* conclusioni piuttosto prudenti: definiva una "stupidaggine" l'idea di tentare in Italia moti repubblicani con poche decine di persone, affermava che la libertà dell'Italia era legata al "rinnovamento sociale di tutta Europa" e diceva che i patrioti italiani dovevano "aspettare *operando*," cioè approfittare "delle modiche libertà del Piemonte, per ispargere nelle vicine contrade, soggette al dispotismo, i lumi, i mezzi della propaganda rivoluzionaria." Ma il fatto di vedere in un uomo solo il principale sostegno del sistema reazionario europeo fece sorgere in lui l'idea di affrettare il momento supremo della rivoluzione troncando con un sol colpo quel sostegno. Spinto, come Pisacane, dalla febbre dell'azione, Orsini si gettò quindi in un'impresa disperata che doveva portarlo all'estremo sacrificio.

L'attentato destò enorme impressione in tutta l'Europa. Si diffuse la voce che il mondo settario italiano, a cui i reazionari e i conservatori attribuivano una tenebrosa potenza, avesse in tal modo voluto ricordare a Napoleone III

écrite, et dont il parle dans son interrogatoire. Elle est noble et énergique. Je n'y ai pas répondu, parce qu'il auroit fallu adresser à Orsini des compliments, ce que je ne jugeais pas convenable." Cavour a E. d'Azeglio, 1° marzo 1858, *Cavour e l'Inghilterra*, II, t. I, p. 191.

[4] F. ORSINI, *Memorie politiche*, a cura di A. M. Ghisalberti, Roma, 1946, p. 338.

gli impegni che aveva contratto con la Carboneria quando da giovane aveva cospirato in Italia nel 1831. Si accusò Mazzini, assolutamente estraneo a quell'attentato, di averlo preparato per mettere l'Europa intera a soqquadro. In un primo momento sembrò che a Parigi la tendenza filoaustriaca rappresentata da Walewski prendesse il sopravvento sulle propensioni filopiemontesi dell'imperatore. Pressioni molto energiche ed insistenti furono fatte dal governo di Parigi su quello di Torino per indurlo ad adottare una politica repressiva contro gli esuli e i democratici. Quando queste pressioni divennero eccessive, Cavour fece rispondere a Napoleone III da Vittorio Emanuele II con una fiera lettera, che valse a frenare le intromissioni francesi.[5] Decise tuttavia di presentare al Parlamento una legge, preparata dal guardasigilli De Foresta, che modificava la composizione delle giurie e stabiliva norme speciali contro le cospirazioni per attentare alla vita di sovrani esteri. Questa legge fu approvata nell'aprile, nonostante l'opposizione di una parte della sinistra. Inoltre Cavour ordinò che con una serie continuata di sequestri si rendesse impossibile la vita all'"Italia del Popolo." Tartassato duramente per otto mesi, il giornale mazziniano dovette cessare le pubblicazioni alla fine d'agosto.

Frattanto nel febbraio, mentre si svolgeva il processo contro gli attentatori, si delineò un mutamento dell'atteggiamento dell'imperatore nei riguardi di Orsini, il quale col suo contegno coraggioso di fronte ai giudici aveva suscitato molte simpatie. Nella penultima udienza del processo il difensore di Orsini, Jules Favre, lesse una lettera inviata dallo stesso Orsini all'imperatore: "Les dépositions que j'ai faites contre moi même," diceva il patriota romagnolo, "dans ce procès... sont suffisantes pour m'envoyer à la mort, et je la subirai sans demander grâce, tant parce que je ne me humilierai jamais devant celui qui a tué la liberté naissante de ma malheureuse patrie, que parce que dans la situation où je me trouve la mort est pour moi un bienfait." Tuttavia Orsini voleva ancora tentare qualcosa per l'Italia e diceva quindi all'imperatore: "Pour maintenir l'équilibre actuel de l'Europe il faut rendre l'Italie indépendante ou resserrer les chaînes sous lesquelles l'Autriche la tient en

[5] Si veda la lettera del 9 febbraio '58 di Vittorio Emanuele al generale Della Rocca, inviato a congratularsi coll'imperatore per lo scampato pericolo, e da questo letta all'imperatore stesso, *Carteggio Cavour-Nigra*, p. 64.

esclavage... J'adjure Votre Majesté de rendre à ma patrie l'indépendance que ses enfants ont perdue en 1849 pour la faute même des français. Que Votre Majesté se rappelle... que tant que l'Italie ne sera pas indépendante la tranquillité de l'Europe et celle de Votre Majesté ne seront qu'une chimère, que Votre Majesté ne repousse pas le voeu suprème d'un patriote sur les marches de l'échafaud, qu'elle delivre ma patrie et les bénédictions de 25 millions de citoyens la suivront dans la postérité."[6] Fece molta impressione il fatto che fosse stato permesso di rendere pubblica questa lettera. L'ambasciatore austriaco Hübner, che dopo l'attentato aveva sperato in un riavvicinamento tra Francia ed Austria, cosí annotava preoccupato nel suo diario: "I ministri, nell'imbarazzo di trovare per il loro capo una scusa che sia appena accettabile, se la prendono con la 'stupidità' del presidente Delangle, che ha permesso a Giulio Favre di far della politica in piena udienza, invece di togliergli la parola e di richiamarlo all'argomento della causa; e con la 'stupidità' di Pietri [il capo della polizia], che ha portato questa lettera all'Imperatore all'insaputa dei membri del gabinetto, invece di portarla al suo ministro. Ma Delangle è un uomo di grande intelligenza e Pietri un furbacchione di tre cotte. C'è del losco in questa faccenda; ma la luce si farà. Frattanto Orsini è diventato l'eroe del giorno."[7]

Il processo agli attentatori del 14 gennaio si concluse con la condanna di Gomez ai lavori forzati a vita e con la condanna a morte di Orsini, Pieri e De Rudio. Quest'ultimo però ebbe la pena commutata nei lavori forzati a vita. Il 13 marzo 1858 Orsini e Pieri furono ghigliottinati sulla piazza della Roquette. Pieri, che fu giustiziato per primo, sebbene molto scosso, all'ultimo momento trovò la forza di intonare il *Chant des Girondins*: "En mourant pour la patrie..." Orsini, calmissimo, gridò "Viva Italia! Viva la Francia!" Prima di andare al patibolo, probabilmente per invito fattogli pervenire dallo stesso Napoleone III (che avrebbe voluto graziarlo, ma ne fu dissuaso dai ministri), aveva scritto a questo un'altra lettera in cui sconfessava il principio dell'assassinio politico e invitava di nuovo il Bonaparte ad adoperarsi per l'indipendenza d'Italia. Questa lettera e il testamento di Orsini furono inviati dall'imperatore a Ca-

[6] A. M. GHISALBERTI, *Lettere di F. Orsini*, cit., p. 257.
[7] A. VON HÜBNER, *Nove anni di ricordi di un ambasciatore austriaco a Parigi sotto il Secondo Impero*, trad. di A. Galante-Garrone, Milano, 1944, p. 524.

vour perché li facesse pubblicare. La pubblicazione venne fatta il 31 marzo sulla "Gazzetta Piemontese," organo ufficiale del governo di Torino, con questo preambolo: "Riceviamo da fonte sicura gli ultimi scritti di Felice Orsini. Ci è di conforto il vedere com'egli sull'orlo della tomba, rivolgendo i pensieri confidenti all'augusta volontà che riconosce propizia all'Italia, mentre rende omaggio al principio morale da lui offeso condannando il misfatto esecrando a cui fu trascinato da amor di patria spinto al delirio, segna alla gioventú italiana la via da seguire per riacquistare all'Italia il posto che ad essa è dovuto tra le nazioni civili." La pubblicazione suscitò grande impressione in Italia e rese piú insistenti le voci di una prossima alleanza franco-piemontese contro l'Austria.

Effettivamente l'attentato Orsini, anche se non fu l'elemento decisivo che spinse Napoleone III all'alleanza piemontese e alla guerra contro l'Austria, contribuí non poco ad affrettare la sua decisione. L'impresa, che il Bonaparte meditava da tempo, cominciò ad apparirgli necessaria ed anche urgente come un mezzo per neutralizzare l'attività delle forze rivoluzionarie europee, e italiane in particolare, che minacciavano la sua vita e il suo trono.

Le trattative per l'alleanza franco-piemontese si svolsero al di fuori della diplomazia ufficiale e all'insaputa del filoaustriaco ministro degli esteri francese e dell'ambasciatore francese a Torino. Esse infatti rientrarono nella politica personale di Napoleone III, la quale in misura notevole si svolse in contrasto con le direttive che la diplomazia francese, fin dagli anni della Monarchia di Luglio, seguiva costantemente nei riguardi dell'Italia. A sua volta Cavour agí segretamente servendosi dei collegamenti che aveva stabilito con Napoleone III per mezzo del dottor Conneau e del principe Napoleone figlio di Girolamo. Collaboratore abile ed attivissimo di Cavour in questa specie di congiura diplomatica, della quale a Torino furono informati soltanto il re e il La Marmora, ministro della guerra, fu il giovane diplomatico Costantino Nigra, che già aveva svolto per incarico di Cavour varie missioni di fiducia. Il ministro sardo a Parigi, il marchese di Villamarina, fu tenuto all'oscuro delle trattative, non solo perché era uomo poco adatto per condurre negoziati di quel genere, ma anche e soprattutto perché, data la sua posizione ufficiale, non avrebbe potuto avere contatti diretti coll'imperatore senza destare i sospetti di Walewski.

Il primo passo, tanto atteso da Cavour, fu fatto da parte imperiale. In una lettera al dottor Conneau del 6 maggio 1858 Cavour diceva infatti: "Pochi giorni or sono mi vennero fatte comunicazioni di suprema importanza per l'avvenire del nostro paese per parte del Principe Napoleone. Ad esse mi si disse non essere estraneo l'Imperatore. Queste comunicazioni si aggirano su tali argomenti da non potersi discutere né per iscritto, né per mezzo di agenti diplomatici qualunque sia la fiducia che in essi si possa riporre. Se le cose fossero più inoltrate, se riposassero sopra basi certe, forse il meglio sarebbe che io mi recassi a Parigi per abboccarmi direttamente coll'Imperatore. Ma nelle attuali contingenze dell'Europa, un tale passo desterebbe immensi sospetti, darebbe occasione a pericolosi commenti, potrebbe nuocere allo scopo che vogliamo raggiungere; parmi quindi non doversi tentare se non quando fosse probabile, se non sicura, la conclusione di un definitivo accordo. Se invece l'Imperatore consentisse a che la S.V., col pretesto di uno dei viaggi ch'ella è solita fare in Italia, venisse a Torino, l'argomento potrebbe essere discusso colla massima segretezza. La prego a voler sottoporre queste considerazioni a S. M. Imperiale e farmi conoscere le auguste sue intenzioni. Questa lettera le verrà consegnata dal Segretario privato il Sig. Nigra, da me spedito a Parigi per portare al marchese Villamarina le istruzioni relative alle prossime conferenze [concernenti la sistemazione dei Principati Danubiani]. Il Sig. Nigra gode dell'intera mia confidenza."[8]

Le comunicazioni "di suprema importanza" a cui accennava Cavour erano state fatte pochi giorni prima a Torino da Alessandro Bixio,[9] persona di fiducia del principe Napoleone, e riguardavano il progetto di un matrimonio tra il principe stesso e la principessa Clotilde figlia di Vittorio Emanuele, a cui doveva accompagnarsi un'alleanza franco-

[8] *Carteggio Cavour-Nigra*, I, p. 85.
[9] Alessandro Bixio, ligure (fratello del più celebre Nino), era emigrato da giovane in Francia ed era diventato cittadino francese. All'epoca della Monarchia di Luglio fu tra i fondatori della "Revue des Deux Mondes" e del "Journal d'agriculture pratique," a cui collaborò Cavour. Durante la Seconda Repubblica ebbe una missione a Torino e fu ministro dell'agricoltura. Come uomo d'affari era interessato alla società ferroviaria franco-piemontese "Vittorio Emanuele."

sarda per la guerra all'Austria e la formazione di un regno dell'Alta Italia sotto la casa di Savoia. Esse furono confermate poco dopo da Nigra a Cavour con un dispaccio cifrato da Parigi del 9 maggio,[10] in cui avvertiva che l'imperatore avrebbe inviato il Conneau a Torino. Alla fine di maggio infatti il Conneau, durante un viaggio in Italia motivato con ragioni private, si fermò a Torino, dove ebbe un colloquio con Cavour. Egli avvertí lo statista piemontese che l'imperatore avrebbe avuto volentieri un incontro con lui durante il soggiorno che avrebbe fatto in luglio nella stazione termale di Plombières nei Vosgi. Cavour decise allora di recarsi in vacanza in Svizzera, donde in incognito si recò a Plombières. Qui il 20 luglio ebbe due lunghi colloqui con Napoleone III, nei quali furono gettate le basi dell'alleanza.

Come narrò lo stesso Cavour nel lungo rapporto inviato a Vittorio Emanuele sul convegno di Plombières,[11] la prima questione trattata fu quella del pretesto per iniziare la guerra, che l'imperatore voleva fosse intrapresa per una causa "non rivoluzionaria" e fosse giustificabile di fronte alla diplomazia e all'opinione pubblica francese ed europea. Dopo aver scartato vari pretesti poco plausibili, i due interlocutori si trovarono d'accordo sull'opportunità di utilizzare il malcontento degli abitanti di Massa e Carrara contro il governo ducale estense. Si progettò di provocare un indirizzo di questi abitanti a Vittorio Emanuele per chiedere l'annessione della Lunigiana al Regno sardo; il re, pur rispondendo negativamente, avrebbe inviato al duca di Modena una nota minacciosa in modo di provocare l'inizio di ostilità e quindi l'intervento dell'Austria. La progettata alleanza difensiva franco-sarda avrebbe quindi potuto funzionare. Impossibile dire se i due interlocutori credessero veramente di aver trovato cosí un modo attuabile per costringere l'Austria a divenire provocatrice di guerra: probabilmente entrambi speravano che altre occasioni si sarebbero presentate. Comunque, stabilito questo punto, Napoleone III dichiarò di essere preoccupato nei riguardi del papa e del re di Napoli. "Je dois les ménager," disse, "le premier pour ne pas soulever contre moi les catholiques en France, le second pour nous conserver les sympathies de la

---

[10] Pubblicato in *Carteggio Cavour-Nigra*, I, p. 87.

[11] Il rapporto fu spedito da Baden il 24 luglio '58, *Carteggio Cavour-Nigra*, I, pp. 103-114. Da esso sono tratte le citazioni che seguono concernenti i colloqui tra Cavour e Napoleone.

Russie qui met une espèce de point d'honneur à protéger le roi Ferdinand." Ma Cavour osservò che la guarnigione francese bastava a garantire al papa il possesso di Roma e che d'altra parte le Romagne potevano insorgere, dato che il governo pontificio non aveva concesso loro le riforme che gli erano state consigliate dopo il congresso di Parigi. Quanto al re di Napoli, secondo Cavour, non era il caso di occuparsene, a meno che non si fosse schierato con l'Austria; liberi però i suoi sudditi di approfittare del momento per sbarazzarsi del suo governo. Napoleone ammise quindi che era necessario cacciare completamente gli austriaci dall'Italia ed affrontò quindi con Cavour il problema della futura sistemazione dell'Italia stessa. "Après des longues dissertations," scrisse Cavour nel rapporto al re, "dont j'épargne le récit à V. M., nous aurions à peu près convenus des bases suivantes, tout en reconnaissant qu'elles étaient susceptibles d'être modifiées par les événements de la guerre. La vallée du Pô, la Romagne et les Légations auraient constitué le royaume de la Haute Italie sur lequel régnerait la Maison de Savoie. On conserverait au Pape, Rome et le territoire qui l'entoure. Le reste des États du Pape avec la Toscane formerait le royaume de l'Italie centrale. On ne toucherait pas à la circonscription territoriale du Royaume de Naples." I quattro Stati avrebbero formato una confederazione sul tipo di quella germanica, la cui presidenza sarebbe stata data al papa "pour le consoler de la perte de la meilleure partie de ses États." Cavour giudicava "tout à fait acceptable" questa sistemazione dell'Italia. "Car V. M.," diceva al re, "en étant Souverain de droit de la moitié la plus riche et la plus forte de l'Italie, serait souverain de fait de toute la péninsule."

Quanto ai sovrani da porre a Napoli e a Firenze, nel caso che il re borbonico e il granduca avessero preso "le sage parti de se retirer en Autriche," non fu presa nessuna decisione definitiva; "toutefois," riferiva Cavour, "l'Empereur n'a pas caché qu'il verrait avec plaisir Murat remonter sur le trône de son père; et de mon côté j'ai indiqué la Duchesse de Parme comme pouvant occuper, du moins d'une manière transitoire, le Palais Pitti. Cette dernière idée a plu infiniment à l'Empereur qui paraît attacher un grand prix à ne pas être accusé de persécuter la Duchesse de Parme, en sa qualité de Princesse de la famille de Bourbon." Non risulta dunque dal rapporto di Cavour al re, né da altri documenti che a Plombières si parlasse dell'eventuale insediamento del principe Napoleone come sovrano dell'Italia centrale, di cui si parlò molto in seguito. Evidentemente Napoleone III non volle scoprire troppo i suoi progetti, che d'altronde su questo punto erano tutt'altro che definiti. Egli chiese invece chiaramente a Cavour se il re di Sardegna sarebbe stato disposto a cedere alla Francia la Savoia e Nizza. Quanto alla Savoia, Cavour rispose che Vittorio Emanuele era pronto a rinunciare, sia pure con grave sacrificio, alla culla della sua dinastia per obbedire al principio di nazionalità. Quanto a Nizza, fece osservare che la cessione sarebbe stata contraria allo stesso principio, per il cui trionfo si progettava di fare la guerra. "Là dessus," dice Cavour, "l'Empereur caressa à plusieurs reprises sa moustache et se contenta d'ajouter que c'étaient là pour lui des questions tout à fait secondaires dont on aurait le temps de s'occuper plus tard." Napoleone affermò quindi che si poteva contare sulla neutralità dell'Inghilterra (ma raccomandò a Cavour di agire sull'opinione pubblica inglese in senso antiaustriaco), sull'antipatia verso l'Austria del principe Guglielmo di Prussia (ormai prossimo ad assumere la reggenza) e sulla promessa dello zar di non ostacolare i suoi progetti in Italia. Affermò tuttavia che, anche da sola, l'Austria era un nemico molto temibile e che per batterla erano necessari ingenti mezzi e non meno di 300.000 uomini (200.000 francesi e 100.000 italiani). Promise di facilitare al governo di Torino la negoziazione di un prestito a Parigi. A questo punto fu interrotto il primo colloquio che era durato circa quattro ore.

Nel pomeriggio l'imperatore invitò Cavour ad una lunga passeggiata in carrozza nei dintorni di Plombières, durante la quale parlò del progettato matrimonio fra il principe Napoleone e la principessa Clotilde. La questione era delicata, sia perché un matrimonio con un Bonaparte urtava il tradizionalismo dinastico della casa di Savoia, sia perché il principe era un anticlericale ed aveva professato nel '48 idee democratiche; inoltre era noto per la vita scapestrata e le numerose avventure galanti, mentre la principessa era molto religiosa e rigidamente educata; infine il principe aveva già 36 anni e la principessa poco piú di 15. Ma Napoleone III mostrò a Cavour di tenere moltissimo a questo matrimonio, pur non facendone esplicitamente una condizione sine qua non per l'alleanza. Perciò Cavour nel rapporto al re cercò di portare avanti tutti gli argomenti possibili a favore di esso. In una lettera scritta lo stesso giorno a La Marmora diceva a questo proposito: "Il solo punto non definito si è quello del matrimonio della Principessa Clotilde. Il Re mi aveva autorizzato a conchiudere, solo nel caso in cui l'Imperatore ne avesse fatta una condizione *sine qua non* dell'alleanza. L'Imperatore non avendo spinto tant'oltre le sue istanze, da galantuomo non ho assunto impegni. Ma sono rimasto convinto che esso mette a questo matrimonio una grandissima importanza, e che da esso dipende, se non l'alleanza, l'esito suo finale. Sarebbe errore ed errore gravissimo l'unirsi all'Imperatore, e nello stesso tempo fargli un'offesa che egli non dimenticherebbe mai. Ci sarebbe poi di danno immenso l'avere a lato suo, nel seno dei suoi Consigli, un nemico implacabile, tanto piú da temersi che gli corre nelle vene sangue côrso. Ho scritto con calore al Re, pregandolo a non porre a cimento la piú bella impresa dei tempi moderni, per alcuni scrupoli di rancida aristocrazia. Ti prego, ove ti consultasse, di giungere la tua voce alla mia."[12]

Questo fu dunque il convegno di Plombières, punto di partenza delle ulteriori non facili trattative che portarono all'alleanza franco-sarda e alla guerra contro l'Austria. È chiaro che l'iniziativa fu di Napoleone III, per quanto questi fosse stato stimolato dalle insistenze cavouriane fin dal tempo del congresso di Parigi e poi dalla paura destata in lui dall'attentato Orsini. L'impresa d'Italia progettata a Plombières deve essere quindi considerata in primo luogo come un'espressione della politica personale del Bonaparte in contrasto con le direttive preminenti nella politica estera francese quali si erano stabilizzate nell'epoca della Monarchia di Luglio. Il progetto di Napoleone III si riallacciava piuttosto alla politica di conquista e di egemonia di Napoleone I, pur con alcuni importanti adattamenti ad una situazione profondamente mutata rispetto a quella di sessant'anni prima. Ma esso era essenzialmente il risultato di una tendenza eversiva che il regime del Secondo Impero recava in sé fin dalle origini.

Come già si è detto, il Secondo Impero non fu soltanto un regime di reazione politica e di conservazione sociale, ma fu anche un tentativo di stabilire un nuovo equilibrio interno: esso cercava infatti di neutralizzare la spinta rivoluzionaria delle masse in parte mediante una politica di

[12] *Carteggio Cavour-Nigra*, I, p. 115.

sviluppo economico e di grandi lavori pubblici e in parte mediante la demagogia sociale e il rinnovato prestigio della tradizione militaristica ed egemonica di Napoleone il Grande. Di conseguenza Napoleone III, nonostante lo *slogan* "l'impero è la pace," da lui lanciato nel '52 per rassicurare la borghesia, era spinto a fare una politica bellicista tendente ad accelerare la crisi del sistema conservatore europeo stabilito nel 1815. La prima manifestazione di questa politica fu la guerra di Crimea. Ma i risultati di questa guerra, molto sanguinosa e costosa, non furono tali da appagare le ambizioni del Bonaparte, il quale sognava di realizzare un riordinamento dell'Europa su basi nuove. Cardini di questo riordinamento dovevano essere l'egemonia francese e la sconfitta delle forze rivoluzionarie da ottenersi mediante l'alleanza della Francia con le frazioni moderate dei vari movimenti nazionali europei: in tal modo le aspirazioni all'indipendenza e al progresso civile dei popoli oppressi avrebbero dovuto essere parzialmente soddisfatte sotto la protezione della Francia bonapartista. Perciò il Secondo Impero, sia pure sulla base di progetti in parte fantastici continuamente modificati dalle incertezze e dalle esitazioni del Bonaparte, fu anche nella politica estera, in modo piú spiccato che nella politica interna, una forza al tempo stesso conservatrice ed innovatrice, anzi in alcuni momenti addirittura eversiva dell'ordinamento esistente. Questo d'altra parte era minato dallo sviluppo dei movimenti nazionali e, dopo la guerra di Crimea, era indebolito dall'aspro dissidio tra l'Austria e la Russia. Napoleone III pertanto credette possibile cominciare allora a realizzare almeno in parte i suoi piani con una guerra all'Austria: a tale scopo stabilí rapporti molto amichevoli con la Russia, che cercava la sua amicizia in funzione antiaustriaca ed antinglese, e decise di stringere l'alleanza col Piemonte. Non si deve dimenticare del resto che egli si trovava di fronte ad una situazione interna che poteva diventare molto difficile. L'ondata di sviluppo economico, iniziatosi alla fine del '49, era stata bruscamente interrotta dalla crisi degli ultimi mesi del '57, la quale nella prima metà del '58 fu superata abbastanza bene dall'industria, ma non dall'agricoltura, che continuò a soffrire per il ribasso dei prezzi dei cereali; donde un forte malcontento dei contadini, che erano uno dei sostegni del regime bonapartista. Questo inoltre cominciava a pesare anche su quella stessa classe dominante che agli inizi lo aveva sostenuto, un po' per convinzione e piú ancora perché lo aveva considerato un male minore rispetto alla rivoluzione. Per superare queste difficoltà e prevenire la grave crisi politica e sociale che ne poteva nascere, Napoleone III aveva bisogno di un grosso successo di prestigio che poteva ottenere solo con una guerra vittoriosa. Pertanto, oltre alle sollecitazioni che gli venivano dall'Italia, varie circostanze internazionali ed interne lo spingevano a tentare l'impresa d'Italia.

Napoleone III mirava evidentemente a stabilire in Italia la sua egemonia: il Regno dell'Alta Italia, che avrebbe dovuto nascere per effetto dell'intervento militare francese e rimanere strettamente alleato della Francia bonapartista, doveva essere, secondo lui, uno Stato satellite del potente Impero francese; nell'orbita francese sarebbero entrati gli altri Stati italiani, una volta eliminato il predominio austriaco. E tanto piú forte sarebbe stata l'influenza francese, se fosse stato possibile insediare a Napoli Luciano Murat. Quanto al progettato Regno centrale, Napoleone III pensò ben presto alla possibilità di insediarvi suo cugino Napoleone Girolamo. Con questa progettata sistemazione dell'Italia l'imperatore credeva anche di poter dare un colpo mortale al partito rivoluzionario mazziniano: egli pensava che l'eliminazione del dominio austriaco, la formazione di un tenue legame confederale, la creazione di Stati piú grandi di quelli esistenti nel Nord e nel Centro d'Italia, l'istituzione di governi piú dinamici e piú moderni bastassero a soddisfare le esigenze fondamentali della borghesia italiana e ad eliminare le ragioni di malcontento su cui faceva leva il movimento rivoluzionario per organizzare i suoi colpi di mano. In fondo egli si illudeva che l'Italia potesse appagarsi di una sistemazione simile a quelle escogitate dai moderati prima del '48 e sottovalutava lo sviluppo del movimento nazionale e l'influenza che il Piemonte liberale esercitava ormai in Italia.

Cavour per parte sua pensava che la cacciata degli austriaci dall'Italia fosse il primo passo necessario per attuare una nuova sistemazione politica e giudicava indispensabile a questo scopo l'alleanza francese. Probabilmente era convinto che, una volta data la prima spinta, il movimento nazionale italiano avrebbe oltrepassato i limiti stabiliti dall'accordo con Napoleone III. A questa eventualità si era in una certa misura preparato grazie ai suoi collegamenti con la Società Nazionale e con i moderati di tutta l'Italia. Ma non risulta assolutamente che giudicasse possibile a breve scadenza una soluzione unitaria. Del resto, data l'impostazione liberale-moderata della sua politica che mirava ad utilizzare per la lotta antiaustriaca le forze democratiche senza però farsi trascinare da esse sul terreno rivoluzionario, la cacciata degli austriaci e il Regno dell'Alta Italia erano obiettivi che dovevano apparirgli molto importanti, tanto piú che l'Europa ufficiale si mostrava ancora tanto restía a modificare l'assetto politico-territoriale del 1815. Per conseguirli Cavour era pronto a sopportare per un certo tempo l'egemonia della Francia bonapartista e a rimandare ad una fase successiva il problema di emancipare anche da essa l'Italia. D'altronde questa egemonia sarebbe stata in misura notevole attenuata dall'azione delle altre grandi potenze europee interessate a frenare l'espansionismo francese.

Anche la politica di Cavour, come quella di Napoleone III, era al tempo stesso eversiva e conservatrice, ma, almeno in prospettiva, aveva maggiori possibilità di sviluppo e di successo per tre ragioni principali: anzitutto perché aveva ormai un legame inscindibile col movimento nazionale italiano; inoltre, perché aveva la sua base in un movimento, quale il liberalismo piemontese, assai piú rispondente dell'autoritarismo bonapartista agli interessi e alle aspirazioni della borghesia italiana di quegli anni; infine, perché, una volta battuta l'Austria con l'aiuto francese, aveva la possibilità di inserirsi nel sistema europeo come una forza equilibratrice. Per queste ragioni la politica cavouriana si rivelò assai piú feconda di sviluppi di quanto probabilmente pensava lo stesso Cavour nell'estate del '58 e poté nel corso del '59 e del '60 superare gravissime crisi e adattarsi ad una situazione che si andò modificando con una rapidità imprevista.

2. Il "grido di dolore" e il trattato d'alleanza

Le trattative franco-sarde avevano progredito senza difficoltà dal maggio 1858 fino all'incontro di Plombières. Ma, se era stato relativamente facile per Cavour concordare con Napoleone III il piano dell'alleanza e le linee generali del futuro riordinamento dell'Italia, poiché l'iniziativa dell'accordo era stata presa dallo stesso imperatore, fu molto piú difficile mettere in pratica il piano stesso. Ciò si dovette non solo alle esitazioni e alle incertezze dell'imperatore, ma anche alle difficoltà oggettive dell'impresa derivanti in parte dalla situazione interna francese e in parte dalla situazione internazionale. Il convegno di Plombières, nonostante le precauzioni prese dall'imperatore e da Cavour, non era passato inosservato alla stampa e alla diplomazia; ma per un certo tempo non fu attribuita ad esso troppa importanza. Nel corso dell'autunno però le voci concernenti l'accordo franco-piemontese e la possibilità di una prossima guerra in Italia si diffusero un po' dovunque, sicché cominciarono a muoversi le forze contrarie alla guerra, si accrebbero le esitazioni di Napoleone III e le trattative per giungere a un vero e proprio trattato di alleanza divennero piú difficili.

Nelle trattative Cavour poté tuttavia avvantaggiarsi del fatto che la principessa Clotilde, dopo qualche esitazione, accettò di sposare il principe Napoleone, pur riservandosi di dare il suo consenso definitivo dopo aver conosciuto il principe stesso: Cavour poté quindi collegare strettamente la stipulazione del matrimonio a quella di un formale trattato di alleanza. Ma soprattutto fu veramente preziosa per lui la collaborazione del Nigra, inviato piú volte in missione segreta a Parigi, il quale con l'aiuto del principe Napoleone riuscí in misura notevole a neutralizzare l'influenza contraria all'alleanza esercitata sull'imperatore da altri consiglieri, in modo particolare dal ministro degli esteri Walewski. Il 15 dicembre 1858 Nigra avvertiva da Parigi Cavour che Walewski era ormai, "benché solo per metà, a parte del segreto" e aggiungeva: "Questo ministro, di sua natura peritoso, propenso all'Austria, e pauroso d'ogni ardito divisamento, è ben lungi dal consentire nelle intenzioni dell'Imperatore. Egli rimise a S.M. una relazione sulla questione italiana, che l'Imperatore mi disse assai ben ragionata, ma che non possiamo sperare ci sia molto favorevole. Io suppongo non senza ragione che la relazione suddetta ha per oggetto precipuo d'enumerare tutti gli ostacoli, i veri come i supposti, che rendono pericolosa l'impresa per l'Imperatore e che lo consiglierebbero ad astenersene. Colgo quest'occasione per dirle ancora come, a detta del Principe, tutte le persone che circondano l'Imperatore, non esclusa l'Imperatrice, non esclusi né Fould [ministro delle finanze], né il ministro della guerra, e forse nemmeno il generale Niel [aiutante di campo dell'imperatore], si spaventino all'idea d'una guerra all'Austria."[13] Tut-

[13] *Ivi*, p. 245.

tavia, proprio in quei giorni Napoleone III decise di fare alcuni passi molto significativi sulla via dell'alleanza piemontese e della guerra. Il 1859 si aprí infatti con alcune prese di posizione che fecero molto rumore e diffusero in tutta l'Europa l'idea che la guerra fosse prossima.

Il giorno di capodanno, ricevendo il corpo diplomatico, Napoleone III rivolse all'ambasciatore austriaco queste parole: "Mi dispiace che i nostri rapporti non siano buoni quanto desidererei, ma vi prego di scrivere a Vienna che i miei sentimenti personali verso l'Imperatore sono sempre gli stessi."[14] A questa dichiarazione, che suscitò allarme in tutti gli ambienti politici e ribassi nelle Borse, seguí il 10 gennaio il famoso discorso di Vittorio Emanuele all'apertura della sessione del Parlamento subalpino. Fin dal 17 dicembre, Cavour, preoccupato per il tono da dare al discorso regio, aveva scritto a Nigra: "Vous avez vu que le Parlement s'ouvre le 10 janvier. Comment nous en tirer pour le discours de la couronne? Si nous le ferons insipide le Roi sera furieux et les Italiens découragés. S'il contient quelques phrases un peu hardies nous risquons de donner le feu aux poudres avant le tems. Je vous prie de consulter l'Empereur à cet égard et de me faire connaître son opinion et la vôtre."[15] Successivamente fu inviata a Napoleone III una minuta del discorso che si chiudeva con queste parole: "Confortati dall'esperienza del passato, aspettiamo prudenti e decisi le eventualità dell'avvenire. Qualunque esse sieno, ci trovino forti per la concordia e costanti nel fermo proposito di compiere, camminando sulle orme segnate dal Magnanimo mio Genitore, la Grande Missione che la Divina Provvidenza ci ha affidata." Ma l'imperatore trovò "trop fort" l'ultimo periodo e propose di sostituirlo con una chiusa piú lunga, nella quale si diceva fra l'altro: "et cependant tout en respectant les traités, nous ne pouvons rester insensibles aux cris de douleur qui viennent jusqu'à nous de tant de points de l'Italie."[16] Cavour, stupito per questa proposta di correzione, cosí ne scrisse a Nigra il 7 gennaio '59: "J'ai reçu les notes de l'Empereur sur le projet de discours. Il trouve le dernier paragraphe trop fort et

[14] Cosí lo stesso ambasciatore Hübner riferisce la dichiarazione imperiale. HÜBNER, *Nove anni di ricordi*, cit., p. 621.

[15] *Carteggio Cavour-Nigra*, I, p. 253.

[16] Si vedano la prima minuta del discorso e le osservazioni dell'imperatore con le sostituzioni da lui proposte in *Carteggio Cavour-Nigra*, I, pp. 268-270.

nous propose d'en substituer un autre où il est question des *cris de douleur* qui s'élèvent de tous côtés en Italie. Mai c'est 100 fois plus fort. Que diable cela veut dire? En vérité je ne sais pas encore comment je m'en tirerait. Vous ferez observer au Prince que cette allusion aux cris de douleur produira un effet immense."[17] Ma, nonostante queste perplessità di Cavour, Napoleone III approvò il testo corretto da Cavour stesso e dal re secondo le sue proposte, che nella parte conclusiva diceva: "Signori Senatori, Signori Deputati. L'orizzonte, in mezzo a cui sorge il nuovo anno, non è pienamente sereno. Ciò non di meno vi accingerete con la consueta alacrità ai vostri lavori parlamentari. Confortati dall'esperienza del passato, andiamo risoluti incontro alle eventualità dell'avvenire. Quest'avvenire sarà felice, riposando la nostra politica sulla giustizia, sull'amore della libertà e della patria. Il nostro paese, piccolo per territorio, acquistò credito nei consigli dell'Europa, perché grande per le idee che rappresenta, per le simpatie che esso ispira. Questa condizione non è scevra di pericoli, giacché, nel mentre rispettiamo i trattati, non siamo insensibili al grido di dolore che da tante parti d'Italia si leva verso di noi. Forti per la concordia, fidenti nel nostro buon diritto, aspettiamo prudenti e decisi i decreti della Divina Provvidenza." Accolto dalle acclamazioni del Parlamento, il discorso suscitò un grande entusiasmo in tutta l'Italia e fu salutato come un segno sicuro dell'approssimarsi della guerra d'indipendenza.

Pochi giorni dopo giunsero a Torino il principe Napoleone e il generale Niel per concludere i negoziati concernenti il trattato d'alleanza e il matrimonio del principe stesso. Il trattato, destinato a restare segreto, con due convenzioni annesse (una militare ed una finanziaria) fu firmato il 24 gennaio dal re ed inviato per mezzo di un ufficiale d'ordinanza del principe a Parigi, dove l'imperatore lo firmò il 26. Le firme furono retrodatate rispettivamente al 12 e al 16 dicembre 1858. Il 30 gennaio fu celebrato a Torino il matrimonio del cugino dell'imperatore dei francesi con la figlia del re di Sardegna. Si può dire veramente che, "pur con tutte le cortesie e i segni di reciproca fiducia, la principessa e gli accordi" furono "scambiati di mano in mano, simultaneamente!"[18]

[17] *Carteggio Cavour-Nigra*, I, p. 283.
[18] A. OMODEO, *Da Plombières a Villafranca*, in *Difesa del Risorgimento*, Torino, 1955, p. 289.

Il trattato prevedeva, nel caso di "un atto aggressivo dell'Austria," un'alleanza "offensiva e difensiva" tra la Francia e la Sardegna e stabiliva che lo scopo dell'alleanza stessa era quello di "liberare l'Italia dall'occupazione austriaca, di soddisfare i voti delle popolazioni e di prevenire il ritorno di complicazioni che potrebbero dar luogo alla guerra e che mettono in pericolo la tranquillità dell'Europa, costituendo, se l'esito della guerra lo permette, un Regno dell'Alta Italia di undici milioni d'abitanti circa." Esso stabiliva inoltre che "in nome dello stesso principio" la Savoia e la provincia di Nizza sarebbero state riunite alla Francia e che "nell'interesse della religione cattolica" la sovranità del papa sarebbe stata mantenuta. Infine stabiliva che le spese di guerra sarebbero state a carico del Regno dell'Alta Italia e che gli alleati non avrebbero accolta alcuna proposta tendente alla cessazione delle ostilità "senza averne preventivamente deliberato in comune." Se si paragona il testo definitivo del trattato al progetto preparato da Cavour nell'ottobre '58,[19] si nota che da parte piemontese si era dovuto rinunciare ad una piú precisa definizione dei limiti del futuro Regno dell'Alta Italia: nel progetto di Cavour infatti si diceva esplicitamente che esso avrebbe dovuto comprendere le province austriache in Italia, i Ducati e gli Stati del papa "en deçà des Apennins." Inoltre si era dovuto rinunciare ad ogni accenno alla sistemazione del resto d'Italia, mentre si era dovuto accettare l'esplicito impegno alla cessione di Nizza e al pagamento delle spese di guerra da parte del progettato Regno settentrionale. La volontà di Napoleone III si era dunque fatta sentire in modo assai piú pesante che a Plombières.

Questo appare anche dalle convenzioni militare e finanziaria annesse al trattato. La prima stabiliva tra l'altro che le forze alleate da impegnare in Italia sarebbero state circa 300.000 uomini (200.000 francesi e 100.000 sardi) e che una flotta avrebbe operato nell'Adriatico. Stabiliva inoltre che il comando supremo sarebbe spettato all'imperatore o a persona da lui designata e che l'incorporazione delle reclute e dei volontari nell'esercito sardo sarebbe stata fatta in modo di "presentare al nemico solo truppe istruite e ben disciplinate." Con questa clausola si mirava ad impedire la formazione di corpi franchi o di truppe rivoluzionarie ir-

[19] *Carteggio Cavour-Nigra*, I, pp. 194-196.

regolari. Infine la convenzione finanziaria stabiliva che le spese di guerra sarebbero state rimborsate alla Francia dal Regno dell'Alta Italia per mezzo di annualità equivalenti a un decimo delle entrate annuali del Regno stesso, che il ricavato delle imposte di guerra prelevate nelle province occupate sarebbe stato diviso a metà tra i due eserciti e che la parte versata all'esercito francese sarebbe poi stata dedotta dal rimborso delle spese di guerra.

Al principio di febbraio Cavour presentò al Parlamento un progetto di legge (approvato dalla Camera il 9 febbraio e dal Senato il 17) che autorizzava il governo a contrarre un prestito di 50 milioni di lire per fronteggiare le spese militari, rese necessarie dalla tensione con l'Austria. Era cominciato intanto l'afflusso di volontari in Piemonte, molti dei quali erano disertori o renitenti alla leva austriaca nel Lombardo-Veneto. Per parte sua il governo di Vienna intensificava le misure militari ed inviava potenti rinforzi all'armata che presidiava il Lombardo-Veneto. Frattanto il 4 febbraio a Parigi veniva pubblicato l'opuscolo *L'Empereur Napoléon III et l'Italie*, scritto dal pubblicista bonapartista La Guéronnière ed ispirato direttamente dall'imperatore. Esso affermava che l'unione federale degli Stati italiani era l'unica soluzione possibile della questione italiana ed indicava nel dominio austriaco il maggior ostacolo ad essa; affermava inoltre che la Francia aveva interesse a favorire questa soluzione e che l'unico mezzo per conservare la pace ed eliminare l'attrito tra la Francia e l'Austria era quello di sostituire ai trattati del 1815 "qualche altra cosa" che fosse piú adeguata alle aspirazioni della nazionalità italiana. L'autore dell'opuscolo dichiarava di non voler proporre una guerra per realizzare questo programma, ma di volere appellarsi all'opinione pubblica dell'Europa; tuttavia, poiché era impensabile che l'Austria rinunciasse pacificamente al Lombardo-Veneto, l'opuscolo stesso assumeva il carattere di una preventiva giustificazione dell'intervento francese in Italia. Ma, mentre da un lato le cose sembravano procedere secondo il piano stabilito a Plombières e nei successivi accordi franco-piemontesi, dall'altro entravano in azione in Francia e in tutta l'Europa le forze contrarie all'impresa d'Italia, sicché nel marzo e nell'aprile del '59 tutto il piano rischiò di essere travolto da un gravissimo e clamoroso fallimento.

3. L'Europa di fronte alla questione italiana. I tentativi di mediazione e l'ultimatum austriaco

In Francia l'ostilità contro l'alleanza piemontese, rappresentata nel governo soprattutto dal Walewski, aveva profonde radici negli ambienti politici e diplomatici e in generale nell'alta borghesia finanziaria, commerciale e industriale. Venne in luce in quel momento una delle contraddizioni tipiche del Secondo Impero, quella tra la politica estera voluta da Napoleone III e le tendenze prevalenti nella classe dominante francese, che avevano ispirato la politica estera della Monarchia Orleanista e della stessa Seconda Repubblica.

Secondo un'opinione largamente diffusa nella diplomazia e nelle sfere dirigenti francesi, fondata del resto su di una considerazione oggettiva della realtà, un indebolimento dell'Austria avrebbe spinto la Prussia a realizzare l'unità della Germania sotto la sua egemonia. Questo fatto avrebbe praticamente annullato i vantaggi che la Francia poteva trarre dal protettorato che avrebbe stabilito sulla progettata confederazione italiana e dall'influenza che avrebbe potuto esercitare sui singoli Stati italiani. Inoltre il predominio francese in Italia avrebbe suscitato l'ostilità dell'Inghilterra. La borghesia francese temeva insomma che l'impresa d'Italia di Napoleone III fosse il principio di una serie di guerre europee sul tipo di quelle del Primo Impero, nelle quali la Francia avrebbe finito per restare sconfitta, col risultato questa volta di aver favorito l'unità italiana e l'unità germanica. Inoltre le grandi banche parigine, e attraverso di loro masse notevoli di risparmiatori francesi, erano fortemente interessate nelle costruzioni ferroviarie e nei prestiti pubblici di quasi tutti gli Stati europei, quindi anche dell'Austria e degli Stati italiani esistenti, donde preoccupazioni per le conseguenze che la guerra avrebbe potuto avere su questi investimenti. Queste preoccupazioni avevano spinto proprio allora i banchieri parigini, come quelli londinesi, a rifiutare un prestito chiesto dal governo di Vienna e li spinse nel febbraio a porre al governo sardo, che tentò di negoziare a Parigi il suo prestito, condizioni praticamente inaccettabili per la loro esosità. Infine il partito clericale francese in tutte le sue gradazioni, reazionarie come cattolico-liberali, era contrario all'impresa d'Italia, perché temeva che essa portasse all'abolizione o per lo meno ad una forte diminuzione del dominio temporale del papa. Di fronte a questo schieramento di forze ostili alla guerra, scarso peso poteva avere in quel momento in Francia l'opinione filoitaliana di una parte notevole della sinistra, che del resto era stata già battuta nel '49. Gli uomini che il 13 giugno di quell'anno, mentre le truppe francesi assediavano Roma, avevano tentato di sollevare Parigi al grido di "Viva la Repubblica romana!" erano nel '59 dispersi, esiliati o imprigionati. E per di piú si trovavano ora di fronte ad un'impresa bonapartista, di cui non potevano certo farsi sostenitori.

Tuttavia, nonostante questa forte opposizione interna, Napoleone III, grazie all'appoggio dell'esercito, al possesso delle leve di comando dello Stato e al controllo della stampa, era pur sempre in grado di spingere il paese alla guerra. L'ambasciatore austriaco Hübner, osservatore attento e bene informato della situazione francese, scriveva a questo proposito il 27 febbraio 1859: "Riassumendo le mie impressioni, sarei tentato di pensare che Parigi e le grandi città di provincia sono decisamente per la pace, che il resto del paese è indifferente, ma che, sottoposto all'influenza esclusiva dei giornali diretti dai prefetti, i quali giornali diffondono, da due settimane, per ordine superiore e giorno per giorno, calunnie e invettive contro l'Austria, comincia ad irritarsi. Questo sistema, ugualmente riprovato dalla buona politica e dalla morale, non riuscirà certo a rendere la guerra popolare, ma si spera di riuscire a farla sembrare giusta, necessaria, e quindi accettabile, convinti come si è, e forse a ragione, che, una volta scoppiata la guerra, lo spirito militare della nazione si risveglierà con slancio irresistibile, e vincerà la resistenza di quegli interessi che richiedono il mantenimento della pace... Secondo me è evidente che se l'imperatore Napoleone vuole la guerra, non sarà la Francia che gli impedirà di farla, ma sarà l'atteggiamento che prenderanno le grandi potenze straniere, sarà la maggiore o minore probabilità d'una coalizione, che, sola, potrà opporsi alla sua protervia."[20]

Ma, se si esaminano le condizioni generali dell'Europa e l'atteggiamento delle singole grandi potenze in quel momento, si vede chiaramente che una coalizione antifrancese non era possibile. È vero d'altra parte che esisteva un generale desiderio di conservare la pace e che le mire egemoniche del Bonaparte in Italia suscitavano apprensioni

[20] HÜBNER, *Nove anni di ricordi*, cit., pp. 659-660.

piú o meno gravi negli ambienti politici di tutte le capitali, mentre la questione italiana veniva dibattuta vivacemente in molti paesi.

Il dissidio austro-russo e il conseguente avvicinamento russo-francese costituivano le ragioni principali che rendevano impossibile una coalizione antifrancese. Napoleone III, che già nel '57 si era incontrato con lo zar Alessandro II a Stoccarda, dopo il convegno di Plombières decise di fare un passo per stringere con la Russia una vera e propria alleanza. A tale scopo alla fine di settembre inviò il principe Napoleone a Varsavia perché si incontrasse con lo zar che in quel momento era in quella città. Ma quell'incontro e i successivi negoziati svoltisi a Pietroburgo non diedero i risultati che l'imperatore dei francesi aveva sperato, non portarono cioè ad un impegno della Russia ad appoggiare anche con le armi i franco-piemontesi contro l'Austria. Ciò si dovette un po' alla scarsa abilità diplomatica del principe Napoleone, un po' al fatto che Walewski persuase Napoleone III a non impegnarsi, come da parte russa si era chiesto, ad una revisione del trattato di Parigi del '56, e molto al fatto che lo zar e il suo ministro degli esteri principe Gorčakov non vollero scivolare in una politica di guerra e sbilanciarsi troppo nel favorire i piani di Napoleone III in Italia. Infatti, sebbene divenuto fieramente antiaustriaco, l'Impero russo era pur sempre una potenza conservatrice e per di piú era travagliato da una profonda crisi della sua struttura agraria e da una forte opposizione delle forze reazionarie interne alla politica di caute riforme iniziata da Alessandro II. Data questa situazione, il Gorčakov preferí agire con prudenza e decise di favorire l'eventuale ingrandimento del Piemonte a spese dell'Austria ma di fare il possibile perché ciò avvenisse col minor turbamento dell'ordinamento generale dell'Europa. Pertanto la Russia concluse con la Francia un trattato segreto, che fu firmato il 3 marzo 1859, in base al quale essa promise in caso di guerra di conservare una neutralità benevola verso la Francia e il Piemonte e di ammettere la formazione eventuale del Regno dell'Alta Italia e la cessione della Savoia e di Nizza alla Francia. In base allo stesso trattato le due potenze si riservarono di procedere eventualmente dopo la guerra ad una revisione dei trattati esistenti.

Nell'opinione pubblica russa il movimento nazionale italiano riscuoteva allora molta simpatia. Diversi erano però i motivi e i caratteri che questo atteggiamento favorevole assumeva nelle varie correnti ideologiche. Negli ambienti conservatori la simpatia per l'Italia aveva un fondamento nell'ostilità verso l'Austria e nel desiderio di vedere eliminato con l'ingrandimento del Regno sabaudo un focolaio di agitazioni rivoluzionarie. A questo atteggiamento si avvicinavano i liberali, i quali però ammiravano Cavour e speravano di vedere diffondersi in Europa, quindi prima o poi anche in Russia, le istituzioni costituzionali senza scosse rivoluzionarie; perciò vedevano anche essi con simpatia un'impresa che avrebbe portato all'ingrandimento del Piemonte e all'indebolimento dell'Austria. I democratici invece rivolgevano le loro simpatie soprattutto a Mazzini e ai democratici italiani, perciò tendevano a vedere nella progettata guerra franco-piemontese contro l'Austria un'impresa essenzialmente bonapartista, destinata a tradire il movimento nazionale italiano e a bloccare lo sviluppo del movimento rivoluzionario europeo. Ne conseguiva un giudizio negativo sulla politica di Cavour. Su questa linea, che del resto fu comune in quel momento alla maggior parte dei democratici europei, furono i maggiori rappresentanti del pensiero democratico russo: Černyševskij a Pietroburgo ed Herzen nell'emigrazione. Comunque le discussioni sulla situazione italiana divennero molto piú vivaci in Russia dopo l'inizio della guerra e raggiunsero il momento culminante nel '60 in occasione della Spedizione dei Mille.

Mentre il governo di Pietroburgo si mostrava propenso a favorire la Francia e il Piemonte, ma non fino al punto di fare la guerra, quello di Londra assunse un atteggiamento analogo nei riguardi dell'Austria. Dopo la guerra di Crimea, come già si è detto, all'avvicinamento franco-russo era corrisposto un avvicinamento anglo-austriaco e di conseguenza si erano guastati i buoni rapporti fra Londra e Parigi e in parte anche tra Londra e Torino. Dopo l'attentato Orsini, preparato nell'ambiente degli esuli italiani e francesi in Inghilterra, il governo di Parigi aveva protestato per l'eccessiva tolleranza che, secondo lui, il governo inglese mostrava nei riguardi dei rifugiati politici. Il governo di Londra non volle allora rompere apertamente con quello di Parigi e presentò al Parlamento una legge contro le cospirazioni politiche. Questa però fu bocciata dalla Camera dei Comuni nell'aprile '58, sicché il ministero Palmerston dovette dimettersi e si formò un ministero *tory* con lord Derby primo ministro e lord Malmesbury ministro degli esteri. Tuttavia, quando si cominciò a parlare dell'impresa progettata da Napoleone III e da Cavour, tanto il governo conservatore quanto l'opposizione liberale si dimostrarono ostili, sebbene, come si vide nella discussione avvenuta alla Camera dei Comuni il 3 febbraio, l'ostilità fosse piú o meno accentuata a seconda dei vari uomini politici. La ragione di essa era essenzialmente il timore di veder turbato l'equilibrio europeo, di cui l'Austria era uno dei pilastri, a favore della Francia in Italia e della Russia in Oriente. Il governo britannico pertanto cercò di fare il possibile per impedire la guerra svolgendo un'opera di mediazione. Apparve tuttavia chiaro agli osservatori piú attenti che l'Inghilterra non si sarebbe spinta fino a prendere le armi per difendere l'Austria. Emanuele d'Azeglio cosí scriveva a Cavour l'11 dicembre 1858: "L'opinion que je retrouve à toutes les profondeurs où je sonde est que l'Angleterre ne fera rien pour tirer d'embarras l'Autriche le jour où elle s'y trouvera formellement placée. Nécessairement il faut s'attendre à de grandes phrases soit pour prouver qu'on est loin d'être insensible au progrès de l'Italie, soit pour nous engager à ne pas contrevenir aux traités. Mais l'encre et non la poudre seront les armes dont se servira l'Angleterre empêtrée à présent dans ses luttes indiennes et dans ses questions intérieures."[21] Effettivamente l'Inghilterra aveva allora appena finito di domare con uno sforzo militare notevole la grande rivolta dei *sepoys* scoppiata in India nel '57 ed aveva importanti problemi interni da risolvere. Ma essa era anche il paese d'Europa dove la simpatia per la causa dell'emancipazione italiana era piú diffusa.

Questo fatto si doveva in parte all'azione di propaganda svolta tanto da Mazzini quanto dai liberali filopiemontesi e in parte ad una spontanea tendenza dei radicali, dei liberali ed anche di qualche gruppo di conservatori inglesi. Questa tendenza aveva le sue radici, piú che nell'adesione al principio di nazionalità (che peraltro non mancava soprattutto da parte dei radicali amici di Mazzini), nella simpatia per il carattere liberale del movimento italiano e dello Stato piemontese che se ne era fatto propugnatore. Da questo atteggiamento liberale nasceva anche la vivace ostilità diffusa in Inghilterra verso il regime di Ferdinando II, già espressa da Gladstone nei suoi articoli del '51 e che si manifestò piú volte negli anni successivi. Significative furono,

[21] *Cavour e l'Inghilterra*, II, t. I, p. 243.

proprio nel marzo del '59 quando il governo inglese si adoperava per evitare la guerra, le festose accoglienze fatte in Inghilterra a Settembrini, Spaventa, Poerio e agli altri patrioti napoletani, già detenuti, che erano riusciti a sbarcare in Irlanda evitando di essere deportati in America come aveva tentato di fare il governo borbonico. Inoltre era molto forte in Inghilterra l'ostilità contro il governo papale, alimentata, oltre che dai liberali, dai protestanti intransigenti appartenenti per lo piú al partito conservatore, i quali vedevano nel liberalismo italiano essenzialmente un movimento antipapista. Questi atteggiamenti largamente diffusi nell'opinione pubblica inglese non furono senza influenza sull'atteggiamento del governo di Londra, sebbene non fossero tanto forti da vincere la tendenza tradizionale della politica estera britannica che considerava l'Austria come un elemento intangibile dell'equilibrio continentale e sebbene non mancassero in Inghilterra persone che simpatizzavano per l'Austria per spirito legittimistico, come la stessa regina Vittoria, molti dignitari di Corte, parecchi diplomatici e non pochi membri del partito conservatore. Comunque la politica filoaustriaca dell'Inghilterra non poteva superare certi limiti. Questo fatto era indicato da Marx come uno degli elementi che potevano spingere Napoleone III a fare la guerra. "La guerra con l'Austria in Italia," scriveva Marx a Lassalle il 4 febbraio '59, "è l'unica guerra nella quale l'Inghilterra, che non può comparire direttamente a *favore* del Papa e *contro* la cosiddetta libertà, resterà neutrale, almeno in principio."[22] L'azione mediatrice del governo di Londra mirò, dunque essenzialmente a bloccare l'intervento militare di Napoleone III senza chiudere completamente la via ad una discussione del problema italiano. Perciò essa, sebbene mettesse in imbarazzo Cavour perché fu impostata sul principio della piena validità dei trattati del '15, fu accolta con diffidenza dall'Austria, che voleva evitare o ridurre al minimo la discussione del problema italiano.

All'azione mediatrice di Londra si associò il governo prussiano, il cui atteggiamento fu il risultato di contrastanti esigenze. Anche a Berlino era avvenuto da poco un mutamento di governo. Nell'ottobre del '58 il re Federico Guglielmo IV, ormai quasi completamente fuori di senno,

[22] Lettera citata da E. Ragionieri nella Prefazione a K. MARX-F. ENGELS, *Sul Risorgimento italiano*, cit., p. 30.

aveva dovuto lasciare il potere al fratello Guglielmo (dal 1861 re Guglielmo I), che assunse la reggenza. Fiero reazionario nel '48, il principe tra il '50 e il '58 era stato in contrasto col ministero conservatore del Manteuffel (che aveva fatto il possibile per tenerlo lontano dal governo nascondendo la pazzia del re) e si era avvicinato ai liberali, che chiamò al governo quando assunse la reggenza aprendo cosí quella che fu detta la "nuova era." I liberali rappresentavano l'alta borghesia industriale e commerciale, che si era molto rafforzata grazie allo sviluppo economico degli anni 1849-57, ed erano favorevoli, come del resto lo stesso principe reggente ed una parte dei conservatori stessi, ad una ripresa della politica egemonica della Prussia in Germania, che l'Austria aveva bruscamente interrotto nel '50 con l'umiliazione di Olmütz. Ma di fronte all'eventualità di una guerra franco-piemontese contro l'Austria il principe Guglielmo e i suoi ministri si preoccuparono che un violento mutamento dell'assetto stabilito dai trattati del '15 potesse aprir la via ad un'espansione francese anche in direzione della Germania. Su questo punto il governo di Berlino doveva inoltre tener conto dell'atteggiamento degli altri Stati della Confederazione germanica e delle reazioni dell'opinione pubblica tedesca. Questa assunse generalmente, soprattutto nella Germania meridionale, un atteggiamento fieramente antifrancese, che la propaganda austriaca cercò quanto piú possibile di galvanizzare. Tuttavia nei riguardi della questione italiana e della politica che la Prussia e gli altri Stati tedeschi avrebbero dovuto seguire in caso di guerra in Italia si delinearono in Germania posizioni contrastanti, che in parte intersecarono le divisioni di partito esistenti. Si può dire che in nessun paese d'Europa come in Germania la crisi del '59 determinò tante discussioni. Ciò si dovette non tanto ad un diretto interessamento per le sorti dell'Italia (sebbene non mancassero anche tra i tedeschi alcuni sinceri simpatizzanti per la causa italiana), quanto al fatto che tutti si resero conto che lo sviluppo degli eventi in Italia non poteva non influire grandemente sulla situazione tedesca.

Nettamente favorevoli all'Austria erano molti conservatori, soprattutto non prussiani, un po' per spirito legittimistico e un po' perché sostenitori della cosiddetta Grande Germania, cioè propugnatori di un rafforzamento dell'unione federale sotto la guida austriaca. Anche parecchi liberali fin dal '48 erano favorevoli al programma *grande-*

tedesco, e molti erano sostenitori della *Mitteleuropa*, cioè di un grande blocco economico e politico guidato dall'Impero asburgico ed esteso dal Mare del Nord e dal Baltico fino all'Adriatico e al Mar Nero, di cui gli Stati italiani dovevano essere un'appendice meridionale. Comunque i sostenitori della Grande Germania, sia conservatori che liberali, giudicavano indispensabile per la Germania stessa il possesso del Lombardo-Veneto da parte dell'Austria e consideravano la linea del Po e del Ticino come un confine tedesco. Favorevoli all'Austria erano inoltre le correnti politiche cattoliche, assai forti in Baviera e nella regione renana, le quali vedevano nel movimento nazionale italiano una forza ostile al Papato, pronta a sopprimere il potere temporale dei papi.

Diverso l'atteggiamento dei conservatori prussiani o comunque sostenitori del programma *piccolo-tedesco*, cioè dell'unità germanica senza l'Austria e sotto la guida della Prussia, i quali pensavano che, in caso di guerra, la Prussia non avrebbe potuto rifiutarsi di aiutare l'Austria a fronteggiare la minaccia bonapartista, ma volevano anche che questo aiuto fosse compensato dall'Austria stessa con una modifica del patto federale a favore della Prussia. Ottone di Bismarck, allora plenipotenziario prussiano alla Dieta federale di Francoforte, andava piú avanti: sosteneva infatti che la Prussia doveva chiedere con un *ultimatum* all'Austria una modificazione del patto federale a proprio favore ed essere pronta ad unirsi ai franco-piemontesi in caso di rifiuto. Anche i liberali prussiani e filoprussiani sostenevano la necessità che la Prussia ponesse all'Austria in modo perentorio le sue condizioni concernenti la modifica del patto federale. Molti di loro inoltre mostravano viva simpatia per il movimento liberale italiano e per il Piemonte, definito da alcuni una "Prussia italiana." Furono su questa linea le riviste "Preussische Jahrbücher" e "Grenzboten." Questi liberali però erano anche molto ostili a Napoleone III, sicché proponevano che la Prussia cercasse di evitare la guerra avanzando la propria mediazione armata e che intervenisse nella guerra stessa ponendo all'Austria chiare condizioni, nel caso che la mediazione fallisse. Essi comunque affermavano chiaramente che il dominio austriaco in Italia non rispondeva ad un interesse nazionale tedesco, ma soltanto ad un interesse dinastico asburgico e non volevano che la Prussia apparisse come sostenitrice dell'oppressivo governo austriaco in Italia.

Questo giudizio sul dominio austriaco era condiviso anche dai democratici, pure essi ostili a Napoleone III e divisi sull'opportunità di un intervento della Prussia e della Confederazione germanica nella guerra. Alcuni di loro infatti giudicavano l'Austria come il maggiore pilastro della reazione in Europa e tendevano a sottovalutare il pericolo bonapartista; altri vedevano in Napoleone III alleato dello zar, la guida della controrivoluzione europea. Qualcuno di questi ultimi, come Karl Blind, esule in Inghilterra e amico di Mazzini, si illudeva che fosse possibile trasformare un' eventuale guerra antinapoleonica ed antizarista in una guerra democratica per l'unificazione della Germania e la liberazione dell'Italia e delle altre nazionalità oppresse.

Lo stesso contrasto, che divideva i democratici, divideva anche i socialisti. Significative furono in quel momento le prese di posizione di Marx e di Engels da una parte e di Lassalle dall'altra. I primi affrontarono allora il problema dell'atteggiamento della Prussia e della Germania in generale di fronte alla guerra in alcuni articoli del giornale "Das Volk," che si stampava a Londra, e nell'opuscolo *Po e Reno,* scritto da Engels e pubblicato anonimo in Germania nell'aprile del '59. In questo opuscolo, che sollevò allora e in seguito molte discussioni, Engels sosteneva con argomenti militari che il confine del Po non era affatto necessario alla difesa della Germania come affermavano i *grandi-tedeschi,* e diceva che il movimento nazionale italiano si era sempre rafforzato dal 1820, sicché il dominio austriaco in Italia, fondato soltanto sulla forza, era destinato a finire presto: "I mezzi dei quali si deve servire l'Austria per mantenere la sua dominazione in Italia sono la migliore dimostrazione che questa dominazione non può durare a lungo."[23] Non era dunque nell'interesse dei tedeschi aiutare l'Austria a conservare questo dominio, che spingeva gli italiani ad allearsi con la Francia contro la Germania. Ma di fronte alla guerra che stava per iniziarsi il problema italiano passava in seconda linea, perché il Bonaparte, secondo Engels, mirava soltanto a sostituire il suo predominio a quello austriaco in Italia per poi attaccare la Germania con l'aiuto della Russia. Perciò i tedeschi avevano il dovere di difendersi e di utilizzare contro i francesi tutte le posizioni strategicamente utili di cui potevano disporre, comprese quelle possedute dall'Austria in Italia. Alla base di questo

[23] K. MARX-F. ENGELS, *Sul Risorgimento italiano,* cit., p. 418.

opuscolo, che essendo destinato a circolare in Germania non rivelava pienamente il pensiero di Engels e di Marx, stava l'idea, espressa nelle loro lettere e in altri loro scritti, che fosse possibile in quel momento una guerra generale e che questa potesse trasformarsi in una guerra rivoluzionaria contro quelli che essi consideravano i maggiori sostegni della reazione: la Francia bonapartista e la Russia zarista.

Invece Ferdinando Lassalle nelle sue lettere a Marx e ad Engels e nell'opuscolo, pure pubblicato anonimo, *La guerra italiana e il compito della Prussia*, affermava che il maggior nemico della democrazia era l'Austria, che Napoleone III non avrebbe osato attaccare la Germania sul Reno e che la sua alleanza con la Russia era assai meno solida di quanto comunemente si credeva. Affermava inoltre che una guerra antibonapartista condotta dai sovrani tedeschi ed appoggiata dalle masse popolari, ormai eccitate dalla propaganda nazionalistica antifrancese, si sarebbe conclusa col trionfo della reazione. Perciò, secondo lui, la Prussia avrebbe dovuto restare neutrale nella guerra d'Italia e cercare di farsi invece paladina del principio di nazionalità nella Germania del Nord liberando lo Schleswig-Holstein dal dominio danese. In tal modo egli pensava che la spinta nazionalista sarebbe stata deviata in altra direzione. Lassalle giudicava bene alcuni aspetti immediati della situazione della Germania, ma non comprendeva il carattere profondamente antirivoluzionario della guerra bonapartista, su cui invece insistevano Marx ed Engels, i quali su questo punto si trovarono allora una volta tanto d'accordo con Mazzini.

Molto complesse furono dunque le ripercussioni della crisi politica dei primi mesi del '59 in Germania e non facile pertanto la situazione del governo prussiano. Esso infatti non poteva ignorare l'appello austriaco all'unione di tutte le forze tedesche contro l'espansionismo bonapartista, ma al tempo stesso non poteva accettare senza condizioni la guida austriaca. Perciò decise di chiedere a Vienna serie contropartite per un eventuale aiuto e di affiancare intanto l'azione mediatrice dell'Inghilterra.

L'azione mediatrice inglese si iniziò con dei passi diplomatici a Torino e a Parigi. Il 12 febbraio il Malmesbury inviò una nota a Torino, nella quale, dopo avere criticato piuttosto aspramente la condotta del Piemonte verso l'Austria, chiedeva al governo sardo di esporre i motivi di lagnanza degli italiani nei confronti dell'Austria stessa e le proposte che esso aveva da fare per risolvere la crisi in atto. Cavour rispose con un ampio *memorandum*[24] (che inviò a Londra soltanto dopo che fu rivisto e approvato da Napoleone III), nel quale additava nella politica austriaca la causa principale dei mali d'Italia e concludeva chiedendo che, "non in virtú dei trattati, ma in nome dei principî d'umanità e di eterna giustizia," l'Austria concedesse un governo separato al Lombardo-Veneto. Chiedeva inoltre che cessasse l'indebita ingerenza austriaca negli Stati dell'Italia centrale, che fossero annullati i trattati particolari dell'Austria con i Ducati, che i duchi di Modena e di Parma fossero invitati a concedere istituzioni rappresentative analoghe a quelle esistenti in Piemonte, che il granduca di Toscana fosse indotto a ristabilire la Costituzione del '48, che il papa concedesse la separazione amministrativa delle Legazioni. Nello stesso tempo ad una richiesta fatta a Parigi dallo stesso governo inglese Napoleone rispondeva proponendo che l'Austria rinunciasse ai trattati particolari conclusi con alcuni Stati italiani (in base ai quali essa poteva intervenire su richiesta degli stessi per domare eventuali movimenti rivoluzionari), che un sistema di governo rappresentativo fosse adottato in tutti gli Stati italiani, che un'amministrazione separata fosse concessa dal papa alle Legazioni. Mentre dunque il *memorandum* conteneva una proposta che, per essere in contrasto coi trattati del '15, l'Austria non avrebbe accettato di discutere, la risposta di Napoleone III era concepita in modo da poter dare il via alla mediazione inglese. L'imperatore infatti non voleva assolutamente apparire di fronte alla Francia e all'Europa come provocatore di guerra.

Sulla base di queste proposte imperiali il Malmesbury decise di iniziare trattative a Vienna, dove inviò lo stesso ambasciatore inglese a Parigi lord Cowley, che aveva discusso il problema con Napoleone III. La missione Cowley, che si svolse alla fine di febbraio e al principio di marzo, non portò a risultati positivi per le proposte di Napoleone III, perché il Buol si mostrò intransigente. Il governo austriaco dichiarò di essere disposto a ritirare insieme alla Francia le sue truppe dallo Stato pontificio, sulla base del resto di una richiesta fatta proprio in quei giorni dal governo papale; ammise di potere eventualmente, insieme al-

[24] Il testo in *Carteggio Cavour-Nigra*, II, pp. 30-39.

le altre potenze, partecipare ad un intervento diplomatico sul tipo di quello del 1831 per consigliare al papa alcune riforme; affermò che i trattati particolari che aveva con alcuni Stati italiani non erano in contrasto coi trattati del '15 e coi principî di diritto generalmente ammesso, ma non escluse di potere esaminare l'opportunità di una loro revisione; affermò infine che ogni atto riguardante l'Italia doveva essere assolutamente subordinato alla cessazione dell'atteggiamento ostile all'Austria assunto dal Piemonte e al disarmo del Piemonte stesso. Sebbene questa risposta austriaca fosse sostanzialmente evasiva, Malmesbury decise di rimandare Cowley a Parigi, perché insistesse per una continuazione delle trattative sulla base delle generiche dichiarazioni del Buol. A Parigi frattanto Walewski e con lui i numerosi oppositori dell'impresa d'Italia si erano molto adoperati per persuadere Napoleone III dell'inopportunità e della pericolosità di essa. Lo stesso imperatore era preoccupato per la difficoltà di giustificare l'impresa di fronte alla diplomazia e all'opinione pubblica e cercava di guadagnar tempo. Il 5 marzo l'ufficiale "Moniteur" pubblicò un articolo in cui si diceva che l'imperatore aveva promesso al re di Sardegna di aiutarlo in caso di aggressione austriaca, ma nulla di più, ed aggiungeva che l'imperatore non intendeva assolutamente provocare una guerra tanto più che era in atto un'attività diplomatica per risolvere le questioni in sospeso. Questo articolo, che suscitò delusione a Torino e proteste di Cavour, fu giudicato generalmente come un successo di Walewski e una sconfitta del principe Napoleone e del suo gruppo favorevole alla guerra.

Ma Napoleone III, comprendendo che i risultati della missione Cowley erano stati quasi completamente negativi, fece anche un passo segreto a Pietroburgo e ottenne che il governo dello zar proponesse la riunione di un congresso delle grandi potenze per discutere la questione italiana. In tal modo il tentativo di mediazione inglese veniva sostituito dal nuovo tentativo russo, che riproponeva il problema italiano nel suo complesso: l'Inghilterra e la Prussia non poterono infatti non accettare la proposta russa, che mirava anch'essa ufficialmente a salvare la pace e che fu naturalmente accettata dalla Francia. L'accettazione francese fu anzi ufficialmente annunciata prima ancora che fossero note le accettazioni delle altre potenze. L'Austria, sebbene assai contrariata dalla proposta russa, non poté respingerla, ma pose come condizione per un suo intervento al congresso il disarmo preventivo del Piemonte, cioè la riduzione dell'esercito sardo sul piede di pace e il licenziamento dei volontari. Inoltre, secondo il governo di Vienna, nessuna proposta di mutamenti territoriali doveva essere fatta al congresso, che avrebbe dovuto limitarsi a discutere il problema dell'evacuazione dello Stato pontificio e dei consigli da dare al papa per migliorare la sua amministrazione e il problema della eventuale revisione dei trattati particolari dell'Austria stessa, ma anche di altre potenze, con i singoli Stati italiani.

Napoleone III con la proposta del congresso suggerita al governo russo aveva mirato a uscire dalla difficoltà in cui era stato messo dalla mediazione inglese e a mettere invece in difficoltà l'Austria. Egli pensava che, se il congresso si faceva, sarebbe stato possibile ottenere qualche vantaggio per il Piemonte; se non si faceva in seguito al rifiuto dell'Austria, la guerra sarebbe stata giustificata di fronte alle altre potenze. Ma la prima eventualità avrebbe rappresentato uno scacco gravissimo per la politica di Cavour. Ormai in Italia tutti si aspettavano la guerra, i volontari accorrevano in Piemonte, era stato deciso il richiamo dei contingenti di seconda categoria per mettere l'esercito sardo sul piede di guerra; il prestito, praticamente rifiutato dai banchieri parigini, era stato sottoscritto in pochi giorni all'interno con grande entusiasmo e con la partecipazione di banchieri e di proprietari toscani e lombardi; il fermento patriottico si diffondeva in tutta l'Italia. In queste condizioni un congresso dedicato alla questione italiana, che un anno prima sarebbe stato accolto come un successo della politica piemontese, avrebbe provocato una delusione generale e dato nuovo vigore a Mazzini, verso il quale si sarebbero rivolte tutte le forze che nel corso degli ultimi tre anni si erano orientate verso il Piemonte. Cavour pertanto cercò di fare il possibile perché il congresso non si tenesse: agitò di fronte a Napoleone III il pericolo di una crisi rivoluzionaria; fece anche capire che in caso estremo avrebbe potuto rendere pubblici i documenti che comprovavano la preparazione della guerra fatta d'accordo coll'imperatore stesso. Alla fine di marzo si recò a Parigi e in due colloqui con Napoleone III espose la gravità della situazione in cui si trovava ormai il Piemonte. Comprese che l'imperatore non poteva rinunciare alla proposta del congresso e chiese allora che il Piemonte vi fosse ammesso a parità di diritti con tutti gli altri partecipanti dichiarando che, a questo patto e a patto che anche l'Austria riportasse la sua armata in Italia alla forza che aveva il 1° gennaio '59, il governo di Torino avrebbe provveduto a congedare i contingenti richiamati. Non ebbe dall'imperatore alcuna risposta precisa, ma ebbe l'impressione che Napoleone III fosse sempre deciso a fare la guerra, pur essendo perplesso e incerto sul modo di mettere in pratica questa decisione.

Le prime settimane di aprile furono caratterizzate da una crescente tensione e da un alternarsi febbrile di speranze e di delusioni. Mentre continuavano i preparativi militari in Piemonte e nel Lombardo-Veneto, e piú lentamente in Francia, si svolgeva un'intensa attività diplomatica. L'Inghilterra, appoggiata dalla Prussia, cercò di ottenere dal Piemonte il disarmo preventivo richiesto dall'Austria. Cavour continuò a rifiutare sperando che la Francia non si associasse alla richiesta inglese. Per influire sulle decisioni francesi ed inglesi inviò a Parigi e a Londra Massimo d'Azeglio. A un certo punto il governo di Parigi si accordò con quello di Londra per imporre al Piemonte il disarmo preventivo offrendo in cambio a questo la partecipazione al congresso insieme agli altri Stati italiani. Fu un momento drammatico per Cavour. Ecco cosa scriveva il Massari nel suo *Diario* in data 19 aprile 1859: "In uffizio trovo dispacci che annunziano la Francia proporre disarmo ed ammissione della Sardegna nel congresso con tutti gli altri Stati italiani. È una notizia grave assai. Farini e Cusani, che hanno passato circa un'ora col conte Cavour all'interno, sono conurbati: c'è una vera crisi. I consigli dei ministri iersera e stamani sono stati tempestosi: tutt'i colleghi del conte gli rimproverano d'aver avuta troppa fiducia in N. III. Stanotte all'1 ½ La Tour d'Auvergne ha mandato dal conte Aymé d'Aquin [un segretario della Legazione francese] con la fatale proposta: il conte saltando sul letto ha detto ad Aymé con molta concitazione: 'il ne me reste plus maintenant qu'à me donner un coup de pistolet et me faire sauter la tête.' Ha scritto subito per telegrafo a M. d'Azeglio, che poiché la Francia chiede il disarmo *je le subis*. Si vuol dimettere: è irritato, commosso, sconfortato e solo."[25]

Ma la situazione, che a Torino sembrava cosí disastrosa, stava proprio allora subendo un vero e proprio capovolgimento. Già da alcuni giorni a Vienna era prevalsa l'opinione di troncare le trattative e gli indugi e di inviare

[25] G. MASSARI, *Diario*, cit., p. 212.

un *ultimatum* al Piemonte[26] e proprio quel giorno 19 aprile la decisione veniva presa irrevocabilmente da Francesco Giuseppe e dal Buol. La notizia, giunta a Torino e nelle altre capitali il 21, fece capire a tutti che la guerra era ormai inevitabile. Il 23 aprile due inviati austriaci presentarono a Cavour la lettera del Buol in cui si chiedeva al governo sardo di porre senza indugio il suo esercito sul piede di pace e di congedare i volontari italiani. "Il latore della presente," concludeva l'*ultimatum*, "cui vi compiacerete, signor Conte, di far avere la vostra risposta, ha l'ordine di tenersi, a questo scopo, a vostra disposizione per tre giorni. Se, spirato questo termine, non ricevesse risposta, o questa non fosse completamente soddisfacente, la responsabilità delle gravi conseguenze che questo rifiuto trarrebbe con sé ricadrebbe tutta sul governo di Sua Maestà Sarda. Dopo aver impiegato tutti i mezzi concilianti per procurare ai suoi popoli la garanzia della pace, su cui l'Imperatore ha il diritto di insistere, Sua Maestà dovrà, con suo grande rincrescimento, ricorrere alla forza delle armi."

La risposta negativa di Cavour, che si rifaceva alle trattative intercorse per il congresso che il governo di Vienna mostrava ormai di volere ignorare, fu consegnata agli inviati austriaci nel pomeriggio del 26 aprile, esattamente allo scadere dei tre giorni concessi dall'*ultimatum*. Era fallito frattanto un ultimo tentativo del Malmesbury per un accordo *in extremis*. Mentre i mediatori delusi protestavano per la decisione austriaca, le truppe francesi si mettevano in moto per entrare in Piemonte e quelle austriache si apprestavano a passare il Ticino.

"La *sommation* [ultimatum] dell'Austria proprio al momento che la nostra condotta ci faceva diventare i Beniamini dell'Inghilterra, è stata uno di quei terni al lotto che accadono una volta in un secolo."[27] Cosí scriveva da Londra Massimo d'Azeglio a Cavour il 23 aprile '59. In realtà l'Austria era venuta indirettamente in aiuto del Piemonte in imbarazzo facendo fallire tutte le manovre della diplomazia per evitare la guerra. Ma, dato l'atteggiamento di intransigente difesa dei trattati del 1815 e della propria politica di predominio in Italia, assunto dall'Austria fin dal principio della crisi, quella decisione era inevitabile. Il go-

[26] Si vedano i dispacci del Buol al conte Apponyi, ambasciatore austriaco a Londra del 12 e del 14 aprile 1859, in HÜBNER, *Nove anni di ricordi*, cit., pp. 731-735.
[27] *Cavour e l'Inghilterra*, II, t. I, p. 319.

verno di Vienna aveva fin dall'inizio affermato che la questione italiana era una provocatoria invenzione del governo di Torino; se avesse accettato di discutere col Piemonte in un congresso, senza prima ottenere un successo di prestigio nei riguardi di questo, avrebbe implicitamente riconosciuto di avere sbagliato con la prospettiva di passare dal banco dell'accusatore a quello dell'accusato. La ripercussione sarebbe stata gravissima soprattutto in Germania, dove la Prussia avrebbe potuto assumere la guida della Confederazione e atteggiarsi quindi a salvatrice dell'Austria stessa. Inoltre la situazione finanziaria dell'Impero asburgico era troppo difficile per consentire di prolungare lo sforzo militare per il tempo imprevedibile in cui sarebbero durate le trattative col pericolo di dover poi affrontare ugualmente una guerra difficile e costosa. Infine l'Imperatore Francesco Giuseppe e il suo governo speravano che un intervento rapido dell'esercito imperiale in Piemonte, prima dell'arrivo del grosso dell'esercito francese, potesse portare ad un grande successo iniziale, tale da far riprendere le trattative in condizioni migliori. Queste considerazioni spinsero l'Austria a rompere gli indugi e ad offrire cosí agli alleati franco-piemontesi il *casus belli*, che Cavour e Napoleone III avevano tanto faticosamente ricercato da Plombières in poi.

4. *Moderati e democratici alla vigilia della seconda guerra d'indipendenza*

Nel corso del 1858 e nei primi mesi del '59 la lotta politica in Piemonte divenne via via sempre meno vivace. I problemi interni passarono in seconda linea, mentre l'attenzione generale si polarizzò nell'attesa dell'alleanza francese e della prossima auspicata guerra contro l'Austria. In tal modo il successo conseguito dai clericali nelle elezioni del novembre '57, già diminuito dalla riscossa dei liberali in molte elezioni suppletive e dal disaccordo tra conservatori e reazionari, rimase in pratica senza risultati. All'estremo opposto i mazziniani, duramente colpiti dalla repressione governativa, che fece morire l'"Italia del Popolo," si ridussero ad un'attività clandestina di proporzioni limitate. La maggioranza di centro, su cui si appoggiava il ministero Cavour, rimase unita, nonostante le dimissioni di Rattazzi. Nell'aprile del '58 Rattazzi e il suo gruppo, per non attirarsi l'inimicizia di Napoleone III, votarono a favore della legge De Foresta e aiutarono cosí Cavour a togliersi dalle difficoltà in cui lo avevano messo le pressioni francesi dopo l'attentato Orsini. Piú tardi, nell'ottobre, il centro-sinistro fu di nuovo rappresentato nel ministero da due ministri, come prima delle dimissioni di Rattazzi: infatti il Lanza, che aveva il portafoglio dell'istruzione e l'*interim* delle finanze, divenne ministro titolare delle finanze, mentre l'istruzione fu affidata a Carlo Cadorna, che lasciò vacante la presidenza della Camera. A questa carica fu eletto il 12 gennaio '59 lo stesso Rattazzi. Cavour insomma cercò di attenuare, almeno ufficialmente, i contrasti col suo rivale, i cui rapporti col re si andavano facendo sempre piú stretti. D'altra parte, via via che la notizia sull'alleanza francese e la preparazione della guerra si facevano piú consistenti, anche i contrasti del centro con la destra conservatrice del Menabrea e del Revel da un lato e con la sinistra del Depretis e del Valerio dall'altro si attenuarono notevolmente.

Un'atmosfera di unione patriottica e di lealismo dinastico si formò nel paese e fece sentire i suoi effetti sulle discussioni parlamentari. Alla fine di gennaio la legge per l'assegnazione della dote alla principessa Clotilde fu approvata dalla Camera con 111 voti favorevoli e 1 contrario (quello del deputato di destra, generale De Sonnaz) e dal Senato all'unanimità dei 53 membri presenti. In febbraio la legge per il prestito fu approvata dalla Camera con 116 voti contro 35 (furono contrari il Solaro della Margarita, il Costa di Beauregard ed altri reazionari in maggioranza savoiardi) e dal Senato con 59 contro 7 (anche qui fu contraria l'estrema destra capeggiata dal Brignole-Sale). Il 23 aprile, poche ore prima di ricevere gli inviati austriaci latori dell'*ultimatum*, Cavour presentò alla Camera un disegno di legge che conferiva al re il potere di compiere, sotto la responsabilità ministeriale, per mezzo di decreti tutti gli atti necessari per la "difesa della patria" e delle "istituzioni" e dava inoltre al "governo del re" per la durata della guerra "la facoltà di emanare disposizioni per limitare provvisoriamente la libertà di stampa e la libertà individuale." Il progetto fu approvato a scrutinio segreto con 110 voti favorevoli, 2 astenuti e 24 contrari. Prima del voto, il Solaro annunciò la sua astensione, il De Sonnaz il suo voto contrario. Due giorni dopo il Senato approvò la legge all'unanimità dei 61 membri presenti. Con questa legge veniva praticamente instaurata una dittatura e veniva sospeso il regime parlamentare, che ricominciò a funzionare soltanto dopo un anno. Cavour la giustificò con la necessità di concentrare tutte le forze del paese nella guerra d'indipendenza. Inoltre l'idea della dittatura regia come centro di raccolta di tutte le correnti politiche per la lotta contro lo straniero era stata piú volte sostenuta dagli uomini della Società Nazionale. Non si può escludere tuttavia che anche pressioni di Napoleone III possano avere influito su questa decisione. In pratica essa finí per danneggiare lo stesso Cavour, che dovette cosí fronteggiare le tendenze autoritarie del re senza avere dietro di sé l'appoggio del Parlamento. Questo fatto inoltre rese piú difficile il ritorno di Cavour al potere dopo che fu superata la crisi seguita a Villafranca.

L'accordo fra tutte le frazioni dello schieramento liberale attuato in Piemonte si realizzò anche nel resto d'Italia. Sul finire del '58 e nei primi mesi del '59 si intensificarono i contatti di Cavour coi moderati degli altri Stati, in particolare con quelli della Toscana, delle Legazioni e della Lombardia. Quasi tutti i maggiorenti moderati di queste regioni si recarono allora a Torino, dove si incontrarono con Cavour e i suoi collaboratori. Tutti accettarono la guida del Piemonte e aderirono al piano d'azione cavouriano.
La Società Nazionale intensificò la sua attività e accrebbe i suoi iscritti soprattutto in Toscana e nelle Legazioni; assai meno in Lombardia. Il 1° marzo 1859 La Farina diramò a nome della Società alcune istruzioni segrete concernenti il modo di insorgere. L'insurrezione doveva avvenire, ovunque fosse stata possibile, dopo lo scoppio della guerra e doveva portare alla nomina di commissari provvisori, in attesa che giungessero i commissari nominati dal governo sardo. I commissari dovevano avere poteri dittatoriali, provvedere all'arruolamento e all'armamento dei volontari e a tutte le misure d'emergenza rese necessarie dallo stato di guerra contro l'Austria. La Società Nazionale assunse in sostanza la funzione di un'organizzazione ausiliaria del governo piemontese. Il 26 aprile il Comitato centrale deliberò di sciogliere la Società stessa "in tutti quei luoghi dove il suo programma diviene fatto governativo, rimanendo solamente in quelli dove l'antico ordine di cose perdura."[28] Proprio in quei giorni la Società Nazionale

[28] PALLAVICINO, *Memorie*, vol. III, p. 511.

aveva avuto una parte importante nell'insurrezione della Toscana e poco piú d'un mese dopo ne ebbe una non meno importante nell'insurrezione delle Legazioni.

Attraverso i capi della Società Nazionale, come già s'è detto, Cavour aveva potuto stabilire fin dall'estate del '56 contatti con Garibaldi. Altri colloqui tra il ministro e il generale vi furono nel dicembre del '58 e al principio di marzo del '59. Fu deciso allora che Garibaldi col grado di maggior generale dell'esercito sardo avrebbe comandato la brigata dei Cacciatori delle Alpi da organizzarsi con una parte dei volontari che chiedevano di combattere contro l'Austria. Alla fine di marzo i volontari affluiti in Piemonte erano circa 20.000, ai quali si devono aggiungere molti esuli già residenti nel Regno che chiedevano di combattere. Circa 3.200 furono inquadrati nei Cacciatori delle Alpi, mentre circa 5.000 risultavano inquadrati direttamente nell'esercito regolare alla metà d'aprile; non si sa quanti altri fossero arruolati successivamente, ma si può supporre che una parte non piccola dei volontari affluiti non fosse in alcun modo utilizzata. Nell'esercito regolare furono inquadrati gli uomini dai 20 ai 25 anni, sicché la brigata garibaldina si compose di giovanissimi e di anziani. Molti di questi ultimi però e tutti gli ufficiali erano veterani del '48 o delle difese di Roma e di Venezia. Cavour avrebbe voluto costituire un corpo di volontari piú numeroso, ma dovette tener conto dell'ostilità di Napoleone III alla formazione di corpi franchi e dell'impegno preso in proposito nella convenzione militare annessa al trattato d'alleanza. Per ovviare alla difficoltà fece modificare la legge sulla Guardia nazionale in modo che il governo fosse autorizzato a costituire corpi speciali con volontari iscritti nei ruoli della Guardia stessa. Comunque la brigata dei Cacciatori delle Alpi, questo "singolare compromesso tra la guerra di popolo e la guerra regia,"[29] fu assai trascurata nell'armamento e nell'equipaggiamento da La Marmora e dagli altri capi militari piemontesi, ostili alla formazione di corpi volontari. Si fece insomma il possibile per riservare alle forze della "rivoluzione" un posto non solo secondario, ma addirittura meschino nella grande lotta per l'indipendenza nazionale. Tuttavia la notizia dell'accordo tra Cavour e Garibaldi ebbe un'enorme ripercussione politica e contribuí non poco a formare quell'atmosfera d'unione di tutte

[29] P. Pieri, *Storia militare del Risorgimento*, Torino, 1962, p. 621.

le forze patriottiche per la lotta contro l'Austria che fu caratteristica del '59.

I democratici del gruppo Bertani-Medici, che pure non avevano formalmente aderito alla Società Nazionale, decisero di collaborare attivamente allo sforzo patriottico e di seguire Garibaldi: Medici e Cosenz ebbero il comando del primo e del secondo reggimento dei Cacciatori delle Alpi. Bertani tuttavia conservò contatti con Mazzini, col quale si era incontrato a Londra nel novembre del '58, e, come altri patrioti democratici, si rivolse allora a Cattaneo, che continuava a vivere isolato nel suo rifugio di Castagnola presso Lugano, per chiedergli consiglio su quel che si sarebbe dovuto fare in quella situazione. "Io qui predico l'agitazione," scriveva Bertani da Genova il 1° febbraio '59, "la passione e dov'è possibile l'insurrezione, perché il paese, che ha dato il programma alla diplomazia, dia l'eccitamento, l'inevitabilità, la prontezza della guerra, e trovo intorno a me un pecorismo scoraggiante, strano, meschino. Il governo grida che non vuole le scene del Quarantotto, mentre noi dovremmo ritorcere contro di lui quella diffida e quel rimprovero. Intanto Mazzini, che dice di predicare l'astensione, s'adopera all'iniziativa e profitterà degl'impazienti, e riuscirà in un fiasco doloroso. Si potrebbe accordarci con lui al quale ho pure scritto da poco dopo sue nuove pratiche a me indirizzate, ma la mia risposta non ebbe la sua approvazione."[30] Nella sua risposta Cattaneo affermava che era un'illusione credere che l'Italia avesse dato "il programma alla diplomazia," perché il programma che si voleva attuare proveniva dalla Francia imperiale e non dall'Italia; diceva poi che Medici e altri patrioti gli avevano chiesto non già consiglio, come credeva Bertani, ma di "metter *qualche parola* per la loro impresa, ch'era l'unità d'Italia col re Vittorio Emanuele. Vedi bene," aggiungeva Cattaneo, "che si trattava del *loro* parere non del mio. Domandai se nulla dovesse toccare ai Bonaparte e ai Murat, e se sapessero che in questo la Francia fosse d'accordo. Confessarono di non saperlo; anzi, di non crederlo. Tu vedi che si cominciava con un imbroglio." Data questa situazione, Cattaneo sconsigliava la formazione di corpi volontari: "Credi tu che una volta ingaggiati, non dovranno uniformarsi al *tutto* e che, se bisogna, non saranno dati ad altri capi? Or bene, in questo caso è meglio

---

[30] Lettera pubblicata in Cattaneo, *Epistolario*, cit., III, p. 551.

fin da principio vadano affatto confusi con gli altri: in 1°
luogo, per non essere predestinati all'assalto di tutte le
breccie e le batterie, fino a completo esterminio; in 2°
luogo, per non far parere la repubblica piú piccola che non
è. Pensi tu che faranno una maestosa comparsa otto o dieci
battaglioni della repubblica in un mare di soldati delle co-
rone? Basta che si sappia che i repubblicani vi sono, e che
non sono rimasti a casa, e che uno od altro di essi si possa
additare a nome. Ma non è bene che si facciano contare in
disparte. Chi vuol farsi soldato, un giorno o l'altro potrà
anche combattere per la libertà; ma frattanto si faccia soldato." Cattaneo insomma negava che in quella situazione i
democratici potessero svolgere un'azione di gruppo e proponeva che entrassero individualmente nelle file dell'esercito regio; raccomandava tuttavia che gli "amici" conti-
nuassero a tenersi in collegamento tra loro per cercare di
influire sugli avvenimenti senza però prendere impegni per
una linea politica comune. Personalmente ribadiva la sua
volontà di non assumere alcun impegno direttivo: "Io non
voglio andare a parer *capo* un'altra volta di un'opposizione
o d'un partito nel quale non sono tampoco l'ultima ver-
tebra della coda."[31]

Bertani in una lettera del 13 marzo definiva "savi, abili
e convenienti" i consigli di Cattaneo e aggiungeva: "Do-
mando io: cosa potranno fare col vento che spira quelli che
vogliono fare da loro, o piuttosto a che riusciranno non
facendo? È bensí vero che qui da questo governo si ha una
paura grandissima d'armare gente che non sia totalmente
nelle file dell'esercito. Finora Garibaldi si può dire corbel-
lato. Hanno paura del suo nome, della sua influenza, del
sentirlo richiesto, prescelto, messo come condizione di
quelli che vengono dagli altri Stati. Hanno paura che
s'ingrossi troppo, cammin facendo, il suo corpo di volontari, che acquisti troppa gloria e simpatia, che possa di-
strarre l'attenzione e scemare l'importanza dell'esercito
piemontese. Cavour sembra al di sopra di queste miserie,
ma La Marmora e il partito Gianduia è inflessibile, inac-
costabile. Garibaldi è disgustato assai, e i suoi campioni
quali Medici, Pasi, ecc. che non permettevano a noi neppure una parola di incoraggiamento al governo, e volevano
confondere il governo piemontese con la questione e gli

[31] Cattaneo a Bertani, 24 febbraio 1859, in CATTANEO, *Epistolario*, III,
pp. 105-109.

interessi di tutt'Italia, adesso sono mortificati ed irritati ad un tempo."[32]

Tuttavia, pur con questo stato d'animo, i democratici dissidenti da Mazzini, residenti a Genova e in Piemonte, gli uomini del "partito repubblicano che si potrebbe dire opportunista e indipendente," come diceva Bertani in quella stessa lettera, si arruolarono tutti nei Cacciatori delle Alpi, e Bertani stesso diresse le ambulanze della brigata, come aveva diretto nel '49 il corpo sanitario dell'esercito della Repubblica romana. Cattaneo per parte sua cosí scriveva a Bertani, dopo aver saputo che ormai era andata avanti l'organizzazione del corpo volontario: "Giacché il sacrificio è fatto, giacché si aderisce al programma piemontese, non si facciano le cose per metà; non si cimenti la riuscita contro le velleità di minore importanza; non si arrischi di attirarci sul capo, se non la responsabilità dei rovesci che potrebbero avvenire, almeno l'accusa di avervi contribuito. Mentre la cosa è ancora possibile, si accetti in tutto e per tutto l'ordinamento dell'esercito regolare, si concerti col ministro la riforma del corpo: si mettano in disponibilità tutti gli ufficiali finora designati, e si proceda a scelte ponderate, prudenti, coscienziose. Il corpo non ci perderà nulla e ci guadagnerà assai." E il primo guadagno sarebbe stato, secondo Cattaneo, "quello di non arrestare lo slancio generoso che spinge in Piemonte tutta la gioventú italiana nella speranza di trovarvi le condizioni e le opportunità della *milizia*, non già gli stenti e l'abbandono e la diffidenza che hanno sempre e tutti i governi per un corpo di *partigiani*."[33]

In fondo non aveva torto il Massari quando osservava: "nel 1848 c'era la mania del comando, nel 1859 c'è la frenesia dell'obbedienza."[34] Ma questo era il risultato del fatto che i moderati erano riusciti ad imporre per opera di Cavour la loro direzione politica al movimento nazionale, mentre i democratici avevano dovuto accodarsi. D'altronde in quel momento il problema dominante era quello della guerra all'Austria. A questo compito i democratici non potevano sottrarsi e il fatto di essere riusciti a formare un corpo di volontari, sia pure piccolo, fu già un successo in quelle difficili condizioni. Infatti, non solo quel corpo svol-

[32] Bertani a Cattaneo, 13 marzo 1859, *ivi*, pp. 552-555.
[33] Cattaneo a Bertani, aprile 1859, *ivi*, p. 123.
[34] MASSARI, *Diario*, cit., p. 225. L'osservazione è del 27 aprile 1859.

se nella guerra una funzione militare e politica non trascurabile, per quanto limitata e marginale, e comunque
gloriosa per la capacità strategica di Garibaldi e il valore
dei volontari, ma soprattutto contribuí a tenere unito il
nucleo dei combattenti repubblicani del '49 e ad ingrossar-
lo con parecchi giovani, sicché nella mutata situazione del
'60 i capi democratici ebbero a loro disposizione una forza
abbastanza efficiente con la quale svolsero una funzione
militare e politica decisiva per l'unificazione d'Italia. Perciò, sebbene non fosse errato in linea generale il giudizio di
Cattaneo sul carattere subalterno che un corpo di volontari
avrebbe avuto in una guerra di eserciti regolari guidata da
governi monarchici, è anche vero che il suo consiglio iniziale, se accolto, avrebbe portato i democratici ad una posizione di pura passività politica e di completa disgregazione.

Mentre Cattaneo, pur riconoscendo genericamente che
l'Italia dovesse "giovarsi di tutte le congiunture, e di tutte
le ambizioni e le astuzie altrui per armarsi ed agguerrirsi e
farsi valere,"[35] assumeva un atteggiamento politicamente
rinunciatario, Mazzini in quella situazione per lui difficilissima si sforzava di agire e tracciava almeno una linea di
condotta chiara.

Dopo la Spedizione di Sapri Mazzini aveva accentuato
la sua intransigenza repubblicana e dopo l'attentato Orsini
aveva attaccato violentemente Napoleone III e Cavour.
Inoltre sempre piú aspra si era fatta la sua polemica contro
i dissidenti e contro gli uomini della Società Nazionale.
D'altra parte le defezioni di patrioti dal Partito d'Azione e
la persecuzione accanita del governo di Torino contro
l'"Italia del Popolo" rendevano sempre piú difficile la sua
attività. Decise tuttavia di fondare una rivista quindicinale,
"Pensiero ed Azione," che cominciò a pubblicare a Londra
il 1° settembre '58 con l'aiuto dei pochi amici che gli erano
rimasti fedeli. Su questa rivista egli venne svolgendo le sue
idee sullo sviluppo della situazione.

Il 15 novembre, in un articolo intitolato *La Monarchia
piemontese e noi*, prendeva in esame l'ipotesi di una guerra
franco-piemontese contro l'Austria e diceva: "può alcuno
ideare senza follia che sia nelle mire del Bonaparte creare
l'unità dell'Italia e lasciarne la corona al re Sardo?... aiu-

[35] Cattaneo, *Epistolario*, III, p. 107.

tare l'impianto d'una Italia libera — dacché è impossibile che l'Italia sorga a Nazione senza conquistarsi parte piú o meno vasta di libertà — di fronte alla Francia schiava? No: in una guerra combattuta, di concerto col Piemonte, dalla Francia Imperiale contro l'Austria in Italia, l'ipotesi la piú splendida pei creduli di parte monarchica è questa: dacché né la politica tradizionale della Francia né gli interessi del Bonaparte consentono che una Potenza forte ed estesa tenga le chiavi dell'Alpi senza pegno d'equilibrio e compenso, a un ingrandimento del Regno Sardo corrisponderebbe l'impianto d'un Governo Francese — diretto o delegato non monta — nel mezzogiorno d'Italia... Ed è questa infatti — credo poterlo affermare — l'ipotesi accettata dal Governo Sardo: ipotesi trista in sommo grado e antiitaliana."[36] Quindi, poiché la politica della monarchia piemontese era stata ed era ancora politica "d'*ingrandimento*" e non d'unità, il Partito d'Azione, non perché repubblicano ma perché unitario, non poteva, secondo Mazzini, collaborare con la monarchia stessa. Da quel momento, informato abbastanza esattamente da qualche amico francese su quello che si stava preparando[37] e molto attento agli sviluppi della situazione europea, Mazzini insistette allora in diversi articoli sul carattere bonapartista e dinastico che la guerra avrebbe avuto e sull'ostilità con cui sarebbe stata accolta dall'opinione pubblica e dalle potenze europee. Certamente sul suo giudizio influiva l'ambiente inglese nel quale egli viveva. Ma si deve notare che quel giudizio coincideva sostanzialmente con quello dato allora dalla grande maggioranza degli uomini di sinistra di tutta l'Europa.

[36] MAZZINI, LXI, pp. 103-104.
[37] In una lettera a Napoleone III del 29 dicembre '58, pubblicata in *Carteggio Cavour-Nigra*, vol. I, pp. 262-266, Cavour diceva che Mazzini pochi giorni prima in una conversazione con un suo antico adepto, "maintenant converti, mais qui passe encore pour être un des chefs du parti," si era mostrato "très au courant des intentions de l'Empereur" ed aveva detto che i suoi informatori erano "des français haut placés et dans le cas d'être informés des secrets des Tuileries." Aveva però rifiutato di dare indicazioni su di essi. Il suo interlocutore, sulla base di vaghi accenni, aveva tratto l'opinione che fossero persone appartenenti alla magistratura. Secondo quanto affermava Cavour in quella stessa lettera, Mazzini, per rendere impossibile la guerra, stava preparando un attentato contro l'imperatore, delle dimostrazioni antigovernative a Genova e in Sardegna e una rivolta a Milano. Il mazziniano "convertito" informatore di Cavour era forse il Remorino, già direttore dell'"Italia del Popolo" che il 20 dicembre si era incontrato con Mazzini a Londra (cfr. MAZZINI, LXIII, p. 46), sulla cui conversione si vedano gli accenni di MASSARI, *Diario*, cit., p. 33 e p. 37. Si ignora chi fossero i francesi informatori di Mazzini.

Mazzini inoltre affermava che la guerra si sarebbe conclusa con l'annessione della Lombardia al Piemonte e la rinuncia al Veneto. In una lettera agli "amici di Genova" del 4 gennaio '59 cosí fissava la linea di condotta che i repubblicani avrebbero dovuto seguire di fronte all'invito a combattere fatto dal governo di Torino e dalla Società Nazionale: "non possiamo, senza apostasia, riunirci in una guerra promossa da Luigi Napoleone. Il Governo intende, colla proposta, neutralizzare nell'intervallo l'attività del Partito; associarci in faccia al mondo a una Dittatura che prepara la soppressione della libertà; concentrarci tutti per averci sotto la mano; poi, se occorre, disfarsi dei migliori. Il concetto della guerra — e lo so positivamente — non è se non l'aggiunzione d'una zona lombarda al Piemonte, e la concessione della Savoia e di Nizza alla Francia: la pace, sulla offerta della quale contano, abbandonerebbe tutto il Veneto all'Austria. La nostra parte è astenerci: organizzarci piú sempre strettamente, e militarmente: aspettare la guerra — se non riesco ad altro che tento, prima — e siccome il Veneto di certo insorgerà ed altri punti probabilmente insorgeranno, scegliere allora il nostro terrȇno per innalzarvi la bandiera della Nazione e, sorgendo la delusione, continuare per conto nostro. Per poter far questo, bisogna mantenerci liberi e indipendenti. La guerra è decisa: ma non prova che si farà. Hanno tanto imprudentemente ciarlato, che l'Inghilterra e la Germania pensano ad impedirla. E se una nota minacciosa fosse nell'intervallo presentata a Parigi, può far retrocedere e aggiornare. In quel caso, la delusione sarebbe cosí forte nelle popolazioni che il partito piemontese perderebbe tutto il prestigio e gli elementi sommossi verrebbero a noi. Ma anche per questo, bisogna mantenersi indipendenti. Nell'intervallo, bisogna spargere dappertutto quali sono le intenzioni della guerra; e dire che unico rimedio è il sorgere, quando si sorge col grido unanime, d'ogni ora, di *Viva l'Italia! Viva la Nazione! Unità! Roma!* tanto che il carattere dell'iniziativa diventi nostro. Guai se gridano: viva il Piemonte! È un limitare immediatamente la guerra. Quei che lo credono necessario, non temano di non averlo non cacciando quel grido. Il Piemonte è forzato a scendere in campo davanti a una insurrezione. Solamente il Piemonte prenderebbe esso stesso in parte il colore dell'iniziativa."[38]

[38] MAZZINI, LXIII, p. 109.

Su questa linea fu concepita una *Dichiarazione*, pubblicata a Londra il 21 febbraio '59, che fu firmata da Mazzini, Saffi, Campanella, Mario, Quadrio, Bernieri, Montecchi, Libertini, Guastalla, Pilo, Crispi, De Boni, Mosto e da altri 130 patrioti in esilio.[39] Ma l'atteggiamento di Garibaldi, Bertani, Medici e degli altri dissidenti rendeva praticamente impossibile sviluppare in Italia questa linea politica. Mazzini era quindi assai pessimista sui risultati pratici del suo lavoro: "Ahimè, ahimè!" scriveva a Emilia Hawkes il 22 gennaio, "temo che quest'ultima scintilla di attività non abbia alcun risultato. Sí, cara, v'è qualcosa di assai triste nell'attuale disposizione d'animo degli Italiani; non dovete tuttavia esagerarvi il sentimento delle masse. Esse sono ingannate piú che corrotte. Nessuno fa saper loro quel che noi sappiamo; si dice ad esse che il Piemonte — che dopo tutto è una provincia italiana — si prepara a combattere per l'indipendenza e per l'unità d'Italia: esse vedono fra i partigiani del Piemonte gli uomini che una volta sono stati i loro uomini migliori, Garibaldi, Medici e altri. E credono che questi uomini vigileranno a impedire qualsiasi tradimento... La colpa, o piuttosto il delitto, va ricercato piú in alto: in quegli *amici* che, dominati incessantemente dal terrore di dover sottomettere la loro indipendenza personale al mio comando, la gettan da parte per cedere al volere di un *re*. La situazione è complessa e veramente brutta; cerco di fare quanto posso per ritrarne qualcosa di nobile; ma con ben poca speranza di successo. Soltanto, vorrei esser giovine."[40]

Tuttavia Mazzini sperò che le difficoltà insorte per i tentativi di mediazione rendendo inattuabile il progetto bonapartista e cavouriano costringessero il Piemonte ad agire appoggiandosi soltanto su forze italiane. Convinto ormai che qualche cosa doveva succedere, il 1° aprile '59 nell'articolo *Dovere degl'italiani* si rivolgeva ai governanti piemontesi invitandoli ad approfittare delle incertezze e delle paure di Napoleone III per svincolarsi dalla sua alleanza e stringersi invece all'Italia. E agli italiani diceva: "Non si tratta di discuter la guerra; si tratta d'accettarla, d'accelerarla, di *nazionalizzarla*. Non si tratta d'avversare o inceppare il Piemonte; si tratta di spingerlo, di sottrarlo a fatali influenze, d'ampliarne il programma e dargli piú de-

[39] MAZZINI, LXII, pp. 213-220.
[40] MAZZINI, LXIII, p. 132.

gni e sicuri alleati."[41] Quando infine la guerra scoppiò, egli, pur ribadendo che lo scopo di essa non era l'unità nazionale ma il piano egemonico del Bonaparte accettato da Cavour, notava: "E nondimeno la guerra è un *fatto* iniziato, un fatto potente che crea nuovi doveri e modifica essenzialmente la via da tenersi... Il *fatto* è iniziato: bisognava cercare di mutarne le condizioni prima; è dovere in oggi cercare di migliorarle... Se la guerra non si combattesse che tra governi, noi potremmo rimanere spettatori, vegliando il momento in cui, indeboliti i combattenti, l'elemento nazionale potrebbe innoltrarsi sul campo. Ma quell'elemento è sorto. Illuso o no, il paese freme azione e crede poter giovarsi della guerra regio-imperiale a raggiungere il fine. Il moto toscano, moto spontaneo di militi e cittadini italiani, l'agitazione universale e il campo dei volontari oltrepassano il cerchio dell'opera dei faccendieri: sono palpiti della nazione. Bisogna seguirli sull'arena: bisogna allargare, *italianizzare* la guerra. Gli uomini di fede repubblicana sentono quant'altri questo dovere e sapranno compirlo... È necessario che l'Austria cada. Possiamo deplorare l'intervento imperiale, ma non possiamo dimenticare che l'Austria è l'eterna nemica d'ogni sviluppo nazionale italiano, e che Italiani sono i primi soldati da essa incontrati sul campo. Bisogna che l'Austria soccomba. Ogni italiano deve cooperarvi."[42] Ammetteva quindi che era necessario accettare la direzione militare regia per combattere l'Austria, ma raccomandava di "mantenersi indipendenti nel resto sino a quando l'Italia emancipata da tutte le tirannidi straniere e domestiche, potrà rivelare il proprio concetto." Intanto bisognava affermare energicamente "quella parte del concetto pel quale l'Italia soffre e combatte da un terzo di secolo, l'*Unità Nazionale*."[43]

Molto scarsa fu dunque l'influenza immediata dell'azione di Mazzini in Italia nei mesi che precedettero l'inizio della seconda guerra d'indipendenza. Tuttavia il fatto che egli coi suoi pochi seguaci proclamasse altamente la sua opposizione al progetto cavouriano delineandone gli aspetti pericolosi e negativi e proponesse al movimento nazionale un'alternativa alla linea sabaudo-bonapartista, alternativa estremista senza dubbio ma che era anche l'unica

[41] MAZZINI, LXII, p. 261.
[42] Articolo *La guerra*, in "Pensiero ed Azione" del 2-16 maggio 1859, MAZZINI, LXIV, p. 16.
[43] *Ivi*, p. 20.

possibile dato il punto estremo a cui era giunta la situazione nell'aprile del '59, ebbe certamente un peso notevole per lo sviluppo della stessa iniziativa cavouriana. Del pericolo mazziniano infatti Cavour poté farsi forte nelle sue ultime discussioni con Napoleone III. Ma anche indipendentemente da questa funzione integratrice dell'opera del suo avversario, Mazzini con la sua intransigenza morale e politica contribuí non poco allo sviluppo ulteriore degli avvenimenti, poiché indicò un obiettivo anche ai democratici dissidenti da lui, che poi presero l'iniziativa successivamente. E poté ottenere questo risultato perché comprese che non poteva assumere nei riguardi della monarchia piemontese e della guerra da essa diretta un atteggiamento di negazione assoluta. Il suo insistere sull'idea dell'unità piú che su quella della repubblica, che provocò un fiero attacco di Cattaneo,[44] si dovette al fatto che egli comprendeva chiaramente la necessità di inserire in quella difficile situazione l'azione dei repubblicani come partito e non soltanto individualmente. Solo in questo modo si potevano costringere i monarchici ad accettare la soluzione unitaria e si poteva tentare di ricostruire un blocco di forze diverso da quello attuato da Cavour. E solo cosí si poteva sperare di riproporre in avvenire il problema della repubblica. Mazzini insomma si sforzò di tradurre in una linea politica la sua intransigenza ideale. Sebbene la situazione fosse in gran parte pregiudicata dalla maggior forza degli avversari e dagli errori che egli stesso aveva commesso, non volle rinunciare alla lotta. In tal modo, pur concludendosi in una sconfitta, la sua azione ebbe un peso notevole negli anni decisivi del Risorgimento.

5. *La seconda guerra d'indipendenza e le insurrezioni della Toscana e dell'Emilia*

All'inizio delle ostilità la forza mobilitata dell'esercito sardo, compresi i volontari, ammontava a circa 63.000 uomini, ordinati in cinque divisioni complete, una divisione di cavalleria a disposizione del comando supremo e la brigata Cacciatori delle Alpi. Il comando supremo fu assunto dal re, che affidò la luogotenenza del Regno al cugino Eu-

---

[44] Si veda la lettera agli esuli italiani di Londra del 1° maggio 1859 (ma scritta probabilmente in marzo) in CATTANEO, *Epistolario*, vol. III, pp. 132-137.

genio di Carignano. Al suo fianco erano i generali La Marmora, ministro della guerra al campo (l'*interim* del ministero fu assunto da Cavour), e Morozzo della Rocca, capo di stato maggiore. Le cinque divisioni erano comandate dai generali Giovanni Durando, Fanti, Mollard, Cialdini e Cucchiari, la divisione di cavalleria dal generale Bertone di Sambuy. Tutti questi comandanti avevano fatto le campagne del '48 e del '49; quattro (Durando, Fanti, Cialdini e Cucchiari) erano stati in esilio fra il '31 e il '48 ed avevano combattuto in Spagna; tre erano originari dello Stato estense (Fanti di Carpi, Cialdini di Castelvetro, Cucchiari di Carrara). Per quanto riguarda i comandi superiori dunque l'esercito sardo nel '59 aveva un aspetto piú italiano che nel '48 e si può dire che politicamente avesse ormai una fisionomia moderato-conservatrice anziché conservatrice-reazionaria. Né il re, né i suoi principali collaboratori avevano grandi capacità strategiche: il re era di intelligenza pronta, ma aveva scarsissima cultura e non molta esperienza; La Marmora era soprattutto un organizzatore; Della Rocca un uomo mediocre. Ma tutti erano convinti che la guerra che si combatteva era giusta e necessaria, sicché nel complesso il comando supremo funzionò meglio che nel '48. D'altronde, dopo i primi quindici giorni di guerra, il comando piemontese dovette subordinarsi a Napoleone III, secondo quanto era stato stabilito nel trattato d'alleanza, sicché tutte le decisioni piú importanti furono prese dal sovrano francese.

L'ordinamento dell'esercito sardo era stato riformato da due leggi, preparate da La Marmora d'accordo con Cavour e approvate dal Parlamento dopo vivaci discussioni nel '54 e nel '57. Anche nel campo militare il decennio cavouriano aveva portato a notevoli innovazioni rispetto all'età carloalbertina. Mentre l'ordinamento creato da Carlo Alberto era caratterizzato da un piccolo numero di soldati a lunghissima ferma (in pratica professionisti) e da un gran numero di soldati a ferma breve (quattordici mesi) insufficientemente istruiti, il nuovo ordinamento ricalcò sostanzialmente il modello francese del cosiddetto esercito di qualità: ferma di cinque anni per la prima categoria formata da un'aliquota di cinque classi, cinque contingenti di seconda categoria chiamati ogni tanto sotto le armi per brevissimi periodi di istruzione (teoricamente comprendenti tutti gli altri uomini validi, ma di fatto formati da aliquote limitate) e sei classi di riservisti composte dai congedati della prima categoria. Per i bersaglieri, l'artiglieria e la cavalleria la ferma era di sei anni e la permanenza nella riserva di cinque. L'esercito del '59 disponeva dunque di una forza effettiva più piccola di quello del '48, ma assai più omogenea per addestramento. Inoltre erano stati molto migliorati l'armamento, l'equipaggiamento, i servizi, la preparazione degli ufficiali, l'ordinamento interno dei reggimenti, delle brigate e delle divisioni. Tuttavia anche nel '59 l'esercito disponeva di scarse riserve istruite: non era quindi adatto per una lunga guerra e non era in grado di inquadrare con facilità grandi masse di uomini di nuova provenienza.

Questo del resto era il tipo di esercito allora prevalente nei maggiori Stati, su cui era modellato in sostanza anche l'esercito austriaco. Infatti il principio del cittadino-soldato, affermato dalla Rivoluzione francese, era stato accettato solo formalmente dalla maggior parte dei governi europei, che durante l'epoca napoleonica o successivamente avevano adottata la coscrizione: di fatto, un po' per ragioni finanziarie e molto di più per ragioni sociali e politiche, solo una parte degli uomini validi di leva, tratta con vari espedienti per lo più dalle classi povere, veniva arruolata e assoggettata a ferme lunghe e lunghissime, sicché i soldati, inquadrati quasi ovunque esclusivamente da ufficiali e sottufficiali di carriera, divenivano dei professionisti o semiprofessionisti delle armi, avulsi per molti anni dalla vita civile. Pertanto in questi eserciti la forza di primo impiego era molto bene addestrata e facilmente utilizzabile anche per compiti repressivi interni; deboli invece le riserve, composte di soldati anziani congedati o di contingenti poco addestrati di seconda categoria. Faceva eccezione l'esercito prussiano, caratterizzato da contingenti numerosi di prima categoria a ferma triennale e da una massa assai grande di riservisti istruiti, organizzata nella *Landswehr*. Ma la superiorità di questo esercito, che assai più degli altri realizzava il principio del cittadino-soldato pur con un'impronta fortemente conservatrice data dal corpo degli ufficiali composto esclusivamente di nobili, si vide solo nelle guerre del '66 e del '70.

Il Piemonte dunque, dopo che Carlo Alberto aveva cercato di imitare in parte e malamente il modello prussiano, era giunto con un certo ritardo ad imitare il modello dell'esercito francese, considerato ancora in quegli anni il migliore d'Europa e il continuatore della tradizione militare

329

della Rivoluzione e del Primo Impero, mentre in realtà non aveva ormai piú nulla di rivoluzionario. Comunque con le riforme del '54 e del '57 La Marmora e Cavour mirarono essenzialmente a costituire una forza militare agile ed efficiente, che potesse combattere l'Austria in modo da tenere alto il prestigio dello Stato e della dinastia, ma partirono dal presupposto che la guerra dovesse essere fatta con un alleato potente almeno quanto l'Austria, se non di piú, e che questo alleato non potesse essere che la Francia. Perciò queste riforme, sebbene nel Parlamento fossero osteggiate dalla destra conservatrice e reazionaria e appoggiate dalla sinistra per il loro evidente carattere di preparazione alla guerra d'indipendenza, non ebbero un carattere democratico. In pratica esse imponevano un pesante servizio militare a un po' meno della metà degli uomini validi di leva e lasciavano liberi o quasi gli altri: non creavano le condizioni per la mobilitazione di tutte le forze del paese e tanto meno per l'assorbimento delle forze patriottiche del resto d'Italia. Queste riforme insomma rispondevano pienamente alla linea politica di Cavour, il quale cercava sí l'alleanza dei gruppi disposti ad insorgere a favore del Piemonte negli altri Stati italiani, ma pensava che la guerra dovesse essere fatta soltanto dall'esercito regio e dall'alleato francese. Quando, alla vigilia della guerra, l'afflusso in Piemonte di migliaia di giovani ansiosi di combattere e la presenza di Garibaldi e di altri combattenti repubblicani del '49, che non si potevano inquadrare direttamente nell'esercito regolare, resero necessaria l'organizzazione di un corpo di volontari, Cavour decise di costituirlo nella forma che si è detto. Perciò accanto all'esercito regio, indubbiamente efficiente e valoroso ma pur sempre esercito di qualità o di caserma, si ebbe di nuovo il fenomeno del volontarismo, che assunse poi grandi proporzioni. Di qui una serie di problemi, che però vennero in luce piú tardi, perché nella brevissima guerra del '59 la funzione dei volontari restò essenzialmente ausiliaria e subordinata, sebbene in misura minore di quanto avrebbero voluto i dirigenti piemontesi.

Di fronte all'esercito sardo nei primi giorni della guerra stava con una forza quasi doppia la 2ª armata austriaca, comandata dal maresciallo Gyulai, un aristocratico ungherese molto fedele agli Asburgo, tecnicamente ben preparato, ma privo di quella capacità di prendere pronte decisioni necessaria ad un comandante in capo. L'armata, divisa in cinque corpi comprendenti dieci divisioni più una divisione di riserva e una divisione di cavalleria a disposizione del comando, era concentrata in gran parte sul basso Ticino. Altre potenti forze austriache (in complesso sei corpi d'armata) erano concentrate nel Quadrilatero o erano in movimento verso l'Italia. Per parte sua l'*Armée d'Italie* di Napoleone III, composta di cinque corpi d'armata più la Guardia imperiale (in tutto quindici divisioni di fanteria più tre divisioni e tre brigate di cavalleria), in parte stava affluendo in tutta fretta attraverso il Cenisio e in parte stava dirigendosi a Genova da Tolone, da Marsiglia e da Algeri. Spettava dunque ai piemontesi insieme a piccole avanguardie francesi fronteggiare il primo urto degli austriaci.

Questi cominciarono il passaggio del Ticino presso Pavia la sera del 29 aprile, tre giorni dopo che Cavour aveva presentato agli inviati austriaci la risposta negativa all'*ultimatum*. L'indugio si dovette dapprima all'incertezza provocata dal tentativo inglese per una mediazione *in extremis* e poi alle insistenti piogge che spinsero il Gyulai ad aspettare un giorno sereno per passare il fiume. Ma le piogge ripresero subito violente i primi di maggio, e per di più i piemontesi, per ritardare l'avanzata nemica, aprirono le chiuse e ruppero gli argini dei canali in modo da allagare le pianure della Lomellina e del Vercellese. Tuttavia il Gyulai con le ingenti forze di cui disponeva avrebbe potuto probabilmente infliggere un duro colpo ai piemontesi se si fosse proposto un preciso obiettivo strategico e soprattutto se fosse stato veramente convinto dell'opportunità di un'energica azione offensiva. Ma egli credeva che la Prussia e tutta la Confederazione germanica sarebbero scese in campo a fianco dell'Austria in tempo relativamente breve e che pertanto la guerra si sarebbe decisa sul Reno assai più che in Italia. Sulla base di questa opinione, del resto in quel momento assai diffusa in Europa, pensava che la 2ª armata non avrebbe dovuto impegnarsi a fondo in Piemonte, ma piuttosto, dopo aver molestato il nemico, ritirarsi nel Quadrilatero per poi riprendere l'offensiva insieme alle forze quivi stanziate, come aveva fatto Radetzky nel '48. A questo piano lo spingevano anche il timore di un'eventuale insurrezione lombarda e la notizia della rivoluzione avvenuta in Toscana il 27 aprile, che rendeva possibile prima o poi un attacco franco-italiano attraverso i Ducati contro le forze austriache del Lombardo-Veneto. Ma gli ordini di

Vienna e le pressioni del suo capo di stato maggiore colonnello Kuhn spingevano invece il Gyulai ad agire contro i piemontesi prima che arrivasse in Italia il grosso dell'armata francese, sicché il maresciallo austriaco decise di passare in forze il Ticino.

In un primo tempo progettò di puntare direttamente su Torino, poi, temendo di essere attaccato sul fianco dal grosso dei piemontesi, concentrato sulla destra del Po tra Alessandria e Casale, decise di attaccare in quella direzione. Ma dopo qualche assaggio quell'operazione gli apparve troppo difficile, sicché riprese la marcia verso Torino occupando Biella e Vercelli e spingendo le sue avanguardie verso la Dora Baltea. Il 9 maggio però decise di interrompere l'avanzata, che ormai poteva diventare per lui molto pericolosa, dato che due corpi d'armata francesi si erano concentrati intorno ad Alessandria ed altri due affluivano da Genova nella zona tra Serravalle Scrivia e Novi. Il Gyulai decise pertanto di raccogliere il grosso della sua armata in Lomellina con una linea avanzata sulla Sesia e sul Po; stabilí inoltre una testa di ponte a sud del Po nel tratto fra la confluenza del Ticino e Piacenza. In queste posizioni si apprestò a fronteggiare l'offensiva franco-piemontese.

Frattanto Napoleone III, lasciata la reggenza all'imperatrice Eugenia, era partito da Parigi il 10 maggio ed aveva assunto il 14 ad Alessandria il comando supremo delle forze alleate. Egli era senza dubbio piú intelligente del Gyulai e degli altri capi militari austriaci ed era uno studioso appassionato di storia e di problemi militari, ma era giunto all'età di cinquantun anni senza aver mai partecipato ad alcuna guerra; inoltre era spesso esitante ed incerto, non tanto nelle decisioni di fondo, quanto nella scelta dei modi per metterle in esecuzione. Dopo il suo arrivo le operazioni ristagnarono per parecchi giorni: vi fu soltanto un'azione di assaggio abbastanza forte degli austriaci sull'ala destra dello schieramento alleato, che fu fermata con successo da reparti di fanteria francese e di cavalleria piemontese a Montebello il 20 maggio. Da parte alleata l'unico a muoversi in quei giorni fu Garibaldi, il quale aveva avuto dal comando piemontese l'ordine di penetrare con la sua brigata nell'Alta Lombardia e di provocarne l'insurrezione. Egli passò il Ticino a Sesto Calende il 23 ed occupò di sorpresa Varese. Batté quindi presso questa città e poi a San Fermo il generale Urban, inviato contro di lui dal comando austriaco con una divisione, e la sera del 27 maggio entrò a Como. Lo stesso giorno Napoleone III faceva iniziare al grosso delle forze alleate una grande manovra offensiva.

Dato lo schieramento dell'armata austriaca, Napoleone III avrebbe potuto svolgere tre possibili azioni: una manovra avvolgente sulla sinistra austriaca mirante a penetrare in Lombardia attraversando il Po poco prima di Piacenza, come aveva fatto Bonaparte nella campagna del 1796; un attacco frontale sul Po presso Valenza; una manovra avvolgente sulla destra austriaca mirante a passare il Ticino per la strada Novara-Milano. Questa fu l'azione scelta dal sovrano francese. A tale scopo, utilizzando la ferrovia Alessandria-Casale-Vercelli (primo esempio di uso delle ferrovie per una grande manovra strategica), egli spostò a nord il grosso dell'armata francese e l'avviò verso Novara. Al tempo stesso, per coprire questa azione, l'esercito piemontese passò la Sesia a Vercelli e occupò Palestro ed altre località vicine scontrandosi con gli austriaci il 30 maggio e poi respingendo energicamente un loro contrattacco il 31. Nei due giorni successivi il Gyulai, che aveva creduto che i movimenti nemici mirassero a mascherare un forte attacco al centro del suo schieramento, si rese conto che Napoleone stava attuando una manovra avvolgente; decise quindi, dopo qualche incertezza, di ritirare il grosso delle sue forze sulla sinistra del Ticino. Frattanto anche Napoleone III fu per qualche tempo incerto sul modo di proseguire la sua manovra, perché credette che una parte notevole delle forze nemiche fosse ancora sulla destra del Ticino e potesse attaccare sul fianco i francesi mentre passavano il fiume. Decise perciò che il passaggio del Ticino avvenisse in due punti: a nord presso Turbigo e lungo la strada Novara-Milano. Tutta l'operazione però fu attuata con una certa lentezza e non senza confusione, sicché il 4 giugno solo una parte delle forze francesi fu duramente impegnata per parecchie ore presso Magenta da forze austriache superiori. Soltanto alla sera l'arrivo del corpo d'armata del generale Mac Mahon, che aveva passato il Ticino a Turbigo ed aveva quindi piegato a sud, risolse la giornata in favore degli alleati. La divisione piemontese del generale Fanti, che aveva passato il fiume dietro al corpo del Mac Mahon, permise a questo di svolgere con sicurezza la sua manovra coprendogli le spalle e il fianco sinistro; tuttavia solo un battaglione di bersaglieri poté partecipare all'azione finale. In pratica nella battaglia di Magenta Napoleone III impiegò poco piú di un terzo delle truppe di cui disponeva e non seppe utilizzare il giorno successivo le sue notevoli forze fresche per l'inseguimento del nemico, che sgombrò Milano e si ritirò verso il Quadrilatero seguendo le strade della Bassa Lombardia. Soltanto l'8 giugno una brigata austriaca di retroguardia fu attaccata e messa in rotta dai francesi a Melegnano.

Lo stesso giorno Napoleone III e Vittorio Emanuele II fecero il loro trionfale ingresso a Milano, mentre Garibaldi entrava a Bergamo. Nei giorni successivi l'avanzata proseguí: i Cacciatori delle Alpi occuparono Brescia il 12, ebbero un duro scontro con gli austriaci a Treponti il 15 ed entrarono a Salò il 18. L'esercito sardo precedette ora quello francese e raggiunse il Chiese il 16. Fu deciso allora che la divisione del generale Cialdini avanzasse in Val Camonica per fronteggiare le forze austriache del Trentino e che i Cacciatori delle Alpi liberassero la Valtellina. Il 18 anche i francesi varcarono il Mella e si ammassarono coi sardi lungo il Chiese. La battaglia di Magenta aveva dunque avuto come conseguenza la liberazione di quasi tutta la Lombardia dal dominio austriaco. Inoltre aveva costretto le forze austriache a ritirarsi dai Ducati e dallo Stato pontificio. In tutta l'Emilia, come già in Toscana, si formarono governi provvisori che offrirono la dittatura a Vittorio Emanuele ed espressero il voto di fusione col Piemonte. Si apriva quindi per gli alleati la possibilità di attaccare gli austriaci anche sul basso Po. Tuttavia gli austriaci si erano ritirati senza subire gravi perdite e disponevano di forze numerose non ancora impegnate in combattimento: le sorti della guerra erano dunque ancora incerte.

Il 16 giugno il Gyulai, che aveva raccolta la sua armata tra il Chiese e il Mincio, fu esonerato dal comando e sostituito dal generale Schlick; un'altra armata austriaca era stata intanto costituita e posta sotto il comando del generale Wimpffen, mentre il comando supremo era stato assunto dall'imperatore Francesco Giuseppe che aveva al suo fianco come capo di stato maggiore il maresciallo Hess. Il nuovo comando decise in un primo momento di ritirare tutto l'esercito dietro il Mincio. Ma quando il 22 giugno fu segnalato il passaggio del Chiese e l'avanzata verso il Mincio dei franco-piemontesi, il comando austriaco decise di far ripassare il Mincio stesso alle sue truppe e di muoverle incontro al nemico. Si svolse cosí il 24 giugno la grande battaglia di Solferino e San Martino.

Lo scontro principale avvenne a Solferino, dove circa 80.000 francesi si urtarono con circa 90.000 austriaci e li batterono dopo dieci ore di combattimento. Nello stesso tempo a San Martino e a Madonna della Scoperta 31.000 piemontesi si scontrarono con 29.000 austriaci e dopo quattordici ore di combattimento finirono per sloggiarli dalle loro forti posizioni. Anche questa volta Napoleone III, che pure aveva tutta la sua cavalleria disponibile, non fece inseguire il nemico. Gli austriaci quindi poterono ritirarsi dopo quella sanguinosa giornata e concentrare il grosso del loro esercito sull'Adige intorno a Verona e a Legnago, pur conservando sul Mincio le piazzeforti di Mantova e di Peschiera. Soltanto il 30 giugno, dopo una settimana di inazione, gli alleati passarono il Mincio: i piemontesi cominciarono l'assedio di Peschiera, mentre i francesi si apprestavano ad investire Verona. La flotta alleata, penetrata nell'Adriatico, dove aveva stabilito una base a Lussinpiccolo, si apprestava ad attaccare Venezia. Ma improvvisamente la sera del 5 luglio Napoleone III inviò a Francesco Giuseppe il generale Fleury, suo aiutante di campo, latore di una lettera in cui si proponeva l'apertura di negoziati per un armistizio. Avendo il sovrano austriaco accettata la proposta, l'8 luglio i capi di stato maggiore dei tre eserciti firmarono un armistizio valevole fino al 15 agosto. L'11 luglio i due imperatori si incontrarono a Villafranca e stabilirono i preliminari di pace.

Le ragioni dell'improvvisa decisione di Napoleone III di interrompere la guerra dopo due mesi dal suo inizio e di venire meno ai patti stabiliti col Piemonte vanno ricercate nello sviluppo degli avvenimenti in Italia e in Europa. In Italia le insurrezioni della Toscana e dell'Emilia costituirono in quei due mesi il fatto che ebbe le maggiori ripercussioni politiche.

L'insurrezione toscana del 27 aprile 1859 fu il risultato del profondo distacco che si era determinato nel corso del decennio 1849-59 tra la dinastia lorenese e le forze piú vive del paese. Come si è detto nel primo capitolo di questo volume, la politica di soggezione all'Austria e di immobilismo reazionario voluta da Leopoldo II portò alla rottura tra la dinastia e i moderati, i quali pure avevano richiamato il granduca il 12 aprile '49 ed anche successivamente avevano tentato di ristabilire una collaborazione col governo. La conseguenza di questa rottura fu l'accettazione da parte dei moderati della guida piemontese, ciò che non significò per la maggioranza di loro una conversione all'unitarismo e all'idea dell'annessione della Toscana al Regno sardo, ma soltanto adesione di massima al piano politico che Cavour andava predisponendo nel corso del '58. Infatti ancora alla vigilia dell'insurrezione i moderati toscani erano in maggioranza autonomisti, cioè convinti che lo Stato toscano avrebbe dovuto sopravvivere, magari ingrandito con una parte dei dominî pontifici, nell'ambito della futura confederazione italiana. Il passaggio della maggioranza dei moderati dall'autonomismo all'unitarismo avvenne dopo l'insurrezione e si dovette, oltre che allo sviluppo generale degli avvenimenti, all'energia e alla decisione del Ricasoli, tra loro di gran lunga il piú capace politicamente, il quale comprese che la crisi dinastica portava seco la crisi dello Stato regionale e che l'unità era l'unica soluzione possibile della questione italiana.

Nel corso del '58 e nei primi mesi del '59 si fece avanti tra i moderati toscani un gruppo piú attivo, composto da Bettino Ricasoli, Cosimo Ridolfi, Ubaldino Peruzzi, Tommaso Corsi e Celestino Bianchi, che nel febbraio del '58, iniziò la pubblicazione di una collezione di opuscoli e di libri, la *Biblioteca civile dell'italiano*. A questo gruppo era molto vicino anche Vincenzo Salvagnoli, mentre altri moderati, come il Capponi, il Lambruschini, il Galeotti, il Cambray-Digny, restavano su posizioni di cauta attesa. Ma anche nel gruppo piú attivo cominciò a differenziarsi la posizione del Ricasoli, seguito dal Bianchi, disposto ad eventuali accordi coi democratici in vista dei prossimi probabili sviluppi della situazione, da quella piú conservatrice, rappresentata soprattutto dal Ridolfi. Il gruppo moderato piú attivo teneva contatti con Cavour, sia con un'intensa corrispondenza con persone dell'*entourage* cavouriano, come il Massari, sia con viaggi sempre piú frequenti in Piemonte, sia per mezzo del ministro sardo a Firenze, il conte Carlo Boncompagni, inviato in Toscana da Cavour nel gennaio del '57. Il Boncompagni non era un diplomatico di carriera, ma una personalità in vista del partito moderato piemontese: era stato ministro e presidente della Camera ed era noto come studioso di problemi pedagogici e giuridici. Era quindi persona adatta a tenere i contatti coi moderati toscani e probabilmente proprio per questo fu scelto da Cavour per la legazione di Firenze. Tuttavia, quando gli avvenimenti precipitarono, il Boncompagni rivelò scarsa capacità di affrontare situazioni di emergenza.

La Società Nazionale ebbe una diffusione abbastanza notevole in Toscana, dove raccolse dapprima i democratici non mazziniani o dissidenti da Mazzini e numerosi patrioti che avevano posizioni intermedie tra i moderati e i democratici. A capo di essa fu a Firenze il marchese Ferdinando Bartolommei, a Livorno Vincenzo Malenchini. Al principio del '59 anche i mazziniani toscani accettarono di collaborare con la Società in vista di una prossima insurrezione: tra quelli che allora presero contatto col Bartolommei furono Pietro Cironi, che però da tempo viveva isolato, e il fornaio Giuseppe Dolfi, che aveva molto séguito tra i popolani di Firenze. Gli uomini della Società Nazionale avrebbero voluto iniziare già in febbraio e in marzo un'agitazione patriottica a base di dimostrazioni popolari, ma furono trattenuti dai moderati. Cominciarono tuttavia, e si fecero ben presto assai numerose, le partenze dei volontari per il Piemonte e cominciò a diffondersi una certa agitazione nell'esercito. Questo durante il decennio era stato riorganizzato e migliorato per l'istruzione, l'equipaggiamento e l'armamento dal suo comandante, il generale austriaco Ferrari di Grado, a tale scopo distaccato in Toscana; ma al miglioramento tecnico corrispose la diffusione tra gli ufficiali e i soldati del sentimento patriottico e dell'insofferenza per la subordinazione della Toscana all'Austria. Questo fatto facilitò molto l'opera di propaganda della Società Nazionale.

Il 24 aprile il Boncompagni per ordine di Cavour presentò al governo granducale una nota nella quale si chiedeva che la Toscana aderisse all'alleanza franco-sarda; ma il ministro degli esteri Lenzoni rispose che il granduca era deciso per la neutralità. Lo stesso giorno si tenne una riunione tra i capi moderati e quelli della Società Nazionale, a cui partecipò lo stesso Boncompagni. Si manifestò allora un contrasto tra i primi, che volevano ottenere un cambiamento di ministero e l'accettazione da parte del granduca delle proposte piemontesi, e i secondi, coi quali si schierò anche Ricasoli, che volevano rovesciare il governo. Nei due giorni successivi, mentre una parte dei moderati faceva pressioni sul granduca perché modificasse la sua politica, il Bartolommei, il Dolfi e il Cironi decidevano di organizzare una grande dimostrazione popolare per il 27. Il Ricasoli per parte sua la sera del 26 partí per Torino dicendo di voler consultare Cavour sul da farsi. Egli era convinto della necessità dell'insurrezione, ma non voleva prendervi parte direttamente in contrasto coi suoi amici moderati. Frattanto l'esercito mostrava chiaramente di voler far causa comune coi patrioti. Il 27 aprile, mentre una grande folla si radunava in Piazza Barbano (oggi Piazza dell'Indipendenza), sotto la guida dei capi della Società Nazionale, e mentre la guarnigione della città si schierava coi patrioti e issava il tricolore sulle fortezze, i moderati per mezzo di Neri Corsini marchese di Laiatico fecero un ultimo tentativo per salvare la dinastia lorenese proponendo a Leopoldo II di abdicare a favore del figlio Ferdinando, di aderire all'alleanza franco-sarda e di ristabilire la Costituzione. Ma il granduca rifiutò e decise di abbandonare il granducato. La sera dello stesso giorno insieme alla famiglia e al Ferrari di Grado partí per Bologna tra l'indifferenza generale.

Partito il granduca senza lasciare alcuna disposizione concernente il governo, i patrioti radunati presso il Boncompagni decisero la nomina di un governo provvisorio. Essendo assente il Ricasoli, che rientrò a Firenze il 30 aprile, il governo fu composto da Ubaldino Peruzzi, moderato, da Vincenzo Malenchini, che rappresentava l'ala meno avanzata della Società Nazionale, e dal maggiore Alessandro Danzini, che aveva avuto una parte attiva nel pronunciamento dei militari. Per dare un crisma di legittimità al governo la nomina fu fatta fare ufficialmente dai priori del Comune di Firenze. Le altre città aderirono tutte al movimento della capitale. I prefetti e i gonfalonieri delle maggiori città furono sostituiti con moderati e con uomini della Società Nazionale, ma in genere i primi prevalsero sui secondi.

Uno dei primi atti del governo provvisorio fu una lettera a Cavour, nella quale si chiedeva che Vittorio Emanuele assumesse la dittatura della Toscana per la durata della guerra d'indipendenza. Ma Cavour, dopo aver chiesto il parere di Napoleone III, rispose dichiarando che il re poteva assumere soltanto il protettorato militare e diplomatico della Toscana per la durata della guerra[45] e nominò commissario regio straordinario il Boncompagni. Tra questo e i maggiorenti toscani si svolsero allora trattative non

[45] "Si offre dittatura al re di Sardegna; per consiglio di N. III si accetta protettorato." MASSARI, *Diario*, cit., p. 226. Si veda anche la lettera del principe Napoleone a Cavour del 28 aprile, in *Carteggio Cavour-Nigra*, vol. II, p. 180.

facili per la formazione di un nuovo governo. Il Boncompagni infatti pensò in un primo momento di governare con pieni poteri per mezzo di funzionari; ma i moderati, preoccupati di salvaguardare l'autonomia della Toscana, affermarono che il protettorato regio non implicava i pieni poteri per il commissario e ottennero che questi formasse un ministero. Cosí l'11 maggio, quando il governo provvisorio passò i poteri a Boncompagni, questi nominò il seguente ministero: interno, Ricasoli; istruzione ed *interim* degli esteri, Ridolfi; giustizia ed *interim* degli affari ecclesiastici, Enrico Poggi; finanze, Raffaele Busacca; *interim* della guerra, Malenchini (sostituito dopo pochi giorni dal colonnello Giuseppe Niccolini e poi dal generale piemontese Paolo De Cavero); segretario generale del commissario, Celestino Bianchi. In pratica il Boncompagni fu in larga misura esautorato dalla resistenza dei moderati autonomisti; l'influenza di questi fu però diminuita fortemente dalla presenza nel governo del Ricasoli. Fu decisa anche la formazione di una consulta, composta di 42 membri nominati dal commissario su parere dei ministri, che però fu riunita solo al principio di luglio.

Sebbene l'ordine pubblico non fosse in alcun modo turbato, molti, soprattutto moderati, si preoccupavano in Toscana per le sorti future del paese, per l'intrinseca debolezza del governo e delle sue forze armate e per la paura, alimentata da voci assolutamente fantastiche nate dai ricordi quarantotteschi, di eventuali agitazioni o colpi di mano dei democratici. Dal Piemonte si fece sapere che era impossibile inviare delle truppe, ma fu mandato in Toscana il generale Ulloa, esule napoletano, che assunse il comando dell'esercito. Valoroso ufficiale distintosi nella difesa di Venezia e studioso di problemi militari, l'Ulloa aveva fatto parte fin dalle origini della Società Nazionale, ma per il lungo esilio in Francia era sospettato di essere bonapartista. Come capo dell'esercito toscano suscitò non poco malcontento, perché volle attuare un generale riordinamento di esso secondo i regolamenti piemontesi, e, diffidando degli ufficiali toscani, procedette a nomine e promozioni che suscitarono lamentele e proteste.

Frattanto il Salvagnoli, che già nel novembre del '58 aveva avuto un colloquio con Napoleone III nel quale aveva parlato della futura sistemazione dell'Italia centrale, preoccupato per l'incerta situazione della Toscana, si recò in Piemonte per conoscere le intenzioni dell'imperatore. Il 18 maggio si incontrò ad Alessandria col sovrano francese, al quale fece presente la difficile situazione della Toscana esagerando i pericoli di "anarchia." Napoleone, che cercava una scusa per giustificare un intervento delle truppe francesi, fu ben contento di trovarla in una richiesta dei rappresentanti della Toscana stessa (anche il Corsini, a lui inviato dal governo provvisorio, gli aveva fatta presente la difficoltà della situazione) e decise di inviare in Toscana il quinto corpo d'armata francese sotto il comando del principe Napoleone. Egli probabilmente sperava in tal modo di preparare il terreno per il futuro avvento del cugino al trono del progettato Regno dell'Italia centrale. Cosí almeno la decisione fu interpretata da Cavour, che redarguí fieramente il Salvagnoli quando questi si recò a Torino dopo l'incontro con Napoleone III. Cavour cercò anche di impedire questo intervento francese in Toscana e si recò ad Alessandria a parlarne coll'imperatore, ma non riuscí a farlo recedere dalla sua decisione. Ottenne tuttavia che la spedizione fosse presentata come determinata da ragioni militari e che il passaggio del generale Ulloa e dell'esercito toscano agli ordini del principe avvenisse per mezzo di un ordine del giorno di Vittorio Emanuele II alle truppe toscane. Cavour pensò inoltre che fosse opportuno controbilanciare l'intervento militare francese con una manifestazione della Toscana a favore dell'annessione al Piemonte; sebbene fosse convinto che nelle trattative di pace "questa unione non avrebbe potuto reggere."[46] Ma Ricasoli si oppose a questo tentativo che in quel momento gli parve prematuro e troppo evidentemente imposto da Torino. Avvenne però che il Salvagnoli, tornato a Firenze ed entrato a far parte del governo come ministro degli affari ecclesiastici, assunse da allora in poi un atteggiamento nettamente annessionista e lavorò quindi col Ricasoli in questa direzione.

Frattanto il principe Napoleone, sbarcato a Livorno il 23 maggio con le sue truppe, dichiarò apertamente di essere favorevole all'unione della Toscana al Piemonte. Forse non era sincero e sperava che in Toscana l'annessionismo fosse tanto debole quanto era forte l'ostilità verso la casa di Lorena, sicché potesse formarsi un partito capace di sostenere efficacemente la sua candidatura. Ma queste sue affermazioni furono sfruttate dagli annessionisti. Il ministro francese a Firenze, marchese de Ferrières, convinto

46 MASSARI, *Diario*, p. 249.

fautore dell'autonomia toscana, si allarmò per queste dichiarazioni del principe e le riferí a Walewski. Questi, non favorevole alla candidatura del suo cugino *naturale*, ma anch'egli ostilissimo all'eventuale annessione della Toscana al Piemonte, e propenso piuttosto a favorire un ritorno dei lorenesi, scrisse all'imperatore protestando per le dichiarazioni del principe. Napoleone III rispose il 25 maggio col seguente dispaccio che Walewski si affrettò a comunicare a Firenze: "Si mon cousin a tenu le langage qu'on lui prête, il a été contre ses instructions."[47] Evidentemente l'imperatore avrebbe voluto insediare il principe sul trono toscano e comunque era nettamente contrario all'annessione della Toscana al Piemonte. Egli avrebbe voluto anche che il principe lasciasse in Toscana una parte delle sue truppe. Ma Napoleone Gerolamo, irritato contro il governo di Firenze e in particolare contro il Boncompagni che giudicava inetto,[48] il 16 giugno partí con tutto il suo corpo d'armata e con la divisione toscana comandata dall'Ulloa. Attraverso i Ducati, ormai liberi, queste truppe si collegarono al grosso degli alleati poco dopo la battaglia di Solferino. La pace di Villafranca impedí loro di partecipare alle operazioni di guerra.

Frattanto in Toscana l'entusiasmo suscitato dalle vittorie di Palestro e di Magenta diede animo agli annessionisti, capeggiati dal Ricasoli e dal Salvagnoli nel governo e dal Dolfi, dal Bartolommei e dagli altri democratici nel paese. Varie iniziative furono prese per cercare di provocare un movimento di annessione. Migliaia di firme furono raccolte per indirizzi a Vittorio Emanuele di carattere unitario abbastanza scoperto. Ricasoli e Salvagnoli tentarono anche di fare approvare dal consiglio dei ministri un decreto per riunire la consulta allo scopo di dare un parere sulla proclamazione della sovranità di Vittorio Emanuele II. Ma il Boncompagni volle chiedere prima il parere del governo di Torino, che rispose in modo nettamente negativo. Di fronte all'atteggiamento di Napoleone III Cavour era ormai deciso ad impedire che il governo di Firenze prendesse iniziative annessionistiche ed era del parere che la volontà unitaria della Toscana dovesse eventualmente manifestarsi con altri mezzi. Egli pensò anche alla possibilità di sosti-

[47] Dispaccio pubblicato da R. CIAMPINI, *Il '59 in Toscana. Lettere e documenti inediti*, Firenze, 1958, p. 167.
[48] Si vedano le lettere del principe a Cavour, in *Carteggio Cavour-Nigra*, II, p. 209 e p. 220.

tuire il Boncompagni, troppo debole, con Massimo d'Azeglio, mentre in Toscana col favore del Ricasoli il Dolfi promosse un indirizzo unitario che fu votato da molti municipi e firmato da migliaia di cittadini. Le cose erano a questo punto, quando improvvisamente giunse la notizia dell'armistizio e della pace di Villafranca.

Nei Ducati il passaggio dal vecchio al nuovo regime avvenne piú tardi che in Toscana ed ebbe caratteri, almeno in parte, diversi.

La prima a muoversi fu la provincia estense di Massa e Carrara, in gran parte sgombrata dalle truppe ducali il 27 aprile, dove due commissari straordinari, Vincenzo Giusti a Massa ed Enrico Brizzolari a Carrara, assunsero il potere in nome di Vittorio Emanuele II. Seguí l'occupazione militare piemontese della provincia e quindi la nomina da parte delle autorità piemontesi di un intendente nella persona di Giovanni Campi, che assunse il potere il 20 maggio. Alla fine di maggio anche nella Garfagnana, sgombrata dagli estensi, e nella provincia parmense di Pontremoli il potere fu assunto da commissari dipendenti dall'intendente di Massa. Ma nel mese di giugno, dopo la liberazione di Modena e di Parma, fu stabilito a Torino che le varie zone della Lunigiana e della Garfagnana, già liberate, fossero poste sotto le amministrazioni provvisorie costituite nelle due capitali dei Ducati. Si vollero cioè ricostituire le circoscrizioni territoriali dei due Ducati in attesa che la sorte di essi fosse decisa nelle trattative di pace.

A Parma già il 1° maggio, avendo un gruppo di ufficiali presentata una petizione per chiedere l'intervento in guerra a fianco del Piemonte, la duchessa reggente decise di lasciare lo Stato dopo aver nominato una Commissione di governo, la quale il giorno dopo passò il potere ad una Giunta provvisoria che si insediò in nome di Vittorio Emanuele. Ma il 3 maggio la Giunta fu deposta dall'esercito che richiamò la duchessa. Questa governò quindi il Ducato ancora fino al 9 giugno, quando decise di partire definitivamente in seguito alla nuova situazione determinata dalla battaglia di Magenta. All'atto della partenza Maria Luisa di Borbone autorizzò l'Anzianato del comune di Parma ad aggregarsi trenta notabili e a nominare una Commissione di governo. Questa, nominata il giorno stesso, composta da Girolamo Cantelli, Pietro Bruni ed Evaristo Armani, dichiarò di assumere il potere in attesa dei provvedimenti che .

avrebbe preso il re di Sardegna. Il 10 giugno anche a Piacenza l'Anzianato del comune, senza però autorizzazione ducale, nominò una Commissione provvisoria di governo, che dichiarò di assumere il potere in nome di Vittorio Emanuele II. Il 15 giugno un decreto del luogotenente del Regno di Sardegna, principe Eugenio di Carignano, affidò il "reggimento temporaneo delle Provincie Parmensi" (cioè di tutto il Ducato) a un governatore con pieni poteri. A questa carica fu nominato il 17 giugno il conte Diodato Pallieri, piemontese, già deputato alla Camera, appartenente al partito moderato.

Anche Francesco V duca di Modena decise di partire dopo la battaglia di Magenta e lo fece con tutte le sue truppe dopo aver costituita una reggenza, autorizzata peraltro a sciogliersi in caso di forza maggiore; il che avvenne dopo due giorni. Il 13 giugno infatti, dopo una dimostrazione popolare, si insediò a Modena un nuovo Municipio che assunse lo stesso giorno anche i poteri governativi. Membri della nuova amministrazione furono Pietro Muratori, Egidio Boni, Emilio Nardi, Giuseppe Tirelli e Giovanni Montanari. Essi dichiararono decaduto il vincolo di sudditanza verso il duca fuggitivo e valido il plebiscito del '48 per l'unione al Piemonte. Il Boni e il Tirelli partirono immediatamente da Modena per recare a Vittorio Emanuele un indirizzo in cui si chiedeva l'annessione del Ducato al Regno sardo. Intanto già il 12 giugno a Reggio una dimostrazione popolare aveva destituito il vecchio Municipio e istituito un Comitato governativo composto da Gherardo Strucchi, Enrico Terracchini, Luigi Chiesi, Prospero Viani e Pietro Bolognini. Questi due ultimi furono inviati al re per presentare un indirizzo del popolo reggiano per l'annessione al Piemonte. Anche nei centri minori del Ducato si formarono amministrazioni provvisorie. L'insurrezione dei Ducati, pur avendo un fine unitario, si articolò dunque nei primi giorni in una serie di movimenti municipali.

Il 14 giugno giunse a Modena il patriota Luigi Zini, già segretario del governo provvisorio modenese del '48 e poi esule in Piemonte, che assunse il potere, cedutogli di buon grado dal Municipio, come Commissario provvisorio del re di Sardegna. Ma lo Zini, che apparteneva alla Società Nazionale, non aveva una nomina regolare da parte del governo di Torino, da dove era partito prima che vi giungesse una richiesta da Modena; aveva solo una lettera del La Farina, in quei giorni addetto al gabinetto di Cavour, che lo autorizzava ad organizzare il governo provvisorio a Modena. Egli cominciò con molto impegno ad organizzare un'amministrazione, ma fu osteggiato dai moderati, che fecero in modo che la sua nomina non fosse confermata da Torino. Inoltre non fu riconosciuto dal Comitato governativo reggiano. Frattanto a Torino si era già pensato a provvedere diversamente. Infatti con due decreti simili a quelli emanati per il Ducato di Parma, il 15 giugno veniva ordinata l'amministrazione provvisoria di quello di Modena. Fu nominato allora Governatore delle Province Modenesi Luigi Carlo Farini, che arrivò a Modena il 19 giugno ed assunse il potere.

I poteri del Pallieri a Parma e del Farini a Modena furono molto piú vasti di diritto e di fatto di quelli del Boncompagni a Firenze. A Torino infatti si pensava che l'annessione dei due Ducati, già deliberata dai plebisciti del '48 e riconosciuta in linea di massima dagli accordi franco-sardi, fosse molto piú probabile di quella della Toscana. Perciò si decise di considerare i due Ducati non come Stati protetti ma come province annesse o meglio in corso di annessione. I due governatori perciò non costituirono dei ministeri, ma amministrarono per mezzo di funzionari posti a capo delle varie sezioni di governo e affidarono l'amministrazione delle province ad intendenti con poteri analoghi a quelli degli intendenti del Regno sardo. Inoltre non si manifestò nei due Ducati una corrente moderata autonomista, ma tutti i liberali furono decisamente annessionisti.

Diversa ancora la situazione che si determinò nelle Legazioni. La Società Nazionale era stata a Bologna e in Romagna piú attiva che in Toscana. Il comitato di Bologna, formato dal marchese Luigi Tanari, dall'avvocato Camillo Casarini e dal capitano Pietro Inviti, era riuscito nel corso del '58 e nei primi mesi del '59, per opera soprattutto del Casarini, ad agganciare quasi tutti i gruppi repubblicani delle Legazioni e ad assicurarsene l'adesione per il caso di un'insurrezione. Questa attività era vista con una certa diffidenza dai moderati, il cui capo riconosciuto era Marco Minghetti. Questi alla metà d'aprile fu chiamato a Torino da Cavour che lo nominò Segretario generale del ministero degli esteri. Sebbene negli accordi di Plombières ed anche successivamente Cavour avesse ottenuto in linea di massima l'assenso di Napoleone III alla futura annessione delle

Legazioni al Regno dell'Alta Italia, lo sviluppo degli avvenimenti e la preoccupazione di Napoleone III di non urtare il papa resero quanto mai aleatoria la realizzazione di questo progetto. Di conseguenza a Torino, per quanto si giudicasse inevitabile un movimento nelle Legazioni dopo la partenza delle truppe austriache di occupazione, si cercò di fare il possibile per limitarne gli obiettivi al mantenimento dell'ordine pubblico (cioè ad impedire ogni moto democratico) e alla partecipazione delle forze locali alla guerra d'indipendenza. Il problema della decadenza del governo pontificio e della sistemazione definitiva delle Legazioni doveva essere rinviato a dopo la guerra. Inoltre sia Cavour che Minghetti raccomandarono ai moderati bolognesi che di ogni eventuale amministrazione provvisoria facesse parte il marchese Gioacchino Pepoli, cugino dell'imperatore in quanto figlio di Letizia Murat.[49] Per parte sua Napoleone III nel proclama con cui annunciò la sua entrata in guerra disse che i francesi non venivano in Italia per togliere al papa i suoi domini, mentre da parte papale fu subito annunciata la neutralità di fronte al conflitto.

Dalle Legazioni fin dal gennaio del '59 molti giovani partirono per il Piemonte allo scopo di arruolarsi volontari. Altri affluirono in Toscana dopo il 27 aprile, dove furono inquadrati in un corpo comandato dal generale Luigi Mezzacapo. Le autorità pontificie non impedirono questo esodo, che allontanava dal paese molti elementi giudicati pericolosi. Nel complesso, salvo qualche incidente di scarso rilievo la calma fu mantenuta nelle Romagne e furono evitati scontri con gli austriaci. Anche qui il momento decisivo venne dopo la battaglia di Magenta, quando il comando supremo austriaco decise di chiamare a nord del Po le truppe dislocate a Bologna e in altri centri dello Stato pontificio fino ad Ancona.

La partenza degli austriaci da Bologna avvenne nella notte fra l'11 e il 12 giugno. La mattina del 12 una grande dimostrazione popolare sulla Piazza Maggiore, guidata dal Comitato composto di moderati e di aderenti alla Società Nazionale, costrinse il cardinale legato Milesi alla partenza. La magistratura municipale a cui lo stesso legato aveva lasciato l'incarico di tutelare l'ordine pubblico, accoglien-

[49] Si vedano le istruzioni date in aprile da Minghetti ai suoi amici bolognesi in A. MALVEZZI, *Intorno alla origine della Lega dell'Italia centrale*, in "Rass. Stor. del Risorg.," 1958, pp. 379-381.

do le richieste dei patrioti nominò allora una Giunta provvisoria di governo, composta dal marchese Gioacchino Pepoli, dal conte Giovanni Malvezzi, dal marchese Luigi Tanari, dal professor Antonio Montanari e dall'avvocato Camillo Casarini. La guarnigione pontificia in parte aderì all'insurrezione e in parte si disperse. Primo atto della Giunta fu quello di inviare un dispaccio a Cavour, nel quale si offriva la dittatura a Vittorio Emanuele II. A Torino l'insurrezione di Bologna fu giudicata come una fonte di nuove preoccupazioni: "Il fatto era inevitabile," annotava Massari nel suo *Diario*, "ma è una grave complicazione."[50] Comunque fu risposto che il re non poteva assumere la dittatura delle Legazioni, ma soltanto la "protezione" allo scopo di utilizzare le forze di quelle province per la guerra contro l'Austria. Fu anche deciso poco dopo che il Commissario del re a Bologna sarebbe stato Massimo d'Azeglio, che però fu fatto partire solo alcune settimane dopo.

Frattanto la sollevazione si estendeva a tutte le Legazioni. Tra il 12 e il 22 giugno Ravenna, Forlí, Ferrara e tutte le altre città insorsero senza spargimento di sangue, perché le truppe pontificie passarono agli insorti o si dispersero, e formarono giunte provvisorie di governo le quali, secondo accordi presi in precedenza, aderirono alla Giunta di Bologna. Questa pertanto si intitolò Giunta centrale di governo. Anche una parte delle Marche fino a Jesi e ad Ancona e una gran parte dell'Umbria insorsero. Varie giunte provvisorie si formarono pure in queste province che offrirono la dittatura a Vittorio Emanuele. Ma il governo pontificio decise di reagire con la forza, oltre che con le proteste diplomatiche e con la scomunica, lanciata contro gli insorti da Pio IX il 20 giugno. Un reggimento di mercenari svizzeri attaccò il 20 giugno Perugia e dopo un aspro combattimento contro gli insorti riuscí a riconquistarla commettendo poi gravi atrocità anche su cittadini inermi. Nei giorni successivi altre truppe papali riuscirono a rioccupare le altre città insorte delle Marche e dell'Umbria. Rimasero libere le Legazioni fino a Cattolica. Al principio di luglio esse erano presidiate, oltre che da forze volontarie arruolate dopo l'insurrezione e comandate dal generale Ercole Roselli e dal colonnello Luigi Masi, dalle forze del generale Mezzacapo, giunte dalla Toscana. Dal Piemonte fu inviato qualche piccolo contingente di bersaglieri e di cavalleria e al-

[50] MASSARI, *Diario*, p. 270.

cuni ufficiali per inquadrare le forze locali. Il paese era calmo, ma grande era l'incertezza della situazione.

Massimo d'Azeglio giunse a Bologna soltanto l'11 luglio. In un primo tempo il governo di Torino aveva stabilito che i suoi poteri fossero quelli di un governatore, ma poi, sulla base delle istruzioni date da Cavour il 5 luglio, i poteri dell'Azeglio furono ristretti all'organizzazione delle forze militari e al controllo della Giunta di governo, che avrebbe dovuto continuare a funzionare. Ciò si dovette all'atteggiamento sempre piú diffidente di Napoleone III nei riguardi della situazione che si andava delineando nello Stato romano. Senonché, appena arrivato a Bologna, l'Azeglio dovette accettare, sia pure in via provvisoria, il potere che la Giunta volle rimettergli. Egli pertanto costituí un nuovo governo; solo si limitò a chiamare "gerenti" e non ministri i capi delle varie sezioni dell'amministrazione. Essi furono Gioacchino Pepoli per le finanze, Antonio Montanari per l'interno e la pubblica sicurezza, Luigi Borsari per la giustizia, Ippolito Gamba per i lavori pubblici, Cesare Albicini per l'istruzione e la pubblica beneficenza e il colonnello Enrico Falicon per la guerra. Tutti, tranne l'ultimo che era piemontese, erano originari delle Legazioni. Queste nomine furono fatte dall'Azeglio il 15 luglio, quando già era arrivata a Bologna la notizia della pace di Villafranca. Il giorno dopo egli partí per Torino lasciando come procommissario il Falicon.

6. *La pace di Villafranca e le dimissioni di Cavour*

Le insurrezioni della Toscana, dei Ducati, delle Legazioni e delle altre province pontificie dimostravano chiaramente che in Italia la situazione era molto piú avanzata in senso nazionale di quanto aveva creduto Napoleone III quando aveva progettato la guerra contro l'Austria. Appare evidente che, se la guerra fosse continuata fino alla totale cacciata degli austriaci dall'Italia, ben difficilmente si sarebbe potuto evitare l'annessione al Regno sardo degli Stati dell'Italia centrale. Era naturale quindi che Napoleone non trovasse conveniente continuare una guerra il cui risultato probabile non sarebbe stato l'egemonia francese in Italia, ma la formazione di un forte Stato italiano. D'altra parte per vincere l'Austria era necessario un ulteriore grande sforzo militare e finanziario, che avrebbe grandemente accresciuta l'ostilità diffusa in Francia contro la guerra e dato vigore alle forze che ad essa si opponevano. Infine il rischio di un conflitto generale diveniva sempre piú grosso, se la guerra contro l'Austria fosse continuata.

L'*ultimatum* austriaco al Piemonte aveva irritato le potenze che avevano tentato la mediazione e interrotto per un momento il lavorio diplomatico per risolvere la crisi politica europea. Ma questo lavorio ricominciò e si intensificò nel corso dei due mesi successivi, mentre si svolgevano le operazioni militari in Piemonte e in Lombardia. La Prussia assunse in questo momento una parte importante. Essa infatti, sollecitata dall'Austria insieme a tutta la Confederazione germanica a darle un aiuto contro i francesi, intensificò i preparativi militari giungendo fino alla mobilitazione quasi totale dell'esercito e al tempo stesso proseguí le trattative con l'Austria senza peraltro giungere ad una conclusione, poiché da Vienna vennero respinti i vari tentativi prussiani di assumere la guida politico-militare della Confederazione. Il governo di Berlino decise pertanto di farsi promotore di una nuova mediazione e alla fine di giugno il ministro degli esteri Schleinitz propose un'azione comune in questo senso ai governi di Londra e di Pietroburgo, dopo averne preavvertiti i governi degli altri Stati tedeschi.

A Londra pochi giorni prima era avvenuto un mutamento di governo: il ministero Derby-Malmesbury si era dimesso ed erano tornati al potere i *wighs* con Palmerston primo ministro, lord John Russell ministro degli esteri e Gladstone cancelliere dello scacchiere. Questi uomini volevano frenare la spinta espansionistica francese ed evitare al tempo stesso una guerra generale, ma avevano anche simpatia per la causa italiana ed erano convinti che in Italia il dominio austriaco fosse ormai insostenibile e fosse opportuna la formazione di un ampio Stato veramente indipendente. Perciò da parte inglese la nota prussiana fu accolta favorevolmente, ma si fece osservare che ormai, dato l'andamento della guerra e degli avvenimenti in Italia, era impossibile ristabilire la pace senza modificare l'assetto territoriale stabilito nel 1815. Il governo di Berlino, che per non irritare l'Austria aveva concepita la sua nota in termini generici e ispirandosi ad un formale rispetto dei trattati vigenti, fece tuttavia capire a quello di Londra di essere disposto a non contrastare nel quadro della progettata mediazione un'eventuale proposta inglese per una nuova sistemazione territoriale in Italia. Anche il governo russo rispose favorevolmente alla proposta prussiana: il Gorčakov comunicò a Berlino che, secondo le sue informazioni, la Francia sarebbe stata ben disposta verso l'iniziativa di pace; era opportuno quindi, secondo il ministro russo, saggiare l'atteggiamento austriaco e poi dar seguito alla mediazione, che avrebbe dovuto sfociare in un congresso internazionale per la soluzione della questione italiana in modo di consolidare l'equilibrio europeo e l'ordine sociale.

Frattanto Napoleone III, avvertito da Pietroburgo dei nuovi passi prussiani, decise una duplice azione: da un lato offrire alle potenze una base concreta per eventuali trattative e dall'altro prevenire l'azione mediatrice con un contatto diretto con l'Austria. Pertanto il 6 luglio fece trasmettere al governo di Londra, perché a sua volta lo trasmettesse a Vienna, un *memorandum* contenente le condizioni in base alle quali la Francia era disposta a trattare la pace: cessione della Lombardia al Piemonte, erezione del Veneto in Stato indipendente sotto un arciduca austriaco, ritorno in Toscana del figlio di Leopoldo II come granduca. Il governo inglese accettò di trasmettere il *memorandum* a Vienna, ma senza fare alcuna osservazione: Palmerston infatti sarebbe stato favorevole ad una cessione totale del Lombardo-Veneto al Piemonte. Per parte sua il conte Rechberg, ministro degli esteri e presidente del consiglio austriaco (successo al Buol in maggio), fece sapere che giudicava inaccettabili le condizioni francesi. Ma proprio la sera del 10 luglio, poco prima che l'ambasciatore austriaco Apponyi facesse conoscere al Russell questa risposta, l'ambasciatore francese Persigny comunicò al Palmerston che il giorno dopo i due imperatori si sarebbero incontrati nei pressi di Verona. Napoleone infatti già il 5 luglio aveva inviato il generale Fleury a Francesco Giuseppe per invitarlo a concludere un armistizio, dato che una grande potenza si preparava a proporre una mediazione ai belligeranti. Convinto dell'opportunità di giungere al piú presto alla pace, egli volle approfittare della diffidenza dell'imperatore austriaco verso la Prussia e del suo desiderio di evitare che la pace e la sistemazione dell'Italia fossero il risultato di un congresso europeo per stabilire con lui un accordo diretto. Francesco Giuseppe da parte sua trovò conveniente chiudere la partita con la cessione della Lombardia, ormai di fatto perduta, e con la conservazione del Veneto e del Quadrilatero.

I preliminari di pace, fissati verbalmente dai due imperatori nell'incontro di Villafranca la mattina dell'11 luglio, furono definitivamente formulati in un colloquio avvenuto la sera dello stesso giorno a Verona tra Francesco Giuseppe e il principe Napoleone (divenuto anche egli da qualche giorno convinto fautore della pace), inviato dal cugino a concludere le trattative. Il testo concordato in questo colloquio diceva:

"Tra S. M. l'Imperatore d'Austria e S. M. l'Imperatore dei Francesi è stato convenuto quanto segue:

"I due Sovrani favoriranno la creazione di una Confederazione italiana.

"Questa Confederazione sarà sotto la presidenza del Santo Padre.

"L'Imperatore d'Austria cede all'Imperatore dei Francesi i suoi diritti sulla Lombardia, eccettuate le fortezze di Mantova e di Peschiera, di modo che la frontiera dei possessi austriaci partirà dal raggio estremo della fortezza di Peschiera e si stenderà in linea retta fino a Le Grazie e di là a Scorzarolo e Luzzara al Po, di dove le frontiere attuali continueranno a formare i confini dell'Austria. L'Imperatore rimetterà i territori ceduti al Re di Sardegna.

"La Venezia farà parte della Confederazione italiana, restando sotto la corona dell'Imperatore d'Austria.

"Il Granduca di Toscana e il Duca di Modena rientreranno nei loro Stati, concedendo un'amnistia generale.

"I due Imperatori domanderanno al Santo Padre d'introdurre nei suoi Stati riforme indispensabili.

"Amnistia piena e intera è accordata da una parte e dall'altra alle persone compromesse in occasione degli ultimi avvenimenti nei territori delle parti belligeranti."

Il testo non faceva menzione del Ducato di Parma. Francesco Giuseppe dichiarò verbalmente di non avere obiezioni all'annessione di esso al Piemonte. Ma dichiarò anche di non poter abbandonare il duca di Modena e il granduca di Toscana, suoi parenti e alleati. Non accettò a questo proposito la formula proposta da Napoleone III che diceva: "Les deux souverains ferons tous leurs efforts, excepté le recours aux armes, pour que les Ducs de Toscane et de Modène rentrent dans leurs états en donnant une amnistie générale et une constitution."[51] Con la formula piú

---

[51] Si veda la narrazione della seconda fase delle trattative fatta dal principe Napoleone in *Carteggio Cavour-Nigra*, II, pp. 237-252.

generica inserita nel testo definitivo prima citato l'imperatore d'Austria ottenne che per il momento si stabilisse il diritto dei due principi a tornare sui loro troni, salvo vedere poi in che modo esso potesse attuarsi; da parte francese tuttavia si ribadí verbalmente che era da escludere un intervento militare a quello scopo. Francesco Giuseppe disse inoltre di non essere contrario in linea di principio alla concessione di Costituzioni negli Stati italiani, ma di non poter prendere impegni in proposito nel testo dei preliminari di pace.

Il giorno dopo a Valeggio Napoleone III ricevette il conte Rechberg e concluse con lui un accordo complementare, nel quale fu stabilito che i negoziati per la pace definitiva sarebbero stati tenuti a Zurigo solo tra l'Austria e la Francia. Questa si impegnava ad ottenere l'accettazione sarda del trattato definitivo.

In sostanza i due sovrani si divisero il Lombardo-Veneto sulla base del principio dell'*uti possidetis* ed umiliarono il Piemonte con la cessione ad esso della Lombardia tramite Napoleone III. La guerra si concludeva con la nuova Campoformio prevista da Mazzini. Ma per quanto riguardava la sistemazione generale dell'Italia e le sorti degli Stati insorti durante la guerra la pace di Villafranca era assolutamente irrealizzabile. Il movimento nazionale italiano doveva ben presto far fallire l'assurdo piano concepito dall'ottusa tracotanza dinastica di Francesco Giuseppe e dall'astuzia improvvisatrice di Napoleone III.

La decisione di aprire le trattative con l'Austria per un armistizio e per dei preliminari di pace fu presa da Napoleone III senza avvertire Cavour. Questi sapeva che da Parigi venivano fatte pressioni sull'imperatore perché interrompesse la guerra, sapeva che la diplomazia europea si adoperava per una nuova mediazione e sapeva anche che Napoleone III dopo Solferino era incline ad accogliere queste suggestioni, ma non pensava che una sua decisione in questo senso fosse cosí imminente. Sembra che anche il re fosse informato press'a poco nella stessa misura di Cavour sulle intenzioni dell'imperatore. Tuttavia Vittorio Emanuele non fece opposizione all'armistizio, alla cui firma, l'8 luglio, partecipò da parte piemontese il generale Della Rocca. Cavour ne fu informato a Torino la mattina del 9 e decise di partire per il campo insieme a Nigra. Il 10 arrivò a Monzambano, dove era il quartier generale del re, e seppe che il giorno dopo i due imperatori si sarebbero incontrati. Dopo aver discusso a lungo la situazione col re, con La Marmora e col principe Napoleone, si recò la sera a Valeggio, dove era il quartier generale imperiale, ma non parlò con Napoleone III, che sembra rifiutasse di vederlo in quel momento. Comunque Cavour disse a Nigra che ormai, data la situazione, giudicava piú utile non incontrarsi con l'imperatore.[52] L'11 luglio in presenza del principe Napoleone, l'imperatore informò il re delle condizioni di pace stabilite col sovrano austriaco; secondo il racconto del principe, il re non fece alcun tentativo per dissuadere Napoleone dalla pace ed aveva piuttosto un'aria soddisfatta.[53] È vero che ormai era chiaro che l'imperatore aveva preso in modo irremovibile la sua decisione, sicché il re pensò forse che era meglio far buon viso a cattivo gioco. Alla sera, quando il principe ritornò dal colloquio con Francesco Giuseppe, il re lo attendeva coll'imperatore al quartier generale di Valeggio. Vittorio Emanuele quindi rientrò a mezzanotte al suo quartiere di Monzambano, dove mostrò a Cavour una copia del trattato. Vi fu allora tra il ministro e il re alla presenza del Nigra una drammatica discussione, durante la quale Cavour, dopo avere sfogata violentemente la sua indignazione e avere tentato invano di persuadere il re a non firmare il trattato, rassegnò le sue dimissioni da presidente del Consiglio, che il re accettò. Il giorno dopo, partito Cavour per Torino, il re firmò il trattato con questa riserva, che sembra gli fosse suggerita dallo stesso Napoleone III: "Je ratifie cette convention ci dessus en tout ce qui me concerne." In tal modo egli intese impegnarsi solo per la parte che riguardava direttamente il Regno sardo.

Si rompeva cosí quella unione di due forze eterogenee, che Cavour era riuscito faticosamente a tenere insieme da Plombières fino all'inizio della guerra: il movimento nazionale italiano e la Francia bonapartista. In poco piú di due mesi di guerra e di insurrezioni si era visto chiaramente che le due forze tendevano ciascuna ad agire secondo la propria logica interna. Invano Cavour aveva cercato di dominare una situazione che tendeva a sfuggire al suo controllo: costretto a svolgere una difficilissima opera di mediazione tra la spinta rivoluzionaria e la politica imperiale,

[52] Si veda il racconto dello stesso Nigra in *Carteggio Cavour-Nigra*, II, pp. 289-290.
[53] *Carteggio Cavour-Nigra*, II, p. 218.

cercò quanto piú possibile di barcamenarsi e di tenere a bada gli impulsi contrastanti. Ma quanto piú si andava avanti tanto piú le cose si complicavano fino a formare un groviglio inestricabile. Era inevitabile quindi che a un certo punto l'equivoco si chiarisse e che il Bonaparte facesse sentire il peso della sua forza rompendo la solidarietà con un movimento che si sviluppava in un senso tanto divergente dai suoi interessi. A questa decisione imperiale poteva adattarsi il re, che rappresentava pur sempre lo Stato piemontese con le sue tradizioni di espansionismo dinastico: egli poteva, almeno fino a un certo punto, mettere da parte momentaneamente il programma nazionale. Ma a questa decisione non poteva adattarsi Cavour che del movimento nazionale italiano aveva assunto la guida.

Del resto la crisi scoppiata nel burrascoso colloquio di Monzambano aveva le sue radici anche in un'accentuazione del contrasto tra il re e Cavour, che si era delineata già negli ultimi mesi precedenti la guerra. Di nuovo all'epoca del matrimonio della principessa Clotilde il re aveva manifestata l'intenzione di sposare la Rosina e Cavour, che aveva pensato a un matrimonio del sovrano con una principessa russa, si era opposto energicamente. Poi, iniziatasi la guerra, il re aveva assunto il comando supremo dell'esercito, e i contrasti tra lui e Cavour si erano moltiplicati, un po' per errori psicologici dello stesso Cavour, un po' per la mancanza di tatto di La Marmora che Cavour aveva voluto fosse a fianco del re come consigliere e che il re mal tollerava, e un po' per l'influenza di Rattazzi, con cui il re continuò a tenere contatti frequenti e molto amichevoli.[54] Questi contrasti ebbero certo il loro peso sull'atteggiamento del re nei giorni difficili di Villafranca. Quello che disse Cavour a Massari il 13 gennaio '60 (quando stava per ritornare al potere) "volle l'armistizio per disfarsi di me, a ciò spinto da R[attazzi],"[55] è forse esagerato, ma contiene certo una parte di verità.

La notte stessa del colloquio di Monzambano il re incaricò il La Marmora di presiedere il nuovo ministero e poco dopo incaricò il conte Arese, il nobile lombardo amico di Napoleone III, di formare per la parte politica il nuovo gabinetto. Ma l'Arese rinunciò all'incarico, perché non

[54] Si vedano le lettere del re a Rattazzi pubblicate nel I e nel II volume del *Carteggio Cavour-Nigra*.
[55] MASSARI, *Diario*, cit., p. 466.

volle avere nel ministero il Rattazzi secondo la volontà del re. L'incarico fu dato allora allo stesso Rattazzi che costituí il 19 luglio il gabinetto cosí composto: presidenza e guerra, La Marmora; esteri, Dabormida; interno, Rattazzi; finanze, Giovanni Oytana; giustizia, Vincenzo Miglietti; lavori pubblici, Pietro Monticelli; ministro dell'istruzione pubblica fu nominato il 24 luglio il lombardo conte Gabrio Casati.

Cavour stanco e depresso partí da Torino per prendersi un periodo di riposo. Alla fine di luglio cosí scriveva alla sua amante, Bianca Ronzani, da Pallanza: "Mi ritrovo sul lago, sfinito e sfiduciato. Non piú sorretto dalla speranza di riuscire ad impresa piú gloriosa e piú nobile di quante siensi tentate mai, non piú eccitato dalla lotta e dalla necessità di vincere; sento un tale spossamento che mi rende avvertito essere pur troppo per me cominciata la vecchiaia; vecchiaia prematura, cagionata da dolori morali d'impareggiabile amarezza."[56]

[56] *Carteggio Cavour-Nigra*, II, p. 236.

Capitolo quinto

Le annessioni dell'Emilia e della Toscana

1. *La situazione dopo Villafranca*

La pace di Villafranca suscitò in Italia un sentimento generale di delusione e un'ondata di proteste per la condotta di Napoleone III, ma provocò anche, riguardo almeno ad un problema, una spontanea unanimità in tutti i settori del movimento nazionale: tutti i patrioti infatti si trovarono d'accordo sulla necessità di resistere alla decisione dei due imperatori circa la restaurazione dei sovrani spodestati durante la guerra nell'Italia centrale, come con termine inesatto vennero allora indicati i Ducati, le Legazioni e la Toscana. Si iniziò quindi dopo l'11 luglio 1859 una lotta incruenta, ma complessa e difficile, che nel corso di otto mesi fece fare un passo decisivo verso la formazione dello Stato italiano indipendente ed unitario. La pace di Villafranca fu dunque l'ultimo tentativo compiuto da potenze straniere di dare all'Italia una sistemazione politica senza consultare gli italiani. Il fallimento di questo tentativo fu il grande fatto nuovo del '59 e si può considerare come il punto di partenza di un nuovo periodo della storia d'Italia. Esso fu effetto della maturità e della forza del movimento nazionale italiano, il quale tuttavia poté sfruttare alcune circostanze favorevoli della situazione europea derivate in parte dalla politica dello stesso Napoleone III.

La pace di Villafranca era stata il risultato di una convergenza di interessi tra Napoleone III e Francesco Giuseppe. Napoleone III aveva deciso di interrompere la guerra, oltre che per timore di un intervento prussiano, soprattutto perché lo sviluppo del movimento nazionale italiano rendeva molto difficile la realizzazione del piano egemonico che egli aveva concepito. D'altra parte Francesco Giuseppe aveva accolto volentieri l'invito del Bonaparte ad iniziare trattative di pace, perché l'Impero asburgico si trovava ormai in una situazione tale da non poter continuare la guerra da solo senza mettere a repentaglio la propria esistenza: le finanze erano stremate; l'esercito aveva ricevuto duri colpi; gravi deficienze si erano rivelate nel comando e nell'organizzazione militare; Kossuth e Klapka con l'aiuto di Napoleone III e di Cavour stavano per suscitare un'insurrezione in Ungheria. Quanto all'aiuto prussiano, l'imperatore austriaco poteva averlo soltanto a condizioni da lui giudicate umilianti, che avrebbero significato il principio della fine per il predominio asburgico in Germania. D'altra parte l'offerta di pace di Napoleone III dava all'Austria la possibilità di evitare la mediazione delle tre potenze neutrali e quindi l'intromissione diretta di queste negli affari italiani.

Si trattava ora di vedere se quella convergenza di interessi sarebbe rimasta un fatto momentaneo, o avrebbe dato origine ad un'alleanza o comunque ad una stretta collaborazione tra Vienna e Parigi. Un'alleanza franco-austriaca in funzione antiprussiana da estendere possibilmente alla Russia in vista di un'eventuale riapertura della questione d'Oriente non sarebbe dispiaciuta a Napoleone III e piaceva molto a Walewski e alla corrente conservatrice che a lui faceva capo. Anche a Vienna si sperò per qualche tempo che l'imperatore francese adottasse questa linea politica. Per stimolarlo in questo senso al principio d'agosto, quando si aprí a Zurigo la conferenza per la pace, fu inviato a Parigi come ambasciatore straordinario il principe Riccardo di Metternich, figlio del grande cancelliere. Ma una politica di alleanza tra Francia e Austria implicava anzitutto che le clausole stabilite nei preliminari di Villafranca non solo fossero definitivamente sanzionate dalla conferenza di Zurigo, ma venissero anche imposte con la forza agli italiani riluttanti. In particolare bisognava che fosse attuata la decisione di restaurare il duca di Modena, il granduca di Toscana e il governo pontificio nelle Legazioni. Senonché proprio questo Napoleone III non poteva fare: non poteva, dopo aver fatto una guerra allo scopo dichiarato di liberare l'Italia, prendere di nuovo le armi per imporre ai popoli dell'Italia centrale la restaurazione dei sovrani cacciati durante la guerra, oppure permettere che la restaurazione fosse fatta dall'esercito austriaco. Un'azione di questo genere avrebbe avvantaggiato soltanto l'Austria e fatto crollare definitivamente il prestigio dell'Impero bonapartista. Perciò Napoleone a Villafranca aveva proposto che l'intervento militare fosse esplicitamente escluso dai preliminari, là dove si parlava della restaurazione del duca di Modena e del granduca di Toscana. Aveva accettato poi che la frase "excepté le recours aux armes" fosse tolta dal testo, ma aveva mostrato chiaramente a Francesco Giuseppe, convinto che in fin dei conti l'intervento militare sarebbe stato necessario,[1] di essere su questo punto irremovibile. Inoltre nei giorni successivi non mancò di far conoscere questa sua decisione al governo di Torino e ai rappresentanti dei governi provvisori dell'Italia centrale che si recarono da lui.

Del resto questa decisione, che condizionò tutte le complesse vicende svoltesi tra il luglio del '59 e il marzo del '60, rispondeva anche alla preoccupazione di Napoleone III di chiudere l'impresa d'Italia con qualche vantaggio concreto. Perciò l'imperatore aveva interesse a tirare in lungo la questione dell'Italia centrale, e in fondo trovò conveniente la resistenza dei governi provvisori e dei patrioti alla restaurazione dei sovrani spodestati. Quello che fino all'ultimo sperò di impedire fu l'annessione al Piemonte di tutta l'Italia centrale, in particolare della Toscana, che significava il fallimento del progetto di regno centrale per Napoleone Gerolamo e che gli sembrava (ed era effettivamente) un passo decisivo verso l'unificazione di tutta l'Italia. Comunque dal trascinarsi della questione Napoleone III trasse il vantaggio non trascurabile dell'annessione alla Francia della Savoia e di Nizza, che sarebbe stata impossibile se la questione stessa si fosse chiusa col sollecito ristabilimento dello *status quo* nell'Italia centrale previsto a Villafranca. Infatti, poiché la guerra si era conclusa con l'annessione al Piemonte della sola Lombardia e non con la formazione del Regno dell'Alta Italia prevista negli accordi di Plombières e nel trattato d'alleanza franco-sardo, era venuto meno anche l'impegno del Piemonte di cedere alla Francia la Savoia e Nizza.

Il principio del non intervento nei riguardi dell'Italia centrale fu affermato molto chiaramente anche dal governo di Londra pochi giorni dopo Villafranca. Il Palmerston e il Russell assunsero allora un atteggiamento favorevole al Piemonte e ai governi provvisori italiani, poiché videro

---

[1] Si veda l'annotazione di Francesco Giuseppe alle istruzioni per i plenipotenziari austriaci a Zurigo in W. DEUTSCH, *Il tramonto della potenza asburgica in Italia*, trad. it. di F. Valsecchi, Firenze, 1960, p. 143.

nella formazione di uno Stato abbastanza vasto nell'Italia centro-settentrionale un elemento di equilibrio di fronte alla Francia. Su questa linea furono stimolati dall'attività filoitaliana del ministro inglese a Torino James Hudson, molto amico di Cavour e dei liberali moderati di tutta l'Italia. Piú cauti nei riguardi della questione dell'Italia centrale furono i governi di Pietroburgo e di Berlino, favorevoli ad un ingrandimento del Regno sardo e non amici dell'Austria, ma preoccupati anche di difendere, almeno formalmente, il principio di legittimità. Questi governi finirono poi per accettare il fatto compiuto dell'annessione dell'Emilia e della Toscana al Piemonte, quando apparve chiaro che esso tendeva a rafforzare l'equilibrio europeo e a garantire la conservazione sociale. Infine si deve tener conto che, dopo Villafranca, il movimento nazionale italiano non apparve piú all'opinione pubblica europea come uno strumento della politica espansionistica del Bonaparte, ma come una forza autonoma. Questo fatto portò ad una generale accentuazione delle simpatie dei liberali di tutti i paesi per la causa italiana, che non fu senza influenza sull'atteggiamento dei governi stessi.

Questi aspetti della situazione internazionale favorevoli alla causa italiana si delinearono nel corso dell'estate e dell'autunno '59, ma mostrarono chiaramente il loro peso solo alla fine dell'anno e al principio del '60, quando vi fu una svolta nella politica del Bonaparte ed anche l'appoggio inglese assunse un'importanza decisiva. Ma nei primi giorni dopo Villafranca la situazione si presentò effettivamente molto incerta e difficile per i governi provvisori dei Ducati, delle Legazioni e della Toscana, poiché non si sapeva se il principio del non intervento sarebbe stato effettivamente osservato dalla Francia (che continuò a tenere un corpo d'occupazione in Lombardia fino alla fine di marzo del 1860) e dall'Austria, né si poteva escludere un intervento indiretto di quest'ultima sotto forma di appoggio non ufficiale a tentativi di riscossa dei sovrani spodestati. D'altra parte il governo di Torino non poteva piú conservare dei governatori a Parma e a Modena e dei commissari a Firenze e a Bologna; non poteva cioè continuare e tanto meno accentuare il proprio intervento in contrasto con la volontà francese ed austriaca. Cavour pertanto, nei pochi giorni che intercorsero tra le sue dimissioni e l'insediamento del governo La Marmora-Rattazzi, incoraggiò i liberali dell'Italia centrale ad organizzare governi provvisori che fossero in grado con forze proprie di mantenere l'ordine e di difendere i rispettivi paesi da eventuali attacchi o colpi di mano dei sovrani spodestati.

La direzione del movimento nazionale anche dopo Villafranca rimase nelle mani del partito moderato. Infatti i democratici e lo stesso Mazzini, sebbene fossero molto piú attivi che durante la guerra e contribuissero non poco al successo della lotta per le annessioni, non riuscirono ad imporre ai moderati la loro iniziativa e rimasero in una posizione subalterna. Tuttavia, fino al ritorno di Cavour al potere, che avvenne nel gennaio del '60, la direzione politica dei moderati si esplicò assai piú per opera degli uomini dell'Emilia e della Toscana, primi fra tutti Farini e Ricasoli, che non del governo di Torino, la cui azione fu nel complesso incerta ed esitante. Fu questa una conseguenza della crisi avvenuta dopo Villafranca e del modo come essa era stata risolta.

Il ministero La Marmora-Rattazzi fu una formazione politicamente eterogenea e quanto mai debole. La Marmora, presidente del consiglio e ministro della guerra, e Dabormida, ministro degli esteri, entrambi generali, sebbene non privi di esperienza politica e diplomatica, non erano certo all'altezza di una situazione tanto difficile come quella del Piemonte e dell'Italia dopo Villafranca. Essi rappresentavano comunque una posizione politica piú conservatrice e al tempo stesso piú piemontese di quella di Cavour, quindi meno impegnata col movimento nazionale. La loro politica fu quindi eccessivamente cauta e sostanzialmente attesistica, caratterizzata da una grande timidezza nei riguardi di Napoleone III, al quale troppo spesso si rivolsero per avere il permesso di prendere questa o quella iniziativa, senza d'altra parte avere la capacità di sfruttare a vantaggio della causa italiana le ambizioni e i desideri del sovrano francese. A questa debolezza nei riguardi di Napoleone III non si oppose Rattazzi, ministro dell'interno, l'uomo politicamente piú influente del ministero. Egli infatti era pur sempre il capo del centro-sinistro e al tempo stesso l'uomo di fiducia del re: aveva quindi la possibilità di fare da tramite fra il sovrano e le forze democratiche, non escluse quelle piú estreme, con le quali aveva avuto in passato e poteva avere ancora contatti indiretti. Ma in pratica gran parte dell'attività politica di Rattazzi fu rivolta ad impedire che Cavour ritornasse al potere. Questa lotta, motivata essenzialmente da rivalità personale, avrebbe potuto assumere un significato politico positivo, se Rattazzi si fosse proposto di creare un nuovo blocco di forze politiche con un programma nazionale piú deciso e piú aperto verso alcune istanze poste dai democratici di quello di Cavour, un blocco cioè imperniato sul centro-sinistro anziché sul centro-destro. Ma egli non seppe sviluppare seriamente questo tentativo, un po' perché mancava di genialità e di ardimento ed era piú legato di Cavour alla tradizione politica piemontese, un po' perché fu osteggiato fieramente dalla maggioranza dei moderati, ma soprattutto perché fu troppo subordinato alla politica personale del re, il quale si serviva di lui per combattere Cavour e per stabilire contatti con gli uomini di sinistra. Vittorio Emanuele credeva infatti di poter governare finalmente in modo autoritario facendosi forte del suo prestigio personale e utilizzando i gruppi contrapposti come se fossero fazioni di Corte anziché partiti che avevano programmi diversi maturati attraverso una lunga evoluzione storica. Si deve anche tener conto per comprendere la situazione di quei mesi che la legge sui pieni poteri, approvata alla vigilia della guerra, era rimasta in vigore, sicché il Parlamento era chiuso e il sistema costituzionale praticamente sospeso. Per tutte queste ragioni la politica anticavouriana di Rattazzi degenerò ben presto nell'intrigo personale e i contatti del Rattazzi stesso e del re con gli uomini di sinistra si ridussero a manovre demagogiche, che finirono per scontentare gli stessi democratici.

Cavour per parte sua, dopo essere stato lontano dagli affari per circa un mese, ricominciò ad occuparsi di politica al principio di settembre ma senza impegnarsi apertamente. Solo verso la fine dell'anno decise, come si vedrà piú avanti, di iniziare una lotta a fondo contro il ministero e allora poté contrapporre alla politica cortigianesca e insieme demagogica di Rattazzi l'esigenza di un ristabilimento della corretta prassi costituzionale. Perciò il suo ritorno al potere non solo portò alla soluzione del problema dell'annessione dell'Italia centrale (i cui presupposti però erano maturati nel corso dei mesi precedenti), ma anche alla ripresa della vita parlamentare.

2. *Le assemblee e i voti per l'annessione in Toscana, nei Ducati e nelle Romagne*

In Toscana la notizia della pace di Villafranca provocò grande allarme e dimostrazioni popolari di protesta. Il go-

360

verno riuscí tuttavia a mantenere l'ordine pubblico senza serie difficoltà, mentre l'ostilità verso la restaurazione lorenese determinò un avvicinamento tra gli autonomisti e gli annessionisti. Infatti la Consulta, d'accordo col governo, approvò all'unanimità una dichiarazione, nella quale, dopo aver premesso che il ritorno della caduta dinastia e qualunque altro assetto contrario al sentimento nazionale era "incompatibile col mantenimento dell'ordine in Toscana," proponeva che il governo chiedesse a Napoleone III e alle altre grandi potenze di tener conto della libera manifestazione dei voti della Toscana prima di deciderne il destino, convocasse un'assemblea rappresentativa per esprimere questi voti, chiedesse a Vittorio Emanuele di conservare il protettorato fino all'ordinamento definitivo del paese.

I primi due punti di questa deliberazione furono alla base dell'azione governativa nelle settimane seguenti. Il terzo non poté essere attuato, perché il Boncompagni fu richiamato a Torino. Il commissario piemontese si trattenne ancora alcuni giorni a Firenze dopo il richiamo, perché furono necessarie alcune trattative coi ministri per risolvere il problema della sua successione. Infine con due decreti del 1° agosto egli cedette i suoi poteri al consiglio dei ministri e ne nominò presidente Ricasoli. Quindi partí per Torino il 3 agosto. Ricasoli, che conservò il portafoglio dell'interno, assunse di fatto poteri quasi dittatoriali.

Frattanto fin dal 15 luglio il governo aveva richiamato in vigore la legge elettorale del 3 marzo 1848, che poi modificò parzialmente con alcuni decreti successivi. Sulla base di questa legge di carattere censitario furono compilate le liste elettorali. Fu stabilito che i deputati fossero 172. La presentazione delle candidature avvenne per opera di comitati elettorali quasi tutti influenzati e controllati dal governo. Questo impedí che si presentassero candidati reazionari e ridusse al minimo le candidature di sinistra: il Guerrazzi, per esempio, fu cancellato dalla lista elettorale e quindi divenne ineleggibile, col pretesto che non era rientrato in Toscana per protesta contro l'amnistia decretata dal governo provvisorio dopo il 27 aprile.

Le elezioni si svolsero il 7 agosto. Votarono 35.240 elettori su 68.311 iscritti, cioè poco piú del 50%. L'assemblea, che tenne la prima seduta l'11 agosto, era composta in grande maggioranza di moderati, sia annessionisti che autonomisti, e di uomini che avevano fatto parte della Società Nazionale, ormai accodati ai moderati annessionisti. La sinistra era rappresentata da pochi deputati, tra i quali Antonio Mordini favorevole all'annessione e Giuseppe Mazzoni (l'unico dichiaratamente repubblicano). Era stato eletto anche Giuseppe Montanelli, divenuto bonapartista e fautore di un Regno centrale sotto il principe Napoleone.

Nella prima sessione l'assemblea si occupò soltanto di tre questioni: la decadenza della dinastia lorenese, l'annessione al Piemonte, la conferma del governo in carica. La prima fu risolta il 16 agosto con l'approvazione all'unanimità della proposta, presentata dal marchese Ginori-Lisci, ex ciambellano granducale, che dichiarava la casa di Lorena decaduta per sempre dal trono toscano. Erano presenti 168 deputati. In questo modo l'assemblea rispondeva al tentativo della diplomazia francese di attuare la clausola dei preliminari di Villafranca concernente la restaurazione lorenese. Infatti Leopoldo II, esule in Austria, aveva abdicato il 21 luglio a favore del figlio Ferdinando, e il Walewski aveva subito ordinato al ministro francese a Firenze di adoperarsi per la restaurazione lorenese, affermando che il nuovo granduca avrebbe concessa la Costituzione e forse anche il tricolore italiano.[2] Inoltre aveva spinto Napoleone III ad inviare in missione straordinaria a Firenze il conte de Reiset per insistere coi maggiorenti toscani a favore del granduca. Ma la missione del Reiset si risolse in un fallimento: non solo gli annessionisti, ma anche gli autonomisti dichiararono apertamente al diplomatico francese la loro ostilità al ritorno del principe lorenese, il quale del resto si era reso antipatico ai liberali di tutte le tendenze militando nell'esercito austriaco durante la guerra d'indipendenza. D'altra parte a Firenze si sapeva che Napoleone III, sebbene ostile all'annessione della Toscana al Piemonte, non intendeva impegnarsi a fondo a favore del lorenese, ma avrebbe visto con piacere una chiamata al trono di suo cugino il principe Napoleone, o eventualmente un insediamento a Firenze dei Borboni di Parma. Questo risultava chiaramente dai dispacci del Peruzzi, inviato dal governo provvisorio toscano a Parigi, il quale per un momento inclinò verso la candidatura del principe Napoleone. Tuttavia l'imperatore ufficialmente volle mostrare di non avere abbandonato i lorenesi. Infatti, proprio il giorno in cui l'as-

[2] Si vedano i dispacci di Walewski a Ferrières del 23 luglio '59, in CIAMPINI, *Il '59 in Toscana*, pp. 186-188.

semblea toscana votava la decadenza della vecchia dinastia, egli ricevette a Parigi il granduca Ferdinando IV e poco prima aveva acconsentito alla richiesta di Walewski di mandare a Firenze, con una missione a favore dei Lorena, il principe Giuseppe Poniatowski, che era vissuto a lungo in Toscana dove aveva parenti ed amici. Ma anche questa missione si concluse negativamente come quella del Reiset.

Subito dopo aver dichiarata decaduta la casa di Lorena, l'assemblea discusse il problema dell'annessione al Piemonte. Due proposte di dichiarazione furono presentate: una del marchese Gerolamo Mansi, firmata anche da altri deputati moderati, quasi tutti nobili, che esprimeva la volontà della Toscana di far parte del Regno costituzionale di Vittorio Emanuele e la raccomandava alla protezione di Napoleone III e alla benevola mediazione dell'Inghilterra, della Russia e della Prussia, e una del deputato Carlo Massei che chiedeva l'annessione pura e semplice al Regno di Sardegna. La prima mirava a stabilire un accordo tra gli annessionisti e gli autonomisti, i quali erano convinti che l'annessione non sarebbe stata permessa dalle potenze, ma pensavano che fosse opportuno votare a favore di essa per dare maggior forza al voto contrario alla restaurazione lorenese; la seconda era invece l'espressione dell'annessionismo puro, quale veniva professato dagli uomini della Società Nazionale ed anche dal Ricasoli. Questi però si preoccupava soprattutto di raggiungere su questo punto un accordo generale e riuscì a far prevalere questa esigenza su ogni altra considerazione. Il Massei accettò quindi di ritirare la sua proposta e di votare coi suoi amici a favore di quella del Mansi, purché fosse resa un po' piú energica nella forma e fosse dato mandato al governo di procurarne l'adempimento nelle trattative che vi sarebbero state. La dichiarazione proposta dal Mansi, cosí emendata, fu pertanto approvata il 20 agosto all'unanimità. Erano presenti 163 deputati. Si assentarono dalla votazione il repubblicano Mazzoni e i due bonapartisti dichiarati: il Montanelli e il suo figliastro Antonio Di Lupo Parra. Subito dopo il voto per l'annessione, l'assemblea, sempre all'unanimità, diede mandato al consiglio dei ministri di continuare a governare il paese fino al definitivo assetto. Quindi fu aggiornata da un decreto del governo.

Anche nei Ducati e nelle Legazioni si formarono governi con poteri dittatoriali o quasi e furono elette assemblee che proclamarono la decadenza dei vecchi regimi e l'annessione al Piemonte. Dovunque vi fu una netta prevalenza del partito moderato, al quale si accodarono piú o meno volentieri gli uomini che avevano fatto parte della Società Nazionale. Anche nei Ducati e piú ancora nelle Legazioni alcuni moderati furono piú apertamente decisi per l'annessione al Piemonte, mentre altri furono piú cauti e disposti a soluzioni intermedie o di compromesso; ma non vi fu una corrente moderata autonomista paragonabile a quella esistente in Toscana. Nei Ducati e nelle Legazioni infatti la diffusa ostilità contro le dinastie spodestate e contro il governo papale si univa all'ostilità o all'indifferenza verso gli Stati stessi, giudicati ormai generalmente anacronistici ed artificiosi, mentre era vivo, accanto al sentimento nazionale, lo spirito di municipio. In Toscana invece era ancora vivo in una parte della classe dirigente, accanto al disprezzo per la dinastia lorenese, un sentimento di affetto per lo Stato regionale e per le sue tradizioni giuridiche ed amministrative, sicché ci volle ancora un po' di tempo, perché tutti si rendessero conto che la crisi dinastica portava seco inevitabilmente la crisi dello Stato regionale.

A Modena il Farini dopo Villafranca riuscí a condurre le cose in modo da conservare il potere. Infatti il 27 luglio dichiarò che, in seguito agli ordini ricevuti da Torino, doveva deporre la carica di regio governatore che aveva assunto poco piú d'un mese prima; ma il giorno successivo, acclamato da una manifestazione popolare, assunse, su proposta del municipio, la carica di dittatore delle province modenesi. Il 29 luglio decretò l'elezione di un'assemblea di rappresentanti incaricata di deliberare "sulla sovranità delle province modenesi e sull'essere loro rispetto all'ordinamento nazionale d'Italia" e di costituire un potere esecutivo. L'assemblea, eletta sulla base di una legge elettorale che dava il diritto di voto a tutti i cittadini maggiori di ventun anni che sapessero leggere e scrivere, si riuní il 16 agosto. Quattro giorni dopo approvò all'unanimità la decadenza e la perpetua esclusione dal trono della dinastia austro-estense e di qualunque altro principe della casa d'Asburgo-Lorena; il 21 deliberò, pure all'unanimità, di "voler confermata e mantenuta" l'unione delle province modenesi al Regno costituzionale della Casa di Savoia sotto lo scettro di Vittorio Emanuele II. Infine si aggiornò il 23 agosto, dopo aver confermato Farini nella carica di dittatore.

A Parma le cose procedettero in modo meno lineare. Sembrò infatti per alcuni giorni che l'annessione al Piemonte potesse avvenire senza difficoltà, dato che nei preliminari di Villafranca non si faceva menzione della restaurazione dei Borboni di Parma. Ma pochi giorni dopo Francesco Giuseppe, che pure a Villafranca aveva dichiarato di non essere contrario all'annessione del Ducato parmense al Piemonte, affermò che anche le sorti di questo dovevano essere simili a quelle di Modena e della Toscana. A questa pretesa non si oppose Napoleone III, il quale pensava di ottenere nelle trattative di pace l'annessione del Ducato di Parma al Piemonte e la sistemazione dei Borboni di Parma a Firenze o a Modena. Questa incertezza sulla situazione delle province parmensi fece sí che il governatore piemontese Pallieri restasse a Parma fino all'8 agosto, quando partí per Torino lasciando il potere all'avvocato Giuseppe Manfredi. Questi si intitolò governatore provvisorio "in nome del popolo" e indisse un plebiscito per l'annessione al Regno di Sardegna, che si svolse tra il 14 e il 21 agosto in tutto il territorio del Ducato ed ebbe come risultato 63.167 voti favorevoli e 504 contrari. Ma già il 14 agosto lo stesso Manfredi propose di conferire al Farini la dittatura anche delle province parmensi e ottenne che il municipio di Parma chiamasse il Farini stesso a questa carica. Il 18 agosto Farini assunse il potere e nominò Manfredi suo delegato per l'amministrazione delle province parmensi riservandosi le decisioni di carattere politico e militare. Il 19 agosto il dittatore decretò l'elezione di un'assemblea con una legge elettorale e con compiti simili a quelli adottati per l'assemblea modenese. Il plebiscito parmense dell'agosto '59 non ebbe dunque un valore ufficiale e rimase una specie di prova generale di quello che si svolse poi nel marzo del '60. L'assemblea, riunitasi il 7 settembre '59, nelle sedute dell'11 e del 12 approvò all'unanimità la decadenza della dinastia borbonica e l'annessione delle province parmensi al Regno costituzionale della dinastia di Savoia. Confermò quindi il Farini nella carica di dittatore e chiuse la sua sessione il 15 settembre.

Neppure delle Legazioni era fatta esplicita menzione nei preliminari di Villafranca, sebbene nel testo preparato da Napoleone III vi fosse una clausola che diceva: "Les deux Souverains demanderont au Saint Père d'introduire dans Ses Etats des réformes salutaires, et de séparer administrativement les Légations du reste des Etats de l'Eglise." Francesco Giuseppe infatti ottenne che la clausola fosse ridotta in questi termini: "Les deux Empereurs demanderont au Saint Père d'introduire dans Ses Etats des réformes indispensables." Comunque sembrava indiscutibile che i due sovrani si fossero impegnati a favorire la restaurazione pontificia nelle Legazioni. Tuttavia Napoleone III, in un colloquio avuto a Torino il 15 luglio con Gioacchino Pepoli, dichiarò che, se l'ordine pubblico non fosse stato turbato, non ci sarebbe stato intervento francese né austriaco nelle Legazioni, ed autorizzò il Pepoli stesso a render nota questa dichiarazione, che infatti fu pubblicata sul "Monitore di Bologna" del 16 luglio. La situazione delle Legazioni o, come allora comunemente si disse, delle Romagne divenne dunque per alcuni aspetti simile a quella della Toscana e dei Ducati, ma per altri rimase sensibilmente diversa. Infatti il problema della restaurazione pontificia implicava quello piú generale dell'intangibilità o meno del dominio territoriale della Santa Sede, che aveva per la diplomazia e per l'opinione pubblica europea un'importanza molto maggiore della restaurazione del granduca e dei duchi. In particolare la situazione delle Romagne destava l'allarme del clero e dei cattolici francesi, che già avevano visto con ostilità l'impresa d'Italia di Napoleone III. Perciò i patrioti delle Romagne si sentirono molto piú minacciati di quelli della Toscana e dei Ducati dal pericolo di tentativi di restaurazione. Non si poteva infatti escludere che le forze pontificie, che poche settimane prima avevano sanguinosamente repressa l'insurrezione di Perugia e rioccupate le province insorte dell'Umbria e delle Marche, attaccassero improvvisamente le Romagne, difese da forze scarse e male armate nelle prime settimane dopo Villafranca. In realtà Pio IX e il cardinale Antonelli, per quanto intransigenti nel rivendicare la piena sovranità papale sulle Legazioni e per quanto avessero cominciato a rafforzare l'esercito pontificio con l'arruolamento di volontari stranieri, non pensarono allora ad un'azione di forza, ma preferirono seguire la via delle scomuniche, delle proteste e delle trattative diplomatiche, convinti di poter ottenere dalle potenze la ricostituzione integrale dello Stato pontificio. Comunque la situazione assai delicata delle Romagne influí nei giorni dopo Villafranca sulle decisioni che furono prese riguardo all'organizzazione del governo provvisorio di Bologna.

Come già s'è detto, Massimo d'Azeglio, commissario straordinario per le Romagne, dopo aver riorganizzato il governo con la nomina di sei gerenti preposti ai singoli ministeri, era partito da Bologna il 16 luglio lasciando come procommissario il colonnello Falicon, il quale governò le Romagne per una quindicina di giorni assistito dai gerenti stessi. Solo il 28 luglio fu pubblicato a Bologna un manifesto dell'Azeglio, che annunciava la fine del commissariato straordinario. Pertanto anche il Falicon dovette partire il 1° agosto, dopo aver rimesso i suoi poteri al consiglio dei gerenti. Questi il giorno successivo annunciarono che, in attesa della convocazione di un'assemblea rappresentativa, avevano deciso di affidare il potere esecutivo al colonnello Leonetto Cipriani.

Il Cipriani, che assunse il potere col titolo di governatore generale, era un còrso che nel '48 aveva combattuto nell'esercito toscano a Curtatone ed aveva poi tentato invano di reprimere il movimento democratico a Livorno, quando era stato mandato in quella città dal ministero Capponi come commissario straordinario; ma nelle Romagne era sconosciuto o quasi. La sua nomina era stata decisa a Torino circa due settimane prima per far cosa gradita a Napoleone III, di cui Cipriani era amico, e mettere in questo modo il governo delle Romagne sotto la protezione del sovrano francese. La proposta di alcuni dirigenti bolognesi, come il Tanari e il Casarini, già appartenenti alla Società Nazionale, di affidare il governo al La Farina fu osteggiata dal Pepoli e dal Minghetti, che preferirono il Cipriàni. Si creò cosí una situazione che poteva prestarsi a intrighi bonapartisti e diede adito a sospetti verso il Cipriani da parte non solo dei democratici, ma anche degli stessi moderati che ne avevano voluto la nomina, i quali lo sorvegliarono e ne spiarono le mosse. Questi sospetti sono una manifestazione tipica dell'ambiguità che caratterizzò i rapporti tra i moderati italiani e Napoleone III nei mesi tra Villafranca e le annessioni.

Secondo gli impegni presi coi moderati che ne avevano voluto la nomina a governatore, Cipriani annunciò subito la sua intenzione di convocare un'assemblea e con un decreto dell'8 agosto fissò le norme per l'elezione di essa. Fu stabilito che i deputati fossero 124 e fossero eletti coi criteri adottati per l'elezione dei consigli comunali, in base cioè alla legge emanata dal governo provvisorio romano il 31 gennaio '49, rimessa in vigore nelle Romagne da un decreto del Falicon del 20 luglio '59. Erano elettori i cittadini maggiori di ventun anni con esclusione di coloro che vivevano "di mercede giornaliera per opera manuale o meccanica" e dei mezzadri che non possedessero beni immobili. L'assemblea, eletta il 28 agosto, si componeva in maggioranza di moderati, ai quali si aggiungevano alcuni democratici che avevano fatto parte della Società Nazionale. Essa si riuní a Bologna il 1° settembre e il 3 elesse a grandissima maggioranza suo presidente Marco Minghetti. Questi, dopo le dimissioni di Cavour, si era a sua volta dimesso dalla carica di segretario generale del ministero degli esteri di Torino ed aveva ripreso a partecipare attivamente alla vita politica delle Romagne e dell'Italia centrale. Sotto la sua presidenza l'assemblea affrontò i due problemi principali per i quali era stata convocata, la decadenza del governo pontificio e l'annessione al Piemonte, e li risolse con due dichiarazioni di ispirazione tipicamente liberale moderata.

Il 6 settembre, all'unanimità dei 121 deputati presenti, l'assemblea approvò una dichiarazione che, dopo avere nelle premesse esposti i motivi dell'impossibilità di conservare nelle Romagne il dominio papale ed avere affermato che il governo temporale pontificio era "sostanzialmente e storicamente distinto dal governo spirituale della Chiesa, cui non verrà mai meno la reverenza di questi popoli," si concludeva con queste parole: "Noi rappresentanti dei popoli delle Romagne, convocati in generale assemblea, appellandone a Dio della rettitudine delle nostre intenzioni, dichiariamo che i popoli delle Romagne, rivendicato il loro diritto, non vogliono piú governo temporale pontificio." Il giorno successivo, all'unanimità dei 120 deputati presenti, l'assemblea approvò un'altra dichiarazione, che esprimeva la volontà dei popoli delle Romagne di essere annessi al Regno costituzionale di Sardegna sotto lo scettro di Vittorio Emanuele, motivando questa decisione col desiderio di un "governo forte" capace di assicurare "l'eguaglianza civile, la libertà e l'indipendenza nazionale" e coll'affermazione che solo il governo sardo era in grado di adempiere questo compito. Infine il 10 settembre l'assemblea con 117 voti favorevoli ed 1 contrario ratificò la nomina di Cipriani a governatore generale. Quindi fu aggiornata da un decreto del governatore stesso.

Ancora prima che si riunissero le assemblee, i governi dell'Italia centrale avevano affrontato il problema delle relazioni reciproche. In un primo tempo prevalse la preoccupazione di coordinare in qualche modo le scarse forze militari di cui disponevano. Il governo di Bologna fin dal suo sorgere aveva cercato di stabilire un accordo militare difensivo con quello di Firenze e insistette su questo punto anche dopo Villafranca: proprio il Cipriani, che da Torino si era recato in Toscana, fu incaricato il 23 luglio dal governo di Bologna di trattare una convenzione militare col governo di Firenze. Ma da parte toscana si era in quel momento poco propensi a prendere un impegno preciso con Bologna, data la situazione particolarmente incerta delle Romagne. Pochi giorni dopo il Farini, divenuto dittatore di Modena, propose al Ricasoli di stipulare una lega militare tosco-modenese, che di fatto aveva già un principio d'attuazione, poiché la divisione toscana dopo Villafranca era rimasta nel Modenese e lo presidiava insieme ai volontari locali comandati dal generale Ribotti. Anche il Farini però non era propenso ad allargare alle Romagne la progettata lega. Ma per opera soprattutto del Minghetti, che al principio d'agosto cominciò a partecipare alle trattative, queste difficoltà furono alla fine superate. Così il 10 agosto fu firmata a Modena una convenzione militare tosco-modenese e un'altra convenzione con cui i governi di Modena e di Firenze accettavano l'adesione alla lega militare di quello di Bologna.

Il nucleo principale delle forze della lega era costituito dalla divisione toscana, comandata ancora dal generale Ulloa, il quale però, per i dissidi avuti con gli ufficiali da lui dipendenti, aveva inviato le sue dimissioni al governo di Firenze fin dal 24 luglio ed era in attesa di essere sostituito. Per iniziativa del Malenchini, il comando fu offerto allora a Garibaldi, che accettò sperando di divenire comandante di tutte le forze della lega. Il 14 agosto egli giunse a Firenze e il 15 fu nominato comandante della divisione, di cui assunse il comando effettivo a Modena il giorno dopo. Ma la sua nomina allarmò i moderati modenesi e romagnoli. Il Minghetti si recò allora a Torino e, non senza difficoltà, perché vi furono opposizioni francesi, ottenne che il generale Fanti fosse autorizzato a lasciare temporaneamente il servizio attivo nell'esercito sardo e ad assumere il comando dell'esercito della lega. Garibaldi protestò, ma poi si adattò a restare come comandante in seconda conservando il comando della divisione toscana. Alla fine d'agosto Fanti, rientrato a Modena dopo 28 anni d'esilio, assunse il comando dell'esercito della lega, che gli fu successivamente confermato con decreti dei vari governi. Egli iniziò allora un'opera abile ed energica per organizzare le truppe dell'Italia centrale utilizzando le forze già sotto le armi e procedendo a nuovi arruolamenti. In pochi mesi riuscì a mettere insieme ben cinque divisioni, ordinate sul modello piemontese, forti di circa 50.000 uomini, che poi costituirono uno dei nuclei principali dell'esercito italiano.

I voti per l'annessione delle assemblee toscana e modenese e quelli che si preannunciavano come sicuri da parte delle assemblee convocate a Parma e a Bologna crearono alla fine d'agosto una situazione difficile per il governo di Torino. L'assemblea toscana aveva infatti nominato una deputazione incaricata di recarsi a Torino per presentare solennemente al re il voto per l'annessione. Come avrebbe dovuto rispondere Vittorio Emanuele a questa deputazione e alle altre che sarebbero venute a presentargli analoghi voti dai Ducati e dalle Romagne? Una risposta positiva sarebbe stata in contrasto troppo aperto con le decisioni di Villafranca e avrebbe urtato gravemente il governo di Parigi: Walewski infatti, prima ancora che l'assemblea toscana votasse, si era affrettato a far pressioni sul governo di Torino perché respingesse il voto d'annessione.[3] D'altra parte una risposta nettamente negativa, che in un primo momento sembrò opportuna al re,[4] apparve ben presto impossibile a lui e al governo, perché avrebbe dato un colpo grave al prestigio della monarchia sarda di fronte al movimento nazionale italiano. Per uscire dalla difficoltà il governo piemontese, dopo aver ottenuto che la deputazione toscana ritardasse di una settimana la sua venuta a Torino, decise di inviare il conte Francesco Arese in missione confidenziale a Napoleone III per chiedergli il parere su due possibili risposte del re alla deputazione. Vittorio Emanuele avrebbe potuto cioè accettare il voto per l'annessione e fare appello all'Europa perché riconoscesse il nuovo stato di cose, oppure avrebbe potuto dichiarare di considerare il voto come una manifestazione della volontà del popolo toscano e impegnarsi a perorarne la causa presso le grandi potenze e in particolare presso Napoleone III. Si vide allora ancora una volta che la politica dell'imperatore non coin-

[3] Si veda la lettera di Walewski a La Tour d'Auvergne del 18 agosto '59 in CIAMPINI, *Il '59 in Toscana*, cit., p. 289.
[4] Si veda la lettera del re a Rattazzi in *Carteggio Cavour-Nigra*, II, p. 253.

cideva, anzi in parte contrastava con quella del suo ministro degli esteri. Napoleone infatti, invece di respingere entrambi i progetti e imporre al re una risposta negativa, consigliò l'adozione del secondo progetto di risposta, che lasciava la via aperta in tutte le direzioni. Sebbene in quel momento progettasse ancora una sistemazione dell'Italia, in base alla quale solo il Ducato di Parma doveva essere unito al Piemonte e nel colloquio con l'Arese ribadisse la sua ostilità all'annessione della Toscana, si preoccupò soprattutto di guadagnar tempo e di non pregiudicare l'avvenire. In una lettera a Vittorio Emanuele, affidata allo stesso Arese, egli scrisse infatti: "V. M. doit être persuadé que je ne sépare pas sa cause de la mienne, et que je désire de tout mon coeur que l'Italie puisse se constituer définitivement. Malheureusement les préliminaires de Villafranca me lient et si l'Autriche ne se montre pas plus conciliante il faudra mettre tout notre esprit dans un Congrès européen. En attendant, je crois qu'il est très nécessaire que V. M. sans décourager les populations qui mettent en elle leur espoir évite tout ce qui aurait l'air aux yeux de l'Europe d'ambition personnelle."[5]

Pertanto alla deputazione toscana, che il 3 settembre gli presentò a Torino il voto per l'annessione, Vittorio Emanuele rispose con un breve discorso, di cui la parte essenziale era questa: "Noi abbiamo accolto questo voto come una manifestazione solenne della volontà del popolo toscano, che, facendo cessare gli ultimi vestigi di dominio straniero, desidera contribuire alla formazione di un Regno forte per difendere l'indipendenza d'Italia. Forte dei diritti che mi dà il vostro voto, io seconderò il vostro desiderio. Io sosterrò la causa della Toscana presso le Potenze, in cui l'Assemblea spera, e sopra tutto presso il magnanimo Imperatore dei francesi, che tanto fece per la nazione italiana. Spero che l'Europa non ricuserà di compiere verso la Toscana l'opera riparatrice da lei compiuta, in circostanze meno favorevoli, verso la Grecia, il Belgio e i Principati Danubiani."

I deputati toscani, commossi per le entusiastiche manifestazioni con cui erano stati accolti a Torino dalle autorità e dalla popolazione, rimasero alquanto delusi dalla risposta del re. Ma Cavour, che da pochi giorni era ritornato a Torino, ricevendoli la sera del 3 settembre disse

[5] *Carteggio Cavour-Nigra*, II, p. 254.

loro: "Io non sono ministro e sono un po' imprudente: vi dico dunque di scegliere la interpretazione piú larga e di agire in conseguenza."[6] Su questa linea del resto si era messo subito con grande decisione Ricasoli, il quale, la sera stessa del 3 settembre, appena giunta a Firenze la notizia della risposta regia, la fece salutare con salve d'artiglieria e il giorno dopo indisse generali festeggiamenti. Cominciò insomma ad agire come se l'*accoglimento* regio del voto d'annessione equivalesse ad un'*accettazione* e si preparò a prendere tutti i provvedimenti possibili in quel momento per avviare l'unificazione della Toscana col Regno di Sardegna.

Il 9 settembre il "Moniteur" di Parigi pubblicò una nota del governo francese, che avrebbe dovuto essere una doccia fredda sugli entusiasmi degli annessionisti italiani. Essa infatti ribadiva la necessità della restaurazione dei sovrani spodestati, pur affermando che doveva essere attuata senza interventi militari stranieri, e avvertiva che, se le decisioni di Villafranca nei riguardi della restaurazione non fossero state attuate, l'Austria sarebbe stata sciolta da ogni impegno riguardo all'ordinamento da dare al Veneto e la situazione generale dell'Italia sarebbe rimasta incerta e pericolosa. Aggiungeva che gli italiani non dovevano illudersi di poter ottenere gran che da un congresso europeo, perché questo avrebbe dovuto tener conto degli interessi austriaci. Solo una guerra — concludeva la nota — avrebbe potuto modificare profondamente la situazione, ma gli italiani dovevano sapere che la Francia, l'unica potenza europea disposta a fare la guerra per un'idea, aveva già "accomplie sa tâche." Questa ricattatoria presa di posizione filoaustriaca ebbe però scarso effetto in Italia, poiché ormai tutti si erano abituati alla doppiezza di Napoleone III e si trovò opportuno interpretare le sue dichiarazioni nel senso che faceva piú comodo. Il Massari cosí annotava nel suo *Diario*: "Rattazzi con cui ne parlavo stamane trova che questa nota è fatta per non irritar l'Austria, ma che in fondo è favorevole a noi. È chiaro che gli stessi Veneziani preferiranno la sorte dei Ducati alle sedicenti riforme austriache... Io veggo in quella pubblicazione del 'Moniteur' la solita politica duplice e di altalena di N. III."[7] E il conte di Mo-

6 MASSARI, *Diario*, p. 354.
7 *Ivi*, p. 358. Si vedano anche i giudizi riferiti dallo stesso Massari nelle pagine successive.

sbourg, incaricato d'affari francese a Firenze, in una lettera a Walewski del 14 settembre, diceva che il governo toscano considerava la nota del "Moniteur" come un mezzo usato da Napoleone III per dare qualche soddisfazione all'Austria, preoccupata dallo sviluppo del movimento annessionista, e aggiungeva: "Fidèle au système qu'il a adopté d'accepter tout ce qui le sert, sans tenir aucun compte des contradictions, le gouvernement s'attachait surtout à proclamer qu'un seul passage dans cette publication avait une véritable importance, c'est celui, où, pour la première fois, la France déclarait formellement que les souverains ne seraient restaurés par aucune force etrangère. C'était là pour lui tout l'article."[8]

Frattanto anche le deputazioni modenese e parmense (di questa faceva parte Giuseppe Verdi) si erano recate a Torino per presentare al re i voti per l'annessione approvati dalle rispettive assemblee. Accolte anche esse con grande entusiasmo dalla popolazione, furono ricevute il 15 settembre dal re, il quale, dopo aver ricordato che i voti per l'annessione presentati dalle due deputazioni confermavano quelli del '48, dichiarò di *accoglierli* con espressioni molto simili a quelle rivolte alla deputazione toscana. Due giorni prima era arrivato a Torino anche Rodolfo Audinot, vicepresidente dell'assemblea delle Romagne, incaricato di predisporre il terreno all'accoglimento regio del voto d'annessione delle Romagne. Dopo qualche incertezza sull'opportunità che il re accogliesse anche questo voto, prevalse nel governo di Torino l'opinione che esso dovesse essere accolto, pur con un discorso regio che contenesse qualche parola di ossequio per il papa e ricordasse i precedenti diplomatici della questione delle Legazioni. Questo discorso fu preparato con la collaborazione dello stesso Audinot. Fu deciso tuttavia che il re avrebbe ricevuta la deputazione romagnola nella villa reale di Monza, anziché a Torino, per evitare manifestazioni troppo clamorose. Il 24 settembre la deputazione presentò il voto e il re lo accolse con un discorso simile a quello tenuto alle altre deputazioni, al quale però erano premesse queste parole: "Principe cattolico, serberò in ogni evento profonda e inalterabile reverenza verso il supremo Gerarca della Chiesa. Principe italiano, debbo ricordare che l'Europa, riconoscendo e proclamando che le condizioni del vostro paese ricercavano pronti ed

8 CIAMPINI, *Il '59 in Toscana*, p. 203.

efficaci provvedimenti, ha contratto con esso formali obbligazioni."

Per prevenire ed attenuare la reazione del papa a questo
discorso Vittorio Emanuele pochi giorni prima aveva inviato a Roma in missione segreta il suo cappellano, l'abate
Stellardi, coll'incarico di dire a Pio IX che la risposta alla
deputazione romagnola gli era stata imposta da Napoleone
III.[9] Ma questa giustificazione non fu trovata plausibile dal
papa, il quale avvertí Vittorio Emanuele che era incorso
nuovamente nelle censure ecclesiastiche e il 1° ottobre fece
consegnare i passaporti al conte Della Minerva, ministro
sardo a Roma. La notizia che la risposta del re ai romagnoli fosse stata suggerita o quanto meno approvata da
Napoleone III, riferita da alcuni giornali, fu smentita da
parte francese.[10] Effettivamente nessuna prova esiste che da
Parigi venisse in quell'occasione un consiglio esplicito al re
di rispondere in quel modo ai romagnoli; tuttavia è impossibile che il governo di Torino e il re stesso si decides-
sero ad un atto cosí delicato senza essere sicuri dell'approvazione dell'imperatore, il quale forse anche su questo punto particolare aveva espresso il suo parere all'Arese.

In realtà le relazioni tra Parigi e Roma andavano in
quei giorni peggiorando. Da parte francese si era tentato di
ottenere dal papa l'istituzione di un vicereggio laico nelle
Legazioni e riforme amministrative per tutto lo Stato. Ma
Pio IX e l'Antonelli avevano respinta la prima proposta e
avevano subordinata l'attuazione della seconda alla restaurazione del governo pontificio nelle Legazioni. Questa posizione rigida urtò Napoleone III, che anche in questo caso
avrebbe voluto non pregiudicare l'avvenire e tenere aperta
la via a soluzioni di compromesso. Probabilmente per sua
diretta ispirazione l'ambasciatore francese a Roma, duca di
Gramont, inviò il 26 settembre al cardinale Antonelli una
lettera confidenziale aspra e risentita sulla questione delle
riforme.[11] Inoltre il 27 settembre il "Moniteur" pubblicò la
risposta di Vittorio Emanuele ai romagnoli, mentre non
aveva pubblicate quelle alle altre deputazioni. La cosa fece
impressione, anche perché in Francia si andava accentuan-

[9] Si veda la lettera di Pio IX a Vittorio Emanuele del 29 settembre '59
in PIRRI, *Pio IX e Vittorio Emanuele II dal loro carteggio inedito. II. La
questione romana, 1856-1864*, Roma, 1951, parte II, pp. 129-131.
[10] Lettera del duca di Gramont al cardinale Antonelli del 6 ottobre '59
in PIRRI, *op. cit.*, parte II, p. 131.
[11] PIRRI, *op. cit.*, parte I, p. 155.

do l'agitazione del clero e dei cattolici in difesa del potere temporale. Si delineava insomma nelle relazioni tra Napoleone III e il Papato un importante mutamento che qualche mese dopo doveva avere una notevole influenza sullo sviluppo della situazione italiana.

3. L'azione di Mazzini dopo Villafranca

Mazzini vide nella pace di Villafranca una conferma clamorosa delle sue previsioni: la guerra si era conclusa con una nuova Campoformio; la politica moderata era impotente a realizzare non solo l'unità, ma anche l'indipendenza d'Italia. Bisognava dunque, secondo lui, che gli italiani riparassero agli errori commessi resistendo alle decisioni prese dai due imperatori. Ma questa resistenza non doveva consistere nella semplice difesa delle posizioni acquisite durante la guerra nell'Italia centrale: una tattica prudente e difensiva non avrebbe evitata la restaurazione, oppure, nel caso che le cose fossero andate per le lunghe, avrebbe portato alla formazione di un regno bonapartista nell'Italia centrale. Era necessario dunque riprendere l'iniziativa insurrezionale e "italianizzare" il moto. Ai patrioti, ai volontari che avevano combattuto con Garibaldi o militavano nell'esercito sardo e nelle formazioni dell'Italia centrale Mazzini lanciò pertanto la parola d'ordine: "Al Centro, al Centro, mirando al Sud."[12] Secondo lui, la lotta, interrotta forzatamente nel Nord, doveva riprendere al Centro: dalla Romagna e dalla Toscana i volontari dovevano irrompere nello Stato pontificio, liberare le Marche e l'Umbria e penetrare quindi nell'Abruzzo; contemporaneamente a questo attacco un'insurrezione della Sicilia doveva provocare il crollo del Regno borbonico e fare del Sud una base d'operazioni per la ripresa della lotta nazionale. Questo piano del resto era già stato indicato da Mazzini durante la guerra come l'unico che poteva dare al movimento iniziato con la guerra stessa un carattere veramente nazionale.

Mazzini decise pertanto di dedicarsi alla realizzazione pratica di questo piano, cosa per lui tutt'altro che facile in quel momento. La guerra infatti aveva aggravata la disgre-

---

[12] *La pace di Villafranca*, in "Pensiero ed Azione" del 20 luglio '59, Mazzini, LXIV, p. 66.

gazione del suo partito e resi difficili e saltuari i suoi contatti coi gruppi esistenti in Italia e coi patrioti suoi amici, molti dei quali si erano arruolati nei corpi volontari. Inoltre, Mazzini, condannato a morte in contumacia nel 1858 per i fatti di Genova dell'anno precedente, era stato escluso dall'amnistia concessa dal governo di Torino all'inizio della guerra. Perciò, quando decise di venire in Italia alla fine di luglio, dovette farlo clandestinamente: questo fatto rese ancora piú difficile la sua attività. Ciò nonostante, attraverso il Belgio, la Germania e la Svizzera, penetrò in Italia e, dopo una breve sosta a Milano, raggiunse l'8 agosto Firenze, dove rimase fino al 20 settembre. La sua presenza a Firenze fu ben presto conosciuta dal Ricasoli, il quale però, tramite il Dolfi, gli fece sapere che non lo avrebbe fatto arrestare purché rimanesse nascosto.

Da Firenze Mazzini ristabilí molti collegamenti segreti allo scopo di preparare l'azione progettata. Poiché nei corpi volontari delle Romagne e del Modenese militavano numerosi patrioti democratici e molti veterani delle difese di Roma e di Venezia, Mazzini pensò di far leva su questi uomini per la progettata azione, che avrebbe dovuto essere guidata da Garibaldi, anch'egli propenso a muoversi verso il Sud. Mazzini pertanto espose il suo piano in varie lettere a Nicola Fabrizi, a Ignazio Ribotti, a Pietro Roselli e ad altri patrioti che avevano comandi militari a Modena e in Romagna. "Bisogna allargare le basi," scriveva a Fabrizi il 15 agosto, "bisogna non aspettare di essere assaliti, ma prorompere oltre gli attuali confini, riconquistare subitamente Perugia, tirare innanzi a rapide marce e precipitarsi con otto o dieci mila uomini negli Abruzzi. La Sicilia, colla quale siamo in comunicazione regolare, insorgerà. Il Regno, posto fra due, probabilmente risponderà. Se lo fa, siamo salvi... Questa operazione è nell'istinto di tutti, di Garibaldi e dei suoi, e perfino di qualche governo; ma dai governi *il cenno non verrà mai*. Bisogna che l'operazione venga da un pronunciamento militare."[13]

Purtroppo alcune di queste lettere non giunsero a destinazione, perché furono sequestrate a Rosalino Pilo, inviato da Mazzini a Bologna e quivi arrestato dalla polizia di Cipriani su segnalazione giunta da Firenze. Cipriani scrisse allora a Ricasoli proponendogli di arrestare Mazzini oppure di lasciare che fosse arrestato dai suoi agenti

[13] MAZZINI, LXIII, p. 318.

mediante un tranello. "Se Mazzini è arrestato," scriveva Cipriani a Ricasoli il 18 agosto, "o nelle Romagne o da agenti miei in Toscana, lo faccio giudicare da un Consiglio di guerra e non se ne parla piú."[14] In quei giorni Cipriani faceva arrestare anche altri democratici, tra i quali Alberto Mario e sua moglie Jessie White. Ricasoli per parte sua non venne meno alla parola data al Dolfi nei riguardi di Mazzini, ma procedette anch'egli ad arresti ed espulsioni di democratici. Mazzini allora gli scrisse una lettera, nella quale esponeva il suo giudizio sulla situazione e il suo piano d'azione nel Centro e nel Sud. Diceva inoltre che da un anno non aveva piú parlato di repubblica ma si era dichiarato disposto ad accettare la monarchia, se questa avesse operato per l'unità. Erano quindi ingiustificate le persecuzioni a cui erano sottoposti i suoi amici.[15]

Ricasoli rispose inviando a Mazzini uno scritto programmatico che Mazzini gli restituí con una serie di osservazioni.[16] Riguardo al progetto d'intervento nel Centro e nel Sud, Ricasoli affermava che la Toscana non aveva forze sufficienti e doveva anzitutto realizzare l'annessione al Regno sardo. "Costituita l'Italia Superiore colla Centrale," diceva, "secondo i voti delle popolazioni, ognun vede che la questione Veneta, la questione Romana, la questione Napoletana verranno a trovare per logica deduzione la loro soluzione naturale; perché il mutar indole prepara per quegli Stati condizione essenziale di vita." Diceva inoltre che l'azione nel Centro e nel Sud avrebbe aperto le porte all'Austria, resa malevola la Russia, provocata l'ostilità dell'Europa cattolica e determinata una seconda spedizione di Roma. A queste affermazioni Mazzini rispondeva che il compito primo del governo toscano era quello di contribuire a realizzare l'unità nazionale, la quale invece sarebbe stata ritardata da riforme nei governi dei vecchi Stati ancora esistenti; osservava inoltre che non soltanto la Toscana, ma tutta la parte liberata del Centro avrebbe dovuto impegnarsi nella spedizione verso il Sud e che questa poteva avere successo per le particolari condizioni politico-

[14] RICASOLI, *Carteggi*, a cura di M. Nobili e S. Camerani, vol. IX, Roma, 1957, p. 105.
[15] Lettera del 22 agosto '59, MAZZINI, LXV, pp. 12-15, RICASOLI, *Carteggi*, IX, pp. 118-123.
[16] *Massime generali da servire di norma alle Autorità politiche e agli Agenti diplomatici del Governo della Toscana* con le osservazioni di Mazzini, in MAZZINI, LXV, pp. 16-23, RICASOLI, *Carteggi*, IX, pp. 183-187.

militari dello Stato pontificio e del Regno di Napoli in quel momento; osservava infine che l'Austria non poteva opporsi a un tentativo di quel genere per ragioni finanziarie e perché avrebbe dovuto fronteggiare il Piemonte e una probabile insurrezione ungherese, che la questione interna del servaggio impediva ogni impresa esterna allo zar, che per il momento non era previsto un attacco a Roma per evitare scontri coi francesi e che comunque Napoleone III non avrebbe potuto fare una nuova spedizione di Roma né attaccare gli italiani "maneggianti le cose loro, e *segnatamente* nel Sud" per ragioni di ordine interno e per il pericolo di "aver guerra dalla Prussia, dalla Germania e dall'Inghilterra." Mazzini tuttavia concludeva le sue osservazioni dicendo di averle scritte per debito di coscienza e di considerarle praticamente inutili. Non si faceva insomma illusioni sulla possibilità di persuadere Ricasoli, il quale, imbarazzato per la sua presenza in Toscana dopo che Vittorio Emanuele aveva accolto il voto d'annessione, gli fece sapere che era opportuna la sua partenza. Mazzini si trasferí allora a Lugano, dove rimase fino alla fine di dicembre del '59.

Mazzini espose allora con chiarezza la sua alternativa alla politica moderata nella *Lettera a Vittorio Emmanuele*,[17] pubblicata alla fine di settembre contemporaneamente a Lugano e a Firenze, che ebbe una larga diffusione e fu ristampata integralmente o parzialmente da vari giornali. Rivolgendosi direttamente al re egli dichiarò ancora una volta in questo scritto di essere disposto ad accettare la monarchia, se questa avesse accettato esplicitamente di mettersi a capo della lotta per l'unità nazionale. Anche questa volta il possibilismo istituzionale di Mazzini scandalizzò i puritani del repubblicanesimo, ai quali Mazzini stesso rispose di aver voluto dare una dimostrazione per assurdo della necessità della repubblica.[18] Ma il punto essenziale della sua linea politica in quel momento stava nel fatto che egli formulava al re un "*se no, no*" molto piú radicale di quello formulato tre anni prima da Manin. Mazzini infatti era disposto ad accettare la monarchia, ma non la guida politica dei moderati, proponeva quindi al re una politica non soltanto unitaria, ma anche antimoderata ed antibonapartista. Egli incitava il re a liberarsi dai "faccendieri politici" e dai "pigmei consiglieri di codardia," che lo

[17] MAZZINI, LXIV, pp. 137-152.
[18] Lettera a P. Cironi del settembre '59, MAZZINI, LXV, p. 133.

circondavano e ad allearsi con la rivoluzione. Lo incitava a chiedere a Napoleone III e alle altre grandi potenze di astenersi da ogni intervento nelle cose italiane e a chiamare tutti gli italiani a lottare sotto la sua guida per l'unità nazionale. Ripeteva inoltre al re quello che già aveva scritto a Ricasoli, cioè che l'Austria non avrebbe avuto la forza di contrastare un movimento italiano di proporzioni tanto vaste, minacciata come era dalla rivoluzione ungherese, e che Napoleone III non avrebbe potuto opporsi con le armi alla volontà del re e degli italiani, sia perché non poteva dire alla Francia: "chiesi ieri l'oro e il sangue dei tuoi figli contro l'Austria a pro dell'Italia: oggi lo chiedo a pro dell'Austria contro l'Italia"; sia perché un suo intervento armato in Italia avrebbe provocata la guerra contro di lui da parte della Prussia e dell'Inghilterra. Mazzini si dichiarava infine favorevole alla dittatura regia, purché il re si facesse liberatore; ma chiedeva anche una politica di fiducia verso il popolo: "Date pegno al popolo di libertà: lasciate vita alla stampa, alle associazioni pubbliche, alla pubblica parola: stampa, associazioni, convegni pubblici, vi creeranno intorno quel fervore, quell'entusiasmo, dal quale trarrete quanta forza vorrete: la libertà non ha pericoli se non per chi ha in animo di tradirla."

Vi erano indubbiamente in questo scritto alcune osservazioni giuste sulla situazione europea e sulla sostanziale impotenza della diplomazia a frenare il movimento nazionale italiano, qualora questo avesse imboccato decisamente la via dell'unità. Mazzini aveva molto vivo in quel momento il senso dell'occasione storica che si presentava agli italiani ed insisteva sulla necessità di non perdere tempo. "Se si lasciano, o per Congressi o in altro modo costituir le cose, ne abbiam per dieci anni."[19] Cosí aveva scritto il 5 settembre ad Adriano Lemmi. Ed effettivamente l'occasione non fu perduta: il movimento nazionale italiano riuscí nel corso di poco piú di un anno a sconfiggere la diplomazia tradizionale e ad operare una rottura nell'assetto europeo stabilito nel 1815, che ancora a Villafranca Francesco Giuseppe aveva cercato di far pesare sull'Italia. Tuttavia questa rottura non fu cosí profonda come quella auspicata da Mazzini: infatti l'Italia unita fu anche monarchica e moderata e si inserí in un sistema europeo, di cui erano elementi essenziali l'impero bonapartista e le monar-

[19] MAZZINI, LXV, p. 60.

chie conservatrici dell'Europa centro-orientale. La formazione dell'unità italiana fu un successo del principio di nazionalità e un fatto indubbiamente progressivo nel quadro generale dello sviluppo storico, ma lo Stato unitario italiano nacque come elemento di conservazione dell'ordine europeo, che non era piú quello reazionario del 1815, ma non era neppure quello democratico sognato da Mazzini.

D'altra parte le condizioni internazionali favorevoli, che Mazzini segnalava nella lettera al re, resero possibile ai moderati, sotto lo stimolo continuo dell'azione dei democratici, la realizzazione dell'unità. Ma l'insistenza mazziniana su questo punto contribuí non poco a far sí che il movimento democratico divenisse negli anni decisivi del Risorgimento un movimento anzitutto unitario e trascurasse altre sue istanze essenziali. Questa fu in ultima analisi per esso una cagione di debolezza, perché l'idea unitaria fu fatta propria dalla monarchia e dai moderati. Del resto lo spirito unitario progrediva rapidamente nella coscienza pubblica. Lo notava Cattaneo nell'ottobre del '59: "L'idea dell'unità è la sola che sia stata inculcata e intesa. Cavour è corso sui raili [rotaie] di Mazzini, la Francia ha compromesso l'idea federale introducendovi l'Austria e i Borboni... I piemontesi lavorano molto a raffrenare la Sicilia; temono che la cosa si estenda troppo oltre quanto essi possano anche in apparenza abbracciare. Se le masse li scopriranno impotenti ad accettare l'unità, li diserteranno. Si rivolgeranno ai Bonaparte o ad altri."[20]

La lettera di Mazzini fu letta dal re poco dopo la pubblicazione[21] e fu anche presentata al re stesso, accompagnata da un'altra lettera di Mazzini, dal Brofferio,[22] il quale in quel momento, d'accordo con Rattazzi, cercava di stabilire dei contatti tra il re e il governo da un lato e gli ambienti

[20] Lettera a Cernuschi del 14 ottobre '59, CATTANEO, *Epistolario*, III, p. 209.

[21] In una lettera a Rattazzi del 9 ottobre '59 il re scriveva: "mi mandi se può quel nuovo scritto di Mazzini diretto a me di cui non lessi che qualche squarcio sui giornali." *Carteggio Cavour-Nigra*, II, p. 257.

[22] Si veda il racconto del Brofferio nell'articolo *Una scelleratezza di Mazzini* in "Venezia e Roma" del 14-15 gennaio 1861, ristampato nell'introduzione al vol. LXIV dell'Ed. naz. degli *Scritti* mazziniani, pp. XIV-XX. Secondo questo racconto la lettera privata di Mazzini al re avrebbe contenuto critiche al ministero e un piano d'azione nel Centro e nel Sud da affidare a Garibaldi. Mazzini invece, in una lettera dell'ottobre '59 a Jessie White Mario, dice: "Il Re ha avuto la mia lettera, accompagnata da poche linee scritte di mio pugno su carta rosa." MAZZINI, LXV, p. 150.

democratici e repubblicani dall'altro.[23] Col consenso di Vittorio Emanuele il Brofferio cercò di continuare nel compito di intermediario tra la monarchia e Mazzini. Questi allora, in una lettera ad un amico che a sua volta faceva da intermediario tra lui e Brofferio, ripeté di essere pronto a collaborare con la monarchia in una lotta comune per l'unità ed espose il suo progetto di un'azione guidata da Garibaldi attraverso lo Stato pontificio verso l'Abruzzo e di un'insurrezione in Sicilia e quindi nel Mezzogiorno continentale.[24] Ma questi contatti segreti si fermarono a questo punto, perché evidentemente non ci fu da parte del re e di Rattazzi l'intenzione di prendere impegni; inoltre le vicende successive resero superflue queste manovre. Tuttavia, come si dirà tra poco, alla fine d'ottobre e nella prima metà di novembre l'azione armata nello Stato pontificio fu per essere tentata da Garibaldi e sembra che, almeno inizialmente, il generale avesse l'incoraggiamento del re.

L'attività di Mazzini a Lugano fu molto intensa. Egli cercò di influire quanto piú possibile sui gruppi democratici per spingerli all'azione. Qualche successo ottenne in Lombardia, dove esercitò una certa influenza sull'*Associazione Unitaria Italiana*, fondata allora a Milano, e sul giornale "Il Progresso," che pubblicò vari scritti suoi e dei suoi amici. Quando alla fine di settembre Garibaldi lanciò la sottoscrizione "per un milione di fucili" Mazzini decise di inserirsi attivamente in quell'iniziativa. All'amico Cesare Bernieri, rimasto a Londra, cosí scriveva il 5 ottobre '59: "Garibaldi ha iniziato una sottoscrizione per un milione di fucili. Il milione è assurdo. Ma la sottoscrizione non lo è. Importerebbe che tutti i repubblicani sottoscrivessero e importerebbe che, il danaro andando a Garibaldi se si vuole, le liste venissero a me, perch'io le mandassi dicendo: 'incaricato, etc.' Importa che si sappia che il Partito esiste, e che ogni proposta d'armamento ha il suo appoggio."[25] Ef-

[23] Sulla lettera di Mazzini al re e sull'attività di Brofferio si veda il dialogo satirico di G. MODENA, *Il Regno d'Utopia*, nel "Progresso" del 21-23 novembre '59, ora in G. MODENA, *Scritti e discorsi*, a cura di T. Grandi, Roma, 1957, pp. 197-215, nel quale il Brofferio è rappresentato nel personaggio di Leggerezza dal berretto frigio-azzurro, che fa "incetta di democratici *ad usum Delphini.*"

[24] La lettera, pubblicata dal Brofferio nell'articolo citato nella nota precedente, è ristampata in MAZZINI, LXV, pp. 160-165. L'amico a cui è diretta è forse l'avv. Domenico Giuriati.

[25] MAZZINI, LXV, p. 147.

fettivamente il contributo dei mazziniani a questa sottoscrizione fu abbastanza notevole.

Si deve dire però che in quei mesi l'influenza politica di
Mazzini fu più che altro indiretta: egli suggerí piani, lanciò
parole d'ordine, stimolò tutti all'azione, ma non poté assumere la funzione di capo, se non nell'ambito ristretto di
pochi seguaci fedelissimi. Gli uomini che si erano distaccati
da lui, a cominciare da Garibaldi, anche se ora erano sostanzialmente d'accordo con lui sulla necessità di agire al
più presto e sull'opportunità dell'azione nel Centro e in
Sicilia, diffidavano della sua intransigenza verso i moderati e dei suoi metodi di lavoro e non volevano che egli
assumesse una posizione scoperta. A queste pretese Mazzini
era disposto ad adattarsi solo fino ad un certo punto.
D'altra parte l'attività sua e dei suoi amici era resa difficile
dalla sorveglianza poliziesca e dalla propaganda moderata,
che aveva fatto da tempo di lui lo spauracchio di tutti i
benpensanti. Il risultato di questa situazione, che a sua volta era un effetto della fondamentale debolezza del movimento democratico italiano di cui si è più volte parlato, fu
che questo rimase senza una direzione politica efficiente
negli anni decisivi del Risorgimento. "Mazzini," scriveva
Cattaneo a Bertani, "lasciatelo predicare, è il nostro cappellano e il nostro papa; e noi saremo alla sua chiesa lu-
terani."[26] Ma Cattaneo proprio in quei giorni si schermiva
dal prendere impegni politici. E Garibaldi, che chiamava
Mazzini "l'imperatore della dottrina,"[27] non aveva certo la
capacità di organizzare e dirigere un partito, la quale del
resto mancava anche a Bertani e agli altri capi democratici.

4. *La pace di Zurigo. La questione della reggenza Carignano e il fallimento del progetto garibaldino di spedizione nello Stato pontificio*

La conferenza della pace, apertasi a Zurigo l'8 agosto,
si concluse soltanto il 10 novembre 1859. Infatti per volontà della Francia le trattative, alle quali furono ammessi
i plenipotenziari sardi, procedettero lentamente e finirono
per restringersi ai problemi relativi alla cessione della

[26] Lettera a Bertani del settembre-ottobre '59, CATTANEO, *Epistolario*,
III, p. 200.
[27] La definizione è riferita da MASSARI, *Diario*, p. 336, che la trova "in-
gegnosa e giusta."

Lombardia dall'Austria alla Francia e da questa alla Sardegna: delimitazione di confini, ripartizione del Monte Lombardo-Veneto e di altre parti del debito pubblico, cessione delle ferrovie, ecc. Le questioni ben piú scottanti dell'Italia centrale e della progettata confederazione italiana furono oggetto di negoziati diretti tra Parigi e Vienna e in particolare di colloqui dell'ambasciatore austriaco Riccardo di Metternich con Napoleone III e con Walewski.

Napoleone III, preoccupato di uscire dal groviglio di difficoltà in cui si era messo con gli impegni presi a Villafranca, propose all'Austria di deferire le questioni dell'Italia centrale e della confederazione italiana ad un congresso europeo. Pensava di potere in questo modo evitare una difficile discussione diretta con l'Austria, con la quale contava di stabilire una stretta collaborazione su altre questioni, e di attenuare o deviare i risentimenti degli italiani indirizzandoli verso tutte le potenze partecipanti al congresso. Il governo di Vienna dapprima cercò di evitare che fossero rinviate ad un congresso le questioni sulle quali Napoleone aveva preso a Villafranca un impegno di massima, ma poi, di fronte all'ostinazione del Bonaparte che si ripercuoteva sull'andamento dei negoziati di Zurigo, decise di accettare la proposta di congresso a patto che tra Francia ed Austria fosse stabilito un accordo preventivo sulle principali questioni controverse. Cosí, dopo piú d'un mese di non facili trattative, si giunse ad un accordo segreto che sotto forma di *memorandum* confidenziale fu firmato a Biarritz il 4 ottobre '59 da Walewski e da Metternich. Secondo questo documento, l'imperatore d'Austria per facilitare la formazione della confederazione italiana si impegnava a concedere al Veneto istituzioni rappresentative, a partecipare alla eventuale creazione di fortezze federali e ad inviare in esse contingenti militari composti solo di italiani; inoltre aderiva al progetto di far nominare dal duca di Modena come suo successore il giovanissimo duca Roberto di Parma che sarebbe stato fidanzato alla principessa Maria Teresa di Modena: in tal modo il Ducato di Parma sarebbe stato unito al Piemonte. Queste concessioni austriache erano però subordinate alla restaurazione del granduca in Toscana. Per parte sua l'imperatore dei francesi si impegnava a valersi di queste concessioni per ottenere il concorso del re di Sardegna alla pacificazione dell'Italia centrale. Infine i due governi stabilivano di promuovere la riunione di un congresso delle potenze firmatarie del trattato di Vienna del 1815, a cui sarebbero stati invitati anche i governi di Torino, di Roma e di Napoli, per deliberare sui mezzi piú adatti a pacificare l'Italia. Al congresso i plenipotenziari austriaci e francesi avrebbero agito in pieno accordo sulle basi stabilite dal *memorandum*. Un poscritto a questo, firmato solo da Walewski, diceva però: "Toutefois les Plénipotentiaires Français se prononceront s'il y a lieu, pour une armée italienne en Venétie et pour l'abdication immediate du Duc de Modène en faveur du Duc de Parme."[28]

Nonostante questo accordo, ci volle ancora piú d'un mese perché a Zurigo francesi ed austriaci giungessero ad un accordo definitivo sulle questioni finanziarie relative alla cessione della Lombardia. Napoleone III infatti cercava ancora di guadagnare tempo e di non chiudere la via a soluzioni piú vantaggiose. La sua politica continuò pertanto ad essere duplice. Infatti già nel mese di settembre, mentre si svolgevano le trattative che portarono al *memorandum* di Biarritz, da parte francese ricominciarono gli accenni alla questione della Savoia sotto forma di lamentele col governo di Torino, perché questo ostacolava la propaganda filofrancese nella regione transalpina. Poi lo stesso Napoleone III parlò della questione con Dabormida, quando questi fu a Parigi tra il 14 e il 20 ottobre: egli disse che la Francia avrebbe potuto rinunciare al rimborso delle spese di guerra dovuto dal Piemonte se questo avesse ceduto la Savoia. Il ministro degli esteri sardo rispose che la cessione della Savoia era stata prevista solo nel caso di una totale liberazione dell'Italia dal dominio austriaco; l'imperatore ammise l'esattezza di questa osservazione, ma mostrò di non voler lasciar cadere definitivamente la questione: disse infatti che essa poteva essere rinviata ad un altro momento. Al tempo stesso in una lettera a Vittorio Emanuele del 20 ottobre insistette sulla necessità che gli italiani si rendessero conto della effettiva situazione determinata dalla pace di Villafranca ed espose un piano di sistemazione generale dell'Italia uguale a quello delineato nel *memorandum* di Biarritz. Sebbene non si rendesse ancora ben conto della forza del movimento annessionista in Italia, l'imperatore probabilmente comprendeva che ormai era impossibile fare accettare al governo di Torino una sistemazione

[28] DEUTSCH, *Il tramonto della potenza asburgica in Italia*, cit., p. 150.

di quel genere e ottenere al tempo stesso la cessione della Savoia; perciò è probabile che pensasse intanto di tenere a bada l'Austria e di frenare al tempo stesso la spinta annessionistica in Italia nella speranza di trovare una soluzione piú favorevole al Piemonte (non però l'annessione di tutta l'Italia centrale) che gli consentisse di insistere fortemente per la cessione della Savoia e probabilmente anche di Nizza.

Comunque la conclusione dei negoziati di Zurigo non pregiudicò l'avvenire su questi problemi. A Zurigo il 10 novembre furono firmati tre trattati: uno tra l'Austria e la Francia, uno tra la Francia e la Sardegna ed uno tra l'Austria, la Francia e la Sardegna. La maggior parte degli articoli di questi trattati e i vari protocolli aggiuntivi, che pure furono firmati quel giorno, concernevano le modalità della cessione della Lombardia e le varie questioni finanziarie, giuridiche e amministrative a questa inerenti. Solo nel trattato tra Francia ed Austria tre articoli si riferivano alle altre questioni italiane: il 18°, che prevedeva in forma generica la creazione della confederazione italiana; il 19°, che riservava i diritti dei sovrani spodestati (non si parlava piú esplicitamente di restaurazione); il 20°, che ribadiva l'intenzione delle due potenze di stimolare il papa a concedere riforme. Il Piemonte non prendeva dunque alcun impegno né sulla confederazione, né sulla sistemazione dell'Italia centrale, mentre restava inteso tra Francia ed Austria che questi problemi sarebbero stati demandati al congresso europeo da convocare in un prossimo futuro.

La chiusura della conferenza di Zurigo, i cui risultati erano ormai scontati per tutti, destò scarso interesse nell'opinione pubblica italiana, occupata invece a seguire gli sviluppi di una crisi che si era determinata nell'Italia centrale, concernente due questioni: quella della reggenza da affidare al principe Eugenio di Carignano e quella determinata dal progetto di Garibaldi di compiere la spedizione nello Stato pontificio. L'idea di nominare il principe di Carignano reggente dei quattro Stati centrali era stata proposta fin dal 17 agosto al governo di Firenze da Carlo Matteucci, inviato toscano a Torino, il quale era d'accordo su questo punto col Minghetti, col Rattazzi e col Dabormida.[29]

[29] E. Poggi, *Memorie storiche del governo della Toscana nel 1859-60*, Pisa, 1867, vol. III, pp. 117-119; Massari, *Diario*, p. 337.

Ma per il momento la cosa non ebbe seguito. Poco dopo, al principio di settembre, Emanuele Marliani, che era stato a Londra in missione per conto del governo di Bologna, fece sapere a Torino che il governo inglese era favorevole all'idea dell'unione dei quattro Stati del Centro e si accordò con Cavour e con Hudson per iniziare un'azione mirante ad ottenere l'unione stessa e la nomina del Carignano a reggente dell'Italia centrale.[30] Il Marliani fu quindi inviato a Firenze dal governo di Bologna per condurre le trattative in proposito. Ma Ricasoli si mostrò nettamente contrario: "È ferma nell'animo mio la convinzione," scrisse a Cipriani il 17 settembre dopo aver parlato col Marliani, "che l'unione proposta sarebbe atto di separazione dal Piemonte, sí perché sarebbe la negazione di quel diritto che nel Re si è trasferito pel voto delle Assemblee e l'accettazione sua, diritto nuovo che ci fa virtualmente soggetti al suo scettro e quindi ci vieta ogni atto proprio della sovranità, sí perché sarebbe la preparazione, o almeno la facilitazione ad eventuali e possibili velleità diplomatiche di costituire di questi Stati un regno dell'Italia centrale."[31] Ricasoli insomma assunse una posizione rigida, motivata da un forte sentimento unitario, ma che implicava d'altra parte una notevole passività nei riguardi del governo di Torino, il quale da parte sua era assai restío ad assumere un atteggiamento deciso. Cipriani invece, sostenuto in questo da Minghetti, da Pepoli, da Audinot, da Farini e da altri moderati emiliani, assunse una posizione che indubbiamente mirava a mettere in movimento la situazione, ma che si prestava a manovre bonapartiste.

Dopo alcune settimane di trattative inconcludenti, il 28 settembre Ricasoli, Farini, Cipriani, Minghetti ed Audinot si incontrarono a Scanello nell'Appennino bolognese per discutere la questione della reggenza ed altri problemi concernenti l'unificazione dei quattro Stati fra loro e col Piemonte. Fu deciso allora che Minghetti si sarebbe recato a Torino per prendere accordi sulla nomina del reggente, la quale, nel caso che il re non avesse creduto opportuno compiere un atto di sovranità sull'Italia centrale, sarebbe avvenuta mediante elezione da parte delle quattro assemblee, riunite separatamente. In tal modo Ricasoli otteneva che la progettata nomina del reggente non apparisse come un atto

[30] MASSARI, *Diario*, p. 353.
[31] RICASOLI, *Carteggi*, IX, p. 281.

di unione dei quattro Stati fra loro, ma come un passo avanti verso l'effettiva annessione al Regno di Sardegna. Fu inoltre deciso che da allora in poi nei quattro Stati gli atti pubblici sarebbero stati preceduti dalla formula: "regnando S. M. Vittorio Emanuele II" e che per i giuramenti degli impiegati e dei militari sarebbe stata adottata la formula: "in nome di S. M. Vittorio Emanuele, Re eletto." Nel mese di ottobre, mentre veniva attuata l'unificazione doganale dei quattro Stati col Piemonte, si svolsero complicate trattative sulla reggenza. Il progetto, conosciuto attraverso indiscrezioni di stampa, provocò discussioni. Vittorio Emanuele scrisse allora una lettera a Napoleone III per chiedere il suo parere, che però fu negativo. Tuttavia verso la fine del mese, in seguito a consigli ufficiosi inglesi, a Torino il progetto fu di nuovo giudicato realizzabile e negli Stati centrali fu decisa la convocazione delle assemblee per procedere all'elezione del reggente.

Frattanto sembrò che si avvicinasse la realizzazione del piano di spedizione armata nello Stato pontificio. Sembra che alla fine del mese un accordo di massima in proposito fosse stato stabilito tra Fanti, Farini e Garibaldi. Il 19 ottobre Fanti inviò a Garibaldi istruzioni di tenersi pronto a respingere un eventuale attacco delle forze pontificie e ad intervenire con armi ed armati nelle Marche in caso di insurrezione. Pochi giorni dopo Garibaldi, per ordine di Fanti, lasciò il comando della divisione toscana e assunse quello di tutte le forze volontarie stanziate in Romagna. Egli lanciò proclami per incitare le forze pontificie alla diserzione e le Marche e l'Umbria alla rivolta. Ma Ricasoli e Cipriani erano contrari a questo progetto. Il 28 ottobre essi ebbero un convegno a Pratolino, a cui parteciparono anche Gaspare Finali, segretario del governo di Bologna, Celestino Bianchi, segretario del governo della Toscana, Vincenzo Ricasoli, fratello di Bettino, e il colonnello Raffaele Cadorna, da poco nominato ministro della guerra in Toscana. Ricasoli, Cadorna e Cipriani si accordarono in un primo momento per sciogliere la lega militare e procedere al licenziamento dei volontari; ma questa decisione estrema venne sospesa, sembra per intervento del Finali.[32] Comunque Ricasoli invitò Fanti ad astenersi dall'azione nel territorio pontificio; ma questi, d'accordo col Farini, rispose che avrebbe preso ordini solo dai tre governi riuniti. Frat-

[32] G. FINALI, Memorie, Faenza, 1955, pp. 637-640.

tanto Vittorio Emanuele aveva chiamato Garibaldi a Torino e il 29 ottobre lo invitò a desistere dall'impresa nello Stato pontificio. Ma Garibaldi rispose di non potere impegnarsi in questo senso. D'altra parte il re ammise che la presenza di Cipriani al governo di Bologna era ormai dannosa e si impegnò a scrivere a Fanti per consigliarlo a dare le dimissioni. Garibaldi ritornò quindi a Bologna soddisfatto e riprese i suoi preparativi. Il re scrisse lo stesso giorno 29 ottobre a Fanti in questi termini: "Temo che dall'Italia centrale vada a seguirsi qualche fatto che turbi lo stato attuale delle cose; ho grave motivo di convincermi che si voglia togliere a lei e a Garibaldi il comando delle truppe; in questa condizione di cose credo che sarebbe meglio che lei dia la sua dimissione e ritorni qua; suggerisca la stessa determinazione a Garibaldi; e qualora esso si rifiutasse lasci a lui la responsabilità di quel che sarà per succedere. A rivederla fra breve."[33] Vittorio Emanuele pertanto, pur senza approvare apertamente il progetto di spedizione, lasciava di fatto Garibaldi libero di agire. Cavour, appena seppe che il re aveva scritto in questo modo a Fanti, scrisse a La Marmora invitandolo ad intervenire per fermare la lettera del re; La Marmora non volle però contrariare il sovrano, sicché Fanti, ricevuta la lettera regia, si dimise e partí per Torino il 31 ottobre. Ma a Torino fu persuaso a ritirare le dimissioni e a riprendere il comando, sicché tornò di nuovo a Modena il 7 novembre. Per parte sua Minghetti si incontrò a Bologna con Garibaldi e lo persuase ad adoperarsi per evitare che nelle Marche avvenisse il moto insurrezionale che doveva dare il segnale della spedizione. I moderati dunque agirono vivacemente per impedire che si sviluppasse il piano d'azione garibaldino e mazziniano, effettivamente molto pericoloso in quel momento perché poteva provocare un intervento francese o forse anche austriaco in difesa dello Stato pontificio.

Frattanto tra il 6 e il 9 novembre le assemblee riunite rispettivamente a Parma, a Modena, a Bologna e a Firenze, deliberarono di eleggere reggente il principe Eugenio di Carignano. A Bologna l'assemblea decise anche di accettare le dimissioni di Cipriani, la cui posizione era ormai insostenibile, e di eleggere governatore delle Romagne Farini. In tal modo fu prevenuto con un'azione legale un colpo di

---

[33] A. COMANDINI, *L'Italia nei cento anni del secolo XIX*, vol. III, *Dal 1850 al 1860*, Milano, 1918, p. 1920.

forza contro Cipriani da parte degli elementi di sinistra che appoggiavano Garibaldi. Ma la notizia della nomina del Carignano a reggente provocò un'aspra reazione di Napoleone III che la disapprovò in un telegramma a Vittorio Emanuele del 9 novembre e consigliò al re di non permettere al principe di accettare la reggenza. Di nuovo a Torino ci si trovò in un grande imbarazzo. Questo fatto influí anche sulla situazione di Garibaldi. Nuove pressioni furono fatte su questo per indurlo a rinunciare definitivamente al progetto di spedizione nello Stato pontificio. A questo scopo il re inviò a Modena e a Bologna il generale Solaroli, suo aiutante di campo. Si recò a parlare con Garibaldi anche il La Farina, che poco prima aveva deciso, d'accordo con Cavour, di ricostituire la Società Nazionale ed aveva ottenuto che Garibaldi ne accettasse la presidenza onoraria. Sollecitato dunque da Solaroli, da La Farina, da Farini e da Fanti, Garibaldi dichiarò che avrebbe rinunciato al suo progetto. Ma il 13 novembre, in seguito ad un falso telegramma che annunciava l'entrata delle truppe pontificie nella Romagna, ordinò alle sue truppe di mettersi in marcia per varcare la frontiera. Fanti inviò allora un immediato contrordine ai generali Roselli e Mezzacapo, dipendenti da Garibaldi, e ottenne pronta obbedienza. Garibaldi, sdegnato, dopo un violento colloquio con Fanti e con Farini (che d'allora in poi considerò come suoi nemici personali), partí per Torino, dove si lasciò persuadere dal re a rinunciare al comando in seconda dell'Italia centrale e a ritirarsi temporaneamente a vita privata.

Mentre Garibaldi veniva in questo modo liquidato, si avviava non senza difficoltà a soluzione il problema della reggenza. Per consiglio di Cavour il governo di Torino decise di adottare questo ripiego: il principe Eugenio avrebbe dichiarato alle deputazioni dell'Italia centrale venute a offrirgli la reggenza che, non essendo possibile una sua accettazione per motivi di politica estera, nominava suo rappresentante il Boncompagni. Questa soluzione, accettata dai governi di Modena e di Bologna, ormai entrambi nelle mani di Farini, fu respinta da Ricasoli, il quale temeva che l'unione degli Stati centrali sotto il governo provvisorio di un uomo politico anziché di un principe della casa di Savoia potesse aprire la via al Regno centrale affidato ad un principe straniero. Seguirono lunghe trattative fino a che il 3 dicembre si giunse ad un accordo tra Ricasoli e Boncompagni, a cui, a nome di Farini, aderirono Minghetti e Audinot. In base ad esso Boncompagni assumeva il titolo di "governatore delle province collegate dell'Italia centrale" col compito di mantenere i vincoli d'unione tra i due governi al di qua e al di là dall'Appennino e tra essi e il governo di Torino; i governi stessi però restavano in carica con tutti i poteri attribuiti loro dalle rispettive assemblee. In pratica le funzioni del Boncompagni furono puramente simboliche e decorative. In Toscana il governo restò nelle mani del Ricasoli. In Emilia Farini unificò nel corso del mese di dicembre i tre governi delle province parmensi, delle province modenesi e delle Romagne costituendo il "governo delle regie province dell'Emilia," di cui rimase a capo fino al plebiscito d'annessione. Egli accelerò anche l'adozione in tutta l'Emilia della legislazione e del sistema amministrativo piemontese.

Napoleone III in un primo momento osteggiò la nomina del Boncompagni e non volle che assumesse il titolo di vicereggente, ma poi accettò che andasse nell'Italia centrale col titolo di governatore e si adoperò anche per placare l'ostilità austriaca alla nomina. Dopo nuovi negoziati franco-austriaci si giunse il 28 novembre alla firma di un'aggiunta al *memorandum* di Biarritz, nella quale era ribadita l'intenzione dei due governi di pronunciarsi al prossimo congresso in favore del ritorno del granduca di Toscana nel suo Stato e contro ogni combinazione implicante l'annessione degli Stati dell'Italia centrale al Regno di Sardegna, salvo la combinazione prevista nel *memorandum* stesso. Subito dopo furono diramati gli inviti ai governi per il congresso.

5. *La svolta della politica di Napoleone III e il ritorno di Cavour al potere*

Nelle prime settimane di dicembre, mentre giungevano a Parigi e a Vienna le risposte affermative dei vari governi agli inviti per il congresso, maturò nella politica di Napoleone III una svolta paragonabile a quella di Villafranca. Essa si manifestò clamorosamente il 22 dicembre '59 con la pubblicazione di un opuscolo anonimo, intitolato *Le Pape et le Congrès*, che si seppe subito essere stato scritto da La Guéronnière per ordine dello stesso imperatore. L'opuscolo affermava anzitutto che la sovranità temporale era necessaria al papa per l'esercizio del potere spirituale, ma aggiungeva che essa sarebbe stata tanto piú rispettata quanto piú piccolo fosse stato il territorio su cui si esercitava. Il papa quindi avrebbe potuto essere sovrano di un piccolo Stato assai piú facilmente amministrabile di uno grande, avrebbe potuto avere una lista civile garantita dalle potenze cattoliche e godere, come membro della confederazione italiana, della protezione dell'esercito federale. Intanto, in occasione del prossimo congresso, avrebbe potuto rinunciare alle Legazioni, che da decenni avevano mostrato di non sopportare il suo governo e che potevano essere riconquistate soltanto con la forza.

Con la pubblicazione di questo opuscolo, che suscitò grande impressione in tutta l'Europa e disorientò la diplomazia, Napoleone III volle uscire dalla situazione statica e contraddittoria, in cui, nonostante tutti i suoi sforzi piú o meno coerenti, era rimasta impantanata la sua politica dopo Villafranca. Infatti era praticamente impossibile imporre agli italiani la sistemazione delineata nel *memorandum* di Biarritz, a meno che non si fosse deciso di abbandonare il principio del non intervento. Ma Napoleone aveva piú volte proclamato di voler restare fedele a questo principio, che del resto anche l'Inghilterra aveva ribadito come pregiudiziale nella nota con cui aveva accettato l'invito a partecipare al congresso. Inoltre quella sistemazione non soddisfaceva in alcun modo le mire espansionistiche ed egemoniche che avevano spinto l'imperatore alla guerra d'Italia. Per rimettere in movimento la situazione la questione dello Stato pontificio parve in quel momento la piú opportuna al Bonaparte, che poteva per essa contare sull'appoggio inglese.

Infatti alla fine di novembre lord Russell in una nota al governo francese aveva detto che, qualora non fosse stata realizzabile l'annessione di tutta l'Italia centrale al Piemonte, si sarebbe potuto unire a questo il Ducato di Parma con Massa e Carrara e formare con la Toscana, il Ducato di Modena e le Romagne un Regno a parte da assegnare possibilmente al principe di Carignano; anzi, secondo il ministro degli esteri inglese, la sovranità temporale del papa poteva ridursi alla città di Roma e a poco territorio circostante, sicché la maggior parte dello Stato pontificio poteva seguire le sorti del resto dell'Italia centrale. Il progetto, respinto ufficialmente da Walewski per la parte concernente i territori pontifici, piacque a Napoleone, il quale vide la possibilità di un appoggio inglese ad una sistemazione dell'Italia piú rispondente ai suoi piani di quanto non fosse quella concordata con l'Austria. Del resto alla fine di novembre, dopo un periodo abbastanza lungo di tensione, cominciò a delinearsi un avvicinamento franco-inglese anche riguardo a problemi piú generali. Napoleone III ricevette allora il Cobden e poco dopo diede il suo consenso ai negoziati che si conclusero il 23 gennaio 1860 con la firma del famoso trattato di commercio franco-inglese, detto anche trattato Cobden-Chevalier dai nomi dei due economisti liberali che lo prepararono. Con questo trattato la politica commerciale francese, il cui carattere fortemente protezionista era stato già attenuato da alcuni precedenti provvedimenti di Napoleone III, entrò in una fase liberista, o tendenzialmente tale, che si manifestò negli anni successivi con altri trattati dello stesso tipo conclusi con molti paesi. Questa svolta della politica commerciale francese, che veniva incontro ai desideri inglesi, aveva per Napoleone III anche uno scopo politico generale: egli infatti sperava di ottenere l'appoggio del governo di Londra ad una politica di revisione dei trattati del 1815, il cui fine ultimo era il conseguimento dei cosiddetti confini naturali della Francia. Questo appoggio mancò, perché troppo forti erano le diffidenze inglesi per l'espansionismo bonapartista; tuttavia nel gennaio del '60 l'accordo franco-inglese fu operante nella questione dell'Italia centrale.

D'altra parte la pubblicazione dell'opuscolo fu anche un effetto della tensione tra il Bonaparte e il Papato, che, come si è detto, era già abbastanza notevole alla fine di settembre. L'11 ottobre rispondendo ad un discorso dell'arcivescovo di Bordeaux l'imperatore aveva detto che era necessario trovare il modo di conciliare il potere temporale del papa con la libertà e l'indipendenza d'Italia ed aveva espresso la sua preoccupazione per quello che sarebbe successo quando le truppe francesi avessero abbandonato Roma, cosa che prima o poi doveva avvenire poiché l'occupazione non poteva protrarsi indefinitamente. Quindi al principio di dicembre fece nuovi passi diplomatici a Roma allo scopo di persuadere Pio IX e l'Antonelli dell'opportunità di rinunciare alle Legazioni, ma senza successo. Decise allora di esercitare sul papa una pressione piú energica e scoperta mediante un appello all'opinione pubblica europea.

L'opuscolo, accolto favorevolmente in Inghilterra, suscitò l'entusiasmo dei liberali italiani: Cavour lo definí "il

Solferino del Papa."[34] Immediata e molto aspra fu invece la reazione dei vescovi e della stampa cattolica francese. Anche negli altri paesi l'episcopato e la stampa cattolica protestarono fieramente. Ostilissima fu l'accoglienza del papa. Rispondendo agli auguri di Capodanno del generale Goyon, comandante del corpo d'occupazione francese a Roma, Pio IX invocò la grazia divina su Napoleone III affinché questi potesse riconoscere gli errori contenuti in un opuscolo che poteva definirsi "un monumento insigne di ipocrisia e un tessuto ignobile di contraddizioni." In Francia queste parole destarono grande impressione. Il "Moniteur," che pubblicò il discorso papale, disse che Pio IX forse non gli avrebbe dato quel tono se avesse avuto una lettera che l'imperatore gli aveva spedita il 31 dicembre. In questa lettera, che reca la data del 27 dicembre, ma che forse partí da Parigi dopo che era giunta notizia del discorso papale del 1° gennaio, Napoleone diceva che l'unico modo di risolvere il problema delle Legazioni era quello di una rinuncia ad esse da parte del papa: "Si le Saint Père pour le repos de l'Europe renonçait à ces provinces qui depuis 50 ans suscitent tant d'embarras à son gouvernement, et qu'en échange il demandât aux puissances de lui garantir la possession intacte du reste, je ne doute pas du retour immédiat de l'ordre, le Saint Père assurerait à l'Italie reconnaissante la paix pendant des longues années et au Saint Siège la possession paisible des états de l'Eglise."[35] Ma Pio IX rispose ancora una volta in modo nettamente negativo con una lettera dell'8 gennaio, nella quale diceva tra l'altro: "Io mi veggo obbligato a dichiarare apertamente a Vostra Maestà di non poter cedere le Legazioni senza violare i solenni giuramenti verso i quali mi sono obbligato, senza produrre un lamento ed una scossa nelle rimanenti Provincie, senza far torto ed onta a tutti i Cattolici, senza indebolire i diritti non solo dei Sovrani d'Italia ingiustamente spogliati dei loro dominj, ma dei Sovrani altresí di tutto il Mondo Cristiano, che non potrebbero vedere con indifferenza l'attuazione di certi principî."[36] Na-

[34] Lettera a Farini del 29 dicembre '59, *La liberazione del Mezzogiorno*, V, p. 440.
[35] Il testo autografo di questa lettera, piú volte pubblicata, è stato edito dal PIRRI, *Pio IX e Vittorio Emanuele II dal loro carteggio privato. II. La questione romana*, parte II, cit., pp. 146-148. Da questo testo risulta la data del 27 dicembre '59.
[36] PIRRI, *op. cit.*, parte II, pp. 150-151.

poleone III fece allora pubblicare sul "Moniteur" dell'11 gennaio la sua lettera al papa, e questi a sua volta pubblicò il 19 gennaio l'enciclica *Nullis certe verbis*, nella quale dichiarava di non poter seguire il consiglio di rinunciare al dominio temporale cosí come gli era stato consegnato dai suoi predecessori.

La pubblicazione dell'opuscolo *Le Pape et le Congrès* colpí inoltre duramente il governo di Vienna. Il presidente del consiglio Rechberg incaricò il Metternich, divenuto da poco ambasciatore ordinario a Parigi, di informare il governo francese che la partecipazione austriaca al congresso sarebbe stata impossibile se la Francia avesse sostenuto al congresso stesso la tesi formulata nell'opuscolo. Seguirono trattative che dimostrarono l'impossibilità di un compromesso, sicché fu necessario un rinvio *sine die* del congresso che avrebbe dovuto aprirsi il 19 gennaio. Questo fu fatto con una nota inviata da Walewski alle rappresentanze diplomatiche francesi il 3 gennaio. Il giorno successivo Walewski diede le dimissioni da ministro degli esteri. Fu sostituito dal Thouvenel, in quel momento ambasciatore a Costantinopoli, anch'egli di idee conservatrici ma meno filoaustriaco di Walewski e piú propenso ad assecondare la volontà dell'imperatore. Qualche tentativo che fu fatto per rilanciare il congresso fallí completamente: la soluzione del problema dell'Italia centrale doveva avvenire ormai per via diversa.

In seguito a colloqui avvenuti a Londra tra l'ambasciatore francese Persigny e lord Russell, questi elaborò quattro proposte che comunicò il 15 gennaio a Parigi e a Vienna:

"I. Che Francia e Austria si accordino di non interferire in futuro, con la forza, negli affari interni dell'Italia a meno che non vi siano chiamate dal consenso unanime delle cinque grandi potenze.

"II. Che in seguito a questo accordo l'Imperatore dei Francesi concordi con il Santo Padre l'evacuazione delle truppe francesi da Roma. Il momento e il modo di tale evacuazione deve essere stabilito in modo da permettere al governo papale la possibilità di guarnire Roma con le truppe di S.S. e di prendere ogni precauzione contro disordini e delitti. Confidiamo che per mezzo di accordi presi in precedenza la sicurezza di S.S. sia garantita appieno. Si dovranno prendere accordi per l'evacuazione delle truppe francesi dall'Italia del Nord in tempo utile.

"III. La forma di governo interno del Veneto non sarà in alcun modo oggetto di negoziati fra le potenze europee.

"IV. Gran Bretagna e Francia inviteranno il Re di Sardegna ad acconsentire a non inviare truppe nell'Italia centrale, finché i vari Stati e le provincie di questa non avranno solennemente dichiarato i loro desideri circa il loro destino futuro, mediante nuove votazioni delle loro assemblee, dopo una nuova elezione. Se tale decisione sarà favorevole all'annessione alla Sardegna, la Gran Bretagna e la Francia non si opporranno piú a che le truppe sarde entrino in questi Stati e provincie."[37]

Le prime tre proposte erano rivolte alla Francia e all'Austria; la quarta, sebbene comunicata anche a Vienna, era rivolta alla sola Francia. Da parte francese le proposte inglesi vennero accettate il 27 gennaio con una riserva concernente la quarta. Il governo francese giudicava infatti opportuno, prima di procedere ad una sistemazione degli affari d'Italia d'accordo con quello inglese, di dare dei chiarimenti alla Russia e alla Prussia, dato l'invito che era stato fatto a loro di partecipare al congresso, e di spiegare all'Austria i motivi imperiosi che rendevano impossibile l'esecuzione di alcuni degli impegni presi dalla Francia a Villafranca e a Zurigo. Ma il governo austriaco comprese di essere stato messo fuori gioco: esso infatti non poteva opporsi ad una sistemazione dell'Italia centrale che fosse concordata dall'Inghilterra e dalla Francia e fosse accettata di fatto dalla Russia e dalla Prussia. Queste potenze infatti fecero alle proposte inglesi obiezioni puramente teoriche e ribadirono la richiesta di un congresso europeo, ma riconobbero l'opportunità di applicare in questo caso il principio del non intervento. D'altra parte le proposte inglesi scioglievano l'Austria da ogni impegno concernente il governo interno del Veneto e la partecipazione alla confederazione italiana (ormai definitivamente tramontata all'orizzonte della diplomazia) e le offrivano una via onorevole di ritirata riguardo al problema dell'Italia centrale. Il governo di Vienna pertanto si limitò a protestare sulla base dei principî che aveva sempre sostenuto e ribadí poi le sue proteste quando l'Emilia e la Toscana furono annesse al Regno di Sardegna.

[37] Dispaccio di Russell a Cowley, ambasciatore inglese a Parigi, del 15 gennaio 1860, trad. di R. CIAMPINI, *Il '59 in Toscana*, cit., pp. 377-378. È questa la formulazione originaria delle quattro proposte inglesi, il cui testo subí nel corso delle trattative alcune modifiche non sostanziali.

395

Al principio di febbraio del '60 il problema dell'Italia centrale era dunque diplomaticamente molto semplificato, ma non ancora risolto. Napoleone III infatti non era disposto ad accettare l'annessione al Piemonte di tutta l'Italia centrale, in particolare intendeva opporsi all'annessione della Toscana. Inoltre pretendeva come compenso alla sua acquiescenza la cessione della Savoia e di Nizza; in tal modo suscitò nuove complicazioni in Italia e nuovi allarmi in Europa. Questi problemi dovettero essere affrontati da Cavour, che nel frattempo era ritornato al potere.

L'inefficienza del governo La Marmora-Rattazzi si era manifestata chiaramente nei mesi di ottobre e di novembre in occasione della crisi provocata dalla questione della reggenza Carignano. Gli interventi di Cavour nei grandi problemi politici si fecero da allora in poi sempre piú frequenti, e in alcuni casi i suggerimenti del conte valsero a togliere il governo stesso dagli imbarazzi piú gravi. Perciò, quando nel mese di novembre si pose il problema della delegazione che avrebbe dovuto rappresentare il Regno sardo al progettato congresso europeo, si cominciò a parlare di Cavour come dell'unico uomo adatto a dirigerla. Ma la nomina di Cavour a plenipotenziario al congresso non piaceva al re e a Rattazzi, perché essa poteva preludere ad un non lontano ritorno di Cavour stesso al governo. Poiché il progetto aveva suscitato allarme in Austria e diffidenza da parte di Napoleone III, al principio di dicembre fu deciso di chiedere all'imperatore il *nulla osta* per la nomina di Cavour nella speranza che il Bonaparte si opponesse. Ma Napoleone non si prestò al gioco e fece sapere di non avere obiezioni. Tuttavia la nomina di Cavour fu procrastinata con scuse di vario genere e fu fatta ufficialmente dal re solo il 23 dicembre. Frattanto alcuni giornali di sinistra svolsero una campagna contro Cavour. Scrissero contro di lui il Guerrazzi e il Brofferio sul giornale "Lo Stendardo," che sembra fosse finanziato dalla Rosina, cioè dal re.[38] Inoltre il re cercò di utilizzare Garibaldi in funzione anticavouriana. Garibaldi infatti il 28 dicembre ebbe un lungo colloquio con Vittorio Emanuele, dopo di che dichiarò di essersi dimesso dalla presidenza onoraria della Società Nazionale (diretta di fatto da La Farina sempre legato a Cavour) ed

[38] Secondo MASSARI, *Diario*, p. 448, Cavour affermò il 24 dicembre che gli articoli dello "Stendardo" erano stati pagati dalla Rosina 12 mila lire.

annunciò la costituzione della società *La Nazione Armata*, trasformazione di una preesistente società dei *Liberi Comizi* diretta dal Brofferio. La nuova associazione si proponeva un programma unitario e monarchico. Garibaldi avrebbe dovuto anche essere nominato ispettore generale della Guardia Nazionale in Lombardia. La formazione di questa associazione, che poteva divenire il centro di raccolta di tutte le forze democratiche, allarmò i moderati che fecero pressioni sul re. Anche lo Hudson chiese spiegazioni ed espresse al Dabormida la sua disapprovazione per il fatto che il governo tollerasse un'associazione di quel genere.[39] Garibaldi fu quindi costretto a dimettersi da presidente della società, che si sciolse.

Poco dopo giunse al punto culminante la crisi che riportò Cavour al potere. Facendosi forte della nomina a plenipotenziario al congresso e del fatto che, pur essendo il congresso rinviato *sine die*, il governo giudicava opportuna una sua missione a Parigi e a Londra per trattare il problema dell'Italia centrale alla luce della nuova situazione, egli dichiarò ai ministri che si sarebbe pubblicamente dimesso dall'incarico se il governo non si fosse impegnato a tenere al piú presto le elezioni e a fissare per la fine di febbraio la riunione del nuovo Parlamento. Ma Rattazzi dichiarò che questo era impossibile, perché era necessario prima ricostituire tutte le amministrazioni comunali sulla base della nuova legge comunale e provinciale promulgata il 23 ottobre '59[40]; ai comuni infatti spettava la compilazione delle nuove liste elettorali. Ma Cavour tenne duro e il 13 gennaio ebbe una discussione violenta con La Marmora, Dabormida e Rattazzi. Falliti i tentativi di conciliazione, i ministri decisero il 16 gennaio di dimettersi e consigliarono al re di chiamare Cavour. Ma il re ancora rifiutò. Cavour intanto aveva deciso di partire per la sua tenuta di Leri, ma prima si recò a salutare Hudson, presso il quale si incontrò con Solaroli, aiutante di campo del sovrano. Dopo una vivace discussione, acconsentí a dettare a Hudson le sue condizioni che furono consegnate a Solaroli. Esse dicevano: "Se dalla relazione del ministero che precederà lo sciogli-

---

[39] Su questo intervento dello Hudson, l'amico di Mazzini James Stansfeld, deputato alla Camera dei Comuni, rivolse un'interrogazione al Russell, il quale rispose che era stata un'iniziativa personale dello Hudson, che egli peraltro approvava.

[40] Di questa importante legge, come di altre che furono promulgate durante il ministero La Marmora-Rattazzi, si parlerà nel volume successivo.

mento della Camera, sarà dimostrata la certezza che il nuovo Parlamento si riunirà in marzo, il conte di Cavour non avrà difficoltà di accettare la missione diplomatica a Parigi e a Londra; ed affida ai suoi amici Cassinis e Mamiani l'accertamento della condizione." Il fatto che questa dichiarazione fosse scritta dallo Hudson fece sí che poi si parlasse di una pressione inglese per il ritorno di Cavour. In realtà il ritorno di Cavour al potere fu gradito al governo di Londra, ma l'azione a favore di lui si dovette all'iniziativa personale di Hudson. Comunque, due ore dopo aver dettato queste condizioni, mentre stava per partire per Leri, Cavour fu chiamato al Palazzo reale, dove Vittorio Emanuele lo incaricò di formare il nuovo ministero.

Il nuovo governo, che entrò in carica il 21 gennaio 1860, fu cosí composto: presidenza, esteri ed interno, Cavour; guerra, Fanti; giustizia, Cassinis; istruzione, Mamiani; finanze, Vegezzi; lavori pubblici, Jacini; ministro senza portafoglio, Corsi. Il Fanti conservò il comando dell'esercito dell'Italia centrale, ciò che diede al ministero un carattere spiccatamente annessionista. Lo stesso giorno venivano promulgati due decreti: uno che scioglieva la Camera eletta nel '57, non piú riunita dopo il 24 aprile '59, e un altro che fissava le norme per la formazione delle liste elettorali allo scopo di affrettare quanto piú possibile l'elezione della nuova Camera.

6. *I plebisciti in Emilia e in Toscana e la cessione della Savoia e di Nizza*

Cavour quando ritornò al potere era ormai convinto che l'annessione dell'Italia centrale fosse possibile a breve scadenza, ma a patto che fosse accompagnata dalla cessione alla Francia della Savoia e di Nizza. Su questo punto alcune dichiarazioni confidenziali di Napoleone III[41] e una vivace campagna della stampa francese, evidentemente orchestrata dal governo, non lasciavano dubbi di sorta. Cavour sapeva bene che la cessione della Savoia e di Nizza alla Francia non piaceva al governo di Londra e ancora meno a quello di Berlino e agli altri governi tedeschi, ti-

---

[41] Si veda fra l'altro quanto riferisce il Des Ambrois, ministro sardo a Parigi, nel dispaccio al Dabormida del 9 gennaio '60, *Carteggio Cavour-Nigra*, III, p. 11.

morosi delle aspirazioni napoleoniche ai "confini naturali" (Alpi e Reno), ma era anche convinto che il governo di Torino non poteva ad un tempo ottenere l'annessione dell'Italia centrale ed assumere un atteggiamento intransigente verso la richiesta francese. Nessuna potenza avrebbe appoggiato fino in fondo una politica di questo genere: l'accordo austro-francese, che Napoleone aveva mandato a monte con la pubblicazione del famoso opuscolo, si sarebbe automaticamente ristabilito, se il Piemonte si fosse impuntato sulla questione della Savoia e di Nizza, e sarebbe sfumata la possibilità di annettere pacificamente l'Emilia e la Toscana. La cessione della Savoia e di Nizza era insomma una conseguenza logica della politica che Cavour aveva impostato a Plombières, fondata sull'alleanza del Piemonte con la Francia bonapartista. Questa politica, interrotta dalla pace di Villafranca, poteva essere ripresa dopo la svolta della fine di dicembre. Per Cavour dunque non c'erano dubbi sulla necessità della cessione, il problema da risolvere riguardava piuttosto il modo e il momento della cessione stessa. "Il nodo della questione," scriveva il 4 febbraio a Gioacchino Pepoli che si trovava a Parigi, "parmi essere non già nelle Romagne e nella Toscana ma bensí nella Savoia. Questa è stata resa piú intricata e difficile dal difetto assoluto di concerti fra il Governo Francese ed i miei predecessori. Walewski faceva dire a Dabormida che non sognava dell'annessione di quelle valli alpestri, e Dabormida prendeva quelle assicurazioni che gli andavano molto a sangue come *or en barre*. Ne avvenne che le istruzioni di Rattazzi ai nuovi governatori furono recisamente antiseparatiste e che questi agirono in conformità di esse. Quantunque non ricevessi né da Parigi né da Torino comunicazioni di sorta su questo argomento, quantunque Talleyrand[42] mi dichiarasse avere l'ordine di non parlarmi né di Nizza, né della Savoia, capii che facevamo *fausse route* e cercai di dare altre direzioni all'azione del governo. Ma ciò non si poteva né si doveva fare con modi brutali. Si doveva usare ed usai molta moderazione e prudenza. E ciò non tanto nell'interesse nostro, quanto nell'interesse dell'Imperatore al quale non può tornare utile che si dica che egli voglia esercitare una pressione sopra di noi. Capisco

[42] Il barone Charles-Angélique de Talleyrand-Périgord aveva sostituito al principio di gennaio del '60 il principe de La Tour d'Auvergne nella carica di ministro francese a Torino.

tutta l'importanza che la questione della Savoia ha per lui, tuttavia per arrivare ad una soluzione immediata non si deve correre il rischio d'indisporre l'opinione pubblica in Europa e porre in pericolo l'esistenza del Ministero inglese già minacciata."[43]

D'altra parte la politica di Napoleone III continuava ad essere ambigua e tortuosa anche nei riguardi dell'Italia centrale. Infatti, mentre faceva trasmettere a Torino le quattro proposte inglesi ed annunciare l'adesione ad esse della Francia pur con la riserva prima indicata,[44] delineava un piano di soluzione del problema che mal si conciliava con la quarta proposta inglese. Proponeva cioè l'annessione completa al Regno sardo dei Ducati di Parma e di Modena, l'annessione di fatto delle Legazioni sotto forma di un vicariato da esercitarsi dal re di Sardegna in nome del papa, il mantenimento di uno Stato separato in Toscana sotto un principe della casa di Savoia (il Carignano oppure il piccolo duca di Genova) e la cessione della Savoia e di Nizza alla Francia.[45] Per quasi tutto il mese di febbraio Cavour e i due rappresentanti sardi a Parigi, Arese, inviato straordinario, e Nigra, incaricato d'affari, cercarono di dissuadere l'imperatore e il suo ministro degli esteri da questo progetto, ma urtarono contro una resistenza ostinata, sostenuta per ragioni non chiare anche dal principe Napoleone, sicché il 24 febbraio il Thouvenel inviò a Torino una nota che proponeva in modo formale questo piano, che fu anche pubblicata nel "Moniteur" del 3 marzo. Lo stesso imperatore del resto lo espose sommariamente in un discorso tenuto il 1° marzo in occasione dell'apertura della sessione del Corpo Legislativo.

Certamente motivi di politica interna spingevano il Bonaparte a sostenere questo progetto e a dare ad esso una vasta pubblicità. Egli mirava a placare in una certa misura l'indignazione dei cattolici francesi che lo accusavano di aver tradito la causa del papa, perciò offriva a Pio IX un compromesso con la proposta del vicariato di Vittorio Emanuele nelle Legazioni. Sembra tuttavia che la proposta

    [43] *Carteggio Cavour-Nigra*, III, p. 39.
    [44] Si veda il dispaccio del Thouvenel al Talleyrand del 29 gennaio '60, in Ciampini, *Il '59 in Toscana*, cit., pp. 300-304.
    [45] Si vedano in *Carteggio Cavour-Nigra*, III, la lettera di Napoleone III a Vittorio Emanuele del 27 gennaio '60, la lettera di G. Pepoli a Cavour del 31 gennaio, rispettivamente a p. 25 e a p. 34, e i successivi dispacci di Nigra e di Arese.

di conservare l'indipendenza della Toscana rispondesse ad una preoccupazione reale molto sentita da lui, dal suo ministro degli esteri e in generale dalla diplomazia francese, quella cioè di sbarrare in qualche modo la strada all'unificazione di tutta l'Italia in un solo Stato. "S.M.," scriveva Nigra a Cavour il 13 febbraio '60, "m'a demandé ce que je pensais de ces combinaisons et si je croyais la chose possible. Elle paraissait persuadée que l'annexion de la Toscane aurait donné lieu à des embarras continuels pour notre gouvernement, et qu'elle aurait occasionné une fermentation très grande dans les esprits des Italiens du midi, une agitation continuelle et peut-être l'insurrection et la guerre. L'Empereur pense que l'annexion de la Toscane c'est le système de l'unification, le système de Mazzini."[46]

Comunque Cavour, già prima che la nota del Thouvenel giungesse a Torino, era deciso a respingerla, sebbene sapesse che essa avrebbe avuto un carattere ultimativo: infatti il ministro francese diceva che la Francia non avrebbe garantito alcun'altra sistemazione che non fosse quella proposta nella nota stessa; minacciava cioè di lasciare solo il Piemonte di fronte ad eventuali reazioni austriache. Ma Cavour sapeva che in quel momento la situazione internazionale era a lui favorevole: "Tandis qu'à Paris," scrisse a Nigra il 21 febbraio, "on veut nous faire croire que l'Angleterre est d'accord avec la France pour nous obliger à abandonner la Toscane, Hudson d'un côté, Azeglio de l'autre m'assurent qu'il n'en est rien. Cela me décide tout-à-fait à aller en avant et à ne pas subir l'ultimatum à l'eau de rose qu'Arese m'a annoncé. Les nouvelles de Berlin et de Petersbourg m'encouragent même à le faire, car la Prusse et la Russie ne nous empêcheront pas de procéder à l'annexion bien que par le soin de leur dignité elles ne veuillent renoncer au principe de la légitimité et du droit divin sans avoir au moins la satisfaction de siéger dans un congrès ou dans des conférences."[47] Perciò diceva di aver deciso di agire come se la Francia avesse accettato integralmente le quattro proposte inglesi e di essere favorevole ad effettuare l'annessione dell'Emilia e della Toscana mediante un plebiscito basato sul suffragio universale. Due settimane prima nelle istruzioni date al Nigra per la missione a Parigi aveva detto che bisognava evitare il suffragio universale,

[46] *Carteggio Cavour-Nigra*, III, p. 60.
[47] *Ivi*, p. 92.

non perché ci fosse da dubitare dei risultati di una votazione di questo genere, ma perché esso era respinto dall'Inghilterra "qui ne veut pas conseiller ailleurs ce qu'elle ne veut pas admettre chez elle." Aggiungeva inoltre: "Quant à nous le vote universel ne serait pas sans inconvenients. Il établirait un précédent fâcheux que pourraient invoquer dans un avenir peu éloigné soit le parti ultra démocratique conduit par Mazzini, Cattaneo, etc., soit le parti clérical. Cependant et malgré ces objections, si l'Angleterre consentait au vote universel et si l'adhésion de la France à l'annexion était à ce prix, la Sardaigne l'accepterait franchement et sans arrière pensée."[48] Essendosi appunto queste circostanze verificate,[49] Cavour decise di mettere da parte tutte le esitazioni in proposito e di adottare il suffragio universale. Anche Ricasoli, che in un primo tempo aveva pensato di far votare solo i cittadini iscritti nelle liste per l'elezione dell'assemblea, si convinse della necessità di adottare il suffragio universale per il plebiscito. Fu però stabilito che non appena effettuato il plebiscito le elezioni dei deputati al Parlamento sarebbero state fatte con la legge elettorale sarda, che era a base censitaria.

Quanto alla proposta del vicariato regio nelle Legazioni, subito dopo che questa idea era stata accennata da Napoleone III in una lettera a Vittorio Emanuele del 27 gennaio, fu deciso a Torino di inviare nuovamente a Roma in missione segreta l'abate Stellardi con l'incarico di presentare a Pio IX una lettera personale del re (scritta però da Cavour e soltanto modificata qua e là da Vittorio Emanuele), nella quale si accennava alla possibilità, se il papa lo avesse voluto, "di stabilire non solo nelle Romagne ma altresí nelle Marche e nell'Umbria tale uno stato di cose che serbato alla Chiesa l'alto suo dominio ed assicurando al Supremo Pontefice un posto glorioso a capo dell'Italiana Nazione, farebbe partecipare i popoli di quelle provincie dei beneficî che un regno forte ed altamente nazionale assicura alla massima parte dell'Italia centrale."[50] A questa

48 *Ivi*, p. 46.
49 In un dispaccio di I. Artom, segretario di Cavour, a Nigra del 22 febbraio '60 è detto: "Cette nuit une dépêche d'Azeglio nous engage au nom de Palmerston et de Russell à adopter franchement et sans délai le vote universel, comme le seul moyen de désarmer la France. Nous écrivons donc aujourd'hui à Ricasoli et à Farini de prendre en secret toutes les dispositions nécessaires pour se trouver prêts au moment convenable." *Carteggio Cavour-Nigra*, III, p. 97.
50 Lettera di Vittorio Emanuele a Pio IX del 7 febbraio '60, Pirri, *op. cit.*, II, p. 158, *Carteggio Cavour-Nigra*, III, p. 45.

lettera, che lo stesso Vittorio Emanuele definí "curiosissima,"[51] Pio IX rispose con un'altra che si iniziava con queste parole: "L'idea che V. M. ha pensato di manifestarmi, è un'idea non savia, e certamente non degna di un Re Cattolico, e di un Re della Casa di Savoia."[52] Alcuni mesi piú tardi, dopo la campagna per la liberazione delle Marche e dell'Umbria, Vittorio Emanuele poté ricordare in un proclama emanato ad Ancona il 9 ottobre questa proposta fatta al papa e la risposta negativa del papa stesso. Ma è probabile che, con la proposta di una possibile estensione del vicariato regio alle Marche e all'Umbria, Cavour mirasse a sabotare la proposta napoleonica del vicariato nelle Romagne provocando l'indignazione di Pio IX. Questi peraltro non aveva nessuna intenzione di accettare la proposta di Napoleone III.

Il 1° marzo 1860 Cavour spediva a Nigra la risposta negativa alla nota del Thouvenel del 24 febbraio. Lo stesso giorno Farini e Ricasoli pubblicavano in Emilia e in Toscana i decreti che indicevano per l'11 e il 12 marzo i plebisciti. Tutti i cittadini maschi, che avessero compiuto i ventun anni e godessero dei diritti civili, erano chiamati a dare il loro voto ad una delle seguenti proposte: "Annessione alla monarchia costituzionale del Re Vittorio Emanuele II" oppure "Regno separato." Tanto in Emilia quanto in Toscana i governi si preoccuparono di preparare il successo del plebiscito con la massima energia. A Bologna e in Romagna la Società Nazionale, che si era ricostituita in modo abbastanza efficiente, diede un contributo notevole all'attività di propaganda. In pratica, dato il carattere dittatoriale dei governi, mancava un'opposizione organizzata, né poteva essere sufficiente il ristabilimento della libertà di stampa, decretata in Toscana il 6 marzo, cioè solo cinque giorni prima della votazione. D'altra parte il sentimento unitario ed annessionista si era effettivamente molto rafforzato negli otto mesi dopo Villafranca e i governi provvisori annessionisti avevano garantito la pace e l'ordine. La vaga formula "Regno separato," che poteva significare tanto il Regno dell'Italia centrale quanto la restaurazione delle vecchie dinastie, non offriva una prospettiva altrettanto chiara come quella dell'annessione al Piemonte; anzi rap-

[51] Lettera di Vittorio Emanuele a Rattazzi del 14 febbraio '60, *Carteggio Cavour-Nigra*, III, p. 63.
[52] Lettera di Pio IX a Vittorio Emanuele del 14 febbraio '60, PIRRI, *op. cit.*, II, p. 160, *Carteggio Cavour-Nigra*, III, p. 98.

presentava un salto nel buio. Comunque, poiché non era posta ai cittadini alcuna altra alternativa riguardante la forma di governo, tutte le frazioni del movimento patriottico erano per l'annessione.

Il problema che si presentava ai governi dell'Italia centrale non era dunque tanto quello di ottenere una maggioranza di voti affermativi, quanto di ridurre al minimo le astensioni. Ci si preoccupò quindi soprattutto di trascinare al voto le masse contadine, come era naturale dato che il movimento nazionale era essenzialmente urbano ed aveva la sua base sociale nella borghesia e nelle masse popolari delle città, che rappresentavano pur sempre una minoranza della popolazione complessiva. I contadini, sia in Emilia che in Toscana, non avevano dato troppe preoccupazioni ai governi provvisori istituiti dopo Villafranca, poiché nel complesso erano rimasti indifferenti. Anche nelle zone dove in passato c'erano stati episodi notevoli di insorgenza contadina diretta dai reazionari, nel '59 la tranquillità era stata mantenuta. Qualche tentativo compiuto da clericali o da legittimisti non aveva avuto successo. Ora però si temette che i contadini potessero offrire la massa di manovra per un'azione astensionista. I governi decisero perciò di fare leva sui proprietari e sui fattori per portare i contadini stessi a votare in massa. "Da Bologna abbiamo già mandato varie persone in giro nelle campagne della Provincia onde dare nuova vita ai coloni d'altronde sufficientemente ben disposti e spronati dai proprietari ad escire da questo stato provvisorio, e votare a favore." Cosí il Casarini, che dirigeva il Comitato bolognese della Società Nazionale, in una circolare del 4 marzo.[53] E da Faenza il comitato locale rispondeva: "abbiamo formate deputazioni di ogni classe di persone che conducano in corpo i diversi mestieranti: abbiamo fatto una deputazione speciale dell'aristocrazia perché vada ad officiare i maggiori ottimati del paese onde facciano venire i contadini e fattori da loro dipendenti."[54] E Ricasoli in una circolare ai prefetti del 3 marzo: "I fattori alla testa dei contadini della propria amministrazione, il possidente campagnolo piú influente alla testa degli uomini che abitano una strada, una contrada, ecc... con vessillo italiano guidi e capitani in drappello, in schiera piú o meno

[53] Circolare pubblicata da G. MAIOLI, *Il plebiscito dell'Emilia e delle Romagne*, Bologna, 1943, p. 25.
[54] *Ivi*, p. 29.

numerosa, ma sempre ordinata, e dignitosamente procedendo all'urne dei destini della nazione la sua comitiva, e
ciascuno vi deponga la sua scheda, e quindi retroceda e ad
un certo punto stabilito si disciolga."[55]

Il risultato oltrepassò le speranze dei liberali. In Emilia
su 526.218 iscritti i votanti furono 427.512 (81,1%), i voti
per l'annessione furono 426.006, quelli per il regno separato 756, i nulli 750. In Toscana su 534.000 iscritti i votanti
furono 386.445 (73,3%), i voti per l'annessione furono
366.571, quelli per il regno separato 14.925, i nulli 4.949. I
risultati del plebiscito dell'Emilia furono presentati solennemente al re il 18 marzo; quelli della Toscana il 22. Le due
regioni furono quindi dichiarate parti integranti dello Stato mediante due decreti regi. Farini fu nominato ministro
dell'interno, Ricasoli governatore generale della Toscana.
Il principe Eugenio di Carignano fu nominato luogotenente
del re in Toscana. Questa infatti ebbe per il momento
un'amministrazione a parte. Le province dell'Emilia furono invece riunite a quelle ereditarie della monarchia sabauda senza alcun regime amministrativo transitorio.

Il 25 marzo si tennero negli antichi Stati sardi, in Lombardia, in Emilia e in Toscana le elezioni politiche generali. Le candidature cavouriane, sostenute dall'Unione liberale, un'associazione moderata sorta nel dicembre '59 per
contrastare l'attività dei democratici, e dalla Società Nazionale, ebbero grande successo. La destra reazionaria
scomparve quasi completamente dalla Camera. Il centro-
sinistro rattazziano e la sinistra conquistarono poche decine di seggi.

Mentre si svolgevano i plebisciti in Emilia e in Toscana,
veniva anche decisa definitivamente la sorte della Savoia e
di Nizza. Il 3 marzo Cavour spedí a Nigra una nota di
risposta a quella parte della nota del Thouvenel del 24 febbraio che si riferiva alla cessione della Savoia e di Nizza.
Con questo documento ammetteva ufficialmente che la cessione poteva aver luogo previa consultazione delle popolazioni.[56] Egli era convinto che in Savoia il partito filofrancese avrebbe prevalso nettamente; aveva invece ancora forti dubbi sulla possibilità che questo avvenisse a Nizza. Comunque avrebbe voluto procedere con cautela e preparare

[55] RICASOLI, *Carteggi*, vol. X, p. 250.
[56] *Carteggio Cavour-Nigra*, III, pp. 134-135.

le cose in modo di attenuare quanto piú possibile le reazioni che la cessione avrebbe suscitato in Italia. Ma da parte francese, un po' per scarsa fiducia nelle sue promesse e un po' per la fretta di ottenere al piú presto un successo di prestigio, non si volle tener conto delle sue preoccupazioni e si agí piuttosto duramente per impegnarlo subito con un trattato segreto. Questo fu firmato a Torino il 12 marzo da Vittorio Emanuele II e a Parigi il 14 da Napoleone III. Esso constava di quattro articoli. Il primo diceva: "S. M. le Roi de Sardaigne consent à la réunion de la Savoie et de l'arrondissement de Nice [Circondario di Nizza] à la France. Il est entendu entre LL.MM. que cette réunion sera effectuée sans nulle contrainte de la volonté des populations et que les Gouvernements de l'Empereur des Français et du Roi de Sardaigne se concerteront le plus tôt possible sur les meilleurs moyens d'apprécier et de constater les manifestations de cette volonté."[57] Il secondo stabiliva che il re di Sardegna cedeva all'imperatore dei francesi la parte neutralizzata della Savoia (Alta Savoia) alle stesse condizioni alle quali la possedeva; il sovrano francese assumeva pertanto tutti gli impegni, derivanti in proposito dal trattato di Vienna del 1815, verso la Svizzera e verso le potenze firmatarie di quel trattato. Il terzo e il quarto articolo prevedevano la formazione di commissioni miste per la delimitazione dei confini e per la ripartizione del debito pubblico e di altri impegni finanziari del governo relativi alle province cedute.

Frattanto, mentre a Nizza l'attività degli agenti francesi era fortemente contrastata da un vivace movimento antiseparatista, da parte francese si decise di cominciare a ritirare le truppe di stanza in Lombardia e di farle sostare in Savoia e a Nizza prima che rientrassero definitivamente nelle loro sedi in Francia. In tal modo le due province venivano occupate militarmente dai francesi prima che il plebiscito avesse luogo. Fu quindi necessario procedere alla sollecita stipulazione di un trattato pubblico. Questo fu firmato a Torino il 24 marzo per la Sardegna da Cavour e da Farini; per la Francia da Talleyrand, ambasciatore a Torino, e da Benedetti, direttore generale del ministero degli esteri, inviato appositamente da Parigi. Il 30 marzo il trattato fu pubblicato contemporaneamente a Parigi e a Torino. Esso riproduceva in sostanza il trattato segreto con

[57] *Ivi*, p. 176.

l'aggiunta di altri quattro articoli concernenti il riconoscimento francese dei diritti acquisiti dai funzionari e dai militari già al servizio del re di Sardegna originari delle province cedute, il diritto per i sudditi sardi, nati in Savoia o a Nizza, di optare per la cittadinanza sarda entro un anno dalla cessione delle province e le norme per le ratifiche: era stabilito che per la Sardegna il trattato sarebbe divenuto esecutivo appena il Parlamento avesse data la necessaria sanzione legislativa. Fu inoltre firmato un *memorandum* segreto, in base al quale il governo di Torino si impegnava a sostituire immediatamente tutti i principali funzionari nei territori da cedere con notabili del luogo, a ritirare sollecitamente le truppe di stanza nei territori stessi, eccettuati i carabinieri, e a facilitare i movimenti delle truppe francesi di passaggio per la Savoia e per Nizza; questi movimenti però non avrebbero dovuto assumere il carattere di una costrizione per il voto delle popolazioni.

Il 1° aprile con un proclama del re le popolazioni della Savoia e di Nizza furono avvertite della decisione presa. Lo stesso annuncio fu fatto dal re il giorno dopo nel discorso della Corona per l'apertura della VII Legislatura. Le votazioni, che avvennero a Nizza il 15 aprile e in Savoia il 22, diedero forti maggioranze per l'annessione alla Francia. A Nizza su 29.149 iscritti i votanti furono 24.608 (84,6%), i favorevoli alla Francia furono 24.448, i contrari 160. In Savoia su 135.449 iscritti i votanti furono 130.839 (96,6%), i favorevoli alla Francia 130.583, i contrari 235, i voti nulli 21. A Nizza l'attività degli agenti francesi, condotta con grandi mezzi dal Pietri, l'ex ministro di polizia di Napoleone III, fu notevolissima nelle settimane precedenti il voto.

Garibaldi, che era stato eletto deputato a Nizza e a Stradella, svolse il 12 aprile alla Camera un'interpellanza sulla cessione di Nizza sostenendo l'incostituzionalità del trattato del 24 marzo, perché contrastante con l'articolo 5 dello Statuto, e protestando per la pressione a cui era soggetta la popolazione della città nell'imminenza del voto per l'annessione. Anche l'altro deputato nizzardo Laurenti-Robaudi denunciò le pressioni francesi. Alcuni deputati di sinistra chiesero che le votazioni fossero rinviate. Cavour rispose dicendo che il governo non poteva accettare questa proposta e si riservò di trattare a fondo la questione quando il trattato sarebbe stato presentato alla Camera per la ratifica. La discussione si chiuse con l'approvazione di un ordine del giorno presentato dal Boggio, che raccomandava al governo di salvaguardare la libertà del voto e le garanzie costituzionali: "J'ai remarqué qu'aucun des Députés n'a pris la parole pour défendre le Ministère, et qu'on n'a pas même proposé l'ordre du jour pur et simple. Évidemment la Chambre avait peur d'approuver même indirectement ce qui se passe actuellement a Nice. Le vote d'hier n'ést pas une défaite, mais il n'est pas non plus une victoire."[58]

La cessione della Savoia segnò effettivamente la fine del vecchio Stato dinastico sabaudo, che era in una certa misura plurinazionale, e fu al tempo stesso un passo decisivo nel processo di formazione dello Stato nazionale italiano, poiché facilitò la fusione del Piemonte con le altre regioni italiane in un unico organismo politico e amministrativo. Ma questo giudizio, oggi divenuto, per cosí dire, corrente nella storiografia, non poteva essere formulato dai contemporanei: anche Cavour e i suoi sostenitori giudicarono la cessione della Savoia e, ancora piú di Nizza, come una dura necessità, a cui sarebbe stato preferibile non dover sottostare. Molti furono coloro che criticarono aspramente il trattato, non soltanto conservatori piemontesi legati alle tradizioni dello Stato sabaudo, ma anche e soprattutto uomini di sinistra. Questi affermarono che il trattato del 24 marzo era un indegno mercato e una prova lampante dell'asservimento del governo di Cavour a Napoleone III. In particolare, la cessione di Nizza fu criticata perché contraria al principio di nazionalità; quella della Savoia, perché dava al nuovo Regno una frontiera difficilmente difendibile. Una vivace campagna si scatenò quindi contro Cavour, stimolata da Rattazzi e favorita sottomano dal re, anch'egli scontento per la cessione. Per di piú l'atteggiamento francese nella questione della delimitazione dei confini fu tale da sollevare l'irritazione del Fanti, che minacciò di dimettersi da ministro della guerra. "Si Fanti se retire," scriveva Cavour a Nigra il 24 aprile, "le Ministère actuel ne durera plus un seul jour. Fanti est l'âme de l'armée, il est le seul qui soit capable d'amalgamer avec les anciens Régimens piémontais les bataillons des toscans et de l'Emilie. De plus Fanti est le seul parmi les Ministres actuels qui soit sympathique au Roi: et j'ai lieu de croire que S. M. qui a

[58] *Ivi*, p. 258, lettera a Nigra del 13 aprile '60.

toujours un faible pour Garibaldi et pour Rattazzi, cherche sous cape à m'ôter la direction des affaires."[59]

In realtà la cessione della Savoia e di Nizza era inevitabile, data l'impostazione della politica piemontese da Plombières in poi. Ma essa mostrava anche quale era il punto debole della politica cavouriana, proprio nel momento in cui questa aveva conseguito un grande successo con l'annessione dell'Emilia e della Toscana. Al punto in cui erano le cose il nuovo Regno appariva come una formazione un po' artificiosa, troppo legata alla volontà del potente alleato. Inoltre la cessione aveva suscitato irritazione e timori soprattutto in Inghilterra e in Germania. In questa atmosfera le forze di sinistra ripresero l'iniziativa con la Spedizione dei Mille. Si operò allora la svolta che doveva portare all'unità.

[59] *Ivi*, p. 269.

Capitolo sesto

La Spedizione dei Mille e l'unità

1. *L'ultimo anno di vita del Regno delle Due Sicilie*

Appena cominciata la guerra tra i franco-sardi e gli austriaci il governo di Napoli annunciò la propria neutralità con una nota del ministro degli esteri Carafa del 29 aprile 1859. Fu questa l'ultima importante decisione presa da Ferdinando II, il quale, colpito ormai da alcuni mesi da una malattia incurabile, morí a Caserta il 22 maggio '59, lasciando il trono al primogenito Francesco II, natogli dalla prima moglie Maria Cristina di Savoia. Il nuovo sovrano, da pochi mesi sposato con Maria Sofia di Baviera sorella dell'imperatrice Elisabetta d'Austria, era un giovane di ventitré anni, di scarsa cultura e bigotto come il padre, ma meno intelligente, timido e spesso incerto. Sebbene si rendesse conto della difficoltà della situazione e cercasse di svolgere il suo compito con molto impegno, non era certo l'uomo adatto per affrontare la crisi che travagliava il Regno. Questa d'altronde era di tali proporzioni, aveva radici cosí profonde nello sviluppo storico della società e dello Stato meridionale ed era stata talmente aggravata soprattutto nell'ultimo decennio dal dispotismo repressivo e sospettoso di Ferdinando II che ben difficilmente il Regno avrebbe potuto essere salvato dalla catastrofe, anche se sul trono di Napoli fosse salito un sovrano molto piú intelligente ed energico di Francesco II.

Non mancò tuttavia al giovane sovrano nei primi mesi di regno l'occasione per operare un mutamento di rotta e tentare di uscire dall'isolamento in cui la politica di Ferdinando II aveva posto il Regno soprattutto dopo il 1856. Infatti la guerra in corso aveva richiamato di nuovo su Napoli l'attenzione della diplomazia. Ambasciatori ed inviati straordinari giunsero da diverse parti, ufficialmente ad esprimere le condoglianze per la morte di Ferdinando e a complimentare il nuovo sovrano, in realtà per spingerlo in un senso o nell'altro. Primo fra tutti il governo di Vienna inviò in missione straordinaria a Napoli uno dei suoi piú autorevoli diplomatici, il barone Hübner, con l'incarico di fronteggiare eventuali manovre miranti a spingere in senso antiaustriaco la politica del nuovo re. L'Austria, pur rammentando al governo napoletano l'esistenza del vecchio trattato d'alleanza del 1816, si accontentava che Francesco II conservasse la neutralità e voleva soprattutto che non facesse concessioni liberali. Anche il governo di Londra, che decise di riprendere le relazioni diplomatiche con Napoli inviandovi lord Elliot, voleva che Francesco II conservasse la neutralità, ma al tempo stesso auspicava che ristabilisse il regime costituzionale o per lo meno concedesse riforme liberali. Questo atteggiamento, che nasceva dalla preoccupazione inglese di localizzare la guerra e di prevenire la formazione di focolai rivoluzionari era contraddittorio, poiché l'eventuale convocazione di un Parlamento sarebbe stata il primo passo verso la partecipazione napoletana alla guerra d'indipendenza. Il governo francese decise pure di riprendere le relazioni con Napoli e di inviarvi il barone Brénier, già ambasciatore a Napoli prima della rottura del '56. Questa scelta, fatta da Walewski, non rispondeva agli intendimenti di Napoleone III, che aveva pensato di mandare a Napoli il duca di Gramont, ambasciatore a Roma. L'imperatore tuttavia non fece revocare la nomina del Brénier, che arrivò a Napoli il 20 giugno con un certo ritardo rispetto agli altri inviati. Evidentemente sia Napoleone che Walewski, probabilmente per ragioni diverse, non giudicavano urgente un intervento diplomatico per modificare l'atteggiamento del governo napoletano.

A Torino invece si giudicò opportuno mandare al piú presto a Napoli un inviato straordinario. Negli ultimi giorni di vita di Ferdinando II aveva scritto in questo senso a Cavour l'incaricato d'affari sardo a Napoli conte di Gropello,[1] il quale era in contatto amichevole col conte di Siracusa, fratello di Ferdinando II. Questo principe, marito di Maria Vittoria di Carignano, sorella del principe Eugenio, professava da tempo idee filoliberali e sperava ora di sottrarre il nipote all'influenza della camarilla reazionaria della corte e spingerlo all'alleanza col Piemonte. Su questa

---

[1] Si vedano i dispacci di Gropello a Cavour del 20 e 21 maggio '59, in *Carteggio Cavour-Salmour*, p. 214.

linea si era messo anche un altro fratello di Ferdinando, il conte d'Aquila, già fiero reazionario, ma ora preoccupato per le sorti della dinastia. Vi erano stati poco prima degli intrighi da parte di elementi della polizia per far dichiarare erede al trono, invece di Francesco, Luigi conte di Trani, primo dei figli avuti da Ferdinando dalla seconda moglie Maria Teresa d'Austria, sicché il conte di Siracusa sperava che Francesco II intendesse rompere con la camarilla di corte e che un intervento diplomatico tempestivo del governo di Torino potesse spingerlo ad un mutamento radicale della politica borbonica. In realtà Francesco II fin dal primo giorno di regno dichiarò in un proclama che voleva seguire la politica del padre e mostrò subito di non voler sottrarsi all'influenza della camarilla reazionaria e della regina vedova. Questa del resto non sembra avesse partecipato agli intrighi contro il figliastro, a cui era molto affezionata.

Comunque Cavour già il 21 maggio decise di mandare a Napoli in missione straordinaria il conte di Salmour, suo vecchio amico, che dal '55 al '58 era stato Segretario generale del ministero degli esteri. Il Salmour, in base alle istruzioni ricevute da Cavour, redatte sotto l'influenza di esuli napoletani di parte moderata, Scialoja, Poerio e Massari, avrebbe dovuto adoperarsi perché Francesco II si alleasse col Piemonte e con la Francia e dichiarasse solennemente che la Costituzione del '48 (mai ufficialmente abrogata) sarebbe tornata in vigore alla fine della guerra; a tale scopo avrebbe dovuto chiamare al governo uomini fedeli alla dinastia, ma non reazionari (ex murattiani come il Filangieri) e preparare cosí il terreno ad una riconciliazione tra la dinastia borbonica e il partito liberale, il quale intanto avrebbe dovuto essere rassicurato da un'amnistia generale. Il Salmour doveva inoltre rassicurare il re e il governo di Napoli sulle intenzioni del Piemonte facendo sapere che il governo di Torino era pronto a garantire l'integrità territoriale del Regno borbonico ed era contrario alla separazione della Sicilia, il cui problema avrebbe dovuto essere risolto nell'ambito dell'auspicato avviamento liberale della politica napoletana. Inoltre doveva far capire a Francesco II che l'alleanza con Torino era il modo migliore per garantirsi da manovre murattiane eventualmente favorite da Napoleone III. Sembra che Cavour non si facesse illusioni sulle possibilità di successo della missione Salmour; comunque la giudicava utile, perché, anche in caso di fallimento, sarebbe servita a chiarire l'atteggiamento del governo di Napoli e del re Francesco II di fronte alla grande lotta che si combatteva in Italia e di conseguenza poteva giustificare eventuali decisioni ostili del governo piemontese.

Salmour durante il viaggio si fermò a Livorno, dove si incontrò col principe Napoleone, e a Roma, dove si incontrò col duca di Gramont che era suo parente. Il primo approvò gli scopi della missione e disse che l'imperatore era pronto ad agire nello stesso senso; il secondo invece affermò che la Francia non aveva interesse ad irritare l'Inghilterra per ottenere l'intervento di Napoli nella guerra ed espresse l'opinione che la missione di Salmour fosse destinata a fallire, perché mai, secondo lui, il re di Napoli avrebbe dichiarato la guerra all'Austria. A Napoli Salmour fu accolto con poca cordialità e molta diffidenza. Due giorni prima del suo arrivo, il 7 giugno, i liberali avevano organizzato una grande dimostrazione per festeggiare la vittoria di Magenta: vi erano stati scontri con la polizia e arresti. Quindi, per timore di altre dimostrazioni, anche l'inviato sardo fu accolto da un grande spiegamento di polizia. Frattanto il re aveva deciso di nominare presidente del consiglio e ministro della guerra il generale Filangieri. Ma questi, interpellato dal conte di Siracusa, che subito si adoperò per aiutare il Salmour, dichiarò in modo nettissimo che le Due Sicilie sarebbero rimaste neutrali per tutta la guerra, poiché il re si era ormai impegnato formalmente in questo senso con l'Inghilterra.[2] Salmour comprese quindi che la sua missione era sostanzialmente fallita ancor prima di incontrarsi col re, col Filangieri e con altri ministri. Già il 13 giugno scriveva a Cavour: "Pour le moment au moins l'alliance avec Naples est impossible, parce qu'en présence de la situation extérieure et de l'état des partis à l'intérieur, le Roi et le Gouvernement sont parfaitement rassurés. Le seul et unique moyen d'arriver au notre but est d'agir ici comme dans les autres parties de l'Italie, c'est à dire d'amener la chute de la Dinastie et l'acclamation de Victor Emmanuel." Aggiungeva però che il partito liberale napoletano era debole e diviso, composto di individualità ardenti, ma incapaci di agire in modo organizzato. "Ce ne sont pas des patriotes décidés à la lutte, se sont des martyres, des victimes qui se dévouent volontairement à étan-

[2] Dispaccio di Salmour a Cavour dell'11 giugno '59, *Carteggio Cavour-Salmour*, p. 249.

cher la soif de sang de cette infâme race des Bourbons de Naples."[3] Diceva però anche che la timidezza e la divisione del partito liberale era stata aggravata dalla parola d'ordine giunta da Torino di non fare nulla: esistevano infatti gli elementi per formare un forte partito nazionale purché fosse possibile raccoglierli intorno al nome di Vittorio Emanuele. Cosí di fronte alla situazione di Napoli un diplomatico di idee moderate come il Salmour ripudiava l'attesismo e il possibilismo dei moderati napoletani esuli a Torino, che avevano ispirato le istruzioni a lui date, ed assumeva un atteggiamento quasi garibaldino. Scriveva infatti ancora a Cavour il giorno dopo: "Tout le bas peuple est avec le Gouvernement, et c'est là précisement où sont les hommes d'action. C'est désolant, mais non désespérant, car il paraît qu'en exploitant habilement la fermentation actuelle, on perviendrait à quelque résultat. Pour cela il faudrait faire venir ici un millier d'hommes des autres provinces italiennes, car livrés à eux seuls, les Napolitains, avec la plus grande envie de faire, ne feront rien."[4]

Il Salmour, che rimase a Napoli fino al principio d'agosto, nonostante le difficoltà incontrate fin dai primi giorni, fece il possibile per svolgere egualmente la sua missione non solo nei suoi aspetti protocollari, ma anche in quelli propriamente politici. Ma i risultati dei suoi colloqui col Filangieri, con altre personalità e col sovrano stesso furono negativi. Dopo Villafranca cercò d'agire d'accordo con lord Elliot, che ora aveva avuto da Londra istruzioni di favorire un avvicinamento fra le Due Sicilie e la Sardegna, per indurre il Filangieri a farsi sostenitore dell'adozione di un regime rappresentativo. Ma il richiamo a Torino non gli permise di portare avanti questo tentativo, che del resto giudicava di riuscita molto difficile.

L'attività del Filangieri come presidente del consiglio fu giudicata da alcuni storici meridionali della fine dell'Ottocento come l'estremo tentativo di salvare il Regno delle Due Sicilie mediante un rinnovamento delle sue istituzioni e della sua politica estera fallito per la resistenza del re e della camarilla di corte. Studi piú recenti, fondati su numerosi documenti venuti via via alla luce, hanno ridimensionato la portata del tentativo del principe di Satriano e

[3] *Ivi*, p. 251.
[4] *Ivi*, p. 252.

dimostrato che egli svolse, o meglio tentò di svolgere, una politica ormai superata nella situazione del 1859. Come si è detto nel primo capitolo di questo volume, il Filangieri non era un liberale, ma, come quasi tutti gli uomini formatisi nel periodo murattiano, un sostenitore della monarchia amministrativa di tipo napoleonico. Inoltre restava ancorato al particolarismo napoletano di fronte al problema nazionale italiano. D'altra parte era convinto che per fare uscire il Regno dall'isolamento e dall'immobilismo a cui era stato ridotto dalla politica di Ferdinando II fossero necessari l'appoggio francese ed un certo rinnovamento interno, rinnovamento di uomini e di metodi se non proprio di leggi e di istituzioni; ma non riuscí ad elaborare in questo senso una linea politica decisa e coerente. È vero tuttavia che ogni suo tentativo innovatore urtò contro l'innato reazionarismo di Francesco II. Cosí non ebbero alcun risultato pratico nell'agosto e nel settembre le pressioni francesi, compiute dall'ambasciatore Brénier e poi anche dall'inviato straordinario generale Roguet, perché il Regno modificasse in parte il suo ordinamento. Un progetto di Costituzione di tipo napoleonico, che Filangieri d'accordo con Brénier fece preparare da Giovanni Manna, non fu preso in considerazione, non si sa bene se per un rifiuto formale del re oppure perché Filangieri stesso, resosi conto della netta ostilità del sovrano, decise di non presentarglielo. Comunque le *avances* francesi, che pur essendo un po' vaghe rispondevano in quel momento ad un effettivo interesse di Napoleone III, furono lasciate cadere, e il governo di Napoli perse l'occasione di inserirsi attivamente nel gioco politico che allora si svolgeva intorno al problema della nuova sistemazione generale dell'Italia.

Del resto il re osteggiò anche molte delle proposte del principe di Satriano miranti a rinnovare gli alti gradi dell'amministrazione. Particolarmente significativo fu il suo rifiuto di sostituire il principe di Castelcicala nella carica di luogotenente generale in Sicilia col principe d'Ischitella proposto da Filangieri in attesa della nomina di un membro della casa reale. E col Castelcicala, l'uomo che Ferdinando II aveva contrapposto a Filangieri e che rappresentava il conservatorismo piú immobilista, Francesco II mantenne rapporti di grande cordialità. A questi primi contrasti tra il sovrano e il presidente del consiglio altri ne seguirono, che rallentarono e indebolirono grandemente l'azione governativa in un momento in cui nei quadri dirigenti si diffondevano il disorientamento, la sfiducia e la paura. Piú volte Filangieri offrí le sue dimissioni e piú volte il re, che evidentemente non sapeva come sostituirlo, le respinse. Infine il 31 gennaio del '60 il principe di Satriano ottenne di potersi ritirare. Ma solo il 15 marzo il re si decise a nominare un nuovo ministero che fu presieduto dal principe del Cassaro, un vecchio diplomatico che aveva avuto importanti incarichi nell'età della Restaurazione ed era stato ministro degli esteri tra il '30 e il '40. Verso la fine di marzo da parte francese fu fatta la proposta di sostituire con truppe napoletane quelle francesi che presidiavano lo Stato pontificio. Ma Francesco II respinse questa proposta, che pure era piaciuta ad alcuni elementi reazionari della corte. Comunque il Regno arrivò alla crisi decisiva, che si aprí al principio d'aprile con l'insurrezione siciliana, senza che il re e i suoi consiglieri, tanto ex murattiani quanto reazionari puri, fossero stati in grado di elaborare una politica nuova.

Una profonda differenza sussisteva nel '59 fra la situazione interna del Mezzogiorno continentale e quella della Sicilia ed anche tra l'attività degli esuli continentali e di quelli isolani. Nel Mezzogiorno continentale un'insurrezione era praticamente impossibile, sebbene esistesse una rete molto estesa di collegamenti personali di origine settaria, che poteva divenire la base di un'organizzazione insurrezionale, e sebbene fossero largamente diffuse l'ostilità per la dinastia borbonica e la sfiducia nella sua capacità di far fronte alla nuova situazione. Gli insuccessi, le delusioni e i duri colpi ricevuti dai liberali e dai democratici durante dieci anni, insieme alla costante vigilanza della polizia, sempre sospettosissima, inducevano tutti ad un'estrema prudenza. Inoltre tra i gruppi di opposizione era netta la prevalenza dei moderati, favorevoli ad una posizione di attesa. In mano ai moderati era il cosiddetto Comitato dell'Ordine, esistente a Napoli forse già prima del '57, che nel '59 estese i propri collegamenti. Questo Comitato aveva rapporti col consolato sardo e forse anche con gli esuli residenti in Piemonte. Ma da Torino non venivano certo in quel momento consigli di azione immediata. I democratici, disorganizzati e dispersi dopo il fallimento della Spedizione di Sapri, erano costretti ad accettare la guida dei moderati. Il movimento murattiano, la cui entità, come si è detto, era stata scarsissima anche nel '56 e nel '57, era quasi inesistente come gruppo organizzato nel '59. Dato il malcontento largamente diffuso e la diffusa speranza in un colpo che venisse dall'esterno, la soluzione murattiana appariva possibile agli osservatori di cose napoletane, solo nel caso, peraltro poco probabile, di un intervento diretto della Francia.

Una parte notevole della borghesia, soprattutto nelle province, e gran parte del ceto intellettuale, composto del resto in maggioranza di borghesi, aderivano con maggiore o minore impegno alle idee liberali. Tuttavia la maggioranza dei funzionari e degli ufficiali (anche essi in gran parte di provenienza borghese) era nel '59 ancora fedele ai Borboni. Non esisteva dunque nel Mezzogiorno continentale una frattura completa tra borghesia e dinastia borbonica, la quale pertanto poteva contare non solo nella capitale e nei suoi immediati dintorni, ma anche nelle province, su di un insieme notevole di interessi costituiti. Inoltre la pressione delle masse contadine, molto temuta dalla borghesia provinciale, contribuiva non poco a rendere timidi i liberali e a favorire l'attesismo di stampo moderato. Solo nel '60, quando la crisi del Regno giunse al colmo, la paura dell'insurrezione contadina agì come uno stimolo in senso unitario sui liberali, spinse molti borbonici a camuffarsi da liberali e contribuì a far sí che la borghesia si decidesse per l'annessione al Regno di Vittorio Emanuele e mettesse da parte le esigenze autonomiste.

Tra gli esuli napoletani di tendenza moderata alcuni erano ancora propensi nel '59 a fare un estremo tentativo di conciliazione con la dinastia borbonica e furono quelli che ispirarono le istruzioni date da Cavour a Salmour, cioè Scialoja, Poerio, Massari; d'accordo con loro furono altri ex detenuti di Santo Stefano, come Settembrini e Spaventa. Ma il fallimento della missione Salmour e l'andamento successivo della politica borbonica tolsero a quegli esuli questa illusione, se pure di illusione si debba parlare e non piuttosto di un espediente per riproporre il problema del Mezzogiorno nell'unico modo possibile in quel momento per uomini che accettavano la linea politica cavouriana. Nel '60 questi uomini divennero convinti fautori dell'annessione del Mezzogiorno al Regno di Vittorio Emanuele, come del resto già nel maggio del '59 lo erano altri, come il Mancini.[5] Quanto agli esuli democratici, essi subivano il

[5] Sull'atteggiamento del Mancini si vedano le aspre osservazioni del MASSARI, *Diario*, p. 251 e p. 266.

contraccolpo della crisi generale del movimento democratico italiano e inoltre non erano piú in grado di stabilire collegamenti efficienti con i dispersi gruppi di loro amici rimasti nel Regno, sicché la loro ansia di azione poté esplicarsi nel Mezzogiorno continentale solo dopo il successo della spedizione garibaldina in Sicilia.

La situazione della Sicilia differiva da quella del Mezzogiorno continentale per vari aspetti, che piú volte sono stati indicati in questo e nei precedenti volumi, ma che giova ricordare sommariamente. In primo luogo esisteva in Sicilia una vivacissima tradizione di lotta contro il governo di Napoli, sicché l'odio contro il regime borbonico era largamente diffuso in tutte le classi della società. In secondo luogo, come effetto di questa tradizione, il profondo malcontento delle masse popolari delle campagne e delle città, sebbene avesse le sue radici nella miseria e quindi nella struttura di classe della società, si rivolgeva contro il governo prima ancora che contro le classi dominanti locali. Il governo appariva ai contadini, agli artigiani e agli operai come la fonte prima dell'ingiustizia e dell'oppressione non solo per l'esosità di alcune imposte (come quella del "macino") e per i soprusi polizieschi, ma soprattutto perché, nonostante le riforme attuate in parte dagli stessi Borboni, era rimasto pur sempre una forza estranea che per sostenersi era pronta a divenire strumento delle sopraffazioni dei gruppi dominanti locali e che d'altra parte non aveva il coraggio di sviluppare coerentemente la politica riformatrice per paura di rompere un equilibrio fondato sulla diffidenza, sul ricatto e sul terrore. Non vi erano stati perciò in Sicilia fenomeni estesi di insorgenza sanfedistica utilizzati dal governo in funzione reazionaria: erano state piuttosto la nobiltà e l'alta borghesia che nel '49 come già nel '20 avevano capitolato di fronte alle armi borboniche per timore di una lotta a fondo a cui erano disposte invece le masse popolari. Era quindi possibile in Sicilia una vasta partecipazione popolare ad un'insurrezione. In terzo luogo il fatto che in Sicilia, in particolare nella parte occidentale, la disgregazione della struttura feudale nelle campagne fosse assai meno avanzata che sul continente, e l'aristocrazia quindi fosse ancora potente e avesse permeata della sua mentalità una parte della borghesia, rendeva possibile in certe zone un'influenza di natura particolare dei proprietari sui contadini, quale sul continente esisteva solamente, con qualche carattere diverso, in una parte della Calabria. Di conseguenza le "squadre," forme spontanee di organizzazione dei nuclei piú arditi dei contadini, potevano essere in larga misura controllate ed utilizzate da capi liberali, nobili e borghesi. Esisteva dunque in una parte notevole della Sicilia la possibilità per i patrioti di condurre, almeno per un certo tempo, una guerriglia contro le forze borboniche.

Esistevano d'altra parte anche in Sicilia alcune circostanze sfavorevoli allo scoppio di un'insurrezione. La polizia era numerosa, vigilante, pronta ad intervenire duramente e poteva all'occorrenza essere sostenuta da ingenti forze militari. Inoltre nei vari comitati segreti esistenti nel '59 nelle città siciliane prevalevano i moderati. Alcuni di questi erano divenuti unitari, parecchi altri erano autonomisti, ma tutti erano propensi ad accettare la guida politica piemontese; perciò durante la guerra fomentarono manifestazioni di entusiasmo per la causa degli alleati francosardi che furono abbastanza numerose e scoperte, ma al tempo stesso, sia durante la guerra che dopo Villafranca, cercarono di evitare e di rinviare moti insurrezionali perché comprendevano che non sarebbero stati appoggiati dal governo di Torino. A questa preoccupazione politica si aggiungeva il tradizionale timore dei moderati per i possibili sviluppi sociali della rivoluzione. L'attesismo dei moderati urtava però contro la pressione di gruppi di popolani desiderosi di insorgere e contro l'azione degli esuli democratici mirante anch'essa a preparare al piú presto un'insurrezione.

Tra gli esuli democratici siciliani, due soprattutto ebbero una funzione decisiva nella preparazione dell'insurrezione e della Spedizione dei Mille: Francesco Crispi e Rosolino Pilo. Entrambi erano repubblicani e unitari e legati da amicizia a Mazzini; furono infatti tra i firmatari della dichiarazione mazziniana di Londra del 21 febbraio '59. Successivamente Crispi, d'accordo con Mazzini, si recò da Londra in Sicilia, dove si trattenne clandestinamente dal 26 luglio al 30 agosto prendendo contatto coi comitati segreti di Messina, Catania e Palermo. Quindi si recò a Firenze, dove il 14 settembre riferí a Mazzini sui risultati del suo viaggio, e a Modena, dove si incontrò con Nicola Fabrizi, a cui diede una relazione sulla situazione siciliana. In questa relazione, che Fabrizi consegnò a Farini disposto in quel momento ad appoggiare un'insurrezione in Sicilia, Crispi diceva: "Vidi la Sicilia da un punto all'altro e dimorai lungamente nelle sue tre principali città. Lo spirito pubblico vi è eccellente, malgrado l'ignoranza e i pregiudizi popolari. Il governo vi è profondamente detestato, e viaggiando ti parrebbe essere in dicembre 1847... La rivoluzione sarebbe da tutti accettata, se avvenisse." Quindi, dopo aver riferito che le forze borboniche presenti in Sicilia erano molto ingenti, diceva: "Il paese nondimeno agirà e, spero, con buon successo, se noi di fuori ci metteremo la mano, e gl'italiani del centro e del nord della penisola non rimarranno insensibili ai nostri sforzi. Io non ti dirò quale sarà la bandiera che vi sarà inalberata, se alcuno dei nostri sarà là al momento decisivo. Tu conosci i miei principî, che non muteranno; ma oggi, te l'ho detto piú volte e te lo ripeto, allo stato non ci è altro scopo da potere e dovere raggiungere che quello dell'unità nazionale. Se ci arriveremo, sarà bastevole soddisfazione per noi; i nostri figli faranno il resto, se è vero che le cose non debbono migliorare ai nostri tempi. Su questo terreno lavorai esclusivamente."[6] Crispi dunque giudicava che in Sicilia esistesse una situazione rivoluzionaria; ma, come risulta dalle lettere che scrisse allora a Mazzini, aveva constatato che i democratici erano in minoranza nei comitati. Perciò, oltre che per le ragioni generali che avevano spinto allora lo stesso Mazzini a non parlare di repubblica e ad insistere soprattutto sull'unità, decise di fare una propaganda essenzialmente nazionale ed unitaria. Su questa base prese accordi per un'insurrezione che doveva scoppiare il 4 ottobre, ma che poi fu rinviata al 12 e infine sospesa indefinitamente, perché la polizia procedette ad arresti e i comitati stimarono prudente non agire. Fallí completamente un tentativo insurrezionale fatto da Giuseppe Campo nei pressi di Bagheria il 10 ottobre. Crispi, che il 9 ottobre si era imbarcato a Marsiglia per la Sicilia, giunto a Messina l'11, seppe che l'insurrezione era fallita e ripartí immediatamente

Secondo Crispi, al mancato scoppio dell'insurrezione al principio d'ottobre contribuirono anche consigli in senso contrario inviati da La Farina ai comitati siciliani. Effettivamente La Farina, che peraltro aveva in quei mesi scarsi e saltuari collegamenti coi gruppi clandestini esistenti in Sicilia, era contrario ad un'insurrezione a breve scadenza e

[6] CRISPI, *I Mille*, a cura di T. Palamenghi-Crispi, 2 ed., Milano, 1927, pp. 98-99.

si preoccupava soprattutto di tener viva una certa agitazione a favore del Piemonte. In questo senso si esercitava la sua influenza tra gli esuli e in Sicilia. Il contrasto tra La Farina e Crispi riguardo all'opportunità di un'insurrezione siciliana divenne piú acuto alcuni mesi dopo. Il 9 dicembre Crispi, riprendendo in modo diretto il contatto stabilito in settembre per mezzo di Fabrizi (ora tornato a Malta), si incontrò a Modena con Farini, al quale propose di utilizzare i volontari che erano stati sotto il comando di Garibaldi in Romagna per una spedizione, che avrebbe dovuto essere guidata da Garibaldi stesso, per aiutare una prossima insurrezione siciliana, ed indicò l'isola d'Elba come luogo di raccolta dei volontari. Ma il dittatore dell'Emilia lo consigliò di rivolgersi al governo piemontese. Crispi si recò allora a Torino, dove per mezzo di Depretis ottenne un colloquio con Rattazzi. Questi non respinse il progetto, ma disse a Crispi di mettersi d'accordo prima con La Farina. Vi fu cosí il 25 dicembre tra i due patrioti siciliani, che da dieci anni non si vedevano, un incontro che non ebbe alcun risultato pratico, perché La Farina respinse il piano di Crispi. Questo fu quindi respinto anche da Rattazzi, il quale ormai non voleva e non poteva prendere una decisione che fosse contrastante col parere di La Farina, cioè in sostanza di Cavour.

Frattanto anche Vittorio Emanuele, probabilmente informato da Rattazzi delle proposte di Crispi, decise di occuparsi della questione siciliana allo scopo di impedire un'insurrezione senza peraltro deludere le speranze dei liberali siciliani nel Piemonte. È significativo per la valutazione della politica personale del re il fatto che, proprio in quei giorni, mentre cioè cercava di utilizzare Garibaldi in funzione anticavouriana, Vittorio Emanuele decidesse di seguire verso la Sicilia una linea molto simile a quella di La Farina. Il sovrano ricevette il 23 dicembre l'esule siciliano barone Vito D'Ondes Reggio, moderato autonomista, che egli stesso aveva mandato a chiamare, e d'accordo con lui inviò poco dopo in Sicilia Enrico Bensa, suo uomo di fiducia, che si trattenne a Palermo dal 17 gennaio al 18 febbraio del '60. Il Bensa prese contatto col principe Pignatelli di Monteleone, al quale lo aveva indirizzato il D'Ondes, e con altri aristocratici moderati. Egli li avvertí di non impegnarsi in un'insurrezione se non erano sicuri della riuscita, perché solo in questo caso potevano contare sull'aiuto del Piemonte. I moderati palermitani accettarono questi consigli e al tempo stesso accentuarono il loro orientamento filopiemontese.[7] Il principe di Castelcicala, in un rapporto del 23 febbraio '60 al ministro per gli affari di Sicilia a Napoli Paolo Cumbo, scriveva: "Lo spirito sedizioso ha fatto disgraziatamente in questi giorni dei rapidi progressi in Palermo, e si è rivelata una tendenza nella gioventú ad una idea strana e mostruosa in un paese che ha un indomato spirito municipale, e che da secoli è travagliato dalla brama della propria autonomia, specie di religione tradizionale, che il tempo fortifica nei petti siciliani. Questa idea abbracciata dai piú avventati si è quella dell'*annessione* al Piemonte, della *unificazione italiana*, alla quale travaglia il notissimo emigrato messinese Giuseppe La Farina, segretario e primo motore della società per la unificazione presieduta dal Garibaldi, i cui mezzi stanno nella propaganda occulta e palese degli emissari, e del giornalismo, e nei denari che si raccolgono pel milione di fucili."[8] Il luogotenente generale non sapeva evidentemente che Garibaldi non era piú presidente della Società Nazionale ed era in dissidio con La Farina, ma non sbagliava nel segnalare la diffusione in Sicilia dell'idea unitaria. Ed era logico che questa idea sembrasse "strana e mostruosa" ad un funzionario borbonico, abituato per tradizione a combattere in Sicilia soprattutto il separatismo.

Sembra d'altra parte che alla fine del '59 e al principio del '60 il progresso dell'idea unitaria nel campo moderato fosse nel complesso piú notevole in Sicilia che fra gli esuli. La corrente moderata autonomista nell'emigrazione comprendeva parecchi uomini autorevoli per cariche ricoperte nel '48 e per attività culturale, appartenenti in generale all'aristocrazia e all'alta borghesia. Tra i piú attivi in quel momento erano Vincenzo Fardella marchese di Torrearsa, Filippo Cordova, Emerico Amari e suo fratello conte Michele (da non confondersi con lo storico omonimo, suo cugino, che era da tempo unitario), Vito D'Ondes Reg-

[7] Sulla missione Bensa, erroneamente attribuita da molti alla diretta attività di La Farina, si veda la lettera di Vittorio Emanuele a Cavour, in *La liberazione del Mezzogiorno*, I, p. 37 e le notizie date da R. Composto, *Gli esuli siciliani alla vigilia della rivoluzione del 1860*, Palermo, 1961, pp. 43-44 e 57-58.

[8] Pubblicato da F. Guardione, *I Mille*, Palermo, 1913, doc. 2, p. 45. La missione Bensa non era sfuggita alle autorità borboniche; si vedano i rapporti del Castelcicala al Cumbo del 14 e del 21 febbraio '60 pubblicati da F. Brancato, *La rivoluzione del 1860 in Sicilia*, in "Quaderni del Meridione," 1960, n. 9, pp. 42-43.

gio, Francesco Ferrara, Francesco Paolo Perez. Questi uomini giudicavano essenziale per la Sicilia il ristabilimento di un proprio Parlamento e quindi di una larghissima autonomia legislativa, oltre che amministrativa, che doveva servire soprattutto ad assicurare alla nobiltà e all'alta borghesia il predominio sociale e il potere politico. Per quanto concerneva il rapporto tra Sicilia e Italia, essi erano rimasti sostanzialmente ad una concezione federalistica di tipo quarantottesco; perciò nella primavera e nell'estate del '59 temettero che la Sicilia potesse essere sacrificata nell'ambito della progettata confederazione italiana e pensarono che fosse opportuno proporre alle potenze europee una soluzione di compromesso, come quella dell'unione personale del Regno di Sicilia col Regno di Napoli sotto il sovrano borbonico. Dopo Villafranca tentarono con una missione del Torrearsa a Londra di ottenere l'appoggio inglese a questo progetto, ma non ebbero successo, perché l'Inghilterra non voleva offrire un pretesto alla formazione di un'alleanza franco-napoletana con un proprio intervento a favore dell'autonomia siciliana.

D'altra parte gli autonomisti non erano per principio contrari all'annessione al Piemonte, purché fosse garantita l'autonomia dell'isola, e molti di loro erano disposti ad accettare l'egemonia piemontese. Alla fine del '59, e al principio del '60 questo atteggiamento filopiemontese si rafforzò per effetto di varie circostanze, come i progressi del movimento per l'annessione dell'Italia centrale, l'accrescersi del fermento in Sicilia che faceva supporre probabile prima o poi uno scoppio insurrezionale, ed anche qualche incoraggiamento venuto da parte piemontese. Così alla fine di dicembre, mentre Vittorio Emanuele prendeva contatto con D'Ondes Reggio, Cavour, nominato proprio allora plenipotenziario al congresso europeo, invitava Cordova ad accompagnarlo come esperto di cose siciliane. Poco dopo, sfumato il congresso e tornato Cavour alla presidenza del consiglio, i moderati autonomisti decisero di rivolgersi allo stesso Cavour per sapere se era disposto ad appoggiare eventualmente una soluzione autonomista della questione siciliana. Ma al Cordova, che in un colloquio avvenuto il 28 gennaio aveva cercato di persuaderlo che il Piemonte aveva interesse a sostenere l'autonomismo siciliano, Cavour domandò: "Non crede Ella, che, ammesso un parlamento separato in Sicilia, i risultati sarebbero distruttivi della presente italianità dell'isola? Non crede che esso comincerebbe un ricorso verso il 1812?"[9] Dopo questa domanda, che mise in imbarazzo il suo interlocutore, Cavour prese tempo per dare una risposta alla richiesta di appoggio degli autonomisti. Cordova tuttavia rimase abbastanza soddisfatto di quel colloquio. "O mi sono ingannato," scriveva a Torrearsa il 31 gennaio, "o il conte Cavour ricevé la mia comunicazione come cosa da lungo tempo aspettata... Egli ha da piú tempo l'abitudine di trattare con gli uomini piú cospicui per fortuna e per nascita della Toscana, dei Ducati, delle Romagne, e questo genere di indirizzo è il piú confacente alla sua natura e alla sua condizione sociale. Avviene ora per la prima volta che gli si parli delle cose siciliane in nome delle classi elevate, ed io mi accorgo che è la politica di esse che gli piace assumere, purché non si scordi dai suoi intenti intorno allo indirizzo degli affari d'Italia."[10] Cordova non sbagliava nel notare questa propensione di Cavour ad appoggiarsi sulle "classi elevate," ma doveva accadere proprio il contrario di quello che egli sperava: non fu Cavour ad accettare il programma dei moderati autonomisti siciliani, ma fu la maggioranza di questi che accettò il programma di La Farina e si schierò al seguito di Cavour. Questo avvenne dopo l'insurrezione d'aprile e la Spedizione dei Mille. In febbraio e in marzo gli emigrati autonomisti ancora cercarono di inserirsi in una situazione che andava mutando abbastanza rapidamente: dalla Sicilia infatti giungevano notizie sull'accrescersi del fermento prerivoluzionario e sulla diffusione dell'idea annessionista. Il 24 marzo Cordova si incontrò di nuovo con Cavour e gli disse che era urgente sapere in quale momento il Piemonte sarebbe intervenuto a favore di una rivoluzione siciliana. Ma Cavour rispose in modo evasivo. Egli non poteva ovviamente compromettersi con una risposta precisa e si preoccupava soprattutto di non pregiudicare in alcun modo l'avvenire.

Frattanto in Sicilia gli eventi precipitavano, sebbene tanto gli autonomisti quanto La Farina e, come s'è visto, anche l'agente del re di Sardegna, raccomandassero ai patrioti di non tentare per il momento un'insurrezione. Ma varie circostanze agivano in senso contrario: l'impazienza

[9] Questa frase di Cavour è riferita in una lettera di Cordova a Torrearsa del 28 gennaio '60, pubbl. da G. MINOLFI, *Le trattative dei profughi siciliani con Cavour* in "Arch. Stor. Sicil.," serie III, VII (1955), p. 296 e da R. COMPOSTO, *op. cit.*, p. 61.

[10] G. MINOLFI, *op. cit.*, p. 297; R. COMPOSTO, *op. cit.*, p. 62.

dei popolani democratici, le notizie dell'annessione dell'Italia centrale, la convinzione diffusa che un'insurrezione sarebbe stata aiutata da una spedizione di soccorso. Castelcicala cosí scriveva in un rapporto a Napoli del 17 marzo: "Un pugno di faziosi si dimena nelle tenebre e nel mistero e fa intendere che si prepara ad un colpo di mano, ed è generale in tutta l'isola l'aspettazione di un movimento in Palermo che trascinerebbe in caso di successo tutte le popolazioni, siccome avvenne nel gennaio 1848. I facinorosi di tutti i comuni hanno gli occhi fisi su questa città e credono che non s'indugerà a levarsi lo stendardo della rivolta. Gli uomini della plebe che inferocirono nella rivolta del 1848, sono in commozioni, e di già aspirano il sangue e la rapina designando le vittime e le case sulle quali debbono metter le mani... Si fanno sempre piú calzanti le voci su di uno sbarco di emigrati in Sicilia. Io non saprei se ciò fosse un desiderio od una realtà, ma i faziosi fanno grande assegnamento su questo ausilio. I piú informati dicono: che il suffragio universale raccolto nei comuni di Toscana sarà per l'annessione, e che questo voto sarà la fiaccola che metterà in combustione tutta l'Italia."[11] A diffondere questo stato d'animo contribuivano anche gli incitamenti e le promesse di aiuto che venivano dagli esuli democratici, i quali intensificarono allora la loro attività.

Mentre Crispi tentava invano a Torino di ottenere l'appoggio del governo piemontese al suo piano d'azione in Sicilia, Rosolino Pilo da Lugano (dove si era recato alla fine di settembre dopo essere stato piú d'un mese in prigione a Bologna) si trasferiva a Genova con l'intenzione di partire appena possibile per la Sicilia. Pur col consiglio di non agire in modo precipitoso, lo incoraggiavano a questo viaggio Mazzini, che da Lugano era tornato a Londra alla fine di dicembre, e lo stesso Crispi, che, per quanto avesse delle noie dalla polizia (pesava su di lui l'espulsione dal Regno sardo avvenuta nel '53), rimase a Torino fino alla fine di febbraio e poi si trasferí a Genova. Scopo del progettato viaggio di Pilo era quello di controbattere la propaganda attesistica dei lafariniani e degli autonomisti, stimolare lo scoppio dell'insurrezione, soccorrerla con armi già acquistate da Mazzini che erano a Malta nelle mani di Fabrizi e con altre da procurare, dirigerla fino all'arrivo della spedizione di soccorso. Quanto all'indirizzo politico

[11] Crispi, *I Mille*, cit., p. 417.

da dare al movimento, Pilo era convinto che esso dovesse essere anzitutto unitario. Mazzini stesso gli scrisse in questo senso il 24 gennaio: "Quanto all'obbiezione che il moto condurrebbe ad annessione, noi non possiamo impedirlo; ed oggi parmi che coscienziosamente dobbiamo limitarci a questo calcolo: o è accettata, e sia con Dio, ci dà l'Unità; o non lo è, e ci lascia padroni di seguire il nostro simbolo. Non possiamo l'impossibile. E il trionfo del principio repubblicano — senza tremende delusioni — o mutamento in Francia — è impossibile."[12]

Con queste premesse Pilo e Crispi decisero di rivolgersi a Garibaldi, il quale, dopo lo scioglimento della società della *Nazione Armata*, si era ravvicinato politicamente ai vecchi amici del Partito d'Azione e sembra anche allo stesso Mazzini,[13] ma se ne stava in disparte a Caprera. In un primo tempo Pilo pensò di chiedere a Garibaldi un aiuto per la Sicilia da trarre dal "Fondo per il milione di fucili," poi decise di aggiungere a questa richiesta l'invito al generale a capitanare l'insurrezione siciliana. Questo fece con una lettera del 22 febbraio, spedita però a Garibaldi soltanto al principio di marzo. "Generale," concludeva quella lettera, "voi potete, aiutando con li mezzi che sonosi raccolti col vostro nome, fare che l'Italia non rimanghi dalla *volpina diplomazia* sagrificata e smembrata per altri lunghi anni; apprestateci, vi prego, quanto di sopra vi ho richiesto a nome dei buoni di Sicilia, e siate certo che riusciremo a mettere in fiamme tutto il mezzogiorno d'Italia al grido dell'*Unità* e *Libertà*. Voi, Generale, capitanerete militarmente il Paese e cosí v'avrete garanzia di non potersi straripare dal convenuto programma, che solo può riunire tutti gli elementi d'Azione, e cosí solamente l'*Italia sarà*."[14] Garibaldi cosí rispose da Caprera il 15 marzo: "Caro Rosolino, con questa mia intendetevi con Bertani e la Direzione di Milano [del Fondo del milione di fucili] per avere quante armi e mezzi sia possibile. In caso d'azione, sovvenitevi che il Programma è: Italia e Vittorio Emanuele. Io non ripugno da qualunque impresa per azzardata che sia, ove si tratti di

[12] MAZZINI, LXVII, p. 58. A queste idee è ispirato anche il proclama ai siciliani, che Mazzini inviò a Pilo il 2 marzo perché lo inviasse in Sicilia e che forse arrivò nell'isola prima dell'insurrezione d'aprile. *Ivi*, pp. 144-148.
[13] Si vedano le lettere di Mazzini a Fabrizi del 12 marzo '60, a C. Biseo dello stesso giorno e a Jessie White Mario del 7 aprile. *Ivi*, p. 171, p. 174 e p. 227.
[14] CRISPI, *I Mille*, cit., p. 118.

combattere i nemici del nostro paese. Però nel momento presente non credo opportuno moto rivoluzionario in nessuna parte d'Italia, a meno che non fosse con non poca probabilità di successo. Oggi la causa del paese è nelle mani dei Faccendieri politici che tutto vogliono sciogliere con trattative diplomatiche; bisogna aspettare che il popolo Italiano conosca l'inutilità delle mene di quei Dottrinari. Allora verrà il momento d'agire. Oggi saressimo biasimati dalla gran maggioranza. Fate conoscere questa mia opinione ai vostri Concittadini, che per ora lavorino a prepararsi a tutt'oltranza. Io spero che il momento favorevole non tarderà a comparire."[15]

Nonostante questa risposta non troppo incoraggiante di Garibaldi, Pilo decise di partire lo stesso per la Sicilia per vedere come stavano le cose, mettere da parte i temporeggiatori ed incitare tutti all'azione. Avvertí di questa decisione Garibaldi con una lettera del 24 marzo. Crispi restò a Genova per tenere tutti i contatti necessari. Pilo dalla Sicilia avrebbe mandato istruzioni sul da farsi. Quindi il 27 marzo insieme a Giovanni Corrao, un capo-popolo palermitano che aveva partecipato alla rivoluzione del '48, si imbarcò su di una paranza per la Sicilia. Ma il mare anche questa volta gli fu avverso, sicché con quella sgangherata imbarcazione poté sbarcare insieme a Corrao nei pressi di Messina soltanto il 10 aprile, sei giorni dopo lo scoppio del moto a Palermo.

2. *L'insurrezione siciliana e la Spedizione dei Mille fino alla liberazione di Palermo*

L'insurrezione siciliana fu iniziata nella notte tra il 3 e il 4 aprile 1860 dal patriota Francesco Riso, un mastro fontaniere, il quale, venuto in possesso di un quantitativo di armi, decise di cominciare il moto a Palermo mettendosi alla testa di alcune decine di artigiani e di operai, nonostante il parere contrario della maggioranza dei liberali del comitato segreto. Secondo il piano da lui predisposto, tre gruppi di insorti dovevano dare il segnale della rivolta in tre punti della città, mentre alcune squadre scese dalle montagne dovevano attaccare Palermo dall'esterno. Ma le autorità borboniche erano da tempo in attesa di un colpo

[15] *Ivi*, pp. 118-119.

di mano dei patrioti, sicché la loro reazione fu immediata ed energica. Il Riso con un gruppo di compagni prese posizione vicino al convento della Gancia e fece suonare a stormo la campana che già il 12 gennaio del '48 aveva dato il segnale dell'insurrezione, ma fu costretto dalle forze borboniche, subito intervenute, ad asserragliarsi nel convento stesso, dove fu sopraffatto e catturato coi suoi dopo un aspro combattimento. Gli altri gruppi di patrioti si dispersero: le squadre delle montagne furono respinte dopo alcuni scontri nei sobborghi. Tredici patrioti, catturati alla Gancia, furono condannati a morte da un consiglio di guerra e fucilati il 14 aprile. Francesco Riso morí il 27 aprile in seguito alle ferite riportate.

La notizia del fallimento del moto di Palermo fece sí che i comitati di Messina e di Catania rinunciassero per il momento all'azione insurrezionale sebbene nelle due città si fosse diffuso un grande fermento. Ma la rivolta, soffocata nella capitale, dilagò nei giorni successivi in gran parte della Sicilia con una serie di moti nelle città minori e con l'entrata in azione di squadre armate che controllarono ben presto le campagne, soprattutto nella parte occidentale dell'isola. Le truppe governative dovettero quindi accorrere a sedare innumerevoli focolai insurrezionali, che si riaccendevano continuamente qua e là, e al tempo stesso fronteggiare l'azione delle squadre, le quali dai monti circostanti la Conca d'Oro stringevano Palermo in un cerchio minaccioso. Il taglio delle linee telegrafiche e i colpi di mano dei ribelli rendevano quanto mai difficili le comunicazioni tra la capitale e le altre città ed accrescevano quindi l'incertezza e il timore delle autorità borboniche, le quali d'altra parte non volevano sguarnire troppo la capitale e le città maggiori delle forze militari che le presidiavano per paura di nuove sommosse popolari. Per combattere le squadre ribelli i borbonici si servirono pertanto di colonne mobili, che occupavano di volta in volta i paesi insorti procedendo ad arresti in massa e a dure rappresaglie. Ma le squadre, grazie al favore delle popolazioni, potevano disperdersi e ricostituirsi abbastanza rapidamente per riprendere quindi le loro azioni di guerriglia non appena le colonne governative si allontanavano.

Questo disordinato ma vastissimo fenomeno di insorgenza non poteva però durare oltre un certo limite senza un aiuto energico dall'esterno, che trasformasse la guerriglia in una guerra rivoluzionaria. Di fronte alla guarnigione di

Palermo, forte di oltre 20.000 uomini bene armati e ben forniti di artiglieria e di cavalleria, le squadre dei "picciotti" della campagna, armati alla meglio con fucili da caccia, picche, falci e coltelli, non potevano conseguire un successo decisivo. E senza la prospettiva di una vittoria a breve scadenza la stessa guerriglia avrebbe finito per estinguersi nel corso di un mese o due, salvo riaccendersi alla prima occasione favorevole. Inoltre in molti paesi la partecipazione subitanea ed entusiastica delle masse popolari all'insurrezione aveva preoccupato i possidenti, i quali spesso intervennero per calmare i popolani e in qualche caso favorirono il rientro nei centri insorti delle autorità fuggite. Insomma la nobiltà e la borghesia erano in maggioranza ancora restíe a prendere una posizione aperta a favore di un movimento di cui non si vedevano chiaramente i possibili sviluppi. Questo atteggiamento giocava a favore delle autorità borboniche.

In questa situazione l'azione svolta da Pilo e da Corrao fu certamente molto utile alla rivoluzione, perché serví a rianimare e in parte anche a riorganizzare le forze insurrezionali con l'annuncio, dato arditamente dai due patrioti, del prossimo arrivo di Garibaldi. Dopo aver preso contatto coi cospiratori di Messina, Pilo e Corrao si misero in cammino verso Palermo il 12 aprile. Lungo la strada in molti paesi i due patrioti trovarono accoglienze favorevoli e talora anche entusiastiche da parte delle popolazioni. Il 20 giunsero a Piana dei Greci, dove seppero che due giorni prima presso Carini le forze borboniche avevano inflitto un duro colpo ai ribelli; una parte di questi si era ritirata però a Piana sotto la guida di Pietro Piediscalzi, valoroso capo di squadre, che da quel momento collaborò attivamente con Pilo. Questi si adoperò allora febbrilmente a rianimare gli insorti e a raccogliere nuove forze stabilendo collegamenti con quasi tutte le bande ribelli della Sicilia occidentale e coi patrioti che agivano clandestinamente a Palermo. L'insurrezione riprese cosí un certo vigore. Riconosciuto come capo supremo dagli insorti in attesa dell'arrivo di Garibaldi, Rosolino alla fine d'aprile si spostò da Piana dei Greci verso nord-ovest avvicinandosi a Palermo, e al principio di maggio pose la sua base a Carini. Qui si trovava alla testa di un gruppo di ribelli quando il 12 maggio gli giunse la notizia che Garibaldi era sbarcato a Marsala.

Appena le prime notizie dell'insurrezione siciliana arrivarono a Genova, Francesco Crispi e Nino Bixio corsero a

Torino, dove si trovava allora Garibaldi per i lavori della Camera, e lo invitarono a guidare una spedizione in Sicilia. L'8 aprile Garibaldi accettò in linea di massima la proposta dei due patrioti e si recò dal re, al quale chiese di poter utilizzare per la progettata spedizione uno dei reggimenti della brigata Reggio, i cui ufficiali provenivano in parte dai Cacciatori delle Alpi. Vittorio Emanuele, sebbene propenso ad aiutare in qualche modo gli insorti siciliani, prese tempo per rispondere e consultò Cavour e Fanti. Ma i due ministri dissero che il governo di Torino non poteva inviare reparti regolari in Sicilia, perché era in pace col governo di Napoli, e che d'altra parte il reclutamento di un corpo di volontari nell'ambito delle truppe regolari avrebbe gravemente turbato la disciplina dell'esercito proprio nel momento in cui Fanti stava operando la fusione delle truppe dell'Italia centrale con quelle del vecchio esercito sardo. Il re pertanto il 10 aprile diede una risposta negativa a Garibaldi. Questi d'altra parte era ancora molto incerto sull'opportunità della spedizione, sia perché le notizie che venivano dalla Sicilia erano vaghe e contraddittorie, sia perché un gruppo di nizzardi cercava di spingerlo a recarsi a Nizza per dirigervi una sommossa contro il plebiscito per l'annessione alla Francia. Ma la sera del 12 aprile, dopo aver svolto alla Camera la sua interpellanza sulla questione di Nizza, Garibaldi si incontrò con Bertani, Bixio ed altri amici che lo sconsigliarono dal compiere l'impresa di Nizza, sicché il giorno dopo, recatosi a Genova, dichiarò di avervi rinunciato per non danneggiare i preparativi per la spedizione in Sicilia.

Da quel giorno per tre settimane un'attività febbrile per preparare la spedizione si svolse intorno a Garibaldi, che era ospite del suo amico Candido Augusto Vecchi nella Villa Spinola di Quarto, e intorno a Bertani, rientrato il 15 aprile da Torino nella sua casa di Genova. Questa divenne e rimase per alcuni mesi il quartier generale delle forze volontarie che si impegnarono nella liberazione del Mezzogiorno. Tuttavia fin quasi alla vigilia della partenza dei Mille, varie difficoltà misero in forse l'attuazione dell'impresa: infatti il governo tentò d'impedirla e Garibaldi stesso fu reso esitante dalle notizie incerte e contraddittorie che continuavano a venire dalla Sicilia. A un certo punto sembrò che tutto andasse a monte. Se la spedizione infine partí, si dovette alla tenace, spregiudicata e quasi disperata volontà d'agire dei patrioti piú arditi, primo fra tutti Francesco Crispi. In questo senso la Spedizione dei Mille ebbe un'impronta mazziniana, sebbene Mazzini da Londra non avesse un'influenza diretta sulle discussioni e sui preparativi che si svolsero in quei giorni a Genova.

Si è molto discusso dagli storici sull'atteggiamento di Cavour nei riguardi della Spedizione dei Mille. La storiografia liberale-moderata fin dai primi decenni dopo l'unità diffuse l'opinione che Cavour avesse favorito segretamente la preparazione e la partenza della spedizione garibaldina. Questa opinione è stata dimostrata erronea dagli storici piú seri e obiettivi del nostro secolo sulla base di una documentazione inoppugnabile. Rimane tuttavia molto diffusa l'opinione che Cavour, non avendo impedito con la forza la partenza della spedizione, avesse deciso a ragion veduta di lasciare le forze rivoluzionarie libere d'agire nel Mezzogiorno con l'intenzione di riprendere poi in mano le redini di tutto il movimento. In realtà Cavour non fece arrestare Garibaldi e i suoi volontari perché un atto di questo genere avrebbe provocato una crisi del ministero, già assai scosso dal contraccolpo della cessione di Nizza e della Savoia, in un momento quanto mai delicato e difficile per la vita del nuovo Stato. Ma, pur evitando un ricorso alla forza, Cavour fece il possibile per impedire la spedizione sia cercando di dissuadere Garibaldi dall'impresa per mezzo di interposte persone, sia ponendo ostacoli all'armamento dei volontari.

Per comprendere questa ostilità di Cavour è bene ricordare che essa non nasceva da scrupoli legalistici e neppure da una pregiudiziale antiunitaria. Cavour non aveva avuto un programma unitario nel '59 e non lo aveva ancora in quel momento, ma aveva fatto già un passo importante verso l'unità con l'annessione della Toscana, che oltrepassava il tradizionale programma sabaudo di espansione nella Valle Padana, e non era contrario a farne degli altri. Inoltre, come si è visto, si era interessato della questione siciliana ancora pochi giorni prima dell'insurrezione d'aprile. Quando questa scoppiò, pensò bene di mettere subito le mani avanti con la diplomazia in vista di possibili sviluppi. Il 6 aprile scrisse infatti a Emanuele d'Azeglio: "Chaque jour amène de nouvelles complications. L'Ombrie et les Marches sont dans une telle situation qu'on ne peut se flatter d'y maintenir la tranquillité. En même temps une insurrection éclate en Sicile. Veuillez faire comprendre au Gouvernement Anglais que, quelle que soit notre intention

431

de consacrer tous nos soins à l'organisation intérieure du nouveau royaume, nous ne pouvons pas rester indifférens devant ces évenemens."[16] Giudicò quindi opportuno aiutare in qualche modo l'insurrezione siciliana. Ma non voleva servirsi di Garibaldi, che era divenuto il simbolo dell'opposizione di sinistra e che godeva della simpatia del re. Inoltre dietro a Garibaldi, o piuttosto dietro ad una parte degli uomini che spingevano il generale all'impresa, vedeva l'ombra di Mazzini. In un primo momento pensò pertanto di poter inviare in Sicilia il Ribotti, che era in Emilia al comando della brigata Modena. Lo fece venire a Torino e gli propose di guidare in Sicilia una spedizione di volontari. Ribotti accettò e dichiarò di essere disposto a partire subito. Ma Cavour e Fanti, preoccupati dalle notizie incerte che venivano dall'isola, proposero di attendere qualche tempo. Contrariato da questa titubanza, Ribotti declinò la proposta e se ne ritornò al suo comando. Cavour decise allora di accogliere la proposta di La Farina, il quale dopo la notizia dell'insurrezione siciliana si adoperava per inviare aiuti in Sicilia, di organizzare una spedizione sotto il comando di La Masa. Ma La Masa e La Farina, recatisi a Genova, non riuscirono a noleggiare una nave e inoltre compresero che, se una spedizione di volontari doveva esserci, sarebbe stata quella guidata da Garibaldi: ogni altra iniziativa doveva fondersi con questa. Decisero quindi di accettare l'invito di Bertani per un incontro con Garibaldi che avvenne il 20 aprile. Vi fu allora una formale riconciliazione tra Garibaldi e La Farina, che promise di consegnare al generale mille vecchi fucili, che Cavour aveva fatto cedere dal governo alla Società Nazionale. In una lettera a Cavour del 24 aprile La Farina riferí in questo modo il colloquio: "Garibaldi volle vedermi, ed ebbimo un lungo abboccamento insieme. Lo trovai indeciso in quanto alle cose di Sicilia, ma desideroso di agire d'accordo con me. Nessuna intelligenza tra lui ed i mazziniani, anzi pronunziato disaccordo. Medesima disposizione d'animo in Medici, Bixio, Besana e Sirtori. Credetti quindi utile il mio ravvicinamento."[17] La Farina cercava insomma soprattutto di sorvegliare le mosse di Garibaldi e di legarlo a sé, nel caso che la spedizione avesse luogo. La Masa divenne invece un ardente fautore della spedizione, a cui poi partecipò.

[16] *Cavour e l'Inghilterra*, II, t. II, p. 63.
[17] *La liberazione del Mezzogiorno*, I, p. 62.

Intanto Cavour era partito da Torino al seguito del re, che si recava in Toscana in visita ufficiale dopo l'annessione. Ma il 16 aprile un grave incidente col sovrano rese ancor piú difficile la posizione di Cavour. "Durante tutto il viaggio," scrisse questi a Farini da Firenze il 17 aprile, "il Re non cessò di rivolgermi parole poco amabili facendo allusione talora a Nizza, talora ad Ancona e che so io. Però le cose procedettero discretamente. Faceziai, e parlai d'altro. Giunto qui, in questo meraviglioso palazzo, dopo di essere stato accolto piuttosto come un Dio Redentore, che come un Re di questa terra, il Re mi fece chiamare per non só qual motivo, ed avendogli io comunicato un dispaccio di Nizza, mi disse parole tanto villane che perduta del tutto la pazienza mandai S. M. al diavolo, e me ne andai. Il Re a tavola si mostrò pentito, ma nullameno è impossibile ch'io sopporti a lungo sí irritanti modi." Cavour invitava quindi Farini a recarsi al piú presto in Toscana per sostituirlo al seguito del re e proseguiva: "Pensate ve ne supplico se si potesse proporre al Re qualche combinazione ministeriale senza di me, e senza ricadere nelle mani di chi perderebbe lui e l'Italia. Starei al ministero fin dopo votato il trattato colla Francia; lascierei poscia il posto od a Ricasoli od a Minghetti od a Durando Giacomo, od a qualunque altro dei nostri amici col quale voi sareste certo di potere camminare d'accordo... Farò tutto ciò che vorrete ma per amor del cielo liberatemi dall'essere in relazione con chi spinge l'ingratitudine e la rozzezza sino a rendersi intollerabile anche a chi da lungo tempo è avvezzo a non farsi illusioni sugli uomini ed in ispecie sui príncipi."[18] Cavour voleva dunque evitare ad ogni costo una crisi immediata, che poteva risolversi con un nuovo ministero Rattazzi, ed era pronto per questo a sopportare i cattivi modi del re fino alla ratifica del trattato con la Francia. Ma tra i motivi del gravissimo screzio tra lui e il re c'era anche l'atteggiamento assunto da re stesso nei riguardi di Garibaldi. Di nuovo Vittorio Emanuele cercava di svolgere una politica personale ed incoraggiava (non si sa però fino a qual punto) i preparativi garibaldini. Faceva da intermediario tra lui e Garibaldi un suo ufficiale di ordinanza, il marchese Gaspare Trecchi, che nel '59 aveva fatto parte come capitano dello stato maggiore garibaldino. Questi contatti del sovrano con Garibaldi irritavano particolarmente Cavour. Il 22

[18] *Ivi*, V, pp. 470-471.

aprile da Genova, dove si era fermato nel viaggio di ritorno a Torino, cosí scrisse a Farini: "Garibaldi è tuttora qui in forse se andrà in Sicilia od all'Isola di Caprera. Dice di aspettare gli ordini del Re. La presenza di quell'asino di Trecchi al seguito di S. M. dà valore alle asserzioni di Garibaldi. Da Parigi Nigra manda che il contegno del Generale inquieta il Governo, e lo insospettisce contro di noi. Certo questo non è il modo di affrettare la partenza dei Francesi da Roma. Ditelo al Re."[19]

Frattanto a Genova cominciavano ad affluire i volontari pronti a partire per la Sicilia e si intensificavano i preparativi. Ma il problema piú grave divenne quello dell'armamento. A Milano erano depositate alcune migliaia di fucili nuovi acquistati dal Fondo per il milione di fucili, diretto da Giuseppe Finzi e da Enrico Besana. Garibaldi aveva dato disposizioni al Finzi di inviare intanto a Genova 200 carabine Enfield di ultimo modello con relative munizioni, poiché in un primo tempo si era pensato ad una spedizione di soli 200 uomini. Ma Massimo d'Azeglio, allora governatore di Milano, pose il sequestro sui fucili del Fondo e impedí qualsiasi prelievo affermando che non era tollerabile una spedizione armata contro uno Stato con cui il Regno di Sardegna era in pace. Allora il Finzi insieme al Crispi si recò a Torino per chiedere al Farini, ministro dell'interno, di revocare il sequestro; ma la risposta del ministro fu assolutamente negativa. A Crispi, che gli ricordò gli aiuti dati precedentemente per la Sicilia, Farini rispose che ormai la rivoluzione siciliana era stata domata e che era meglio attendere tempi migliori. Partito Farini per Firenze e tornato Cavour a Torino, il consiglio dei ministri deliberò il 24 aprile di negare a Garibaldi i fucili depositati a Milano con la scusa che la pubblicità fatta a Genova intorno ai preparativi della spedizione aveva messo in allarme la diplomazia. Perciò invece delle carabine Enfield, che erano le migliori allora esistenti, i volontari dovettero accontentarsi di mille fucili offerti da La Farina: vecchi arnesi a canna liscia, originariamente a pietra focaia e trasformati a percussione, pressoché inservibili. Questi fucili furono consegnati da La Farina ai volontari a Genova il 4 maggio. Naturalmente per il trasporto a Genova e la consegna di queste armi sussistevano le stesse difficoltà politico-diplomatiche che vi erano per quelle depositate a Mi-

[19] *Ivi*, p. 472.

lano. Pertanto, poiché sembra sia da escludersi che Cavour avesse la precisa intenzione di far partire i Mille con un armamento scadentissimo, non resta che pensare che egli volesse in questo modo dissuaderli dalla partenza. Del resto in quei giorni varie persone consigliarono Garibaldi a rinunciare alla spedizione. Tra queste furono Sirtori, che il 23 aprile aveva avuto un colloquio con Cavour a Genova, ma che personalmente disse al generale di essere pronto a seguirlo in qualunque caso, come poi fece; Frapolli, inviato da Farini, che parlò con Garibaldi il 24 aprile; infine ancora il 1° maggio lo stesso Medici, forse per incarico avuto direttamente da Cavour.

D'altra parte, come si è già accennato, Garibaldi per molti giorni fu in dubbio se partire o no, perché le notizie dalla Sicilia facevano temere che l'impresa potesse risolversi in un disastro. Verso la fine d'aprile da Rosalino Pilo era giunta soltanto una lettera scritta a Messina il 12, che non dava indicazioni sufficienti ed aggiornate sulla situazione. Le informazioni di fonte borbonica davano l'insurrezione per domata o quasi, non solo a Palermo, ma anche nelle province. Altre notizie accennavano invece all'esistenza di bande armate nelle campagne. Nel colmo dell'incertezza, il 28 aprile, giunse a Genova da Malta un telegramma cifrato di Fabrizi, che fu cosí interpretato: "Completo insuccesso nella provincia e nella città di Palermo. Molti profughi raccolti dalle navi inglesi giunti a Malta. Non vi muovete."[20] A questa notizia Garibaldi decise di non partire e lo sconforto si diffuse tra i volontari. Tuttavia, poiché esistevano seri dubbi sulla decifrazione del dispaccio di Fabrizi, fu inviato a questo un telegramma per chiedere chiarimenti. Fabrizi rispose con un successivo dispaccio meno sfavorevole che arrivò a Genova soltanto il 4 maggio. Ma intanto la sera del 29 aprile Crispi presentò a Garibaldi un altro telegramma di Fabrizi (oppure una nuova decifrazione del precedente) che diceva: "L'insurrezione, vinta nella città di Palermo, si sostiene nelle province, notizie raccolte da profughi giunti a Malta su navi inglesi."[21] Si trattò probabilmente di una falsificazione improvvisata dallo stesso Crispi, che tuttavia rispondeva bene all'effettiva situazione siciliana. Essa servì a vincere l'esitazione di Garibaldi, sic-

[20] CRISPI, *I Mille*, cit., p. 129.
[21] *Ivi*, p. 132.

ché il 30 aprile fu deciso che la spedizione sarebbe partita nella notte tra il 5 e il 6 maggio.

La sera del 5 maggio una quarantina di volontari, comandati da Nino Bixio, si impadronirono nel porto di Genova di due piroscafi della compagnia Rubattino: il *Piemonte* e il *Lombardo*. Il colpo di mano era stato concertato, non col Rubattino, come si disse e si ripeté a lungo, ma con Gian Battista Fauché, procuratore della compagnia, il quale fin dal 10 aprile aveva risposto favorevolmente ad una richiesta di Garibaldi concernente il trasporto della spedizione in Sicilia. Da Genova i due piroscafi si diressero davanti a Quarto, dove s'imbarcò Garibaldi col grosso dei volontari. La mattina del 6 maggio la spedizione partí. Due chiatte cariche di munizioni con 200 carabine nuove, comprate dal Besana da un armaiolo milanese, dovevano nella notte partire da Sori e raggiungere al largo le due navi per trasbordare il materiale. Ma la barca che doveva guidarle, pilotata da un contrabbandiere, si allontanò improvvisamente. I patrioti che erano sulle chiatte remando affannosamente nel buio cercarono invano le navi, poi tornarono a terra. Garibaldi d'altra parte, dopo avere atteso qualche ora al punto stabilito, ordinò di proseguire il viaggio. La spedizione partí quindi senza munizioni.

Per rimediare a questa deficienza Garibaldi si fermò la mattina del 7 maggio a Talamone in Toscana, dove, vestita l'uniforme di generale dell'esercito regolare, scese a terra coi volontari e riuscí a farsi consegnare dal comandante del forte e da quello del presidio della vicina Orbetello circa centomila cartucce, tre vecchi cannoncini, una colubrina del secolo XVII, qualche decina di fucili, alcuni quintali di polvere e di piombo e una certa quantità di viveri. A Talamone Garibaldi lasciò a terra un gruppo di 64 uomini, comandato da Callimaco Zambianchi, con l'incarico di operare una diversione verso lo Stato pontificio allo scopo di diffondere l'incertezza sulla vera mèta della spedizione, ma anche di formare possibilmente l'avanguardia di una prossima piú consistente spedizione nell'Umbria e nelle Marche. Lo Zambianchi, un cattivo soggetto, spaccone e inetto, si mosse lentamente con questa banda e, dopo averla ingrossata fino a circa 300 uomini raccogliendo altri volontari livornesi e maremmani, passò il confine pontificio il 18 maggio, ma, dopo uno scontro coi gendarmi papali, rientrò in Toscana, dove la banda fu disarmata e arrestata dalle truppe regolari. Parecchi uomini della banda poterono poi raggiungere Garibaldi in Sicilia con successive spedizioni.

La mattina del 9 maggio il *Piemonte* e il *Lombardo* partirono da Talamone e, dopo una sosta a Porto Santo Stefano per rifornirsi di carbone, si diressero verso la Sicilia occidentale. Non si è mai potuto stabilire con precisione il numero dei volontari che erano a bordo dopo la sosta a Talamone. Anche l'elenco ufficiale, compilato nel 1878, che comprende 1088 uomini e una donna (Rosalia Montmasson, moglie di Crispi), è risultato inesatto; sembra che il numero effettivo fosse superiore di qualche unità. Circa tre quarti dei Mille (questo termine entrò nell'uso piú tardi) erano lombardi (434, dei quali 180 bergamaschi), veneti (194, compresi i trentini) e liguri (156, quasi tutti genovesi). Tra i nuclei regionali minori i piú numerosi erano i toscani (78, in grande maggioranza livornesi e maremmani) e i siciliani (45, in maggioranza di Palermo e provincia). Questa composizione regionale derivò in parte da circostanze contingenti, come la maggiore o minore facilità con cui i singoli gruppi poterono raggiungere Genova e la diversa entità delle forze volontarie assorbite nell'esercito regolare nel corso del '59, e in parte da motivi piú profondi, come la diversa importanza nelle singole regioni della tradizione insurrezionale e la maggiore o minore efficacia della predicazione mazziniana negli anni precedenti. Comunque si deve tener presente che molti altri volontari, che non fecero a tempo ad arrivare a Genova al principio di maggio, raggiunsero poi Garibaldi con successive spedizioni. Dal punto di vista sociale i Mille erano per metà borghesi (per lo piú professionisti ed intellettuali) e per metà artigiani ed operai delle città. In sostanza rispecchiavano la composizione sociale delle forze patriottiche di sinistra. Nel complesso sia politicamente che militarmente costituivano un'*élite*: molti di loro avevano una lunga esperienza di cospirazioni e di lotte politiche; molti erano veterani della guerra del '48 e delle difese di Roma e di Venezia; moltissimi avevano combattuto nel '59.

La navigazione attraverso il Tirreno procedette senza incidenti. Cavour il 3 maggio, quando ormai sapeva che la spedizione garibaldina stava per partire, ordinò all'ammiraglio Persano, che si trovava con una squadra navale nel porto di Livorno, di recarsi ad incrociare con le sue navi lungo la costa della Sardegna; lo stesso giorno avvertí il governatore di Cagliari di arrestare la spedizione garibaldina qualora questa fosse entrata in un porto della Sardegna e di servirsi a tale scopo della squadra del Persano; aggiunse peraltro di non arrestare la spedizione in alto mare. Confermò inoltre queste disposizioni in una risposta ad una lettera del Persano del 7 maggio che chiedeva chiarimenti.[22] Ma Garibaldi, anziché seguire la rotta piú breve tra Genova e la Sicilia occidentale lungo la costa sarda e fare quindi scalo in Sardegna, effettuò l'imprevista sosta a Talamone per rifornirsi di munizioni (che, data la situazione, poteva presumere di trovare in Toscana e non in Sardegna) e quindi navigò verso la Sicilia tenendo una rotta molto lontana dalle navi di Persano.

La decisione di sbarcare nella Sicilia occidentale era stata presa da Garibaldi fin da Genova in considerazione dell'esistenza di bande armate in quella parte dell'isola e dell'opportunità di puntare subito su Palermo. Ma la scelta di Marsala come punto di sbarco fu fatta in navigazione la sera del 10 e adottata definitivamente la mattina dell'11, quando Garibaldi seppe dagli uomini di una barca da pesca marsalese incontrata poco lontano dal porto che un battaglione borbonico aveva lasciato due giorni prima la città e che due navi da guerra erano uscite dal porto per dirigersi verso sud. Le due navi garibaldine entrarono quindi nel porto di Marsala poco dopo il mezzogiorno dell'11 maggio. Grazie alla presenza nel porto di numerose imbarcazioni lo sbarco della spedizione fu compiuto in un'ora circa. Mentre stava per finire, sopraggiunsero una fregata a vela e due vapori da guerra borbonici, ma, poiché subito fuori del porto erano ferme due piccole navi da guerra inglesi, il comandante della prima nave borbonica giunta a portata di tiro perse del tempo per domandare al comandante inglese quali intenzioni avesse; perciò, quando i cannoni borbonici aprirono il fuoco, i garibaldini erano ormai tutti a terra. Inoltre per timore di colpire i depositi di vino quasi tutti di proprietà inglese che erano vicino al porto, i borbonici tirarono troppo corto, cosicché i garibaldini poterono entrare senza danni in città. Le navi borboniche, che non avevano truppe da sbarco, se ne andarono la sera stessa dopo aver catturato e rimorchiato il *Piemonte*. Non poterono far lo stesso col *Lombardo*, che si era arenato.

[22] La lettera del Persano con un'annotazione di Cavour è pubblicata da G. E. CURATULO, *Garibaldi, Vittorio Emanuele, Cavour nei fasti della patria*, Bologna, 1911, pp. 146-147; la risposta di Cavour in *Liberazione del Mezzogiorno*, I, p. 94.

Si disse allora da parte borbonica che lo sbarco dei garibaldini a Marsala era stato protetto dalle due navi inglesi in seguito a preventivi accordi. Ma questa opinione è contraddetta dai rapporti allora compilati dai due comandanti inglesi, i quali del resto non compirono alcun atto mirante ad impedire ai borbonici di sparare. Inoltre si deve ricordare che non appena scoppiata l'insurrezione di aprile numerose navi da guerra di varie potenze furono inviate nelle acque sicule allo scopo di tutelare gli interessi dei rispettivi connazionali residenti in Sicilia e di sorvegliare lo sviluppo della situazione. Davanti a Palermo stazionavano al principio di maggio navi da guerra inglesi, francesi, austriache, russe, americane. Anche Cavour aveva inviato a Palermo la fregata *Govérnolo*. Nel quadro di questa situazione di generale allarme per gli avvenimenti siciliani va vista la presenza a Marsala delle due navi inglesi, le quali erano partite da Palermo il 10 maggio con l'ordine di raggiungere Malta dopo aver sostato a Trapani, a Marsala e a Sciacca. Infine Garibaldi, che pure aveva avuto a Torino l'8 aprile un colloquio con Hudson e forse ebbe contatti a Genova col console inglese che era favorevole alla spedizione, non aveva deciso prima di partire di sbarcare proprio a Marsala. Si deve quindi pensare che la presenza delle due navi inglesi a Marsala l'11 maggio fosse per i garibaldini una fortunata coincidenza.

I venti giorni fra lo sbarco a Marsala e la liberazione di Palermo furono i piú eroici dell'impresa garibaldina. Infatti la prima piccola spedizione di soccorso, che recò a Garibaldi armi e munizioni, giunse a Marsala soltanto il 1° giugno, e la grossa spedizione di rinforzo, comandata da Medici, giunse in Sicilia il 18 giugno. Garibaldi perciò con le sole forze dei Mille e degli insorti siciliani dovette affrontare l'esercito borbonico in Sicilia forte di circa 25.000 uomini bene armati, disciplinati e fedeli alla dinastia borbonica, i quali potevano essere largamente riforniti e rinforzati dalla parte continentale del Regno. Il successo garibaldino, che suscitò ovunque stupore ed ammirazione, si dovette a quattro ragioni principali: la situazione rivoluzionaria esistente in Sicilia; il valore e le qualità militari dei Mille; la capacità strategica e tattica veramente notevole di Garibaldi; l'incapacità dei comandanti borbonici, dovuta un po' a vecchiaia e a pigrizia mentale e un po' a sfiducia e a disorientamento.

Nessun piano era stato predisposto dalle autorità militari borboniche in previsione dello sbarco in Sicilia di una spedizione che venisse a dar man forte all'insurrezione. Eppure questa eventualità era da tempo temuta negli ambienti governativi di Napoli e di Palermo, e inoltre il ministro napoletano a Torino, Canòfari, e il console a Genova, Garron, avevano avvertito il governo dei preparativi e della partenza della spedizione garibaldina. Al principio di maggio i quattro quinti delle forze militari di stanza in Sicilia agli ordini del Castelcicala erano ancora concentrati a Palermo, donde ogni due o tre giorni partivano e ritornavano le colonne mobili inviate a combattere i ribelli. Il 6 maggio una di queste colonne, comandata dal generale Francesco Landi, era partita da Palermo diretta ad Alcamo, dove giunse il 9. Ad Alcamo il 12 maggio arrivò al Landi dal comando di Palermo la notizia che Garibaldi era sbarcato a Marsalà e l'ordine di muovere ad incontrarlo con le sue truppe e con altre che dovevano raggiungerlo a Calatafimi. Il Landi raggiunse quindi il giorno successivo Calatafimi, dove ricevette una parte degli annunciati rinforzi. Egli disponeva pertanto di 20 compagnie tra cacciatori, carabinieri e fanti di linea, uno squadrone di cacciatori a cavallo e 4 cannoni da montagna, in tutto forse 2.500 uomini o poco piú. Con queste forze il Landi si preparava il 15 mattina a procedere verso Salemi, quando seppe che Garibaldi da questa località si dirigeva su Calatafimi; al tempo stesso seppe da Palermo che un consiglio di generali aveva deciso di richiamare tutte le colonne mobili nei pressi della capitale e che egli avrebbe dovuto pertanto ripiegare su Partinico. Dopo qualche incertezza, il Landi decise di compiere anzitutto una ricognizione per valutare l'entità delle forze sbarcate e mandò verso Salemi una colonna comandata dal maggiore Sforza. Questi, giunto sul colle detto Pianto Romano, avvistò i garibaldini che venivano da Salemi.

Garibaldi, partito con tutti i suoi da Marsala la mattina del 12, era giunto a Salemi la sera del 13, accolto con entusiasmo dalla popolazione. Già lungo la strada alcune squadre di insorti, comandate dal barone Sant'Anna di Alcamo, si erano unite ai Mille. Altre squadre affluirono a Salemi. Qui Garibaldi intitolandosi "Comandante in capo le forze nazionali in Sicilia" emanò un decreto in cui dichiarava "di assumere, nel nome di Vittorio Emanuele Re d'Italia, la Dittatura in Sicilia." Con un altro decreto ordinò la leva in massa di tutti gli uomini validi dai 17 ai 50 anni. Quindi la mattina del 15 si mise in marcia verso Calatafimi. Egli disponeva di circa 1.300 uomini compresi 200 uomini delle squadre di Sant'Anna. Qualche altro centinaio di insorti fiancheggiavano la colonna garibaldina e all'inizio della battaglia si fermarono sulle alture circostanti. I Mille erano stati divisi in nove compagnie, raggruppate in due battaglioni, uno comandato da Nino Bixio e l'altro da Giacinto Carini. La piccola artiglieria era comandata da Vincenzo Giordano Orsini; capo di stato maggiore era Giuseppe Sirtori.

Giunto al colle di Pietralunga che fronteggiava quello di Pianto Romano, Garibaldi avendo avvistato i borbonici dispose i suoi in ordine di combattimento. Il maggiore Sforza, quando vide di fronte a sé quella massa non molto numerosa di borghesi armati (la maggior parte dei garibaldini non era in uniforme), credendo di avere a che fare con una banda raccogliticcia di avventurieri ordinò l'attacco. Le sue compagnie scesero quindi ordinatamente dal colle su cui si trovavano e tentarono di salire quello su cui erano i garibaldini. Questi coi loro cattivi fucili non potevano rispondere efficacemente al fuoco dei borbonici. Solo i carabinieri genovesi, una quarantina di volontari armati con buoni fucili di loro proprietà, inflissero ai nemici qualche perdita, mentre si trovavano nel fondo dell'avvallamento tra i due colli. A questo punto però Garibaldi ordinò un attacco alla baionetta che costrinse i borbonici a ripiegare. I garibaldini passarono allora all'offensiva e con una serie di impetuosi attacchi alla baionetta respinsero via via i borbonici dalle varie terrazze che interrompevano la china del colle di Pianto Romano. Costretti a combattere corpo a corpo contro gente che nel complesso era piú decisa e piú esperta di loro in quel genere di combattimento, i borbonici persero i vantaggi che venivano loro dal migliore armamento e dalla superiorità numerica, peraltro non molto grande. Infatti, calcolando i rinforzi mandati di rincalzo dal Landi dopo l'inizio del combattimento, parteciparono alla battaglia da parte borbonica circa 1.700 uomini; gli altri rimasero di riserva a Calatafimi. Alla fine, dopo un ultimo attacco generale sferrato sul fianco sinistro del nemico, i garibaldini occuparono la cima del colle, dove si fermarono esausti, mentre il generale Landi ordinò ai suoi di ritirarsi a Calatafimi. La battaglia, durata circa sei ore, costò ai garibaldini una trentina di morti e circa 150 feriti, di cui parecchi gravi; ai borbonici pure una trentina di morti e un centinaio di feriti. Perdite piuttosto forti, tenuto conto delle forze impegnate, soprattutto per i garibaldini. Ma la piccola battaglia di Calatafimi fu decisiva specialmente per il suo effetto morale: i Mille mostrarono di essere veramente un nucleo molto solido, capace di diventare il centro di raccolta di tutte le forze ribelli locali; la vittoria garibaldina galvanizzò ben presto l'insurrezione e accentuò il disorientamento dei comandi borbonici.

La sera dello stesso 15 maggio il Landi, temendo di essere accerchiato dalle bande ribelli, decise di abbandonare Calatafimi e nella notte arrivò ad Alcamo. Dopo una breve sosta, raggiunse Partinico, dove fu attaccato dai ribelli; per attraversare il paese dovette combattere per ben quattro ore, impiegare l'artiglieria e incendiare parecchie case; gravi atrocità furono commesse in quello scontro sia dai borbonici che dai ribelli. Uscito da Partinico, il Landi decise di evitare la strada piú interna per Palermo, che passa per Borgetto, passo di Renda e Monreale, e seguire quella di Montelepre piú vicina al mare. Ma anche qui fu attaccato piú volte dai ribelli. La mattina del 17 rientrò a Palermo con le truppe stanche e demoralizzate. Il giorno successivo giunse a Palermo da Napoli il generale Ferdinando Lanza, nominato dal re commissario straordinario in Sicilia con l'*Alter ego*, cioè con pieni poteri civili e militari, in sostituzione del Castelcicala.

La nomina del Lanza era stata fatta da Francesco II per consiglio di Filangieri, il quale aveva rifiutato di assumere il comando in Sicilia. Il principe di Satriano preparò tuttavia un piano di difesa, che il nuovo comandante in capo avrebbe dovuto mettere in esecuzione. Secondo Filangieri, era estremamente pericoloso continuare a tener concentrato in Palermo il grosso delle forze militari di presidio nell'isola, perché la capitale sarebbe stata ben presto circondata dalle forze garibaldine ingrossate da migliaia di insorti dei dintorni e la popolazione si sarebbe ribellata, sicché il corpo riunito a Palermo non avrebbe avuto "altro scampo che quello d'imbarcarsi sotto il fuoco degli avversari."[23] Il nuovo piano prevedeva invece lo sgombero di Palermo (meno il forte di Castellammare), il concentramento del grosso dell'esercito intorno a Caltanissetta e quindi un energico ritorno offensivo su Palermo e sulla

[23] Lettera di Filangieri a Francesco II del 15 maggio '60, MOSCATI, *La fine del Regno di Napoli*, Firenze, 1960, p. 209.

parte occidentale dell'isola. Questo piano però non poté essere messo in esecuzione, sia perché dopo Calatafimi gli eventi precipitarono, sia perché il generale Lanza, un vecchio pigro e distratto, non era certo l'uomo adatto per attuare un piano che richiedeva prontezza di decisione e grande capacità di adeguarsi ad una situazione in rapido mutamento.

Frattanto Garibaldi, entrato a Calatafimi il 16, si rimise subito in marcia e, per Alcamo, Partinico e Borgetto, raggiunse il 19 il passo di Renda. Due giorni prima aveva mandato La Masa nella zona di Corleone con l'incarico di raccogliere quanti piú insorti poteva e condurli sui monti a sud di Palermo. Aveva inoltre stabilito un contatto con Rosolino Pilo, il quale aveva preso posizione sui monti presso San Martino a poca distanza da Monreale. Garibaldi pensava di poter attaccare Palermo da quella parte e voleva servirsi delle squadre di Rosalino per premere sul fianco destro delle forze nemiche che erano a Monreale. Ma queste presero l'offensiva e attaccarono Pilo, che fu ucciso il 21 maggio. Morí poco dopo anche Piediscalzi. Corrao, che assunse il comando delle squadre in quella zona, dovette ritirarsi, mentre una parte dei suoi uomini si sbandava.

Garibaldi rinunciò allora all'attacco nella direzione di Monreale e con una difficile marcia tra i monti raggiunse Parco, a metà strada tra Palermo e Piana dei Greci, donde sperava di poter respingere i borbonici e scendere poi verso Palermo. Ma, minacciato di aggiramento da circa 3.000 uomini del colonnello svizzero Von Mechel, uno dei piú energici ufficiali borbonici, dovette ripiegare fino a Piana dei Greci, dove giunse la sera del 24 maggio. La situazione era divenuta difficile per lui, poiché i Mille, ridotti a meno di 800, erano molto stanchi per le lunghe marce intervallate da brevi ma difficili combattimenti e gli insorti siciliani, depressi per la ritirata, minacciavano di sbandarsi. Garibaldi allora attuò una manovra che ebbe un'importanza decisiva. Formò una piccola colonna di una cinquantina di uomini con l'artiglieria e i carriaggi e la inviò verso Corleone sotto il comando di Vincenzo Orsini. Quindi col grosso dei suoi, dopo aver seguito per un poco la strada per Corleone, piegò verso est e attraverso i monti raggiunse il 25 Marineo e poi Misilmeri. All'alba del 26 era nei pressi del passo di Gibilrossa, pochi chilometri a sud-est di Palermo. Frattanto Von Mechel, occupata Piana dei Greci il

25, inseguiva la piccola colonna di Orsini fino a Giuliana, oltre Corleone verso sud. In tal modo 3.000 uomini scelti vennero a mancare alla difesa di Palermo al momento dell'attacco decisivo. Questo inoltre poté svolgersi proprio dalla parte dove la città era meno difesa.

Nella notte tra il 26 e il 27 maggio Garibaldi con circa 3.000 uomini, tra volontari e insorti siciliani, scese dal passo di Gibilrossa per un ripido sentiero e raggiunse la strada che entrava a Palermo da sud-est. Erano in testa una cinquantina di uomini scelti guidati dall'ungherese Tükory, seguivano i picciotti di La Masa, poi i due battaglioni dei Mille, infine le altre squadre siciliane che erano venute coi Mille da Calatafimi. Il primo presidio borbonico era al Ponte dell'Ammiraglio sul fiumicello Oreto. Garibaldi pensava di attaccarlo di sorpresa. Ma alcune grida e spari dei picciotti misero in allarme i borbonici che aprirono il fuoco. I picciotti si dispersero ai lati della strada, ma Bixio si slanciò avanti di corsa col primo battaglione dei Mille e raggiunse l'avanguardia di Tükory. Il Ponte dell'Ammiraglio fu quindi conquistato con un impetuoso attacco alla baionetta. I Mille puntarono allora verso Porta Termini, dove si svolse un accanito combattimento che costò ai garibaldini gravi perdite. Entrò per primo in città Francesco Nullo coi volontari bergamaschi. Seguí Garibaldi col grosso dei Mille e coi picciotti che si erano riordinati. Alle 4 del mattino del 27 maggio i garibaldini giungevano in Piazza della Fieravecchia, dove si era iniziata la rivoluzione del '48. Frattanto la popolazione scendeva nelle strade e cominciava l'insurrezione; sorgevano le prime barricate, mentre le campane suonavano a martello. In poche ore Garibaldi poté raggiungere il centro della città. I borbonici disorientati si concentravano intorno al Palazzo Reale e in qualche altro punto strategico. Verso mezzogiorno la maggior parte di Palermo era nelle mani dei garibaldini e degli insorti. Il generale Lanza intanto aveva ordinato al forte di Castellammare di iniziare il bombardamento della città, che fece gravi danni e molte vittime tra la popolazione.

La battaglia continuò per tre giorni, senza che i borbonici riuscissero a riconquistare stabilmente neppure una parte della vasta zona occupata dai garibaldini, né che questi riuscissero a sloggiare i borbonici dai loro capisaldi, in particolare dalla zona del Palazzo Reale dove erano in maggioranza concentrati. Il bombardamento intanto continuava a fare danni e vittime. I garibaldini erano in

444

difficoltà per la deficienza di munizioni. Ma i borbonici, accerchiati, soffrivano per la scarsezza di viveri e per l'impossibilità di curare i loro numerosi feriti. Cosí la mattina del 30 maggio il Lanza inviò a Garibaldi una lettera con cui lo invitava ad accettare una proposta di mediazione fatta dall'ammiraglio inglese Mundy, e a partecipare a un colloquio con due generali borbonici a bordo della nave dello stesso Mundy. Garibaldi accettò e concordò con gli ufficiali che gli avevano recata la lettera una tregua che doveva iniziarsi a mezzogiorno. Questa era appena cominciata, quando sopraggiunse il Von Mechel coi suoi battaglioni di ritorno dalla spedizione a Corleone, il quale avanzò combattendo fino a Piazza della Fieravecchia. Ma, avvertito della tregua, accettò di sospendere le ostilità. Poco dopo, a bordo della nave inglese *Hannibal* venne concordato tra Garibaldi e il generale borbonico Letizia un armistizio valevole fino a mezzogiorno del 31. Mentre i garibaldini e gli insorti approfittavano dell'armistizio per rafforzare e fabbricare alla meglio munizioni, i capi militari borbonici tennero consiglio per decidere il da farsi. Parecchi ufficiali volevano riprendere la lotta, ma prevalse l'opinione del Lanza di trattare con Garibaldi per una proroga dell'armistizio. Effettivamente era quasi impossibile per i borbonici riconquistare la città con le pur numerose truppe di cui disponevano, ed anche la speranza di fiaccare la resistenza dei garibaldini col bombardamento, che già aveva causato piú di 600 morti tra la popolazione, era molto aleatoria; senza contare che l'uso di un mezzo cosí crudele avrebbe avuto gravi ripercussioni negative sull'opinione pubblica e sui governi d'Inghilterra, di Francia e di altri paesi, già assai mal disposti verso il governo borbonico. Il 31 maggio pertanto l'armistizio fu prorogato di tre giorni. I garibaldini ottennero la consegna del Palazzo delle Finanze, dove erano la Zecca e il Regio Banco. Poterono cosí disporre di 134.000 ducati (569.500 lire) di proprietà del governo ed ovviare per il momento alla loro grave situazione finanziaria. Infatti la spedizione era partita da Genova con sole 94.000 lire, che erano finite da un pezzo, e ben poco Garibaldi aveva potuto fino ad allora raccogliere dopo lo sbarco in Sicilia con requisizioni e prestiti fatti dai comuni occupati.

Dopo la proroga dell'armistizio, il Lanza inviò a Napoli il generale Letizia e il colonnello Buonopane perché chiedessero istruzioni al re. Questi in un primo momento ordinò di continuare la lotta, poi autorizzò il Lanza a prendere le decisioni che credeva piú opportune. Perciò l'armistizio fu prorogato ancora, e infine il 6 giugno fu firmata una convenzione che sanzionò la fine del dominio borbonico a Palermo. Tutte le forze borboniche esistenti nella città si sarebbero imbarcate e si sarebbero scambiati i prigionieri; infine sarebbero stati liberati sette liberali palermitani detenuti nel forte di Castellammare. Il 7 giugno i borbonici si concentrarono nel sobborgo dei Quattro Venti donde a poco a poco si imbarcarono. Il 19 giugno, terminate le operazioni d'imbarco, anche sul forte di Castellammare fu issata la bandiera tricolore.

3. *Il conflitto tra Cavour e Garibaldi. Il governo garibaldino in Sicilia. L'Atto sovrano del 25 giugno a Napoli*

L'insurrezione siciliana e la Spedizione dei Mille aprirono una nuova fase nello svolgimento dei fatti decisivi del Risorgimento. Infatti, mentre dall'aprile del '59 all'aprile del '60 la direzione del movimento nazionale fu tenuta dal partito moderato, pur con incertezze e ondeggiamenti nel periodo tra Villafranca e il ritorno di Cavour al potere, dall'aprile al settembre del '60 prevalse l'iniziativa dei democratici. In questi mesi Cavour dovette adattare faticosamente e non senza contraddizioni la sua politica ad una situazione per lui molto difficile fino a quando poté riprendere l'iniziativa con la spedizione nelle Marche e nell'Umbria e quindi con l'intervento dell'esercito regio nell'Italia meridionale. Pertanto, contemporaneamente alla guerra dei garibaldini contro i borbonici per la liberazione del Mezzogiorno, si svolse tra Cavour e Garibaldi una lotta politica che in certi momenti raggiunse punte molto acute. Questa lotta non fu soltanto lo scontro tra due personalità molto diverse, ma fu soprattutto l'urto decisivo tra i due partiti che fin dalle origini del Risorgimento si erano disputata la direzione del movimento nazionale: il partito moderato e il partito democratico.

Il 16 maggio 1860 Cavour cosí scriveva a Ricasoli: "Garibaldi è sbarcato in Sicilia. È gran ventura che non abbia dato seguito al pensiero d'attaccare il Papa. Che faccia guerra al Re di Napoli non si può impedire. Sarà un bene, sarà un male, ma era inevitabile. Garibaldi trattenuto violentemente sarebbe divenuto pericoloso all'interno. Ora cosa accadrà? È impossibile il prevederlo. L'Inghilterra lo aiuterà? È possibile. La Francia lo contrasterà? Non lo credo. E noi? Il secondarlo apertamente non si può, il comprimere gli sforzi individuali in suo favore, nemmeno. Abbiamo quindi deciso di non permettere che si facciano nuove spedizioni dai porti di Genova e di Livorno, ma di non impedire l'invio di armi e di munizioni, purché s'eseguissero con una certa prudenza. Non disconosco tutti gli inconvenienti della linea mal definita che seguiamo, ma pure non saprei segnarne un'altra che non ne presenti dei piú gravi e piú pericolosi."[24] Cavour comprendeva che si era messa in movimento una forza che sfuggiva al suo controllo, tanto che confessava ai suoi collaboratori che l'impresa garibaldina lo aveva messo "dans le plus cruel embarras."[25] Tuttavia decise subito di aiutare in qualche modo l'impresa stessa, sia perché era impossibile per il governo sottrarsi alla pressione dell'opinione pubblica investita da un'ondata di entusiasmo per Garibaldi, sia perché solo in questo modo poteva sperare di esercitare una certa influenza sulla spedizione e sull'attività degli uomini che si adoperavano per inviare a Garibaldi soccorsi di uomini e di mezzi. Il governo aiutò quindi segretamente la spedizione guidata dall'esule siciliano Carmelo Agnetta, che partí da Genova il 25 maggio col piccolo piroscafo *Utile* recante i primi aiuti per Garibaldi: una sessantina di volontari, un migliaio di fucili e centomila cartucce. L'*Utile* arrivò a Marsala il 1° giugno e il suo carico fu consegnato a Garibaldi a Palermo il 7. Ma nel frattempo Cavour aveva deciso di impegnarsi piú largamente e di favorire la partenza di una spedizione comprendente un rinforzo notevole di volontari, oltre a un grosso rifornimento di armi, munizioni ed altro materiale. Al tempo stesso decise di intervenire politicamente nelle cose siciliane inviando a Palermo Giuseppe La Farina. Varie circostanze internazionali ed interne stimolarono queste decisioni di Cavour.

Anzitutto le ripercussioni internazionali dell'impresa dei Mille e dei primi successi garibaldini erano tali da tranquillizzare Cavour, almeno per il momento. Il governo di Londra era sostanzialmente favorevole all'impresa garibaldina e si preoccupava soltanto che ad un nuovo ingrandi-

---

[24] *La liberazione del Mezzogiorno*, I, p. 104.
[25] Lettere di Cavour a E. d'Azeglio e a Nigra del 18 maggio '60, *Carteggio Cavour-Nigra*, III, p. 303 e p. 304.

mento del Regno sardo non corrispondessero altre cessioni territoriali alla Francia, che avrebbero modificato notevolmente a favore della Francia stessa la situazione del Mediterraneo. Ma Cavour diede subito assicurazioni a Londra su questo punto.[26] Il governo di Parigi, dopo una blanda protesta del Thouvenel, mostrava di essere per il momento piuttosto ben disposto: già il 10 maggio Nigra faceva sapere a Cavour che era stata data ai giornali francesi la parola d'ordine "de ne pas dire trop mal de Garibaldi."[27] E il 20 aggiungeva: "L'entreprise de Garibaldi continue à ne pas être jugée trop sévèrement dans le monde officiel de Paris. L'idée de l'unité italienne commence à être admise comme possible."[28] Ancor più ottimista era il 26: "Je crois, d'après mes impressions, que ni la France, ni l'Angleterre, ne s'opposeraient à l'annexion de la Sicile au Piémont, si l'insurrection est victorieuse et si la volonté populaire se manifeste en ce sens."[29] A Parigi inoltre si giudicava molto improbabile un intervento austriaco a favore del re borbonico. Effettivamente le stesse difficoltà interne ed internazionali, che avevano costretto il governo di Vienna a non intervenire due mesi prima contro l'annessione dell'Italia centrale, lo costringevano ancora ad osservare il principio del non intervento nei riguardi delle Due Sicilie. Anche il governo prussiano, che protestò piuttosto blandamente, e quello russo, che per la sua vecchia amicizia col Regno di Napoli protestò in termini vibrati, mostravano di non avere intenzione di andare al di là delle proteste. La situazione internazionale continuava ad essere caratterizzata da una grande fluidità, dovuta alla profonda diffidenza esistente tra le grandi potenze che impedia la formazione di solide alleanze. D'altra parte il diffuso timore della rivoluzione e di una guerra generale rendeva tutti i governi molto pru-

[26] Il Russell, con una nota del 21 maggio '60, chiese a Cavour di smentire la voce, allora largamente diffusa, di una prossima cessione alla Francia da parte piemontese della Liguria e della Sardegna in cambio di nuovi acquisti territoriali in Italia. Cavour rispose con una nota a Hudson del 30 maggio, in cui richiamandosi al discorso pronunciato alla Camera il 26 affermava che il governo di Torino non aveva intenzione di cedere nemmeno un pollice di territorio italiano, fosse pure per liberare Venezia dal dominio straniero, *La liberazione del Mezzogiorno*, I, p. 145. Le voci di una cessione della Liguria e della Sardegna si fecero di nuovo insistenti in luglio, quando fu diffuso anche un trattato segreto apocrifo, *Carteggio Cavour-Nigra*, IV, pp. 97-98.
[27] *Carteggio Cavour-Nigra*, III, p. 293.
[28] *Ivi*, p. 306.
[29] *Ivi*, p. 333.

denti. La situazione internazionale insomma, pur presentando per l'avvenire non poche incognite, era tale da consentire al governo di Torino di aiutare la spedizione garibaldina in modo abbastanza efficace, a condizione di non scoprirsi troppo apertamente. Del resto in tutta l'Europa l'impresa di Garibaldi aveva suscitato simpatia ed entusiasmo tra i democratici e i liberali. In Inghilterra specialmente, ma anche in Francia, furono fatte sottoscrizioni per inviare soccorsi a Garibaldi che raccolsero somme cospicue.

Alla fine di maggio inoltre Cavour si sentiva piú sicuro anche all'interno. Le elezioni suppletive, svoltesi in una settantina di collegi il 6 e il 10 maggio (nelle elezioni generali del 25 marzo molti deputati erano stati eletti contemporaneamente in piú collegi), erano state in maggioranza favorevoli ai candidati governativi, sicché la discussione per la ratifica del trattato per la cessione di Nizza e della Savoia fu per Cavour meno difficile di quanto aveva preveduto. Il trattato infatti fu approvato dalla Camera il 29 maggio con 229 voti favorevoli, 33 contrari e 23 astensioni. Pochi giorni dopo, il 10 giugno, fu approvato anche dal Senato con 92 voti favorevoli e 10 contrari. Cavour pertanto aveva molto rafforzato la sua posizione nel Parlamento ed aveva abbandonata l'idea di dimettersi, poiché si sentiva piú forte anche di fronte al re. Del resto la sua presenza a capo del governo era giudicata in quel momento indispensabile da tutti i moderati: egli era considerato infatti l'unico uomo capace di affrontare la nuova complessa situazione politica determinata dalla Spedizione dei Mille.

Mentre i moderati si stringevano intorno a Cavour, le forze di sinistra, pur essendo riuscite ad imporre con la Spedizione dei Mille la loro iniziativa ai moderati sul terreno della lotta per l'unità, erano ben lontane dall'avere una direzione politica efficiente. Nel momento di partire per la Sicilia Garibaldi aveva lasciato a Bertani una lettera, nella quale diceva: "Spinto nuovamente sulla scena degli avvenimenti patri, io lascio a voi i seguenti incarichi: Raccogliere quanti mezzi sarà possibile per coadiuvarci nella nostra impresa. Procurare di far capire agli Italiani, che se saremo aiutati dovutamente, sarà fatta l'Italia in poco tempo e con poche spese; ma che non avranno fatto il loro dovere, quando si limiteranno a qualche sottoscrizione. Che l'Italia libera di oggi, in luógo dei centomila soldati, deve armarne cinquecentomila; numero non sproporzionato alla popolazione... Che ovunque sono italiani che combattono oppressori, là bisogna spingere gli animosi e provvederli del necessario per il viaggio. Che l'insurrezione siciliana non solo in Sicilia bisogna aiutarla, ma nell'Umbria, nelle Marche, nella Sabina, nel Napoletano, ecc. dovunque sono nemici da combattere... Il nostro grido di guerra sarà: 'Italia e Vittorio Emanuele' e spero che anche questa volta la bandiera italiana non riceverà sfregio."[30] Garibaldi dunque, come risulta anche dal proclama *Agli italiani* che egli lanciò il 5 maggio, era partito per la Sicilia con l'intenzione non solo di liberare l'isola, ma anche di iniziare un movimento generale per realizzare l'unità d'Italia. Concepiva però questo movimento in modo piuttosto semplicistico e prevalentemente militare e poco si preoccupava dei complessi problemi politici che esso implicava, soprattutto nei riguardi del rapporto tra le forze volontarie ed insurrezionali e il governo di Torino. All'atto della partenza aveva infatti lasciato una lettera anche a Medici, nella quale diceva: "È meglio che tu resti, e puoi essere piú utile restando. Bertani, La Farina, la Direzione di Milano ti forniranno alla presentazione di questa tutti i mezzi di cui avrai bisogno. Non solamente tu devi fare ogni sforzo per inviare soccorsi di gente e di armi in Sicilia ma pure fare lo stesso nelle Marche, nell'Umbria, ecc., ove presto sarà l'insurrezione ed ove presto conviene promoverla a tutt'oltranza."[31] Evidentemente Garibaldi, che sapeva benissimo quanto strettamente La Farina fosse legato a Cavour, pensava che fosse opportuno utilizzare tutti gli aiuti da qualunque parte venissero. Egli non sbagliava quando credeva che il governo avrebbe in qualche modo aiutato la spedizione dopo lo sbarco in Sicilia, ma non si rendeva conto in quel momento che Cavour avrebbe preteso una contropartita politica all'aiuto del governo, o forse credeva che l'adozione della formula "Italia e Vittorio Emanuele" sarebbe stata per i moderati una garanzia sufficiente e che poi il successo della spedizione avrebbe costretto i moderati stessi a venire a patti coi democratici. Comunque sbagliava nel credere che fosse possibile, con l'aiuto o almeno con la tolleranza del governo, fare una

[30] G. E. Curatulo, *op. cit.*, p. 101.
[31] Garibaldi, *Lettere e proclami*, a cura di R. Zangheri, Milano, 1954, p. 49.

spedizione nello Stato pontificio e si illudeva stranamente nel credere che proprio Medici, che tra i suoi amici era il piú governativo, potesse guidare questa impresa.[32] Pochi giorni dopo lo sbarco in Sicilia ribadí ancora questa idea; poi per un certo tempo non ne riparlò; ma intanto intorno ad essa e intorno alla questione piú generale del rapporto col governo si sviluppò un aspro contrasto tra Bertani (segretamente sostenuto da Mazzini) da una parte e La Farina, Medici, Cosenz dall'altra.

Bertani, sulla base della lettera prima citata e di altre che Garibaldi gli mandò dalla Sicilia, credette di poter assumere la rappresentanza esclusiva di Garibaldi nel Regno centro-settentrionale per quanto concerneva l'apprestamento e l'invio dei soccorsi alla spedizione. In realtà Garibaldi aveva inteso fare di Bertani il principale ma non l'unico suo rappresentante. Comunque Bertani subito dopo la partenza dei Mille iniziò un'attività febbrile per raccogliere fondi, acquistare armi, munizioni ed altri materiali, noleggiare e acquistare navi, organizzare i volontari che a centinaia e poi a migliaia accorrevano a Genova per arruolarsi nelle file garibaldine. A tale scopo costituí un'organizzazione che chiamò *Soccorso a Garibaldi*, formata da una *Cassa Centrale* a Genova, affiancata da tre commissioni per gli acquisti e il lavoro organizzativo, e da una serie di *Comitati di Provvedimento*, che via via si costituirono nelle principali città e poi anche nei centri minori. Il *Rendiconto*,[33] che Bertani presentò a Garibaldi alla fine dell'anno e che Garibaldi approvò, dà un'idea sommaria dell'enorme lavoro compiuto da Bertani stesso e dalla sua organizzazione nel periodo dal 5 maggio al 24 ottobre 1860. Le spese ammontarono a ben 6.125.345 lire e le entrate a 6.201.060. Tra le spese le voci principali furono quelle relative all'acquisto di abbigliamenti e corredi militari (1.877.053 lire), all'acquisto di cinque battelli a vapore con armamenti (1.522.060 lire), all'acquisto di armi, munizioni, cavalli e attrezzi di guerra (849.279 lire), alle spese per trasporti di terra e di mare e approvvigionamenti (750.731 lire). Quanto alle entrate, si deve notare che soltanto 851.735 lire (somma peraltro notevole) provennero da oblazioni individuali, mentre ben 5.106.655 lire vennero

[32] Si veda la lettera di Garibaldi a Bertani del 13 maggio da Salemi, J. WHITE MARIO, *A. Bertani e i suoi tempi*, cit., vol. II, p. 56.
[33] A. BERTANI, *Rendiconto della Cassa Centrale di Soccorso*, Genova, 1862.

versate dalla Tesoreria del governo garibaldino in Sicilia per pagare le cambiali emesse dallo stesso Bertani e scontate dalle case bancarie genovesi Fratelli Rocca e Parodi e C. Altre 200.000 lire furono versate dalla Tesoreria di Napoli sui fondi a disposizione del Segretario generale della dittatura, nel periodo in cui Bertani ricoprí questa carica. Le accuse di appropriazioni indebite e di malversazioni fatte al Bertani da avversari politici non furono assolutamente provate e gli accusatori tacquero dopo la pubblicazione del *Rendiconto*. Non si può escludere che errori e sprechi fossero commessi nel corso di un lavoro condotto febbrilmente in condizioni difficili, ma si deve riconoscere che nel complesso l'attività del *Soccorso a Garibaldi*, condotta da privati, senza l'appoggio e spesso con l'ostilità del governo, fu veramente grandiosa.

Ma intanto, subito dopo la partenza dei Mille, anche La Farina aveva cominciato ad occuparsi dei soccorsi a Garibaldi per mezzo della Società Nazionale. Egli costituí a questo scopo una commissione composta da Malenchini, Tanari, Manfredi, Bòttero e Plutino, e poté contare sull'appoggio di Finzi e di Besana, dirigenti del Fondo per il milione di fucili, di Medici, di Cosenz e di molti esuli siciliani, tra i quali parecchi moderati autonomisti. Inoltre, grazie al favore del governo, La Farina e i suoi collaboratori poterono usufruire di fondi e materiali forniti dallo Stato, nonché di facilitazioni per l'acquisto e il trasporto di armi e munizioni e per i collegamenti coi comitati che raccoglievano fondi all'estero. Tuttavia la maggioranza dei volontari affluiva verso l'organizzazione di Bertani. Tra questo e La Farina si delineò quindi un aspro contrasto, che invano alla fine di maggio il Tanari, il Finzi, il Malenchini, il Medici ed altri patrioti cercarono di appianare. Essi in realtà volevano persuadere Bertani ad accettare la linea di condotta di La Farina, approvata da Cavour: volevano cioè che tutti i rinforzi di uomini e di materiali fossero inviati in Sicilia.[34]

Bertani invece, sulla base delle istruzioni a lui lasciate inizialmente da Garibaldi, insisteva per organizzare una spedizione nello Stato pontificio[35] che attraverso l'Umbria

[34] Si vedano le lettere di Medici e di Finzi a Garibaldi del 25 maggio e del 9 giugno '60, entrambe piuttosto aspre nei riguardi di Bertani, CURATULO, *op. cit.*, pp. 103-104.
[35] Si veda la lettera di Bertani a Garibaldi del 25 maggio '60, CURATULO, *op. cit.*, pp. 108-109.

e le Marche penetrasse nel Regno di Napoli. Era incitato in questo senso da Mazzini, giunto clandestinamente a Genova l'8 maggio, di cui egli per qualche tempo subí l'influenza, pur con una certa insofferenza e molta trepidazione. Bertani infatti, proprio perché cercava di essere l'unico rappresentante di Garibaldi, non poteva non tenere contatti coi moderati e coi lafariniani e non poteva assumere atteggiamenti intransigenti troppo aperti; inoltre temeva che fossero scoperti i suoi contatti segreti con Mazzini, sempre ricercato attivamente dalla polizia. Mazzini, per parte sua, pur sentendosi umiliato per dover restare in una posizione subordinata,[36] cercava di stimolare quanto piú possibile Bertani all'intransigenza verso i moderati e al tempo stesso incitava i suoi amici in Italia e all'estero ad inviare allo stesso Bertani tutti gli aiuti che avessero raccolto per soccorrere Garibaldi. Giudicava però Bertani troppo debole di fronte alle pressioni governative e si doleva di non disporre personalmente di mezzi sufficienti per organizzare direttamente la spedizione nello Stato pontificio. Temeva che, con l'invio di tutte le forze volontarie in Sicilia, il moto si localizzasse, come era avvenuto nel '59 prima per la Lombardia e poi per l'Emilia e la Toscana, e pensava che si dovesse sfruttare l'entusiasmo generale provocato dalla spedizione garibaldina per realizzare il suo progetto di azione nel Centro diretta al Sud ed attuare pertanto l'unità con l'iniziativa popolare.

Ma la spedizione nello Stato pontificio era in quel momento difficile e pericolosa per varie ragioni militari e politiche. Anzitutto sarebbe stata una grave imprudenza inviare a Garibaldi soltanto armi e munizioni e riservare tutti i volontari, come proponeva Mazzini, per la spedizione nello Stato pontificio. Infatti, dopo la presa di Palermo, Garibaldi doveva ancora combattere contro circa 22.000 borbonici, che si andavano concentrando a Messina e nei dintorni, ed aveva bisogno di rinforzi di uomini, oltre che di mezzi, dato che, per ragioni che si diranno piú avanti, troppo scarse erano le forze che poteva raccogliere in Sicilia. Inoltre l'impresa nello Stato pontificio avrebbe urtato quasi certamente contro una forte resistenza. Infatti l'esercito papale era stato negli ultimi mesi assai rafforzato per opera

[36] "Il mio suicidio morale è completo... Certo in me è morto l'*individuo*; non sopravvive che il fine, e io sono deciso a bere il calice sino alla feccia." Cosí scriveva a Caroline Stansfeld il 27 maggio '60, MAZZINI, LXVII, pp. 340 e 345.

del ministro delle armi monsignor De Mérode con l'arruolamento di numerosi volontari stranieri, soprattutto irlandesi, francesi, belgi e austriaci, accorsi in Italia per combattere una crociata contro la rivoluzione e quindi tutt'altro che propensi a cedere le armi o a passare ai patrioti, come avevano fatto i reparti papali che presidiavano le Romagne dopo la partenza degli austriaci nel giugno del '59. Questo esercito, forte di oltre 15.000 uomini, quasi tutti concentrati nell'Umbria e nelle Marche (Roma e Civitavecchia erano sempre presidiate da truppe francesi), era stato affidato al comando del generale Lamoricière, francese, esiliato nel '52 perché antibonapartista, che si era distinto nella guerra d'Algeria ed aveva fama di comandante energico ed esperto. Per di piú era difficile provocare un'insurrezione nell'Umbria e nelle Marche, perché molti patrioti avevano dovuto fuggire da quelle regioni dopo le repressioni del giugno '59. Pertanto, mentre l'aiuto a Garibaldi poteva essere efficace anche se scaglionato in una serie di spedizioni relativamente piccole (come poi fu fatto nei mesi di giugno e di luglio), la spedizione nello Stato pontificio poteva avere successo soltanto se condotta con forze notevoli, che difficilmente i patrioti potevano raccogliere, inquadrare ed armare in poco tempo. Infine un intervento di volontari nello Stato pontificio poteva provocare gravi complicazioni politiche. Infatti, per quanto Mazzini e Bertani pensassero di concentrare per il momento l'azione nell'Umbria e nelle Marche e di lasciare da parte Roma per evitare un urto con la guarnigione francese, era poco probabile che un'impresa di questo genere potesse essere tollerata da Napoleone III, non solo per le proteste che avrebbe provocato tra i cattolici francesi, già sdegnati per l'annessione delle Romagne al Piemonte, ma soprattutto perché la spedizione sarebbe stata compiuta da forze democratiche e rivoluzionarie. Napoleone infatti accettò che la stessa impresa fosse compiuta in settembre dall'esercito regio, quando essa gli fu presentata da Cavour come un mezzo per liquidare il governo garibaldino nel Sud e per impedire a Garibaldi di marciare su Roma.

Comunque Bertani non poté impedire che Medici, con l'aiuto della Società Nazionale, del Fondo per il milione di fucili e soprattutto del governo, organizzasse una spedizione per la Sicilia, e finí anzi per collaborare con lui fornendogli il materiale per un'ambulanza e soprattutto avviando alla spedizione i volontari che aveva arruolato. Con l'aiuto del governo tre piroscafi furono acquistati in Francia e portati a Genova, dove l'americano William De Rohan, capitano marittimo amico di Garibaldi, si prestò a figurare come padrone di essi. I tre piroscafi, ribattezzati *Washington, Franklin* ed *Oregon* e affidati al comando del De Rohan e di altri capitani americani, alzarono la bandiera degli Stati Uniti; anche il clipper a vela *Charles and Jane*, pure americano, fu noleggiato per la spedizione. Tutta l'operazione fu compiuta con la collaborazione del console degli Stati Uniti a Genova, Patterson. In tal modo Cavour poté giustificarsi con la diplomazia per non avere impedita la partenza della spedizione dicendo che si trattava di navi americane con le carte in regola adibite al trasporto di passeggeri. Il 10 giugno Medici s'imbarcò a Cornigliano sul *Washington* con 1.400 volontari, altri 200 si imbarcarono a Genova sull'*Oregon*. Lo stesso giorno 800 volontari toscani, comandati da Vincenzo Malenchini, si imbarcarono a Livorno sul *Franklin*. Il giorno prima altri 900 volontari, comandati da Clemente Corte, si erano imbarcati a Cornigliano sul *Charles and Jane*, rimorchiato dall'*Utile*. La spedizione Medici, che aveva con sé 8.000 buoni fucili e una notevole quantità di munizioni, protetta dalle navi di Persano tra Cagliari e la Sicilia, giunse senza incidenti a Castellammare del Golfo nella notte tra il 17 e il 18 giugno. Invece il *Charles and Jane* e l'*Utile* furono catturati presso l'isola di Pianosa dalla fregata borbonica *Fulminante* che li condusse a Gaeta. Qui le due navi con tutti gli uomini a bordo furono trattenute fino al 29 giugno, quando furono autorizzate a partire per Genova in seguito a proteste del governo di Torino. I volontari del Corte poterono poi raggiungere Garibaldi in Sicilia pochi giorni dopo.

Dopo la partenza della spedizione Medici, Bertani tentò di dirigere verso lo Stato pontificio l'altra spedizione che si preparava a Genova sotto il comando di Enrico Cosenz, ma non vi riuscí per l'opposizione dello stesso Cosenz e di Garibaldi, che aveva bisogno di altri rinforzi. Cosenz con due navi e 2.000 volontari partí quindi da Genova il 2 luglio ed arrivò a Palermo il 6. Successivamente altre spedizioni piú piccole partirono da Genova per la Sicilia. In tutto, compresi gli uomini partiti con Medici e con Cosenz, in giugno e in luglio furono inviati in Sicilia circa 15.000 volontari. All'armamento e al trasporto di queste spedizioni contribuí notevolmente l'organizzazione di Bertani, il quale tuttavia non aveva abbandonata l'idea della spedizione nello

Stato pontificio e a questo scopo continuava a raccogliere uomini e mezzi.

Il 6 giugno, mentre a Genova fervevano i preparativi per la partenza di Medici, giunse a Palermo, insieme a Persano, Giuseppe La Farina, incaricato da Cavour di preparare l'annessione della Sicilia al Regno centro-settentrionale. Sulla questione dell'annessione il contrasto fra le intenzioni di Garibaldi e quelle di Cavour era molto profondo. Garibaldi si preoccupava soprattutto di continuare la guerra contro il re di Napoli fino alla completa liberazione del Mezzogiorno continentale e poi contro il papa per liberare Roma e tutto lo Stato pontificio. Per fare tutto questo aveva bisogno di disporre liberamente della Sicilia come base d'operazioni, cosa impossibile se nell'isola si fosse insediata l'amministrazione regia con l'esercito regolare. Perciò Garibaldi voleva rinviare l'annessione della Sicilia e delle altre regioni che sperava di liberare al momento in cui la grande impresa dell'unificazione fosse stata compiuta. Cavour invece voleva che l'annessione dell'isola si facesse il piú presto possibile, sia per avere nelle mani un pegno per eventuali trattative col governo di Napoli, dato che si stava delineando una mediazione francese, sia per impedire a Garibaldi e ai democratici di fare dell'isola una base politica oltre che militare non soggetta al governo di Torino. Voleva insomma riprendere nelle mani la direzione del movimento nazionale per incanalarlo nuovamente tra gli argini della diplomazia e del gradualismo moderato. A questo scopo era necessario che in Sicilia si iniziasse subito la propaganda annessionista e che il governo fosse controllato da moderati favorevoli all'annessione. Perciò Cavour, subito dopo l'entrata di Garibaldi a Palermo, decise di inviare in Sicilia La Farina. Questi però era assai poco adatto per la difficile missione affidatagli, sia per i contrasti che aveva avuto con Garibaldi e con Crispi, sia per l'atteggiamento che aveva tenuto durante i preparativi della Spedizione dei Mille, sia per la sua grande presunzione e la faziosità da cui era animato nei riguardi di tutti coloro che non erano disposti ad accettare la guida politica di Cavour. Perciò la sua missione, che si concluse con un fallimento, contribuí non poco ad aggravare il conflitto fra Cavour e Garibaldi e a rendere piú difficile la situazione del governo garibaldino in Sicilia, già tutt'altro che facile per ragioni locali.

Garibaldi, dopo avere assunta la dittatura col decreto di

Salemi del 14 maggio, con un altro decreto, emanato ad Alcamo il 17 maggio, istituí la carica di Segretario di Stato e nominò ad essa Francesco Crispi. In base al decreto istitutivo il Segretario di Stato aveva il compito di dirigere tutto il lavoro di segreteria, di proporre al dittatore "le disposizioni necessarie al servizio nazionale" e di controfirmarne i decreti. In pratica Crispi, che fin dai giorni immediatamente precedenti la partenza da Quarto era stato il principale consigliere politico di Garibaldi, divenne il capo del governo civile della dittatura, responsabile soltanto di fronte al dittatore. Questa situazione durò fino al 2 giugno, quando fu costituito a Palermo un governo composto di vari ministri, nel quale tuttavia Crispi mantenne una posizione preminente.

Per consiglio di Crispi lo stesso giorno 17 maggio ad Alcamo Garibaldi emanò due importanti decreti. Il primo stabiliva che in ognuno dei 24 distretti dell'isola si insediasse un governatore, nominato dal dittatore, con facoltà di ristabilire in carica i Consigli civici e tutti i funzionari esistenti prima della restaurazione borbonica del '49 e di supplire con altre persone i membri dei Consigli e i funzionari mancanti per morte sopravvenuta o per altri motivi; lo stesso decreto stabiliva che le sentenze e gli atti pubblici fossero intitolati "in nome di Vittorio Emanuele re d'Italia" e che fossero rimesse in vigore tutte le leggi esistenti prima dell'ultima restaurazione borbonica. Il secondo decreto ordinava ai municipi di riconoscere lo stato delle casse pubbliche e di assicurarsi delle somme che vi si trovassero; aboliva il dazio del macinato e tutte le imposte stabilite dal governo borbonico dopo l'ultima restaurazione; aboliva i dazi d'entrata sui cereali, i legumi e le patate; comminava pene a tutti i cittadini che nei "comuni occupati dalle forze nemiche" pagassero canoni enfiteutici, fitti e imposte al governo borbonico. Il giorno successivo al passo di Renda fu emanato un altro decreto che istituiva un Consiglio di guerra per giudicare i reati commessi durante la guerra sia dai militari che dai civili in base alle norme del Codice Penale Militare sardo per gli italiani del continente e dello Statuto Penale Militare e delle leggi vigenti prima dell'ultima restaurazione per gli insulari; il decreto prevedeva inoltre l'istituzione di Consigli di guerra distrettuali, qualora la sicurezza pubblica lo rendesse necessario. Il 28 maggio, mentre infuriava la lotta nelle strade di Palermo, fu decretata la pena di morte per i reati di omicidio, furto e saccheggio. Infine il 2 giugno fu emanato un decreto concernente la divisione dei demani comunali. Esso stabiliva che, in deroga alle norme della legge vigente (peraltro poco applicata nell'ultimo decennio), ogni combattente della guerra di liberazione o il suo erede in caso di morte ricevesse una quota certa, senza sorteggio, del demanio comunale; stabiliva inoltre che, nel caso che le terre del demanio comunale non bastassero allo scopo, fossero utilizzate quelle del demanio statale e della Corona e che, nel caso invece che fossero in eccedenza, i combattenti o i loro eredi ricevessero quote doppie di quelle attribuite agli altri cittadini.

Furono questi i principali decreti emanati da Garibaldi tra il 17 maggio e il 2 giugno. È chiaro che si trattò di provvedimenti eccezionali miranti sia ad organizzare sommariamente l'amministrazione e ad assicurare per quanto era possibile l'ordine pubblico, sia a facilitare la diffusione dell'insurrezione e l'applicazione del decreto sulla coscrizione, emanato fin dal 14 maggio. Alcuni di questi provvedimenti venivano incontro a tendenze già spontaneamente manifestatesi tra le popolazioni insorte contro il regime borbonico. Questo vale soprattutto per l'abolizione dell'odiatissimo dazio sul macinato, che di fatto era avvenuta o stava avvenendo in molti comuni: gli uffici fiscali come quelli della polizia furono infatti i primi obiettivi verso cui generalmente si rivolse la collera dei ribelli. Ed anche il decreto sulla divisione delle terre demaniali venne incontro ad una rivendicazione assai sentita in molti comuni dell'isola e probabilmente contribuí a stimolare un movimento che nel giugno e nel luglio assunse proporzioni vastissime, poiché i contadini rivendicarono non solo la quotizzazione dei demani ancora indivisi, ma anche la nuova quotizzazione dei demani usurpati o illegalmente acquistati da nobili e da borghesi, oppure il ristabilimento su di essi dei vecchi diritti d'uso. Questi provvedimenti di Garibaldi e di Crispi a favore dei contadini ebbero però un carattere frammentario e strumentale: essi rispondevano ad esigenze politico-militari contingenti e non erano espressione di un programma riformatore radicale nel campo agrario. Garibaldi era certamente animato da un sincero sentimento umanitario e da un vivace spirito democratico, ma in quel momento era tutto preso da un solo problema concreto, quello di raccogliere uomini e mezzi di guerra per completare la liberazione della Sicilia, poi liberare il Mezzogiorno continentale e arrivare infine a Roma. Crispi, politicamente piú preparato di Garibaldi e, come siciliano, molto piú informato dei problemi specifici dell'isola, subordinava anch'egli la politica da svolgere in quel momento in Sicilia alle esigenze generali della lotta per l'unità e comunque non sembra che pensasse alla possibilità di una ridistribuzione della terra a favore dei contadini, ma piuttosto a riforme che rafforzassero la borghesia e la rendessero meno legata all'aristocrazia. In sostanza egli mirava ad accelerare quel processo di rinnovamento che era stato iniziato dai viceré riformatori borbonici nell'ultimo ventennio del Settecento ed era poi continuato attraverso uno svolgimento faticoso e complesso nel corso dell'Ottocento fino alla rivoluzione del '48. Quasi nulla inoltre era l'influenza dell'estrema sinistra democratica, socialista o socialisteggiante. Saverio Friscia, l'uomo piú notevole di questa corrente, poté recarsi in Sicilia soltanto in luglio. Piú tardi, durante la prodittatura di Mordini, egli contribuí a spingere il governo ad emanare i decreti del 4 ottobre sull'abolizione delle decime e del 18 ottobre sulla censuazione dei beni ecclesiastici. Ma ormai l'agitazione contadina aveva perduto il suo vigore e il governo garibaldino stava per finire.

D'altra parte, sebbene le rivolte contadine fossero guidate in molti comuni da elementi democratici di provenienza borghese, l'alleanza tra le masse contadine in movimento e le forze garibaldine si limitò solo alla prima fase della guerra antiborbonica, perché derivò da una transitoria concomitanza di due azioni verso uno stesso obiettivo: l'abbattimento del regime borbonico nell'isola. Ma, una volta ottenuto questo primo risultato, i contadini tendevano ad attaccare le classi dominanti locali per strappare loro il possesso e l'uso della terra e si disinteressavano degli obiettivi della guerra garibaldina, come la liberazione del Mezzogiorno continentale e l'unità d'Italia. L'entusiasmo suscitato dalla figura di Garibaldi non bastava a trascinare in massa i contadini a lottare per questi fini lontani e per loro poco comprensibili. E tanto meno potevano bastare i decreti del 17 maggio e del 2 giugno prima ricordati. Perciò il moto insurrezionale dei contadini, che fu una delle condizioni fondamentali del successo garibaldino dopo lo sbarco a Marsala, non fu utile a Garibaldi per la continuazione della guerra. Dopo la presa di Palermo solo una parte degli uomini delle squadre poté essere inquadrata nel piccolo esercito garibaldino; molte squadre si dispersero, altre, che tendevano ad agire per proprio conto, furono disciolte. Ma fallí completamente la speranza di Garibaldi di reclutare grandi forze nell'isola: il decreto di Salemi del 14 maggio sulla leva in massa, in base alla quale ben tredici classi di giovani avrebbero dovuto essere arruolate il 20 giugno, rimase senza risultati. Si deve ricordare a questo proposito che in Sicilia la coscrizione non era mai stata introdotta precedentemente, neppure nella forma limitata vigente nel Mezzogiorno continentale, ed era profondamente radicata nel popolo l'ostilità verso ogni forma di arruolamento e di servizio militare. La compilazione delle liste di leva trovò difficoltà gravissime. Di fronte alla resistenza delle popolazioni fu deciso di attenuare il decreto di leva in massa con la concessione di esenzioni e poi di un rinvio generale della presentazione alle armi per permettere ai chiamati di attendere ai lavori agricoli. Ma si trattò in sostanza di misure prese per mascherare il fallimento del tentativo di coscrizione. In pratica la Sicilia fornì a Garibaldi soltanto alcune migliaia di volontari, che combatterono valorosamente a Milazzo e poi sul continente: di qui la necessità di fare affluire nell'isola le varie spedizioni di volontari settentrionali di cui prima si è parlato.

Verso la fine di giugno e nel corso del luglio la frattura tra governo garibaldino e movimento contadino si venne via via accentuando, non solo per la resistenza popolare alla coscrizione, ma anche perché le autorità governative e le forze armate garibaldine furono portate sempre piú a schierarsi a favore dei ceti dominanti, aristocratici e borghesi, e a reprimere duramente le agitazioni contadine, anche quando esse rivendicavano l'applicazione della legge vigente sulla divisione dei demani. La repressione operata da Nino Bixio a Bronte il 4 agosto, conclusasi con fucilazioni ed arresti in massa, è rimasta tra tutte la piú tristemente famosa. Come già nel '48 la Guardia Nazionale, istituita per volontà dei nobili e dei borghesi, fu in molti comuni lo strumento principale della repressione anticontadina, che poté usufruire inoltre dei decreti eccezionali emanati per reprimere i reati contro la proprietà e della procedura sommaria adottata dai Consigli di guerra distrettuali. Questa politica repressiva fu il risultato dell'incomprensione e piú ancora dell'ostilità dei democratici garibaldini verso un movimento che, pur senza avere in sostanza nulla di socialista, spaventava l'aristocrazia e la borghesia con la minaccia di una ridistribuzione della proprietà terriera. Cosí i democratici entrarono in gara con i moderati per ottenere il favore delle classi proprietarie, nella quale finirono inevitabilmente per essere sconfitti. Mancava infatti nell'ambito del blocco terriero-mercantile dominante una netta differenziazione e quindi un contrasto di interessi tra aristocrazia e borghesia, che permettesse ai democratici di formarsi una solida base sociale, paragonabile a quella su cui potevano far leva i moderati.

Frattanto fin dal 2 giugno il governo garibaldino aveva assunto una certa regolarità. Quel giorno infatti con un decreto del dittatore furono istituiti sei ministeri in luogo dell'unica Segreteria di Stato e furono nominati i seguenti ministri: Francesco Crispi, interno, finanze e lavori pubblici; Vincenzo Orsini, guerra e marina; Andrea Guarnieri. giustizia; Gregorio Ugdulena, istruzione pubblica e culto; Casimiro Pisani, esteri e commercio. A questi furono aggiunti il 7 giugno Giovanni Raffaele e Domenico Peranni, che divennero rispettivamente ministri dei lavori pubblici e delle finanze, mentre Crispi mantenne soltanto l'interno, e il 13 giugno Giuseppe Piola, ufficiale della marina sarda, dimessosi col consenso di Cavour e passato a quella siciliana, che divenne ministro della marina. Il consiglio dei ministri era presieduto dallo stesso dittatore; di fatto il vero capo del governo era Crispi. I ministri però erano in maggioranza moderati o comunque democratici propensi ad andare d'accordo coi moderati. Questa del resto era l'intenzione anche di Crispi e di Garibaldi. Ma lo stato insurrezionale esistente nella maggior parte dell'isola, le condizioni precarie della sicurezza pubblica, le difficoltà di approvvigionamento, l'aumento dei prezzi, la sospensione della giustizia regolare, la formazione tumultuaria di nuove amministrazioni municipali composte spesso di uomini inesperti e talvolta disonesti, l'incertezza dell'avvenire rendevano difficilissima l'opera del governo e diffondevano allarme nell'aristocrazia e nella borghesia. In questa situazione non fu difficile per La Farina, arrivato a Palermo quando era stata appena firmata la capitolazione definitiva delle forze borboniche e la città era ancora sconvolta dal bombardamento e intersecata da barricate, svolgere una propaganda intesa a rovesciare sul governo e su Crispi in particolare la colpa di tutti i guai e a fare apparire l'annessione al Piemonte come l'unico mezzo per ristabilire l'ordine, la pace e la prosperità.

La propaganda lafariniana trovò facile ascolto fra i moderati anche autonomisti, che divennero allora in gran parte annessionisti, e in generale negli ambienti aristocratici e borghesi; né d'altronde fu difficile a La Farina, ben fornito di danaro e personalmente molto abile, diffondere l'agitazione anticrispina anche tra il popolo. Inoltre La Farina cominciò a mandare a Cavour dei rapporti in cui dipingeva la situazione siciliana come molto più disastrosa di quanto in realtà non fosse ed attribuiva a Crispi intendimenti repubblicani, che questi non aveva. Garibaldi e Crispi cercarono di attenuare l'ostilità dei moderati introducendo nel governo il marchese di Torrearsa, rientrato allora in Sicilia, che il 17 giugno fu nominato ministro senza portafoglio con facoltà di presiedere il consiglio in assenza del dittatore. Ma quando Garibaldi, in risposta ad un indirizzo annessionista del municipio di Palermo, dichiarò che l'annessione dell'isola doveva essere fatta quando tutta l'Italia fosse stata liberata, perché altrimenti egli avrebbe dovuto interrompere la sua impresa, il Torrearsa, divenuto ormai annessionista, si dimise, imitato dal Pisani e dal Guarnieri. Né valse ad evitare una crisi più ampia del governo la pubblicazione, avvenuta il 24, di un decreto che dava norme per la compilazione delle liste elettorali a suffragio universale in vista delle votazioni per l'elezione di un'assemblea che deliberasse sull'annessione, ma che peraltro non escludeva la possibilità che l'annessione fosse deliberata da un plebiscito. Sebbene l'idea di un'assemblea piacesse a molti autonomisti che volevano un'annessione condizionata, il suffragio universale non piacque all'aristocrazia e alla borghesia, mentre nelle campagne la compilazione delle liste elettorali fu difficilissima, perché i contadini temevano che essa mascherasse la compilazione delle liste di leva. Ma intanto il 27 giugno La Farina riuscì a provocare una dimostrazione popolare contro Crispi, che Garibaldi stesso, dopo qualche esitazione, costrinse a dimettersi da ministro.

Fu allora costituito un ministero di carattere più spiccatamente moderato composto dai ministri Gaetano D'Aita, interno; Luigi La Porta, sicurezza pubblica; Giuseppe Natoli, esteri; Gaetano La Loggia, lavori pubblici; Ottavio Lanza, istruzione e culto; Francesco Di Giovanni, finanze; Filippo Santocanale, giustizia; Orsini e Piola restarono ministri della guerra e della marina. Era un ministero di uomini mediocri, che doveva avere, secondo La Farina, un carattere di transizione verso un governo piú decisamente annessionista. Tuttavia Garibaldi continuò a tenere presso di sé Crispi in qualità di "Segretario di Stato all'immediazione del dittatore." Crispi si preparò quindi subito a prendere la rivincita sul suo rivale, contro il quale lo incitavano da Genova Mazzini e Bertani e da Torino altri suoi amici democratici. La Farina per parte sua irritò Garibaldi, che già diffidava di lui, assumendo atteggiamenti da protettore. Del resto rimaneva sempre il contrasto di fondo sulla questione dell'annessione. Il 7 luglio improvvisamente La Farina fu arrestato per ordine di Garibaldi e consegnato all'ammiraglio Persano con un decreto di espulsione dalla Sicilia. Con lui furono espulsi tali Griscelli e Totti, còrsi, agenti segreti, già al soldo del governo francese e poi di quello borbonico, venuti a Palermo per incarico di Cavour. Il "Giornale Officiale" di Palermo annunciò l'espulsione di La Farina con un comunicato che lo metteva alla pari con le due spie: "Sabato 7 corrente, per ordine speciale del Dittatore, sono stati allontanati dall'isola nostra i Signori Giuseppe La Farina, Giacomo Griscelli e Pasquale Totti. I Sigg. Griscelli e Totti, còrsi di nascita, sono di coloro che trovano modo di arruolarsi negli uffici di tutte le polizie del continente. I tre colpiti erano in Palermo cospirando contro l'attuale ordine di cose. Il governo che invigila perché la tranquillità pubblica non venga menomamente turbata, non poteva tollerare ancora la presenza tra noi di cotesti individui venutivi con intenzioni colpevoli."

L'espulsione di La Farina provocò una nuova crisi ministeriale. L'8 e il 10 luglio si dimisero i ministri D'Aita, Natoli, Lanza e Santocanale, che furono sostituiti rispettivamente da Giovanni Interdonato, Gaetano La Loggia, Michele Amari (lo storico) e Vincenzo Errante. Il ministero conservò pertanto un carattere moderato, ma si accrebbe di nuovo l'influenza di Crispi, che il 17 luglio fu nominato ministro senza portafoglio. D'altra parte fin dal 2 luglio Garibaldi aveva inviato a Torino il marchese Trecchi, che lo aveva raggiunto in Sicilia alcune settimane prima, perché chiedesse al re di inviare nell'isola Agostino Depretis, al quale pensava di affidare le funzioni di prodittatore, quando per il proseguimento delle operazioni militari avrebbe dovuto allontanarsi da Palermo. Ma sia Vittorio Emanuele che Cavour avrebbero preferito affidare questo incarico a Lorenzo Valerio, sicché furono fatte pressioni su Garibaldi in questo senso per mezzo del conte Michele

Amari, cugino dello storico, inviato a tale scopo a Palermo. Garibaldi però insistette per avere Depretis, e Cavour, sebbene molto irritato per l'espulsione di La Farina, decise di acconsentire alla richiesta. Sulle ragioni che spingevano Cavour a preferire Valerio a Depretis è interessante il giudizio che Cavour stesso diede dei due uomini politici in una lettera a Persano del 7 luglio: "Depretis è stato Mazziniano prima e dopo il '48. Ora non è molto in corrispondenza con Mazzini; e rifuggí sempre dal disdire in modo solenne e pubblico il Profeta. Di piú, sotto forme austere, ed ad onta di modi che parrebbero indicare un carattere risoluto, Depretis è uomo indeciso, irresoluto, che mal sa affrontare l'impopolarità. Ha ingegno, ma difetta di studii politici che valgano ad abilitare di giudicare dell'opportunità degli atti che sono d'indole internazionale. Sarebbe un ottimo esecutore sotto un capo deciso. Riuscirà un mediocrissimo direttore di un gran movimento politico. Valerio fu ed è democratico spinto, ma non fu e non è Mazziniano o repubblicano. È deciso, ardito, orgoglioso, sa urtare contro i pregiudizi popolari e resistere agli impeti della piazza. Italiano quanto e piú di Depretis, saprà però valutare le considerazioni europee che si debbono tenere a calcolo."[37] D'altra parte è pure interessante il giudizio sull'azione di Cavour in quel momento difficile e sullo stesso Depretis, dato dal deputato democratico sardo Giorgio Asproni in una lettera a Crispi del 9 luglio: "Non vo dirti quanto io sia addolorato della deviazione del moto rivoluzionario. Io lo presagiva da quando partí il signor La Farina. Mi si strinse il cuore quando appresi che Garibaldi lo aveva tollerato. Mettetevi nel seno la vipera e poi Dio vi salvi: essa non può che mordere e avvelenare. Cavour fu per giorni sconcertato della fredda accoglienza del suo emissario ed era in procinto di richiamarlo e di *abbandonarlo* come strumento usato e inutile. Spedí il Torrearsa in via sussidiaria. Prese animo alle notizie delle dimostrazioni per l'annessione. Ebbe un nuovo sconforto dopo la sublime risposta al Municipio di Palermo. Per un momento volevano mandare il Farini; poi pensarono a Lorenzo Valerio che vi aspirava e si credeva *influentissimo* sull'animo di Garibaldi. Non so tuttavia se questo pensiero sia stato deposto. Ti sarà facile immaginare come io lo giudichi. Depretis per vie indirette

[37] *La liberazione del Mezzogiorno*, I, p. 295.

si proferí, e Bertani vi aderiva con trasporto. Cavour non se ne fida e lo battezzò da molto il *Gesuita della sinistra*. Veramente all'epoca della *Nazione Armata* ci fece sorda ed aspra guerra; l'ambizione deve aver pari all'astuzia; ma lo credo in fondo Italiano e democratico. Ciò non pertanto è meglio stare attenti fra tanti scandali di quotidiane prevaricazioni."[38]

Prima di partire per Palermo, Depretis si impegnò con Cavour ad adoperarsi per l'annessione e recò con sé un decreto con la data in bianco che lo nominava regio commissario della Sicilia. Arrivato a Palermo il 20 luglio, non trovò Garibaldi, che era partito due giorni prima per Milazzo lasciando temporaneamente la prodittatura a Sirtori. Immediatamente insieme a Crispi si recò a Milazzo, dove s'incontrò con Garibaldi. Questi lo nominò allora prodittatore, ma volle che tenesse al suo fianco Crispi, il quale pose come condizione, d'accordo con Garibaldi, che non si parlasse d'annessione fino a quando il dittatore non l'ordinasse. Depretis accettò egualmente l'incarico e il 22 luglio assunse a Palermo la direzione del governo.

L'insistenza di Cavour per l'annessione a breve scadenza era determinata anche dalla necessità di fronteggiare un mutamento avvenuto alla fine di giugno nella politica napoletana. Infatti dopo la capitolazione di Palermo il governo di Napoli aveva chiesto la mediazione francese; ma il governo di Parigi rispose ponendo come base di mediazione le seguenti condizioni; separazione della Sicilia sotto un ramo della casa regnante di Napoli; Costituzione a Palermo e a Napoli; patto d'alleanza tra Napoli e Torino.[39] Fu inviato allora a Parigi Giacomo De Martino, ambasciatore napoletano a Roma, il quale ebbe un colloquio coll'imperatore il 12 giugno. Napoleone insistette sulle proposte già comunicate, sicché, tornato il De Martino a Napoli, Francesco II, dopo molte esitazioni, decise di aderirvi. Pertanto il 25 giugno fu emanato a Portici un "Atto sovrano" che annunciò la concessione di una Costituzione e di un'amnistia generale, l'apertura di trattative col Regno di Sardegna, l'adozione della bandiera tricolore, la promessa di una Costituzione particolare per la Sicilia e dell'invio nel-

[38] Pubblicata in CRISPI, *I Mille*, cit., p. 262.
[39] Dispaccio del Thouvenel al Brénier del 5 giugno '60, in C. MARALDI, *Documenti francesi sulla caduta del Regno Meridionale*, Napoli, 1935, p. 145.

l'isola di un principe della casa reale come viceré. Fu costituito anche un nuovo ministero, composto di moderati e di conservatori non reazionari, presieduto da Antonio Spinelli dei principi di Scalea, di cui fece parte il De Martino come ministro degli esteri. Nei giorni successivi vi furono a Napoli violente dimostrazioni contro la polizia, che praticamente si disgregò. Fu nominato allora prefetto di polizia l'avvocato Liborio Romano, liberale, che il 15 luglio divenne anche ministro dell'interno. Il Romano ricostituí la polizia utilizzando in parte gli affiliati alla camorra. Egli riuscí a garantire l'ordine e a guadagnarsi il favore del popolo della capitale, sicché divenne ben presto il piú potente fra i ministri del gabinetto Spinelli. Frattanto il 1° luglio era stata rimessa in vigore la Costituzione del '48 ed erano state ristabilite le leggi del '48 sulla stampa. La convocazione del Parlamento fu fissata per il 10 settembre. Fu deciso che una missione, composta da Giovanni Manna, moderato, ministro delle finanze, e dal barone Antonio Winspeare, già ambasciatore a Costantinopoli, si recasse a Torino per trattare un accordo col Regno sardo sulla comune politica da seguire in Italia.

L'atto del 25 giugno fu accolto con freddezza in tutto il Regno. La tardiva conversione liberale del re borbonico apparve a tutti assai poco convincente. Ormai tra i liberali in tutto il Mezzogiorno continentale la tendenza annessionista stava divenendo prevalente: la sfiducia nei Borboni e la paura che la crisi in atto sboccasse in una rivoluzione sociale di incalcolabili proporzioni spingevano la borghesia ad orientarsi verso la soluzione unitaria, che appariva come l'unica capace di assicurare al paese un governo forte e stabile. Le masse popolari d'altra parte cominciavano ad attendere l'arrivo di Garibaldi, come se si fosse trattato di un Messia che avrebbe fatto cessare d'incanto l'oppressione e la miseria. I reazionari però erano ancora forti nella Corte, nella famiglia reale e nell'esercito, sebbene parecchi ufficiali cominciassero a pensare alla possibilità di passare al servizio piemontese. La massa dei soldati infatti continuava ad essere fedele ai Borboni. Anche nella marina, dove piú spiccato era il filopiemontesismo degli ufficiali, la maggioranza degli equipaggi era lealista.

Di fronte al mutamento avvenuto a Napoli Cavour in un primo tempo decise di porre al governo napoletano, come condizioni per un accordo, i seguenti punti: rinuncia ad ogni legame con l'Austria; impegno ad unirsi a quello di

Torino per indurre il papa ad adottare una politica nazionale sulla base dell'applicazione del sistema del vicariato; rinuncia all'idea di ricondurre con la forza la Sicilia sotto il dominio borbonico. Queste condizioni furono comunicate da Cavour a Villamarina, che dal gennaio rappresentava a Napoli il governo piemontese, con un'istruzione del 27 giugno.[40] Ma successivamente, per consiglio di Napoleone III, che il 13 luglio ebbe con Nigra un colloquio sulla questione napoletana,[41] Cavour decise di modificare formalmente il suo atteggiamento e di insistere soltanto sul terzo punto. Egli era convinto che la dinastia borbonica fosse destinata a crollare e si rendeva conto che un'alleanza tra Torino e Napoli avrebbe provocato una reazione nell'opinione pubblica quanto mai pericolosa per il suo governo; ma non poteva rifiutare di trattare con gli inviati napoletani per non scontentare Napoleone III, che raccomandava di agire con prudenza e di mettersi dalla parte del diritto internazionale. Pensava che il governo di Napoli, se avesse accettato di abbandonare la Sicilia a se stessa, si sarebbe trovato nell'impossibilità di superare la gravissima crisi interna che travagliava il Regno, poiché si sarebbe accelerato con questo colpo allo spirito particolaristico del vecchio Stato meridionale il passaggio dei liberali napoletani all'annessionismo.

D'altra parte Cavour non voleva neppure che la crisi napoletana si risolvesse con lo sbarco garibaldino nel continente e cominciò a pensare alla possibilità di prevenire Garibaldi con un'insurrezione diretta da elementi moderati, che proclamassero l'annessione al Piemonte. Il 14 luglio in una lettera a Persano, che era sempre con la squadra davanti a Palermo, diceva: "La via che segue Garibaldi è piena di pericoli. Il suo modo di governare, le conseguenze che ha prodotte ci screditano al cospetto dell'Europa. Se i disordini della Sicilia si ripetessero in Napoli, la causa italiana correrebbe rischio di essere perduta al tribunale dell'opinione pubblica, che renderebbe a nostro danno una sentenza, che le grandi potenze si affretterebbero a fare eseguire. Conviene quindi impedire ad ogni costo che Garibaldi passi sul continente da un lato, e dall'altro promuovere un moto in Napoli. Se questo ha esito felice, si pro-

[40] Carteggio Cavour-Nigra, IV, p. 43.
[41] Si veda la lettera di Nigra a Cavour del 13 luglio '60, Carteggio Cavour-Nigra, IV, p. 75.

clamerebbe senza indugio il governo di Vittorio Emanuele. Questo accadendo dovrà immediatamente partire con tutta la squadra, recandosi a Napoli."[42] Le notizie inviate dal Villamarina ed anche dal Fasciotti, console sardo a Napoli, sul malcontento generale esistente nella capitale e nelle province anche dopo il 25 giugno e sull'orientamento annessionista dei liberali meridionali e gli accenni del Villamarina alla possibilità di una crisi a breve scadenza avevano spinto Cavour a credere che un'insurrezione a Napoli fosse relativamente facile. Per rafforzare i liberali decise perciò di favorire il ritorno nel Regno del maggior numero possibile di emigrati ed inviò a Napoli con l'incarico di stabilire collegamenti in vista di un'insurrezione Emilio Visconti-Venosta, il quale giunse nella capitale meridionale il 16 luglio, proprio lo stesso giorno dell'arrivo a Torino degli inviati napoletani. Ma solo alla fine del mese Cavour decise di agire a fondo per provocare un moto a Napoli, che poi si rivelò praticamente impossibile.

4. *Operazioni militari e lotte politiche dalla battaglia di Milazzo alla liberazione di Napoli*

Subito dopo l'entrata di Garibaldi a Palermo la maggior parte della Sicilia si liberò spontaneamente dalla dominazione borbonica. Il 1° giugno Catania, dove il presidio borbonico comandato dal generale Clary aveva respinto sanguinosamente il giorno prima un forte attacco di bande ribelli, fu sgombrata dalle truppe regie per ordini ricevuti da Napoli. Il grosso delle forze borboniche si concentrò quindi a Messina. Presidî piú piccoli rimasero a Siracusa, Augusta e Milazzo. Tra il 20 e il 26 giugno tre piccole colonne garibaldine mossero da Palermo per prendere possesso delle zone ancora non occupate, arruolare volontari e puntare quindi su Messina. La prima, comandata da Türr (che poco dopo si ammalò e fu sostituito da Eber), attraversò lentamente il centro dell'isola fermandosi a Caltanissetta e a Castrogiovanni (Enna) e giunse a Catania il 15 luglio. La seconda, comandata da Bixio, passando per Corleone, Girgenti, Licata, Terranova (Gela) e Caltagirone, giunse anch'essa a Catania pochi giorni dopo la prima. La terza, comandata da Medici, avanzò direttamente verso

[42] *La liberazione del Mezzogiorno*, I, p. 329.

Messina lungo la costa settentrionale dell'isola. Frattanto il generale Clary, divenuto comandante in capo delle forze borboniche in Sicilia, rimaneva inerte a Messina con circa 18.000 uomini. Del resto anche a Napoli, dopo l'Atto del 25 giugno, regnava grande incertezza su quello che si doveva fare: i reazionari avrebbero voluto tentare la riconquista dell'isola; i conservatori piú moderati invece pensavano che fosse opportuno concentrare le forze nella difesa del continente. Questa opinione fu sostenuta in un consiglio di guerra tenuto a Napoli il 13 luglio dai generali Pianell e Nunziante, il primo dei quali fu nominato due giorni dopo ministro della guerra. Ma il generale Clary decise di agire contro i garibaldini, senza avere però un piano preciso, e il 14 luglio ordinò al colonnello Beneventano del Bosco di uscire da Messina con 3.000 uomini e di spingersi fino a Milazzo per impedire che questa città, che sorge su di una penisoletta, fosse bloccata dal lato di terra. Il Bosco avrebbe dovuto respingere eventuali attacchi della colonna Medici, senza però avanzare oltre la vicina città di Barcellona. Forse Clary sperava di potere poi riprendere l'offensiva col grosso delle sue forze.

Il 15 luglio il Bosco giunse nei pressi di Meri, vicino a Milazzo, dove si era attestata la colonna Medici, ma invece di fermarsi per fronteggiare un eventuale attacco, piegò a nord ed entrò con tutti i suoi in Milazzo, dove era già una guarnigione borbonica di 1.200 uomini. Medici, sebbene avesse forze inferiori, iniziò allora le operazioni per bloccare i borbonici nella penisoletta di Milazzo. Ma il 17 i borbonici reagirono attaccando i garibaldini, che dovettero ripiegare un poco; tuttavia anche i borbonici la sera di quel giorno rientrarono tutti in Milazzo. Frattanto Garibaldi, che già aveva inviato di rinforzo a Medici una parte della spedizione Cosenz giunta da poco in Sicilia, si imbarcò a Palermo il 18 sulla nave *City of Aberdeen*, un vecchio piroscafo noleggiato in Inghilterra, sbarcò il giorno dopo a Patti con altri rinforzi e raggiunse subito Medici. Il 20 luglio i garibaldini attaccarono in forze per chiudere i borbonici nella penisoletta. Ma questi contrattaccarono energicamente. Si iniziò cosí una battaglia che con alterne vicende durò circa otto ore e finí con la vittoria dei garibaldini, che riuscirono a bloccare Milazzo dalla parte di terra. All'ultima fase della battaglia partecipò da parte garibaldina anche la nave da guerra *Tüköry*, che era poi la nave borbonica *Veloce* passata pochi giorni prima ai ga-

469

ribaldini e cosí ribattezzata dal nome dell'eroico volontario ungherese morto per le ferite riportate nella presa di Palermo. Garibaldi stesso si imbarcò su di essa e la condusse a colpire efficacemente coi suoi cannoni l'ala destra borbonica lungo la costa. La battaglia di Milazzo, combattuta su terreno rotto, inadatto agli attacchi alla baionetta, costò ai garibaldini gravi perdite: circa 800 fra morti e feriti su poco meno di 5.000 uomini impegnati. I borbonici persero soltanto 150 uomini tra morti e feriti, ma uscirono da quel combattimento molto depressi e sfiduciati.

Nei giorni successivi, dopo qualche incertezza, il comando borbonico decise di abbandonare Milazzo. Il 24 luglio fu firmata una capitolazione, in base alla quale i borbonici poterono imbarcarsi a Milazzo con l'onore delle armi lasciando ai garibaldini i cannoni, i cavalli e i muli. Il generale Clary, che pure disponeva ancora di 15.000 uomini, iniziò lo stesso giorno lo sgombero della città di Messina e il ritiro di una parte delle truppe nella Cittadella. Il 27 luglio i garibaldini entrarono a Messina e il giorno dopo fra Clary e Medici fu firmata una capitolazione, in base alla quale i borbonici cedevano ai garibaldini la città e conservavano il possesso della Cittadella con l'impegno di non sparare sulla città e sul porto, salvo in caso di attacco.

Mentre si combatteva a Milazzo, gli inviati napoletani a Torino chiedevano a Cavour che il governo sardo si adoperasse per impedire a Garibaldi di sbarcare sul continente offrendo in cambio il ritiro di tutte le truppe borboniche dalla Sicilia. Poiché questa richiesta era appoggiata vivamente da quasi tutti i diplomatici accreditati a Torino, Cavour, dopo avere avuto il consenso del consiglio dei ministri, propose al re di scrivere a Garibaldi per consigliarlo a rinunziare allo sbarco sul continente, qualora il governo di Napoli sgombrasse completamente la Sicilia. Vittorio Emanuele accolse la proposta e scrisse il 22 luglio questa lettera a Garibaldi: "Caro Generale, Lei sa che allorquando Ella partí per la Spedizione di Sicilia non ebbe la mia approvazione: ora mi risolvo a darle un suggerimento nei gravi momenti attuali, conoscendo la sincerità dei suoi sentimenti verso di me. Per cessare la guerra fra Italiani ed Italiani io la consiglio a rinunziare all'idea di passare colla sua valorosa truppa sul continente Napoletano, purché il Re di Napoli si impegni a sgombrare tutta l'isola e lasciare liberi i Siciliani di deliberare e disporre delle loro sorti. Io mi serberei piena libertà d'azione riguardo alla Sicilia, nel caso che il Re di Napoli non volesse accettare questa condizione. Generale, ponderi il mio consiglio e vedrà che è utile all'Italia, verso la quale Ella può accrescere i suoi meriti, mostrando all'Europa che, come sa vincere, cosí sa fare buon uso della vittoria."[43] Un ufficiale d'ordinanza del re, il conte Giulio Litta Modignani, fu incaricato di recarsi in Sicilia per consegnare questa lettera a Garibaldi. Egli partí da Torino il 23 e si incontrò il 27 luglio a Milazzo col generale, il quale gli consegnò questa risposta: "Sire, la M. V. sa di quanto affetto e riverenza io sia penetrato per la sua persona — e quanto io bramo di ubbidirla — però V. M. deve ben concepire in quale imbarazzo mi porrebbe oggi un'attitudine passiva, in faccia alle popolazioni del continente Napoletano, ch'io sono obbligato di frenare da tanto tempo — ed a cui ho promesso il mio immediato appoggio. L'Italia mi chiederebbe conto della mia passività e credo che ne deriverebbe immenso danno. Al termine della mia missione io deporrò a' piedi di V. M. l'autorità che le circostanze mi hanno conferito e sarò ben fortunato d'ubbidirla per il resto della mia vita."[44]

Piú tardi Garibaldi, sulla base della lettera regia del 22 luglio, disse e ripeté che il governo di Torino aveva tentato di impedirgli il passaggio dello Stretto. Fu questo uno dei punti su cui piú aspra si accese la polemica tra la storiografia moderata e quella democratica. Nel 1909 la discussione fu rinfocolata dalla pubblicazione di un biglietto di Vittorio Emanuele indirizzato a Garibaldi, conservato nell'Archivio privato Litta Modignani, nel quale è detto: "Ora, dopo avere scritto da re, V. E. le suggerisce di risponderle presso a poco in questo senso. Dire che il Generale è pieno di devozione e riverenza pel Re, che vorrebbe potere seguire i suoi consigli ma che i suoi doveri verso l'Italia non li permettono di impegnarsi a non soccorrere i napoletani quando questi facessero appello al suo braccio per liberarli da un Governo nel quale gli uomini leali ed i buoni Italiani non possono avere fiducia. Non potere dunque aderire ai desideri del Re volendosi riservare tutta la sua libertà

---

[43] Di questa lettera esistono varie versioni in parte discordanti. Si vedano, per esempio, le due pubblicate in Crispi, I Mille, cit., pp. 298-299. Il testo qui riportato è quello pubblicato in Carteggio Cavour-Nigra, IV, p. 98.

[44] Anche di questa lettera esistono varie versioni. Il testo qui riportato è quello autografo, pubblicato e riprodotto in fac-simile in Carteggio Cavour-Nigra, IV, p. 108.

d'azione."[45] Varie circostanze fanno dubitare che questo biglietto sia stato effettivamente letto da Garibaldi.[46] Tuttavia è probabile che il Litta riferisse a voce al generale il contenuto di esso. Del resto erano stati frequenti in quei giorni i contatti tra Garibaldi e il re per mezzo di persone di fiducia, e Garibaldi sapeva che Vittorio Emanuele non era in linea di massima contrario al suo sbarco sul continente. Ma il biglietto del re non può essere addotto come una prova della volontà di Cavour di incoraggiare Garibaldi a passare lo Stretto (come è stato affermato da qualche storico ultracavouriano), perché, a parte il fatto che nessun documento dimostra con certezza che Cavour conoscesse l'esistenza del biglietto, la corrispondenza cavouriana di quei giorni dimostra che egli non desiderava il passaggio di Garibaldi sul continente e si preparava anzi a fare un tentativo per prevenirlo favorendo un'insurrezione a Napoli diretta dai moderati.

Cavour d'altronde non mancò d'avvertire i rappresentanti sardi a Londra, a Parigi e a Napoli che la lettera regia del 22 luglio mirava soprattutto a dare una soddisfazione alla diplomazia e a mostrare deferenza verso gli alleati.[47] Ma egli si preoccupava anche di fare in modo che Garibaldi non potesse accusarlo allora di avere tentato di impedirgli il proseguimento della sua impresa. "Io ritengo che la sorte della dinastia Borbonica è dalla provvidenza segnata," scriveva Cavour a Persano il 23 luglio, "sia che Garibaldi annuisca al datogli consiglio, sia che ricusi eseguirlo; lo invito quindi a non cercare di influire sulle sue determinazioni. È importante che i Regii Legni si tenghino lontani dai luoghi ove si combatte. Piú la crisi si avvicina, maggiore è la necessità di circospezione."[48] La preoccupazione

[45] D. GUERRINI, *La missione del conte Litta*, in "Risorgimento Italiano," febbraio 1909. Il fac-simile del biglietto, oltre che dal Guerrini, è riprodotto da A. COMANDINI, *L'Italia nei Cento Anni del Secolo XIX*, vol. III, Milano, 1918, pp. 1523-1526.

[46] Il biglietto fu conservato dal Litta, non dal re o da Garibaldi, e per di piú col sigillo intatto. Garibaldi non accennò mai a questo biglietto, e non ne parlarono mai coloro che avrebbero avuto interesse a dimostrare le intenzioni unitarie e patriottiche della monarchia. Si vedano le osservazioni e le ipotesi, non tutte accettabili, fatte in proposito da G. E. CURATULO, *Garibaldi, Vittorio Emanuele, Cavour*, cit., pp. 150-168.

[47] Si vedano le lettere a E. d'Azeglio del 22 luglio, *Cavour e l'Inghilterra*, vol. II, t. II, p. 102, a Nigra dello stesso giorno, *Carteggio Cavour-Nigra*, IV, p. 95, e a Villamarina del 23 luglio, *La liberazione del Mezzogiorno*, I, p. 362.

[48] *La liberazione del Mezzogiorno*, I, pp. 362-363.

di evitare che il consiglio dato dal re nella lettera ufficiale fosse giudicato in modo troppo negativo dal punto di vista patriottico appare anche in una lettera di Farini a Depretis del 22 luglio, nella quale è detto: "Il Re manda al Generale Dittatore il Conte Litta Modignani, suo ufficiale d'ordinanza, con una lettera nella quale lo consiglia a non assalire il continente Napolitano, se il Re di Napoli, sgombrata l'isola, lascia liberi i Siciliani di deliberare e disporre delle proprie sorti. Il Generale Dittatore vi mostrerà questa lettera. Il Conte Litta vi darà confidenziale lettura di un foglio annesso a quella. Non ho bisogno di fare con Voi molte parole su questo ufficio, del quale avevamo già accennato la probabilità prima della vostra partenza. Vi prego soltanto a por modo che non serva di pretesto agli avversarii del Governo per accusarci di consigli molli. Perché non potendo noi dire per giustificazione nostra ciò che in fatto è, potrebbe nuocere all'autorità del Governo ciò che al Dittatore e a Voi, che siete messi nel segreto, appare un pretto stratagemma. Le notizie che qui abbiamo di Napoli sono buone. Io credo che presto saranno ottime. Attendiamo le vostre con impazienza."[49] Non si può quindi escludere che Cavour conoscesse l'esistenza del biglietto del re (forse era questo il "foglio annesso" di cui parlava il Farini) e che lo giudicasse utile come un mezzo per non irritare Garibaldi; ma è anche possibile che tra i ministri solo Farini, che piú degli altri godeva della fiducia del re in quel momento,[50] sapesse che il re aveva scritto a Garibaldi in senso contrario alla lettera ufficiale. E può essere che il Litta fosse autorizzato a non consegnare il biglietto a Garibaldi, nel caso che l'accoglienza del generale alla lettera ufficiale e alle comunicazioni verbali sul modo di interpretarla lo rendesse superfluo, sicché il biglietto rimase nelle sue mani e fu poi dimenticato da tutti gli attori di quelle drammatiche vicende. Comunque sia, l'accenno di Farini nella lettera a Depretis alla speranza di prossime "ottime" notizie da Napoli indica che i cavouriani pensavano di poter tagliare la strada a Garibaldi mediante un moto napo-

---

[49] *Ivi*, p. 360.
[50] Il 30 luglio Garibaldi scrisse al re per avvertirlo che aveva intenzione di passare lo Stretto il 15 agosto e chiedendo 10.000 fucili con baionetta e alcune centinaia di sciabole per cavalleria. Il re inviò questa lettera a Farini, invece che a Cavour o a Fanti, aggiungendovi queste parole: "Caro Farini, guardi di fare il possibile per queste cose richieste dal Generale," CURATULO, *Garibaldi, Vittorio Emanuele, Cavour*, p. 156.

letano da loro controllato e non con la lettera ufficiale del re.

Lo stesso giorno 23 luglio in cui il Litta partí da Torino, l'ambasciatore Talleyrand comunicò a Cavour che la Francia aveva proposto all'Inghilterra di appoggiare un armistizio di sei mesi tra Napoli e la Sicilia. "J'ai répondu," scrisse Cavour a Nigra quel giorno stesso, "que la proposition serait excellente: 1° Si on savait que faire de Garibaldi pendant ce temps; 2° Si on était sûr de trouver en Sicile un Ricasoli ou un Farini capable de la gouverner avec un régime provisoire. En définitive l'idée est bonne, mais elle est inapplicable. Je l'ai accueillie avec faveur parce qu'elle indique que l'idée de la séparation de la Sicile d'avec Naples commence à être admise par le Gouvernement Français. Au reste il ne s'agit que de gagner du temps."[51] Lo stesso giorno Cavour inviò un dispaccio anche ad Emanuele d'Azeglio, nel quale, dopo avere espresso lo stesso giudizio sulla proposta francese, diceva: "Sans vous y opposer directement tâchez de faire repousser la proposition."[52] Il giorno dopo però scrisse di nuovo all'Azeglio in questi termini: "La France insistant beaucoup pour l'armistice de six mois, en apparence du moins montrez vous favorable sans vous engager pour Garibaldi."[53] Quel giorno stesso il governo di Parigi propose a quello di Londra un intervento comune delle squadre navali per impedire a Garibaldi il passaggio dello Stretto.

Il ministro sardo a Londra, sulla base del primo dispaccio di Cavour, si adoperò per influire sui ministri inglesi servendosi anzitutto di interposte persone. Inviò dal Russell l'esule meridionale Giacomo Lacaita,[54] amico del ministro degli esteri e del Gladstone, ed inviò lo Shaftesbury dal Palmerston, col quale poi parlò egli stesso.[55] Da questi contatti risultò chiaro che il governo di Londra non intendeva discostarsi dal principio del non intervento. Infatti, dopo un consiglio dei ministri tenuto il 25 luglio, il Russell informò l'ambasciatore francese Persigny che, secondo il

[51] *Carteggio Cavour-Nigra*, IV, p. 100.
[52] *Cavour e l'Inghilterra*, vol. II, t. II, p. 106.
[53] *Ivi*, p. 108.
[54] L'importanza dell'intervento del Lacaita, considerato come decisivo da alcuni storici, è stata ridimensionata da M. AVETTA, *Studi Cavouriani. Una vexata quaestio alla luce dei carteggi cavouriani*, in "Rass. Stor. del Risorg.," 1934.
[55] Si vedano le due lettere dell'Azeglio a Cavour del 26 luglio '60, *Cavour e l'Inghilterra*, vol. II, t. II, pp. 110-114.

governo inglese, "le forze di cui Garibaldi disponeva non erano per loro stesse sufficienti a rovesciare la monarchia napoletana; che se la marina, l'esercito e il popolo portavano amore al loro re, Garibaldi sarebbe stato sconfitto; e che se al contrario essi erano disposti a far buon viso a Garibaldi, la ingerenza inglese diventerebbe vero intervento negli affari del Regno di Napoli. Se la Francia scegliesse di agire da sola, noi ci appagheremmo di disapprovare il corso da lei adottato e di protestare contro di essa. È nostra opinione che i napoletani dovrebbero essere padroni di decidere se vogliono respingere Garibaldi o se lo vogliono ricevere." Questa energica presa di posizione inglese persuase Napoleone III a rinunciare al progetto di impedire con la forza lo sbarco di Garibaldi sul continente. E cadde anche la proposta per la tregua di sei mesi. Fu pubblicata allora una lettera dell'imperatore a Persigny, retrodatata al 25 luglio, nella quale Napoleone manifestava il desiderio di agire nella questione italiana d'accordo con l'Inghilterra sulla base del principio del non intervento. Anche le trattative per l'alleanza tra Torino e Napoli furono praticamente interrotte quando il Litta, tornato a Torino il 4 agosto, portò al re la risposta negativa di Garibaldi alla lettera ufficiale del 22 luglio.[56]

Intanto Cavour aveva deciso di impegnarsi a fondo per provocare un'insurrezione a Napoli, prima che vi arrivasse Garibaldi. Il 1° agosto comunicò questa decisione a Nigra con una lettera confidenziale importante per la comprensione della sua linea di condotta. Egli cominciava col dire che la nomina di Depretis a proditttatore e la prossima probabile promulgazione dello Statuto sardo in Sicilia dimostravano che Garibaldi non aveva intenzioni repubblicane. Tuttavia la situazione era pur sempre molto difficile. "Si Garibaldi," scriveva Cavour, "passe sur le continent et s'empare du Royaume de Naples et de sa capitale comme il l'a fait de la Sicile et de Palerme, il devient maître absolu de la situation. Le Roi Victor Emmanuel perd à peu près tout son prestige; il n'est plus aux yeux de la grande majorité des Italiens que l'ami de Garibaldi. Il conservera probablement la couronne, mais cette couronne ne brillera

[56] Con una nota del 6 agosto '60, in *La liberazione del Mezzogiorno*, V, p. 182, Cavour comunicò al Manna e al Winspeare la risposta negativa di Garibaldi e dichiarò che il governo di Torino non poteva "oltrepassare la sfera dei consigli e della persuasione." Gli inviati napoletani rimasero però a Torino: il Manna fino al 16 agosto; il Winspeare fino al 7 ottobre.

plus que par le reflet qu'un aventurier héroique jugera bon de jeter sur elle. Garibaldi ne proclamera pas la république à Naples; mais il ne fera pas l'annexion et il conservera la dictature. Disposant des ressources d'un royaume de 9.000.000 d'habitants, entouré d'un prestige populaire irrésistible, nous ne pourrons pas lutter avec lui." Per risollevare il prestigio della monarchia il re avrebbe dovuto allora muovere guerra all'Austria e "chercher à faire oublier au centre du fameux quadrilatère les aventures de la Sicile. La prise de Vérone et de Venise feront oublier Palerme et Milazzo." Tuttavia, prima di arrivare a questa estrema e pericolosa decisione, Cavour giudicava necessario fare il possibile per impedire un successo completo di Garibaldi nel Regno di Napoli. "Il n'y a qu'un moyen," egli continuava, "de parvenir à ce résultat. Faire que le gouvernement de Naples tombe avant que Garibaldi ne passe sur le continent ou du moins s'en rende maître. Une fois le Roi parti, prendre le gouvernement entre nos mains au nom de l'ordre, de l'humanité en arrachant des mains de Garibaldi la direction suprême du mouvement italien. Cette mesure hardie, audacieuse si vous le voulez, fera jeter les hauts cris à l'Europe, elle entraînera de sérieuses complications diplomatiques, elle nous entraînera peut-être dans un avenir plus au moins éloigné à nous battre avec l'Autriche. Mais elle nous sauve de la révolution, elle conserve au mouvement italien le caractère qui fait sa gloire et sa force: le caractère national et monarchique. Tous les souverains, l'Empereur Napoléon le premier, est intéressé au succès de ce plan."[57]

Cavour riferiva quindi a Nigra che fino a pochi giorni prima Villamarina e alcuni dei liberali rientrati a Napoli dopo il 25 giugno avevano tentato senza riuscirvi di mettere in movimento la "massa inerte" dei liberali napoletani, sicché egli si era ormai rassegnato a "subir le triomphe de Garibaldi et les conséquences qu'il doit entraîner," quando era ritornato a Torino da Napoli, dove aveva fatto un breve soggiorno, il liberale moderato Nicola Nisco, che aveva avuto contatti col ministro Liborio Romano e col generale Nunziante. Questi si erano mostrati propensi ad assumere un atteggiamento antiborbonico e il Nunziante aveva anche consegnato al Nisco una lettera per Vittorio Emanuele. Perciò, d'accordo con Ricasoli, Farini e Nisco, era stato

[57] *Carteggio Cavour-Nigra*, IV, p. 122.

elaborato un piano in base al quale Nisco sarebbe ritornato a Napoli per riprendere i contatti col Romano e col Nunziante; al tempo stesso una nave avrebbe trasportato a Napoli un carico d'armi da mettere a disposizione degli insorti, mentre Persano si sarebbe recato a Napoli da Palermo con una nave da guerra, ufficialmente per mettersi a disposizione della contessa di Siracusa (che come principessa sabauda aveva chiesto la protezione di Vittorio Emanuele), in realtà per concordare con Nisco, Romano e Nunziante il piano per l'insurrezione, a cui avrebbero dovuto partecipare alcuni reparti dell'esercito e il popolo guidato da agenti del Romano. Questo piano era stato comunicato da Cavour a Villamarina e a Persano con due lettere del 30 luglio.[58] Con un'altra lettera del 1° agosto Cavour disse a Nigra che, se poteva contare sulla discrezione assoluta del principe Napoleone, avrebbe fatto bene a comunicargli la precedente lettera confidenziale e a concertare con lui quello che sarebbe stato opportuno far conoscere all'imperatore. Cavour si preoccupava dunque sempre di essere d'accordo, o almeno non in disaccordo, con Napoleone III. Nella stessa lettera infatti avvertiva Nigra di aver preso i provvedimenti necessari per impedire la spedizione di volontari contro lo Stato pontificio organizzata da Bertani e concludeva: "Le moment est suprême. Un faux pas peut nous faire perdre toute force morale; notre position est d'autant plus difficile que nous n'avons pas *le spalle del tutto coperte*; m'intende?"[59]

Nigra riferí il progetto di Cavour al principe Napoleone, il quale decise di parlarne all'imperatore con le dovute cautele. "Mais," scrisse Nigra a Cavour il 5 agosto, "tout en admettant la gravité extraordinaire de la situation, l'Empereur n'approuve pas le projet de provoquer une insurrection. Il a même dit au Prince de répondre à ceux qui lui avaient demandé son conseil, 'qu'il n'en avait pas parlé à l'Empereur.' La politique de l'Empereur en Italie est toujours celle-ci: éviter l'intervention étrangère, tâcher de s'en aller de Rome, se dégager autant que possible des affaires de l'Italie, éviter une guerre avec l'Autriche; recconnaître le voeu des populations, mais spontanéement, librement exprimé." In realtà, secondo Nigra, anche Napoleone era in un grave imbarazzo e si limitava perciò a generici consigli di

---

[58] *La liberazione del Mezzogiorno*, I, pp. 411-413.
[59] *Carteggio Cavour-Nigra*, IV, p. 125.

rispetto della legalità internazionale nella speranza che il governo di Torino si cavasse da solo dagli impicci. Per parte sua Nigra esprimeva l'opinione che una guerra contro l'Austria combattuta soltanto dagli italiani avrebbe portato ad una sconfitta. D'altra parte non se la sentiva di approvare il piano di un'insurrezione a Napoli e proponeva invece a Cavour di riunire il Parlamento per chiedere l'approvazione della politica governativa nei riguardi di Garibaldi, che avrebbe dovuto consistere in due punti: plebiscito immediato per l'annessione della Sicilia e libertà per i napoletani di eleggere il loro parlamento. "Ou le Parlement," scriveva Nigra, "est avec vous et alors vous pouvez procéder franchement dans cette voie et reconquérir le suffrage de l'Europe. Ou bien vous êtes battu, et vous laisserez la place à Ricasoli ou à Rattazzi ou à Farini, Mais au moins vous tombez pour une question d'annexion, et dans trois mois vous serez rappellé à nous sauver de Novare... Ce projet me paraît d'autant plus acceptable, qu'il ménage l'amour propre des Napolitains et les met en mesure d'opérer leur révolution par eux mêmes."[60]

Ma Cavour, che meglio di ogni altro moderato, salvo Ricasoli, si era ormai reso conto che la spinta unitaria sovrastava qualsiasi altra nell'ambito del movimento nazionale, respinse l'idea di una rottura aperta con Garibaldi in quel momento sul problema dell'unità nazionale. "Réunir les Chambres et donner une grande bataille parlementaire," scrisse a Nigra il 9 agosto, "serait fort de mon goût. Mais je suis persuadé que, quand même je parvins à sauver mon prestige, je perdrais l'Italie. Or, mon cher Nigra, je vous le déclare sans emphase, j'aime mieux voir disparaître ma popularité, perdre ma réputation, mais voir faire l'Italie. Or pour faire l'Italie à l'heure qu'il est, il ne faut pas mettre en opposition Victor Emmanuel et Garibaldi. Garibaldi a une grande puissance morale, il exerce un immense prestige non seulement en Italie, mais surtout en Europe. Vous avez tort, à mon avis, en disant que nous sommes placés entre Garibaldi et l'Europe. Si demain j'entrais en lutte avec Garibaldi, il est possible que j'eusse pour moi la majorité des vieux diplomates, mais l'opinion publique européenne serait contre moi, et l'opinion publique aurait raison, car Garibaldi a rendu à l'Italie les plus grands services qu'un homme pût lui rendre: il a donné aux Italiens confiance en

[60] *Ivi*, pp. 135-136.

eux mêmes: il a prouvé à l'Europe que les Italiens savaient se battre et mourir sur les champs de bataille pour reconquérir une patrie. Ces services tout le monde les reconnaît: le conservateur 'Débats,' aussi bien que les radicaux du 'Siècle.' Nous ne pouvons entrer en lice avec Garibaldi que dans deux hypothèses: 1° S'il voulait nous entraîner dans une guerre avec la France; 2° S'il reniait son programme en proclamant un autre système politique que la monarchie avec Victor Emmanuel. Tant qu'il sera fidèle à son drapeau il faut marcher d'accord avec lui. Cela n'empêche pas qu'il serait éminemment désiderable que la révolution de Naples s'accomplit sans lui."[61]

Ma il tentativo di fare scoppiare un moto a Napoli prima dell'arrivo di Garibaldi si risolse in un completo insuccesso, per quanto Persano, Villamarina, Nisco, Visconti-Venosta ed altri agenti cavouriani si adoperassero a questo scopo per circa un mese profondendo parecchio denaro e fosse anche inviato a Napoli il 14 agosto un battaglione di bersaglieri, che fu tenuto a bordo di una nave da guerra, pronto a sbarcare nel caso che l'insurrezione scoppiasse. L'insuccesso si dovette in parte ad incapacità di singoli uomini, ma piú ancora a ragioni ambientali. Certamente sia Persano che Villamarina erano uomini mediocri, poco adatti a dirigere un'impresa del genere e per di piú gelosi e diffidenti l'uno dell'altro. Inoltre Villamarina si era convinto, non a torto, che il moto avesse poche possibilità di successo. Tra gli altri agenti cavouriani, sia settentrionali che meridionali rientrati dall'esilio, nessuno aveva il prestigio necessario per galvanizzare un ambiente sfiduciato da lunghi anni di dura oppressione poliziesca. Gli elementi locali che furono interessati alla cospirazione (a parte il Nunziante che non godeva la fiducia di alcuno per il suo passato reazionario) erano liberali moderati poco persuasi dell'opportunità di un moto alla vigilia di una probabile vittoria garibaldina. Essi avrebbero preferito aspettare Garibaldi e poi cercare di influire su di lui in senso moderato e annessionista, piuttosto che correre i pericoli di un'insurrezione per far piacere a Cavour; perciò non misero certo molto entusiasmo nella preparazione di un'azione che contrastava col loro tradizionale attesismo. I pochi uomini disposti ad agire, che avevano formato poco prima il Comitato d'Azione in contrapposizione al moderato Comitato

[61] *Ivi*, pp. 144-145.

dell'Ordine, erano democratici, i quali naturalmente non vollero partecipare ad una cospirazione progettata nell'interesse dei moderati e cercarono piuttosto di preparare il terreno a Garibaldi. D'altra parte un moto a Napoli era difficile anche perché le truppe di stanza nella capitale e nei dintorni erano in maggioranza fedeli al re: questo vale non solo per i reparti di mercenari stranieri (in maggioranza bavaresi ed austriaci), ma anche per quelli indigeni, e per i soldati piú che per gli ufficiali. Mentre una parte dell'esercito si sbandava di fronte a Garibaldi, un'altra parte poteva ancora funzionare bene nella capitale come strumento di repressione. Nelle province invece, soprattutto in Basilicata e in Calabria, scoppiarono moti insurrezionali prima ancora dell'arrivo di Garibaldi, e si mossero democratici, moderati ed anche borbonici divenuti patrioti all'ultimo momento; ma i governi provvisori che si costituirono dichiararono subito di porsi agli ordini della dittatura garibaldina un po' per iniziativa dei pochi democratici presenti, un po' per opportunismo, dato che Garibaldi avanzava rapidamente dopo il passaggio dello Stretto avvenuto il 18 agosto, e un po' per l'entusiasmo che il nome del generale suscitava ovunque. Cosí, mentre le province cominciavano a muoversi nel nome di Garibaldi, nella capitale le notizie dello sbarco del generale in Calabria e poi della sua trionfale avanzata paralizzavano definitivamente le velleità insurrezionali degli agenti cavouriani e dei moderati locali.

L'altro obiettivo che Cavour si era proposto alla fine di luglio, quello di impedire la spedizione contro lo Stato pontificio organizzata da Bertani, fu invece pienamente raggiunto. Bertani, aiutato e stimolato da Mazzini, era riuscito a mettere insieme per questa spedizione una forza abbastanza considerevole, la piú grossa che il Partito d'Azione fosse mai riuscito ad organizzare: quasi 9.000 uomini bene armati, divisi in sei brigate, delle quali quattro erano pronte per imbarcarsi a Genova, la quinta era in Toscana e la sesta in Romagna. Secondo il piano di massima preparato da Bertani, le prime quattro brigate avrebbero dovuto sbarcare sulla costa del Lazio settentrionale, occupare Viterbo e quindi penetrare nell'Umbria, dove avrebbero dovuto congiungersi con la brigata partita dalla Toscana, mentre quella pronta in Romagna avrebbe dovuto penetrare nelle Marche. L'azione dei volontari doveva essere appoggiata da un'insurrezione dell'Umbria e delle

Marche. Quindi tutte le forze avrebbero dovuto entrare negli Abruzzi.

Già il 25 luglio Bertani fu avvertito ufficialmente che il governo si sarebbe opposto anche con la forza ad una spedizione contro lo Stato pontificio e fu invitato a recarsi a Torino per accordarsi col governo stesso, che intendeva inviare i volontari in Sicilia. Ma egli rifiutò di venire ad un accordo. Il 28 luglio, pare all'insaputa di Cavour, si recò da Bertani, a Genova, il generale Sanfront, aiutante di campo del re, che consigliò il capo democratico a desistere dall'impresa. Ma Bertani sostenne il suo punto di vista e consegnò al Sanfront delle note per il sovrano, nelle quali ribadiva la necessità dell'impresa riaffermando al tempo stesso la formula monarchica unitaria. Intanto il 1° agosto vi fu a Genova un colloquio tra Farini e Bertani, nel quale il primo ribadí chiaramente l'ostilità del governo alla progettata spedizione. Bertani ancora cercò di resistere, ma poi ricevette dal Sanfront e dal Besana, che pure aveva avuto un colloquio col re, lettere che gli riferivano la netta ostilità del sovrano al progetto. Perciò il 2 agosto si recò da Farini insieme a Saffi e a Pianciani, che doveva assumere il comando della spedizione, e accettò di venire ad un accordo. Fu stabilito che le quattro brigate di volontari si sarebbero imbarcate un poco alla volta e poi si sarebbero concentrate a Golfo Aranci in Sardegna; di qui avrebbero proseguito per la Sicilia, donde poi avrebbero potuto recarsi dove avessero voluto. Nessun accenno fu fatto alle brigate che erano in Toscana e in Romagna. Mazzini giudicò quest'accordo come una capitolazione alla volontà del governo. Ma Bertani ancora sperava che dalla Sicilia la spedizione potesse ripartire per lo Stato pontificio: in effetti questa eventualità non era stata esclusa dall'accordo stipulato con Farini. D'altra parte Bertani doveva prendere anche accordi con Garibaldi in vista della mutata situazione. Garibaldi aveva scritto a lui da Torre del Faro il 30 luglio, chiedendogli di inviare armi a Messina e raccomandandogli di spingere a oltranza le operazioni contro lo Stato pontificio. Ma questa lettera, non si sa per quali ragioni, arrivò a Genova soltanto il 13 agosto quando Bertani era già partito.

L'8 agosto infatti Bertani partí da Genova per la Sicilia, dopo aver lasciato ad Alessandro Antongini, Mauro Macchi e Giuseppe Brambilla la direzione del Comitato. Lo stesso giorno cominciarono a partire le brigate dirette a

Golfo Aranci. Bertani giunse l'11 a Palermo e il 12 si incontrò con Garibaldi a Torre del Faro. Il generale, che trovava difficoltà per il passaggio dello Stretto, appena seppe che piú di 5.000 uomini stavano concentrandosi a Golfo Aranci, decise di assumerne personalmente il comando e di tentare con essi un colpo di mano addirittura su Napoli. Cedette quindi temporaneamente il comando dell'esercito di Sicilia a Sirtori e si imbarcò con Bertani sul *Washington* per recarsi in Sardegna. Ma Cavour e Farini, nonostante l'accordo con Bertani, avevano deciso di inviare una nave da guerra ad impedire che tutta la spedizione si concentrasse a Golfo Aranci: essi temevano infatti che, una volta riuniti i volontari, Bertani li conducesse verso lo Stato pontificio. Perciò, quando il 13 agosto Garibaldi e Bertani giunsero a Golfo Aranci, trovarono soltanto alcune navi con due delle quattro brigate della spedizione; le altre erano già state fatte proseguire per Palermo. Garibaldi decise allora che i volontari si recassero in Sicilia e venissero utilizzati per le operazioni che stava per iniziare in Calabria. Il Pianciani e alcuni altri ufficiali, che volevano agire nello Stato pontificio, si dimisero e se ne andarono; Bertani rimase alcuni giorni in Sicilia, poi raggiunse Garibaldi in Calabria.

Mazzini, dopo la partenza di Bertani da Genova, decise di recarsi a Firenze, nella speranza che la spedizione nell'Umbria potesse ancora essere effettuata dalla brigata di circa 2.000 volontari, accantonata a Castel Pucci vicino a Firenze. A capo di essa era Giovanni Nicotera che al principio di giugno era stato liberato dai garibaldini dalla galera borbonica di Favignana. La formazione di questa brigata era stata appoggiata da Ricasoli (ancora governatore generale della Toscana), il quale pensava che il governo dovesse favorire un'azione di volontari nello Stato pontificio per poi intervenire direttamente ed assumere di nuovo la direzione del movimento nazionale. Ricasoli cioè si proponeva lo stesso fine di Cavour ma voleva raggiungerlo in modo sbrigativo e senza preoccuparsi delle reazioni della diplomazia. Le sue insistenze in questo senso finirono per irritare seriamente Cavour, che al Gualterio, inviato a Cortona per sorvegliare la situazione nell'Umbria, cosí scriveva l'8 agosto: "Non vi nascondo che le cose in Toscana non mi lasciano del tutto quieto: non già che io creda all'irrefrenabile ardore delle popolazioni, ma a ragione della disposizione d'animo del Ricasoli. I fatti di Garibaldi hanno prodotto in lui la massima esaltazione: vorrebbe che il Governo superasse in audacia il Dittatore della Sicilia, si facesse iniziatore di moti, ordinatore di rivoluzioni, in una parola che rovesciasse e Papa e Re di Napoli, proclamando l'unità d'Italia. Scrive e riscrive, telegrafa di giorno e di notte, per spingerci con consigli, con avvertimenti, con rimproveri, direi quasi con minaccie. Spero ch'egli si calmerà, altrimenti non so come ci potremo intendere, giacché siamo decisi ad essere arditi, anche audaci, ma temerarii o pazzi no. Il moto italiano segue un corso determinato, volendolo affrettare si corre il rischio di rovinarlo interamente."[62] Dopo la partenza per la Sicilia delle quattro brigate di cui prima s'è detto, la brigata Nicotera in Toscana costituiva ormai un'eccezione che sussisteva soltanto per la protezione di Ricasoli. Il 13 agosto infatti Farini, come ministro dell'interno, diramò una circolare agli intendenti e ai governatori delle province, con la quale vietava ogni attività di privati mirante ad arruolare volontari, organizzarli, equipaggiarli, ecc. Frattanto il Nicotera, in un ordine del giorno ai suoi uomini, lanciò il motto "Unità e libertà" anziché "Italia e Vittorio Emanuele." Cavour e Farini decisero allora di imporre a Ricasoli lo scioglimento della brigata Nicotera. Intanto era giunto a Firenze Mazzini, che soggiornò clandestinamente nella capitale toscana fino al 13 settembre. Questo fatto, conosciuto dalla polizia, accrebbe i sospetti di Cavour e di Farini verso Ricasoli. In realtà Mazzini in quei giorni si adoperò soprattutto per calmare Nicotera che minacciava una ribellione armata. Alla fine, per intercessione di Ricasoli fu deciso che gli uomini della brigata Nicotera fossero anche essi inviati in Sicilia; il che avvenne al principio di settembre.

Alla fine di agosto dunque il governo di Torino aveva ripreso saldamente in pugno la situazione interna nel Regno centro-settentrionale: tutti i centri di raccolta e di organizzazione di volontari erano stati praticamente soppressi; tutti i volontari erano stati fatti partire, o stavano per partire per la Sicilia; la spedizione organizzata dal Partito d'Azione verso lo Stato pontificio era stata impedita. Cavour poteva quindi affrontare con speranza di successo la nuova situazione determinata dallo sbarco di Garibaldi sul continente e dalla sua rapida avanzata su Napoli.

[62] *La liberazione del Mezzogiorno*, II, p. 43.

Il passaggio dello Stretto non fu per Garibaldi un'operazione facile. Egli non disponeva di forze navali sufficienti ad affrontare le navi da guerra borboniche che incrociavano di fronte alla costa calabrese. Questa inoltre era difesa da circa 16.000 uomini, appoggiati da parecchi forti ben muniti di artiglierie. D'altra parte Cavour aveva raccomandato all'ammiraglio Persano di non aiutare Garibaldi. Infatti il 1° agosto gli aveva scritto: "Non aiuti il passaggio di Garibaldi sul continente; anzi veda di ritardarlo per via indiretta il piú possibile."[63] Il passaggio dello Stretto poteva quindi riuscire soltanto con un'azione di sorpresa. Un primo tentativo fu fatto nella notte dell'8 agosto, quando circa 200 uomini comandati dal patriota calabrese Benedetto Musolino e dal maggiore Missori, partiti da Torre del Faro, attraversarono lo Stretto con barche a remi e tentarono di prendere di sorpresa il forte di Altafiumara. Ma, scoperti dai borbonici al momento dello sbarco, dovettero rinunciare al progettato colpo di mano e rifugiarsi sull'Aspromonte, quindi dirigersi verso la costa ionica inseguiti da forze nemiche. Altri tentativi di sbarco, fatti il 10 agosto, fallirono. Frattanto le brigate Bixio ed Eber si erano concentrate a Giardini presso Taormina, dove il 18 giunse Garibaldi. Nella notte il generale con queste truppe, circa 3.700 uomini, si imbarcò sui piroscafi *Franklin* e *Torino* e sbarcò a Porto Salvo presso Melito a sud-est del Capo dell'Armi sfuggendo alla crociera nemica. Poco dopo lo sbarco, sopraggiunsero due navi borboniche, che affondarono il *Torino*, arenatosi al momento dell'arrivo. Da Melito i garibaldini divisi in due schiere puntarono su Reggio: Bixio lungo la costa; Garibaldi, che si era congiunto agli uomini di Missori, con un movimento aggirante dall'interno. Nella notte tra il 20 e il 21 i garibaldini occuparono Reggio dopo un breve combattimento nel centro della città; i borbonici in parte si ritirarono verso Villa San Giovanni e in parte si chiusero nel Castello, che però capitolò la sera del 21. Lo stesso giorno anche Cosenz con circa 1.500 uomini passò lo Stretto e sbarcò a Favazzina, tra Scilla e Bagnara. Nei giorni successivi i garibaldini circondarono a Villa San Giovanni e a Piale circa 3.500 borbonici, comandati dai generali Melendez e Briganti, che deposero le armi e si sbandarono completamente. Il 24 agosto i forti di Altafiumara, Torre Cavallo e Scilla, che con le

63 *Ivi*, p. 2.

loro artiglierie dominavano lo Stretto, si arresero a Garibaldi, il quale poté cosí far passare altri rinforzi dalla Sicilia in Calabria.

Da quel momento lo sfacelo di quella parte dell'esercito borbonico che avrebbe dovuto fronteggiare Garibaldi procedette a ritmo accelerato. L'episodio piú notevole fu la resa del generale Ghio con piú di 10.000 uomini avvenuta il 30 agosto a Soveria Mannelli presso il confine tra le province di Catanzaro e di Cosenza. Lo sfacelo si dovette essenzialmente all'incapacità e alla sfiducia dei comandanti, preoccupati di mettersi in salvo. I soldati, abbandonati a se stessi, non accettarono l'invito di Garibaldi ad arruolarsi nel suo esercito e preferirono tornare alle loro case. Intanto i capi liberali della Calabria, che appartenevano quasi tutti a ricche famiglie di proprietari nobili o borghesi, organizzarono grosse bande armate arruolando i loro contadini e fecero insorgere paesi e città costituendo governi provvisori locali con l'appoggio di patrioti appartenenti per lo piú alla media e alla piccola borghesia. Le province calabresi fornirono all'esercito garibaldino circa 10.000 uomini. In Basilicata un gruppo di patrioti aveva costituito fin dal 16 agosto un comitato insurrezionale a Corleto Perticara. Di qui una schiera di armati marciò su Potenza, dove il 18 agosto fu abbattuto il regime borbonico. Nicola Mignogna e Giacinto Albini assunsero allora la prodittatura della provincia in nome di Garibaldi. Anche la Basilicata fornì alcune migliaia di volontari all'esercito garibaldino. Garibaldi approfittò di questa situazione favorevole con grande ardimento. Egli avanzò molto rapidamente con pochi ufficiali ed amici fidati precedendo il grosso dei suoi: ovunque trovò accoglienze entusiastiche e schiere di volontari che si misero ai suoi ordini. Il 27 agosto era a Monteleone (Vibo Valentia), il 31 a Cosenza, il 1° settembre a Castrovillari. Di qui raggiunse il 2 settembre la costa presso Maratea e per mare si recò a Sapri, dove il giorno prima per suo ordine erano sbarcati 1.500 volontari delle brigate Milano e Parma, comandati da Türr. Con questi uomini si mise in marcia il 3 settembre per Padula, Sala Consilina e Auletta. Quindi precedendo la sua stessa avanguardia raggiunse il 6 settembre Salerno, dove fu accolto trionfalmente.

Frattanto a Napoli la cospirazione moderata stava fallendo miseramente: il 30 agosto Cavour, visto l'andamento delle cose, aveva telegrafato a Persano e a Villamarina di rinunciare a formare un governo senza un accordo con Garibaldi raccomandando però all'ammiraglio di cercare di impadronirsi della flotta e dei forti. Tuttavia gli agenti cavouriani e i moderati napoletani continuarono ad affaccendarsi per provocare un moto e costituire un governo provvisorio che, pur sottomettendosi a Garibaldi, potesse imporgli alcune condizioni; ma anche questo tentativo fallí. Il 4 settembre il Comitato dell'Ordine inviò incontro al generale Salvatore Tommasi e Raffaele Piria, con l'incarico di persuaderlo a formare un governo provvisorio moderato e ad accettare l'idea dell'annessione immediata. Ma i due inviati che si incontrarono con Garibaldi il 5 settembre svolsero la loro missione con poco tatto, sicché il dittatore, che del resto aveva il giorno prima risposto negativamente ad una proposta di Depretis recatagli dal Piola di indire un decreto per il plebiscito in Sicilia, rispose che prima dell'annessione intendeva liberare Roma e pare che non nascondesse la sua irritazione contro Cavour. Per parte sua il Comitato d'Azione inviò a Garibaldi Giuseppe Libertini, col quale il generale concordò la formazione di un Comitato provvisorio di governo per il caso che la capitale insorgesse, composto di tre democratici: Giuseppe Ricciardi, Filippo Agresti e Giuseppe Libertini, tre moderati: Giuseppe Pisanelli, Andrea Colonna, Camillo Caracciolo e un elemento intermedio, Raffaele Conforti. Lo stesso giorno 5 settembre Garibaldi nominò Bertani, che lo accompagnava fin da Cosenza, Segretario generale della dittatura.

Il re Francesco II intanto, dopo lunghe esitazioni, decise di ritirarsi a Gaeta. Egli aveva respinto infatti la proposta del generale Pianell di dar battaglia a Garibaldi nella pianura del Sele, dinanzi a Salerno, cosa non impossibile poiché le truppe fedeli al Borbone ammontavano ancora a 50.000 uomini bene armati. Il 3 settembre il Pianell diede le dimissioni da ministro della guerra e, ottenuto un congedo dal re, partí per la Francia, donde ritornò sei mesi dopo per entrare nell'esercito italiano. Il 5 settembre il generale Afán de Rivera, che comandava le truppe del Salernitano, ricevette l'ordine di ripiegare a Nocera. Il giorno successivo tutte le truppe della capitale e dei dintorni cominciarono a ritirarsi verso Capua, dopo aver rifiutato l'invito della Guardia Nazionale, controllata dai liberali, di unirsi ad essa sotto la bandiera italiana. Alcune migliaia di soldati rimasero a Napoli a guardia dei castelli. Lo stesso giorno Francesco II e Maria Sofia si imbarcarono sulla nave *Mes*-

saggero, che li portò a Gaeta; le altre navi da guerra borboniche rifiutarono di seguire il re e rimasero nel porto. In un proclama al popolo Francesco II espresse la sua protesta per quanto stava accadendo e la speranza di ritornare.

Partito il re, Napoli rimase tranquilla. I ministri respinsero la proposta dei moderati di costituire un governo provvisorio annessionista, e la proposta di Villamarina di cedere i forti e la squadra navale alle forze piemontesi. Liborio Romano, praticamente padrone della situazione, decise di rivolgere a Garibaldi l'invito a recarsi al piú presto a Napoli. Il sindaco di Napoli e il comandante della Guardia Nazionale partirono per Salerno nella notte per recare al generale l'invito a prendere possesso di Napoli. Lo stesso Garibaldi del resto espresse questa intenzione in un telegramma al Romano. La decisione del generale non era priva di rischi, perché a Napoli le truppe borboniche presidiavano i quattro castelli ben muniti di artiglierie; Garibaldi invece era a Salerno con pochi compagni, le brigate Milano e Parma erano a due giorni di marcia e il grosso dell'esercito garibaldino era ancora piú lontano. Ma Garibaldi aveva fretta di arrivare a Napoli e contava sull'entusiasmo che la sua impresa aveva suscitato tra il popolo per superare qualunque resistenza. Perciò la mattina del 7 settembre insieme a Bertani, Cosenz e pochi altri uomini del suo seguito partí da Salerno in carrozza e raggiunse Vietri (allora stazione terminale della ferrovia per Napoli), donde proseguí in treno ed arrivò a Napoli verso mezzogiorno. Un'immensa folla gli tributò accoglienze trionfali. Le truppe borboniche non fecero alcuna opposizione e nei tre giorni successivi, mentre giungevano a Napoli i primi reparti garibaldini, si ritirarono sul Volturno dopo aver ceduto i castelli alla Guardia Nazionale.

5. *La Spedizione delle Marche e dell'Umbria. Il momento culminante del conflitto tra Cavour e Garibaldi. La battaglia del Volturno*

Cavour prese la decisione di fare intervenire l'esercito regio nelle Marche e nell'Umbria per farlo poi procedere nel Sud quando vide che il progettato moto moderato napoletano aveva pochissime possibilità di successo e che Garibaldi avanzava in Calabria con grande rapidità. Precedentemente nei riguardi delle due regioni centrali egli si era preoccupato soprattutto di impedire la spedizione di Bertani ed ogni tentativo insurrezionale locale organizzato dal Partito d'Azione; per questo si era servito dei gruppi moderati umbri e marchigiani coi quali i suoi agenti erano in relazione. Non vi è alcuna indicazione nei suoi carteggi relativa a quello che contava di fare nello Stato pontificio nel caso di successo della progettata insurrezione napoletana. Probabilmente pensava che, una volta risolto in senso annessionista e moderato il problema del Mezzogiorno, sarebbe stato possibile stabilire un accordo con Napoleone III per risolvere quello dello Stato pontificio. Comunque tra il 20 e il 26 agosto decise di far propria la parola d'ordine di Mazzini: "Al Centro, mirando al Sud," ma dandole un senso antigaribaldino oltre che unificatore. Il 26 agosto cosí scriveva al Gualterio: "L'ora di agire nell'Umbria e nelle Marche si avvicina. Il Ministero è deciso non solo di secondare, ma bensí di dirigere il movimento... Giunta l'ora d'agire saremo non meno decisi, non meno audaci dei Bertaniani, ma all'audacia accoppieremo l'oculatezza e l'antiveggenza."[64]

L'oculatezza e l'antiveggenza consistevano in sostanza nel muoversi dopo avere ottenuto il consenso di Napoleone III, che era necessario a Cavour per evitare un intervento francese e tenere a bada l'Austria: era infatti molto improbabile che questa intervenisse in difesa del papa se avesse saputo che l'imperatore francese era d'accordo col governo di Torino. Del resto dai rapporti di Nigra risultava che Napoleone era favorevole ad un'azione del governo di Torino mirante a riprendere la direzione del movimento nazionale italiano. "Si on doit aller en avant, entre les deux, entre Garibaldi et Turin, on préfère encore ce dernier. Du reste la dernière demarche que nous avons fait auprès de l'Empereur l'a mis à même de s'attendre à tout de notre part. Aussi S.M. ne serait ni étonnée, ni fachée peut-être, de nos efforts pour reprendre à Garibaldi le drapeau qu'il nous a volé, comme dit Ricasoli."[65] Cosí Nigra in una lettera a Cavour del 26 agosto. Pertanto Cavour decise allora di inviare Farini e Cialdini a Chambéry, ufficialmente per ossequiare a nome del re l'imperatore, che visitava per la prima volta la Savoia, in realtà per ottenere il suo consenso al piano d'intervento nelle Marche e nell'Umbria. Non si

[64] *La liberazione del Mezzogiorno*, II, p. 162.
[65] *Carteggio Cavour-Nigra*, IV, p. 183.

sa con precisione che cosa fu detto nel colloquio tra l'imperatore e i due inviati, avvenuto il 28 agosto. Ma certamente l'imperatore si mostrò sostanzialmente favorevole, anche se forse non pronunciò la frase che gli venne allora attribuita: "Faites, mais faites vite." Cavour il giorno dopo cosí scrisse a Nigra: "Farini et Cialdini sont revenus ce matin de Chambéry. L'Empereur a été parfait. Farini d'après le conseil de Conneau lui a expliqué en détail le plan que nous avons adopté. Le voici en peu de mots: Il est trop tard pour empêcher Garibaldi d'arriver à Naples et d'y être proclamé dictateur. Il ne faut plus le combattre sur ce terrain, par conséquent j'ai écrit à Persano de se contenter de s'emparer des Forts, de rallier l'escadre napolitaine et du reste de se mettre d'accord avec Garibaldi. Ne pouvant prévenir Garibaldi à Naples il faut l'arrêter ailleurs. Ce sera dans l'Ombrie et dans les Marches. Un mouvement insurrectionnaire va y éclater: aussitôt au nom des principes de l'ordre et de l'humanité, Cialdini entre dans les Marches, Fanti dans l'Ombrie; il jettent Lamoricière à la mer et s'emparent d'Ancône en déclarant Rome inviolable. L'Empereur a tout approuvé. Il paraît même que l'idée de voir Lamoricière aller se faire... lui a souri beaucoup. Il a dit que la diplomatie jetterait les hauts cris, mais qu'elle nous laisserait faire; que lui même se trouverait dans une position difficile, mais qu'il mettrait en avant l'idée d'un congrès."[66]

Napoleone approvò dunque il progetto cavouriano, perché esso lo toglieva dall'imbarazzo di dovere a breve scadenza scegliere tra l'abbandono di Roma e la guerra contro Garibaldi in difesa del dominio temporale del papa. Probabilmente, per ragioni di prestigio e per motivi di politica interna, egli avrebbe scelto la seconda via, ma certo non poteva piacergli di combattere a fianco di Lamoricière, suo antico avversario, e dei crociati legittimisti e clericali contro il condottiero popolare che tanto entusiasmo aveva suscitato in quei giorni in tutta l'Europa. D'altra parte Napoleone III era sostanzialmente d'accordo con Cavour nel giudicare pericoloso il prestigio guadagnato da Garibaldi e necessario soffocare il focolaio rivoluzionario che si era formato nel Mezzogiorno d'Italia. Certamente egli si rendeva conto che incoraggiando l'impresa cavouriana nelle Marche e nell'Umbria favoriva la formazione dello Stato

[66] Ivi, p. 186.

italiano unitario, cosa che fino a quel momento aveva cercato di evitare; ma ormai capiva anche che per fermare la spinta unitaria in Italia avrebbe dovuto fare nel settembre del '60 quello che non aveva voluto fare un anno prima: allearsi all'Austria e a tutte le forze reazionarie d'Europa per cercare di schiacciare con le armi il movimento nazionale italiano. Questo era in contrasto con la politica che egli aveva svolto dalla guerra di Crimea in poi e con i piani espansionistici che ancora andava elaborando ed era inoltre oggettivamente impossibile, perché l'Europa del 1860 non era piú quella del 1848: come non vi erano piú le condizioni per una nuova ondata rivoluzionaria generale, cosí non vi era piú la possibilità di una coalizione reazionaria. Del resto Napoleone III non era affatto convinto che lo Stato unitario italiano sarebbe stato vitale e che la soluzione federalista fosse definitivamente superata; comunque, poiché la tendenza all'unificazione in quel momento sembrava inarrestabile, egli trovava conveniente che il nuovo Stato italiano si formasse col suo consenso e fosse governato da uomini disposti a seguire i suoi consigli, primo fra tutti quello di evitare un'azione di forza su Roma.

Subito dopo il ritorno di Farini e Cialdini da Chambéry, Cavour prese i provvedimenti necessari per attuare il piano prestabilito. Fece iniziare concentramenti di truppe in Emilia e in Toscana, avvertí Persano di tenersi pronto a trasferirsi col grosso della squadra da Napoli ad Ancona, diede il via ai preparativi per un'insurrezione nell'Umbria e nelle Marche. Questa in pratica si ridusse ad alcune sollevazioni di paesi e città vicine al confine, fra cui Urbino, sostenute e piú ancora provocate da bande di volontari provenienti dalla Romagna e dalla Toscana, organizzati questa volta dalle stesse autorità governative. L'11 settembre una lettera di Cavour, datata il 7, che chiedeva l'immediato scioglimento dei reparti militari stranieri, fu consegnata al cardinale Antonelli. Lo stesso giorno le truppe di Fanti e di Cialdini varcarono la frontiera. La risposta negativa di Antonelli pervenne a Cavour soltanto il 13 settembre.

Frattanto i preparativi militari e la notizia, rapidamente diffusasi, che la spedizione sarebbe stata fatta col consenso di Napoleone III avevano provocato allarme nella diplomazia. Gramont il 4 settembre avvertí Thouvenel che questa notizia correva per Roma; il ministro degli esteri scrisse allora a Napoleone III, che era a Marsiglia dove stava per imbarcarsi per un viaggio in Corsica e in Algeria, sollecitando con urgenza un colloquio. L'imperatore inviò il 9 settembre un dispaccio a Vittorio Emanuele in cui diceva: "S'il est vrai que sans raison légitime les troupes de V.M. entrent dans les Etats du S. Père, je serai forcé de m'y opposer. Je donne l'ordre aujourd'hui d'augmenter la garnison de Rome. M. Farini m'avait expliqué bien différemment la politique de V.M."[67] Avvertí inoltre il Thouvenel di questa sua intenzione di opporsi all'impresa di Cavour e sembra che lo autorizzasse a rompere le relazioni diplomatiche con Torino, nel caso che le truppe regie passassero la frontiera pontificia. Tuttavia partí ugualmente per il suo viaggio che durò una quindicina di giorni. Da Torino fu inviata una risposta del re all'imperatore, in cui era ribadita la necessità dell'intervento. Ma si vide subito che la protesta dell'imperatore era stata un atto formale. Il ministro francese a Torino fu richiamato a Parigi e pertanto anche Nigra dovette rientrare a Torino al principio d'ottobre. Ma non vi fu una vera e propria rottura delle relazioni diplomatiche, perché le due legazioni restarono aperte, per quanto affidate a semplici segretari.

La campagna delle Marche e dell'Umbria durò in tutto diciotto giorni. Le forze italiane che vi furono impegnate ammontavano a circa 33.000 uomini. Comandante in capo fu il generale Fanti, che lasciò l'*interim* del ministero della guerra a Cavour. Sotto di lui erano i generali Cialdini e Della Rocca, che comandavano rispettivamente il IV e il V corpo d'armata. Il IV corpo, composto di tre divisioni, doveva avanzare nelle Marche; il V, composto di due divisioni, nell'Umbria. L'esercito pontificio ammontava complessivamente a quasi 20.000 uomini, ma di questi soltanto 10 o 12.000, in maggioranza volontari e mercenari stranieri, parteciparono effettivamente alle operazioni nelle Marche e nell'Umbria. Inoltre, forse per la necessità di fronteggiare eventuali moti insurrezionali, queste forze all'inizio della campagna erano piuttosto disperse. Lamoricière cercò poi di concentrarle, ma facendo perno su Ancona. Contava di poter resistere a lungo in questa città nella speranza forse di un intervento austriaco o comunque di complicazioni internazionali. In questo modo si isolò completamente da Roma. È vero d'altra parte che, dopo avere in un primo momento sperato in un intervento fran-

[67] *Ivi*, p. 199.

cese, si era reso conto che nessun aiuto poteva venirgli dalla capitale: la guarnigione francese di Roma infatti fu rinforzata ma rimase immobile.

Nella prima settimana di ostilità il V corpo italiano, guidato di fatto dallo stesso Fanti, occupò senza difficoltà quasi tutta l'Umbria: le guarnigioni pontificie di Perugia e di Spoleto capitolarono dopo brevi combattimenti. Nello stesso tempo Cialdini occupò la provincia di Pesaro e gran parte di quella di Ancona spingendosi fino a Castelfidardo, mentre Lamoricière da Foligno, dove era al principio della campagna, con circa 5.000 uomini raggiungeva Macerata e di qui si dirigeva su Ancona. Il 18 settembre vicino a Castelfidardo vi fu lo scontro decisivo tra le truppe di Cialdini e quelle di Lamoricière, che furono battute. Il comandante pontificio riuscí a rifugiarsi in Ancona con poche decine di uomini, mentre il grosso dei suoi, circondato dagli italiani a Loreto, fu costretto a capitolare il giorno dopo. Nei giorni successivi gran parte del V corpo passò dall'Umbria nelle Marche e insieme al IV procedette all'accerchiamento di Ancona, che fu bloccata anche dalla squadra di Persano. Data la grande superiorità numerica delle sue forze, Fanti decise di evitare un lungo assedio, inopportuno anche per ragioni politiche, e di prendere d'assalto la città. Le operazioni d'attacco, iniziatesi il 25, si conclusero il 29 settembre: gli italiani entrarono nella città e Lamoricière si arrese con circa 7.000 uomini. L'occupazione delle Marche e dell'Umbria era stata nel frattempo completata. Intanto il corpo volontario dei Cacciatori del Tevere, comandato dal colonnello Masi, aveva occupato la città e la provincia di Viterbo, che però per imposizione francese dovette essere restituita al governo papale l'11 ottobre 1860.

Con regio decreto del 12 settembre fu nominato Commissario generale straordinario per le province dell'Umbria il marchese Gioacchino Pepoli, che assunse il potere a Perugia il 16. Pepoli, che non godeva le simpatie di Farini, fu scelto da Cavour dopo che Ricasoli ebbe rifiutato quell'incarico. "Poiché Ricasoli," scrisse Cavour a Farini il 6 settembre, "vuole rimanere a Palazzo Vecchio ad onta della sua smania per Brolio, sia pure, purché smetta il suo fare insolente con noi. Nell'Umbria reputo che debbasi mandare Pepoli. Dovendo il nostro Commissario trovarsi in relazione coi Francesi, chi meglio d'un cugino dell'Imperatore può adempire a quell'ufficio? Valerio andrebbe nelle

Marche."[68]Infatti lo stesso giorno 12 settembre con un decreto analogo a quello del Pepoli fu nominato Commissario generale straordinario per le province delle Marche Lorenzo Valerio, che si insediò a Senigallia il 19 e si trasferí ad Ancona il 29 settembre. I due commissari rimasero in carica rispettivamente fino al 2 gennaio '61 il Pepoli, e fino al 19 gennaio il Valerio. Essi avviarono energicamente l'unificazione amministrativa e legislativa delle due regioni col resto dello Stato promulgandovi le principali leggi del Regno sardo. Inoltre prepararono i plebisciti per l'annessione, che furono fatti il 4 novembre 1860, due settimane dopo quelli del Mezzogiorno continentale e della Sicilia.

La spedizione delle Marche e dell'Umbria mise Cavour in una posizione di forza rispetto a Garibaldi, non solo perché rese possibile l'intervento dell'esercito regio nel Mezzogiorno, ma anche perché accrebbe il prestigio del governo di Torino e dimostrò che il partito moderato aveva ormai fatto proprio il programma unitario, pur con alcune limitazioni, ed era deciso a prendere in questo campo l'iniziativa, tenuta fino a quel momento dal Partito d'Azione, col vantaggio di avere nelle mani un governo costituito e quindi forze nettamente superiori a quelle garibaldine. Mazzini si rese conto subito della svolta che l'iniziativa cavouriana avrebbe determinato. Cosí scriveva infatti da Firenze il 2 settembre: "La decisione presa dal Governo, di fare esso cioè quello che ha impedito a noi, modifica naturalmente la nostra condotta. Finché vanno innanzi, nessuno può opporsi. Compita la faccenda del Regno, dovremo ricominciar l'agitazione in nome di Roma e Venezia."[69] Ma intanto cosa avrebbe fatto Garibaldi? Mazzini l'8 settembre cosí giudicava la situazione: "Se fossimo stati padroni del campo, naturalmente avremmo lasciato Roma indisturbata per il momento; avremmo attaccato l'Austria sul territorio veneto, poi, con tutte le forze d'Italia avremmo arrischiato la guerra con la Francia. Se i moderati attuassero il loro piano, Garibaldi non potrebbe attraversare tutta l'Italia senza il loro consenso, e non rimarrebbe altro da fare che rompere il ghiaccio e marciare su Roma. Ciò sarebbe senza dubbio prematuro, ma nondimeno inevitabile, se non si vuole rinunziare alla vera Unità e lasciare che il partito vincitore manipoli ogni cosa a suo agio. Se si

[68] *La liberazione del Mezzogiorno*, II, p. 249.
[69] MAZZINI, LXX, p. 36, lettera ai fratelli Botta di Livorno.

giungesse a questo punto, oserà Garibaldi l'audace passo? S'intende che Roma non sarebbe conquistata, ma sarebbe l'inizio di una guerra. Se egli si decide a questo passo, dobbiamo tutti seguirlo, qualunque sia la bandiera che innalzerà."[70] Con questo stato d'animo, Mazzini partí per Napoli nella speranza di potere ancora influire almeno un poco sulle decisioni di Garibaldi.

Il primo atto di Garibaldi appena entrato a Napoli fu un decreto che segnò la nascita della marina italiana. Esso infatti stabiliva che tutte le navi da guerra e mercantili, gli arsenali e i materiali di marina "appartenenti allo Stato delle Due Sicilie" fossero aggregati "alla squadra del re d'Italia Vittorio Emanuele, comandata dall'ammiraglio Persano." Salvo una fregata a vela e due piccoli piroscafi che raggiunsero Francesco II a Gaeta, tutte le navi napoletane alzarono allora la bandiera tricolore. Si trattava di una forza considerevole, superiore per numero a quella sarda, anche se non immediatamente utilizzabile, perché gli equipaggi abbandonarono in gran parte il servizio. Garibaldi sciolse inoltre il Comitato provvisorio di governo, che si era costituito il 5 settembre col suo consenso ma che di fatto non aveva potuto assumere il potere, e formò un ministero cosí composto: Liborio Romano, presidenza e interno; Enrico Cosenz, guerra; Giuseppe Pisanelli, giustizia; Antonio Scialoja, finanze; Rodolfo D'Afflitto, lavori pubblici; Antonio Ciccone, pubblica istruzione. Il ministero fu dunque composto in maggioranza di moderati; ma Bertani rimase Segretario generale della dittatura con poteri di fatto molto vasti.

Può sembrare strano che Garibaldi, il quale era stato informato delle manovre degli agenti cavouriani a Napoli prima del suo arrivo ed era irritato contro Cavour fino al punto da chiedere poco dopo al re il suo licenziamento, mettesse la flotta napoletana nelle mani di Persano e nominasse un ministero composto in maggioranza di moderati. Ma si deve ricordare che egli era arrivato a Napoli quasi da solo, che l'adesione della flotta napoletana al nuovo ordine di cose si dovette essenzialmente ad ufficiali già precedentemente influenzati da Persano, che solo l'ammiraglio piemontese disponeva in quel momento di forze sufficienti per custodire le navi napoletane, che nell'ambiente

[70] MAZZINI, LXX, pp. 56-57, lettera a Caroline Stansfeld.

politico locale i moderati prevalevano nettamente sui democratici, che infine le truppe borboniche erano ancora nelle immediate vicinanze della capitale e fino al 10 settembre addirittura nei castelli della città. Il dittatore delle Due Sicilie non poteva non tener conto di queste circostanze quando compí i primi atti di governo dopo la sua entrata in Napoli. Inoltre credeva che Vittorio Emanuele fosse sostanzialmente d'accordo con lui, perciò pensava di poter svolgere una politica monarchica, unitaria ed anche conciliativa verso i moderati per quel tanto che poteva piacere al re, ma al tempo stesso anticavouriana. Effettivamente fin dai giorni in cui si preparava la Spedizione dei Mille il re aveva tenuto contatti diretti con Garibaldi, sia per lettera, sia per mezzo di persone di fiducia, aveva chiaramente mostrato di essere propenso ad una politica piú ardita di quella sostenuta da Cavour, non aveva nascosta la sua disapprovazione per certi atti antigaribaldini di Cavour, come l'invio di La Farina in Sicilia, ed aveva fatto capire di essere desideroso di giungere prima o poi ad un cambiamento di ministero. Del resto l'antipatia di Vittorio Emanuele per Cavour era ben nota a chiunque fosse, anche solo un poco, al corrente delle vicende politiche piemontesi degli ultimi anni. Perciò Garibaldi credette di potersi spingere fino a chiedere al re di licenziare Cavour e Farini.

L'11 settembre partirono da Napoli per Torino il marchese Trecchi e l'avvocato Brambilla, latori di due lettere di Garibaldi al re. La prima di esse diceva: "Sire, mi mandi il marchese Giorgio Pallavicino colle sue istruzioni. Egli sarà qui Pro Dittatore finché la M.V. si degni di venire a Roma ove lo proclameremo Re d'Italia, ed ove deporrò ai suoi piedi la mia Dittatura. Io marcerò verso la Capitale dell'Italia con tutta la celerità che mi permetteranno le circostanze. M.V. non perda un momento nel venir occupare il posto destinatole dalla Provvidenza e dalla gratitudine ed amore dell'Italia intera." La seconda diceva: "Sire, la M.V. sa con che affetto io ami l'Italia e Vittorio Emanuele, quindi mi farei un delitto di chiederle cose che non fossero nell'interesse suo e del mio paese e di scendere a miserabili personalità. Io tacqui fino a questo momento tutte le turpi contrarietà da me sofferte da Cavour, Farini, ecc., oggi però che ci avviciniamo allo sviluppo del gran dramma italiano, io devo implorare dalla M.V. per il bene della Santa Causa ch'io servo, lo allontanamento di quelli individui." Garibaldi, quindi, dopo avere accennato all'attività svolta da La Farina in Sicilia e alle manovre per l'annessione immediata in corso a Napoli, continuava: "Io non vedo altro rimedio se non che quello di allontanare quegli uomini incorreggibili che ci fanno un danno immenso e con cui sarà certamente impossibile mi presenti al cospetto di V.M."[71] C'è da notare che il giorno prima di scrivere queste lettere Garibaldi era stato informato da Villamarina dell'imminente ingresso dell'esercito regio nelle Marche e nell' Umbria ed aveva espresso la sua soddisfazione per questo fatto, ma aveva anche manifestato il suo disappunto per il caso che l'intervento nelle Marche e nell'Umbria avesse avuto lo scopo di formare un cordone attorno al papa per salvare una parte del suo Stato ed aveva ribadito la sua intenzione di marciare su Roma.[72] È probabile quindi che proprio la notizia della spedizione nelle Marche e nell'Umbria spingesse Garibaldi a compiere il tentativo di ottenere dal re il licenziamento di Cavour e non si può escludere che a questa sua decisione contribuisse il consiglio di Bertani. Ma cosí egli fece un passo falso che doveva rafforzare Cavour anziché indebolirlo. Infatti quella sua richiesta sbrigativa era poco riguardosa per il re, al quale doveva suonare quasi come una minaccia, dato il prestigio di cui godeva Garibaldi; era inoltre ancor meno riguardosa per il Parlamento, la cui esistenza veniva addirittura ignorata; era infine intempestiva, perché fatta proprio nel momento in cui Cavour stava per passare alla riscossa. Ma Garibaldi volle sottolineare il suo contrasto con Cavour anche pubblicamente in modo clamoroso. Il 16 settembre infatti fece pubblicare nel "Giornale Ufficiale" di Napoli una sua lettera all'avvocato Enrico Brusco di Genova che diceva: "Voi mi assicurate che Cavour dia ad intendere d'essere d'accordo con me ed amico mio. Io posso assicurarvi che, disposto come sono stato sempre a sacrificare sull'altare della patria qualunque risentimento personale, non potrò riconciliarmi mai con uomini, che hanno umiliata la dignità nazionale e venduta una provincia italiana."

L'irritazione di Garibaldi era dovuta anche al fatto che la situazione era di nuovo divenuta difficile in Sicilia. Infatti, dopo la nomina di Depretis a prodittatore, le cose

[71] Copie di queste due lettere furono conservate nelle carte cavouriane e pubblicate in *Carteggio Cavour-Nigra*, IV, p. 212.

[72] Si veda la lettera di Villamarina a Cavour del 10 settembre '60, *La liberazione del Mezzogiorno*, II, p. 273.

dell'isola erano rimaste relativamente tranquille per circa un mese, grazie ad un certo accordo che si era mantenuto tra Depretis e Crispi, divenuto di nuovo ministro dell'interno il 3 agosto. Furono introdotte in Sicilia molte leggi piemontesi, ma furono rese vane le manovre dei sostenitori dell'annessione immediata capeggiati ora da Cordova. Verso la fine d'agosto però Cavour inviò in Sicilia Giambattista Bòttero, deputato e giornalista, col compito di stimolare Depretis all'annessione immediata. Sembrò che la sua missione dovesse avere successo. Depretis infatti inviò da Garibaldi al principio di settembre Piola, ancora ministro della marina, per ottenere il consenso al plebiscito per l'annessione. Una vivacissima propaganda annessionistica si scatenò frattanto in Sicilia. Piola raggiunse Garibaldi il 4 settembre all'Osteria del Fortino non lontano da Sapri, e gli riferí la proposta di Depretis. Il dittatore era propenso a dare il suo consenso, ma intervenne Bertani che gli fece notare il pericolo che poteva rappresentare per lui, ancora in marcia per Napoli, un'annessione immediata della Sicilia, che era pur sempre la principale base d'operazione per la guerra in corso. Garibaldi scrisse allora a Depretis di rinviare il plebiscito. Seguirono in Sicilia aspri contrasti tra Depretis e Crispi, che si dimise da ministro. Entrambi i contendenti si rivolsero a Garibaldi e alla fine partirono per Napoli, dove giunsero il 12 settembre. Garibaldi cercò di persuadere Depretis a rimanere in carica rinunciando però all'annessione immediata. Ma Depretis rifiutò e Garibaldi decise di partire per Palermo, dove arrivò il 17 accolto con entusiasmo. Il dittatore tenne un discorso al popolo riaffermando la sua intenzione di liberare Roma e di fare successivamente l'annessione e nominò prodittatore Antonio Mordini. Quindi rientrò immediatamente a Napoli.

Cavour intanto, prevedendo il tentativo di Garibaldi contro di lui, aveva agito energicamente per assicurarsi l'appoggio del re. Egli ebbe insieme a Farini un colloquio col sovrano l'8 settembre '60, tre giorni prima che Garibaldi inviasse a Vittorio Emanuele le due lettere sopra citate. Cavour credette opportuno scrivere personalmente un breve processo verbale del colloquio avuto col re e firmarlo con Farini. Questo documento, conservato nelle sue carte, è una prova dell'importanza che egli attribuí a quell'incontro e alle decisioni che vi furono prese, che segnarono l'inizio della sua controffensiva politica verso Garibaldi. Esso dice: "L'otto settembre alle nove del mattino Farini e

Cavour si presentarono da S. M. e comunicatogli un dispaccio del Conte Persano che non lasciava dubbio sui sentimenti ostili di Garibaldi loro riguardo,[73] gli diedero a riflettere se Ella non ravviserebbe opportuno di scegliere altri consiglieri, che pur seguendo la stessa politica, potessero con maggior facilità evitare i probabili conflitti col Dittatore dell'Italia meridionale. S. M. dichiarò ripetutamente non volere mutare né politica, né ministri; avendo questi la sua fiducia e quella del Parlamento. I ministri fecero osservare che al momento un cambiamento di ministero poteva operarsi da S. M. senza scapito di sua autorità e dignità, tanto piú ch'essi erano disposti a darvi plausibile pretesto, ed ad aiutare lealmente i loro successori. Ma che quando l'ostilità di Garibaldi fosse fatta di pubblica ragione non potrebbe tale mutamento farsi senza offesa della costituzione, e senza dare alla rivoluzione forza irresistibile. S.M. replicò avere ponderato ogni cosa ed essere quindi decisa a far conoscere i suoi divisamenti a Garibaldi, e a mantenere le sue risoluzioni qualunque potessero esserne le conseguenze, non esclusa quella di dovere salire a cavallo ed usar la forza. La sera Farini ripetutamente e lungamente tornò sull'argomento, entrò nei particolari ed ebbe da S. M. la conferma la piú recisa delle volontà espresse il mattino."[74] Messo di fronte alla responsabilità di provocare una crisi in un momento difficilissimo, Vittorio Emanuele rinunciò dunque ad ogni velleità di opporsi alla politica di Cavour, il quale d'altronde aveva superato le incertezze e gli ondeggiamenti dei mesi precedenti. Ma intanto con la sua politica personale, che muoveva, come già in passato, dall'illusione di dominare le parti in contrasto, il re aveva stimolato le speranze anticavouriane di Garibaldi, sicché, dopo gli avvenimenti di quei giorni, la sconfitta politica di questo divenne ancora piú grave di quanto avrebbe potuto essere, se il generale non avesse creduto di avere il re dalla sua parte. È vero d'altra parte che, anche dopo l'impegno preso con Cavour l'8 settembre, Vittorio Emanuele riuscí a non identificare completamente la sua politica con quella di Cavour e del partito moderato; in questo fu favorito dal lealismo monarchico di

[73] Si tratta di un dispaccio di Persano del 7 settembre, nel quale l'ammiraglio riferiva sommariamente a Cavour con tono allarmato la risposta data da Garibaldi a Tommasi e a Piria, *La liberazione del Mezzogiorno*, II, p. 250.
[74] *Ivi*, p. 258.

Garibaldi. In tal modo la monarchia poté svolgere anche in avvenire un'azione di assorbimento dei gruppi di sinistra piú vasta di quella svolta dal partito moderato, la quale invece trovò una battuta d'arresto nell'azione antigaribaldina di Cavour.

Il 12 settembre Vittorio Emanuele scrisse a Garibaldi una lettera, nella quale, dopo avere accennato all'ingresso delle truppe regie nelle Marche e nell'Umbria e al pericolo di una guerra contro l'Austria, diceva: "conviene che l'azione militare in Italia abbia una sola e concorde direzione e non si faccia nessuna spedizione od attacco senza ordine mio. La persona che le mando le dirà verbalmente i miei proponimenti."[75] Questa lettera fu portata a Napoli dal conte Ottaviano Vimercati, che arrivò nella capitale meridionale il 17 con lo stesso piroscafo con cui vi giunse Mazzini, ma poté parlare con Garibaldi soltanto il 19, quando questi ritornò da Palermo. Frattanto il 14 il re aveva ricevuto i due inviati di Garibaldi con le lettere del generale dell'11. Egli riferí a Farini il colloquio e la risposta inviata a Garibaldi in una lettera interessante per la comprensione dei rapporti del re sia con Garibaldi che con Cavour e del carattere delle persone di cui Garibaldi si serviva nei suoi contatti col re. Essa dice: "Caro Farini, vengo di ricevere alle 5½ Trecchi imbasciatore Garibaldino. Esso mi disse che Garibaldi non fidandosi di lui lo aveva fatto accompagnare dall'Avocato Brambilla, quello del Comitato, e quello aveva pure lettera da rimettermi e spiegazioni piú precise; lo viddi e per ora non mi sono ancor fatto Repubblicano; vedrà il tenore delle due lettere tutte due impossibili. Però trovai l'avocato molto arrendevole, e dandomi ragione in tutto, quando gli ebbi svolto l'argomento attuale. Lo credo un uomo onesto e che ama la patria. Riguardo poi all'affare di Pallavicini è ridicolo, cosí pure è il parere di Brambilla e dissemi che se non si mandava il marchese si mandasse Tecchio che sarebbe accetto. Parli con loro e combini; chiedono pure l'imbarco di fucili che hanno già a Genova e di 1.500 volontari che sono pronti a partire, faccia quel che crede: mi chiesero lettera per Garibaldi, la scrissi loro presenti e la consegnai, eccone copia: 'Caro Generale, vengo di ricevere Trecchi e Brambilla e di

[75] CURATULO, *Garibaldi, Vittorio Emanuele, Cavour*, cit., p. 351; con fac-simile dell'autografo. Nel *Carteggio Cavour-Nigra*, IV, p. 201, la stessa lettera è pubblicata con la data dell'11.

leggere le sue lettere. Il progetto del Ministero è impossibile e contrario al bene della causa comune, cosí pure dico della sua spedizione sopra Roma. Se ne tenga perfettamente a ciò che gli scrissi per mezzo di Vimercati. Stiamo uniti e forti e l'avenire sarà per noi. La saluto di tutto cuore. Il suo affezionato Vittorio Emanuele.' Faccia vedere il tutto a Cavour e gli dica che per ora non cospiri ancora contro di me, il suo affezionatissimo Vittorio Emanuele."[76]

Trecchi e Brambilla arrivarono a Napoli il 21 insieme a Pallavicino, il quale era stato invitato da Garibaldi a recarsi a Napoli anche con una lettera personale. Cavour, che ormai non intendeva riconciliarsi con Garibaldi, non trovò opportuno che il governo di Torino si occupasse di designare un prodittatore; tuttavia si stupí che il marchese partisse per Napoli senza chiedere udienza al re né ad alcun ministro.[77] Con la stessa nave arrivò a Napoli anche Cattaneo, che Garibaldi aveva mandato a chiamare per consiglio di Bertani. Pallavicino fu subito rispedito da Garibaldi a Torino con un'altra lettera per il re, di cui non si conosce il testo. Sembra che Garibaldi avesse avuto intenzione di rispondere in tono remissivo, ma che poi, per consiglio di Cattaneo, modificasse la risposta dandole un tono piú energico.[78] Certo è che insistette sulla necessità delle dimissioni di Cavour[79]; non è certo invece se in quella lettera dichiarasse di essere pronto ad obbedire al re riguardo alla progettata spedizione di Roma o se questo fu da lui comunicato al re subito dopo con un telegramma.[80] In questo senso (insistenza sulle dimissioni del ministero e rinun-

[76] *La liberazione del Mezzogiorno*, V, p. 488. Il testo autografo originale della lettera reale inviata a Garibaldi, pubblicato e riprodotto in facsimile da Curatulo, *op. cit.*, p. 353, è un po' diverso dalla copia inviata a Farini. Esso infatti dice nel punto essenziale: "Riguardo al progetto del Ministero, per ora la cosa è impossibile e non opportuna per la gran causa comune." È significativo che il re omettesse quel "per ora" nella copia destinata ai ministri.

[77] Lettera di Cavour a Valerio del 21 settembre '60, *La liberazione del Mezzogiorno*, II, p. 338.

[78] Questo sarebbe stato raccontato dal Cattaneo stesso a Ippolito Pederzolli; si veda la nota di R. Caddeo in Cattaneo, *Epistolario*, vol. III, p. 395.

[79] "Pallavicino a apporté au Roi l'*ultimatum* de Garibaldi. Le renvoi du Ministère, ni plus ni moins. Le Roi a repoussé avec indignation cette insolente proposition." Cavour a Villamarina, 25 settembre '60, *La liberazione del Mezzogiorno*, II, p. 361.

[80] Secondo quanto afferma Mazzini nelle lettere a Caroline Stansfeld del 25 settembre e a Nicola Fabrizi del 26, Garibaldi avrebbe telegrafato al re: "Sire, je vous obéirai." Mazzini, LXX, p. 106 e p. 113.

cia alla spedizione di Roma) Rattazzi aveva fatto inviare un consiglio a Garibaldi, ma forse il generale non ne era a conoscenza quando scrisse la lettera.[81] Pallavicino arrivò a Torino il 23 e ottenne non senza difficoltà di essere ricevuto la sera stessa dal re. Vittorio Emanuele, che probabilmente aveva già parlato con Vimercati ritornato a Torino lo stesso giorno, si mostrò assai irritato contro Garibaldi: si mise in tasca senza leggerla la lettera che Pallavicino gli consegnò e ai suoi argomenti in difesa di Garibaldi rispose bruscamente: "Faccia subito l'annessione o si ritiri."[82] Pallavicino ebbe nei giorni successivi due colloqui con Cavour, che trovò deciso ad agire contro Garibaldi con qualunque mezzo. Quindi ripartí per Napoli, dove giunse il 28 settembre, convinto che ormai fosse necessario accelerare quanto piú possibile l'annessione.

Cavour fin dal 16 settembre aveva stabilita la convocazione del Parlamento per il 2 ottobre, ripromettendosi di ottenere un voto che approvasse pienamente la sua politica nei riguardi di Garibaldi. Con qualche esagerazione, dovuta evidentemente all'opportunità di impressionare Napoleone III, cosí riferiva a Nigra la situazione e le sue stesse intenzioni in una lettera del 22 settembre: "Garibaldi est un illuminé, enivré par des succès inespérés. Il croit avoir reçu une mission providentielle et être autorisé pour l'accomplir de tous les moyens. Maintenant il s'imagine que c'est avec les hommes de la révolution qu'il doit marcher. Il s'ensuit qu'il sème sur sa route le désordre et l'anarchie. Si nous ne portions pas remède à cet état de choses, l'Italie périrait sans que l'Autrique s'en mêlât. Nous sommes décidés à ne pas le souffrir. Declarez-le bien nettement à l'Empereur; si Garibaldi persévère dans la voie funeste où il est engagé, dans quinze jours nous irons rétablir l'ordre à Naples et à Palerme, fallût-il pour cela jeter tous les Garibaldiens à la mer. L'immense majorité de la nation est avec nous. Les débuts du Parlement le prouveront. Gianduia est furieux contre Garibaldi. La Garde Nàtionale de Turin marcherait contre lui si besoin était. Les soldats de Fanti et de Cialdini ne demandent pas mieux que de débarrasser le pays des

[81] Si veda la lettera del Marazio, direttore del "Diritto," e uomo di fiducia di Rattazzi, al Macchi del 14 settembre '60, conservata nelle Carte Bertani e pubblicata da A. LUZIO, *Garibaldi, Cavour, Verdi*, Milano, 1926, pp. 216-217. Si veda in proposito anche A. OMODEO, *La politica di Rattazzi*, in *Difesa del Risorgimento*, p. 577.

[82] PALLAVICINO, *Memorie*, cit., vol. III, pp. 605-609.

chemises rouges. Dites à l'Empereur de n'avoir aucune inquiétude à cet égard. Nous avons attendu, nous avons été conciliant, même faible en apparence, pour avoir le droit de frapper et de frapper fort lorsque le moment serait venu. Il fallait attendre que ces Messieurs jettassent le masque monarchique qu'ils portaient. Maintenant le masque est jeté, et nous irons de l'avant. Le Roi est décidé à en finir. D'ailleurs je n'admettrais pas d'hésitation."[83] In quei giorni l'eccitazione antigaribaldina di Cavour giunse al colmo. Egli sopravvalutò, come era uso fare, l'influenza che Mazzini poteva avere sullo sviluppo degli avvenimenti e si allarmò quando seppe che Garibaldi aveva accolto cordialmente il grande agitatore. Giunse persino a temere un colpo di mano garibaldino su Genova: "Garibaldi avendo rotto apertamente col Governo," scrisse Cavour il 14 settembre al vicegovernatore di Genova, "e fatta lega con Mazzini, conviene essere preparati alle imprese le piú insensate. Riesce quindi possibile che si tenti un colpo di mano su Genova anche col concorso dei Garibaldini venuti da Napoli. Finché Ancona non sia presa non posso richiamare la squadra e quindi siamo senza grande difesa per parte del mare. È quindi opportuno l'essere bene preparati dal lato di terra. Si concerti col Generale Boyl e coll'Ammiraglio Serra ond'essere al sicuro d'ogni sorpresa."[84]

La sera del 26 settembre in un consiglio dei ministri, tenuto alla presenza del re, fu deciso che il re stesso cedesse la Luogotenenza generale del Regno al principe di Carignano e partisse il 29 per Ancona, dove avrebbe assunto il comando delle truppe destinate ad intervenire nel Regno di Napoli. Frattanto le notizie sulle prese di posizione anticavouriane di Garibaldi, giunte a Torino e nelle altre città settentrionali proprio mentre le truppe regie avanzavano con successo nell'Umbria e nelle Marche, impressionarono l'opinione pubblica sfavorevolmente per Garibaldi, anche perché mancò o non fu sufficiente l'azione chiarificatrice della stampa democratica e per di piú quasi tutti i capi della sinistra erano andati a Napoli. Invece la stampa moderata agitò abilmente il solito spauracchio dell'anarchia e della rivoluzione ed ebbe inoltre buon gioco nel sostenere che sarebbe scoppiata la guerra con la Francia, se Garibaldi avesse continuata la sua marcia fino a Roma. In realtà Ga-

[83] *Carteggio Cavour-Nigra*, IV, p. 221.
[84] *La liberazione del Mezzogiorno*, II, p. 352.

ribaldi aveva rinunciato alla spedizione di Roma dopo aver ricevuto la risposta del re alle sue lettere dell'11 settembre. Ma le sue clamorose dichiarazioni di pochi giorni prima avevano diffuso preoccupazione e allarme. Tutto questo contribuí a creare nell'opinione pubblica uno stato d'animo nel complesso favorevole alla politica di Cavour. D'altra parte ben presto l'atteggiamento assunto da Garibaldi contribuí non poco a rendere meno drammatica la situazione.

Intanto la situazione interna a Napoli continuava ad essere confusa. I ministri, che piú volte avevano espresso al dittatore l'intenzione di dimettersi, agivano in senso annessionista sostenuti dai moderati e dagli agenti cavouriani, mentre Bertani, come Segretario generale, spingeva in senso opposto. Il 22 un decreto di Garibaldi concentrò la trattazione dei piú importanti affari nella Segréteria generale, che fu divisa tra Crispi che fu segretario per gli affari di Sicilia e per gli affari esteri e Bertani che continuò ad essere segretario per le province continentali. Liborio Romano e gli altri ministri tornarono a presentare allora le dimissioni al dittatore. Seguirono vivaci contrasti e confuse trattative fino a che il 27 fu costituito un nuovo ministero cosí composto: Raffaele Conforti, interno; Paolo Scura, giustizia; Enrico Cosenz, guerra; Amilcare Anguissola, marina; Francesco De Sanctis, istruzione; Luigi Giura, lavori pubblici. Due giorni prima Bertani aveva presentato a Garibaldi le dimissioni da Segretario generale; la sua posizione dopo gli ultimi avvenimenti era divenuta effettivamente insostenibile. Il 29 settembre, pare per consiglio di Cattaneo, Bertani partí per Torino per recarsi a partecipare alle imminenti sedute della Camera. Il suo posto fu preso temporaneamente da Crispi.

Mazzini, che, dopo un primo breve colloquio con Garibaldi avvenuto forse il 21, aveva sperato che questi procedesse su Roma, comprese subito che questa speranza si dileguava. Il 23 propose a Garibaldi di far firmare ad almeno 20.000 volontari un indirizzo al Parlamento in favore dell'unità e di comparire "con quello, come un aerolite, in mezzo al Parlamento nei primi giorni," per esporre in modo chiaro le sue ragioni e tentare di rovesciare Cavour. "Al re dite," proseguiva Mazzini, "che la non annessione non è che un pegno per voi; che la fate subito il giorno in cui egli annunzia al Parlamento la dimissione di Cavour e la guerra pel Veneto. Poi, tornate subito, facendo un giro per le provincie. Avrete un altro esercito numeroso. Lasciate qui, ben inteso, un potere forte e omogeneo."[85] Ma ormai non c'era piú tempo per preparare un'azione di questo genere, per la quale del resto Garibaldi non era adatto. Mazzini probabilmente fece questa proposta per un semplice scrupolo, tanto per non lasciare nulla di intentato. Il 27 settembre cosí commentava la situazione in una lettera ad Emilie Ashurst: "Le cose vanno come peggio non potrebbero. Garibaldi, dopo molti ondeggiamenti e passi verso di noi, ha ceduto al Re e ai moderati di qui. Non andiamo a Roma; non andiamo a Venezia. Avremo i Piemontesi, l'immediata annessione, faremo tutto ciò che il Re e Cavour ordineranno, mandando al tempo stesso maledizioni ai 'ministri scellerati' e al 're vassallo dello straniero.' Anche Bertani sta per essere sacrificato da lui ai moderati. Io faccio naturalmente quel che posso, cerco di organizzare il partito, di fondare un giornale, una pubblica associazione, ecc. Ma temo vi sarà nel nostro movimento un *temps d'arrêt*. Se sarà proprio cosí, se vedrò che l'inverno passerà senza che si faccia un passo avanti, andrò di nuovo a Londra per tornare qui in primavera."[86] Il grande agitatore quindi si preparava a riprendere il lavoro di propaganda e di organizzazione adattandolo alla nuova situazione.

Anche la situazione militare influí sulla decisione di Garibaldi di rinunciare all'avanzata su Roma. L'esercito borbonico, dopo essersi ritirato da Napoli, contava ancora circa 50.000 uomini, bene armati, rimasti immuni dallo sfacelo e quindi animati da un notevole spirito combattivo. Esso si schierò sulla riva destra del Volturno tenendo saldamente la città fortificata di Capua sulla sinistra e avendo alle spalle la piazzaforte di Gaeta. Era quindi in condizioni di resistere efficacemente ed anche di tentare una controffensiva su Napoli. Frattanto l'insurrezione antiborbonica, iniziatasi già alla fine d'agosto, si era estesa anche alle province non direttamente toccate dall'esercito di Garibaldi. Nell'Irpinia, nel Sannio, nelle Puglie, nel Molise e negli Abruzzi si erano formati governi provvisori composti di moderati e di democratici (in genere con prevalenza dei primi sui secondi) e si erano costituiti reparti della Guardia Nazionale ed anche piccole legioni di volontari che afflui-

[85] MAZZINI, LXX, p. 101.
[86] *Ivi*, p. 115.

rono all'esercito garibaldino, sebbene in misura minore di quanto era avvenuto in Calabria, in Basilicata e nel Cilento. In tutte le province il governo dittatoriale nominò dei governatori, i cui poteri furono molto estesi con un decreto del 17 settembre. L'esercito garibaldino, o *Esercito Meridionale*, come Garibaldi lo aveva ufficialmente chiamato, contava anch'esso circa 50.000 uomini verso la fine di settembre, dei quali poco piú di 20.000 erano venuti dall'Italia centro-settentrionale con le varie spedizioni tra maggio e settembre, mentre gli altri si erano arruolati in Sicilia e nel Mezzogiorno continentale. Ma esso era nettamente inferiore a quello borbonico per l'artiglieria e la cavalleria e comprendeva anche reparti improvvisati poco efficienti. Inoltre solo 20.000 uomini o poco piú erano concentrati sul Volturno, poiché gli altri dovevano presidiare le varie province ed erano in parte impegnati in operazioni di repressione.

Infatti aveva cominciato a manifestarsi in varie zone del Mezzogiorno continentale quel grave fenomeno di insorgenza contadina, che fu poi impropriamente definito "brigantaggio." Moti contadini, miranti come al solito soprattutto alla rivendicazione delle terre demaniali usurpate, si erano delineati un po' dappertutto in luglio e in agosto e l'agitazione si era accresciuta via via che Garibaldi avanzava. In Calabria e in Basilicata i proprietari liberali, che diressero le insurrezioni antiborboniche, riuscirono in un primo tempo a tenere a freno i contadini o addirittura a trascinarseli dietro con provvedimenti demagogici di emergenza. Garibaldi stesso emanò da Rogliano in Calabria un decreto che ristabiliva i diritti d'uso nelle terre demaniali della Sila. Ma ben presto questi provvedimenti furono di fatto annullati e furono invece adottate dai liberali severe misure per reprimere le agitazioni contadine. Al principio di settembre questi moti cominciarono qua e là ad essere diretti da elementi reazionari locali e ad essere appoggiati da truppe borboniche sbandate o in ritirata verso il Volturno. Il primo episodio grave di insorgenza utilizzato in questo senso si ebbe ad Ariano, dove una grossa massa di contadini insorti uccise circa 140 liberali e guardie nazionali che avevano costituito un governo provvisorio. Questa insurrezione, che si diffuse ad altri paesi dell'alta Irpinia e del Sannio, fu domata senza troppa difficoltà da una colonna garibaldina, comandata dal generale Türr. Nella seconda metà di settembre però episodi di questo genere si moltiplicarono un po' dovunque, mentre il governo borbonico da Gaeta iniziava una vasta azione per utilizzare l'insorgenza contadina per la riconquista del Regno, secondo la tradizione sanfedistica risalente al 1799. Questa azione fu appoggiata da una parte notevole del clero e trovò un terreno propizio nel tradizionale lealismo dinastico dei contadini, i quali per secoli erano stati abituati a vedere nel re l'unico difensore contro le sopraffazioni e le usurpazioni dei nobili e dei borghesi. Il piano borbonico mirava ad utilizzare le forze dei contadini insorti contro i "galantuomini" liberali per rinforzare da un lato il grosso dell'esercito che avrebbe dovuto riconquistare Napoli e dall'altro i reparti che avrebbero dovuto fronteggiare la prevista avanzata delle truppe piemontesi negli Abruzzi e nel Molise.

Alla metà di settembre le forze garibaldine al nord di Napoli erano schierate lungo un ampio semicerchio che da Santa Maria Capua Vetere, di fronte a Capua, arrivava fino a Maddaloni passando per le pendici del Monte Tifata e la zona collinosa di San Leucio e di Caserta Vecchia. I borbonici potevano minacciare seriamente questo schieramento attaccando da Capua e al tempo stesso tentare di aggirarlo sulla destra puntando su Maddaloni. Per ovviare a questo pericolo ed anche per stabilire le premesse di un'azione offensiva il generale Türr, che sostituí nel comando Garibaldi durante la breve corsa di questo a Palermo, fece occupare il 19 settembre la cittadina di Caiazzo, sulla destra del Volturno a monte di Capua, per stabilirvi una testa di ponte che potesse proteggere l'ala destra garibaldina e minacciare la sinistra borbonica. Fece anche tentare un colpo di sorpresa su Capua, che però urtò contro una resistenza insormontabile. Garibaldi, ritornato da Palermo quello stesso giorno, disapprovò l'occupazione di Caiazzo, fatta con forze insufficienti, ma non ordinò di abbandonarla; mandò anzi qualche rinforzo al piccolo presidio della testa di ponte. Il 21 settembre però i borbonici attaccarono con forze preponderanti Caiazzo e costrinsero i garibaldini a ripiegare sulla sinistra del fiume con gravi perdite. Garibaldi non poté evitare quello scacco, perché non disponeva di forze sufficienti da spostare in quella direzione. Come conseguenza di questa sconfitta dovette rimanere sulla difensiva e attendere il grande attacco nemico. Il comando borbonico però perse dieci giorni preziosi in discussioni e preparativi e sferrò la sua attesa controffensiva soltanto all'alba del 1° ottobre.

I borbonici impiegarono nella battaglia che fu detta del Volturno circa 30.000 uomini contro circa 21.000 garibaldini. Comandava l'esercito regio il generale Ritucci; era presente lo stesso Francesco II con vari príncipi della casa reale. L'offensiva si doveva svolgere mediante un'azione convergente su Caserta: il generale Tabacchi doveva attaccare Santa Maria, il generale Afán de Rivera Sant'Angelo e il Monte Tifata, mentre i generali Von Mechel e Ruiz dovevano passare il Volturno di fronte a Caiazzo ed attaccare Maddaloni e Caserta Vecchia. Garibaldi aveva disposto la divisione comandata dal polacco Milbitz a difesa di Santa Maria, la divisione Medici a Sant'Angelo e al Monte Tifata, la brigata Sacchi a San Leucio con una piccola avanguardia a Castel Morrone, la divisione Bixio a difesa di Maddaloni; a Caserta tenne una forte riserva comandata da Türr. Appunto manovrando abilmente questa riserva per linee interne e accorrendo egli stesso nei punti piú pericolosi a incuorare i volontari e a dirigere alcuni contrattacchi, Garibaldi riuscí a respingere l'offensiva borbonica a Sant'Angelo e a Santa Maria, dopo un'intera giornata di duri combattimenti. Frattanto il Ruiz e il Von Mechel avevano proceduto lungo le direttrici loro assegnate. Ma il primo si scontrò a Castel Morrone contro 280 uomini comandati da Pilade Bronzetti, che resistettero tenacemente e furono sopraffatti soltanto dopo quattro ore di combattimento e la morte del loro comandante. Il generale borbonico poté quindi proseguire fino a Caserta Vecchia dove si fermò. A sua volta il Von Mechel si scontrò con le forze di Bixio che difendevano Maddaloni, ma fu respinto dopo un violento combattimento ai Ponti della Valle. La sera le forze borboniche, meno i 5.000 uomini del Ruiz fermi a Caserta Vecchia, ripiegarono sulle posizioni di partenza. Il giorno dopo una parte degli uomini del Ruiz tentò un attacco su Caserta ma fu circondata e fatta prigioniera; in questa azione i garibaldini furono rinforzati da un battaglione di bersaglieri piemontesi da poco sbarcato a Napoli. La giornata del 1° ottobre costò ai garibaldini circa 1.600 tra morti e feriti e 250 prigionieri. I borbonici ebbero 1.200 fra morti e feriti e 74 prigionieri. Altri 2.089 di loro furono fatti prigionieri il 2.

Falliva cosí la speranza di Francesco II di riprendere Napoli. Ormai non gli restava che resistere nel piccolo territorio che gli rimaneva appoggiandosi alle munite piazze di Capua e di Gaeta e al tempo stesso far leva sull'insorgenza reazionaria per sommuovere il Regno contro Garibaldi e per fronteggiare le truppe piemontesi che si apprestavano ad entrare negli Abruzzi. Garibaldi aveva vinto la piú difficile battaglia di quella campagna ed aveva confermato ancora una volta le sue qualità di comandante abile, oltre che ardimentoso. Il suo esercito si era battuto valorosamente contro un nemico superiore di numero e di mezzi, animato da un forte spirito combattivo. Ma l'esercito nemico battuto era ancora compatto e non intendeva cedere; Capua resisteva e non era possibile prenderla senza grosse artiglierie; numerose bande reazionarie infestavano il Sannio e il Molise. Garibaldi doveva quindi attendere sul Volturno l'avanzata dell'esercito di Vittorio Emanuele.

6. *I plebisciti e l'intervento regio nel Mezzogiorno*

Il 2 ottobre si aprí a Torino la seconda ed ultima sessione della VII Legislatura. Cavour aveva evitato di riunire il Parlamento nei difficili mesi di luglio, agosto e settembre ed aveva preso importanti decisioni, come la spedizione nelle Marche e nell'Umbria e l'intervento nell'Italia meridionale, con la sola approvazione del re e dei ministri. Ma poiché con queste decisioni era riuscito a controbilanciare efficacemente l'iniziativa del Partito d'Azione ed era ormai sicuro di battere politicamente Garibaldi senza mettersi in contrasto con la spinta unitaria che dominava l'opinione pubblica, decise di riunire il Parlamento per ottenere l'approvazione della sua politica. Egli volle che tutti in quel difficile momento assumessero le proprie responsabilità. Aveva cominciato col costringere abilmente il re, nel colloquio dell'8 settembre, a scegliere fra lui e Garibaldi; ora voleva che il Parlamento facesse la stessa scelta. Avrebbe anche potuto farne a meno e limitarsi a proporre al Parlamento stesso di conferire al re la dittatura fino al superamento della crisi in atto. In questo senso gli erano venuti consigli da varie parti: da Medici, da Salvagnoli, da Ricasoli[87]; ma egli giudicava negativamente l'esperienza dei

[87] Si vedano la lettera di Medici a Cavour del 28 settembre, *La liberazione del Mezzogiorno*, II, p. 387, la lettera di Salvagnoli a Cavour del 30 settembre, *ivi*, p. 397, il dispaccio di Ricasoli a Cavour del 1° ottobre, *ivi*, III, p. 1, e la risposta di Cavour a Salvagnoli del 2 ottobre, *ivi*, III, p. 12.

pieni poteri attribuiti al re durante la guerra del '59 e continuava a fidarsi poco del sovrano; preferiva dunque che la sua politica fosse adottata in modo esplicito dalla maggioranza del Parlamento, cioè dal partito moderato nel suo complesso e possibilmente anche da una parte della sinistra. In tal modo la sua politica avrebbe assunto maggior forza ed avrebbe potuto presentarsi all'Italia e all'Europa col crisma della legalità costituzionale e come espressione del metodo liberale.

Cavour impostò la battaglia parlamentare sul problema delle nuove annessioni. Presentò infatti alla Camera un disegno di legge che autorizzava il governo ad accettare mediante regi decreti le annessioni allo Stato di altre parti d'Italia, purché fossero incondizionate e deliberate con suffragio universale diretto, cioè con plebisciti. Questa proposta non aveva precedenti: infatti le annessioni dell'Emilia e della Toscana, deliberate dai plebisciti di marzo, erano state rese effettive con decreti regi approvati poi dal Parlamento, non preceduti però da alcuna legge che autorizzasse il governo ad accettarle. Quelle annessioni tuttavia erano state incondizionate, poiché né nelle assemblee che si erano riunite in Emilia e in Toscana in agosto e in settembre del '59, né nei plebisciti di marzo era stata posta la questione dell'ordinamento interno del nuovo Stato italiano o la questione dei limiti geografici che esso avrebbe dovuto avere. La formula che venne approvata nelle votazioni ("annessione alla monarchia costituzionale di Vittorio Emanuele") implicò l'accettazione pura e semplice dello Statuto albertino e l'unione al Regno sardo cosí come era dopo Villafranca. Tutto questo era una naturale conseguenza non solo del fatto che i governi dell'Emilia e della Toscana erano stati tenuti saldamente nelle mani dai moderati annessionisti, ma anche della difficile lotta che tutto il movimento nazionale aveva dovuto sostenere per impedire il ritorno dei vecchi sovrani e per ottenere proprio l'annessione incondizionata di quelle regioni al Piemonte. Diversamente erano andate le cose nel '48, in occasione della *fusione*, come allora si disse, della Lombardia al Regno sardo. Infatti il plebiscito lombardo del 29 maggio '48 aveva posto come condizione della fusione stessa la riunione di un'Assemblea Costituente eletta a suffragio universale, che avrebbe dovuto stabilire "le basi e le forme d'una nuova monarchia costituzionale con la dinastia di Savoia." E questa condizione era stata accettata dalla Camera subalpina il 28 giugno '48.[88] Ma poi le vicende sfortunate della prima guerra d'indipendenza avevano mandato in fumo tanto la fusione quanto la progettata Costituente; nel '59 l'annessione della Lombardia al Regno sardo era avvenuta per effetto dei trattati di Villafranca e di Zurigo ed era stata evitata una nuova consultazione della volontà popolare. Insomma dall'aprile del '59 all'aprile del '60, per effetto della prevalenza del partito moderato e dell'iniziativa governativa, il processo di unificazione dell'Italia centro-settentrionale era avvenuto nella forma di successivi ingrandimenti del Regno sardo, senza che fosse posto in discussione il problema dello Statuto e senza che avvenissero mutamenti di rilievo nel gruppo politico dirigente del Regno stesso e nei rapporti di forza tra i partiti. D'altra parte anche la cessione di Nizza e della Savoia alla Francia era avvenuta mediante un trattato, sanzionato da un plebiscito, approvato successivamente dal Parlamento.

Il problema dell'annessione si presentava invece in modo nuovo per le Due Sicilie. La spedizione garibaldina era stata attuata dal Partito d'Azione in contrasto con le direttive generali del governo di Torino. Garibaldi aveva assunto la dittatura in Sicilia e poi nel continente in nome di Vittorio Emanuele, che egli però definiva già re d'Italia, e aveva dichiarato piú volte che il suo obiettivo era la liberazione di tutta l'Italia. Perciò ai tentativi cavouriani per l'annessione immediata aveva reagito affermando che l'annessione sarebbe stata fatta quando tutto il territorio nazionale fosse stato liberato. Questo significava che i territori liberati dall'esercito garibaldino non sarebbero stati propriamente annessi al Regno sardo, ma insieme a questo avrebbero formata l'Italia unita. Pertanto, sebbene Garibaldi non si preoccupasse di problemi costituzionali e non esprimesse idee precise in proposito, era molto probabile che il processo di unificazione, qualora fosse stato portato avanti in questo modo, si sarebbe concluso con la convocazione di una Costituente, la quale, pur nell'ambito della monarchia, avrebbe dovuto stabilire, come diceva Mazzini, il "patto nazionale." Tutto questo avrebbe profondamente modificato il rapporto di forza tra i partiti e scosso il predominio del partito moderato. Certamente le decisioni prese da Cavour in settembre, l'azione personale del re su Garibaldi, la decisione del dittatore di obbedire al re riguar-

[88] Si veda il nostro III volume a p. 193 e a p. 248.

510

do alla spedizione di Roma, infine la partenza del re per il Mezzogiorno avevano reso per il momento impossibile la realizzazione del piano completo di Garibaldi. Ma il problema dell'annessione restava aperto, ed era possibile che a Palermo e a Napoli finisse per prevalere l'idea di condizionare l'annessione alla riunione della Costituente, o anche all'impegno del governo di Torino di effettuare la totale unificazione d'Italia o di garantire determinate autonomie ai territori da annettere. Era possibile anche che, proprio in vista di queste condizioni, il compito di decidere l'annessione fosse affidato ad assemblee locali. Effettivamente il decreto emanato a Palermo il 23 giugno sulla formazione delle liste elettorali lasciava al governo dittatoriale la facoltà di indire un plebiscito oppure di fare eleggere un'assemblea. Inoltre esisteva ancora in Sicilia un gruppo moderato autonomista, del quale facevano parte uomini autorevoli, come Emerico Amari e Francesco Ferrara. Quest'ultimo al principio di luglio aveva inviato a Cavour uno scritto, nel quale sosteneva che la Sicilia annettendosi al Regno sardo avrebbe dovuto cedere agli organi centrali dello Stato "il governo di tutte le materie di comune interesse italiano" (politica estera, difesa, dogane, ecc.) e avrebbe dovuto conservare per tutte le altre un proprio governo.[89] Cavour aveva respinto questa proposta in modo aspro.[90] Ma sull'idea dell'annessione condizionata da deliberarsi per mezzo d'un'assemblea locale poteva realizzarsi in Sicilia, come effettivamente stava per avvenire in quei primi giorni d'ottobre, un'alleanza temporanea tra democratici e moderati autonomisti, e l'esempio siciliano poteva essere imitato a Napoli. Se le cose fossero andate in questo modo, la riunione della Costituente nazionale sarebbe stata molto probabilmente inevitabile.

Cavour voleva prevenire questa eventualità facendo in modo che l'annessione della Sicilia e del Mezzogiorno continentale avvenisse con lo stesso sistema adottato in Emilia e in Toscana. Per raggiungere questo scopo insieme a quello dell'abbattimento del regime garibaldino contava soprattutto sull'intervento dell'esercito regio nel Mezzogiorno, oltre che sull'appoggio degli annessionisti meridionali e sul generale desiderio della borghesia di chiudere "l'era

[89] *La liberazione del Mezzogiorno*, I, pp. 296-305.
[90] Si veda la lettera di Cavour al conte Michele Amari del 7 luglio '60, *ivi*, p. 305.

delle rivoluzioni." Tutta questa azione politica doveva però trovare nell'approvazione parlamentare del disegno di legge sull'accettazione delle annessioni una base legale e al tempo stesso la forza morale necessarie per giustificarla di fronte all'Italia e all'Europa. Era una legalità discutibile, perché con quella legge il Parlamento di Torino, che rappresentava soltanto l'Italia centro-settentrionale, poneva alle altre parti d'Italia un duro *aut aut*: o rinunciare all'annessione, o farla col metodo plebiscitario e senza alcun patto deditizio; ma era d'altra parte l'unica forma legale che il partito moderato, nelle concrete condizioni del 1860, poteva dare al processo di unificazione.

La discussione alla Camera fu vivace, ma l'opposizione si mostrò molto meno forte di quello che Cavour aveva creduto. La sinistra non seppe contrapporre alla linea politica propugnata da Cavour una propria linea politica chiara ed uniforme e rimase in posizione difensiva. Tra i deputati di sinistra che erano stati per qualche tempo a Napoli vicino a Garibaldi, quello che parlò piú efficacemente in difesa del dittatore fu Riccardo Sineo, mentre Bertani fece un discorso piuttosto fiacco, che si concluse con l'auspicio di una riconciliazione tra Cavour e Garibaldi. L'unico attacco a fondo contro l'idea dell'annessione incondizionata fu svolto da Giuseppe Ferrari, il quale riaffermò la sua fede federalista ed accusò il ministero di non volere neppure la vera unità, ma soltanto l'egemonia piemontese sotto la protezione di Napoleone III. Ma fu il discorso di un isolato. Cavour quindi, nel discorso che pronunciò l'11 ottobre, poté rallegrarsi che esistesse, "meno una splendida eccezione," una sostanziale concordanza della Camera sull'opportunità "di promuovere l'immediata manifestazione dei voti delle popolazioni dell'Italia meridionale." Difese poi l'operato del ministero di fronte a Garibaldi affermando che esso rispondeva perfettamente ai princípî costituzionali e dichiarò di associarsi ad un ordine del giorno di ringraziamento a Garibaldi per l'impresa di Sicilia e di Napoli, che era stato allora proposto. Aggiunse infine alcune spiegazioni su due problemi posti da alcuni deputati nella discussione, quelli di Roma e di Venezia. Disse chiaramente che il governo aveva intenzione di risolvere questi problemi. Affermò solennemente, tra gli applausi entusiastici della Camera, che Roma doveva diventare la capitale del Regno d'Italia ed indicò sommariamente in un accordo col papa il modo di risolvere la questione romana: questo accordo sarebbe stato reso possibile dal diffondersi della convinzione che la libertà era "altamente favorevole allo sviluppo del vero sentimento religioso." Quanto a Venezia, affermò che per il momento non era possibile una guerra contro l'Austria. "Non si può," disse, "perché non siamo ordinati; non si può perché l'Europa non lo vuole." Perciò per risolvere il problema di Venezia era necessario anzitutto "cambiare l'opinione dell'Europa." La formazione di un forte ed ordinato Stato unitario italiano avrebbe esercitato su Venezia un'attrazione irresistibile e la necessità dell'unione all'Italia sarebbe stata riconosciuta dall'Europa. "Quando ciò sarà compiuto, signori, saremo alla vigilia della liberazione di quella illustre città. Come questa avrà da effettuarsi, se colle armi o coi negoziati, la Provvidenza sola lo deciderà."

Cavour fece insomma nel discorso dell'11 ottobre, che prelude agli altri famosi da lui pronunciati nel marzo '61, una solenne professione di fede unitaria, promettendo di risolvere i problemi di Roma e di Venezia, ma senza impegnarsi in modo preciso sul tempo e sul modo, cosa che del resto nella sua qualità di presidente del consiglio non poteva fare. L'idea dell'unità nazionale, alla quale Mazzini e il Partito d'Azione avevano dedicato le loro forze fino all'esaurimento, era ora fatta propria irrevocabilmente dal partito moderato; ma il metodo di unificazione che stava per trionfare non era quello della dittatura rivoluzionaria seguita dalla Costituentè nazionale, ma quello delle annessioni successive delle varie parti d'Italia al Regno sardo. La Camera approvò all'unanimità l'ordine del giorno di ringraziamento a Garibaldi e con 290 voti contro 6 il disegno di legge sull'accettazione delle annessioni; la maggior parte dei deputati di sinistra votò dunque a favore della linea proposta da Cavour. Lo stesso disegno di legge fu approvato il 16 ottobre dal Senato con 84 voti contro 12.

Mentre a Torino si svolgeva questo dibattito parlamentare, il problema dell'annessione era vivacemente discusso anche a Napoli e a Palermo. Il 3 ottobre per consiglio di Crispi, che aveva sostituito Bertani nella carica di Segretario generale, e sembra anche di Cattaneo, Garibaldi nominò Pallavicino prodittatore per il Mezzogiorno continentale. Non sono chiare le ragioni per le quali Crispi e Cattaneo diedero questo consiglio a Garibaldi. Forse vollero venire incontro a un desiderio di Garibaldi nella speranza che il vecchio patriota lombardo, considerato generalmente uomo di mediocri capacità politiche,[91] potesse subire la loro influenza. Invece il veterano dello Spielberg, con la tenacia degli uomini semplici, si dedicò con passione a raggiungere quella che gli sembrava l'unica soluzione possibile della crisi: il plebiscito per l'annessione a scadenza di pochi giorni. Il primo suo atto, appena nominato prodittatore, fu una lettera a Mazzini per invitarlo a partire da Napoli: "anche non volendolo," gli scrisse, "voi ci dividete; e noi abbiamo bisogno di raccogliere in un fascio tutte le forze della Nazione. So che le vostre parole suonano concordia, e non dubito che alle parole corrispondano i fatti. Ma non tutti vi credono; e molti sono coloro che abusano del vostro nome col proposito parricida d'innalzare in Italia un'altra bandiera." Ma il grande agitatore rispose con uno sdegnoso rifiuto dicendo di aver già compiuto per amore di concordia e per reverenza verso la maggioranza il sacrificio di accettare la monarchia, purché si facesse fondatrice di unità, e concludendo con queste fiere parole: "Se gli uomini leali, come voi siete, credono alla mia parola, debito loro è d'adoperarsi a convincere, non me, ma gli avversi a me che la via d'intolleranza per essi calcata è il solo fomite d'anarchia che oggi esiste. Se non credono a un uomo che da trent'anni combatte come può per la Nazione, che ha insegnato agli accusatori a balbettare il nome di Unità, e che non ha mai mentito ad anima viva, tal sia di loro. L'ingratitudine degli uomini non è ragione perch'io debba soggiacere volontariamente alla loro ingiustizia, e sancirla."[92]

Intanto in Sicilia il prodittatore Mordini per fronteggiare la pressione dei sostenitori dell'annessione immediata e prevenire il pericolo di un intervento armato piemontese, di cui si parlava insistentemente, aveva stabilito un accordo di massima con i moderati autonomisti. Di conseguenza il consiglio dei ministri, da lui presieduto, decise il 5 ottobre all'unanimità, salva la decisione definitiva del dittatore, di convocare i comizi elettorali "per incamminare il paese sopra una via che gli assicuri la indipendente ma-

---

[91] Cavour definiva Pallavicino un "imbecille." Si vedano la lettera al principe di Carignano del 27 settembre '60, *Carteggio Cavour-Nigra*, IV, p. 235, e la lettera a Farini del 13 ottobre, *La liberazione del Mezzogiorno*, III, p. 101.

[92] Il testo della lettera di Pallavicino e della risposta di Mazzini sono ristampati in MAZZINI, LXVI, pp. 253-256.

nifestazione della sua volontà." In una lettera a Crispi, Mordini cosí spiegava questa risoluzione: "In data del 4 andante tu finiscì il *post-scriptum* alla tua lettera del 2 con queste parole: 'In Torino si vogliono giuocare di noi.' Io questo sapeva, e piú sapevo che si stavano preparando spedizioni e sbarchi in Sicilia per cacciarne via i rappresentanti di Garibaldi. A queste macchinazioni ho creduto dovere rispondere convocando i collegi elettorali per il 21 andante, acciocché eleggano i deputati. Ho trovato una via buona aperta dal decreto del 23 giugno, e ho fatto legalmente un passo di piú per scongiurare la tempesta cavouriana. Il Generale fisserà il giorno della convocazione dell'Assemblea quando vorrà. L'Assemblea sottoporrà la effettuazione del suo voto all'epoca che sarà dal Generale creduta opportuna. Il Generale sottoporrà, se crede, il voto dell'Assemblea a un plebiscito, e cosí avrà tutto il tempo di spingere avanti la sua politica."[93] Questa decisione fu approvata da Garibaldi, sicché Mordini il 9 ottobre pubblicò il decreto che convocava l'assemblea siciliana per il 4 novembre.

A Napoli l'idea di convocare un'assemblea era stata già accennata il 23 settembre da Bertani a Garibaldi,[94] forse per consiglio di Cattaneo, ma la proposta non aveva avuto seguito. Tuttavia, quando giunse la notizia della decisione presa da Mordini, Garibaldi pensò che sarebbe stata opportuna la convocazione di un'assemblea anche a Napoli. Questa idea trovò subito favorevole Crispi e fu approvata con 3 voti contro 2 dal consiglio dei ministri in una seduta del 7 ottobre. Pallavicino però era contrario e lo stesso giorno, recatosi a Caserta, ottenne da Garibaldi l'autorizzazione ad indire il plebiscito. Il giorno dopo anche i ministri si dichiararono d'accordo con lui. Crispi cercò di opporsi sostenendo che il popolo dell'Italia meridionale non doveva votare per l'annessione al Regno sardo, ma per l'Italia unita sotto Vittorio Emanuele. Pallavicino pubblicò allora il decreto che indiceva il plebiscito per il 21 ottobre per rispondere sí o no alla domanda: "Volete l'Italia una e indivisibile con Vittorio Emanuele re costituzionale e i suoi legittimi discendenti?" L'espressione "una e indivisibile,"

[93] Mordini a Crispi, 6 ottobre '60, CRISPI, *I Mille*, cit., p. 347.
[94] "Che direste dell'idea di convocare, in questa parte d'Italia, un Parlamento in contrapposto a quello di Torino?" Cosí Bertani a Garibaldi il 23 settembre, CURATULO, *op. cit.*, p. 386.

che Villamarina trovò di "cattivo gusto,"[95] avrebbe potuto essere interpretata come una condizione posta al governo di Torino, qualora i democratici avessero avuto la forza per imporre a questo l'unificazione totale dell'Italia. Ma intanto il prodittatore con altri decreti sciolse la Segreteria generale della dittatura, ridusse i poteri vastissimi attribuiti dal decreto del 17 settembre ai governatori delle province, molti dei quali sostituí, vietò le riunioni dei comitati e dei circoli politici. In sostanza Pallavicino mirava ad eliminare dal governo centrale e periferico gli elementi democratici o comunque ostili all'annessione immediata. Crispi tuttavia continuò a far parte del governo con la carica, ormai puramente formale, di ministro degli esteri. Egli e Cattaneo pensavano che, pur facendosi il plebiscito, si dovesse eleggere l'assemblea col compito di attuare l'unificazione deliberata dal plebiscito stesso. Anche Mazzini, insieme a Saffi, De Boni, Nicotera, Libertini ed altri, che avevano fondato allora con lui l'Associazione Nazionale Unitaria, era dello stesso parere. "Quel che è davvero ridicolo," scrisse allora Cattaneo, "è che Mazzini è ora favorevole a un'Assemblea e incomincia a diventar federalista."[96] Effettivamente vi fu in quei giorni un avvicinamento dei democratici unitari a Cattaneo. Tuttavia, mentre questi vedeva nelle progettate assemblee locali napoletana e siciliana un primo passo verso un ordinamento federale, Mazzini, come Crispi, Mordini e Bertani, le considerava soprattutto come un mezzo per tentare di imporre al partito moderato e al governo di Torino la ripresa sollecita della lotta per la liberazione di Roma e di Venezia e possibilmente per ottenere la riunione della Costituente Nazionale.[97]

Dopo la pubblicazione del decreto per il plebiscito vi furono per alcuni giorni discussioni agitate e confuse. La sera dell'11, in una riunione tenuta a Caserta sotto la presidenza di Garibaldi, alla quale parteciparono anche Crispi, Cattaneo ed altri, Pallavicino affermò che l'assemblea avrebbe portato alla guerra civile e, di fronte all'irritazione di Garibaldi per questa affermazione, presentò le dimissioni da

[95] Lettera di Villamarina a Cavour dell'11 ottobre, *La liberazione del Mezzogiorno*, III, p. 85.
[96] CATTANEO, *Epistolario*, III, p. 415, lettera alla moglie dell'11 ottobre '60.
[97] Si vedano gli articoli *Assemblea e Plebiscito* e *Chi rompe la concordia*, pubblicati anonimi da Mazzini sul "Popolo d'Italia" di Napoli del 19 ottobre '60, in MAZZINI, LXVI, pp. 277-288.

prodittatore. Il giorno dopo gli annessionisti organizzarono a Napoli una grande dimostrazione, mentre ebbe scarso successo una dimostrazione in favore dell'assemblea. La Guardia Nazionale e la polizia furono favorevoli agli annessionisti. Garibaldi, recatosi a Napoli, presiedette una riunione del consiglio dei ministri, che si concluse con le dimissioni dei ministri stessi, ormai fautori intransigenti dell'annessione plebiscitaria. Il 13 ottobre vi furono nuove dimostrazioni nelle strade e un'altra riunione presieduta da Garibaldi, alla quale parteciparono Pallavicino, Conforti, Crispi, Cattaneo, Saliceti ed altri. Sull'andamento di questa riunione si hanno varie versioni non del tutto concordanti.[98] È certo però che Crispi e Cattaneo sostennero ancora l'opportunità dell'assemblea contro Pallavicino, appoggiato da Conforti, che si fece forte della votazione avvenuta due giorni prima alla Camera di Torino e insistette sulle sue dimissioni, nel caso di riunione dell'assemblea. Garibaldi era ancora favorevole all'assemblea, ma, dopo che il generale Türr, comandante militare della città di Napoli, gli ebbe presentato un indirizzo annessionista con migliaia di firme preparato dalla Guardia Nazionale, decise che si tenesse soltanto il plebiscito, e invitò Pallavicino a rimanere in carica.

Frattanto le notizie sulla discussione parlamentare di Torino e sul decreto per il plebiscito a Napoli avevano modificata la situazione anche in Sicilia. Gli annessionisti, che erano rimasti disorientati per qualche giorno dalla pubblicazione del decreto sull'assemblea, ripresero animo e riuscirono a formare un fronte unico moderato contro i democratici trascinando dalla loro parte anche gli autonomisti. Mordini, sebbene rimasto per alcuni giorni senza istruzioni da parte di Garibaldi, cercò di tener duro, ma quando il dittatore lo autorizzò a fare quello che credeva piú opportuno, decise di indire il plebiscito anche in Sicilia con la stessa formula adottata a Napoli.

La lotta sostenuta al principio d'ottobre a Napoli e a Palermo dai democratici in favore della convocazione delle assemblee locali fu in fondo un combattimento di retroguardia fatto da uomini che avevano già perduto la battaglia principale; fu inoltre un'azione tardiva e improvvisata, non coordinata con quella svolta dalla sinistra nel

---

[98] Ne riferisce alcune D. MACK SMITH, *Garibaldi e Cavour nel 1860*, trad. it., Torino, 1958, pp. 456-461.

Parlamento di Torino. Le forze italiane di sinistra, sotto l'influenza di Mazzini e poi di Garibaldi, avevano finito per concentrare la loro attività soprattutto nella lotta per l'unità. Esse riuscirono a formare un'eroica avanguardia di combattenti, che contribuí in modo decisivo a spezzare il vecchio ordine politico italiano, ma in tal modo diedero la prevalenza alla lotta insurrezionale e militare contro i vecchi governi, anziché alla lotta politica contro il partito moderato. Perciò quando, grazie alle vittorie di Garibaldi, la sinistra poté disporre per qualche mese di un governo, di un esercito e di una base d'operazioni nel Mezzogiorno, l'azione politica per la creazione di un ordinamento democratico fu subordinata all'azione militare per il raggiungimento dell'unità completa dell'Italia. Era pertanto inevitabile la sconfitta anche politica delle forze democratiche, quando l'intervento dell'esercito regio nelle Marche e nell'Umbria e poi anche nel Mezzogiorno interruppe l'azione militare di Garibaldi per il raggiungimento dell'unità.

I plebisciti, che si svolsero il 21 ottobre, diedero i seguenti risultati: nel Mezzogiorno continentale, su circa 1.650.000 iscritti, i votanti furono 1.312.366 (79,5%), i voti favorevoli 1.302.064, i contrari 10.302; in Sicilia, su circa 575.000 iscritti, i votanti furono 432.720 (75,2%), i voti favorevoli 432.053, i contrari 667. Per la percentuale dei votanti rispetto agli iscritti e rispetto alla popolazione complessiva e per l'esiguità dei voti contrari, i risultati dei plebisciti del Mezzogiorno continentale e della Sicilia appaiono molto simili a quelli dei plebisciti dell'Emilia e della Toscana. Ma certamente le condizioni del Mezzogiorno nell'ottobre del '60 erano meno tranquille di quelle dell'Emilia e della Toscana nel marzo, non fosse altro perché in alcune province erano ancora in corso operazioni di guerra tra borbonici e garibaldini e tra borbonici e piemontesi, ed è anche probabile che un po' dappertutto piú numerosi fossero i brogli e le intimidazioni. Inoltre il metodo di votazione adottato non offriva neppure quella generica alternativa del "regno separato," che era stata presentata agli elettori in Emilia e in Toscana, sicché chi era contrario all'unità non poté esprimere, neppure in modo vago, un'opinione sulla sorte che, secondo lui, avrebbe dovuto avere il paese. Il plebiscito del 21 ottobre presentò dunque in forma particolarmente grave i difetti di tutti i plebisciti di tipo bonapartistico. Sarebbe tuttavia un errore giudicarlo soltanto come un atto formale, privo di ogni valore politico reale, perché indubbiamente l'annessione al Regno di Vittorio Emanuele era desiderata dalla maggioranza della borghesia come l'unico modo per uscire dall'incerta provvisorietà del regime garibaldino e per evitare al tempo stesso il ritorno dei Borboni. Senza contare che il plebiscito del '60 fu anche il risultato di quasi settant'anni di lotte dei democratici e dei liberali meridionali e al tempo stesso degli errori politici dei Borboni, del dispotismo di Ferdinando II come dell'inettitudine di Francesco II, che avevano contribuito non poco a rendere impossibile una soluzione autonoma della crisi dello Stato meridionale.

Il 3 ottobre Vittorio Emanuele assunse in Ancona il comando delle truppe destinate ad intervenire nell'Italia meridionale, che cominciarono a passare il Tronto il 10 ottobre. A fianco del re erano Farini, ministro dell'interno, destinato da Cavour ad assumere il governo del Mezzogiorno continentale, e Fanti, ministro della guerra. Erano due uomini ostili a Garibaldi e da questo detestati per gli incidenti avvenuti in Emilia un anno prima. Cavour li scelse, perché si fidava poco del re e temeva che potesse essere influenzato da Garibaldi. Farini e Fanti erano bene accetti al sovrano e al tempo stesso, come convinti moderati e per i contrasti personali avuti con Garibaldi, non erano da questo influenzabili. Garibaldi per parte sua scrisse una lettera a Vittorio Emanuele per annunciargli la vittoria riportata al Volturno, congratularsi per i successi dell'esercito regio nelle Marche, incoraggiare il re a fare intervenire l'esercito nel Mezzogiorno e a fare egli stesso una "passeggiata" a Napoli con almeno una divisione. "Avvertito in tempo," concludeva il generale, "io congiungerei la mia destra alla divisione suddetta, e mi recherei in persona a presentarle i miei omaggi e ricevere ordini per le ulteriori operazioni. La M. V. promulghi un decreto, che riconosca i gradi de' miei ufficiali. Io mi adoprerò ad eliminare coloro che debbono essere eliminati."[99] Garibaldi dunque non pensava neppur lontanamente ad opporsi all'intervento regio nel Mezzogiorno, ma credeva di potere ancora svolgervi una funzione militare importante.

Il grosso del corpo di spedizione piemontese avanzò lentamente lungo l'Adriatico fino a Pescara, poi di qui verso la Terra di Lavoro per la strada di Sulmona-Isernia-

[99] CURATULO, op. cit., p. 355.

Venafro. I borbonici continuarono a tenere il grosso del loro esercito sul Volturno ed inviarono contro i piemontesi soltanto un migliaio di uomini comandati dal generale Scotti-Douglas, che raccolse anche alcune migliaia di contadini insorti. L'insorgenza filoborbonica continuava infatti a diffondersi largamente nel Molise, in Abruzzo e nel Sannio. Per combatterla Garibaldi inviò nel Molise una colonna di circa 1.200 uomini, quasi tutti volontari meridionali, comandata da Francesco Nullo, che però fu sopraffatta e quasi completamente distrutta vicino ad Isernia il 17 ottobre. Tre giorni dopo l'avanguardia del generale Cialdini giungeva al passo del Macerone, tra Castel di Sangro e Isernia, batteva le forze dello Scotti, che venne fatto prigioniero, ed occupava quindi Isernia. Nei giorni successivi i piemontesi occuparono Venafro ed avanzarono in direzione della strada Capua-Cassino. I borbonici, temendo allora di essere presi in mezzo tra le truppe di Vittorio Emanuele e quelle di Garibaldi, si ritirarono verso il Garigliano lasciando una guarnigione a Capua. Il 25 ottobre Garibaldi con circa 5.000 uomini passò il Volturno ed avanzò verso Teano. All'alba del 26 ottobre, al quadrivio della Catena presso Vairano, i garibaldini incontrarono l'avanguardia dell'esercito regio che scendeva dal Molise. Poche ore dopo avvenne il famoso incontro tra Garibaldi e Vittorio Emanuele. "Fu curioso ieri," scrisse Farini a Cavour da Teano il 27 ottobre, "l'incontro di Garibaldi col Re sulla strada da Presenzano a Teano. Garibaldi si avanzò a capo di qualche centinaio de' suoi in camicia rossa, e gridò *Viva il Re d'Italia*: e il coro — *viva* — ed il Re porgere affettuoso la mano all'uom della leggenda. Facemmo insieme tutta la strada da Presenzano a Teano, Garibaldi alla sinistra del Re, noi tutti, Generalissimi, Generali, Ministri, Ajutanti di Campo, ufficiali d'ordinanza, mescolati colle Camicie Rosse a cavallo, Lombardi, Veneti, Inglesi, Piemontesi, Genovesi e Romagnoli. Di Romagnoli ve n'erano parecchi, e tutti mi conoscevano, e mi acclamavano ed indicavano agli altri, e venivano a far la conversazione in vernacolo. Addio la diplomazia, la politica, il Gran Collare, e il portafoglio. Dal Re a Pangella, volere o non volere, diventammo tutti una banda di Garibaldini. Discutete in Consiglio dei Ministri quanto volete; ma la è andata cosí: Fanti faceva il muso lungo, ma finí per riderne. È un bell'episodio politico-militare! Il Re mi dice che Garibaldi, pur facendo sempre suoi sogni, si mostrò pronto ad ubbidire in tutto e per tutto: ed infatti andò subito co' suoi là dove il Re, per consiglio di Fanti, ordinò. Ma povero Garibaldi! non ha piú che poche migliaia di soldati buoni, e di autorità politica piú punto. Non dubitate che sarà trattato con ogni riguardo possibile. Oh bella! Garibaldi ne ha dette e fatte delle grosse: ma noi facciamo le garibaldaggini politiche meglio di lui! Perché volergliene se infin de' conti cede tutto al Re onestamente?"[100]

In realtà il colloquio tra il re e il dittatore fu piuttosto freddo, poiché il sovrano comunicò a Garibaldi che ormai le sue truppe dovevano accodarsi a quelle regie, sicché Garibaldi rientrò malinconicamente al suo quartier generale di Caserta. Il re si fermò a Teano e poi proseguí verso il Garigliano col corpo d'armata di Cialdini. Il corpo del generale Della Rocca invece fu incaricato di espugnare Capua con la collaborazione dei garibaldini. Il 1° novembre l'artiglieria piemontese aprí il fuoco sulla città e il giorno dopo la guarnigione borbonica di 11.000 uomini capitolò. Frattanto Cialdini aveva raggiunto il Garigliano, dove i borbonici opposero una vivace resistenza, che fu superata dopo un aspro combattimento il 31 ottobre. Le truppe di Francesco II tentarono ancora di resistere a Mola di Gaeta (Formia), ma furono battute dai piemontesi il 4 novembre. Una parte di esse si chiuse in Gaeta, una parte raggiunse la frontiera dello Stato pontificio. Ufficiali francesi inviati dal generale Goyon, comandante del corpo d'occupazione francese di Roma, imposero al comando italiano di rinunciare alla cattura di circa 10.000 borbonici, che poterono entrare nel territorio papale ove deposero le armi. Intanto il 5 novembre le forze italiane cominciavano l'assedio di Gaeta, ma solo dal lato di terra, perché la squadra francese, comandata dall'ammiraglio Le Barbier du Tinan, impedí alla squadra di Persano di bloccare la piazzaforte dal lato di mare.

Il 3 novembre furono proclàmati ufficialmente a Napoli i risultati del plebiscito del 21 ottobre, e il 7 Vittorio Emanuele fece il solenne ingresso nella città, accolto da Garibaldi, che aveva al suo fianco i prodittatori Pallavicino e Mordini. L'8 novembre furono presentati al re i risultati del plebiscito e cessò il governo dittatoriale. Garibaldi rifiutò i titoli e i doni che gli furono offerti, ma all'ultimo

[100] *La liberazione del Mezzogiorno*, III, p. 207.

momento chiese al re il governo dell'Italia meridionale per un anno con pieni poteri civili e militari; il re rifiutò e Garibaldi partí per Caprera sul *Washington* il 9 novembre. In un proclama ai volontari annunciò che nel marzo del '61 avrebbe ripresa la lotta per liberare Roma e Venezia. Farini assunse il potere a Napoli come Luogotenente generale del re. Pochi giorni prima Minghetti aveva assunto a Torino la carica di ministro dell'interno.

Il 4 novembre si erano svolti i plebisciti nelle Marche e nell'Umbria con la formula: "Volete far parte della monarchia costituzionale di Vittorio Emanuele II?" I risultati furono simili a quelli degli altri plebisciti. Nelle Marche, su circa 212.000 iscritti, i votanti furono 134.977 (63,7%), i voti favorevoli 133.765, i contrari 1.212. Nell'Umbria, su 123.011 iscritti, i votanti furono 97.708 (79,4%), i voti favorevoli 97.040, i contrari 308, i voti nulli 360. I risultati furono presentati solennemente dal Valerio e dal Pepoli al re in Napoli il 22 novembre.

In Sicilia il governo per tutto il mese di novembre rimase ancora affidato al Mordini, che il re rimandò a Palermo in attesa di andarvi personalmente ad insediare il marchese Massimo Cordero di Montezemolo, nominato Luogotenente generale dell'isola. Questi partí da Torino il 9 novembre, insieme a La Farina, Cordova e altri moderati siciliani, messigli a fianco da Cavour come consiglieri, e si recò a Napoli, donde contava di proseguire per Palermo col re. Ma Mordini scrisse a Farini che la presenza di La Farina e di Cordova non era gradita a Palermo e poteva provocare dimostrazioni ostili.[101] Il re si mostrò propenso a revocare le nomine di La Farina e di Cordova, ma Cavour ottenne che abbandonasse questa idea minacciando le dimissioni del gabinetto.[102] Passarono cosí parecchi giorni, sicché il re solo il 30 novembre partí da Napoli per Palermo, dove giunse il giorno dopo, accolto con grande entusiasmo. Il 2 dicembre Montezemolo assunse l'ufficio di Luogotenente generale della Sicilia. La Farina e Cordova arrivarono a Palermo lo stesso giorno e assunsero le loro funzioni di consiglieri di luogotenenza. Anche il governo della Sicilia fu dunque preso dal partito moderato.

Mazzini, che nel mese di ottobre si era dedicato soprat-

[101] Lettere del 16 e del 21 novembre '60, *La liberazione del Mezzogiorno*, III, p. 322 e p. 357.
[102] Dispacci di Cavour a Cassinis e a Farini del 25 novembre '60, *ivi*, p. 375 e p. 376.

tutto a fondare a Napoli l'Associazione Nazionale Unitaria e il giornale "Il Popolo d'Italia," ebbe il 5 novembre un colloquio a Caserta con Garibaldi. "Siamo venuti ad un accordo per l'avvenire," scrisse a Caroline Stansfeld l'8 novembre riferendo quel colloquio, "il difficile compito viene a ricadere, naturalmente, su di me. Comincia un terzo periodo del nostro moto. Cavour mira a Venezia, ma con l'aiuto di Luigi Napoleone. Io devo dirigere e capeggiare un'agitazione per Venezia e Roma senza e contro Luigi Napoleone, e tentare di rovesciare Cavour durante l'inverno: poi debbo cercare di far scoppiare un moto in primavera, e dato che riuscissimo, come riuscimmo in Sicilia, Garibaldi ci raggiungerebbe con una spedizione simile a quella di Marsala. Il moto veneto costringerebbe il Piemonte ad entrare con noi, e io, secondo il solito, sarei maledetto, calunniato e mandato via. Comunque, si deve fare; poi, la nostra mira sarà Roma. Garibaldi aveva intenzione di chiedere al re di cancellare la mia sentenza di morte. Avevano concertato tutto ciò Nicotera, Saffi, e tutti i miei amici. Fortunatamente, egli ne fece parola e io glielo impedii. Non ci mancava altro. Il re sarebbe stato lodato dappertutto per la sua magnanimità, e io sarei diventato 'suo debitore.' Quand'anche la parola fosse stata evitata sarebbe stata sempre una *grazia*. Un re non può far altro che questo. Preferisco rimanere il proscritto della Monarchia."[103] Mazzini scrisse allora un articolo, che fu pubblicato anonimo sul "Popolo d'Italia" dell'8 novembre, in cui proponeva che i Comitati di Provvedimento, sorti per aiutare la spedizione garibaldina, fossero mantenuti e riorganizzati per iniziare l'agitazione per Roma e per Venezia.[104] Due giorni dopo lo stesso giornale pubblicò l'approvazione di Garibaldi a questa idea, che doveva avere nei mesi successivi larga attuazione.

Vittorio Emanuele, a cui certamente qualcuno aveva parlato a favore di Mazzini, espresse in quei giorni a Farini il desiderio di concedere un'amnistia a quei pochi condannati per i fatti di Genova del '57 che non erano stati compresi nell'amnistia precedente.[105] Ma Cavour si oppose energicamente: "Le Conseil des Ministres," scrisse a Farini

---

[103] MAZZINI, LXX, p. 184.
[104] MAZZINI, LXVI, pp. 215-218.
[105] Si vedano i dispacci di Farini a Cavour e a Minghetti dell'11 novembre e la lettera a Cavour del 14, *La liberazione del Mezzogiorno*, III, p. 311, p. 315 e p. 327.

il 13 novembre, "est unanime à reconnaître que l'amnistie de Mazzini produirait en Europe un effet deplorable. Rappelez-vous qu'il est impliqué dans le procès Orsini."[106] Il re rinunciò quindi alla sua idea. Farini però decise di non fare arrestare Mazzini, nella speranza che restasse a Napoli e fosse piú facile sorvegliarlo ed eventualmente colpirlo. Questo fu fatto sapere a Napoleone III, che disse di essere d'accordo. Infatti il conte Vimercati, inviato a Parigi in missione confidenziale presso l'imperatore, cosí scriveva a Cavour in una lettera del 29 novembre: "Nella mia prima *entrevue* con S. M. l'Imperatore, parlandogli di Mazzini, gli sottomisi l'opinione di Farini, che meglio sarebbe per ora, lasciarlo a Napoli, sorvegliato, di quello che espulsandolo, vederlo ritornare a Londra, ove è piú difficile aver occhio su di lui; se a Napoli si permettesse poi di turbare la quiete darebbe motivo a procedere contro di lui per fatti nuovi indipendenti dal passato. L'Imperatore soggiunse: Je suis tout-à-fait de l'avis de le laisser à Naples, il ne tardera pas à vous donner les moyens de procéder contre lui, si vous voulez véritablement vous en débarrasser."[107] Ma Mazzini aveva già preso di nuovo la via dell'esilio. Il 24 o il 25 novembre era partito da Napoli e con un lungo viaggio per terra aveva raggiunto Firenze e poi Genova, dove sostò brevemente. Al principio di dicembre era di nuovo in Inghilterra.

La spedizione garibaldina e l'intervento regio nelle Marche e nell'Umbria e nell'Italia meridionale furono approvati e appoggiati diplomaticamente dal governo inglese, convinto ormai che la formazione di un ampio Stato italiano fosse un elemento importante per garantire l'equilibrio europeo. Il governo di Londra tuttavia non nascose di essere contrario a qualunque azione italiana intesa a liberare Venezia e a qualunque eventuale nuova cessione di territori italiani alla Francia. L'Inghilterra desiderava insomma che il nuovo Stato italiano fosse anzitutto un argine verso l'espansionismo della Francia bonapartista e voleva che l'Italia evitasse un attacco all'Austria che avrebbe potuto portare ad una guerra generale e stimolare l'espansionismo francese. Anche Napoleone III, per le ragioni dette precedentemente, decise di non intralciare l'azione ca-

[106] *Ivi*, p. 318.
[107] *Ivi*, p. 404.

vouriana intesa a raccogliere i frutti dell'impresa garibal-dina. L'atteggiamento di Napoleone III valse a tener ferma l'Austria, sicché l'avanzata dell'esercito piemontese nelle Marche e nell'Umbria poté svolgersi senza difficoltà. Si intende che l'atteggiamento dell'imperatore francese ebbe un peso decisivo nel frenare l'Austria, perché questa sapeva di non poter contare per un tentativo di rivincita in Italia sull'appoggio della Prussia e della Russia. Infatti, sebbene la spedizione garibaldina ed anche la politica del governo di Torino fossero ufficialmente disapprovate dai governi di Pietroburgo e di Berlino, nessun passo concreto fu fatto da questi stessi governi per fermare o modificare lo sviluppo del movimento unitario in Italia. Anche la solidarietà conservatrice tra le potenze rimase affidata a manifestazioni puramente verbali. Agivano in senso contrario ad un rafforzamento effettivo di questa solidarietà i contrasti che dividevano le potenze, la simpatia che il movimento italiano aveva suscitato tra i liberali e tra i democratici e il fatto che il governo di Torino appariva alla borghesia europea, ed era effettivamente, una forza socialmente conservatrice.

Ma nel mese d'ottobre sembrò per un momento che la situazione cambiasse. La Russia ruppe le relazioni diplomatiche con Torino, l'Austria rafforzò le truppe di stanza nel Veneto, fu annunciato un convegno che avrebbe dovuto tenersi a Varsavia tra l'imperatore d'Austria, l'imperatore di Russia e il principe reggente di Prussia. Cavour si allarmò soprattutto per i preparativi militari austriaci, e scrisse a Vittorio Emanuele di tenersi pronto a ritornare in tutta fretta nel nord con quante piú forze possibile e a portar seco anche Garibaldi con una parte dei volontari per fronteggiare un attacco austriaco.[108] Ma fu un allarme che durò poco, perché il convegno di Varsavia, tenuto il 25 ottobre, si chiuse con un nulla di fatto.

In quel convegno i tre sovrani centro-orientali e i loro ministri si limitarono a discutere un *memorandum* di Napoleone III, che la Russia si incaricò di presentare alle altre due potenze. Esso fissava quattro punti: 1) nel caso di attacco del Piemonte all'Austria nel Veneto, la Francia non avrebbe aiutato il Piemonte a patto che gli Stati tedeschi non aiutassero l'Austria; 2) in caso di vittoria austriaca,

---

[108] Si vedano le lettere di Cavour al re e a Farini del 27 ottobre '60, *La liberazione del Mezzogiorno*, III, pp. 197-201.

non dovevano essere messi in discussione i patti stabiliti a Villafranca e a Zurigo: la Lombardia doveva restare al Piemonte e l'Italia essere ordinata in federazione; 3) tutte le questioni relative ai vari Stati italiani dovevano essere decise da un congresso europeo; 4) la cessione di Nizza e della Savoia alla Francia non doveva in alcun modo essere rimessa in discussione. L'Austria, come era ovvio, dichiarò di non potere accettare simili condizioni ed anche la Prussia dichiarò che condizioni di questo genere avrebbero potuto essere discusse nel caso di un attacco austriaco al Piemonte, ma non potevano esserlo nell'ipotesi di un attacco piemontese all'Austria. D'altra parte il fatto che la Russia si fosse prestata a presentare queste proposte francesi impedí che il convegno si chiudesse con un netto rifiuto da parte delle altre due potenze di prenderle in considerazione. Su proposta della Prussia si decise che il problema sarebbe stato ulteriormente discusso. Ma se le cose erano a questo punto per quanto si riferiva alla possibilità di un attacco piemontese all'Austria, a maggior ragione doveva cadere ogni speranza austriaca di una guerra di rivincita in Italia; su questo punto l'atteggiamento della Prussia e della Russia era assolutamente negativo. Il convegno di Varsavia insomma confermò che la Santa Alleanza era veramente morta per sempre.

7. L'unità

Con l'entrata di Vittorio Emanuele a Napoli e la fine della dittatura garibaldina si concluse la fase decisiva del processo di formazione dello Stato unitario italiano, che era cominciata alla fine d'aprile del '59 con l'inizio della guerra contro l'Austria. In diciotto mesi la Lombardia, i Ducati di Modena e di Parma, il Granducato di Toscana, lo Stato pontificio (tranne il Lazio), il Regno delle Due Sicilie erano stati uniti al Regno di Sardegna. L'atto formale con cui il nuovo Stato assunse il nome di Regno d'Italia fu compiuto quattro mesi dopo, nel marzo 1861. Si volle infatti che esso avvenisse dopo la caduta di Gaeta e la partenza del re borbonico dal territorio del nuovo Stato e fosse approvato dal primo Parlamento italiano. Ma l'assedio di Gaeta fu piú lungo del previsto, sia per la tenace resistenza borbonica, sia perché Napoleone III, che voleva far pesare la sua protezione sul nuovo Stato italiano, fece stazionare la sua squadra nel porto di Gaeta fino al 18 gennaio, sicché la piazzaforte capitolò solo il 13 febbraio e il giorno dopo Francesco II partí per Roma. Intanto il 27 gennaio si erano svolte le elezioni politiche generali, e l'VIII Legislatura, che fu la prima del Regno d'Italia, si aprí a Torino il 18 febbraio. La legge con cui Vittorio Emanuele assunse il titolo di re d'Italia fu approvata dal Senato il 26 febbraio e dalla Camera il 14 marzo e fu promulgata il 17. Quasi contemporaneamente, il 13 e il 20 marzo, capitolarono le ultime fortezze borboniche: la cittadella di Messina e Civitella del Tronto.

Ma, sebbene solo nel marzo del '61 si concludesse militarmente il processo di distruzione del Regno borbonico e cominciasse formalmente ad esistere il Regno d'Italia, per altri fatti, in sostanza piú significativi, i mesi dal novembre '60 al marzo '61 fanno già parte del primo periodo della storia dell'Italia unita. Questo si può dire per il tentativo (fallito) di Cavour di risolvere mediante trattative dirette con la Santa Sede il problema di Roma capitale e al tempo stesso quello dei rapporti tra Chiesa e Stato, con cui si aprí la prima fase della *questione romana*. Questo si può dire per la lotta elettorale e le elezioni del gennaio '61, da cui uscí il Parlamento che, oltre a proclamare il Regno d'Italia, svolse una funzione fondamentale nella costruzione dello Stato unitario. Questo si può dire per i gravi problemi sociali e politici, venuti in luce nel Mezzogiorno continentale e in Sicilia durante i governi luogotenenziali, che dimostrarono quanto difficile e complessa fosse la questione della convivenza del Nord e del Sud in un solo Stato.

Nel novembre del '60 nacque dunque lo Stato nazionale unitario italiano e al tempo stesso il partito moderato concluse vittoriosamente la sua lotta contro il partito democratico assicurandosi il predominio politico e la possibilità di dare la sua impronta al nuovo Stato. Le ragioni della vittoria del partito moderato si possono in ultima analisi ridurre a due: la maggiore forza intrinseca del partito moderato rispetto al democratico e le condizioni generali dell'Europa del 1860 assai piú favorevoli alla soluzione moderata che alla soluzione democratica del problema italiano.

Il partito moderato fu piú forte del partito democratico non solo perché poté disporre delle forze di un governo costituito e delle risorse di uno Stato come il Regno di Sardegna, ma anche e soprattutto per la maggiore solidità della sua base di classe, che era stata appunto la ragione per cui aveva potuto conquistare e tenere saldamente il potere in Piemonte e poi esercitare in tutta l'Italia una funzione di guida. La base di classe del partito moderato, come si è detto piú volte in questo e nei precedenti volumi del presente lavoro, era costituita essenzialmente da grandi e medi proprietari terrieri, nobili e borghesi, che piú di ogni altro gruppo sociale si erano in passato avvantaggiati delle riforme dell'età illuministica e dell'età napoleonica e che nelle zone piú progredite avevano assunto o tendevano ad assumere il carattere di capitalisti agrari; ad essi si aggiungevano ristretti gruppi di commercianti, di banchieri e di armatori e qualche imprenditore di nuove industrie. Alla vigilia dell'unità i gruppi piú robusti e moderni, economicamente e politicamente, di questo ceto di capitalisti agrari e mercantili erano in Lombardia e negli Stati Sardi continentali, in misura minore in Emilia, in Toscana e nel Veneto, in misura ancor piú esigua nelle altre parti d'Italia. Intorno ad essi tendevano a raggrupparsi via via i gruppi piú arretrati di proprietari terrieri del Nord e del Centro e quelli del Mezzogiorno continentale e della Sicilia ancora per molti aspetti semifeudali o feudali. Molto piú debole la base del partito democratico: media e piccola borghesia cittadina, artigiani, operai, intellettuali, studenti. Base dunque non omogenea socialmente, comprendente tanto settori della borghesia scarsamente avvantaggiati dal progresso generale della società, ancora lento in Italia, quanto nuclei della classe operaia moderna, ancora in formazione. Quindi difficoltà per i democratici di amalgamare le loro forze, di disciplinarle intorno a rivendicazioni precise, di evitare l'assorbimento da parte dei moderati. Al di fuori delle basi sociali dei due partiti erano le masse contadine, che in alcune zone erano indifferenti e tendenzialmente ostili verso movimenti politici diretti dai signori, in altre erano invece influenzabili in modo paternalistico dai proprietari moderati, in altre ancora, soprattutto nel Sud, erano pronte ad approfittare di tutte le occasioni possibili per muoversi in favore delle loro rivendicazioni particolari.

Anche nel '48 i gruppi moderati erano sostanzialmente piú forti di quelli democratici; ma essi fallirono al compito di dirigere il movimento nazionale, perché si presentarono alla lotta con un programma troppo timido, troppo tradizionalistico, troppo arretrato insomma rispetto al grado di sviluppo raggiunto dalla società italiana e rispetto alla situazione politica concreta dell'Italia e dell'Europa. Di conseguenza, là dove non furono subito sopraffatti dalla reazione, i moderati dovettero cedere ai democratici, che a loro volta furono sconfitti dalla coalizione conservatrice-reazionaria, formatasi in Europa per l'ultima volta. Soltanto in Piemonte i moderati riuscirono a riprendere il potere dopo un breve esperimento democratico (svoltosi peraltro nell'ambito del sistema monarchico-costituzionale) e riuscirono a bloccare i tentativi di riscossa della reazione. Nel Regno meridionale invece, dove pure non vi fu un intervento repressivo di armi straniere, i moderati furono in parte dispersi e in parte rimorchiati dalla monarchia quando questa scatenò la sua riscossa reazionaria. Fatto indicativo questo del legame esistente tra la forza del partito moderato e lo sviluppo della borghesia.

Seguirono tra il '49 e il '53 alcuni anni veramente decisivi per l'evoluzione dei movimenti politici italiani. Come si è visto nel primo capitolo di questo volume, un vivace dibattito teorico si svolse allora tra i democratici, alcuni dei quali posero in termini nuovi il problema della rivoluzione italiana e indicarono l'opportunità che questa facesse leva soprattutto sulle masse contadine. Ma il contraccolpo del 2 dicembre e la resistenza di Mazzini ad accogliere queste nuove impostazioni impedirono che il dibattito sboccasse in una nuova formazione politica e le forze democratiche si sgretolarono. Fallito il tentativo di formare alla sinistra di Mazzini un nuovo partito democratico-sociale, rimasero in piedi il Partito d'Azione mazziniano, la cui base tendeva sempre piú ad essere costituita dagli artigiani e dagli operai di alcune città centro-settentrionali, e i gruppi democratici dissidenti da Mazzini, esposti all'assorbimento da parte del nuovo movimento monarchico-unitario della Società Nazionale, sorto per opera di un gruppo intermedio tra la democrazia e il moderatismo, ma che in pratica fu controllato politicamente da Cavour. L'ultimo tentativo di Mazzini di creare un fronte patriottico con la formula della *bandiera neutra* fallí con la Spedizione di Sapri. Ma, mentre la democrazia si sgretolava, il partito moderato si rafforzava, si evolveva in senso liberale e laico e trovava il suo capo in Cavour. La lotta contro la destra reazionaria e clericale e contro le tendenze autoritarie del re, l'alleanza col centro-sinistro di Rattazzi, i legami stabiliti coi moderati di tutta l'Italia ed anche coi democratici attraverso la Società Nazionale furono i pre-

supposti dell'egemonia cavouriana sul movimento nazionale italiano alla vigilia del '59, e poi della finale vittoria del
moderatismo nel '60.

Nella primavera del '59, quando stava per aprirsi la fase
risolutiva del Risorgimento, i democratici si presentavano
divisi in due gruppi principali: il gruppo mazziniano, composto dai pochissimi mazziniani di stretta osservanza e
dagli uomini che accettavano la linea politica propugnata
da Mazzini in quel momento, indicata nella Dichiarazione
di Londra del 21 febbraio '59; e il gruppo che si può definire garibaldino, in parte organizzato direttamente dalla
Società Nazionale e in parte rimasto al di fuori di questa.
Al gruppo garibaldino si avvicinava la sinistra parlamentare piemontese, e con maggior cautela anche il centro-
sinistro. Elemento comune ai due gruppi di Mazzini e di
Garibaldi era l'idea che la lotta per l'indipendenza dovesse
sboccare nella lotta per l'unità; le altre rivendicazioni erano passate in seconda linea; l'accettazione della monarchia, solennemente proclamata da Garibaldi, era ammessa
da Mazzini a condizione che la monarchia guidasse la lotta
per l'unità. L'idea dell'unità non era invece ancora accolta
dalla maggioranza dei moderati, almeno come rivendicazione a breve scadenza. Questo non soltanto per motivi di
opportunità nei riguardi dell'alleato Napoleone III, ma anche per un'intima rispondenza della maggior parte dei moderati alla tendenza prevalente nella loro base sociale. Effettivamente, se si tiene conto delle differenze tra i gradi di
sviluppo economico allora raggiunti dalle varie parti d'Italia, si deve riconoscere che l'idea del Regno dell'Alta Italia
come Stato egemone di una federazione italiana coincideva
per molti aspetti con la reale situazione economico-sociale
dell'Italia, mentre l'idea dell'unità sembrava dovesse logicamente implicare un salto rivoluzionario piú netto.

Comunque la pace di Villafranca e la caduta di Cavour
dal potere indebolirono il partito moderato e portarono
d'altra parte ad un rafforzamento dei legami tra i due gruppi democratici principali. L'energia di Ricasoli e di Farini e
il ritorno di Cavour al potere permisero ai moderati di superare la crisi e di fare anche un passo avanti importante in
senso unitario con l'annessione della Toscana, che superò i
limiti del programma di Plombières e del tradizionale
espansionismo sabaudo nella pianura padana. Ma la cessione di Nizza e della Savoia mise di nuovo Cavour e il
partito moderato in una posizione difficile; l'insurrezione

siciliana infine fece precipitare gli eventi. Si delineò allora la grande iniziativa unitaria dei democratici momentaneamente riunificati sotto la guida di Garibaldi, che costrinse per alcuni mesi Cavour a svolgere una politica incerta ed ondeggiante. Ma poi proprio la maggior forza intrinseca del partito moderato, oltre alle circostanze internazionali, permise a Cavour di adottare definitivamente il programma unitario e di battere politicamente Garibaldi. Infatti l'aristocrazia e la borghesia del Mezzogiorno continentale e della Sicilia rinunciando ad ogni aspirazione autonomista puntarono in maggioranza sull'annessione al Regno settentrionale come sull'unica via possibile per evitare il ritorno dei Borboni e al tempo stesso per garantirsi dall'insurrezione contadina, che i garibaldini avevano stimolato e i borbonici ormai sfruttavano in senso sanfedistico. Di fronte alla paura dell'anarchia e al desiderio di un governo forte passò in seconda linea il fatto che anche la politica del governo garibaldino nei riguardi dei contadini si fosse ridotta in realtà a qualche transitorio provvedimento demagogico ed avesse assunto essa stessa un carattere repressivo.

Quanto alla seconda ragione essenziale della vittoria del partito moderato, cioè le condizioni generali dell'Europa, si deve anzitutto ricordare la grande svolta che si operò in Europa negli anni tra la rivoluzione del '48 e la guerra di Crimea, di cui furono aspetti evidenti la formazione del Secondo Impero in Francia e la rottura del blocco reazionario centro-orientale. Venne meno allora la possibilità di un nuovo blocco reazionario sul tipo della Santa Alleanza, ma venne meno anche la possibilità di un'ondata rivoluzionaria generale. Nella nuova situazione europea, dominata sempre piú dalla borghesia, divennero possibili alcuni mutamenti importanti dell'ordinamento stabilito nel 1815, purché avvenissero senza scosse sociali troppo gravi. La borghesia infatti era in fase ascendente economicamente e cercava di conquistare o di rafforzare ovunque il potere politico, ma era in posizione conservatrice verso la classe operaia e tendeva un po' dappertutto a stabilire un compromesso con l'aristocrazia terriera a spese dei contadini.

La politica di Cavour si inserí bene in questa Europa che stava mutando e andava cercando faticosamente un nuovo equilibrio. Si può dire anzi che la sua politica fu una manifestazione tipica della nuova situazione europea. Mazzini invece, sebbene in certi momenti, come dopo Villafranca, si rendesse conto chiaramente che esistevano nella situazione europea vari elementi favorevoli al movimento nazionale italiano e giustamente insistesse perché questo procedesse coraggiosamente, rimase sostanzialmente legato ad una concezione prequarantottesca del rapporto tra movimento nazionale italiano e forze europee. Rimase legato in fondo all'idea della solidarietà delle nazioni oppresse e all'idea dell'iniziativa italiana per il rinnovamento nazionale e democratico dell'Europa. Garibaldi e gli altri democratici mantennero molto di mazziniano nella loro visione della situazione internazionale: soprattutto dopo Villafranca e piú ancora durante la spedizione nel Mezzogiorno vi fu in loro la tendenza a sopravvalutare le forze insurrezionali e a sottovalutare le forze statali, in particolare quelle della Francia e dell'Austria. Garibaldi inoltre tendeva probabilmente a sopravvalutare anche la volontà inglese di frenare le intromissioni di Napoleone III in Italia.

I piani di Garibaldi sulla liberazione di Roma e di Venezia furono bloccati dall'accordo tra Cavour e Napoleone III, che permise l'intervento regio nelle Marche e nell'Umbria e poi nel Mezzogiorno. Qualora questo intervento non ci fosse stato, probabilmente l'eventuale spedizione garibaldina su Roma sarebbe stata bloccata da Napoleone III e non ci sarebbe stato un intervento inglese a favore di Garibaldi simile a quello che ci fu al momento del passaggio dello Stretto. Non si deve dimenticare che le truppe francesi già si trovavano a Roma e che la difesa del potere temporale aveva per l'imperatore francese un'importanza ben maggiore di quella che poteva avere la difesa del re borbonico. Perciò anche il governo di Londra difficilmente avrebbe compiuta un'azione diplomatica che poteva provocare un conflitto generale e avrebbe cercato piuttosto di localizzare l'intervento francese. D'altra parte si deve ricordare che Garibaldi aveva posto un limite al suo programma unificatore, quando aveva adottato la formula "Italia e Vittorio Emanuele." Era infatti impossibile che il re, per quanto desideroso di differenziare la sua politica da quella di Cavour, potesse spingersi fino ad arrischiare una rottura aperta con Napoleone III. Infine si deve anche considerare che il piano di Garibaldi per una leva in massa nel Mezzogiorno era sostanzialmente fallito e che quindi anche militarmente le sue forze erano limitate. Ma con queste osservazioni si ritorna in sostanza al punto prima esaminato, cioè a quello della minor forza intrinseca del partito democratico rispetto al partito moderato.

Il fatto che il processo di formazione dello Stato unitario si concludesse con la vittoria del partito moderato condizionò tutta la storia successiva dell'Italia unita, ed ebbe per molti aspetti un peso negativo sullo sviluppo dell'Italia nel suo complesso.

Anzitutto pesò negativamente il fatto che la costruzione dello Stato unitario fosse opera di un partito che ancora nel '59 e al principio del '60 non era unitario e che credette pertanto di gettar le basi del nuovo Stato col sistema delle annessioni successive al Regno di Sardegna. Il lato negativo di questo sistema non consistette tanto nel fatto che l'amministrazione piemontese fosse estesa improvvisamente a tutta l'Italia, perché anche nel Regno delle Due Sicilie e negli altri Stati l'amministrazione era in larga misura, come in Piemonte, derivata da quella napoleonica, sicché le differenze in questo settore tra uno Stato e l'altro erano meno forti di quanto comunemente si crede; ma consistette piuttosto nel fatto che non si volle innovare l'amministrazione in misura adeguata alle necessità di uno Stato che avrebbe dovuto essere unitario, non solo nella forma, ma anche nella sostanza. Il timore che l'unità compiuta in questo modo potesse dissolversi e che l'insorgenza contadina in atto nel Mezzogiorno potesse scuotere il predominio sociale della borghesia terriera portò il gruppo dominante al rifiuto di qualsiasi articolazione di tipo autonomistico. Il risultato fu che nell'ambito dello Stato unitario si realizzò di fatto una egemonia settentrionale non meno spiccata di quella che avrebbe avuto il Regno dell'Alta Italia nell'ambito della federazione progettata a Plombières. Si potrà obiettare che questo fatto rispondeva ad una situazione reale di natura economico-sociale, ma si può rispondere che il processo di unificazione avrebbe dovuto consistere appunto nell'iniziare una radicale trasformazione di quella situazione. Ben poco si fece per avviare in questo senso lo sviluppo del nuovo Stato, e invece con l'unificazione formale i moderati sanzionarono quello stato di fatto e crearono le condizioni per il futuro aggravamento degli squilibri territoriali.

Inoltre il predominio acquistato dal partito moderato al momento dell'unificazione, favorito dal mantenimento dello Statuto albertino e della legge elettorale a suffragio ristretto, portò ad una chiusura oligarchica della classe dirigente, attenuata soltanto nei decenni successivi dall'assorbimento trasformistico della maggior parte della sinistra borghese. Perciò l'entrata della classe operaia e delle masse contadine nella vita dello Stato trovò ostacoli gravi e poté avvenire soltanto attraverso crisi violente. Si intende che tutto questo fu in larga misura una conseguenza dei nuovi aspetti che assunse la lotta di classe in tutta l'Europa nei decenni successivi, ma si deve pur riconoscere che in Italia le nuove contraddizioni si sommarono alle vecchie non risolte dal Risorgimento, sicché tutti gli squilibri si accentuarono nell'ambito di una struttura dualistica della società e dell'economia.

Certamente gli uomini della sinistra risorgimentale, soprattutto nelle condizioni in cui questa si era politicamente ridotta nel corso del decennio 1849-59, ben difficilmente avrebbero potuto creare in Italia una situazione radicalmente diversa, almeno per un certo tempo; ma si può credere che in seguito, se nel '60 avesse potuto riunirsi una Costituente per stabilire il "Patto Nazionale" auspicato da Mazzini, l'avviamento alla democrazia del popolo italiano sarebbe stato piú facile e il suo progresso piú rapido e meno doloroso.

Nota bibliografica

Alle opere complessive sul Risorgimento, già citate nei precedenti volumi, alcune altre se ne devono aggiungere, edite recentemente, utili per l'approfondimento dei principali problemi storiografici e per l'aggiornamento bibliografico. Anzitutto per un orientamento critico e bibliografico su molti temi importanti si deve tener presente la raccolta *Nuove questioni di storia del Risorgimento e dell'unità d'Italia* (Milano, Marzorati, 1961), 2 voll., diretta da L. Bulferetti, che contiene alcuni dei più notevoli saggi già pubblicati nella precedente edizione delle *Questioni*, diretta dal ROTA (Milano, 1951), insieme a molti saggi nuovi di storia politica, economica, sociale ed anche di storia della scienza e della tecnica. Sono inoltre importanti per lo studio delle interpretazioni del Risorgimento: G. SALVEMINI, *Scritti sul Risorgimento*, a cura di P. Pieri e C. Pischedda (Opere di Gaetano Salvemini, parte II, vol. II, Milano, Feltrinelli, 1961), edizione completa di tutti gli scritti risorgimentali del grande storico democratico, e W. MATURI, *Interpretazioni del Risorgimento. Lezioni di storia della storiografia* con prefazione di E. Sestan e aggiornamento bibliografico di R. Romeo (Torino, Einaudi, 1962), edizione postuma di corsi universitari sullo sviluppo della storiografia sul Risorgimento, ispirati alla tradizionale impostazione idealistico-liberale, ma abbastanza aperti ai problemi posti dalle correnti storiografiche più recenti, e ricchi di acute osservazioni e di utili indicazioni. Ha colmato infine una lacuna P. PIERI, *Storia militare del Risorgimento. Guerre e insurrezioni* (Torino, Einaudi, 1962), che delinea criticamente le vicende belliche e insurrezionali e i dibattiti sui problemi militari in connessione con lo sviluppo politico, economico e sociale dell'Italia nell'età del Risorgimento.

Per quanto riguarda in particolare il periodo trattato

nel presente volume, oltre a queste e alle altre pubblicazioni complessive sul Risorgimento indicate nei precedenti volumi, è ancora di qualche utilità la piú vecchia opera generale sul periodo stesso, quella di L. ZINI, *Storia d'Italia dal 1850 al 1866* (Milano, 1866-69), 4 voll., soprattutto perché è corredata da moltissimi documenti ufficiali (trattati, convenzioni, leggi, proclami, discorsi, ecc.), spesso difficilmente reperibili nelle edizioni originali. Per la ricostruzione particolareggiata degli avvenimenti è utilissimo il III volume della cronistoria di A. COMANDINI, *L'Italia nei cento anni del secolo XIX giorno per giorno illustrata, 1850-1860* (Milano, 1918), che è per questo periodo particolarmente minuziosa.

Le recenti celebrazioni centenarie dell'unità d'Italia hanno dato origine ad una grande quantità di pubblicazioni, molte delle quali riguardano il decennio 1849-59 e piú ancora il biennio 1859-61. Tuttavia nella grande massa di articoli, saggi e libri, editi negli anni centenari, non molti sono i lavori veramente utili per una piú approfondita conoscenza del momento decisivo del Risorgimento e dei problemi relativi alla formazione dello Stato unitario. Di essi diamo notizia nel seguito di questa Nota a proposito dei periodi e dei problemi ai quali si riferiscono. Questo facciamo anche per le molte pubblicazioni di atti di congressi e di convegni, tenuti in varie città negli anni centenari, dedicati allo studio della formazione dello Stato unitario in relazione a singole città o regioni. Qui ci limitiamo a ricordarne alcuni riguardanti tutta l'Italia: gli *Atti dei Congressi di Storia del Risorgimento*, dal XXXV al XL, tenuti rispettivamente a Torino nel 1956, a Salerno nel 1957, a Bari nel 1958, a Milano nel 1959, a Napoli e Palermo nel 1960, a Torino nel 1961, tutti imperniati sullo studio degli anni 1856-1861 (Istituto per la storia del Risorgimento italiano, Biblioteca scientifica, Atti dei congressi, voll. III-VIII, Roma, 1959-63), e i *Problemi dell'Unità d'Italia, Atti del II Convegno di studi gramsciani*, tenuto a Roma nei giorni 19-21 marzo 1960 per iniziativa dell'Istituto Gramsci (Roma, Editori Riuniti, 1962).

Tra le pubblicazioni celebrative di gran lunga la migliore per il testo, chiaro e criticamente aggiornato, per l'eleganza della veste tipografica, per la ricchezza e l'originalità delle illustrazioni e dei numerosi fac-simili di documenti è *L'Unità d'Italia. Albo di immagini 1859-1861*, a cura di F.

Antonicelli, prefazione di G. Pella (ERI Edizioni RAI, Torino, 1961).

Molto utile è l'ampia antologia di testi e documenti degli anni decisivi del Risorgimento di P. Alatri, *L'unità d'Italia 1859-1861* (Roma, Editori Riuniti, 1959), 2 voll.

I. REAZIONE, DEMOCRAZIA E LIBERALISMO
DAL 1849 AL 1853

1. *L'Europa e l'Italia dopo il '49*

Per la svolta avvenuta nella politica europea dopo il '49 e i principali avvenimenti di questi anni si vedano le storie generali dell'Europa e della politica internazionale. Ne indichiamo alcune tra le piú recenti: P. Renouvin, *Histoire des relations internationales*, t. V., *Le XIXᵉ siècle*, p. I, *De 1815 à 1871* (Paris, 1954); R. Schnerb, *Il XIX secolo* (Storia generale delle civiltà diretta da M. Crouzet, trad. it., vol. VI, Firenze, Sansoni, 1959); la raccolta di saggi *L'Europe du XIXᵉ et du XXᵉ siècle (1815-1870). Problèmes et interprétations historiques* (Milano, Marzorati, 1959), 2 voll.; D. Thomson, *Storia dell'Europa dalla Rivoluzione francese ai giorni nostri* (trad. it., Milano, Feltrinelli, 1961).

Per lo sviluppo economico di questi anni una delineazione generale e un'informazione bibliografica essenziale sono date da G. Luzzatto, *Storia economica dell'età moderna e contemporanea*, p. II, *L'età contemporanea* (Padova, Cedam, 1952), cc. IX-XI. Sul problema, essenziale nella vita economica di quegli anni, del rapporto tra Inghilterra e continente europeo sono da vedere W. O. Henderson, *Britain and Industrial Europe 1750-1870. Studies in British Influence on the Industrial Revolution in Western Europe* (Liverpool, 1954), e il saggio di F. Sirugo, *La "rivoluzione commerciale." Per una ricerca su Inghilterra e mercato europeo nell'età del Risorgimento italiano*, in "Studi Storici," 1961, pp. 267-297, molto ricco di indicazioni bibliografiche sui principali problemi economici dell'epoca. Sulle condizioni economiche degli Stati italiani una delineazione sommaria con bibliografia è data da D. Demarco,

L'economia e la finanza degli Stati italiani dal 1848 al 1860, nelle *Nuove questioni*, cit., vol. I, pp. 765-799.

Per un orientamento bibliografico su Napoleone III si vedano gli studi di G. BOURGIN e C. VIDAL, *Napoleone III*, e di F. VALSECCHI, *Napoleone III nella storiografia italiana*, entrambi nella raccolta *Questioni di storia contemporanea* (Milano, Marzorati, 1952-55), vol. III. Sullo Schwarzenberg il lavoro di A. SCHWARZENBERG, *Prince Felix zu Schwarzenberg, Prime Ministre of Austria 1848-1852* (New York, 1946).

2. *La reazione nel Lombardo-Veneto e nello Stato pontificio*

Molte notizie sulla reazione austriaca e sul movimento patriottico sono date da L. MARCHETTI, *Il decennio di resistenza 1849-1859*, in *Storia di Milano*, vol. XIV (Milano, Fondazione Treccani degli Alfieri, 1960). Un vivace quadro, ricchissimo di notizie, della Lombardia in questi anni, delineato da un patriota liberale-moderato, è quello di G. VISCONTI VENOSTA, *Ricordi di gioventú. Cose vedute o sapute, 1847-1860* (Milano, 1904). Sull'amministrazione e le condizioni economiche del Lombardo-Veneto sono da vedere i lavori citati nella Nota bibliografica del II volume (pp. 455-456), che trattano quasi tutti anche di questo periodo. Ad essi si devono aggiungere il vecchio articolo di A. ALLIEVI, *Amministrazione finanziaria del Lombardo-Veneto dal 1848 al 1858*, in "Rivista contemporanea," 1859, e i recenti di B. CAIZZI, *La crisi economica del Lombardo-Veneto durante il decennio 1850-59*, in "Nuova Riv. Stor.," 1958 e di F. CATALANO, *Economia e politica in Lombardia*, in "L'Osservatore politico letterario," 1959. Sulle costruzioni ferroviarie notizie essenziali sono date da C. DE BIASE, *Il problema delle ferrovie nel Risorgimento italiano* (Modena, 1940). Sulla politica doganale del ministro Bruck si vedano i lavori di U. MARCELLI, *Un progetto di nesso economico italo-austro-germanico perseguito da Vienna fra il 1849 ed il 1859*, in *Atti del XXXIV Congresso di storia del Risorgimento*, Venezia, 1955 (Roma, 1958), e *Cavour diplomatico* (Bologna, Forni, 1961), c. VII con molte indicazioni bibliografiche.

Sulla Chiesa e la politica papale in questo periodo: A. C. JEMOLO, *Chiesa e Stato in Italia negli ultimi cento anni*

(Torino, Einaudi, 1 ed. 1948; 5 ed. riveduta ed ampliata 1963), c. II; G. CANDELORO, *Il movimento cattolico in Italia* (Roma, Editori Riuniti, 1 ed. 1953; 2 ed. 1961), c. II. Sullo Stato pontificio è ancora utile la raccolta documentaria di A. GENNARELLI, *Il governo pontificio e lo Stato romano. Documenti preceduti da una esposizione storica e raccolti per decreto del governo delle Romagne* (Prato, 1860), 2 voll. Si possono inoltre utilmente consultare le vecchie opere di R. DE CESARE, *Roma e lo Stato del Papa dal ritorno di Pio IX al 20 settembre, 1850-1870* (Roma, 1907), 2 voll., e di G. LETI, *Roma e lo Stato pontificio dal 1849 al 1870* (Roma, 1909). Sulla restaurazione papale: A. M. GHISALBERTI, *Roma da Mazzini a Pio IX. Ricerche sulla restaurazione papale del 1849-50* (Milano, Giuffré, 1958). Sulle repressioni: *Stato degli inquisiti dalla Sacra Consulta per la rivoluzione del 1849*, a cura dell'Archivio di Stato di Roma (Roma, Istituto per la storia del Risorgimento, 1937), 2 voll.

3. *La reazione nelle Due Sicilie, nei Ducati e in Toscana*

Sulla politica di Ferdinando II è ancora utile la delineazione di R. DE CESARE, *La fine di un regno* (Città di Castello, 3 ed., 1909), 3 voll. Si veda anche R. MOSCATI, *Ferdinando II nei documenti diplomatici austriaci* (Napoli, Esi, 1947). Per un orientamento sugli studi riguardanti lo Stato meridionale tra il '49 e il '60 si veda il saggio di R. MOSCATI, *La crisi finale del Regno delle Due Sicilie*, nel volume *La fine del Regno di Napoli* (Firenze, Le Monnier, 1960). Sui processi e le repressioni esiste una vasta bibliografia. Ricordiamo tra le pubblicazioni di ricordi, lettere e documenti: S. CASTROMEDIANO, *Carceri e Galere politiche* (Lecce, 1895); S. SPAVENTA, *Dal 1848 al 1861. Lettere, scritti, documenti* pubblicati da B. Croce (Bari, Laterza, 2 ed., 1923); L. SETTEMBRINI, *Ricordanze della mia vita e Scritti autobiografici (1849-1860)*, a cura di M. Themelly (Milano, Feltrinelli, 1961), e *Lettere dall'ergastolo*, a cura di M. Themelly (Milano, Feltrinelli, 1962); tra gli studi: M. MAZZIOTTI, *La reazione borbonica nel Regno di Napoli. Episodi dal 1848 al 1860* (Milano-Roma-Napoli, 1912); G. PALADINO, *Il processo per la setta l'"Unità italiana" e la reazione borbonica dopo il '48* (Firenze, 1928); A. MONACO, *I galeotti politici napoletani dopo il Quarantotto* (Roma, 1932), 2 voll. Sulla situazione economico-sociale: R. VILLARI, *Problemi dell'economia napoletana alla vigilia dell'unificazione* (Napoli, Macchiaroli, 1957), poi in *Mezzogiorno e contadini nell'età moderna* (Bari, Laterza, 1961); D. DE-MARCO, *Il crollo del Regno delle Due Sicilie. I. La struttura sociale* (Napoli, Istituto di storia economica e sociale, 1960); A. GRAZIANI, *Il commercio estero del Regno delle Due Sicilie dal 1832 al 1858*, in "Archivio economico dell'unificazione italiana," vol. X (1960), n. 1. Sulla Sicilia è ancora utile F. GUARDIONE, *Il dominio dei Borboni in Sicilia dal 1830 al 1861 in relazione alle vicende nazionali con documenti inediti* (Torino, 1907), 2 voll.; da vedere inoltre R. ROMEO, *Il Risorgimento in Sicilia* (Bari, Laterza, 1950), c. X; L. TOMEUCCI, *Appunti per una storia dell'accentramento burocratico-amministrativo borbonico in Sicilia*, in "Arch. Stor. Messinese," serie III, vol. VIII, 1957, pp. 93-168; *La Sicilia dal 1849 al 1860. Atti del Convegno siciliano di storia del Risorgimento*, tenuto a Trapani nell'aprile 1960, a cura di G. Di Stefano (Trapani, Comitato prov. dell'Istituto per la storia del Risorgimento, 1962). Non esiste uno studio recente sul governo del Filangieri in Sicilia. Si vedano la biografia del Filangieri stesso scritta dalla figlia: T. FILANGIERI FIESCHI RAVASCHIERI, *Il generale Carlo Filangieri principe di Satriano e duca di Taormina* (Milano, 1902), e il lavoro di F. GUARDIONE, *Il generale Filangieri al governo della Sicilia, 1849-1855*, in *La Sicilia nella rigenerazione politica dell'Italia* (Palermo, 1912).

Sulla politica austriaca nei riguardi degli Stati italiani e sul tentativo di lega: R. MOSCATI, *Austria, Napoli e gli Stati conservatori italiani, 1849-1852* (Napoli, 1942), e F. MAN-ZOTTI, *L'Austria e il progetto di lega fra gli Stati conservatori italiani, 1850-1852*, in "Atti e Memorie dell'Accademia di Scienze, Lettere e Arti di Modena," s. V, vol. XIV, 1956. Sul Ducato di Modena: la raccolta *Documenti riguardanti il governo degli Austro-Estensi in Modena dal 1814 al 1859 pubblicati per ordine del Dittatore delle province modenesi* (Modena, 1860), 2 voll., e la biografia apologetica dell'ultimo duca di T. BAYARD DE VOLO, *Vita di Francesco V Duca di Modena* (Modena, 1876-85), 5 voll. Sul Ducato di Parma: E. CASA, *Parma da Maria Luigia imperiale a Vittorio Emanuele II, 1847-1860* (Parma, 1901); P. L. FERRATA ed E. VITTORINI, *La tragica vicenda di Carlo III* (Milano, 1939).

Sulla Toscana e sull'opera di governo del Baldasseroni

una recente ed ampia bibliografia è nell'edizione di G. BALDASSERONI, *Memorie 1833-1859*, a cura di R. Mori (Firenze, Le Monnier, 1959). Ad essa si deve aggiungere G. PANSINI, *I liberali moderati toscani e la crisi amministrativa del Granducato 1849-1859*, in "Rass. Stor. Toscana," 1959. Sul problema dell'atteggiamento dei moderati di fronte alla restaurazione e alla reazione granducale si vedano i contrastanti giudizi di P. ALATRI, *I moderati toscani, il richiamo del granduca e il decennio di preparazione*, in "Rass. Stor. del Risorg.," 1952, e di S. CAMERANI, *Moderati e democratici in Toscana dal 1849 al 1859*, in "Rass. Stor. del Risorg.," 1955.

4. *Il tentativo mazziniano di organizzare la democrazia*

Per i problemi e i fatti trattati in questo e nei due successivi paragrafi è fondamentale il libro di F. DELLA PERUTA, *I democratici e la rivoluzione italiana. Dibattiti ideali e contrasti politici all'indomani del 1848* (Milano, Feltrinelli, 1958), ricchissimo di indicazioni bibliografiche. Per gli scritti di MAZZINI si tenga presente la piú volte citata edizione nazionale degli *Scritti editi ed inediti* (Imola, Galeati, 1906-1943), 100 voll. Di K. MARX e F. ENGELS sono da tener presenti gli scritti editi nelle seguenti raccolte: *Il 1848 in Germania e in Francia*, trad. it. di P. Togliatti (Roma, 1946), e *Sul Risorgimento italiano*, trad. it. di E. Fubini e G. Garritano, prefazione di E. Ragionieri (Roma, Editori Riuniti, 1959).

5. *Il dibattito tra i democratici sul problema della rivoluzione*

Non esiste un'edizione complessiva delle opere di G. FERRARI, sicché è quasi sempre necessario ricorrere alle edizioni originali curate dall'autore, come quella della *Federazione repubblicana* citata nel testo. Una scelta di brani di questo opuscolo e di altri scritti ferrariani è nel volume *Opere* di G. D. ROMAGNOSI, C. CATTANEO, G. FERRARI, a cura di E. Sestan (Milano-Napoli, Ricciardi, 1957) con bibliografia. Neppure esiste un'edizione dell'epistolario del Ferrari. Alcune lettere importanti del periodo qui trattato sono edite nel libro di A. MONTI, *Un dramma fra gli esuli* (Milano, 1921), nel II volume dell'*Epistolario* di C. CATTANEO, a cura di R. Caddeo (Firenze, Barbèra, 1952), e nel citato libro di DELLA PERUTA.

Un'edizione delle *Opere complete* di C. PISACANE in 10 volumi è in corso a cura di A. Romano: sono stati pubblicati finora i *Saggi storici-politici-militari sull'Italia* (Milano-Roma, Edizioni Avanti!, 1957), 4 voll., e la *Guerra combattuta in Italia negli anni 1848-49* (Milano, Edizioni Avanti!, 1961). Nell'Avvertenza premessa a questa edizione (pp. XII-XVI) il Romano critica con argomenti che sembrano fondati l'opinione, avanzata dal Della Peruta nel libro prima citato (pp. 100-115), che la Prefazione e le Considerazioni finali del Pisacane costituissero originariamente uno scritto continuativo derivato dall'influenza del Ferrari. Anche dell'*Epistolario* del PISACANE esiste un'edizione a cura di A. Romano (Milano-Genova-Roma-Napoli, 1937) con note assai ricche di notizie. Molto vasta la bibliografia sul Pisacane. Ricordiamo G. FALCO, *Note e documenti intorno a Pisacane*, in "Riv. Stor. Ital.," 1927; N. ROSSELLI, *Carlo Pisacane nel Risorgimento italiano* (Torino, 1932, nuova ed. con introduzione di W. Maturi, Milano, Lerici, 1958), il numero della rivista "Cronache Meridionali," 1957, dedicato a Pisacane che contiene articoli di A. LEPRE, S. ROTA GHIBAUDI, L. BASSO, E. SERENI, R. MOSCATI, R. CIASCA, N. CORTESE e G. BERTI, *I democratici e l'iniziativa meridionale nel Risorgimento* (Milano, Feltrinelli, 1962), cc. III, IV, V. Questo libro contiene la piú ampia trattazione critica del pensiero politico del Pisacane.

Sulla diffusione delle idee socialiste in Italia prima del periodo qui trattato si vedano, oltre agli studi sul Buonarroti e sulle società segrete citati nei volumi precedenti, i lavori di L. BULFERETTI, *Socialismo risorgimentale* (Torino, Einaudi, 1949), e *Dall'utopismo sociale al socialismo scientifico*, in *Nuove questioni*, cit., vol. II, pp. 279-324, con bibliografia, il volume di L. VALIANI, *Questioni di storia del socialismo* (Torino, Einaudi, 1958), utile per un orientamento sugli studi, il volumetto di C. FRANCOVICH, *Idee sociali e organizzazione operaia nella prima metà dell'800* (Milano-Roma, Edizioni Avanti!, 1959), e i primi due capitoli del citato libro di BERTI.

Del MONTANELLI si vedano le edizioni dell'*Introduzione ad alcuni appunti storici sulla rivoluzione d'Italia*, a cura di A. Alberti (Torino, Chiantore, 1945), e di V. Mazzei (Roma, Sestante, 1945) con introduzione e bibliografia. Si vedano inoltre A. M. GHISALBERTI, *Giuseppe Montanelli e la Costituente* (Firenze, Sansoni, 1947) e G. SPADOLINI, *Un dissidente del Risorgimento. Giuseppe Montanelli*, con documenti inediti (Firenze, Le Monnier, 1962).

Sul Cernuschi è utile la biografia, non sempre precisa, di G. LETI, *Henri Cernuschi* (Paris, 1936).

Le *Considerazioni* che il CATTANEO introdusse nei tre volumi dell'*Archivio triennale delle cose d'Italia* (Capolago, 1850-51, Chieri, 1855) sono state ristampate nel vol. I degli *Scritti politici ed epistolario*, a cura di G. Rosa e J. White Mario (Firenze, Barbèra, 1892-1901), 3 voll., e poi nel volume *L'insurrection de Milan e le Considerazioni sul 1848*, a cura di C. Spellanzon (Torino, Einaudi, 1949). Essenziale per l'attività del CATTANEO in questo periodo il già citato II volume dell'*Epistolario*, a cura di R. Caddeo. Sul federalismo di Cattaneo è da vedere l'antologia C. CATTANEO, *Stati Uniti d'Italia*, a cura di N. Bobbio (Torino, Chiantore, 1945) con ampia introduzione.

6. *L'azione mazziniana dal Manifesto del 30 settembre 1851 al moto milanese del 6 febbraio 1853*

Sulle cospirazioni degli anni 1849-53 esistono innumerevoli lavori di carattere locale. Una visione d'insieme, con molte indicazioni bibliografiche, è contenuta nel c. VIII del citato libro di DELLA PERUTA. I lavori citati a proposito dei paragrafi 2 e 3 riguardanti i processi e le repressioni sono ricchi di notizie anche sulle cospirazioni. Ricordiamo ora alcuni altri lavori. Per lo Stato pontificio: R. AMBROSI DE MAGISTRIS - I. GHIRON, *Roma nella storia dell'unità italiana* (Torino, 1884); A. COMANDINI, *Le cospirazioni di Romagna e Bologna nelle memorie di Federico Comandini e di altri patrioti del tempo 1831-1857* (Bologna, 1899); A. BERSELLI, *I mazziniani a Bologna dall'8 maggio 1849 al 6 febbraio 1853*, in "Nuova Riv. Stor.," 1952; F. BARTOCCINI, *Il movimento liberale e nazionale romano dal 1849 al 1860*, in "Rass. Stor. del Risorg.," 1961. Per la Sicilia: E. CASANOVA, *L'emigrazione siciliana dal 1848 al 1851*, in "Rass. Stor. del Risorg.," 1924, e *Il Comitato centrale siciliano di Palermo*, in "Rass. Stor. del Risorg.," 1925; le conclusioni di questi lavori sono ora corrette e integrate dal citato libro di BERTI, indispensabile anche per la conoscenza del mondo settario del Mezzogiorno continentale. Per il Lombardo-Veneto: G. DE CASTRO, *I processi di Mantova e il 6 febbraio 1853* (Milano, 1893); A. LUZIO, *I martiri di Belfiore e il loro processo: narrazione storica documentata* (1 ed., Milano, 1905, 4 ed. con nuovi documenti, Milano, 1925); B. SIMONETTA, *Luigi Castellazzo e i processi di Mantova del 1852-53 alla luce di alcuni documenti inediti*, in "Rass. Stor. del Risorg.," 1956; quest'ultimo attenua la responsabilità del Castellazzo, su cui aveva aspramente insistito il Luzio. Sul 6 febbraio: L. POLLINI, *Mazzini e la rivolta milanese del 6 febbraio 1853* (Milano, La Famiglia Meneghina, 1930, nuova ed. 1953); F. CATALANO, *I Barabba. La rivolta del 6 febbraio 1853* (Milano, Mastellone, 1953). Sulle critiche del Mordini a Mazzini: M. ROSI, *Giuseppe Mazzini e la critica d'un amico emigrato*, in "Rivista d'Italia," 1905.

7. La lotta politica in Piemonte dalla pace di Milano all'entrata di Cavour nel ministero Azeglio

Per questo e per i successivi paragrafi riguardanti la lotta politica in Piemonte, oltre agli *Atti del Parlamento subalpino* (Torino, 1856-1863), è sempre utile A. BROFFERIO, *Storia del Parlamento subalpino iniziatore dell'unità italiana* (Milano, 1865-69), 6 voll. Di M. D'AZEGLIO si vedano: *Scritti e discorsi politici*, a cura di M. De Rubris (Firenze, La Nuova Italia, 1933-37), 3 voll., e le lettere, ancora sparse in varie raccolte, tra le quali ricordiamo: E. RENDU, *L'Italie de 1847 à 1865. Correspondance politique de Maxime d'Azeglio* (Paris, 1867); G. BRIANO, *Lettere di Massimo d'Azeglio al fratello Roberto* (Milano, 1872); N. BIANCHI, *Lettere inedite di Massimo d'Azeglio al marchese Emanuele d'Azeglio* (Torino, 1883), e *La politica di Massimo d'Azeglio dal 1848 al 1859. Documenti in continuazione alle sue lettere al marchese Emanuele d'Azeglio* (Torino, 1884); E. FALDELLA, *M. d'Azeglio e D. Pantaleoni. Carteggio inedito* (Torino, 1888); M. DE RUBRIS, *Carteggio politico di M. d'Azeglio e Leopoldo Galeotti* (Torino, 1928). Sull'Azeglio si vedano: N. VACCALLUZZO, *M. d'Azeglio* (Roma, 1925); P. E. SANTANGELO, *M. d'Azeglio politico e moralista* (Torino, 1937); A. M. GHISALBERTI, *M. d'Azeglio. Un moderato realizzatore* (Roma, 1953). Sulle leggi Siccardi: A. C. JEMOLO, *Chiesa e Stato*, cit., c. II; P. PIRRI S. J., *Pio IX e Vittorio Emanuele II dal loro carteggio privato. I. La laicizzazione dello Stato Sardo* (Roma, Miscellanea Historiae Pontificiae, vol. VIII, Pontificia Università Gregoriana, 1944).

8. *Il liberalismo cavouriano. Il "connubio" e la formazione del ministero Cavour*

La piú recente bibliografia su Cavour, preceduta da un saggio orientativo, è quella di R. ROMEO, *Cavour*, in *Nuove questioni*, cit., vol. I, pp. 801-835, ora ripubblicata con aggiornamenti in R. ROMEO, *Dal Piemonte sabaudo all'Italia liberale* (Torino, Einaudi, 1963), pp. 163-203. Diamo qui alcune indicazioni essenziali per la conoscenza dell'opera di Cavour. Dei *Discorsi parlamentari* esistono due edizioni complessive: quella pubblicata per ordine della Camera dei Deputati (Torino, 1863-1872), 11 voll., che non comprende i discorsi di minore importanza, e quella completa a cura di A. Omodeo, L. Russo e (dal vol. XI) A. Saitta (Firenze, La Nuova Italia, 1932-61), che è giunta al XII volume, cioè al 1856. Esiste ora una raccolta completa degli *Scritti di economia 1835-1850*, a cura di F. Sirugo (Milano, Istituto Giangiacomo Feltrinelli, 1962) con un'ampia introduzione. Gli articoli pubblicati sul "Risorgimento" sono raccolti nell'edizione degli *Scritti politici*, a cura di G. Gentile (Roma, 1925). Utile anche la raccolta degli *Scritti*, a cura di D. Zanichelli (Bologna, 1892; 2 ed. 1912).

Numerose raccolte di lettere private ed ufficiali di Cavour furono edite da vari studiosi soprattutto nell'ultimo ventennio del secolo scorso. La piú importante è quella delle *Lettere edite ed inedite*, raccolte ed illustrate da L. Chiala (Torino, 1883-87), 6 voll., piú uno di *Indici*, a cura di C. Isaia (Napoli, 1887). Questa edizione, pur con tutti i suoi difetti (molte lettere sono mutile, alcune sono pubblicate due volte, moltissimi nomi di persone sono soppressi, ecc.) è ancora indispensabile, perché molti documenti non sono stati piú ripubblicati. Inoltre le introduzioni del Chiala ai singoli volumi costituiscono un'ampia biografia di Cavour. Altre importanti pubblicazioni di lettere e di documenti inediti furono fatte allora da D. BERTI, *Il conte di Cavour avanti il 1848* (Roma, 1886; nuova ed. commentata da F. Bolgiani, Milano, 1945), e *Diario inedito con note autobiografiche del conte di Cavour* (Roma, 1888; nuova ed. a cura di L. Salvatorelli, Milano, 1941), che si riferisce al periodo 1833-43. Sono inoltre ancora utili, sebbene molto mal fatte, le seguenti raccolte: *Nouvelles lettres inédites*, a cura di A. Bert (Torino, 1889), che contiene le lettere di Cavour ai banchieri De La Rüe; *Nuove lettere inedite del conte di Cavour*, a cura di E. Mayor (Torino-Roma, 1895), che contiene in prevalenza lettere di ufficio del periodo 1853-58; L. C. BOLLEA, *Una silloge di lettere del Risorgimento (1839-1873)*, in "Il Risorgimento Italiano," 1916, che contiene molte lettere (non tutte inedite) di Cavour soprattutto degli anni 1858-60. Molte altre lettere cavouriane sono state sparsamente pubblicate in vari saggi ed articoli. Recentemente è stata pubblicata una raccolta delle *Lettere d'amore*, a cura di M. Avetta (Torino, ILTE, 1956).

Nel 1913 fu istituita la Commissione reale, divenuta poi Commissione nazionale, per l'edizione dei carteggi cavouriani, la quale dal 1926 ha pubblicato presso l'editore Zanichelli i seguenti volumi: *Il carteggio Cavour-Nigra dal 1858 al 1861* (Bologna, 1926-29), 4 voll.; *La Questione romana negli anni 1860-61. Carteggio del conte di Cavour con D. Pantaleoni, C. Passaglia, O. Vimercati* (Bologna, 1929), 2 voll.; *Cavour e l'Inghilterra. Carteggio con V. E. d'Azeglio* (Bologna, 1933), 2 voll. in 3 tomi, che contiene nell'ultimo volume anche il *Carteggio tra Cavour e i coniugi Circourt; Carteggio Cavour-Salmour* (Bologna, 1936); *La liberazione del Mezzogiorno e la formazione del Regno d'Italia. Carteggi di Camillo Cavour con Villamarina, Scialoja, Cordova, Farini, ecc.* (Bologna, 1949-54), 5 voll., ampia silloge di documenti non soltanto cavouriani riguardanti il periodo dal gennaio 1860 al giugno 1861; *Indice generale dei primi quindici volumi*, a cura di C. Pischedda (Bologna, 1961); *Epistolario*. Vol. I, *1815-1840* (Bologna, 1962). Il lavoro della Commissione nazionale, sebbene non privo di difetti per il criterio adottato di pubblicare i carteggi per problemi o per singoli fondi documentari, anziché cronologicamente, ha permesso una conoscenza approfondita dell'attività di Cavour soprattutto negli anni 1856-61. Col recente volume dell'*Epistolario* si è d'altronde iniziata la pubblicazione cronologica.

Tra le opere generali su Cavour ricordiamo le seguenti particolarmente importanti: W. DE LA RIVE, *Le comte de Cavour. Récits et souvenirs* (Paris, 1862; trad. it. con prefaz. di E. Visconti Venosta, Torino, 1911; nuova ed. a cura di C. Pischedda, Milano, 1960); H. VON TREITSCHE, *Cavour* (Heidelberg, 1869; 1ª trad. it. Firenze, 1873; 2ª trad. it. Firenze, 1921); P. MATTER, *Cavour et l'unité italienne* (Paris, 1922-27), 3 voll.; A. OMODEO, *L'opera politica del conte di Cavour*, parte I, *1848-1857* (Firenze, La Nuova Italia, 1940; 3 ed. 1954), 2 voll.; quest'opera, rimasta incompiuta, è di fatto in parte completata da alcuni scritti dello stesso autore dedicati al periodo 1858-60, di cui si parlerà in seguito.

Sulla famiglia Cavour: F. BOYER, *La famille Benso de Cavour et le régime napoléonien*, in "Revue Historique," 1939; F. SIRUGO, *Contributo alla conoscenza dell'ambiente familiare di Camillo Cavour (con lettere di Michele Cavour)*, in "Annali dell'Istituto Giangiacomo Feltrinelli," II, 1959. Sulla giovinezza di Cavour il lavoro principale è quello di F. RUFFINI, *La giovinezza del conte di Cavour* (Torino, 1912; rist. 1961), 2 voll. Sull'attività di Cavour come uomo d'affari: L. MARCHETTI, *Cavour e la Banca di Torino* (Milano, 1952); F. ARESE, *Cavour e le strade ferrate, 1839-1850* (Milano, 1953); P. GUICHONNET, *Cavour agronomo e uomo d'affari* (Milano, Feltrinelli, 1961). Sul pensiero economico si veda il saggio introduttivo di F. SIRUGO all'ed. cit. degli *Scritti di economia*.

Sulla politica economica e finanziaria di Cavour si vedano le indicazioni date per il c. III, par. 1. Sul connubio: L. CHIALA, *Une page d'histoire du gouvernement représentatif en Piémont* (Torino, 1858); M. CASTELLI, *Il conte di Cavour. Ricordi*, a cura di L. Chiala (Torino-Napoli, 1886); OMODEO, *op. cit.* Sulla questione del matrimonio civile: E. VITALE, *Il tentativo d'introdurre il matrimonio civile in Piemonte, 1850-52* (Roma, 1951). Sulla formazione del ministero Cavour: P. GUICHONNET, *Une version nouvelle de la formation du premier ministère Cavour*, in "Rass. Stor. del Risorg.," 1956.

II. IL MINISTERO CAVOUR, LA GUERRA DI CRIMEA E IL CONGRESSO DI PARIGI

1. *I primi tempi del ministero Cavour*

Le opere generali sulla lotta politica in Piemonte e su Cavour indicate per il precedente capitolo sono utili anche per questo paragrafo. Si veda specialmente OMODEO, *op. cit.*, c. III. Tra i libri di ricordi e gli epistolari sono da tener presenti: M. CASTELLI, *Ricordi 1847-1875*, a cura di L. Chiala (Torino-Napoli, 1888), e *Carteggio politico*, a cura di L. Chiala (Roma-Torino-Napoli, 1890-91), 2 voll.; L. C. FARINI, *Epistolario*, a cura di L. Rava (Bologna, 1911-35), 4 voll. (il IV volume comprende il periodo 1851-59); M. AVETTA, *Dall'archivio di un diplomatico. Il barone M. Alessandro Jocteau* (Casale, 1924).

Non esiste uno studio critico su Vittorio Emanuele II. È ancora di qualche utilità il vecchio libro apologetico di G. MASSARI, *La vita ed il regno di Vittorio Emanuele II di Savoia primo re d'Italia* (Milano, 1878) che ha avuto numerose edizioni. Apologetica è anche la biografia di F. COGNASSO, *Vittorio Emanuele II* (Torino, 1942). Neppure sul Rattazzi esiste un moderno studio critico. È ancora utile la biografia scritta dalla moglie: M. L. RATTAZZI, *Rattazzi et son temps* (Paris, 1881-87), 2 voll. Sulla sinistra: C. MARALDI, *Il partito democratico subalpino e l'azione politico-parlamentare di A. Depretis dal 1849 al 1859*, in "Rass. Stor. del Risorg.," 1930.

2. *La guerra di Crimea e l'intervento piemontese*

Per un inquadramento generale si tengano presenti le opere di storia europea, citate al c. I, par. 1. Sempre necessaria per la documentazione è la vecchia opera di N. BIANCHI, *Storia documentata della diplomazia europea in Italia dall'anno 1815 all'anno 1861* (Torino, 1865-1872), 8 voll., in particolare il vol. VI. Tra i carteggi cavouriani è indispensabile tener presente *Cavour e l'Inghilterra*, vol. I. Altre fonti importanti: *Le relazioni diplomatiche tra la Gran Bretagna ed il Regno di Sardegna (1852-1856). Il carteggio di Sir James Hudson*, a cura di F. Curato (Torino, Istituto per la storia del Risorgimento, 1956), 2 voll.; *Le relazioni diplomatiche fra l'Austria e il Regno di Sardegna*, vol. IV: 3 gennaio 1853-27 marzo 1857, a cura di F. Valsecchi (Roma, Istituto storico per l'età moderna e contemporanea, Fonti per la storia d'Italia, 1963); J. A. VON HÜBNER, *Nove anni di ricordi di un ambasciatore austriaco a Parigi sotto il Secondo Impero (1851-1859)*, trad. e introduzione di A. Galante Garrone (Milano, Ispi, 1944). La dimostrazione che Cavour concludendo l'alleanza con gli anglo-francesi agí per necessità e non operò una scelta in vista di un piano politico preciso è stata data da A. OMO-

DEO, *L'opera politica*, cit., c. IV, sulla base di un accurato esame delle fonti edite, e da F. VALSECCHI, *L'unificazione italiana e la politica europea. Dalla guerra di Crimea alla guerra di Lombardia* (Milano, Ispi, 1939) e *Il Risorgimento e l'Europa. L'alleanza di Crimea* (Milano, Mondadori, 1948), sulla base soprattutto dei documenti austriaci. Tra i lavori successivi sono da vedere: G. BERTI, *Russia e stati italiani nel Risorgimento* (Torino, Einaudi, 1957), c. VII; J. GODECHOT-F. PERNOT, *L'action des représentants de la France à Turin et l'intervention sarde dans la guerre de Crimée*, in "Rass. Stor. del Risorg.," 1958; U. MARCELLI, *Cavour diplomatico*, cit., cc. IV e V.

3. *La crisi Calabiana*

Si vedano le opere citate dell'OMODEO, del PIRRI e dello JEMOLO e inoltre E. BORGHESE, *La crisi Calabiana secondo nuovi documenti*, in "Boll. Stor. Bibliogr. Subalpino," 1957.

4. *Il congresso di Parigi*

I lavori citati per il paragrafo 2 sono utili anche per questo. Ad essi si può aggiungere il volume degli *Atti del XXXV congresso di storia del Risorgimento*, tenuto a Torino nel 1956, cit., dedicato in modo preminente al congresso di Parigi. In particolare segnaliamo la relazione di F. VALSECCHI, *Il problema italiano nella politica europea (1849-1856)* e la comunicazione di D. MACK SMITH, *Cavour and Clarendon. English documents on the italian question at the congress of Paris.*

III. L'EGEMONIA PIEMONTESE E LA CRISI DEL PARTITO D'AZIONE

1. *Il Piemonte e l'Italia alla vigilia dell'unità*

Sullo sviluppo dell'economia piemontese e ligure esiste ora la vasta bibliografia di F. SIRUGO, *L'economia degli*

Stati italiani prima dell'unificazione, vol. I: *Stati Sardi di Terraferma 1700-1860* (Milano, Istituto Giangiacomo Feltrinelli, 1962). Molto importante è la raccolta di studi edita sotto la direzione di L. Bulferetti in occasione del centenario dell'unità dal Comitato di Torino dell'Istituto per la storia del Risorgimento italiano (Torino, Museo Nazionale del Risorgimento, 1961), che comprende i seguenti lavori: G. MELANO, *La popolazione di Torino e del Piemonte nel secolo XIX*; G. GUDERZO, *Vie e mezzi di comunicazione in Piemonte dal 1831 al 1861. I servizi di posta*; P. NORSA-M. DA POZZO, *Imposte e tasse in Piemonte durante il periodo cavouriano*; P. L. GHISLENI, *Le coltivazioni e la tecnica agricola in Piemonte dal 1831 al 1861*; M. ABRATE, *L'industria siderurgica e meccanica in Piemonte dal 1831 al 1861*; G. QUAZZA, *L'industria laniera e cotoniera in Piemonte dal 1831 al 1861*; V. PAUTASSI, *Gli istituti di credito e assicurativi e la Borsa in Piemonte dal 1831 al 1861*; R. LURAGHI, *Pensiero e azione economica del conte di Cavour*. Tutti questi lavori contengono ampie indicazioni bibliografiche. Si vedano anche V. GULÍ, *Il Piemonte e la politica economica del Cavour* (Napoli, 1932); R. BACHI, *La formazione e l'opera della banca di emissione nel Regno di Sardegna dalla restaurazione al 1859*, in "Rivista bancaria," 1933, e *La crisi economica del 1853-54 nel Regno di Sardegna*, in "Rivista di storia economica," 1936; G. FELLONI, *Le entrate degli Stati Sabaudi dal 1825 al 1860*, in "Arch. econ. dell'unif. ital.," III-IV, 1956, 5, *Le spese effettive e il bilancio degli Stati Sabaudi dal 1825 al 1860*, in "Arch. econ. dell'unif. ital.," IX, 1959, 5, e *Popolazione e sviluppo economico della Liguria nel secolo XIX*, in "Arch. econ. dell'unif. ital.," serie II, vol. IV, 1961; R. E. CAMERON, *French Finance and Italian Unity: the Cavourian Decade*, in "The American Historical Review," 1956-57; B. GILLE, *Les capitaux français en Piémont*, in "Histoire des entreprises," 1959. Sulla politica liberista e i suoi aspetti negativi si veda G. MORI, *Osservazioni sul libero-scambismo dei moderati del Risorgimento*, in *Problemi dell'unità d'Italia. Atti del II convegno Gramsci*, cit., ma si tenga anche presente quanto osserva F. SIRUGO nella citata introduzione agli *Scritti di economia* di CAVOUR soprattutto alle pp. LXII-LXIV.

Sulle società operaie: G. MANACORDA, *Il movimento operaio italiano attraverso i suoi congressi, 1853-1892* (Roma, Editori Riuniti, 1 ed. 1953, 2 ed. 1963), c. I; G. PERILLO, *Gli albori dell'organizzazione operaia nel Genovesato*, in "Il movimento operaio e socialista in Liguria," 1959 e 1960.

Sulla situazione economica degli altri Stati italiani alla vigilia dell'unità e in particolare sul Regno meridionale si vedano i lavori di D. DEMARCO, di R. VILLARI e di A. GRAZIANI, citati a proposito dei paragrafi 1 e 3 del I capitolo.

Manca un lavoro d'insieme sull'emigrazione in Piemonte. Sull'emigrazione a Genova: M. CIRAVEGNA, *L'emigrazione politica a Genova dalla caduta della Repubblica Romana al moto di Milano del 1853* e L. L. BARBERIS, *Dal moto di Milano del febbraio 1853 all'impresa di Sapri*, entrambi nel III vol. della raccolta *L'emigrazione politica in Genova ed in Liguria dal 1848 al 1857* (Modena, Soc. Tip. Ed. Modenese, 1957), 3 voll.

2. *La formazione del movimento monarchico-unitario*

Sull'interpretazione del *Rinnovamento* del Gioberti si veda l'ultimo capitolo di A. OMODEO, *Vincenzo Gioberti e la sua evoluzione politica* (Torino, 1941), ora in *Difesa del Risorgimento* (Torino, Einaudi, 1955). Sul movimento monarchico-unitario e la formazione della Società Nazionale la documentazione fondamentale, pur con molte lacune, è contenuta nei seguenti volumi: B. E. MAINERI, *D. Manin e G. Pallavicino. Epistolario politico, 1855-1857*, con note e documenti (Milano, 1878); G. PALLAVICINO, *Memorie* pubblicate per cura della moglie (Torino, 1882-1895), 3 voll.; G. LA FARINA, *Epistolario*, a cura di A. Franchi (Milano, 1869), 2 voll., e *Scritti politici*, a cura di A. Franchi (Milano, 1870), 2 voll. Non esiste un moderno studio critico su La Farina. Il recentissimo importante lavoro sulla Società Nazionale di R. GREW, *A Sterner Plan of Italian Unity. The Italian National Society in the Risorgimento* (Princeton, Princeton University Press, 1963), è uscito quando già il presente volume era in corso di stampa. Sul movimento murattiano si veda F. BARTOCCINI, *Il murattismo. Speranze, timori e contrasti nella lotta per l'unità italiana* (Milano, Giuffré, 1959), e la bibliografia ivi citata.

3. *La Spedizione di Sapri*

Sulla Spedizione di Sapri e sugli altri moti mazziniani del '57 esiste una vasta letteratura. Tra i lavori piú antichi, tutti influenzati dalle aspre polemiche che per decenni vi furono tra i superstiti di quei fatti, il lavoro piú utile per i documenti che contiene è quello di L. DE MONTE, *Cronaca del Comitato segreto di Napoli su la Spedizione di Sapri* (Napoli, 1877). Tra i lavori successivi sono da vedere P. E. BILOTTI, *La Spedizione di Sapri da Genova a Sanza* (Salerno, 1907); e i lavori citati a proposito di Pisacane al paragrafo 5 del c. I, in particolare le note di A. ROMANO all'*Epistolario* del PISACANE e il libro di G. BERTI, *I democratici e l'iniziativa meridionale nel Risorgimento*, che analizza ampiamente le polemiche interne del Partito d'Azione. Sui moti di Genova e di Livorno: E. MICHEL, *L'ultimo moto mazziniano, 1857* (Livorno, 1903); A. DEPOLI, *La Spedizione di Sapri ed i moti di Genova del 1857 in alcuni documenti inediti o poco noti*, nella cit. raccolta *L'emigrazione politica a Genova ed in Liguria*. Sul Bertani e l'ambiente mazziniano di quegli anni è sempre utile J. WHITE MARIO, *Agostino Bertani e i suoi tempi* (Firenze, 1888), 3 voll.; sul Mordini: M. ROSI, *Il Risorgimento Italiano e l'azione di un patriota cospiratore e soldato* (Roma, 1906).

4. *Le elezioni del novembre 1857 e la crisi del "connubio"*

Sulla crisi del connubio, oltre alle opere generali prima citate, si veda il recente studio di C. PISCHEDDA, *La crisi del connubio Cavour-Rattazzi in alcuni inediti del Boncompagni (1857)*, in "Rass. Stor. del Risorg.," 1961.

IV. L'ALLEANZA FRANCESE E LA GUERRA

1. *Dall'attentato Orsini al convegno di Plombières*

Di F. ORSINI si vedano le *Lettere*, a cura di A. M. Ghisalberti (Roma, Istituto per la storia del Risorgimento, 1936) e l'edizione delle *Memorie politiche* con documenti inediti, introduzione e note di A. M. Ghisalberti (Roma, 1946). Inoltre: A. LUZIO, *Felice Orsini* (Milano, 1914); A. M. GHISALBERTI, *Orsini minore* (Roma, 1955).

Sulle vicende diplomatiche trattate in questo e nei successivi capitoli è sempre utile per la documentazione N. BIANCHI, *Storia documentata della diplomazia europea in Italia*, cit., vol. VIII. Tra le opere d'insieme su Cavour si tenga presente soprattutto P. MATTER, *Cavour et l'unité italienne*, cit., opera accurata e ben documentata soprattutto per la parte riguardante i rapporti franco-piemontesi. Sul convegno di Plombières fonte essenziale è il I volume del *Carteggio Cavour-Nigra*, cit. Su di esso e sul successivo si veda A. OMODEO, *Da Plombières a Villafranca*, in "Leonardo," 1928, ora in *Difesa del Risorgimento*, cit.

2. *Il "grido di dolore" e il trattato d'alleanza*

Per le trattative con la Francia fino alla fine di gennaio del '59 la fonte essenziale è il I volume del *Carteggio Cavour-Nigra*. Altra fonte importante per la conoscenza della politica cavouriana e per gli avvenimenti trattati in questo capitolo e nel successivo è G. MASSARI, *Diario dalle cento voci, 1858-1860*, a cura di E. Morelli (Bologna, Cappelli, 1959). Sul principe Napoleone: A. COMANDINI, *Il principe Napoleone nel Risorgimento italiano* (Milano, 1922); É. D'HAUTERIVE, *Correspondance de Napoléon III et du Prince Napoléon*, in "Revue des Deux Mondes," 1924.

3. *L'Europa di fronte alla questione italiana. I tentativi di mediazione e l'ultimatum austriaco*

Per l'azione diplomatica di Cavour nei primi mesi del '59 e durante la guerra sono da tener presenti il II volume del *Carteggio Cavour-Nigra* e il II volume di *Cavour e l'Inghilterra*. Molto utile per le notizie e i giudizi sulla situazione a Parigi e la politica austriaca: J. A. VON HÜBNER, *Nove anni di ricordi*, cit. Per la politica francese: *La guerra del 1859 nei rapporti tra la Francia e l'Europa*, a cura di A. Saitta (Roma, Istituto storico per l'età moderna e contemporanea, Fonti per la storia d'Italia, 1960-62), 5 voll., e A. SAITTA, *Il problema italiano nei testi di una battaglia pubblicistica. Gli opuscoli del visconte de La Guéronnière* (Roma, Istituto storico italiano per l'età moderna e contemporanea, Italia e Europa, 1963), 4 voll. Per la politica inglese si veda il recente libro di D. BEALES, *England and Italy, 1859-60* (London, Nelson, 1961), e la raccolta *Le re-*

553

*lazioni diplomatiche tra la Gran Bretagna e il Regno di
Sardegna*, vol. VI: 2 gennaio 1857-29 marzo 1859, a cura di
G. Giarrizzo (Roma, Istituto storico per l'età moderna e
contemporanea, Fonti per la storia d'Italia, 1962). Per la
politica e l'opinione pubblica russa: G. BERTI, *Russia e Stati italiani*, cit., e *Objedinenije Italii v ozenke russki sovre-
mennikov (L'unità d'Italia nel giudizio dei contemporanei
russi)*, raccolta di documenti e materiali per il centenario
dell'unità italiana a cura di S. D. Skaskin, K. F. Misiano,
E. E. Kirova, V. E. Nevler, E. L. Rudniskaia, prefazione di
A. V. Fadeieva (Mosca, Istituto di storia, 1961). Per la politica prussiana e l'opinione pubblica tedesca: F. VALSEC-
CHI, *Il 1859 in Germania: idee e problemi*, in "Arch. Stor.
Ital.," 1935, e *Il 1859 in Germania: la stampa e i partiti*, in
"Studi Germanici," 1935; B. MALINVERNI, *La Germania e il
problema italiano nel 1859. Dalla crisi diplomatica a Villafranca* (Milano, Marzorati, 1959); E. PORTNER, *Die Eini-
gung Italiens im Urteil Liberaler Deutscher Zeitgenossen.
Studie zur inneren Geschichte des kleindeutschen Libera-
lismus* (Bonn, Röhrscheid, 1959); F. DELLA PERUTA, *Democratici italiani e democratici tedeschi di fronte all'unità
d'Italia, 1859-1861*, in "Annali dell'Istituto Giangiacomo
Feltrinelli," III, 1960. Si tenga presente inoltre la citata
raccolta di scritti K. MARX-F. ENGELS, *Sul Risorgimento
italiano* e la prefazione di E. Ragionieri.

4. *Moderati e democratici alla vigilia della seconda guerra
d'indipendenza*

Valgono per questo paragrafo le indicazioni già date di
lavori d'insieme sui moderati e sui democratici e sugli uomini piú rappresentativi dei due partiti.

5. *La seconda guerra d'indipendenza e le insurrezioni della Toscana e dell'Emilia*

Sugli avvenimenti militari si veda P. PIERI, *Storia militare del Risorgimento*, cit., cc. XV e XVI e la bibliografia
ivi citata. Per le insurrezioni della Toscana e dell'Emilia le
indicazioni bibliografiche coincidono in gran parte con
quelle relative al periodo fra Villafranca e le annessioni che
sono date al capitolo successivo.

6. *La pace di Villafranca e le dimissioni di Cavour*

I lavori e le raccolte documentarie prima indicate sulla politica delle principali potenze valgono anche per le trattative svoltesi durante la guerra per una mediazione. Su Villafranca: F. SALATA, *Napoleone III e Francesco Giuseppe alla pace di Villafranca*, in "Nuova Antologia," 1923; *Carteggio Cavour-Nigra*, vol. II; W. DEUTSCH, *Habsburgs Rückzug aus Italien* (Wien-Leipzig, 1940), trad. it.: *Il tramonto della potenza asburgica in Italia. I preliminari di Villafranca e la pace di Zurigo*, a cura di F. Valsecchi (Firenze, Vallecchi, 1960); in questo libro è riprodotto in fac-simile il testo dei preliminari conservato a Vienna recante la firma e la riserva di Vittorio Emanuele, ed è pubblicato il testo dell'accordo complementare di Valeggio. Altri documenti inediti su Villafranca sono stati pubblicati recentemente dal SAITTA nella citata raccolta *La guerra del 1859 nei rapporti tra la Francia e l'Europa*. Gli appunti del Nigra sul colloquio di Monzambano tra il re e Cavour sono pubblicati in *Carteggio Cavour-Nigra*, II, pp. 289-292.

V. LE ANNESSIONI DELL'EMILIA E DELLA TOSCANA

1. *La situazione dopo Villafranca*

Per le trattative franco-austriache è fondamentale il citato libro del DEUTSCH. Sulle condizioni dell'Austria si veda la raccolta di studi *La crisi dell'Impero austriaco dopo Villafranca*, a cura del Comitato di Trieste e Gorizia dell'Istituto per la storia del Risorgimento (Trieste, 1960), e J. A. VON HÜBNER, *La monarchia austriaca dopo Villafranca* (*Résumé de l'an 1859, dal "Journal" vol. XIV*), a cura di M. Cessi Drudi (Roma, Ministero dell'interno, Pubblicazioni degli Archivi di Stato, 35, 1959). Sulla politica inglese: il citato libro del BEALES e la raccolta *Le relazioni diplomatiche fra la Gran Bretagna e il Regno di Sardegna*, vol. VII: 1 aprile 1859-29 febbraio 1860, a cura di G. Giarrizzo (Roma, Istituto storico per l'età moderna e contemporanea, Fonti per la storia d'Italia, 1962).

2. Le assemblee e i voti per l'annessione in Toscana, nei Ducati e nelle Romagne

Non esiste un buon lavoro d'insieme sulle complesse vicende della Toscana e dell'Emilia dalle insurrezioni di aprile e di giugno alle annessioni. Il libro di G. DEL BONO, *Cavour e Napoleone III. Le annessioni dell'Italia centrale al regno di Sardegna, 1859-60* (Torino, 1941), riguarda soprattutto i rapporti franco-piemontesi. Sulla politica del Walewski: S. MASTELLONE, *Gli agenti francesi in Italia e la politica di Walewski dopo Villafranca*, in "Riv. Stor. Ital.," 1951.

Sull'attività dei governi provvisori un utile strumento di lavoro è stato offerto agli studiosi con la recente pubblicazione de *Gli archivi dei governi provvisori e straordinari, 1859-1861* (Roma, Ministero dell'interno, Pubblicazioni degli Archivi di Stato, 45-47, 1962), 3 voll.: I. Lombardia, Provincie Parmensi, Provincie Modenesi; II. Romagne, Provincie dell'Emilia; III. Toscana, Umbria, Marche. La prefazione di C. Pavone e le introduzioni alle singole sezioni di questa raccolta, dovute a N. Raponi, E. Falconi, G. Locorotondo, F. Valenti, M. Bassi Costa, I. Zanni Rosiello, G. Pansini, R. Abbondanza, G. Spedale, P. Tournon, delineano chiaramente non solo le vicende degli archivi, ma anche i principali mutamenti politici ed amministrativi avvenuti nei vari Stati sotto i governi provvisori ed offrono alcune indicazioni bibliografiche essenziali. Per quanto riguarda la Toscana un altro utile strumento di lavoro è il repertorio di *Fonti bibliografiche e archivistiche di storia della Toscana dal 27 aprile 1859 al 15 marzo 1860*, a cura di S. Camerani ed altri studiosi, in "Rassegna Storica Toscana," 1959.

Sugli avvenimenti toscani si possono vedere le seguenti narrazioni e memorie di contemporanei: A. ZOBI, *Cronaca degli avvenimenti d'Italia nel 1859 corredata di documenti* (Firenze, 1859-60), 2 voll.; E. RUBIERI, *Storia intima della Toscana dal 1 gennaio 1859 al 30 aprile 1860* (Prato, 1861); E. POGGI, *Memorie storiche del governo della Toscana nel 1859-1860* (Pisa, 1867), 3 voll.; M. GIOLI BARTOLOMMEI, *Il rivolgimento toscano e l'azione popolare (1847-1860). Dai ricordi familiari del marchese Ferdinando Bartolommei* (Firenze, 1905); F. MARTINI, *Confessioni e ricordi. Firenze granducale* (Firenze, 1922); M. TABARRINI, *Diario, 1859-1860*, a cura di A. Panella, introduzione di S. Camerani

(Firenze, Le Monnier, 1959); P. CIRONI, *Diario, 1859-1860*, a cura di R. Ciullini, in "Rass. Stor. Tosc.," 1959. Sono da vedere inoltre tra le edizioni di carteggi: B. RICASOLI, *Carteggi*, a cura di M. Nobili e S. Camerani, voll. VI-XII (Roma, Istituto storico per l'età moderna e contemporanea, Fonti per la storia d'Italia, 1953-60); B. MANZONE, *Cavour e Boncompagni nella rivoluzione toscana del 1859*, in "Il Risorgimento italiano," 1909, che pubblica alcune importanti lettere; R. CIAMPINI, *Il '59 in Toscana. Lettere e documenti inediti* (Firenze, Sansoni, 1958), importante raccolta di documenti diplomatici francesi e piemontesi concernenti la Toscana; *Le relazioni diplomatiche fra la Francia e il Granducato di Toscana*, III serie: 1848-1860, vol. III: 6 gennaio 1858 - 14 luglio 1860, a cura di A. Saitta (Roma, Istituto storico per l'età moderna e contemporanea, Fonti per la storia d'Italia, 1959); R. CIAMPINI, *I toscani del '59. Carteggi inediti di Cosimo Ridolfi, Ubaldino Peruzzi, Leopoldo Galeotti, Vincenzo Salvagnoli, Giuseppe Massari, Camillo Cavour* (Roma, Edizioni di storia e letteratura, 1959). Tra gli studi ricordiamo: R. DELLA TORRE, *La evoluzione del sentimento nazionale in Toscana dal 27 aprile 1859 al 15 marzo 1860* (Milano-Roma-Napoli, 1915); G. CALAMARI, *Leopoldo Galeotti e il moderatismo toscano* (Modena, 1935); C. CANNAROZZI, *La rivoluzione toscana e l'azione del Comitato della "Biblioteca civile dell'Italiano," 1857-1859* (Pistoia, 1936); S. CAMERANI, *La Toscana alla vigilia della rivoluzione*, in "Arch. Stor. Ital.," 1945-46, e *Lo spirito pubblico in Toscana nel 1859*, in "Rass. Stor. Tosc.," 1956; R. CARMIGNANI, *Opinioni e problemi in Toscana nel 1859-60*, in "Rass. Stor. del Risorg.," 1959.

Sui Ducati si veda: P. L. SPAGGIARI, *Il Ducato di Parma e l'Europa, 1854-1859* (Parma, 1957); C. PECORELLA, *I governi provvisori parmensi: 1831, 1848, 1859* (Parma, 1959); R. MOSCATI, *A Parma, subito dopo Villafranca*, in "Aurea Parma," 1959 con bibliografia; C. CREDALI, *Il 1859 e il Ducato di Parma*, in "Archivio storico per le Provincie parmensi," 1959; A. COLOMBO, *La missione di Luigi Zini a Modena*, in "Rass. Stor. del Risorg.," 1932; F. MANZOTTI, *La rivoluzione del '59 dopo Villafranca*, in "Atti e Memorie della Deputazione di storia patria per le antiche provincie modenesi," 1960. Del FARINI si veda il IV volume dell'*Epistolario*, cit., e su di lui la raccolta *Il Risorgimento e Luigi Carlo Farini* (Faenza, Lega, 1959-61), 3 voll.; G. CORTESI, *Inventario delle Carte Farini*, con prefazione di A. Torre

(Ravenna, Biblioteca Classense, S.T.E.R., 1960); P. ZAMA, *L. C. Farini nel Risorgimento italiano* (Faenza, Lega, 1962).

Sul problema politico-diplomatico delle Romagne si vedano le pubblicazioni documentarie: P. PIRRI S. J., *Pio IX e Vittorio Emanuele II dal loro carteggio privato. II. La questione romana 1856-1864*. Parte I: Testo. Parte II: Documenti (Roma, Miscellanea Historiae Pontificiae, 16-17, Pontificia Università Gregoriana, 1951), 2 voll.; *Il carteggio Antonelli-Sacconi (1858-1860)*, a cura di M. Gabriele (Roma, Istituto per la storia del Risorgimento, 1962), 2 voll.; N. BLAKINSTON, *The Roman Question. Extracts from the despatches of Odo Russell from Rome 1858-1870* (London, Chapman & Hall, 1962). Sull'insurrezione e sulle vicende politiche delle Romagne fino all'annessione si vedano le seguenti pubblicazioni di memorie e carteggi: M. MINGHETTI, *Miei ricordi* (Torino, 1888-90), 3 voll.; G. PASOLINI, *Memorie raccolte da suo figlio* (4 ed., Torino, 1915), 2 voll.; *Carteggio tra Marco Minghetti e Giuseppe Pasolini*, a cura di G. Pasolini (Torino, 1924-30), 4 voll.; L. CIPRIANI, *Avventure della mia vita*, a cura di L. Mordini (Bologna, 1924); G. FINALI, *Memorie*, con introduzione e note di G. Maioli (Faenza, Lega, 1955); F. MARTINELLI, *Memorie postume di un matto savio*, a cura di G. Maioli, in "Bollettino del Museo del Risorgimento" (Bologna, 1956 e 1957). Tra gli studi ricordiamo quelli di E. MASI nel volume *Tra libri e ricordi di storia della rivoluzione italiana* (Bologna, 1887), quelli di G. MAIOLI in gran parte raccolti nel volume *Nell'Italia del 1859-60* (Bologna, 1959); A. DALLOLIO, *Bologna 1859*, in *Bologna nella storia d'Italia* (Bologna, 1933); i vari studi sul '59 nelle province romagnole contenuti nella citata raccolta *Il Risorgimento e L. C. Farini*; il libro di L. LIPPARINI, *Minghetti* (Bologna, 1942-47), 2 voll.; L. MASETTI ZANNINI, *Note bibliografiche sul centenario del 1859 nelle Romagne*, in "Il Risorgimento," 1960. Ricordiamo infine alcuni lavori contenuti negli atti del *Convegno di studi sul Risorgimento a Bologna e nell'Emilia (27-29 febbraio 1960)*, a cura del Comitato per le celebrazioni bolognesi del centenario dell'unità d'Italia (Bologna, 1960), 2 voll. e specialmente A. BERSELLI, *Movimenti politici a Bologna dal 1815 al 1859*; S. SOZZI, *Il 1859 a Cesena*; I. ZANNI ROSIELLO, *Note intorno al giornalismo politico bolognese degli anni 1859-60*. Sulla lega dell'Italia centrale: A. MALVEZZI, *Intorno alla origine della lega dell'Italia centrale nel 1859*, in "Rass. Stor. del Risorg.," 1958; R. E. RIGHI, *Sulla via dell'unificazione italiana. La lega militare 1859-60* (Bologna, 1859). Per i dibattiti delle assemblee si tenga presente la raccolta di atti: *Le Assemblee del Risorgimento*, a cura di C. Montalcini (Roma, 1911), 15 voll.

3. *L'azione di Mazzini dopo Villafranca*

Non esiste uno studio dedicato in modo specifico all'attività mazziniana in questo periodo. Sono da tener presenti i volumi dell'edizione nazionale degli *Scritti* di MAZZINI e le altre pubblicazioni citate nel testo.

4. *La pace di Zurigo. La questione della reggenza Carignano e il fallimento del progetto garibaldino di spedizione nello Stato pontificio*

Valgono per questo paragrafo le indicazioni date per il par. 2. In particolare è fondamentale per la pace di Zurigo il libro del DEUTSCH. Si aggiunga per l'attività di Cavour: C. PISCHEDDA, *L'attività politica del Cavour dopo Villafranca*, in *Scritti vari* a cura della Facoltà di Magistero dell'Università di Torino (Torino, 1950); per l'attività di Garibaldi: T. CASINI, *Garibaldi nell'Emilia nel 1859*, in "Archivio Emiliano del Risorgimento," 1907.

5. *La svolta della politica di Napoleone III e il ritorno di Cavour al potere*

Sull'opuscolo *Le Pape et le Congrès* e le sue conseguenze si veda il libro del DEUTSCH e l'edizione di A. SAITTA, *Il problema italiano nei testi di una battaglia pubblicistica*, cit. Sulla lotta tra Cavour e Rattazzi notizie importanti in G. MASSARI, *Diario*, cit. Si veda inoltre A. LUZIO, *Aspromonte e Mentana* (Firenze, 1935) con documenti e notizie sulla politica di Rattazzi anche in questo periodo, e le osservazioni critiche su questo libro di A. OMODEO, *Per l'interpretazione della politica di Urbano Rattazzi*, in "Critica," 1936, ora in *Difesa del Risorgimento*, cit.

6. *I plebisciti in Emilia e in Toscana e la cessione della Savoia e di Nizza*

Fonti essenziali per le vicende diplomatiche sono: il III volume del *Carteggio Cavour-Nigra*, sul quale si veda A. OMODEO, *La crisi della politica cavouriana*, in "Leonardo," 1928, ora in *Difesa del Risorgimento*, cit., il II tomo del II volume di *Cavour e l'Inghilterra*, le edizioni di documenti francesi, inglesi, sardi e pontifici curate dal SAITTA, dal CIAMPINI, dal GIARRIZZO, dal GABRIELE, dal BLAKINSTON, citate ai paragrafi 1 e 2. Si vedano inoltre E. THOUVENEL, *Le secret de l'empereur. Correspondance confidentielle et inédite echangée entre M. Thouvenel, le duc de Gramont et le général comte de Flahault, 1860-1863* (Paris, 1889), 2 voll.; H. D'IDEVILLE, *Journal d'un diplomate en Italie. Notes intimes pour servir à l'histoire du Second Empire. Turin 1859-1862; Rome 1862-1866* (3 ed., Paris, 1875), 2 voll. Fondamentali per l'annessione della Toscana i volumi XI e XII dei *Carteggi* di RICASOLI, ed. cit. Sul plebiscito dell'Emilia: G. MAIOLI, *Il plebiscito dell'Emilia e delle Romagne*, in "Atti e Memorie della Deputazione di storia patria per l'Emilia e la Romagna," 1942-43.

VI. LA SPEDIZIONE DEI MILLE E L'UNITÀ

1. *L'ultimo anno di vita del Regno delle Due Sicilie*

Sulla crisi finale del Regno delle Due Sicilie e sulla politica di Francesco II si veda R. MOSCATI, *La fine del Regno di Napoli*, cit., con numerosi documenti inediti; A. SALADINO, *L'estrema difesa del regno delle Due Sicilie: aprile-settembre 1860* (Napoli, Società napoletana di storia patria, Memorie e documenti, 1960), e *Fonti documentarie per la storia napoletana del secolo XIX: il tramonto del regno delle Due Sicilie nella corrispondenza riservata di Francesco II e Carlo Filangieri* (Napoli, L'Arte tipografica, 1960). Entrambi questi studiosi hanno attinto all'importante Archivio riservato della casa reale borbonica recentemente acquisito all'Archivio di Stato di Napoli: le loro pubblicazioni documentarie coincidono per alcune parti, si completano per altre. Sull'opera di governo del Filangieri si veda anche A. OMODEO, *La politica di Carlo Filangieri ministro di Francesco II*, in "Critica," 1939 e 1940, ora in *Difesa del Risorgimento*. I documenti della missione Salmour sono nel *Carteggio Cavour-Salmour*, cit. Sulla politica francese a Napoli: C. MARALDI, *Documenti francesi sulla caduta del Regno meridionale* (Napoli, 1935). Sulla politica estera napoletana: A. ZAZO, *La politica estera del Regno delle Due Sicilie nel 1859-60* (Napoli, 1940). Sulle condizioni delle varie regioni del Mezzogiorno continentale si veda il volume dedicato al centenario dall'"Archivio Storico per le Province Napoletane," nuova serie, anno XL, 1960 (Napoli, Società napoletana di Storia patria, 1961), che contiene i seguenti saggi da tener presenti anche per gli avvenimenti trattati nei paragrafi successivi: N. CORTESE, *Nel centenario dell'ingresso di Garibaldi a Napoli*; A. SALADINO, *Il tramonto di una capitale: Napoli e la Campania nella crisi finale della monarchia borbonica*; R. COLAPIETRA, *L'Abruzzo nel 1860*; G. MASI, *La partecipazione della Puglia alla rivoluzione liberale unitaria*; A. ZAZO, *Il Sannio e l'Irpinia nella Rivoluzione unitaria*; T. PEDIO, *La borghesia lucana nei moti insurrezionali del 1860*; G. CINGARI, *La Calabria nella rivoluzione del 1860*; G. BOVI, *La monetazione napoletana nel 1859 e negli anni seguenti*. Sulla Basilicata si veda anche la recente ampia ed accurata bibliografia ragionata di T. PEDIO, *La Basilicata nel Risorgimento politico italiano (1700-1870). Saggio di un dizionario bio-bibliografico*, vol. I (Potenza, Dizionario dei patrioti lucani, 1962). Sulla Calabria si vedano anche gli *Atti del 2° Congresso storico calabrese* dell'aprile-maggio 1960, a cura della Deputazione di storia patria per la Calabria (Napoli, Fiorentino, 1961).

Sulla Sicilia si veda il volume citato, *La Sicilia dal 1849 al 1860. Atti del Convegno siciliano di storia del Risorgimento*, e *La Sicilia verso l'Unità d'Italia. Memorie e testi* raccolti in occasione del 39° Congresso del Risorgimento dal Comitato di Palermo dell'Istituto per la storia del Risorgimento (Palermo, Manfredi, 1960). Inoltre: L. TOMEUCCI, *La Sicilia alla vigilia del 1860*, in "Arch. Stor. Messinese," serie III, vol. XI-XII (1959-61), e la prima parte del saggio di F. BRANCATO, *La rivoluzione del 1860 in Sicilia*, in "Quaderni del Meridione," 1960. Sugli esuli siciliani: R. COMPOSTO, *Gli esuli siciliani alla vigilia della rivoluzione del 1860*, in "Quaderni del Meridione," 1960 con molte indicazioni bibliografiche. Sul Pilo: E. LIBRINO, *Rosalino Pi-*

lo nel Risorgimento italiano, in "Arch. Stor. Sicil.," 1948-49. Di F. CRISPI sono da tener presenti gli *Scritti e discorsi politici* (Roma, 1890), e soprattutto le raccolte di documenti e lettere pubblicate dal nipote T. Palamenghi-Crispi: *I Mille* da documenti dell'Archivio Crispi (1 ed., Milano, 1911; 2 ed. accresciuta, Milano, 1927); *Carteggi politici inediti, 1860-1900* (Roma, 1912), e *Lettere dall'esilio, 1850-1860* (Roma, 1918). Manca un ampio lavoro critico sull'opera politica di Crispi nel '59 e nel '60.

2. *L'insurrezione siciliana e la Spedizione dei Mille fino alla liberazione di Palermo*

Sull'insurrezione del 4 aprile: G. LA MANTIA, *Alcuni documenti notevoli del processo originale Francesco Riso*, in "La Sicilia nel Risorgimento italiano," 1932, ed altri articoli dello stesso autore nello stesso periodico degli anni 1932 e 1933. Inoltre il saggio già citato di F. BRANCATO, *La rivoluzione del 1860 in Sicilia*. Sull'azione di Pilo e Corrao: G. FALZONE, *Rosalino Pilo*, in "Archivio Storico per la Sicilia," 1942.

Sulla Spedizione dei Mille e la liberazione del Mezzogiorno sono da tener presenti le seguenti opere generali, la cui indicazione vale anche per i paragrafi successivi: G. M. TREVELYAN, *Garibaldi and the Thousand* (London, 1909), trad. it.: *Garibaldi e i Mille* (Bologna, 1910), e *Garibaldi and the making of Italy* (London, 1911), trad. it.: *Garibaldi e la formazione dell'Italia* (Bologna, 1913); C. AGRATI, *I Mille nella storia e nella leggenda* (Milano, 1933), e *Da Palermo al Volturno* (Milano, 1937); D. MACK SMITH, *Cavour and Garibaldi 1860. A Study in political Conflict* (Cambridge, Cambridge University Press, 1954), trad. it.: *Garibaldi e Cavour nel 1860* (Torino, Einaudi, 1958). Questo libro, risultato di ampie ed accurate ricerche, è fondamentale per la conoscenza del conflitto politico tra Cavour e Garibaldi, sebbene non sempre siano accettabili i giudizi dell'autore tanto su Cavour, quanto su Garibaldi e i democratici, spesso ispirati da un moralismo astratto e non fondati a sufficienza su di un'analisi della base sociale delle due forze in lotta e dei limiti che la situazione europea poneva alla loro azione. Dei carteggi cavouriani sono da tener presenti il IV volume del *Carteggio Cavour-Nigra*, sul quale si veda A. OMODEO, *Cavour e l'impresa garibaldina*, in "Leonardo,"

1929, ora in *Difesa del Risorgimento*, e i cinque volumi della grande silloge *La liberazione del Mezzogiorno*, che contiene anche lettere di moltissimi altri personaggi che parteciparono alle vicende del 1860.

Degli scritti di G. GARIBALDI si tenga presente l'Edizione nazionale, di cui sono usciti complessivamente 6 volumi (Bologna, Cappelli, 1932-37); e cioè: *I. Le Memorie in una delle redazioni anteriori alla definitiva del 1872; II. Le Memorie nella redazione definitiva del 1872; III. I Mille; IV. Scritti e discorsi politici e militari (1838-1861); V. Scritti e discorsi politici e militari (1862-1867); VI. Scritti e discorsi politici e militari (1868-1882)*. Ricordiamo che *I Mille*, che pur contengono notizie e giudizi interessanti, sono un romanzo scritto da Garibaldi tra il 1870 e il 1872. Manca ancora una edizione critica delle lettere a singole persone. Tra le raccolte precedenti l'Edizione nazionale sono ancora utili, ma da usarsi con cautela: *Epistolario. Con documenti e lettere inedite (1836-1882)*, a cura di E. E. Ximenes (Milano, 1885), 2 voll., e *Scritti politici e militari. Ricordi e pensieri inediti* raccolti su autografi, stampe e manoscritti da D. Ciampoli (Roma, 1907). Molte lettere e documenti di Garibaldi e di altri concernenti soprattutto la Spedizione dei Mille sono stati pubblicati da G. E. CURATULO, *Garibaldi, Vittorio Emanuele, Cavour nei fasti della patria* (Bologna, 1911). Dell'Archivio Curatulo, conservato al Museo del Risorgimento di Milano, che costituisce la più importante raccolta di documenti su Garibaldi, esiste un catalogo a stampa: *Autografi, documenti storici e cimeli riguardanti Garibaldi e il Risorgimento italiano* raccolti da G. E. Curatulo (Roma, 1917). Una breve ma accurata raccolta di scritti garibaldini è quella delle *Lettere e proclami*, a cura di R. Zangheri (Milano, Universale Economica, 1954), con introduzione e bibliografia. Tra le biografie di Garibaldi, che contengono lettere e documenti, ricordiamo: G. GUERZONI, *Garibaldi* (Firenze, 1882), 2 voll.; J. WHITE MARIO, *Garibaldi e i suoi tempi* (Milano, 1884); G. SACERDOTE, *La vita di Giuseppe Garibaldi secondo i risultati delle più recenti indagini storiche con numerosi documenti inediti* (Milano, 1933). Tra le biografie più recenti segnaliamo: D. MACK SMITH, *Garibaldi. A great life in brief* (New York, Kopf, 1956), trad. it.: *Garibaldi. Una grande vita in breve* (Milano, Lerici, 1959), e C. SPELLANZON, *Garibaldi*, con prefazione di G. Pepe (Firenze, Parenti, 1958).

Tra le pubblicazioni riguardanti il 1860 determinate

dalle recenti celebrazioni centenarie ricordiamo le seguenti edizioni di atti congressuali: *Studi garibaldini. Atti del Convegno storico garibaldino*, Bergamo-Milano 18-20 marzo 1960 (Bergamo, Istituto Civitas Garibaldina, 1961); *Genova e l'impresa dei Mille. Atti del Convegno storico internazionale*, Genova 2-4 maggio 1960, a cura del Comitato ligure dell'Istituto per la storia del Risorgimento (Roma, Canesi, 1961), 2 voll.; *Atti del XXXIX Congresso di storia del Risorgimento*, Palermo-Napoli 17-23 ottobre 1960 (Roma, Istituto per la storia del Risorgimento, 1961); *La Sicilia e l'unità d'Italia. Atti del Congresso internazionale di studi storici sul Risorgimento italiano*, Palermo 15-20 aprile 1961 (Milano, Istituto Giangiacomo Feltrinelli, 1962), 2 voll. Di alcune relazioni e comunicazioni tenute in questi congressi sarà data l'indicazione nel seguito di questa Nota. Ricordiamo inoltre il numero commemorativo del centenario pubblicato dalla rivista "L'Osservatore politico-letterario," maggio 1960, che contiene alcuni notevoli saggi di L. AMBROSOLI, J. GODECHOT, L. MONDINI, M. VINCIGUERRA, F. BRANCATO, F. CATALANO. Altre pubblicazioni commemorative utili sono le seguenti: *Le 180 biografie dei bergamaschi dei Mille*, a cura di A. Agazzi (Bergamo, Istituto Civitas Garibaldina, 1960), molto accurato; *I bresciani dei Mille*, a cura di F. Grassi (Brescia, 1960); *Pavia e la spedizione dei Mille*, a cura di M. Milani. Queste indagini biografiche possono essere integrate dal saggio di D. MIANI CALABRESE, *Lineamenti strutturali del gruppo demografico dei Mille*, in "Statistica," 1960, e dalla comunicazione di A. CALDARELLA, *Combattenti stranieri nella campagna di Sicilia del 1860*, in *La Sicilia e l'Unità d'Italia*, cit., vol. II.

Tra i molti libri di memorie ricordiamo, oltre ai due più famosi di G. C. ABBA, *Da Quarto al Volturno. Noterelle di uno dei Mille* (1 ed. Bologna, 1880, ultima ed. Bologna, Zanichelli, 1960), e di G. BANDI, *I Mille* (1 ed. 1903, numerose edizioni recenti), A. MARIO, *La "Camicia Rossa"* (1 ed. Torino, 1870, ultima ed. a cura di C. Spellanzon, Milano, Universale Economica, 1954). Tra gli epistolari ricordiamo il III volume di N. BIXIO, *Epistolario*, a cura di E. Morelli (Roma, Istituto per la storia del Risorgimento, 1939-54), 4 voll., e I. NIEVO, *Lettere garibaldine*, a cura di A. Ciceri (Torino, Einaudi, 1961). Sulle vicende militari della Spedizione si vedano i cc. XVIII e XIX di P. PIERI, *Storia militare del Risorgimento*, cit., e la bibliografia ivi citata. Ricordiamo tra i lavori più recenti: M. GABRIELE, *Lo sbarco a Marsala,* in "Nuova Antologia," 1960, e G. LANDI, *Il generale Francesco Landi,* in "Rass. Stor. del Risorg.," 1960.

3. *Il conflitto tra Cavour e Garibaldi. Il governo garibaldino in Sicilia. L'Atto sovrano del 25 giugno a Napoli*

Valgono le indicazioni di opere generali e di raccolte documentarie date per il precedente paragrafo. Sulla questione dei soccorsi a Garibaldi esistono molti studi particolari. Molte notizie in J. WHITE MARIO, *Agostino Bertani e i suoi tempi,* cit.; A. DALLOLIO, *La spedizione dei Mille nelle memorie bolognesi* (Bologna, 1910); C. MARALDI, *La spedizione dei Mille e l'opera di Agostino Bertani* (Palermo, 1940). Si veda inoltre il recente studio di A. DEPOLI, *Bertani, Mazzini, Cavour ed i soccorsi a Garibaldi,* in *Genova e l'impresa dei Mille,* cit., vol. II. Sull'attività di Mazzini: E. MORELLI, *Mazzini nel 1860,* in "Nuova Antologia," 1960.

Sul governo garibaldino in Sicilia molte notizie e documenti in F. CRISPI, *I Mille,* cit. Tra gli studi recenti si veda la relazione di F. BRANCATO, *L'amministrazione garibaldina e il plebiscito in Sicilia,* negli *Atti del XXXIX Congresso di storia del Risorgimento,* cit., e la relazione di P. ALATRI, *Garibaldi e la spedizione dei Mille,* seguita da una discussione sul rapporto tra governo garibaldino e movimento contadino siciliano, in *La Sicilia e l'unità d'Italia,* cit., vol. I. Sul movimento contadino si vedano: S. F. ROMANO, *I contadini nella rivoluzione del 1860,* in *Momenti del Risorgimento in Sicilia* (Messina-Firenze, D'Anna, 1952), e D. MACK SMITH, *The peasant's revolt of Sicily in 1860,* in *Studi in onore di Gino Luzzatto* (Milano, Giuffré, 1950), vol. III, trad. it.: *L'insurrezione dei contadini siciliani del 1860,* in "Quaderni del Meridione," 1958.

Sulle ripercussioni europee dell'impresa dei Mille e sugli aspetti internazionali della questione italiana del 1860 si possono vedere varie relazioni e comunicazioni di recenti Congressi; ricordiamo in particolare D. MACK SMITH, *L'Inghilterra di fronte agli eventi italiani del 1860* e J. GODECHOT, *La Francia e gli avvenimenti italiani del 1860,* in *Atti del XXXIX Congresso di storia del Risorgimento,* cit.; R. CESSI, *La crisi europea del 1860 e l'Italia,* e F. VALSEC-

CHI, *Le potenze conservatrici e la spedizione dei Mille*, in *La Sicilia e l'unità d'Italia*, cit., vol. I. Si tengano inoltre presenti la citata raccolta di C. MARALDI, *Documenti diplomatici francesi sulla caduta del Regno meridionale*, e *Le relazioni diplomatiche fra la Gran Bretagna e il Regno di Sardegna*, vol. VIII: 1 marzo 1860-30 marzo 1861, a cura di G. Giarrizzo (Roma, Istituto storico per l'età moderna e contemporanea, Fonti per la storia d'Italia, 1962), e il citato libro di D. BEALES, *England and Italy 1859-60*.

Sull'Atto sovrano del 25 giugno si vedano le indicazioni date per il paragrafo 1.

4. *Operazioni militari e lotte politiche dalla battaglia di Milazzo alla liberazione di Napoli*

Sul conflitto tra Cavour e Garibaldi, oltre al libro di MACK SMITH, si veda il recente articolo di F. VALSECCHI, *Garibaldi e Cavour*, in "Nuova Antologia," 1960 con lettere inedite. Sulla missione Litta: D. GUERRINI, *La missione del conte Litta Modignani in Sicilia nel 1860*, in "Il Risorgimento italiano," 1909, si vedano le osservazioni di G. E. CURATULO, *Garibaldi, Vittorio Emanuele e Cavour*, cit. Sulla Spedizione Bertani, oltre al citato saggio di A. DEPOLI, quelli di B. MONTALE, *I mazziniani genovesi ed il progetto di spedizione attraverso gli Stati romani*, e di L. BALESTRERI, *Uomini e vicende della spedizione Pianciani nei ricordi inediti del garibaldino genovese Camillo Saccomanno*, anche essi in *Genova e l'impresa dei Mille*, cit., vol. II. Per quanto si riferisce all'atteggiamento di Ricasoli, oltre ai carteggi cavouriani contenuti nei volumi *La liberazione del Mezzogiorno*, i volumi XIII, XIV, XV dei *Carteggi* di B. RICASOLI, a cura di M. Nobili e S. Camerani e poi di S. Camerani e G. Arfè (Roma, Istituto storico per l'età moderna e contemporanea, Fonti per la storia d'Italia, 1961-62).

Sullo sbarco e l'avanzata di Garibaldi sul continente si vedano i libri citati del TREVELYAN, dell'AGRATI e del PIERI; sull'insurrezione nelle regioni continentali del Regno gli articoli citati del CINGARI, del PEDIO, del MASI, del SALADINO, dello ZAZO e del COLAPIETRA, tutti con indicazioni bibliografiche di lavori precedenti.

5. *La Spedizione delle Marche e dell'Umbria. Il momento culminante del conflitto tra Cavour e Garibaldi. La battaglia del Volturno*

Sulla campagna delle Marche e dell'Umbria si veda il c. XIX di PIERI, *Storia militare*, cit., e la bibliografia ivi citata. Sulle vicende politiche delle due regioni dalle tentate insurrezioni del '59 fino al settembre del '60 si vedano le indicazioni bibliografiche date nel III volume degli *Archivi dei governi provvisori e straordinari 1859-1861*, cit. Ci limitiamo a ricordare: G. DEGLI AZZI, *L'insurrezione e le stragi di Perugia del giugno 1859* (Perugia, 1909), e *Per la liberazione di Perugia e dell'Umbria*, in "Archivio Storico del Risorgimento umbro," 1910; A. ALESSANDRINI, *I fatti politici delle Marche dal 1° gennaio del 1859 all'epoca del plebiscito* (Macerata, 1910). Si veda inoltre *L'apporto delle Marche al Risorgimento nazionale. Atti del Congresso di storia* 29 settembre-2 ottobre 1960, a cura del Comitato marchigiano per le celebrazioni del centenario dell'Unità d'Italia (Ancona, 1961).

Sul conflitto Cavour-Garibaldi e sulla battaglia del Volturno valgono le indicazioni date al paragrafo 2. Sulla prodittatura di Depretis in Sicilia: C. MARALDI, *La prodittatura di A. Depretis in Sicilia*, in "Rass. Stor. del Risorg.," 1931, e *La rivoluzione siciliana del 1860 e l'opera politico-amministrativa di Agostino Depretis*, in "Rass. Stor. del Risorg.," 1932.

6. *I plebisciti e l'intervento regio nel Mezzogiorno*

Valgono le indicazioni date per il paragrafo 2. Si aggiunga sul plebiscito in Sicilia: S. M. GANCI, *Il plebiscito del 21 ottobre 1860*, in "Arch. Stor. Sicil.," 1960. Sull'incontro di Teano la testimonianza del Farini, citata nel testo, probabilmente la piú vicina cronologicamente al fatto, può essere integrata dal vivace e patetico racconto del democratico A. MARIO, anch'egli presente allo storico incontro, in *La "Camicia Rossa,"* cit.

Indice dei nomi

Montanari, Antonio 346-347
Montanari, Carlo 94, 103
Montanari, Giovanni 343
Montanelli, Giuseppe 78-80, 83, 86, 222-224, 229, 248 e n, 362-363
Montecchi, Mattia 53, 59, 88, 325
Montezemolo, vedi Cordero di Montezemolo, Massimo Pio Giuseppe
Monti, Antonio 63 n, 83 n
Monticelli, Pietro 354
Montmasson, Rosalia 437
Mordini, Antonio 100-101, 104, 215, 249 e n, 250, 263 n, 362, 459, 497, 514, 515 e n, 516-517, 521
Morelli, Emilia 210 n
Morici, Antonio 96, 258
Morici, Rosa 258
Morozzo della Rocca, Enrico 284 n, 328, 351, 491, 521
Mosbourg, Michel de 372-373
Mosto, Antonio 325
Mundy, George 445
Murat, famiglia 225, 227
Murat, Joachim, vedi Gioacchino Murat re di Napoli
Murat, Letizia, vedi Pepoli-Murat, Letizia
Murat, Luisa, vedi Rasponi-Murat, Luisa
Murat, Napoléon-Achille 225
Murat, Napoléon-Lucien-Charles 225-227, 240-242, 289, 293, 319
Muratori, Pietro 343
Musolino, Benedetto 256, 258, 484

Napoleone Girolamo, vedi Bonaparte, Napoleone Giuseppe Carlo Paolo
Napoleone I Bonaparte 122-123, 154, 173, 187, 291-292
Napoleone, principe, vedi Bonaparte, Napoleone Giuseppe Carlo Paolo
Napoleone III 12-16, 20, 30, 32, 48-49, 98, 100, 138-139, 143, 153-155, 158-159, 170, 174-178, 180-184, 188-189, 190 n, 191-192, 222, 225-226, 228, 236, 241, 253, 271, 274, 276, 280-281, 283, 285-286, 288 e n, 289-302, 304-305, 307-313, 315-318, 322, 323 e n, 324-325, 327-328, 331-335, 338 e n, 339-341, 344-353, 355-356, 359, 361-367, 370-375, 378-379, 383-384, 387, 389-393, 396, 398-399, 400 e n, 402-403, 406, 408, 411-412, 415, 454, 467, 475, 477, 487, 489-490, 501, 512, 523-526, 530, 532
Nardi, Emilio 343
Natoli, Giuseppe 462-463
Nazari di Calabiana, Luigi 165, 168-169, 171-172, 224, 275
Nessel'rode, Karl Vasil'evič 175
Ney, Édouard 30, 32
Niccolini, Giuseppe 339
Nicola I Romanov zar di Russia 14, 16, 153-155, 173, 191
Nicolini, Fausto 217 n
Nicotera, Giovanni 210, 228-229, 269-273, 482-483, 516, 523
Niel, Adolphe 295, 297
Nigra, Costantino 286-288, 295-296, 351, 352 e n, 400 e n, 401, 402 e n, 403, 405, 408 e n, 434, 447 n, 448, 467 e n, 476-478, 487, 489, 491, 501
Nigra, Giovanni 109-110, 132, 135
Nisco, Nicola 35, 476-477, 479
Nobili, Mario 377 n
Nullo, Francesco 444, 520
Nunziante, Alessandro (duca di Mignano) 469, 476-477, 479

Indice

"Universale Economica" – STORIA

Remo Bodei, *Destini personali*. L'età della colonizzazione delle coscienze

Pierre Bourdieu, *Il dominio maschile*

Erwin Panofsky, *Rinascimento e rinascenze nell'arte occidentale*

Michel Foucault, *Gli anormali*. Corso al Collège de France (1974-1975)

Serge Latouche, *La scommessa della decrescita*

Gianluca Bocchi, Mauro Ceruti, *Origini di storie*

Stefano Rodotà, *La vita e le regole*. Tra diritto e non diritto

Eva Cantarella, *L'ambiguo malanno*. Condizione e immagine della donna nell'antichità greca e romana

Agostino Lombardo, *Lettura del Macbeth*. A cura di R. Colombo

Tomás Maldonado, *Arte e artefatti*. Intervista di Hans Ulrich Obrist

Gherardo Colombo, *Sulle regole*

Ernst Bloch, *Thomas Münzer teologo della rivoluzione*

Muhammad Yunus, *Un mondo senza povertà*

Gianni Vattimo, Pier Aldo Rovatti (a cura di), *Il pensiero debole*

Isaiah Berlin, *Libertà*. A cura di H. Hardy. Con un saggio di I. Harris su Berlin e i suoi critici. Edizione italiana a cura di M. Ricciardi

Francesco Gesualdi, Centro Nuovo Modello di Sviluppo, *Sobrietà*. Dallo spreco di pochi ai diritti per tutti

Salvatore Veca, *La bellezza e gli oppressi*. Dieci lezioni sull'idea di giustizia. Edizione ampliata

Anna Funder, *C'era una volta la Ddr*

Salvatore Natoli, *Soggetto e fondamento*. Il sapere dell'origine e la scientificità della filosofia

Michel Foucault, *Il potere psichiatrico*. Corso al Collège de France (1973-1974)

Gad Lerner, *Operai*. Viaggio all'interno della Fiat. La vita, le case, le fabbriche di una classe che non c'è più. Nuova edizione

Ahmed Rashid, *Talebani*. Islam, petrolio e il Grande scontro in Asia centrale. Nuova edizione ampliata e aggiornata

Zygmunt Bauman, *Le sfide dell'etica*

Umberto Galimberti, *Il segreto della domanda*. Intorno alle cose umane e divine. Opere XVIII

Wynton Marsalis, *Come il jazz può cambiarti la vita*

Raj Patel, *I padroni del cibo*

Jean Baudrillard, *Le strategie fatali*

Michel Foucault, *L'ermeneutica del soggetto*. Corso al Collège de France (1981-1982)

Albert O. Hirschman, *Le passioni e gli interessi*. Argomenti politici in favore del capitalismo prima del suo trionfo